LA CITÉ
DU LOTUS ROSE

DU MÊME AUTEUR

La Vallée du Lotus rose, L'Archipel, 2018, Archipoche 2019.

KATE McALISTAIR

LA CITÉ DU LOTUS ROSE

roman

ARCHIPOCHE

Notre catalogue est consultable à l'adresse suivante :
www.archipoche.com

Éditions Archipoche
34, rue des Bourdonnais
75001 Paris

ISBN 978-2-3773-5825-0

Première partie

Lune de miel

28 août 1921 – Singapour
25 octobre 1921 – New York

1

28 août 1921
Raffles Hotel – Singapour

— C'est ici, lui dit-il, et il s'effaça pour la laisser passer.

Jezebel Ann-Rose Tyler entra tel un automate dans la luxueuse suite du Raffles Hotel. Elle avança jusqu'à la fenêtre dont la clarté brillante l'attirait comme le bout d'un tunnel. Les rideaux étaient ouverts. Leurs juponnés élégants foisonnaient en gros bouillons, retenus par des embrases précieuses, d'un or garni de pompons de soie.

Derrière la vitre courait un balcon protégé par une galerie, soutenue par une enfilade de colonnes néogothiques en marbre blanc. Le jardin en contrebas était un carré ombragé par de grands palmiers royaux. La pelouse parfaite était ponctuée par des frangipaniers en fleur.

La jeune femme leva les yeux. Le ciel était chahuté par des nuages, comme il l'était souvent sous ces latitudes proches de l'équateur. Les massifs exubérants de la cour semblaient imiter son tumulte pour s'évader par-dessus les bâtiments qui les enserraient. Ils glissaient vers le sud en un foisonnement vert, avant de finalement buter sur des bancs de sable. Une plage presque sauvage bordait la marina, couronnée par un bandeau turquoise qui révélait la présence de la mer, et de toutes ces îles qui émaillaient le détroit de Singapour.

Jezebel repoussa son vieux chapeau *li*[1] et appuya son front enfiévré contre la vitre. Dans son dos, une longue natte brillante coula en rai de lumière blonde.

Il l'observa en silence. Il n'osait pas encore y croire. Cela faisait presque deux ans qu'il hésitait à revenir en Malaisie. Son télégramme l'avait décidé. Elle prétendait lui vendre une pièce archéologique de grande valeur, le médaillon Sher-Cîta. Lui, il avait juste retenu qu'elle l'appelait. Par amour ou par un quelconque besoin de secours, qu'importait. Il était venu.

Elle était mince, de taille moyenne mais plutôt grande, âgée d'à peine vingt ans. Bien qu'elle fût née d'une vieille famille anglaise aux impressionnants quartiers de noblesse, elle arborait comme une pauvresse un vieux pantalon chinois noué à la taille et une tunique misérable qu'elle avait boutonnée jusqu'au col. Ces vêtements étaient aussi sales qu'usés. Leur étoffe grossière jurait au milieu des soies raffinées qui décoraient la luxueuse suite du palace.

Gênée par cette différence, elle n'osait pas fouler les beaux tapis. Elle finit par ôter ses ballerines en toile et paille de riz, profitant de son geste pour bercer au passage l'enfant qu'elle portait.

Le bébé dormait à poings fermés dans une bande de tissu noué à la manière indigène. C'était une petite fille de presque un an. Elle avait un teint de caramel et de bonnes joues replètes. Parfois, un rêve l'agitait. L'ombre de ses cils démesurés frémissait alors, et sa bouche rose comme un bouton de lotus s'ouvrait en une moue adorable qui lui donnait l'air d'un ange.

Dans la chambre d'hôtel, le silence régnait, à peine entrecoupé par les pales d'un ventilateur électrique.

---

1. Chapeau traditionnel chinois, de forme pointue, en paille ou bambou.

Jezebel ferma les yeux. Depuis qu'elle était entrée dans le Raffles Hotel, elle ne savait plus quoi penser ni quoi faire. Elle osait à peine respirer. L'homme qu'elle aimait se tenait là, dans son dos. Elle avait juste envie de se pincer jusqu'à en avoir mal pour être sûre de ne pas être en train de vivre un rêve fou.

Ce dimanche avait pourtant commencé comme tous les autres.

Bien avant l'aurore, elle s'était levée pour se glisser hors de la mission religieuse où elle logeait depuis bientôt deux ans. Dans ce reste de nuit, elle était allée rejoindre le flot des cueilleuses de fleurs qui partaient vers les étangs de la Vallée des lotus[1]. Ce travail lui permettait de compléter son maigre salaire d'infirmière avec lequel elle ne pouvait guère faire d'économies. L'aube montait au-dessus des rizières, abandonnant dans le ciel des paillettes d'or. Sa fille reposait sur sa hanche. Tout avait été calme et immuable, jusqu'à ce qu'elle bute sur cette silhouette découpée à contre-jour dans la lumière du matin, et qu'elle se mette à croire à un rêve.

Son cœur l'avait reconnu en premier. Le temps d'un soupir, il avait cessé de battre, puis il était reparti comme un fou.

Jan Lukas était venu lui prendre les mains. Elle n'avait pas posé de question. Elle n'avait pas osé bouger. Elle craignait que le rêve ne s'évapore, de la même façon que ces mirages que l'on voyait à l'horizon les jours de grande chaleur, et qu'un simple pas en avant suffisait à faire disparaître.

Il l'avait enlacée. Il l'avait embrassée. Dans ses bras forts, elle était devenue une petite chose fragile, privée

---

1. Voir *La Vallée du Lotus rose*, du même auteur, chez le même éditeur.

de raison. Tout naturellement, elle l'avait suivi dans son hôtel sur Beach Road, le quartier européen. Le soleil montait dans le ciel, les enveloppant d'une moiteur tropicale annonciatrice d'orage. Elle n'y avait pas prêté attention. Elle se contentait de mettre un pas devant l'autre, anesthésiée par la joie.

Sa conscience de la réalité n'était revenue qu'une fois la porte à tourniquet passée. Là, sur le tapis de velours rouge qui traversait le hall d'entrée, au milieu du marbre et des dorures, elle avait mesuré le contraste avec sa vie quotidienne, simple et laborieuse. Baissant les yeux, elle s'était vue telle qu'elle était, avec ses haillons d'ouvrière chinoise et la poussière qui les recouvrait. Elle avait ressenti de la honte. Qu'était devenue la fière comtesse anglaise ? À quoi la vie l'avait-elle obligée ?

Jan avait perçu son hésitation. Raffermissant sa prise sur sa main, il avait craint de la voir s'enfuir. Il l'avait fait monter à l'étage sans la lâcher, s'écartant juste ce qu'il fallait pour qu'elle entre dans un salon immense, tapissé de tentures et de tapis persans. Une lumière rose filtrait des rideaux, inondant les meubles de marque, des fauteuils de velours bleu de Perse, une méridienne au motif de tapisserie, des tableaux rehaussés par des cadres précieux.

Intimidée, elle n'avait su que faire. Elle s'était précipitée à la fenêtre, en faisant mine de contempler le jardin. En réalité, elle ne voyait rien, ni le gazon irréprochable, *so british*, ni les buissons recouverts de mille fleurs. Elle avait juste besoin de gagner du temps pour s'accoutumer au trouble qui l'envahissait. Alors elle s'était mise à respirer lentement, le plus lentement possible.

Dans son dos, Jan la fixait avec une attention qui n'appartenait qu'à lui. Il avait appris au cours de sa vie d'aventures la vertu du silence, et cette façon de sonder aussi bien les vastes espaces que les âmes humaines. Elle sentait son regard la transpercer. Ses yeux qui la déshabillaient, l'étudiaient, cherchaient à la reconnaître.

Elle lui fit face.

Lui n'avait pas changé. Il avait toujours cette allure de sportif accompli, ces cuisses de cavalier, ces épaules larges. Lorsqu'il était entré dans la suite, il avait jeté d'un geste désinvolte son panama sur la table, libérant une chevelure brune et drue qu'elle avait soudain eu envie de brasser à pleines mains. Maintenant, il laissait tomber sa veste sur une chaise, pour avancer vers elle en bras de chemise, lent et posé, toujours aussi impertinent, et diablement élégant. Son demi-sourire donnait à son visage une morgue qui l'émut. Elle le trouva plus séduisant que jamais, peut-être parce que son absence avait creusé une faim qu'elle ne parvenait pas à dompter. Elle recula jusqu'à se heurter à la fenêtre.

— Je vais prendre la petite et la coucher sur ce divan, lui dit-il avec beaucoup de douceur. Nous pourrons discuter plus librement sans crainte de la réveiller.

Le ton de sa voix fit tressaillir ses nerfs à fleur de peau. Elle n'esquissa aucun mouvement. Ses bras étaient lourds du poids de mille ans. Elle n'en pouvait plus de le regarder, de boire son visage, ses épaules, ses hanches, de ressentir sa démarche jusqu'au plus profond d'elle-même. Les mois, les années écoulées, n'avaient rien changé. Elle n'était plus que désir.

« Je l'aime », hurla-t-elle en silence, comme une pure évidence.

Elle le laissa lui prendre sa fille des bras. Elle aurait voulu avoir la force de lui dire : « Je m'en occupe, elle ne connaît que moi, sa mère », histoire de montrer qu'elle avait encore un peu de volonté, mais elle ne parvint pas à articuler le moindre mot.

Dans sa tête, elle était revenue en octobre 1918. Elle avait seize ans. Elle partait pour Calcutta à bord de l'*Albatros*, un paquebot de la Bristish-India Steam Navigation Company, pour retrouver un fiancé que son parrain lui imposait. Elle rencontrait Jan Lukas pour la première fois. Ils s'étaient arrêtés devant le même tableau, dans le grand escalier du navire. Deux oiseaux bengalis en train de se bécoter.

« Des Inséparables », lui avait-il chuchoté d'un ton aussi tendre qu'ironique alors que, déjà, elle n'était que langueur sous son souffle.

Il se tenait dans son dos, la dominant de sa respiration. Elle avait senti ses cheveux voltiger sur sa nuque. Elle l'ignorait encore, mais elle était déjà amoureuse. L'amour est traître, il sait naître d'un parfum, d'une phrase, d'un geste chuchoté. Après, il est là, et il domine toute une vie.

Elle revint au présent pour le regarder porter le bébé endormi jusqu'à un divan recouvert d'un shantung fleuri. Il l'y déposa avec d'infinies précautions. Son geste fut si doux qu'elle en eut les larmes aux yeux.

La fillette ne se réveilla pas. Dans sa tenue de soie rouge que sa nourrice chinoise lui avait confectionnée, elle avait la beauté éclatante d'une poupée de porcelaine.

— Elle est magnifique, chuchota Jan en se redressant.

Jezebel le fixait, raide et immobile près de la fenêtre, incapable de parler. Sa gorge était aussi sèche que du papier.

— Viens, lui dit-il en lui prenant la main pour l'entraîner dans la pièce d'à côté. Il faut que nous discutions. Allons à côté pour ne pas la réveiller.

Elle le suivit, elle n'avait pas le choix. Elle se cabrait pourtant, remplie d'appréhension. De quoi voulait-il lui parler ? De leur passé ? De leurs vies à tous les deux qu'elle avait gâchées ? De cette enfant qui était là, et que pour rien au monde elle ne renierait ? À quoi cela servirait-il de s'acharner ? Le destin faisait parfois des tours et des détours, mais, à la fin, il impose toujours sa loi.

— Très bien, décida-t-elle. Parlons affaires. Je n'ai pas le médaillon sur moi. Tu aurais dû me prévenir de ton arrivée. Je ne me promène jamais dans les rues avec un bijou aussi précieux autour du cou. Convenons d'un rendez-vous. Nous pourrions dire demain ? Je travaille au Kandang Kerbau Hospital, dans le service d'obstétrique. Que dirais-tu de vingt heures ? C'est à peu près l'heure à laquelle je rentre à la mission. J'aurai fini mon travail.

Maintenant qu'elle avait commencé à parler, elle ne pouvait plus s'arrêter. Elle parlait, parlait, parlait, en marchant de long en large, pour oublier qu'il avait réussi à l'attirer dans la chambre à coucher et qu'elle en était gênée. Dans ses allers-retours nerveux, elle ne cessait de buter contre le grand lit à baldaquin. Elle reconnaissait pourtant qu'un tel piège n'aurait pas dû la surprendre. Il avait toujours eu des idées pleines de sous-entendus, qui la faisaient rougir.

Il sourit, conscient de son trouble.

— Je t'assure que je ne suis pas venu te parler du médaillon.

— Ah ? dit-elle en s'immobilisant. Et de quoi devrions-nous parler alors ? Le médaillon Sher-Cîta t'a toujours beaucoup importé. Je me souviens très bien de la légende de la cité de Pachamashutra que tu m'as un jour racontée. Tu as tellement couru après ce trésor inestimable que je m'étonne que tu y aies renoncé.

Il lui expliqua tout d'un ton patient.

— Je ne cours plus après ce trésor. Il y a eu trop de morts. Je suis passé à autre chose. J'habite à New York. Je joue au polo. J'élève des chevaux en Argentine. Je te le redis, je ne suis pas venu pour le médaillon. Comment pourrais-tu croire que je veuille te le reprendre ? Je te l'ai laissé, parce qu'il représente le seul souvenir que tu as de Charu. Pour l'argent, ne te fais aucun souci. Je reviens de Calcutta où j'ai rencontré le maharaja de Mahavir. Il m'a confié pour toi et ta fille une cassette dont le contenu te permettra de subvenir décemment à vos besoins. Il m'a chargé de te dire qu'il y en aura d'autres. Il ne te laissera pas dans le besoin.

Elle rougit de honte.

— Croit-il m'acheter ? s'écria-t-elle en se tordant les mains. N'a-t-il pas compris que je ne veux rien lui devoir ? Je ne lui vendrai pas ma fille !

— Je ne crois pas que ce soit son intention, répondit Jan avec une douceur accrue. Je l'ai rencontré et je peux te certifier qu'il ne souhaite qu'une seule chose, faire sa connaissance. Lui aussi porte le deuil. Cette petite est tout ce qui lui reste de son fils Charu. Pourquoi n'aurait-il pas le droit de la voir ? Ne te l'a-t-il pas expliqué dans chacune de ses lettres ? Je sais que vous vous êtes écrit.

— J'aurais dû me douter que tu ne fais jamais rien gratuitement ! cracha-t-elle avec dureté. C'est lui qui t'envoie.

La parole était méchante. Il serra les dents, le regard durci.

— Tu te trompes, Jezebel. Je ne suis l'envoyé de personne. Si tu ne veux pas de cet argent, à ta guise, c'est toi qui choisis. Je ne suis qu'un messager dans cette affaire. En réalité, je ne suis venu que pour te revoir. Au fait, ajouta-t-il en diversion, aimes-tu toujours la musique ? Aimes-tu toujours le tango ?

Il traversa la chambre pour se poster devant un gramophone des frères Pathé dont il manœuvra la manivelle.

Médusée, elle reconnut tout de suite l'air de «*A la gran muñeca*[1]».

C'était *leur* tango. Celui qu'ils avaient dansé l'année dernière à Chittagong. Celui qui leur avait fait comprendre à quel point ils s'aimaient. Ainsi, lui non plus n'avait pas oublié…

— Tu sais, lui dit-il en revenant vers elle avec ce petit sourire qui l'avait toujours fait fondre, je ne suis *vraiment* revenu à Singapour que pour danser à nouveau ce tango avec toi. Viens.

C'était idiot, elle voulut rire, l'émotion la submergea et elle éclata en sanglots. Il hésita, mais ne la consola pas. Certains pleurs doivent sortir. Il attendit donc patiemment, avec dans les mains l'envie de la prendre dans ses bras, mais dans la tête l'idée de tout résoudre aujourd'hui.

Enfin, les larmes cessèrent. Alors il remit le disque au début et l'invita une seconde fois, en accompagnant sa main tendue d'une petite inclinaison de la tête.

C'était ridicule. Elle aurait voulu le lui dire, elle se tut cependant, elle ne savait plus très bien ce qu'elle faisait, avec sa main dans la sienne, qui la conduisait au milieu de la chambre.

Il y eut deux grésillements, avant que le violon ne s'impose.

Jan l'enlaça. Joue contre joue, il la guida au milieu des meubles dressés comme des obstacles. Ils avaient peu de place pour évoluer et leurs pas s'accrochaient dans les tapis trop épais. Cela rendait la danse attentive, presque acérée. Rapidement, ils durent se faire confiance.

Elle trouva l'idée perverse. Puis la musique l'absorba, et elle oublia tout.

---

1. «À la grande poupée».

Le bandonéon s'ajouta au violon, le violoncelle vint fleurir le piano. Son cœur s'accéléra en même temps que son pas. Comme à Chittagong, ils n'eurent besoin que de quelques mesures pour s'accorder l'un à l'autre et entrer ensemble dans le tango.

Jan le sentit, et très vite il corsa la danse. Il proposa une *calesita*[1] qui en amena d'autres, douces et langoureuses.

Il la tenait plus fermement que nécessaire. Il craignait sans doute, encore, de la voir s'échapper. De son autre main, il caressait son dos, sa taille, ses épaules, en effleurements légers. Il le faisait en accord avec la musique. Il avait appris à danser le tango dans les bas-fonds *porteños* de Buenos Aires, dans le quartier de la Boca. Il savait jouer de ce geste canaille qui parfois s'appesantit sur l'épaule, et parfois se fait pression sur les reins. Sa main était une plume sensuelle qui suivait avec délicatesse la courbe d'un corps de plus en plus offert.

Elle avait oublié ses larmes, même si son expression demeurait tendue. Elle écoutait le langage des mains, des pieds, de la hanche et de l'épaule qu'on lui dédiait, avec une attention de petite fille, concentrée pour ne pas se tromper. Ils ne souriaient pas. Ils étaient encore trop occupés à se retrouver. Leurs visages graves se frôlaient. Leurs brefs mouvements faisaient se rapprocher leurs bouches avant de les séparer pour à nouveau les jeter l'un contre l'autre, avec une presque violence.

Le tango est une vague sur la grève. Il est une affaire sérieuse, qui parle du corps au cœur. En cet instant, ils s'avouaient leur séparation, ce temps trop long où l'orgueil avait été le plus fort, au point de leur faire oublier la vie. Et l'amour.

---

1. « Manège », figure qui consiste à maintenir la cavalière sur un pied et à tourner autour d'elle.

La sensualité revenait, et Jan glissa ses doigts dans l'échancrure de sa tunique pour mieux dégager une épaule. Son autre main effleurait un ventre palpitant. Jezebel, prise de hardiesse, la recouvrit de la sienne, en fermant à demi les yeux.

Au cœur de l'*abrazo*[1], il l'emmena vers un monde fait de vie, de sensations, d'émotions, où les larmes n'avaient plus aucune raison d'être.

Sa hanche guidait la liane qu'elle était devenue. Leur *caminata*[2] devint indolente. Ils s'enlacèrent, cherchant leurs visages, les yeux baissés mais les lèvres entrouvertes sur leur souffle haletant. Lorsqu'il se pencha vers sa gorge pour respirer son parfum, il dut se retenir d'embrasser à pleine bouche le fragment de peau moitié clair, moitié bronzé, que lui dévoilait l'échancrure du vêtement. Il fallait encore attendre. Laisser le désir les gagner.

Le geste caressant, il effleura l'attache du cou, le creux de la clavicule, l'ombre voluptueuse d'un sein, puis, la seconde suivante, revint dans la musique comme on est rappelé à l'ordre. Le rythme les fit tourner, pivoter, partir et revenir. Contre lui, elle devenait docile. Il pouvait maintenant la ployer vers l'arrière à sa convenance, lui cambrer la taille comme si elle n'était qu'une grande poupée alanguie.

Pourtant, le temps avait passé.

Jezebel n'était plus une adolescente timide, mais une femme qui s'enhardissait, osait étreindre l'épaule de son cavalier pour mieux faire corps avec son torse, avec ses cuisses dont la pression la brûlait. Ses immenses yeux de saphir s'étaient mués en deux puits étoilés de plaisir.

---

1. Enlacement des partenaires, prise dans les bras, étreintes, avec diverses variantes en fonction du style du tango.
2. Marche, l'essence même du tango argentin.

Il exulta. Enfin, elle s'abandonnait. Enfin, elle acceptait de s'appuyer contre sa poitrine, de se reposer sur ses pas, sur sa façon de la conduire. Un dernier *gancho*[1] avant de la courber vers l'arrière, tandis que ses mains encerclaient sa taille, puis la musique se tut.

Ils ne le remarquèrent pas tout de suite. Depuis quelques instants, ils dansaient sans rien entendre. La foudre aurait pu tomber au milieu de la chambre, ils ne l'auraient pas su.

Ils demeurèrent immobiles l'un en face de l'autre. Ils se regardaient comme on regarde vers l'avenir, avec le même espoir insensé, la même joie brute, sensuelle, le même besoin vital d'amour. Leurs respirations soulevaient leurs poitrines au même rythme. Leurs cœurs battaient avec une violence partagée.

Elle essaya une dernière fois de refuser cette dépendance. Elle s'écarta en gémissant. Recula jusqu'à la fenêtre. Fit face au paysage.

— Jezebel, appela-t-il, en craignant de l'avoir à nouveau perdue.

Elle ne répondit pas. Il vint poser une main sur son épaule. La ramena contre lui. Il fallait qu'elle accepte. Un tel amour ne se vivait qu'une seule fois dans une vie.

— Je suis venu pour te dire que nous serons heureux, chuchota-t-il contre sa nuque.

Elle n'osait y croire. Elle avait dans la tête l'image de Charu. Elle savait que le beau prince indien se dresserait constamment entre eux, en mirage éternel reflété par le visage de sa fille.

Le devina-t-il ? Il ajouta :

— Nous sommes inséparables. Nous sommes vivants. Laissons les morts à leur place.

---

1. « Crochet » d'une jambe autour de la jambe du/de la partenaire.

Avec un sanglot, elle se retourna pour l'enlacer presque violemment. Elle le pétrit de ses mains, saisit ses lèvres avec une urgence qu'elle n'avait plus envie de retenir. Ils burent leur baiser avec une soif impossible à étancher, et leurs corps se rivèrent l'un à l'autre, tendus en un même désir ardent.

Avec des gestes nouveaux qui ressemblaient aussi à une danse, ils se caressèrent, se dénudèrent. Ils tombèrent sur le lit, roulèrent au milieu des coussins de soie. Leurs mains virevoltaient sur leurs corps, leurs peaux se mêlaient, leurs bouches se respiraient, se goûtaient. Ils avaient attendu ce moment toute leur vie, ils n'eurent qu'à se laisser guider par des souvenirs maintes et maintes fois imaginés.

Ils s'enlacèrent, fusionnèrent, jouirent dans le même cri, goûtant leur plaisir dans le même baiser. Plus tard, leurs corps encore enchevêtrés, ils continuèrent à se caresser, incapables de se détacher l'un de l'autre. Il leur semblait que jamais plus ils ne pourraient se séparer.

Ils n'étaient pas rassasiés. Ils espéraient qu'ils ne le seraient jamais.

2

29 août 1921
Raffles Hotel – Mission du Saint Enfant Jésus-Christ – Singapour

La nuit était encore sombre. Jan Lukas dormait, étendu en travers du lit telle une statue grecque abattue par l'orage. Même au cœur du sommeil, il enlaçait Jezebel le plus étroitement possible, les bras passés autour de sa taille, les cuisses reposant sur ses hanches. Cherchait-il ainsi à se convaincre de sa réalité ou à mieux la faire sienne ?

La jeune femme demeura quelques instants dans le noir, éveillée, à écouter la profonde respiration de son amant. Elle avait posé la main sur son torse pour le sentir se soulever. Elle ne se lassait pas de ce mouvement de vie, lent et rythmé, puissant. Sous sa paume, la peau était douce, les muscles galbés. Émerveillée par cette promiscuité que la veille encore elle n'aurait pas osé imaginer, elle se lovait comme une petite chatte, le nez enfoui contre le grand corps immobile. Un reste de parfum, lavande et cèdre mêlés, lui parvint, ravivant les souvenirs de leurs étreintes sensuelles. Elle bécota imperceptiblement l'épaule abandonnée. Ce dimanche avait été si beau et si irréel. Jamais elle ne s'était sentie à ce point heureuse.

Pourtant, maintenant, l'obscurité semblait à nouveau étendre des rets emprunts de doute. Elle retint un soupir angoissé. Qu'allait-il se passer dorénavant ? Hier, tandis qu'ils reposaient après l'amour, presque repus, enlacés nus sous l'air brassé par le ventilateur, Jan avait voulu tout savoir de sa vie. Où avait-elle été ? Qu'avait-elle fait ? À qui avait-elle demandé de l'aide ? Quand la petite était-elle née ?

Gênée par le feu croisé de ses questions, elle avait répondu par monosyllabes. Il était difficile de raconter à l'homme qu'on aimait la naissance de l'enfant d'un autre. Difficile aussi de sentir le poids de son regard, et peut-être, derrière cette attention, deviner un jugement, une accusation, une fêlure.

Les pleurs de la petite Mary-Leela étaient venus à point nommé la tirer de cette situation pénible. Elle s'était levée, avait enfilé avec précipitation sa vieille tunique chinoise et, les jambes nues, avait couru jusqu'au salon pour enlacer sa fille.

La petite était effrayée de ne pas reconnaître l'endroit où elle se trouvait. Elle l'avait rassurée d'un baiser puis avait laissé le quotidien reprendre ses droits, comme cela arrive toujours lorsqu'on a un enfant : il était temps de lui donner à manger. La fillette, maintenant sagement assise sur ses genoux, avait patienté en suçant son pouce tandis que Jan, magnifiquement drapé dans une robe de chambre inspirée d'un kimono japonais, tirait sur le cordon pour réclamer le *room service*.

Presque aussitôt, un garçon d'étage vêtu de blanc et paré d'un turban assorti avait frappé à la porte, répétant des courbettes et des « *Yes sir* » à n'en plus finir. Jan lui avait commandé du thé et du café, et tout un assortiment de pâtisseries, de compotes, de salades de fruits et de crèmes renversées qui avaient ravi la fillette. La petite Mary-Leela avait goûté de tout, les joues poisseuses, et Jezebel avait ri de la voir aussi gourmande, elle qui boudait d'ordinaire les menus du réfectoire, à sa décharge faits de légumes trop cuits et de riz gluant insipide.

Pendant ce temps, Jan s'était servi une tasse d'un *kopi luwak*[1] local, particulièrement odorant, dont il aimait se régaler lorsqu'il séjournait à Singapour. Avec des petites lampées de connaisseur, il avait siroté le nectar bouillant en gardant les yeux tournés vers ses deux « femmes ». Plus tard, il avait remis en marche le gramophone, enlaçant dans le même geste la mère et la fille sur la « Valse des fleurs » de Tchaïkovski. Il les avait fait tourner jusqu'à ce qu'elles demandent grâce, le ventre douloureux d'avoir trop ri.

Le soir, lorsque le crépuscule avait embrasé les rideaux d'une lueur d'incarnat, il avait fait monter une succulente dînette, s'attirant l'amour inconditionnel de la petite en lui tendant un *liánróngbāo*[2], un biscuit chinois arrosé de lait condensé. La fillette l'avait consciencieusement fourré dans sa bouche tout en tartinant ses joues de sucre. Jezebel était allée la débarbouiller dans le cabinet de toilette adjacent en usant d'un savon dont le parfum délicat lui avait rappelé son récent moment d'amour.

Cette évocation l'avait troublée. Ne sachant plus très bien où elle en était, entre ses élans de mère et ses sentiments, elle était revenue au salon pour se réfugier dans un grand fauteuil à oreillettes. Là, elle avait endormi sa fille en lui chantonnant sa comptine chinoise préférée.

— *Ní wa wa,* poupée d'argile… *Wǒ zuò tā māmā, wǒ zuò tā bàbà,* je serai sa maman, je serai son papa… *Yong yuan ai zhe ta,* je l'aimerai toujours…

---

1. Variété de café, réputé pour son arôme de noisette et son absence d'amertume, récolté dans les excréments d'une civette asiatique, essentiellement produit dans l'archipel indonésien.
2. « *Baozi* à la purée de lotus », sorte de petit gâteau farci et cuit à la vapeur.

Assis dans le sofa en face, Jan regardait la charmante scène, le visage impénétrable mais les yeux remplis d'une douce lueur. Jezebel avait la voix caressante. Ses cheveux défaits retombaient librement sur ses épaules, masquant à demi l'ovale de son visage, lui conférant une expression empreinte à la fois de force et de fragilité. Après tant de mois passés loin d'elle, il la découvrait sous un jour qu'il ne connaissait pas. Il en était particulièrement ému.

La petite avait sombré dans un profond sommeil dès le second refrain. Pour elle aussi, la journée avait été riche en émotions. Jezebel l'avait installée sur un coussin avec des gestes tendres et délicats. Elle s'était levée. Jan l'avait imitée. Attirés l'un vers l'autre comme des aimants, ils s'étaient embrassés puis étaient retournés dans la chambre à coucher, où ils avaient passé la nuit à faire l'amour.

Maintenant, du fond des ténèbres paisibles, Jezebel repensait à ces instants en rougissant de ses propres baisers, de ses gestes hardis, lascifs et si effrontés. D'où lui venait ce comportement si audacieux ? Comment le désir, le plaisir, avaient-ils pu être si puissants ?

Elle en était presque fâchée. Une fois de plus, Jan Lukas n'avait eu qu'à apparaître pour qu'elle se jette à sa tête en véritable linotte. Face à son demi-sourire nonchalant, elle avait été si peu de chose : il était trop beau, trop séduisant, autant dans son costume de lin que, plus tard, le corps nu ombré de clair-obscur, les bras enveloppants, les yeux de velours, le visage paré de désir… En peu de temps, rien qu'à le regarder, elle avait oublié toutes ses résolutions pour laisser ses mains savantes la faire ployer sous le plaisir comme une gourgandine. Sa seule excuse était l'amour qu'elle lui portait.

Elle se mordilla la lèvre avec embarras.

Voilà, le grand mot était lâché, elle ne pouvait plus se leurrer, elle l'aimait. Elle l'avait compris depuis longtemps, mais elle continuait à en être affolée, peut-être parce que cet amour lui paraissait être une cage, peut-être aussi parce qu'une enfant était à présent là, et qu'elle n'était pas de lui. Au cœur de sa passion, il avait juré qu'il s'en moquait, mais Jezebel se demandait s'il aurait toujours le même avis dans trois jours, trois semaines, trois mois, lorsque son désir cesserait de l'enflammer.

D'une main rageuse, elle essuya une larme qui s'obstinait à perler au bord de ses cils. Elle ne savait plus que penser. Elle avait besoin de réfléchir. Prendre ses distances pour calmer les battements effrénés de son cœur, et surtout taire ce désir qui la maintenait prisonnière.

Jan Lukas ne s'était jamais caché d'apprécier les femmes faites à son image, éprises comme lui de liberté, et prêtes à croquer la vie au jour le jour pour en cueillir les fruits avec gourmandise.

Voulait-elle vivre de la même façon ? Était-elle prête à se contenter de caresses brèves, d'amours furtives ? Accepterait-elle de n'être que le repos d'un voyageur, à constamment espérer son bon vouloir d'amant trop souvent parti ?

Devant ses propres contradictions, les larmes affluèrent. Elle s'imagina en Pénélope guettant le retour de son Ulysse vagabond et comprit qu'elle n'avait pas le caractère à se contenter de miettes. Le cœur étreint, elle s'écarta de son amant après avoir défait l'imbroglio de bras et de jambes qui amalgamait leurs deux corps. Prenant garde à ne pas le réveiller, elle s'enfuit à l'autre bout du lit. Là, elle hésita une dernière fois. Venant du dehors, le tintement des cloches du très proche couvent du Saint Enfant Jésus-Christ marquait les matines. Elle en eut un pâle sourire. Les dames de Saint-Vaillant se rappelaient à son bon souvenir. Devait-elle y voir un signe ?

Elle se décida brusquement, repoussa la moustiquaire pour se glisser dans l'obscurité étouffante. Les fenêtres avaient été maintenues closes pour éviter une invasion d'insectes nocturnes. L'air était moite et laquait sa peau de sueur. Au travers des rideaux, elle voyait les cimes des palmiers du jardin osciller dans le vent. Le ciel sombre s'alourdissait de nuages. Avalées par le grondement de l'orage qui approchait, les cloches avaient fini par se taire. Le couvent faisait lui aussi le gros dos dans la tourmente.

Dans le plus grand silence, elle ramassa ses vêtements épars et se glissa dans le cabinet de toilette. Le miroir lui renvoya un visage blême aux lèvres encore gonflées d'amour. Elle baissa les yeux, essayant d'oublier le désir qui continuait à couver, qui lui commandait de revenir se coucher contre le grand corps adoré, de le caresser pour essayer d'étancher cette soif inextinguible qui battait dans ses tempes, dans son cœur, dans son ventre.

Comme hier, elle avait la terrible envie d'aimer et d'être aimée, d'aller à la rencontre de mains voluptueuses, de crier son plaisir. Pourtant, il était temps de reprendre pied avec la réalité : le beau dimanche était fini.

D'une main peu assurée, elle mouilla un linge et s'en tamponna le front, la nuque. La fraîcheur coula sur sa peau, la faisant frissonner. Elle acheva de reprendre le contrôle d'elle-même en attrapant un peigne. Avec de grands gestes nerveux, elle tenta de lisser les boucles blondes que la nuit avait rendues rebelles.

Bien vite, là aussi, la bataille lui parut perdue d'avance. Après quelques minutes acharnées, elle déclara forfait et se contenta de rassembler l'épaisse soie floche avec un simple ruban. Dans le même élan, elle enfila son pantalon chinois, boutonna sa tunique, vissa sur son crâne le vieux chapeau *li* qui lui permettait d'arpenter les rues de Singapour presque aussi anonymement que les centaines de Chinoises qui s'y pressaient chaque jour.

L'aube n'allait plus tarder, elle devait se hâter. Elle ne voulait pas perdre son emploi au Kandang Kerbau Hospital, d'autant plus qu'il fallait d'abord ramener la petite Mary-Leela au couvent pour la confier à sa nourrice avant de revêtir son uniforme d'infirmière empesé à l'excès[1].

Elle revint dans la chambre en catimini. Sur le lit en bataille, Jan Lukas perçut peut-être sa présence. Il changea de position, mais ne se réveilla pas.

La jeune femme resta un instant en suspens au-dessus de lui, à respirer une dernière fois son parfum. À travers la pénombre, son regard s'attarda sur le corps nu, les hanches, la courbe du dos, la largeur des épaules… Elle dut se faire violence pour reculer, s'éloigner, ne pas le toucher.

Elle avait pris sa décision. Mieux valait oublier ce bel intermède qui ne rimait à rien et taire le hurlement de ses sens, le paroxysme de son amour. Museler son corps, ce traître qui était prêt à toutes les vilenies, à ramper, à hurler « oui ! », à mendier n'importe quoi pour s'accrocher comme une sangsue à un désir viscéral.

En silence, elle se faufila dans le salon où sa fille dormait. Une vague clarté de lune transperçait par intermittence les gros nuages d'orage, révélant sur le petit visage une paix qui contrastait avec son propre tumulte. Elle tomba à genoux près de l'enfant.

Avec émotion, elle détailla les lèvres immatures. Elle retrouvait déjà dans leur ligne pulpeuse la sensualité

1. Afin d'empêcher les puces de s'y accrocher.

nonchalante qui avait été celle de son père. Les paupières n'étaient pas en reste, naturellement fardées de bistre et joliment ourlées de cils si longs qu'ils auraient pu être des ailes de papillon. La chevelure brune, sauvage et odorante comme une fourrure, accentuait cette ascendance indienne en foisonnant sur les joues rebondies en grosses boucles abandonnées.

Jezebel tendit la main pour caresser le petit front. Ce geste tendre lui amena aussitôt l'apaisement dont elle avait besoin. Avec lucidité, elle se dit qu'elle n'était finalement sûre que d'un seul amour, celui qu'elle portait à son enfant.

La lune disparut derrière un nuage, ramenant une nuit plus dense, plus froide. Jezebel récupéra ses ballerines, les enfila dans le noir puis, avec un sanglot ravalé au fond de la gorge, prit sa fille en prenant garde à ne pas la réveiller. Mieux valait partir, reprendre le fil de sa vie avant qu'il ne soit trop tard. Elle aimait Jan Lukas de tout son être, mais dans quelques jours, au mieux quelques semaines, il repartirait pour Calcutta ou pour New York à la recherche d'autres aventures. Un océan les séparerait à nouveau.

Sans un regard derrière elle, elle se faufila dans le couloir. Ses semelles foulaient d'épais tapis persans. De précieuses lampes coiffées d'abat-jour en pâte de verre diffusaient une lumière rose jusqu'à l'ascenseur. Depuis quand n'avait-elle pas évolué dans un monde aussi luxueux ? Le jeune liftier dormait à moitié, le calot de travers. Lorsque la porte s'ouvrit au rez-de-chaussée, elle s'échappa d'un pas vif, le nez plongé dans les cheveux de son enfant.

Il était tôt, les clients de l'hôtel dormaient encore tandis que les femmes de ménage s'activaient. Espérant passer inaperçue avec ses vêtements de pauvresse,

Jezebel se faufila en évitant de regarder autour d'elle. Elle allait atteindre la sortie lorsqu'on la saisit durement par le bras.

Tétanisée, elle crut que Jan l'avait rejointe. Elle se retourna, fit face à un grand Indien dont les yeux roulaient durement sous un turban blanc. Il cracha dans un anglais méprisant une phrase qui l'éberlua :

— L'hôtel n'accepte pas les prostituées ! Sors d'ici, et ne reviens pas !

Rouge de honte, elle se débattit pour échapper à la poigne qui lui meurtrissait le poignet. Ce faisant, elle perdit son chapeau. Ses cheveux roulèrent sur ses épaules. La petite Mary-Leela se mit à pleurer. Le gardien, les yeux rivés sur la manne blonde à laquelle il ne s'attendait pas, recula en bafouillant.

— Pardon, *memsahib*, pardon !

Stupéfait et contrit, il tomba presque à genoux, mais Jezebel ne répondit pas. Au contraire, elle serra plus fort sa fille et détala jusqu'aux portes vitrées. Là, elle poussa le tourniquet et s'engouffra sous la varangue. Elle déboucha sur une belle rotonde réservée aux automobiles. Un ciel zébré de gris l'accueillit. L'aube s'annonçait, évidemment pluvieuse.

Elle partit en courant de plus belle, l'enfant accrochée à ses vêtements. L'Indien la suivit du regard sans oser la poursuivre. En d'autres circonstances, elle aurait pu en rire. En réalité, elle avait surtout envie de pleurer. Cet homme l'avait prise pour une prostituée !

Sur Beach Road, elle prit immédiatement à droite pour remonter en direction de Victoria Street. Distant d'à peine quelques centaines de yards, la flèche blanche et rose de la cathédrale du Bon Berger, qui jouxtait la mission des dames de Saint-Vaillant, dominait quelques toits émaillés de verdure.

Jan Lukas ne s'était pas installé au Raffles Hotel par hasard. Certes, l'établissement était l'un des plus luxueux de Singapour, et correspondait en tout point au standing dont le riche Américain avait l'habitude, mais, surtout, il était proche de la mission du Saint Enfant Jésus-Christ où elle logeait. Dans ce quartier dévolu aux Européens, les deux édifices étaient presque voisins.

Elle ralentit l'allure dans Bras Basah Road. Le trottoir était ponctué par un alignement de gros arbres de pluie[1] qui, dans ce matin pluvieux, suintaient d'humidité. Leurs ombres festonnaient les façades typiquement anglaises des hôtels particuliers, dont les jardins, contraste étonnant, débordaient de palmes et de feuilles géantes avec une luxuriance tout à fait tropicale.

Elle atteignit bientôt le mur chaulé de la mission. La rue était déserte. L'aube teintait de gris les moindres détails. Une petite cloche accrochée dans une guérite invitait les visiteurs à s'annoncer. Elle s'en moqua. Elle avait sa clé.

Le portail débouchait sur une première cour engazonnée, vaste, carrée, bordée au cordeau par de vieux arbres tordus qu'on appelait des bois de condori[2]. Les tommettes du chemin, à la surface usée, inégale, étaient constellées par des traînées de graines semblables à des perles. Les enfants de l'orphelinat, qui venaient chaque année ramasser de quoi faire des colliers, avaient oublié ce surplus et, depuis, les petites boules brunes oscillaient d'une flaque à l'autre au hasard des coups de vent.

Jezebel leva le nez. Au-dessus des branches tortueuses lancées vers le ciel, l'aube s'affirmait, figée en gros nuages

---

1. *Albizia saman*, aussi appelé bois noir d'Haïti, largement introduit en Asie du Sud-Est pour son ombre large.
2. *Adenanthera pavonin*, communément appelés arbres à perles.

lourds de pluie. Des perruches volaient en tous sens, saluant les premières clartés dans un raffut indescriptible. Il allait bientôt être sept heures.

La jeune femme courut jusqu'au bâtiment principal, une grosse bâtisse allongée dont les fenêtres étaient encore closes par d'épais volets de bois. La cour était figée dans le silence ; les religieuses s'étaient toutes réunies à la chapelle pour le premier office religieux. Dans le petit matin maussade, l'église émergeait tel un îlot de lumière.

Jezebel embrassa du regard les lieux où elle vivait depuis presque deux ans. Elle était venue au couvent, malade, affaiblie, enceinte de trois mois et très malheureuse. Elle fuyait une terrible aventure marquée par des deuils, qui l'avait laissée sans forces et emplie de terreur. Entre ces murs blancs paisibles, qui confinaient l'air en un calme monotone et rassurant, elle s'était peu à peu reconstruite.

Certes, elle avait beaucoup pleuré, mais, au fil du temps, un bonheur étrange s'était imposé, doux et immobile, fait d'événements contenus et d'habitudes renouvelées. Elle avait dix-neuf ans, et la vie, malgré les épreuves, ne s'arrêtait pas. Son corps s'était nourri de plaisirs simples : une fraise cueillie dans le potager, un œuf ramassé dans le poulailler, le rire des enfants lors des récréations, la bonne odeur sucrée des tartes à l'ananas les jeudis après-midi, la main de sa fille en caresse légère sur sa joue…

Ici, elle était chez elle. Même si elle ne partageait pas les convictions spirituelles des religieuses qui l'accueillaient, elle se savait la bienvenue. Les dames de Saint-Vaillant lui apportaient une affection sincère. En orpheline sevrée d'amour, elle s'y abreuvait jour après jour.

Sauf que les enfants ne vivent pas éternellement dans une bulle, même lorsqu'ils sont aimés. Un jour, ils doivent grandir et prendre leur envol.

Avec un geste soudain trop brusque, qui trahissait toute son angoisse des lendemains, elle poussa le vantail de bois qui ouvrait sur un vestibule carrelé. Un grand crucifix noir d'ébène, accroché au-dessous de l'œil-de-bœuf, rappelait à toutes les pensionnaires qu'il fallait lever la tête pour regarder Dieu.

Le bâtiment était divisé en deux parties. À droite, le dispensaire était jumelé avec une infirmerie et une pharmacie. L'aile gauche offrait une série de parloirs puis plongeait vers les parties privées par un couloir faiblement éclairé.

Jezebel se dirigea vers les chambrées. Elle voulait confier sa fille à sa nourrice avant de faire un brin de toilette et d'enfiler son uniforme.

La nourrice en question était une jeune Chinoise presque arrivée au terme de sa grossesse, qui s'appelait Hùshì. Après la mort de son vieux mari dont elle avait été la dernière concubine, elle avait fui sa belle-famille qui menaçait de tuer l'enfant à sa naissance, par souci d'héritage. En adoration devant la petite Mary-Leela, elle s'était spontanément proposée pour la garder lorsque sa mère avait eu un poste à l'hôpital.

Jezebel continua à avancer jusqu'au premier dortoir. La pièce était vaste, tapissée de carreaux verdâtres qu'on pouvait laver à grandes eaux. Une bonne vingtaine de corps s'y entassait pêle-mêle sur des paillasses mises bout à bout et posées à même le sol.

Ces femmes étaient d'origine chinoise, malaise et indienne. Elles étaient très jeunes, souvent à peine plus que des enfants. Toutes étaient enceintes. Certaines étaient des veuves dont la belle-famille s'était débarrassée. D'autres, plus misérables encore, avaient été engrossées tandis qu'elles tapinaient sur le port pour le compte d'un maquereau. Elles avaient été vendues par leur famille alors qu'elles n'avaient pas plus de dix ou douze ans. Lorsque leurs ventres étaient devenus trop ronds et qu'elles n'avaient plus pu travailler, leurs « protecteurs » les avaient chassées à grands coups de trique.

Chaque jour, les sœurs françaises de Saint-Vaillant patrouillaient dans les rues les plus sordides de Singapour à la recherche de ces laissées-pour-compte qu'elles ramassaient, soignaient et nourrissaient. Avec patience et persévérance, elles les ramenaient à la mission, s'occupaient d'elles jusqu'à la délivrance, puis s'arrangeaient pour leur trouver un emploi.

Jezebel connaissait le dortoir dans ses moindres recoins. Elle avait dormi ici, avec ces réfugiées et un ventre s'arrondissant de semaine en semaine. Elle aussi avait cru toucher le fond d'un gouffre sombre, avec l'impression de se noyer dans une eau aussi épaisse que de la poix. Pourtant, elle faisait partie des privilégiées. Avec sa peau claire d'Occidentale, son instruction et son éducation, elle n'avait rien à voir avec ces femmes abonnées à une pauvreté viscérale depuis leur plus tendre enfance et qui portaient sur leurs épaules le poids de leur mauvaise naissance avec fatalité.

Elle, au moins, avait encore le luxe inouï de pouvoir pleurer.

Fut-ce cette chance qui lui permit de redresser la tête ? Ou, plus prosaïquement, la douce chaleur qui avait irradié du petit être à peine né que la sage-femme avait posé sur son ventre ?

Tombée en amour devant cette frimousse qui lui rappelait tant le visage de Charu, elle s'était remise à vivre et, malgré les conseils des religieuses qui présentaient le poupon comme un fardeau qui l'empêcherait de renouer avec sa condition d'aristocrate anglaise, elle avait refusé de s'en séparer.

Les mois avaient passé. Elle n'avait jamais regretté sa décision. Les dames de Saint-Vaillant avaient continué à la soutenir en lui offrant protection, nourriture, logement et travail. Peu à peu, elle avait recouvré son équilibre. Elle avait enfoui ses peurs et ses chagrins au plus profond de ses souvenirs. Elle avait redonné à sa vie un cours étale, rythmé par des horaires fixes. Ses seules surprises étaient les progrès de son enfant. Certains jours, elle parvenait presque à se croire libre, responsable et émancipée. Ces jours-là, elle oubliait qu'elle n'était pas tout à fait heureuse.

Laissant là ses souvenirs, Jezebel se glissa vers le fond du dortoir. Ici, derrière un rideau fermant une pièce plus petite, des adolescentes récemment recueillies avaient été installées. Celles-ci étaient tellement habituées à vivre à la belle étoile qu'il fallait, les premiers temps, leur permettre d'installer leurs paillasses sur la terrasse pour que la lune ou la pluie, en inondant leurs visages, leur disent qu'elles n'étaient pas en cage. Sous la varangue, elles étaient alignées, étroitement serrées l'une contre l'autre dans un curieux instinct grégaire. Malgré la sécurité du couvent, elles dormaient les yeux ouverts, constamment sur le qui-vive, imaginant peut-être qu'un tigre ou un homme pouvaient jaillir dans la nuit et les emporter vers l'enfer.

Certaines n'avaient pas plus de douze ans mais n'avaient plus rien de l'enfant. Elles avaient déjà survécu à tout, peut-être même à la noyade qui aurait dû les emporter dès la naissance, simplement parce qu'elles étaient nées filles et que la plupart des parents possédaient une bassine prévue à cet usage.

Elles se ressemblaient toutes, avec leurs corps dénutris, maigres et secs, et leurs visages tendus sur des pommettes émaciées. Leurs gros ventres étaient proches du terme, mais elles continuaient à attendre avec fatalisme ce que la vie leur réservait, résignées depuis la nuit des temps, uniquement occupées à survivre un jour de plus, puis un autre jour encore.

Sans doute ne croyaient-elles plus en rien, hormis en la dureté de ce monde. Pour elles, l'enfant à venir n'était pas un bonheur, mais un fardeau dont elles portaient la croix depuis que l'humanité avait émergé des abysses.

Jezebel serra les bras autour de sa fille en espérant la protéger de tous les sorts funestes à venir. Elle se faufila jusqu'à la natte où sommeillait une jeune Chinoise. Couchée en chien de fusil, cette dernière avait un corps frêle et un visage délicat sous l'épaisse frange de cheveux noirs. Elle se réveilla en sursaut lorsque Jezebel se pencha vers la nacelle garnie de dentelles qui servait de berceau.

— Non, non, *missy*, donnez-la moi, réclama-t-elle en tendant les bras. Vous savez qu'elle n'aime pas trop ce lit en osier. Elle y pleure toujours beaucoup.

— Elle pleure parce que tu la gâtes horriblement, souffla Jezebel avec une indulgence pleine d'affection. Allons, rendors-toi vite, il est encore tôt.

L'enfant reconnut sa nourrice dans son demi-sommeil et se nicha confortablement contre elle. Attendrie, Jezebel la regarda un instant, jusqu'à ce que Hùshì la houspille d'un ton moqueur :

— Allons, allons, *missy*, vous allez être en retard ! Ce n'est pas bien d'arriver en retard à l'hôpital ! Allez, partez ! Je m'occupe du bébé.

Jezebel se hâta vers sa chambre. Elle logeait dans une cellule au confort spartiate dont elle avait héritée lorsque la précédente locataire était partie en mission d'évangélisation à Bornéo. Sa première attention fut pour la cage montée sur pied installée près de la fenêtre. À l'intérieur, deux oiseaux bengalis se poursuivaient en gazouillant. Elle changea leur eau et leur donna des graines fraîches tout en leur parlant tendrement. Ils étaient de cette race qu'on disait inséparable. Leur couple se formait pour la vie, au point que si l'un d'eux venait à disparaître, l'autre était si malheureux qu'il se laissait mourir de chagrin.

Jan les lui avait offerts lorsqu'elle l'avait quitté, en y joignant un mot qui disait : *Vous êtes mon inséparable, tout comme je suis le vôtre.*

Évidemment, ce souvenir la fit à nouveau pleurer.

Qu'était-elle en train de faire ? Pourquoi le quittait-elle à nouveau ? Pourquoi ne parvenait-elle pas à accepter son amour, quitte à en apprivoiser les aléas au fur et à mesure qu'ils se présenteraient ? De quoi avait-elle peur ? D'être plus blessée qu'elle ne l'était déjà ?

Elle faillit se lever pour courir à nouveau vers le Raffles Hotel, puis elle se souvint du gardien qui l'avait prise pour une prostituée. Cela la doucha. Elle n'était pas sotte. Elle savait que ce destin attendait souvent les jeunes femmes qui avaient charge d'enfant et qui cédaient aux belles paroles des séducteurs.

À nouveau sûre de son choix, elle ôta ses frusques poussiéreuses, les jeta en boule dans une corbeille, se lava rapidement à la cuvette d'eau froide. Il fallait se dépêcher, l'heure tournait et le responsable de son service, le docteur Mason, ne pardonnait aucun retard.

Enfin, elle se rua dans le corridor, vêtue d'un uniforme d'infirmière en grosse toile blanche tellement amidonnée qu'elle en avait les gestes entravés. Elle terminait d'ajuster le bandeau à la croix rouge dans ses cheveux lorsqu'elle heurta une religieuse. Confuse, elle reconnut sœur Anne-Carole, la directrice du couvent.

— Apparemment, ma chère petite, j'arrive à temps pour vous parler.

Sœur Anne-Carole était une femme entre deux âges, proche de la quarantaine. Les traits de son visage étaient simples et ordinaires, bien que marqués par une certaine autorité qu'adoucissaient des yeux pétillants couleur de noisette. D'une taille moyenne, son corps était sans doute mince, mais tellement enveloppé de jupes et de voiles qu'il en devenait imposant. Elle avait couru, ce qui ne seyait guère à une mère supérieure.

Jezebel haussa un sourcil perplexe.

— De quoi voulez-vous me parler, ma mère ? Je suis presque en retard, je préférerais qu'on remette cette conversation à ce soir.

La religieuse eut un petit rire.

— Ne vous inquiétez pas pour votre retard, mon enfant. J'ai pris la liberté de prévenir le docteur Mason que vous ne viendriez pas travailler aujourd'hui.

— Qu'avez-vous fait ? s'exclama Jezebel, abasourdie. Mais pourquoi cette initiative ? Je suis très heureuse de travailler à l'hôpital !

Sœur Anne-Carole continua à s'esclaffer, comme si elle riait toute seule d'une bonne plaisanterie. Elle prit sa protégée par le bras et l'entraîna familièrement avec elle.

— Allons, allons, calmez-vous, ma fille, je vais tout vous expliquer. Pour cela, allons plutôt dans mon bureau.

La mine perplexe, Jezebel n'eut d'autre choix que d'obtempérer.

*

Le bureau de la mère supérieure était muni de plusieurs fenêtres qui donnaient sur la cour. Les hautes frondaisons des arbres à perles dispensaient une belle lumière tamisée qui rendait la pièce confortable en toutes circonstances.

Celle-ci était chichement meublée, carrelée de noir et de blanc, et lambrissée au plafond par d'épaisses solives. Au centre, des dossiers encombraient une table de travail éclairée d'une lampe ornée d'un abat-jour vert. Une très belle bibliothèque occupait tout un pan de mur. Près d'une fenêtre, deux grands fauteuils capitonnés placés en vis-à-vis étaient réservés aux visiteurs.

Un homme se tenait là, debout à contre-jour, les mains croisées dans le dos, le regard plongé vers l'extérieur. L'impatience l'empêchait de s'asseoir. Lorsque la porte s'ouvrit, il se retourna vivement. Jezebel s'immobilisa. Elle venait de reconnaître Jan Lukas sans même voir son visage. Aussitôt, ses jambes s'amollirent, et son cœur s'affola.

— Ma chère enfant, est-il nécessaire de vous présenter monsieur Lukas que, je crois, vous connaissez très bien ? susurra sœur Anne-Carole avec un petit ton ironique qui tomba à plat parce que les deux jeunes gens ne lui prêtaient aucune attention, uniquement occupés à se dévorer du regard comme s'ils ne s'étaient pas vus depuis une éternité.

Jan sourit. Il était très amusé de voir Jezebel jouer les caméléons d'un jour à l'autre en passant d'une tenue de pauvresse chinoise à cette jupe à la longueur sévère, empesée et caparaçonnée d'un corsage pudibond qui la rendait presque sévère. Elle lui avait dit qu'elle était infirmière, mais il ne s'était pas attendu à la voir en uniforme de travail.

— Jan, dit-elle.

— Pourquoi es-tu partie ce matin ? souffla-t-il.

Sœur Anne-Carole recula vers la porte.

— Je vais vous laisser discuter entre vous, mes enfants. Il me semble que vous avez beaucoup de choses à vous dire.

Les deux jeunes gens craignirent peut-être de rester seul l'un en face de l'autre. Ils la retinrent d'un même cri :

— Non, ma mère, ne partez pas !

La religieuse les dévisagea à tour de rôle, de plus en plus perplexe. Jan insista.

— Je vous en prie, ma mère, restez. J'ai besoin d'un témoin pour certifier de ma bonne foi.

La mère abbesse inclina sobrement la tête.

— Puisque vous l'estimez nécessaire, monsieur Lukas, je me mets à votre disposition.

— Je tiens à votre présence, ma mère. Je suis venu faire une demande en mariage.

Foudroyée, Jezebel ne bougea pas.

Ou plutôt, elle tangua sur place, les mains appuyées contre son cœur comme pour en contenir les battements affolés. Dans son uniforme raide et blanc, avec son bandeau qui resserrait ses cheveux et accentuait l'ovale de son visage, elle avait quelque chose de fragile, ou de tragique, il ne sut pas trop. Il avança d'un pas. Il se rappelait surtout son corps sensuel ployé sous ses baisers, qu'il avait passé la nuit à conduire vers le plaisir. Sa voix s'affermit.

— Jezebel Tyler, *my sweet love*, je suis venu te demander de m'épouser.

— C'est impossible ! se récria-t-elle. Tu ne peux pas me demander ça comme ça !

— Désires-tu me voir tomber à genoux devant toi ? Cela peut se faire !

D'un geste grandiloquent, il jeta un mouchoir au sol pour s'y agenouiller. Elle ne sembla pas goûter la plaisanterie. Au contraire, elle le regarda avec un affolement grandissant.

— Tu ne peux pas m'épouser !

Cette fois-ci, piqué, il fît montre d'un peu de sécheresse.

— Et pourquoi donc ?

— Mais c'est impossible ! continua-t-elle sur le même ton paniqué. J'ai un enfant. Je suis une fille-mère ! J'ai dérogé à mon rang, à mon éducation. J'ai rompu mes fiançailles pour m'enfuir comme une voleuse. Je n'ai plus aucune réputation. Je suis une fille perdue, une moins-que-rien, une misérable, une…

Il leva la main pour faire taire ce flot de violence avec laquelle elle s'autoflagellait. Il avait retrouvé son ironie coutumière.

— Eh bien, *darling*, il faudra me dire à quel moment de la nuit je t'ai à ce point fait défaut pour que tu me prennes pour un fils de bonne famille, installé dans une bourgeoisie confite de bienséance et de conventions…

Cette fois, sœur Anne-Carole sortit, tandis que Jezebel, écarlate jusqu'à la racine des cheveux, s'écriait de plus belle :

— Non, non et non, je ne te laisserai pas faire ça ! Je t'ai vu dans cet article du *New York Times*, avec toutes ces belles femmes à ton bras, ces actrices, ces héritières fortunées ! Je n'ai aucune place dans une telle vie.

Il faillit éclater de rire, rassuré. Allons donc, ce n'était que ça. Elle l'avait vu dans un journal et, en véritable sotte un peu jalouse, elle s'était monté la tête. Il la gronda tendrement :

— Chut, ma petite capricieuse. Ou plutôt, réponds-moi « oui » ! Voilà des mois que nous jouons à ces allers-retours imbéciles, je refuse d'être plus longtemps une marionnette entre tes doigts, si charmants soient-ils.

Elle continua à se tordre les mains, incapable de se maîtriser. Il s'avança d'un grand pas vers elle pour les prendre dans les siennes. Elle tremblait comme un oiseau prisonnier dans une cage. Il se pencha avec fermeté.

— Écoute-moi, *darling*, je t'épouse parce que je te veux. Je ne suis pas de bois ! Je te regarde et j'ai juste envie de t'embrasser, d'arracher cette robe qui nous sépare et de te faire l'amour. Je ne jouerai pas plus longtemps à ce jeu ridicule qui me fait faire un pas en avant, et toi un pas en arrière. Je ne suis pas un de ces aristocrates ampoulés que tu as l'habitude de côtoyer, qui se meurt stupidement en attendant un vague mot de ta part. Je suis un aventurier, qui prend ce qu'il y a à prendre. Jezebel, je te le dis et redis, je te veux. Donc je t'épouse pour que tu sois à moi, et que tu cesses de constamment vouloir m'échapper.

Prise dans le velours de ses yeux, elle comprit peu à peu le sens des mots qu'il lui jetait comme une proclamation de guerre, y vit enfin une grande déclaration d'amour, et le ravissement inonda son visage.

— Es-tu en train de me dire que tu m'aimes donc un petit peu ?

— Fichue tête de bois, hurla-t-il. Quand vas-tu comprendre que je t'aime à la folie ?

Il dut la retenir, car elle partait à la renverse.

— Tu m'aimes… répéta-t-elle en regardant vers les anges. Tu m'aimes… tu m'aimes… tu m'aimes…

— Tout est donc réglé, inutile de discuter plus avant.

— Mais… mais… bafouilla-t-elle encore, à nouveau prise d'un doute.

— Je t'aime, tu m'aimes. Nous allons donc nous marier. Il n'y a rien à ajouter, Jezebel. Je t'envoie sœur Anne-Carole qui organisera la cérémonie religieuse. Je m'occupe de tout le reste.

Il s'éloignait déjà, ouvrait la porte pour sortir dans le couloir. Elle le rattrapa, s'accrocha à son bras.

— Tu ne vas pas déjà partir !

Il s'immobilisa, leva les yeux au ciel.

— N'est-ce pas ce que tu as fait ce matin ? Moi, au moins, je prends la peine de te laisser une promesse d'avenir.

Elle rougit à nouveau, mais leva avec courage son petit visage éploré, aux lèvres suppliantes.

— Tout de même, ne pars pas sans m'embrasser !

Il crut fondre sur place, se reprit et railla :

— Décidément, tu ne sais pas plus à vingt ans qu'à seize ce que tu veux ! Eh bien, *dear countess*, sache que si tu désires à nouveau être embrassée, je serai ton serviteur le plus dévoué au soir de nos noces, ajouta-t-il d'une voix rauque, en un murmure à elle seule audible. Je crois même que je te ferai l'amour jusqu'à te faire crier grâce pour te punir d'avoir été si vilaine !

Elle recula d'un pas incertain.

— Je te déteste ! souffla-t-elle, d'un ton qui disait clairement le contraire.

Il eut un grand rire heureux, puis la salua avec sa morgue habituelle.

— Et moi je t'adore, *my sweet love*.

3

10 septembre 1921
Singapour

Jezebel se contorsionna en tous sens en cherchant à s'approprier le reflet immaculé que lui renvoyait le miroir posé devant elle. Elle se tenait debout au milieu de la salle à manger de la mission du Saint Enfant Jésus-Christ, transformée pour l'heure en salon d'habillage. Dans l'angle de la pièce, la grosse horloge comtoise marquait treize heures. Le lent balancier, qui générait un tic-tac régulier, créait une atmosphère curieusement hors du temps, mais cela ne suffisait pas à calmer sa nervosité. Dans deux heures, elle se rendrait en tête de cortège pour se marier à la cathédrale du Bon Berger. Jan Lukas avait fait sa demande une douzaine de jours auparavant. Depuis, le temps avait filé sans réserve jusqu'à aujourd'hui, le «grand» jour, celui qu'elle attendait et redoutait tout à la fois.

Ce soir, elle porterait un autre nom. Ce soir, surtout, elle ne dormirait plus seule.

À cette évocation, une lente chaleur remonta de son ventre à son cœur, la faisant rougir.

Elle ne parvenait toujours pas à croire qu'elle allait vraiment se marier. Pleine de confusion, partagée entre l'exaltation et l'angoisse, elle se tortilla tellement qu'elle fut rappelée à l'ordre par la couturière.

— Mademoiselle, cessez de vous agiter et tournez lentement sur vous-même, que je puisse vérifier si l'ourlet est bien droit.

Elle obéit en espérant masquer sa tempête intérieure. Elle se tenait debout sur un petit escabeau qui la rehaussait, tandis que madame Henriette, veuve Trébuchet, évaluait d'un œil acéré les éventuelles imperfections de son chef-d'œuvre. Originaire de Nantua, cette Française était arrivée à Singapour vingt ans auparavant dans les bagages d'un négociant en caoutchouc qui avait succombé à une fièvre des marécages dès les premiers jours de son installation. Devenue veuve et sans le sou, Henriette Trébuchet avait fait front en ouvrant un atelier de couture.

Très vite, ses ouvrages à la facture simple et solide avaient été appréciés par les dames de Saint-Vaillant qui, depuis, faisaient appel à ses talents pour la confection de leurs vêtements quotidiens et du linge de maison. Tout naturellement, elles l'avaient sollicitée pour réaliser en urgence une robe de mariée, ce qui avait autant surpris que flatté la couturière peu habituée à travailler pour de telles occasions.

Après de nombreuses hésitations, madame Henriette avait fini par accepter la requête formulée en personne par la mère supérieure du couvent. Sœur Anne-Carole avait su se montrer convaincante. Au cœur des négociations, elle avait aligné sur la table une pleine bourse de souverains or anglais sortie d'on ne savait où, en précisant que le couvent prendrait également à sa charge toute la matière première nécessaire, qu'il s'agisse des tissus, satins, rubans, dentelles et fils à coudre.

Depuis, la couturière travaillait d'arrache-pied, mettant un point d'honneur à confectionner ce qu'elle considérait comme l'œuvre de sa vie. Après avoir écumé ses fournisseurs, qui étaient pour la plupart des négociants chinois ou libanais prêts à se plier en quatre pour la satisfaire, elle avait déniché des pièces de tissu exceptionnelles qui lui avaient permis de réussir une merveille de satin et de dentelle. La coupe était volontairement simple, il s'agissait après tout d'un mariage et non d'un bal, mais les détails très à la mode étaient directement inspirés des catalogues de la haute couture de Paris.

— Tournez encore un peu, mademoiselle, exigea la couturière, des épingles plein la bouche.

Jezebel s'exécuta de bonne grâce. Madame Henriette, malgré ses hanches rebondies et son menton bien en chair qui semblaient davantage la destiner à officier dans des cuisines, savait ce qu'elle faisait. En un temps record, elle avait réussi un miracle de beauté : la robe était sublime. La mère abbesse, qui suivait cet ultime essayage avec beaucoup d'attention, fut la première à le reconnaître.

— C'est très réussi, madame Henriette. Je ne pense pas qu'il y ait quoi que ce soit à refaire, la moindre couture est impeccable. Vous avez fait de l'excellent ouvrage.

Sous le compliment, la couturière vira au carmin.

— Ah, mais, il me semble que, là, ce petit pli… hasarda-t-elle en fronçant des sourcils.

— Non, non, n'y touchez plus, coupa sœur Anne-Carole. Le tombé est magnifique. C'est une splendeur…

— Il est vrai que mademoiselle fut un modèle inespéré, pérora la couturière qui, en bonne commerçante, cherchait à rendre les compliments qu'on lui faisait. Sa taille est si fine, et ses formes si voluptueuses que ce fut un plaisir pour… pour…

Elle se tut brusquement en se rappelant qu'elle était dans un couvent et qu'elle s'adressait à une religieuse. Se détournant, elle piqua un nez perlé de sueur vers sa boîte à ouvrage et y jeta pêle-mêle les restes de ruban et les bobines de fil entamées. Dans le miroir, Jezebel chercha son regard pour lui adresser un sourire reconnaissant.

— Vous êtes très gentille, madame Henriette, mais bien trop modeste. Vraiment, cette robe est votre œuvre, elle ne me doit rien ! Même sur un cintre, elle se suffit à elle-même. Je la trouve parfaite.

De fait, elle ne cessait de revenir à son reflet, tant elle admirait cette belle jeune femme blonde coiffée à ravir dont elle reconnaissait à peine la longue silhouette élégante et la taille élancée. En cet instant, elle n'avait plus rien de commun avec l'infirmière à la mine sévère, enchâssée dans son uniforme raide et pesant, ni avec la sauvageonne cachée dans de vieux vêtements rapiécés qui crapahutait dans le Singapour populaire en se faisant passer pour une Chinoise.

La belle robe la métamorphosait en une splendide princesse, avec son corsage taille basse très « charleston » qui épousait ses formes sans les entraver, et sa toute petite manche en dentelle qui amenait juste ce qu'il fallait de décence pour une cérémonie religieuse tout en jouant avec la peau très claire des épaules. En regard, le décolleté demeurait sage, comme il se devait pour une robe de mariée, mais il était joliment ajouré d'une fine broderie qui répondait au voile de dentelle arachnéenne cousu sur un petit chapeau cloche réalisé en crochet. Ce voile virginal, très long sur l'arrière, était retenu sur les tempes par un gros bouillonné de roses en soie. Il recouvrait l'épais chignon enroulé sur la nuque, lui-même piqué de fleurs blanches. Quant à la jupe d'organza, elle était raccourcie au-dessus du jupon de satin broché organisé en plis plats, dont on voyait les festons. L'ensemble moussait autour des chevilles dès le moindre mouvement, ce qui mettait en valeur les bas immaculés et les escarpins assortis.

Tandis que la couturière prenait congé, Jezebel croisa le regard de sœur Anne-Carole qui se haussait par-dessus son épaule. La religieuse venait de découvrir quelques détails qui lui amenaient une moue dubitative. Elle les évoqua aussitôt :

— Tout de même, ma petite, il y a plusieurs fioritures qui me semblent trop « exotiques » pour un mariage…

Jezebel se mit à rire, puis répondit avec de la tendresse dans la voix.

— Je sais, ma mère, je sais, mais tant pis ! Que voulez-vous, chacun a voulu me souhaiter du bonheur à sa façon, je ne pouvais pas refuser, cela partait d'un si bon sentiment.

Par exemple, Hùshì, la jeune nourrice chinoise qui s'occupait de sa fille, avait tenu à apposer sur la robe trop immaculée à son goût une note de rouge, qui était traditionnellement la couleur de la joie pour son peuple.

— Il faut toujours se marier avec du rouge ! avait-elle déclaré avant de tresser elle-même une couronne avec des fleurs d'hibiscus cramoisies cueillies tôt le matin, qu'elle avait par la suite déposée sur le voile avec un sourire ravi.

Jezebel l'avait laissée agir à sa guise. Elle n'avait pas voulu lui faire de peine. Et puis, ce rouge pimpant réveillait un peu tout ce blanc trop virginal, et c'était très réussi.

De la même façon, elle avait accepté de porter aux poignets toute une série d'amulettes indiennes, des *kangans*[1] consacrés par un brahmane qui cliquetaient joliment à chacun de ses mouvements. Ils avaient été offerts par Teesara, son amie *hijra*[2].

---

1. Bracelets symbole du mariage.
2. Personne émasculée qui n'est ni homme, ni femme. Aussi appelée *ladyboy* ou *katoï*.

Teesara n'était pas une femme, ni même un homme. Dans son enfance, elle avait été émasculée par un oncle qui désirait en faire un « troisième sexe », une *hijra*. Dans la société indienne, les *hijras* étaient à la fois craintes et vénérées. Elles vivaient en marge, dans des demeures où elles se regroupaient autour d'un guru, et apportaient chance et bénédiction à ceux qui les sollicitaient. Certaines se prostituaient, d'autres se contentaient de chanter ou de danser en échange d'aumônes. L'arrivée des Anglais avait mis à mal ce statu quo. Choqués par ce qu'ils considéraient comme une tare contre-nature, voire une perversion, les représentants du Raj britannique avaient fait voter de nouvelles lois, accentuant l'intolérance et les interdictions.

Teesara, persécutée du jour au lendemain, avait fui son village natal du Nord de l'Inde pour s'installer à Singapour, dans un *gurukula*[1]. Depuis, elle s'efforçait de gagner sa vie en s'invitant aux cérémonies de naissance ou de mariage, attirant la bénédiction des dieux hindous contre de l'argent et de la nourriture. On la craignait, car elle était prompte à jeter la honte sur quiconque en relevant ses jupes et en lui montrant ses cicatrices. L'année dernière, elle avait été battue et laissée pour morte dans une rue, un couteau dans le ventre. Jezebel avait aidé à la soigner. À cette époque, elle était enceinte et l'*hijra*, reconnaissante des soins qu'elle lui avait prodigués, avait tenu à bénir son enfant selon les rites indiens.

De là, une amitié était née, et Jezebel venait souvent demander conseil à l'*hijra* sur l'éducation de sa fille, car elle voulait maintenir un lien avec l'Inde, le pays du

---

1. Un lieu utilisé pour la formation par un guru, où ce dernier vit avec ses disciples.

père de l'enfant. Elle avait d'ailleurs donné à la petite un double prénom qui marquait sa double origine : Mary, en souvenir du nom dont l'avait affublée Jan Lukas durant leur fuite dans les Sundarbans, et Leela sur la suggestion de Teesara, parce que cela signifiait « La reine de beauté » et que ce prénom indien était magnifique.

Lorsque l'*hijra* avait appris son futur mariage, elle en avait été si heureuse qu'elle avait aussitôt proposé de la « marrainer » pour tout ce qui concernait les soins esthétiques et le maquillage. La veille du grand jour, elle était venue la chercher pour effectuer les rites de préparation à la cérémonie. Dansant et chantant, elle avait amené son amie anglaise dans le *gurukula* du quartier indien de Sri Mariamman où, durant plusieurs heures, elle s'était fait aider de ses « sœurs » pour lui offrir un moment hors du temps.

Jezebel, gênée mais curieuse, s'était laissé faire. Dans la cour de terre battue, sous un soleil éclatant, une *hijra* en sari rose s'était accroupie pour jouer du sitar[1]. Dans les notes harmonieuses, étranges, tellement différentes des musiques occidentales, la jeune Anglaise était devenue le centre d'une ronde. On se trémoussait, on la touchait, on lui souhaitait la bienvenue.

Plus tard, elle avait été amenée dans le secret d'une alcôve fermée par un rideau. Elle s'y était dénudée pour laisser Teesara lui masser le corps avec le *garshan*[2] rituel. Tandis que la rude caresse rougissait sa peau, elle avait fermé les yeux. Ses pensées dérivaient vers le lendemain, vers ce mariage auquel elle ne parvenait pas encore à croire. Tout lui paraissait beau mais irréel, et le fait que

1. Instrument de musique à cordes pincées typique de l'Inde.
2. Gant spécial ayurvédique.

Jan Lukas ne se soit pas manifesté une seule fois durant ces deux semaines de préparatifs n'y était sans doute pas étranger.

Laissant filer les jours, l'Américain s'était contenté de lui envoyer quelques billets doux avec des « je t'aime » écrits à la file, et des bouquets de roses rouges. Jezebel avait digéré sa déception. Ces menus présents étaient peu de chose face au manque qui naissait de l'absence. Elle en était d'ailleurs la première surprise : avait-il donc suffi d'une nuit pour la rendre dépendante de ses baisers, de ses caresses aussi douces que hardies, de son corps se frottant contre le sien, de leurs parfums se mêlant, de leurs cœurs battant à l'unisson ?

Troublée, elle se prêtait aux mains de Teesara en soupirant de volupté, et cette dernière riait, devinant que ses pensées n'étaient pas auprès d'elle.

— Ayah ! Toi, tu rêves à ton beau fiancé !

Jezebel avait fait la moue :

— Comment sais-tu qu'il est beau ? L'as-tu déjà vu ?

— Non, je ne l'ai jamais vu, mais j'aurais pu si j'avais voulu, il ne vit pas caché. On dit qu'il va beaucoup au club de polo, et aussi dans les marchés et les vieilles boutiques chinoises près du port, où il achète des objets anciens. Je sais qu'il est beau, parce que tu rêves de lui !

Jezebel donna à l'*hijra* une tape affectueuse.

— Tais-toi, vilaine, tu dis des bêtises. Et masse-moi encore.

Après l'épilation à la pâte de sucre, que Teesara avait tenté de faire intégrale conformément aux coutumes indiennes, mais que la jeune Anglaise avait refusé en rougissant de honte, un bain parfumé au santal avait suivi. Les mains expertes de l'*hijra* l'avaient massée de la tête aux pieds avec une huile au jasmin. Elle avait ensuite enduit sa figure d'un épais masque au curcuma afin d'unifier son teint, et lustré ses cheveux de graisse de coco avant de longuement les peigner.

À la fin, Teesara avait préparé son visage pour le traditionnel soin à la poudre d'or.

Ce rituel utilisait vraiment de l'or, qui était censé assainir la peau et la rendre encore plus éclatante. Jezebel avait failli en pleurer, car elle savait les *hijras* pauvres et le soin onéreux, mais Teesara avait posé un doigt sur sa bouche pour la faire taire.

— Tu es mon amie, *nanhi angrez*[1]. Après ce que tu as fait pour moi, je peux bien faire cela pour toi. Le mariage t'apportera le bonheur. À partir d'aujourd'hui, il faut que tu sois toujours heureuse.

Ce souvenir fit soupirer Jezebel. Par-dessus le tic-tac de l'horloge comtoise, elle avait à nouveau l'impression d'entendre le sitar jouer sa complainte mélodieuse, avec ses notes sereines, répétitives, rassurantes. Elle leva ses mains dans les rayons du soleil qui passaient par les persiennes et admira une fois de plus les belles arabesques que la pâte de henné avait laissées sur sa peau.

— Il faudra mettre des gants, commenta sœur Anne-Carole, dont le regard perplexe s'était à son tour attardé sur la frise qui ornait ses paumes et courait autour des poignets. Votre amie Teesara a tout de même un peu exagéré. Vous allez vous marier dans une église catholique, et non selon des rites hindous. Votre futur époux est un Américain, ce n'est pas un prince indien. En êtes-vous bien consciente ?

Jezebel se figea, puis haussa les épaules.

— Bah, il s'agit tout de même d'un mariage cosmopolite… Comme vous le dites si bien, ma mère, je suis

1. Petite Anglaise, en hindi, en mode affectueux.

anglaise et mon fiancé est américain. La cérémonie sera catholique, le prêtre français, et le vin d'honneur servi par des Indiens et des Chinois… Alors, un peu de rouge porte-bonheur dans mes cheveux, des mains teintes au henné et un maquillage indien, ça ne dépareille pas tant que cela, non ?

Sœur Anne-Carole n'insista pas. L'affection qu'elle éprouvait pour sa protégée suffisait toujours à faire taire les quelques idées préconçues qu'elle avait conservées de sa vie d'avant l'Asie. Surtout, elle admirait cette jeune Anglaise malmenée par l'adversité, qui osait vivre comme elle-même n'avait jamais eu le courage de vivre.

Elle ferma brièvement les yeux. Elle aussi, vingt années auparavant, s'était retrouvée enceinte hors mariage. Elle venait de finir des études de médecine. Pour réussir à obtenir son diplôme, elle s'était battue comme une lionne contre tous les préjugés, l'administration, les hommes, les professeurs et les élèves. Ce combat l'avait tellement usée que, lorsqu'il avait fallu faire un choix, elle n'avait pas trouvé le courage de garder l'enfant.

Depuis, cette décision était son éternelle repentance. Réfugiée dans un couvent pour l'expier chaque jour, elle se battait pour sauver des mères, des enfants, des nouveau-nés, qu'elle arrachait à la rue, à la violence, en gouttes d'eau noyées dans une mer de misère. Leurs visages innocents avaient toujours les traits du nourrisson qu'elle avait abandonné.

— Teesara et Hùshì sont mes amies, reprit Jezebel. Comment pourrais-je avoir le cœur de les empêcher de me souhaiter du bonheur à leur façon ?

La mère abbesse acquiesça, puis l'embrassa sur le front.

— Oubliez ce que je viens de dire, ma chère petite, c'est vous qui avez raison. L'important est que vous soyez enfin heureuse. Car vous l'êtes, n'est-ce pas ?

Le regard noisette, si facilement perspicace, se rivait au fond des yeux bleu saphir, cherchant à déchiffrer ce qui y flottait.

— Oui, oui, assura Jezebel en détournant le visage.

Pour se donner une contenance, elle lissa machinalement l'arc de ses sourcils soigneusement épilé. Teesara était revenue le matin même, à l'aube, avec au bras un panier rempli de secrets.

— Que vas-tu me faire aujourd'hui, sorcière ? lui avait lancé avec force ironie la jeune Anglaise. Dois-je encore être massée, frottée, grattée et polie sous tous les angles ?

— Non, non, avait répondu l'*hijra* avec un grand sourire immaculé qui avait rendu son visage encore plus joyeux. Aujourd'hui est *le* grand jour. Je suis venue pour te maquiller. Je vais faire de toi une véritable princesse indienne !

Avec un air mystérieux, elle avait sorti du panier des dizaines de boîtes et d'onguents, des crayons et des pâtes, et elle s'était surpassée. À la fin, le maquillage était quelque peu outrancier pour une cérémonie de mariage, mais tout de même très réussi.

Sur un teint laissé au naturel, à peine unifié d'un nuage de poudre, l'*hijra* avait mis l'accent sur les yeux, qu'elle avait cerclés avec un épais trait de *kajal*, un baume de couleur noire fabriqué à base de *ghee*[1]. Ce fard sombre donnait à l'ensemble du visage un éclat saisissant, faisant de Jezebel une actrice hollywoodienne doublée d'une déesse exotique, aussi émouvante qu'ensorcelante.

— Bon, je l'avoue, Teesara a fait preuve d'un véritable talent, confirma sœur Anne-Carole après l'avoir

1. Beurre fondu débarrassé de ses impuretés.

détaillée de la même façon. Vous êtes une mariée d'une beauté renversante, mon petit.

Jezebel répondit d'un sourire timide. À nouveau, la peur la saisissait face à un avenir qu'elle ne parvenait pas encore à croire serein. Elle accrocha les yeux bruns qui l'observaient attentivement.

— Ma mère, pensez-vous sincèrement que je sois assez belle pour toujours lui faire oublier qu'il n'aura pas été le premier ?

Comprenant son angoisse, la religieuse la prit spontanément dans ses bras et la serra sur son cœur.

— Ma chère enfant, vous avez beau être anglaise, il vous faut comprendre que le temps de Shakespeare est révolu. Plus personne ne vit en tragédienne, nous sommes au XXe siècle tout de même ! Je n'ai qu'un conseil à vous donner : vivez le bonheur au fur et à mesure qu'il se présentera. Ce sera le garant d'une vie de félicité. Et puis, soyez rassurée : malgré vos doutes, vous avez tout ce qu'il faut pour rendre un homme éternellement fou de vous, je peux vous le certifier !

Jezebel rougit violemment, le cœur transporté.

*

La cathédrale du Bon Berger était la plus vieille église catholique de Singapour. Elle avait été construite en 1843 par un missionnaire français qui venait tout juste d'arriver sur ce territoire britannique, le père Jean-Marie Beurel. À cette époque, Singapour n'était encore qu'un tout petit poste commercial. Depuis, le port avait pris de l'extension, sous l'influence de la Chine, et la cathédrale était devenu le siège du diocèse de Malacca.

Le bâtiment avait une taille ambitieuse mais une facture relativement simple, dont la majesté naissait essentiellement du fronton de style Renaissance. Une alternance de colonnes finissait par une flèche octogonale, elle-même surmontée d'une petite croix de fer. Les murs étaient peints de couleurs pimpantes, blanc et rouge. Ils tranchaient joliment avec les îlots verdoyants du jardin, d'où émergeaient des palmiers et de nombreuses bougainvillées. Sous un surplomb, l'escalier plus large que haut menait à une porte monumentale. Là, bien au sec et bien droite dans sa mandorle, la statue du Bon Berger bénissait ses ouailles en tenant un agneau dans les mains.

Jezebel avait été voiturée dans une calèche louée pour l'occasion. Maintenant, elle attendait le début de la cérémonie en tordant son cou vers la porte ouverte, espérant apercevoir Jan qu'elle n'avait pas vu depuis des jours. De l'intérieur de la cathédrale lui parvenait une odeur de cire et d'encens. Tous les invités étaient déjà installés, ses amies et ses proches, sœur Anne-Carole bien sûr, et sœur Lydie, sœur Pascaline et la nonnette Justine, aux pensées un peu simplettes mais à la gaieté de pinson. Plusieurs de ses collègues infirmières étaient venues en curieuses, elle ne pouvait les en blâmer. L'annonce du mariage les avait toutes étonnées, encore plus lorsqu'elles avaient appris que le marié était un Américain extrêmement séduisant, et fortuné de surcroît.

Enfin, il y avait tous ces gens qu'elle ne connaissait pas, une foule incroyable venue sans doute pour le marié, des notables riches et élégants dont les femmes apprêtées minaudaient sous de grands chapeaux. Et puis, il y avait aussi ces quelques vieilles bigotes à l'air poussiéreux que les enfants de chœur n'avaient pas osé chasser des bancs où elles s'étaient incrustées depuis le matin.

De plus en plus agitée, Jezebel tritura le bouquet d'orchidées blanches qu'une des dames de Saint-Vaillant lui avait placé dans les mains peu de temps auparavant. Elle était si nerveuse qu'elle ne savait plus si elle avait envie de rire ou de pleurer.

— Allons, allons, mon petit, lui dit le docteur Mason debout à son côté, en lui souriant d'un air bienveillant. Tout va bien se passer.

Elle hocha la tête distraitement. Jacob Mason était le chirurgien responsable du service d'obstétrique du KK Hospital où elle travaillait. Lorsqu'elle l'avait informé de son futur mariage, il s'était spontanément offert de la conduire à l'autel. Il la savait orpheline.

C'était un homme de taille moyenne, le cheveu rare malgré un âge flirtant à peine avec la quarantaine. Pour l'occasion, il avait remplacé son éternelle blouse blanche par un très beau costume trois pièces en lin mêlé de soie. Une cravate à pois et un haut-de-forme un peu désuet achevaient de lui conférer une élégance qu'elle n'avait pas l'habitude de lui voir.

Au début de leur collaboration, le chirurgien l'avait invitée à déjeuner à plusieurs reprises. Il la trouvait jolie et fondait devant ce petit air triste qu'elle affichait involontairement et qui donnait à tout homme qui la regardait la folle envie de la consoler.

Cette attention avait vite embarrassé la jeune femme, qui venait de donner naissance à une petite fille qui canalisait toute son énergie. Elle n'était pas remise de ses deuils. Surtout, elle n'avait pas oublié Jan Lukas, dont le sourire plein de morgue continuait de la hanter. Pour couper court à l'intérêt que lui portait le médecin, elle avait préféré lui avouer qu'elle était une fille-mère.

Comme elle s'y attendait, l'honorable chirurgien avait été horrifié par la confidence. Formé à l'*establishment* anglais, il était pétri de convenances bourgeoises assez paradoxales par rapport au métier qu'il exerçait.

Craignant de compromettre sa réputation en fréquentant une jeune fille un peu trop « légère », il s'était empressé de redonner à leur relation un tour strictement professionnel. Ce qui ne l'empêchait pas aujourd'hui de jouer à la perfection son rôle de père de substitution.

— Allons, allons, ma chère enfant, lui glissa-t-il aimablement, vous n'avez aucune raison d'être nerveuse. J'ai rarement vu mariée aussi belle que vous. Vous êtes resplendissante.

— Vous êtes bien gentil, docteur Mason, souffla-t-elle.

Elle continua cependant à jouer avec les colliers qu'elle avait passés autour de son cou. Dans cet enchevêtrement de perles et de chaînettes assez oriental, ses doigts cherchaient surtout le Sher-Cîta, un pendentif de facture ancienne dont les entrelacs représentaient un tigre stylisé. Depuis toujours, ce bijou avait à ses yeux un sens particulier, car il lui avait été offert par le prince Charu, le père de son enfant, peu de temps avant qu'il ne meure dans des circonstances criminelles. Un cadeau que Jan, véritable propriétaire de l'objet, lui avait confirmé quelque temps plus tard.

— J'espère vraiment que vous serez heureuse, continua à lui souhaiter le docteur Mason, dont le cœur était décidément devenu une guimauve. Vous allez manquer au KK Hospital. Et à moi aussi, ajouta-t-il *in petto*, avec un soupir plein de regret.

Elle hocha la tête, tandis que les cloches se mettaient à carillonner.

— Bien, reprit le chirurgien en sortant sa montre à gousset d'un air enjoué. Il est quinze heures. Je crois que c'est à nous. Êtes-vous prête, ma chère ?

Il lui offrit son bras. Elle s'y accrocha, la respiration hachée. Il n'y avait pas à dire, un mariage était tout de même impressionnant, surtout lorsqu'il s'agissait du sien.

Ils entrèrent dans la nef, et tout le monde se leva. L'organiste entama les premières notes du « Canon » de Johann Pachelbel, la marche nuptiale qu'elle avait choisie. D'habitude, elle n'avait pas d'admiration particulière pour la musique baroque qu'elle trouvait trop convenue, mais ce petit air léger, initialement prévu pour un clavecin et trois violons et qui était en cet instant joué par les plus vieilles orgues de Singapour, avait su toucher son cœur.

L'intérieur de la cathédrale était inondé de lumière. De grandes flaques colorées tombaient des vitraux pour jouer sur la mosaïque de la travée centrale. Jezebel avait l'impression d'être suspendue entre le rire et les larmes. Dans quelques instants, sa vie serait totalement différente. Elle ne parvenait toujours pas à y croire. Tout avait été si soudain. Si irréel.

Elle passa entre les rangées de bancs lustrés au miroir, que décoraient des petits bouquets de fleurs blanches. De magnifiques retables ornaient les chapelles placées sur le pourtour. Au-dessus de sa tête, des lustres monumentaux en étain couraient en enfilade jusqu'au chœur, où attendait un autel juponné de blanc, noyé dans une profusion de lys. Là, un Christ en croix dominait l'assistance de son corps exsangue, en bois polychrome, dûment encadré par les tuyaux de l'orgue centenaire. Elle eut une respiration vibrante.

Jan Lukas l'attendait, se dressant seul sur l'extrémité du tapis rouge, juste à côté de la cage des oiseaux bengalis qu'elle avait fait amener le matin même. Il la regardait, magnifique dans une redingote couleur crème qui galbait parfaitement sa silhouette sportive et mettait en valeur ses cuisses, sa haute taille, ses épaules larges. Il portait un gilet ton sur ton, une chemise à col cassé et, surtout, une cravate nouée en papillon, d'un rouge carmin assez extravagant. Elle faillit éclater de rire. Ainsi, lui non plus n'avait pas réussi à échapper à cette fameuse couleur de la joie !

Le corps envahi d'une douce chaleur, elle se riva à son visage pour ne plus le lâcher, et détailler, encore et encore, l'abrupt de la mâchoire, les pommettes anguleuses, la lèvre roide, les traits parfaits. Dieu qu'il était beau, avec ses cheveux rétifs à tout peigne, ses sourcils sombres et presque sévères, et surtout ce demi-sourire qui montait de sa bouche à ses yeux au fur et à mesure qu'elle approchait, qui n'était que pour elle, qui la faisait fondre, l'éberluait et l'étourdissait.

Ils allaient se marier devant Dieu et devant les hommes. Son cœur bondissait dans sa poitrine. Brusquement, elle n'en put plus de cette folie intérieure et elle éprouva le besoin de se calmer. Elle chercha parmi la foule sa fille sagement assise sur les genoux de sa nounou chinoise.

La petite était belle comme une princesse dans sa robe neuve en dentelle rose, avec ses cheveux sombres retenus par des rubans et des fleurs. Jezebel fut rassurée de la voir là, à sa place, et elle lui envoya un baiser du bout des doigts. Guidée par Hùshì, la fillette répondit en battant les mains. Jezebel en fut émue aux larmes.

L'orgue jouait encore, mais les invités commençaient à s'asseoir. Le témoin de Jan patientait au premier rang. C'était un homme aux tempes grisonnantes, long et svelte dans un costume un peu sévère, qui avait été présenté à Jezebel comme le représentant consulaire des États-Unis. Derrière lui venait une bonne vingtaine d'hommes en jodhpurs blancs et bottes hauts lacées, assez chahuteurs. Ils formaient la délégation du polo club de Singapour où Jan, en tant que cavalier semi-professionnel, avait ses entrées.

Au milieu de cette liesse, deux personnes la mirent soudain mal à l'aise. Elle les remarqua en sentant leurs regards désagréables posés sur elle. Elle ignorait qui ils étaient. Lorsqu'elle interrogea le docteur Mason, qui connaissait toute la bourgeoisie de Singapour, il ne put la renseigner.

Le premier était maigre, avec des cheveux mal gominés et des vêtements trop larges, un air obséquieux plaqué sur tout son visage. Le second était au contraire petit et râblé, et si replet que son gros ventre écartait les pans de son complet. Un lorgnon ne cessait de glisser sur son visage gras, que les températures tropicales rendaient moite de sueur.

Lorsqu'ils se virent l'objet de son attention, ils la saluèrent d'un hochement de tête auquel elle répondit à peine. Elle venait de remarquer un troisième inconnu qui, lui aussi, ne cessait de la dévisager. Son teint sombre et son turban jaune ne laissaient aucun doute : il s'agissait d'un Indien. Intriguée, elle l'observa à la dérobée.

Au contraire des autres invités, il n'était pas assis sur un banc mais se tenait debout dans l'ombre d'un pilier, grand, musculeux, le visage mangé par une toison aussi épaisse que noire qui lui donnait un air impressionnant. On aurait pu croire qu'il se cachait s'il n'avait porté une tunique rose dragée aussi voyante.

L'orgue se tut, ramenant dans la cathédrale un silence seulement interrompu par des bruissements de tissus. Le docteur Mason lui prit la main pour la déposer avec solennité dans celle que Jan Lukas lui tendait. Elle rougit comme un coquelicot.

— Voici votre fiancée, monsieur. Je vous la confie pour que vous la chérissiez et la rendiez heureuse.

Le cœur de Jezebel bondit à nouveau dans sa poitrine. Plus que jamais, le sourire moqueur de Jan l'intimidait.

Ses yeux gris l'embrasaient. Ses doigts la brûlaient. Elle sursauta lorsque le père Nicolas, qui s'apprêtait à les unir, toussota sèchement. Ainsi rappelée à l'ordre, elle baissa avec modestie le nez vers le bouquet de fleurs qu'elle tenait à la main.

La cérémonie se voulait simple et ne devait pas trop insister sur les rites religieux, car ni Jan ni elle n'étaient de confession catholique. Le prêtre commença par un discours de morale qui énumérait les droits et les devoirs des futurs époux. Jezebel était si nerveuse qu'elle peinait à se concentrer. Elle ne cessait de jeter des coups d'œil furtifs vers Jan, dont le profil impassible se découpait comme une médaille. Il avait souri pour l'accueillir, mais, maintenant, il ne la regardait plus. Elle soupira.

Le prêtre continua la cérémonie en lisant un passage de la Bible. Au-delà de ce ton monocorde, elle entendait surtout le gazouillement des oiseaux bengalis qui se poursuivaient, qui se bécotaient. Elle se sentit mal. Trop de chaleur. Trop d'émotion. Et cette inquiétude lancinante qui revenait…

Faisait-elle le bon choix ?

La première fois qu'elle avait vu Jan, elle n'avait pas su reconnaître l'amour qui frappait à sa porte. Elle avait seize ans, et le désir qu'elle avait senti bouillonner dans son ventre l'avait surtout effrayée. Par la suite, elle avait toujours tenté de lutter contre ce désir qui lui paraissait trop puissant, trop fusionnel, trop charnel.

Elle craignait de trop aimer. Elle ne voulait pas ressembler à son père, qui était devenu fou de chagrin lorsque sa femme était morte en couches, au point de détester l'enfant qui avait survécu, et de plus tard se suicider.

L'amour devait-il être une tempête ?

Le père Nicolas la regarda :

— Écoutons maintenant la Première épître aux Corinthiens, écrite par saint Paul : *« L'amour couvre tout : il souffre, endure et pardonne. Il sait passer par-dessus les fautes d'autrui. Aimer, c'est faire confiance à l'autre et attendre le meilleur de lui, c'est espérer sans faiblir, sans jamais abandonner. C'est savoir tout porter, tout supporter. »*

— Amen, dit l'assemblée.

Elle baissa le nez. Le mariage était une chose sérieuse qui supposait un engagement à vie. Était-il raisonnable d'y souscrire sur un coup de tête ? N'aurait-il pas fallu y réfléchir plus longuement ? Pouvait-on s'y aventurer sur la seule foi d'un désir fou ?

Elle se mit à respirer pesamment. Elle n'était plus sûre de rien.

— Jan Fenimore Lukas, commença le père Nicolas, voulez-vous prendre pour épouse lady Jezebel Ann-Rose, comtesse de Tyler, ici présente, pour l'aimer fidèlement dans le bonheur ou dans les épreuves tout au long de votre vie ?

— Oui, je le veux, répondit Jan d'une voix forte.

Jezebel se sentit la plus heureuse des femmes jusqu'à ce que l'officiant se tourne vers elle.

— Lady Jezebel Ann-Rose, comtesse de Tyler, voulez-vous prendre pour époux Jan Fenimore Lukas ici présent, pour l'aimer fidèlement dans le bonheur et dans les épreuves tout au long de votre vie ?

Elle fixa le prêtre. Ce dernier lui rendit son regard en avançant légèrement le menton, comme pour l'encourager à parler. Elle ouvrit la bouche. Elle n'avait qu'un mot à dire. Elle hésitait cependant. Des secondes passèrent. Elle devint pâle et tremblante. Le plafond à caissons, les lustres d'étain se mirent à tournoyer au-dessus d'elle. Parmi l'assistance, des murmures commencèrent à s'élever. L'air devint lourd d'une attente fébrile. Elle sentit l'attention de sœur Anne-Carole se concentrer sur sa nuque, interroger son silence. Elle faillit se retourner et courir vers elle pour se blottir dans son giron comme auprès de la mère qu'elle n'avait jamais connue… Une irrépressible envie de sangloter la saisit.

— Jezebel ? souffla Jan, les sourcils froncés.

Elle chercha ses yeux gris, s'y enfonça comme on se noie. Chuchota très vite, d'une voix presque inaudible :

— Il faut que nous parlions.

— Maintenant ? s'exclama-t-il, incrédule.

Il la toisait comme si elle n'avait que douze ans, en se retenant si visiblement de la prendre par les épaules pour la secouer en tous sens qu'elle arrondit le dos d'instinct.

— Oui, maintenant, chuchota-t-elle en continuant tout de même à le regarder bien en face, avec des yeux si lumineux qu'il lâcha un soupir de vaincu.

— Bien, concéda-t-il.

Il la tira rudement par le bras pour l'entraîner vers la sacristie. Ils passèrent devant la cage des bengalis, devant la profusion de grands bouquets blancs qui décoraient le chœur. Leurs pas résonnaient dans le silence de la cathédrale comme un roulement de tonnerre. Des dizaines d'yeux les suivaient.

Les mâchoires serrées, il la poussa dans une petite pièce uniquement éclairée par une lucarne haut placée. La porte claqua dans leur dos. Ils s'immobilisèrent dans une atmosphère de tombe trouée par de folles raies de poussière. Les murs étaient creusés de vieilles niches. Le plancher était si vermoulu qu'il craquait lugubrement.

— Alors ? jeta-t-il en la surplombant de sa haute taille.

Il s'efforçait de demeurer calme et impassible, mais la raideur de ses épaules et les éclairs qui sourdaient de ses prunelles trahissaient son emportement. La poussière qu'ils avaient soulevée à leur entrée dansait dans la lumière qui tombait de la lucarne. Au fond, dans un coin obscur, de vieilles statues étaient accumulées en un amas improbable d'anges aux ailes brisées et de madones privées de tête.

Affolée par ce qu'elle avait provoqué, Jezebel se balançait d'un pied sur l'autre sans oser le regarder. Les secondes s'éternisèrent, devinrent des minutes. Jan laissa sa colère retomber. Il soupira.

Tudieu qu'elle était belle, sous son voile de dentelle couronné d'hibiscus rouges, avec ses colifichets indiens qui tintaient à ses poignets, ses mains décorées de henné et sa poitrine qui soulevait en un rythme trop rapide une profusion de chaînettes dorées. Mais qu'elle était exaspérante, avec son petit airà la fois candide et buté, la lèvre tremblante et ses paupières mobiles comme des ailes de papillon.

Il eut un rire à l'intérieur de son cœur. Bien sûr, elle était belle, mais elle était surtout imprévisible, inattendue, attendrissante, et toutes ces raisons faisaient qu'il l'aimait. Avec elle, à peine croyait-on sombrer dans la routine, envisager une certaine monotonie, que déjà l'instant suivant venait effilocher toutes les certitudes. Il était revenu la chercher pour cette unique raison. Il n'allait pas laisser tomber maintenant.

— D'accord, parlons, souffla-t-il. Qu'as-tu à me dire de si important que nous ne puissions pas attendre la fin de la cérémonie ?

— Ce que j'ai à te dire ? explosa-t-elle brusquement. Cela fait plus de douze jours que je n'ai pas de nouvelles ! Oui, douze, car je les ai comptés ! Durant tout ce temps, j'ignorais ce que tu devenais, ce que tu faisais, où tu étais ! Peut-être même n'étais-tu plus à Singapour ?

Il n'en crut pas ses oreilles : était-elle était en train de lui faire une scène ? De lui dire qu'il lui avait manqué ? Il sourit comme un benêt.

— Vraiment, je ne te comprends pas ! continua-t-elle sur le même ton enflammé, sans rien remarquer de sa mine ravie. Qu'attends-tu de moi ? Depuis que nous nous connaissons, tu ne cesses d'entrer dans ma vie sans que je ne te demande rien, tu surgis, tu m'embrasses, tu… tu repars aussitôt et puis tu reviens et… et… je ne suis pas ton jouet, voilà !

Chacune de ses phrases était martelée par un regard tour à tour cinglant et suppliant, et Jan, heureux de lire entre les lignes, la laissa s'empêtrer dans ses contradictions avec un bonheur ineffable.

Parce qu'elle l'aimait. Il en était maintenant certain.

— Jezebel, nous nous aimons. De quoi as-tu donc peur ?

Car c'était bien de cela dont il s'agissait, une drôle de peur qu'il ne comprenait pas, qui lui faisait triturer en tous sens son pauvre bouquet d'orchidée.

Il saisit son visage entre ses mains, le haussa vers lui.

— De quoi as-tu peur ? répéta-t-il. Est-ce donc de moi ?

— Non, bien sûr… je n'ai pas peur de toi… je n'ai peur de rien… de rien.

Son ton chevrotait, démentant sa réponse. Perplexe, il détailla ses grands yeux effarouchés, son petit menton frémissant, cette nervosité maladroite qui ne la lâchait plus, qui se retrouvait dans ses mains affolées, dans sa lèvre tremblée, dans cette tension qui raidissait sa nuque.

— Jezebel, es-tu en train de me dire que tu ne veux plus m'épouser ?

— Non, non ! s'affola-t-elle. Ce n'est pas ça. C'est juste que… je… j'aurais voulu… Nous aurions dû nous voir… pour parler… nous ne nous connaissons pas tant que cela… nous aurions dû nous dire des choses… essayer de… nous avions presque deux semaines… nous aurions pu… tu vois, parler, tout simplement.

Elle se tut, en triturant de plus belle son malheureux bouquet qui commençait à se faner. Il la regarda, devinant cette fois-ci sa détresse, et toute l'angoisse qu'elle avait accumulée au cours des derniers mois. Peut-être avait-elle raison, il allait trop vite, il exigeait trop d'elle.

— D'accord. De quoi veux-tu que nous parlions ?

Elle inspira profondément. Elle aurait pu lui dire plein de choses, elle avait en elle toute une liste née de l'incertitude, de leur passé commun fait de fuites, d'angoisse, de rendez-vous manqués, de deuils terribles, trop nombreux.

Elle se contenta de souffler :

— J'ai un enfant.

Il ne comprit pas.

— Je le sais.

Elle leva vers lui ses grands yeux bleus. Elle avait tellement de craintes quant à l'avenir, qu'à la fin elle fut maladroite.

— Je… je ne puis te demander de l'aimer comme si elle était ta fille, mais, tout de même, je voudrais que tu me promettes de ne jamais être trop dur avec elle.

Il se figea, abasourdi.

— Eh bien, je ne comprends toujours pas ce que tu veux dire ! Es-tu en train de croire que je puisse lui vouloir du mal sous prétexte qu'elle n'est pas de moi ? Penses-tu vraiment que je sois cette sorte d'homme ? Ne me connais-tu pas, alors que nous avons voyagé si longtemps ensemble, que nous avons partagé des choses terribles, dormi côte à côte dans une nature hostile ? Nous avons fait face à la violence avec le même courage, la même opiniâtreté. Et t'ai-je jamais forcée en quoi que ce soit ? Tiens, même lors de notre nuit d'amour, fus-je donc égoïste, à te prendre sans me soucier de ta propre volupté ? Ne suis-je donc qu'une espèce de monstre qui te fascine mais que tu as juste envie de fuir ? En sommes-nous là, Jezebel ?

Elle devint écarlate, baissa les yeux, bafouilla avec ce feu étalé sur les joues.

— Non… non… mais…

— Que veux-tu m'entendre te dire ? Que je ne donnerai jamais de punition à cette petite fille même si elle le mérite ? Nom de Dieu, nous sommes en train de nous marier, Jezebel ! Est-ce vraiment le moment de parler de ça ?

Elle retrouva un peu de sa superbe pour riposter sèchement :

— Voilà ! C'est justement ce que je me tue à te dire ! Nous aurions dû en parler avant. Un mariage est une chose sérieuse qui ne se décide pas sur un claquement de doigts. Il aurait fallu aborder tous les problèmes, en discuter longuement, savoir ce que nous attendions, ce que nous voulions…

— Parce que tu ne sais pas ce que tu veux ? siffla-t-il, caustique. Comment ai-je pu me méprendre au point de croire que lorsque je posais ma main sur ton sein et que tu me criais « viens », ce n'était pas toi qui parlais !

— Si, bien sûr, mais… rougit-elle, en écarquillant un peu trop les yeux.

Il se radoucit.

— Jezebel, plutôt que de discuter aussi sottement, ne devrions-nous pas être devant le prêtre en train de nous engager sur l'amour que nous nous portons ?

— Oui, mais…

Il la coupa une dernière fois.

— Jezebel, ces problèmes dont tu veux parler ne sont que dans ta tête. Mary-Leela n'est pas seulement ta fille, elle est aussi la fille de mon meilleur ami. Crois-tu que je n'y ai jamais songé ? Crois-tu que Charu ne me manque pas ? Penses-tu avoir le monopole de la tristesse ? Nous étions comme deux frères, lui et moi. Nous avons fait nos études ensemble, nous partagions la même passion pour les chevaux et le jeu de polo. Comment peux-tu seulement imaginer que je ne ferai pas tout ce qu'il faut pour vous protéger *toutes les deux* ? Ta fuite en avant est finie. Il n'y a plus aucun danger. Je suis là. Définitivement là.

Elle voulut parler, mais il posa un doigt sur ses lèvres.

— Ma chérie, nous sommes attendus à notre mariage et nous allons y aller maintenant. Je vais t'épouser parce que je t'aime, et parce que je crois que tu m'aimes aussi. Je te l'ai déjà dit, je ne suis pas ta marionnette ! Je ne resterai pas comme un moine à attendre le bon vouloir de tes caprices, un coup je t'accorde un baiser, un coup une caresse, le lendemain je m'enfuis comme poursuivie par une meute de loups. Non, Jezebel. Je te veux. Totalement et absolument. Je veux t'embrasser, te caresser, te faire l'amour jusqu'à entendre tes cris de plaisir. Je veux me réveiller en te regardant dormir à côté de moi. Je veux vivre avec toi. Vieillir avec toi. Tu peux évidemment le refuser, je ne te forcerai en rien, je te demande juste d'avoir l'honnêteté de me l'avouer là, tout de suite, maintenant, avant qu'il ne soit trop tard.

Cette fois-ci, enfin, elle l'écoutait de tout son être, avec sa peau, ses yeux, son corps tout entier, et il dut se faire violence pour ne pas la prendre dans ses bras, plonger vers ses lèvres tentatrices, arracher voile et couronne pour respirer dans le creux de son cou son parfum voluptueux de violette et de jasmin.

— Tu m'aimes donc un peu ? mendia-t-elle le visage illuminé.

Il eut un ton rogue.

— Cela fait des années que j'essaie de te le dire. Je regrette de ne pas y être parvenu plus tôt. Je regrette également de t'avoir laissée affronter ces derniers mois toute seule, de ne pas avoir compris ce que tu vivais. Je n'ose imaginer ce que tu as souffert, tes angoisses, tes douleurs, je peux juste te certifier que maintenant c'est fini. Nous sommes ensemble. Nous le serons toujours.

— Mon amour, souffla-t-elle, le visage transfiguré. Je t'aime, je t'aime, je t'aime…

Il lui concéda un sourire.

— Dans ce cas, *darling*, acceptes-tu enfin de rester avec moi pour le meilleur et pour le pire ?

Riant et pleurant, elle se jeta dans ses bras.

— Oui. Oui !

Il la serra sur son cœur à l'étouffer, chuchotant contre sa tempe.

— Bien, puisque nous voilà mari et femme face à nous-mêmes, nous pouvons maintenant, enfin, le devenir devant le reste du monde. Viens…

Il la prit fermement par les épaules pour la ramener vers l'autel.

Dans la nef, le tumulte était à son comble mais le retour du couple enlacé imposa le silence. Des dizaines d'yeux se posèrent sur eux, curieux, remplis d'interrogations. Jezebel baissa le nez, gênée. Elle avait encore failli tout gâcher.

— Tout va bien, dit Jan Lukas en dédiant à l'assemblée un grand sourire ironique. Je viens juste d'apprendre que le mariage n'est pas forcément un long fleuve tranquille.

Tout le monde gloussa, et ce fut dans cette atmosphère joyeuse, ponctuée d'éclats de rire, qu'ils échangèrent leurs anneaux. Enfin, le père Nicolas prit une mine compassée :

— Vous voilà mari et femme. C'est le moment où le marié peut embrasser la mariée.

Jan se pencha vers la bouche que Jezebel lui tendait. Il l'effleura d'un baiser. Amollie, elle attendit une suite qui ne vint pas et sursauta lorsqu'il murmura tout contre sa joue, en une moquerie parfaitement irrévérencieuse :

— Patience, mon cœur, je t'ai promis de te faire crier grâce, je ne me dédis pas.

*

Sœur Justine fut la première à venir féliciter Jezebel. La petite nonnette paraissait si excitée qu'elle sautillait sur place dans ses voiles blancs et gris. Elle avait toujours été incapable de se montrer pondérée. Les bras tendus, elle se jeta sur son amie pour la serrer de toutes ses forces. Son visage s'enfonça dans son cou. Il ruisselait de larmes.

— Allons, allons, la consola Jezebel en tapotant maladroitement les épaules maigres secouées par ces sanglots convulsifs. Ne pleurez pas, sœur Justine, je suis si heureuse, vous devez l'être vous aussi.

— Ah mais, répliqua la nonnette en se mouchant bruyamment dans un extravagant mouchoir à carreaux sorti d'on ne savait quelle poche, je suis heureuse, vraiment heureuse, mais il n'empêche que, maintenant, vous n'habiterez plus à la mission et que nous ne nous verrons plus du tout. C'est trop triste…

Elle pleura derechef, et Jezebel, ébranlée par cette vérité à laquelle elle n'avait pas réfléchi, ne sut quoi répondre.

La nonnette avait raison. Elle ne reviendrait plus jamais dormir dans sa petite chambre monacale installée dans le bâtiment principal. Elle ne dînerait plus au réfectoire, n'entendrait plus dans son sommeil le décompte des prières ponctué par les cloches, ne serait plus réveillée par les gouttes de pluie tambourinant sur les tuiles du chien-assis, ni par le vent secouant les feuilles des arbres à perles. Le dimanche, elle ne s'amuserait plus du rire des enfants recueillis par la mission qu'elle regardait se poursuivre dans la cour en sautant dans les flaques d'eau abandonnées par la mousson.

La gorge nouée, elle fit face à sœur Anne-Carole. L'abbesse s'était approchée et elles se faisaient en silence, parce qu'elles n'avaient pas besoin de mots pour évoquer les mois écoulés, qui avaient passé au rythme du dispensaire, en se consolant mutuellement d'un passé identique afin de reconstruire autant que possible une vie que le destin avait malmené.

— C'est bien, dit finalement la religieuse, je crois que c'est votre heure.

— Mon heure ? demanda Jezebel, peu sûre de comprendre.

— Parfois, l'une d'entre nous a une seconde chance. Aujourd'hui, c'est votre tour.

Jezebel hocha la tête. Maintenant, il s'agissait effectivement d'aller de l'avant sans se retourner, de courir vers le bonheur comme après un cerf-volant, en l'apprivoisant au bout de sa ficelle pour qu'il accepte de voler le plus longtemps possible.

— Soyez heureuse, ma très chère enfant, chuchota sœur Anne-Carole en la prenant dans ses bras.

— Je serai heureuse, promit Jezebel avec gravité.

Déjà, elle se retrouvait à serrer d'autres mains, à embrasser d'autres joues, à écouter toutes les félicitations qu'on lui présentait, celles qui étaient aimables, celles qui étaient guindées ou officielles, celles qui venaient de personnes qu'elle n'avait jamais rencontrées.

— Quelle belle journée, n'est-ce pas ?

Elle sursauta, se retourna pour faire face à ce grand maigre mal coiffé et à ce petit rondouillard muni d'un monocle qu'elle avait aperçus sur les bancs de l'église un peu plus tôt. Elle ne sut pas pourquoi, elle eut tout de suite un mauvais pressentiment alors même qu'elle ne les connaissait pas.

— Permettez-nous de vous féliciter, reprit celui avec le monocle. Après tout, cette cérémonie fut des plus surprenantes.

Le compliment lui parut étrangement tourné. Elle chercha Jan du regard, le vit à quelques pas de là, occupé à discuter avec son témoin, le représentant consulaire. Elle n'allait quand même pas les déranger pour si peu.

— Je ne comprends pas ce que vous voulez dire, monsieur, dit-elle finalement.

— J'évoquais votre hésitation à l'instant crucial, insista le monocle. En même temps, quoi de plus normal, lorsqu'on est officiellement fiancée à un autre…

Jezebel tituba, comme sous le coup d'une gifle. Elle recula d'un pas, chercha sa fille des yeux, fut soulagée de la voir sortir de la cathédrale, dûment portée par sa nourrice. Jan plaisantait maintenant avec ses amis du club de polo. Leurs grands rires retentissaient dans le brouhaha des invités en train de descendre les travées. Tout paraissait calme et ordinaire. Peut-être avait-elle mal entendu ?

— Je n'ai pas retenu vos noms.

— Excusez-nous, *milady*, nous n'avons pas encore pris le temps de nous présenter, susurra l'homme au monocle de ce même ton horripilant. Je suis maître Herbert Glaris, et voici mon associé, maître Claus Obwald. Nous sommes avocats à Genève. Nous avons fait un très long voyage pour vous rencontrer en personne. Nous serions ravis de vous voir nous accorder un rendez-vous le plus rapidement possible.

— Genève, en Suisse ? demanda-t-elle assez stupidement, parce qu'elle en était maintenant persuadée, cette conversation était bel et bien liée à un passé qu'elle avait fui et qu'elle aurait voulu oublier. Qui vous envoie ?

Sa question n'était que pure rhétorique. Elle connaissait la réponse. Et ses interlocuteurs savaient qu'elle savait. Le grand maigre inclina la tête avec obséquiosité.

— Chère lady Tyler, nous nous expliquerons plus en détail lorsque vous nous aurez accordé un entretien. Nous pourrions dire demain ?

Elle hésitait à accepter lorsque Jan se dressa brusquement à côté d'elle. Lui prenant d'autorité le bras, il toisa les deux Suisses d'un œil agacé.

— Messieurs Glaris et Obwald, il me semblait pourtant avoir été clair. Je vous avais interdit de vous approcher de ma femme. Mes avocats sont à votre disposition pour tout développement ultérieur.

Sans leur laisser le temps de répliquer, il tira Jezebel vers le portail. Interloquée par son éclat, elle dut se mettre à trottiner pour se maintenir à son niveau.

— Jan ? Que se passe-t-il ? Qui sont ces hommes ?

Il ne répondit pas. Elle risqua un coup d'œil par-dessus son épaule, vit que les deux quidams continuaient à la toiser de leurs visages froids, dénués d'expression. Elle leur trouva une sombre ressemblance avec deux vautours installés côte à côte, occupés à surveiller le paysage à la recherche d'un corps à dépecer.

— Les connais-tu ? reprit-elle avec affolement. Que me veulent-ils ?

Jan haussa les épaules.

— Ils sont là pour affaires. Ne t'en occupe pas.

— Quelles affaires ? bafouilla-t-elle. Ils m'ont tenu des propos qui m'inquiètent beaucoup…

Il la serra plus fort, se pencha brièvement pour lui embrasser la tempe.

— Ne t'inquiète pas, je m'occupe de tout.

Cela ne la satisfit pas et elle s'apprêtait à poser d'autres questions lorsqu'ils débouchèrent sur le parvis de la cathédrale. Le soleil les éblouit, tandis qu'un tonnerre d'applaudissements les accueillait. Des enfants se précipitèrent pour leur jeter des poignées de riz et des pétales de rose. Ce souhait de « bonheur » s'avéra si cinglant que Jan se hâta de lui faire dévaler les marches. Il riait en la protégeant de sa manche. Il n'avait pas l'air de se soucier de cette rencontre désagréable. Elle décida de ne pas insister. Elle lui en parlerait plus tard.

Les joueurs du club de polo s'étaient rassemblés pour leur faire une haie d'honneur. Fermement campés sur leurs montures alignées, ils poussaient des « hi » et des « ha » joyeux, qui faisaient caracoler leurs chevaux.

Jan emmena sa jeune épouse sous le tunnel qu'ils avaient formé avec leurs maillets tendus. Dans la chaleur, l'odeur des chevaux se disputait à celle du cuir et de la poussière.

Plus tard, un charivari de saris multicolores les rejoignit. Teesara et ses amies *hijras* étaient venues bénir la noce, au risque de choquer l'assistance. Vêtues de rose et de jaune, elles se trémoussaient effrontément au son des sitars, ornées de bijoux tintinnabulants et maquillées à outrance. Lorsqu'elles aperçurent les mariés, elles claquèrent longuement dans leurs mains, tandis que les plus délurées se précipitaient pour leur passer autour du cou d'énormes colliers de jasmin porte-bonheur.

Tout ce tumulte était des plus joyeux, et Jezebel se demanda pourquoi elle se sentait si glacée. Au-dessus de sa tête, le ciel de Singapour était d'un bleu splendide. Le soleil lui brûlait la peau. Les cocotiers se balançaient dans les alizées. La noce était magnifique, pleine de couleurs et d'allégresse.

Elle mit un certain temps à comprendre qu'elle ne tremblait pas de froid, mais de la peur insidieuse qui revenait.

*

Sœur Anne-Carole avait beaucoup insisté pour que le vin d'honneur soit dressé à l'ombre des grands arbres à perles, dans la cour principale de la mission du Saint Enfant Jésus-Christ. Les jours précédents, les enfants de l'orphelinat avaient réalisé des guirlandes de papier qui ondulaient maintenant entre les branches. Le matin même, les plus grands avaient accroché des lampions chinois, et ces boules rouges, roses, orange, marquées par de gros caractères joyeux, donnaient au jardin habituellement si paisible un air de belle fête.

Les dames de Saint-Vaillant avaient fait installer des tréteaux sur le gazon. La pelouse formait un contraste charmant avec les grandes nappes immaculées. Sur cette cotonnade soigneusement repassée, une vaisselle de porcelaine, louée pour l'occasion, débordait de douceurs. Cet amoncellement de sucreries attirait les chapardeurs, les enfants bien sûr, qui stationnaient devant cette merveilleuse profusion en faisaient des yeux ronds, mais aussi quelques chevaux laissés libres par leurs cavaliers, que les marmitons chassaient avec indignation à coups de torchon, pour le plus grand amusement de la petite Mary-Leela.

La fillette faisait ses premiers pas sur l'herbe verte, surveillée par sa nourrice Hùshì. Elle était pleine de curiosité et s'émerveillait de tout ce qu'elle voyait : les fleurs entrelacées sur les nappes, les gros nœuds de satin accrochés aux chaises, les pluies de confettis que la brise emportait, les lampions tressautant dans le vent, et les gâteaux débordant de crème, de pâte d'amandes et de miel.

Surtout, elle était fascinée par les chevaux. Chaque fois qu'elle en voyait un, elle tentait de s'en approcher au mépris de tout danger et Hùshì, effrayée pour deux, n'avait de cesse de l'éloigner des sabots.

Jan observait la scène avec beaucoup d'amusement. La petite n'avait peur de rien. Aussi têtue qu'intrépide, on l'éloignait à peine que déjà, elle recommençait. Rien ne semblait pouvoir la détourner de son idée fixe, ni les gâteaux de lune que sa nourrice lui plaçait dans les mains, ni les rubans qu'elle lui agitait sous le nez. L'attention à peine distraite, la fillette chancelait sur ses jambes dodues, tombait sur le rembourrage de ses couches, se relevait aussitôt, puis, oubliant biscuit ou ruban, recommençait à courir vers les chevaux.

De plus en plus amusé, Jan finit par lui tendre les bras. Elle s'accrocha à sa veste comme un jeune langur et se laissa emmener près d'un formidable bai aux jambes noires, réputé pour son caractère placide. Hùshì piailla d'effroi mais la fillette battait des mains de plaisir. Dès qu'elle le put, elle agrippa la frange du cheval pour ne plus la lâcher.

Le bai était vraiment une bonne nature. Il ne broncha pas. Au contraire, il tourna sa grande tête de géant vers l'enfant pour renifler aimablement les petites mains potelées. La fillette éclata de rire.

Jan en profita pour l'asseoir sur la large croupe. Il pensait qu'elle se mettrait à pleurer, comme c'était le cas avec la plupart des enfants, mais la petite était d'une autre trempe. Attrapant fermement la crinière tressée de rubans, elle eut un tel regard heureux que les convives qui observaient la scène se mirent à applaudir. On appela le photographe de la noce pour qu'il prenne un cliché. Jezebel, adossée à l'ombre d'un arbre de perles, contemplait la scène en souriant. À voir ces deux êtres qu'elle chérissait le plus au monde partager une telle complicité faisait soudain déborder son cœur d'un formidable amour.

— *Māmā*[1] ! cria la fillette en l'apercevant. *Māmā !*

— Viens, dit Jan en l'appelant à son tour.

Ils posèrent pour le photographe, en encadrant la minuscule amazone qui se tenait bien droite sur son énorme destrier. Ses petites jambes étaient tellement écartées qu'elle semblait faire un grand écart.

— Je crois qu'elle deviendra une cavalière émérite, commenta Jan lorsqu'il redonna plus tard l'enfant à sa nourrice.

Jezebel se laissa aller contre son épaule.

— Oh, je crois surtout que cette petite sauvageonne parlera le chinois avant l'anglais. Elle s'obstine à m'appeler *Māmā* ! J'ai beau la corriger en répétant *Mummy* ! *Mummy* ! elle n'obéit pas…

— Bah, la taquina Jan, il ne fallait pas lui donner de mauvaises habitudes en t'habillant comme une Chinoise pour courir dans les bas quartiers… Et puis, *Māmā*, c'est plutôt joli…

Elle lui fit une grimace. Elle était tellement heureuse qu'elle oubliait presque sa précédente frayeur, lorsque les deux avocats étaient venus lui parler. Depuis que Jan les avait rabroués, ils avaient disparu. « *Tant mieux* », songea-t-elle. Elle n'avait pas l'intention de laisser ces deux vautours lui gâcher son mariage.

Une volée d'applaudissements attira son attention. La pièce montée arrivait. Des marmitons l'apportaient avec

---

1. Maman, en chinois traditionnel.

mille précautions. Dégoulinante de sucre, la merveille était faite de choux à la crème caramélisés, montés en pyramide, que le chef pâtissier avait décorée d'une profusion de fleurs en pâte d'amandes et d'éclats de nougatine. Au sommet, deux figurines s'embrassaient, symbolisant les mariés.

Le photographe s'installa avec son trépied. Il inséra plusieurs plaques de verre pour immortaliser le découpage du gâteau. Les enfants de l'orphelinat attendaient leur tour, sagement assis dans l'herbe, une assiette à la main. Leurs yeux brillaient comme des escarboucles.

Jezebel supervisa la distribution des sucreries tandis qu'on faisait sauter les bouchons de champagne. On mangea, on trinqua. Jan fit amener un gramophone. Un air de tango monta dans les airs. Il enlaça Jezebel. Quelques couples les imitèrent. Ce n'était pas un tango torride, plutôt un moment hors du temps, une bulle suave, qui colorait la vie avec charme et douceur.

Jezebel se laissa aller, les yeux mi-clos.

— Si un jour nous sommes tristes, murmura-t-elle à son beau cavalier, il faudra nous faire jouer un tango. Cette musique rend la vie plus belle.

Profitant d'une *inclinada*[1], il se pencha jusqu'à frôler ses lèvres.

— Es-tu triste, *querida* ?

— Non, répondit-elle avec exaltation. Je suis heureuse, terriblement heureuse ! Oh, je ne savais pas qu'on pouvait être heureux à ce point. J'ai le cœur qui déborde d'amour. C'est une vraie inondation, voilà !

Riant à pleines dents, il la guida subrepticement à l'écart de la foule, joue contre joue, les pieds bien levés pour éviter de trébucher sur le sol inégal.

---

1. Inclinaison.

— Où m'emmènes-tu ? chuchota-t-elle lorsqu'elle se rendit compte de cet enlèvement.

Il lui montra un cheval qui attendait près du portail d'entrée, attaché par la bride. La bête était alezane, avec un front étoilé de blanc. Elle avait des jambes musclées, une encolure fine et un regard attentif. Jan lui caressa le chanfrein puis, ôtant sa veste et son gilet pour demeurer en bras de chemise, il s'inclina avec un panache exagéré devant sa jeune épouse.

— Si *milady* veut bien me permettre ?

Il l'enleva dans ses bras pour l'asseoir en amazone sur le devant de la selle.

— Qu'as-tu encore inventé pour nous faire remarquer ? glousa-t-elle.

Il mit le pied à l'étrier, s'installa dans son dos et l'enserra dans ses bras aussi durs que de la pierre.

— Un jour, tu m'as dit que tu aimais monter à cheval et que cela te manquait. J'ai donc pensé que cette journée ne serait pas parfaite sans une petite balade en amoureux.

— Maintenant ? s'étonna-t-elle en jetant un regard dubitatif vers la fête qui battait son plein. Veux-tu donc laisser nos invités seuls ?

— Ils ne sont pas seuls, répliqua-t-il, pince-sans-rire. Nous les laissons avec un excellent champagne et un merveilleux dessert.

Il arrondit son bras autour de sa taille, la forçant à s'appuyer contre lui. Elle sourit. Il n'avait pas changé. Il avait toujours au fond de lui cette fantaisie irrévérencieuse qui le poussait à colorer chaque instant d'un petit quelque chose d'inattendu. Elle en était souvent déstabilisée, bien qu'elle trouvât qu'il s'agissait là de son plus grand charme.

— Je t'aime parce que tu es beau, dit-elle en fermant à demi les yeux, mais j'aime aussi que tu sois fou.

— Voilà bien ma chance, ironisa-t-il. Je me voyais roi, je n'en suis que le fou ! Où devrais-je plutôt dire le fou de la reine ?

— La reine est très fière de son fou parce qu'il est très beau.

Il la serra plus fort.

— J'imagine que je fais effectivement à ton bras une assez belle décoration…

Elle rit, puis s'abandonna contre lui. Il émanait de sa chemise ce parfum de cèdre et de lavande dont elle avait toujours été amoureuse. Elle ferma totalement les yeux pour mieux respirer cet effluve divin.

— Veux-tu vraiment abandonner tous nos invités ? Que risque de penser ton consul américain ? Pouvons-nous faire cela sans provoquer de scandale ?

D'un geste délicat, il lui ôta sa couronne de fleurs et son voile de dentelle, puis il se pencha pour suivre de la bouche la courbe gracile de son épaule libérée.

— J'ai prévenu tout le monde qu'à partir de maintenant commençait ma nuit de noces.

— Tu n'as pas fait ça ! s'écria-t-elle en rougissant.

— Si fait, et ils m'ont tous beaucoup envié…

Il avait pris un ton bas, rauque, tellement empli de promesses qu'elle rougit violemment.

— Je n'en crois rien, monsieur le prétentieux. Ce beau discours n'est que pure vantardise. Si tu avais de mauvaises intentions, tu m'aurais jetée sur un lit, et non sur le dos d'un cheval !

Il éclata de rire.

— Madame la comtesse n'a donc jamais entendu parler d'Attila, qui violait ses prisonnières sur son cheval ?

Elle se tourna pour lui faire face, cherchant à savoir s'il plaisantait ou non.

— Non… Non ! Tu ne vas pas faire ça !

Il rit plus encore.

— C'est vrai, je ne comptais pas te violer… ajouta-t-il le plus sérieusement du monde. J'espérais beaucoup que tu y mettrais du tien, après tout, c'est assez acrobatique…

Elle lui martela le torse de ses poings, furieuse par jeu, mais pas que.

— Tu es insupportable ! Et vantard ! Et fanfaron !

Il continua à rire avec bonheur.

— Rassure-toi, *darling*, je suis aussi prévoyant ! J'ai commandé une collation qui nous attendra au Raffles Hotel et nous permettra de tenir jusqu'à l'aube. Cela nous laisse le temps de découvrir Singapour, ton Singapour, celui où tu as vécu sans moi, ajouta-t-il d'un ton presque sérieux. J'ai envie de tout connaître, de tout découvrir. De t'entendre tout me raconter.

L'idée n'était pas si folle que ça. Elle hésita, puis finit par nouer ses bras de sirène autour de son cou. Tout naturellement, il l'enlaça, et leurs corps se collèrent l'un à l'autre.

— On y va ? demanda-t-il d'une voix très douce.

— *Vamos*, répondit-elle sur le même ton.

*

Ils remontèrent Victoria Street au milieu des automobiles klaxonnant et du trolleybus bondé. Des enfants les virent s'en aller et leur crièrent bon voyage. Ce n'était qu'un jeu, mais Jezebel en fut émue plus que de raison. Elle venait de comprendre que Jan ne lui proposait pas uniquement une promenade, mais aussi un adieu à tout ce qu'elle avait vécu en Malaisie. Ce soir, elle ne dormirait plus dans sa petite chambre de la mission du Saint

Enfant Jésus-Christ, pas plus que les soirs suivants. Maintenant, elle était une femme mariée.

— Allons vers l'ouest, dit-elle en essayant de raffermir sa voix. Vers la colline de Fort Canning qui est tout proche. J'adorais y aller quand je ne travaillais pas encore à l'hôpital.

Elle raconta qu'elle s'y rendait souvent à pied ou en bicyclette. Elle aimait deviner entre les palmiers les restes de l'ancienne maison de sir Raffles, le fondateur de la ville.

— Lorsqu'on vient par la Singapore River, on voit mieux le fort. On aperçoit nettement les gueules des canons qui pointent vers la marina, au-dessus des fortifications. Mais moi, j'aime descendre par ici. Il y a là, en bordure de l'eau, un petit sentier presque abandonné qui se faufile entre les hangars du port et les sièges des sociétés de fret qui font face aux sampans. Ce chemin bifurque rapidement vers un étang minuscule qui sert de réservoir en période sèche. Des trous d'eau y survivent d'une mousson à l'autre. Des hérons et des aigrettes viennent y pêcher. J'adore m'y promener. L'atmosphère y est un peu étrange. C'est toujours la ville, tu vois, mais une ville un peu oubliée de ses habitants, où la végétation envahit tout. L'herbe y paraît plus épaisse qu'ailleurs, sans doute à cause des marécages. Les enfants chinois y mènent paître leurs buffles. Ces mastodontes aiment tellement se rouler dans la boue qu'ils en deviennent verts de lentilles d'eau.

Ils bifurquèrent dans Fort Canning Road. Plus ils approchaient du fleuve, plus les maisons devenaient rares. La plupart étaient de vieilles bâtisses presque en ruine, qui avaient un jour appartenu à des colons. Elles étaient maintenant enfouies dans une végétation elle aussi laissée à l'abandon, si luxuriante que seuls les toits en émergeaient. Certaines de ces demeures étaient coincées entre des baraquements de planches et un amoncellement de nattes tressées qui abritaient une population de portefaix venus de tous les horizons, qu'on payait une misère pour décharger de jour comme de nuit des monceaux de marchandises.

La colline du Fort était un étrange promontoire verdoyant qui dominait Singapour d'à peine cent cinquante pieds, mais qui ressemblait tout de même à une montagne car il n'y avait dans les environs aucune hauteur comparable. Le grand commandement militaire y avait installé un bunker, enfoui sous une pelouse émaillée de fortifications. Les soldats défrichaient régulièrement les broussailles qui croissaient sans arrêt. Seule la partie arrière, tournée vers les terres, demeurait en friche.

Encouragée par les questions que lui posait Jan, Jezebel égrenait ses souvenirs. Elle montra tour à tour le pont qui se soulevait pour laisser passer les gros navires, puis *boat quay*, avec ses dizaines de bateaux accrochés les uns aux autres comme des pontons flottants. Des ouvriers malais chaloupaient sur la rivière, les uns maniant la godille, les autres avalant un bol de soupe parfumé au gingembre.

— J'ai souvent fait le tour de la colline. Le chemin qui contourne les fortifications passe au travers de terrains vagues, situés derrière les maisons. Le soir, c'est magique. L'air près de la rivière est un peu plus venteux, ça rend la chaleur plus supportable. Bien sûr, les odeurs restent assez fortes, parce qu'il y a la mer, les poissons mis à saler dans des tonneaux et la graisse rance dont on enduit les cordes… Il n'empêche, j'aime venir ici. Je prends ma fille sur la hanche et je lui raconte des histoires de fantômes chinois. Quand le soleil se couche, on voit d'étranges brumes s'élever au-dessus des pelouses. Les Malais disent qu'il s'agit des premiers rois de Singapour. Ils ont été enterrés tout là-haut, alors ils hantent les lieux. Souvent, je m'assieds là, sur ce ponton. Mon bébé s'endort tout contre moi, sa main minuscule accrochée à ma tunique. J'embrasse du même regard la colline qui devient sombre, et la rivière dans laquelle nagent les silures.

Ils firent une halte à l'endroit qu'elle montrait, sur le vieux ponton de bois qui avançait vers le centre de la rivière. Des pêcheurs à cormorans partaient sur leurs barques, leurs oiseaux posés sur des perches qui se balançaient au rythme des flots. Avec l'obscurité s'intensifiant, ils allumaient des lanternes, et ces feux donnaient à l'eau noire des reflets de mercure.

C'était l'heure de la pêche. Les oiseaux plongeaient de leur perchoir, les ailes pliées vers l'arrière avec une élégance parfaite qui fendait l'eau comme une lame. Puis ils se posaient à nouveau sur les barques où les attendaient leurs maîtres. Ceux-ci leur prenaient le poisson qu'un anneau serré autour du cou les empêchait d'avaler. Sur les marchés, ces poissons reconnaissables à la marque du bec imprimée sur leurs flancs seraient vendus plus cher que les autres. Par leur mort instantanée, ils étaient réputés avoir une fraîcheur supérieure à ceux pêchés en filet ou en nasse, qui agonisaient des heures durant.

La nuit s'étendait, envahissant les faubourgs. Bientôt, il ne resta dans le ciel qu'une zébrure de rouge et d'orange, rapidement engloutie par l'obscurité. Les lumières de la ville s'allumèrent telle une multitude de lucioles. Sur les bords de la rivière, toutes ces lanternes délimitaient le village des pêcheurs. Plus loin, les réverbères électriques du quartier européen révélaient les ombres denses des bâtiments officiels.

Elle se dit que Singapour était une ville étrange, faite de bric et de broc arrachés à deux, trois, quatre civilisations différentes. Comment cette cité parvenait-elle à vivre, à croître, à prospérer, partagée entre tant de coutumes différentes, tant de façons de voir les choses, tant de destins réunis par la même histoire ?

Comment ferait un jour sa petite Mary-Leela pour exister au milieu de ces tiraillements, mi-anglaise par sa mère, mi-indienne par son père ?

Elle eut un soupir d'angoisse. Jan l'enlaça plus étroitement. Il regardait à peine le paysage sombrer dans un néant d'étoiles, il préférait enfouir le nez dans ses cheveux, pour respirer avec délice son doux parfum de violette. Elle s'abandonna contre lui, les yeux mi-clos, la respiration légèrement accélérée. Tout soudain, il trouva fort stupide de proposer une promenade d'adieu dédiée aux souvenirs alors que le désir montait dans leurs corps, exigeant d'autres jeux.

— Rentrons à l'hôtel, proposa-t-il.

Ils étaient proches du Raffles, il aurait suffi de remonter North Bridge Road en direction de la cathédrale Saint-Andrew, dont la grosse flèche à section carrée se dessinait en gris clair sur la nuit, mais Jezebel demeura silencieuse, simplement appuyée contre lui, malléable comme une poupée de chiffon. Dans la nuit, il ne parvenait pas à savoir ce à quoi elle pensait.

Peut-être valait-il mieux continuer encore un peu la promenade ?

Il dirigea le cheval le long des quais, se détournant vers l'est. Au-dessus des abris de fortune, où des femmes cuisinaient le repas du soir dans de grands woks grésillant, des chauves-souris volaient bas dans un concert de cris suraigus. Le parfum des crevettes sautées aux épices dominait parfois les relents de vase qui montaient du fleuve. Il attirait de gros poissons barbus qui venaient quémander à la surface des épluchures. Partout, sur les embarcations qui oscillaient au gré de la marée, des enfants préparaient dans le noir les gros lampions multicolores des fêtes de mi-automne, qui illumineraient prochainement les quartiers populaires.

Dans ce tumulte de sons et d'odeurs, la passion se mettait curieusement en sourdine, au profit d'une tendresse nouvelle que ni Jan ni Jezebel n'avaient encore eu l'occasion d'expérimenter. Le jeune homme en fut heureux. Entre eux, jusqu'à présent, n'existait qu'un constant aller-retour, je t'aime moi non plus, baiser volé, caresse avortée, séduction appuyée puis fuite en avant à l'heure de s'engager. Leur passion charnelle les avait jusqu'à présent empêchés de cohabiter en douceur.

— Allons-nous passer sous le pont Elgin pour rentrer à l'hôtel ? chuchota-t-elle en se tournant pour poser sa joue câline contre sa poitrine en un geste d'abandon qui l'émut.

— Ce soir, je suis entièrement à tes ordres, murmura-t-il contre sa joue.

Elle fit la moue.

— Ce soir seulement ?

— J'envisagerai une éventuelle prolongation si tu te montres sage.

— Sage comment ?

Elle avait une façon tout à la fois naïve et provocante de le dévisager qui lui retourna les sens. Il l'enlaça avec une tendresse accrue.

— D'accord, rentrons, confirma-t-il.

Elle le guida par un sentier vicinal qui passait sous le pont.

— Plutôt que de traverser le parc, longeons encore un peu la rivière, dit-elle brusquement en tendant la main vers le cours d'eau qui, à cet endroit, s'élargissait pour former la Marina Bay. Après tout, nous ne sommes pas pressés, n'est-ce pas ?

Sa voix s'élevait dans la nuit brune comme un chant de sirène.

— J'aime prendre le chemin de la Reine Victoria qui passe au milieu du parc. Le soir, on ne voit pas grand-chose, mais le jour, le regard glisse jusqu'à l'autre rive vers les hautes frondaisons du jardin botanique. Souvent, je prolongeais ma promenade jusqu'à la plage. En fait, ce n'est pas vraiment une plage, mais il y a du sable et de gros rochers sur lesquels on peut s'asseoir. Je regardais pendant des heures les pêcheurs faire sécher leurs filets. Je venais avec mes pastels et mes aquarelles, et je dessinais.

Elle continua d'un ton plus bas, plus ensorcelant encore.

— Tu sais, les bateaux qu'on voit ici accrochés les uns aux autres me rappellent notre incroyable voyage vers Chittagong. Je venais les regarder parce ce qu'ils ressemblent au *shampan*[1] sur lequel nous naviguions. J'oubliais mon quotidien, ma peur, ma solitude, la crasse des rues, les odeurs fortes. Je me rappelais juste que j'avais été heureuse sans même le savoir, avec toi à mes côtés.

Il crut défaillir d'émotion, et murmura d'une voix trop rauque.

— Tout va bien maintenant, ma chérie. Nous sommes ensemble, et nous allons rattraper le temps perdu.

*

Le Raffles Hotel était un bâtiment de trois étages flanqué de deux ailes semi-ouvertes. La partie centrale était couronnée d'un fronton lui-même terminé par un drapeau. De fines colonnes allégeaient son style

1. Bateau traditionnel indonésien.

architectural imposant que des lumières électriques enjolivaient dès la nuit venue.

Au rez-de-chaussée, une galerie sous arcades amenait en journée une ombre bienvenue, tout en protégeant la terrasse des ondées nocturnes. Sur le devant, une rotonde permettait aux belles automobiles de décharger leurs passagers fortunés tout près de la porte d'entrée. Des bagagistes en livrée blanche se précipitaient alors pour transporter à l'intérieur du luxueux hôtel une profusion de malles et de valises.

Le côté gauche de cette rotonde était encombré par des pousse-pousse réservés à la clientèle. Les coureurs, toujours de maigres Chinois à la nuque servile, attendaient avec une patience infinie leur prochaine course. Ils profitaient de la fraîcheur de la nuit, affalés dans l'ombre des bosquets, le dos appuyé contre un séculaire arbre du voyageur. Ils étaient si silencieux qu'on les devinait à peine.

Jan poussa son cheval jusqu'à la porte d'entrée. Le concierge se précipita. C'était un grand sikh coiffé d'un volumineux turban blanc, dont le sourire était à demi masqué par d'énormes moustaches brunes. Il donna des ordres pour qu'on amène l'animal aux écuries. Était-ce le même qui, deux semaines auparavant, l'avait traitée de prostituée ? S'étonnerait-il de la voir revenir ce soir en femme mariée ?

Elle frissonna, parce que le destin était un vrai farceur, parfois.

— As-tu froid ? demanda Jan en la voyant trembler.

— Non, non, tout va bien.

Ils prirent l'ascenseur ; Jezebel voulait voir sa fille et se rafraîchir avant le dîner. L'enfant dormait, installée dans une petite chambre garnie d'un lit en osier. Hùshì s'était endormie près d'elle en lui racontant une histoire, elle tenait encore un livre d'images à la main.

Prenant garde à ne pas les réveiller, elle les embrassa toutes les deux puis referma la porte derrière elle. Jan l'attendait au salon en faisant tourner du cognac dans un verre. Un instant, elle se tint gauche dans son dos, sans trop savoir quoi faire. Elle avait une furieuse envie de lui toucher l'épaule, de glisser les doigts sur son dos en une caresse lente… Elle essayait encore de se persuader qu'elle ne rêvait pas, qu'elle était bien là dans cette pièce, avec l'homme qu'elle aimait, prête à entamer une vie nouvelle emplie de bonheur.

— J'ai fait préparer un dîner aux chandelles dans le jardin, mais, si tu le souhaites, nous pouvons le faire monter.

— Oh, le jardin est une idée si romantique !

Une table juponnée de blanc les attendait au milieu de la pelouse. Elle avait été installée sous une structure en bois qui soutenait une moustiquaire. À l'intérieur du voile, d'innombrables bougeoirs distillaient une lumière de conte de fées. Un air de foxtrot venait de la terrasse, invisible derrière un mur de frangipaniers.

La musique sembla se rapprocher. En fait, elle était jouée par un quatuor de musiciens que Jan avait fait venir pour la soirée. Ils entamèrent une sonate.

— D'accord, tu as pensé à tout ! s'exclama Jezebel, les yeux brillant de plaisir.

Il plaisanta à demi.

— Bah, disons que j'espère te faire regretter le plus tard possible de m'avoir épousé.

— Et si je ne regrettais jamais ?

Il posa sa grande main brune sur la sienne, la recouvrit en entier.

— Je crois que je ne m'en plaindrais pas trop.

Il affectait un ton léger, mais elle devinait encore une tension dans sa voix. Ainsi, pour lui aussi, cette situation était inédite, et pleine d'interrogations. Elle prit sa serviette, la déplia pour la poser délicatement sur ses genoux. Les prochains jours seraient assurément étranges, à devoir apprendre à vivre ensemble, à surtout éviter de se chamailler à propos de tout et de rien. Faire des choses en commun. Informer l'autre de son emploi du temps. Ne pas être seul.

— Nous allons beaucoup nous aimer, n'est-ce pas ? mendia-t-elle.

Il eut un sourire ironique.

— Je pensais que c'était déjà le cas. Me serais-je trompé ?

Elle se mordilla la lèvre. Un serveur vint très à propos lui proposer un *Singapore Sling*[1]. La boisson était d'une belle couleur rose, servie dans un verre tulipe sur un lit de glace. Jezebel buvait rarement de l'alcool mais, ce soir, elle voulait être heureuse, elle voulait perdre la tête.

Le garçon revint en accompagnant le cocktail d'un petit sac en toile de jute rempli de cacahuètes grillées. Jan lui expliqua que si elle avait été au bar, la tradition aurait imposé de jeter directement les coques vides sur le sol, car cela portait bonheur. Elle se mit à rire et lança autour d'elle des cacahuètes à pleine poignée.

— Mais je veux du bonheur ! Je veux une montagne de bonheur !

L'alcool lui rosissait les joues, faisait briller ses yeux. Bientôt, elle se leva, follette, attrapa Jan par la main et appuya sa tête contre sa chemise :

1. Le *Singapore Sling* a été inventé en 1915 par le barman Ngiam Tong Boon pour permettre aux dames de qualité de boire de l'alcool en toute discrétion. Il est composé d'un mélange de liqueur de cerise, de gin, de Cointreau et de Bénédictine, arrosé par une eau de Seltz.

— Dansons sans nous arrêter.

Docile, il la fit tournoyer joue contre joue. C'était une valse lente, douce et sirupeuse. Il fallut que l'herbe les fasse trébucher à plusieurs reprises pour qu'ils se rassoient, en riant beaucoup pour masquer le désir qui montait.

Le menu fut parfait, servi dans une délicate porcelaine de Chine discrètement monogrammée. Ils parlèrent de tout et de rien, de ce moment si joliment romantique, dans ce cercle de lumière environné de hauts palmiers, du ciel étoilé, des morceaux de musique qui s'égrenaient, du violon qui répondait à la flûte, de cette contrebasse dont les notes s'enfonçaient dans leurs poitrines comme autant de sanglots déchirants.

De plat en plat, de verre en verre, la nuit s'étira, lente et brune. Les jeunes gens se parlaient, mais les sujets qu'ils abordaient demeuraient légers. Ils se regardaient, se souriaient, se touchaient. Entre eux, cependant, subsistaient des non-dits dont ils ne parvenaient pas à se défaire.

— Comment va Olga ? osa soudainement demander Jezebel.

Jan chercha son regard. L'air autour d'eux venait de sombrer dans une gravité nouvelle. Les musiciens s'en étaient allés. Il était tard. L'hôtel éteignait ses lumières.

Il avoua :

— Je ne l'ai pas revue depuis notre fuite dans les Sundarbans. Lorsque je t'ai fait parvenir les deux oiseaux bengalis, je croyais sincèrement que tu me rejoindrais sur le paquebot, mais tu n'es pas venue. Le navire partait pour New York sans passer par l'Inde, cela m'arrangeait, je ne savais pas quel accueil j'y aurais reçu après… après…

Il s'interrompit, reprit doucement pour meubler un silence qui devenait pesant.

— À bord, j'ai envoyé un télégramme à Olga pour lui dire que tout allait bien, que nous étions, toi et moi, sains et saufs. Lorsque je suis rentré à New York, elle m'a téléphoné à deux reprises. À chaque fois, j'ai fait répondre que je n'étais pas là. Tu étais à l'abri à Singapour, dans cette mission française, sous un faux nom. Il fallait que cela continue. Je ne sais pas si Olga a compris la raison de mon silence. Je ne voulais pas lui mentir. En tout cas, elle a cessé d'appeler. Après, je l'avoue avec confusion, je n'y ai plus pensé. J'ai dû m'occuper de la succession. Andres n'avait pas d'héritier, aucune famille, pas même un cousin ou un neveu. Il m'a tout légué. J'étais suffisamment proche de lui pour connaître la teneur de son testament, mais j'ai tout de même été surpris par l'étendue de sa fortune. Il m'a fallu plusieurs mois pour mettre de l'ordre dans ses affaires. J'en ai profité pour faire l'inventaire des œuvres d'art qu'il possédait.

Il s'interrompit un instant. Son visage avait revêtu cette dureté de bois qu'il affichait parfois lorsqu'il cherchait à se maîtriser. Cette fois, ce fut elle qui posa sa main sur la sienne. Leurs doigts s'enlacèrent. Il reprit.

— Je t'avais perdue. Je ne voulais plus entendre parler du Sher-Cîta, ni même de cette cité que ce médaillon est censé permettre de retrouver. L'enquête que menait Andres et ton parrain Michael Deckard est à l'origine de tant de morts, de tant de haine. Surtout, ce n'est pas la mienne. J'ai toujours pensé qu'il s'agissait d'une fable fantaisiste, d'un mythe comme il en existe des centaines parmi toutes les civilisations du monde. Dès que je l'ai pu, j'ai fait don de toutes les œuvres d'Andres se rattachant à cette histoire au Muséum de New York. Une façon comme une autre de faire table rase du passé, je suppose… Je voulais prendre un nouveau départ. Tout oublier. T'oublier toi, surtout, qui n'avais pas voulu de moi.

Elle garda les yeux baissés, mais sa main sur la sienne tremblait. Il la recouvrit de son autre main, la caressa comme on caresse un petit animal apeuré. Elle dit :

— Tu es pourtant revenu pour le médaillon.

— Non, répondit-il. J'avais prévu d'aller en Inde, je venais de recevoir l'invitation du maharaja de Mahavir, le père de Charu. Dans ton télégramme, tu m'informais que tu voulais vendre le Sher-Cîta, je n'y ai pas cru une seule seconde.

Elle fut agacée par sa suffisance.

— Ah oui, et pourquoi je te prie ?

— J'ai tout de suite pensé que tu n'avais pas trouvé d'autre moyen pour me faire revenir.

Ce n'était pas faux, mais tout de même, elle refusait de le reconnaître.

— Cette idée est un peu prétentieuse, non ? Je me suis très bien passée de toi durant tous ces mois. Je ne vois pas pourquoi, subitement…

Il l'interrompit. Il souriait avec provocation.

— Je suis têtu, *darling*. J'ai cru ce que je voulais croire. De toute façon, je ne me suis pas trompé. Tu m'as dans la peau.

Elle eut une moue exaspérée. Il n'avait pas changé, il avait toujours cette incroyable faculté de la mettre hors de ses gonds. Elle susurra, traîtresse :

— Pourtant, je ne devais pas te manquer beaucoup. J'ai vu ton portrait dans un journal. Tu m'as semblé très occupé.

— Bah, s'étonna-t-il, le *New York Times* m'a effectivement consacré un article une fois…

— Le reportage était très complet, continua-t-elle sur le même ton doucereux. Il était illustré par plusieurs photographies. Sur l'une d'elles, tu parlais au maire de New York. Le journaliste avait précisé dans la légende que tu présidais une soirée caritative après avoir fait don de pièces archéologiques exceptionnelles au musée de la ville. Tu étais d'ailleurs en frac, avec une rose à la boutonnière. Tu avais à ton bras une jeune femme brune, très souriante, qui te regardait de ses grands yeux noirs, sa main gantée posée familièrement sur ta poitrine.

— Tu as une très bonne mémoire, remarqua-t-il, autant amusé par les détails qu'elle avait retenus que par son évidente jalousie.

Elle haussa les épaules.

— Oh, c'est juste que cet article, je l'ai lu et relu, dit-elle d'une voix qui se cassait. Je l'avais découpé et, parfois, je m'endormais en le tenant à la main. Il m'a beaucoup fait pleurer.

Elle se tut, gênée par son aveu. Elle aurait voulu se montrer forte, caustique, mais n'y parvenait pas. Il se leva, se pencha vers elle avec une infinie tendresse.

— *Darling*, c'est fini maintenant. Je suis là.

Elle leva un regard noyé de larmes. Il sortit un mouchoir et lui tamponna les yeux. Son maquillage coulait. Il l'embrassa. Il avait juste envie de la prendre dans ses bras, de la serrer, de la cajoler, de lui murmurer une multitude de mots délicieusement absurdes dans le seul but de la consoler. Elle finit par se calmer, appuya sa joue contre sa poitrine.

— Je suis désolée, je suis stupide, mais j'ai eu tellement peur… Sur le moment, je ne m'en rendais pas compte, mais une fois que les choses se sont calmées, j'ai compris ce à quoi nous avions échappé… Depuis, cette peur reste là, lovée en moi… Je n'arrive pas à la chasser…

Elle soupira, continua d'un ton un peu plus ferme.

— Que t'a dit le maharaja ? Et Olga, ne l'as-tu pas revue lorsque tu étais à Calcutta ? J'aimerais tellement avoir de ses nouvelles…

— Lorsque je suis revenu à Calcutta le mois dernier, Olga n'y était pas. Comme convenu, j'ai rendu visite au maharaja. Il m'a logé au Palais d'Or en hôte de marque, il voulait me présenter des excuses.

Elle le serra plus fort dans ses bras.

— Ses excuses concernaient-elles l'accusation du meurtre qu'il avait mise sur ta tête l'année dernière après la mort de Charu ?

Jan Lukas hésita. Il se demandait s'il y avait un bon ou un mauvais moment pour parler des choses difficiles. C'était leur nuit de noces. Ils auraient dû être heureux et ne penser à rien d'autre qu'à leur propre bonheur, mais il sentait qu'il fallait d'abord revenir sur le passé, tout raconter, tout expliquer. Trop de choses demeuraient en suspens.

— J'ai le droit de savoir, dit-elle doucement, peut-être parce qu'elle avait deviné son hésitation.

Il acquiesça.

— Le maharaja n'a jamais cru en ma culpabilité, mais les preuves étaient si accablantes. Finalement, il s'est tant démené qu'il a réussi à trouver un témoin du meurtre qui m'a innocenté.

— Ah, dit-elle d'une voix blanche, attendant la suite.

— Quelqu'un a vu deux hommes jeter le corps de Charu dans le Gange. L'un de ces hommes était très grand, massif, avec le crâne entièrement rasé à l'exception d'une natte sur l'arrière.

— Mogül ! s'écria-t-elle en s'écartant de lui, les mains serrées par l'angoisse au point d'en devenir blanches.

Jan la rattrapa, la reprit dans ses bras comme pour la protéger de tous les fantômes du passé.

— Oui, Mogül, l'âme damnée du baron von Rosenheim.

— Donc, c'est bien le baron qui a ordonné l'assassinat de Charu…

Elle manquait d'air, semblait sur le point de s'évanouir. Il la fit s'asseoir, lui tendit un verre d'eau.

— Le maharaja et moi n'avions aucun doute, mais nous manquions de preuves.

— Mais ce témoin ? hurla-t-elle.

Il eut mal à la voir ainsi, en train de se tordre les mains de souffrance. Il aurait voulu pouvoir lui faire tout oublier, la ramener dans un monde doux et charmant, mais ce n'était pas possible.

Il répondit.

— C'est une petite fille de dix ans. Aucun tribunal n'instruira une accusation sur la seule parole d'un enfant, *a fortiori* une fille.

— Mais c'est injuste ! ragea-t-elle. Ce monstre s'en sortira-t-il donc toujours ? Il a tué Andres, il a tué mon parrain, et maintenant nous découvrons qu'il est aussi l'instigateur du meurtre de Charu ! Je le hais. Je le hais !

Il la reçut contre lui, se pencha pour lui embrasser le front.

— Von Rosenheim ne s'en sortira pas toujours. Le maharaja le fait surveiller. Pour l'instant, le baron est intouchable. Il est l'un des plus gros fournisseurs d'opium en partance vers la Chine, ce qui en fait le protégé du gouvernement britannique. De plus, il dirige en sous-main un réseau de renseignements que tes compatriotes rétribuent à coup d'exonération de taxes douanières et autres avantages fiscaux. Nous devons nous montrer patients. Il n'en sera pas toujours ainsi. Le commerce de l'opium amorce son déclin, en partie à cause des ligues de tempérance américaines. Le *Harrison Act*[1] n'est qu'un début. Un jour, le baron n'aura plus aucune

1. Le *Harrison Narcotics Tax Act* fut une loi fédérale des États-Unis qui visait à régulariser et taxer la production, l'importation

utilité pour les Britanniques. Ils le livreront alors au maharaja sur un plateau…

Elle se détacha de lui, écarta les pans de la moustiquaire et fit quelques pas dans la nuit brune. Elle étouffait. Elle aurait voulu oublier qu'elle avait été la fiancée de cet homme odieux. Que son parrain l'avait « vendue » en échange de subsides finançant ses idiotes recherches archéologiques. Qu'elle avait été frappée et presque violée dans le seul but d'être soumise à ce seigneur et maître. Brusquement glacée, elle serra les bras autour de son ventre.

Jan la rattrapa. Elle tourna vers lui un visage si pâle qu'il en parut vidé de son sang.

— Lorsque je pense à lui, je suis prise d'une nausée que je n'arrive pas à contrôler, avoua-t-elle.

Il l'enlaça avec infiniment de douceur.

— Je suis là, lui promit-il. Dorénavant, je serai toujours là.

Elle faillit lui répondre que Charu lui avait dit la même chose quelques heures avant de mourir. Préféra se taire. Il ne fallait pas tenter le sort.

— Pardon, pardon, pardon… bredouilla-t-elle en l'embrassant sur tout le visage, ses joues, son menton râpeux, le creux du cou à la peau si douce.

— Pardon de quoi, ma chérie ?

— Nous parlons de choses affreuses ce soir, alors que…

Elle leva la tête, chercha ses lèvres en aveugle.

— Embrasse-moi… Embrasse-moi sans t'arrêter… Embrasse-moi jusqu'au bout de la nuit…

---

et la distribution de l'opium, de la coca et de leurs dérivés. Elle date de 1914.

Il s'exécuta tendrement, puis lorsque leurs deux corps furent à l'unisson, aussi chaud l'un que l'autre, il la prit dans ses bras et la porta à l'intérieur.

Accrochée à son cou, elle enfouit son visage dans sa chemise, respira à pleines narines le parfum de son corps qui était comme un baume sur ses peurs. Il percevait la chaleur de sa bouche, celle de son souffle, de ses bras l'enserrant. Il se dit que seul cela avait de l'importance, puisque l'amour ne faisait à jamais que célébrer la vie.

4

11 septembre 1921
Raffles Hotel – Singapour

Il était tard, Jezebel avait dormi comme une bienheureuse. Le soleil jouait depuis longtemps avec les rideaux de mousseline et les palmiers de la cour, déposant sur les murs des reflets découpés comme des ombres chinoises. Elle mordilla un coin d'oreiller parfumé de lavande, se retourna en soupirant de bien-être. Le lit était vide, Jan lui avait laissé un mot rempli de « je t'aime » à n'en plus finir.

« Ma chérie, mon amour, mon adorée,

Comme je t'ai enlevée un peu trop vite hier soir, sœur Anne-Carole, qui est la bonté même, a pris la liberté de te faire porter ton bagage ce matin. Comme il a dû lui paraître insensé que tu continues à courir partout vêtue en Chinoise alors que te voilà devenue ma femme, elle a cru bon d'y ajouter quelques affaires. Cela m'a fait rire. Dans tous les cas, je ne t'aimerai jamais autant que nue, renversée entre mes bras, avec ton cri d'amour sur les lèvres. À tout de suite, mon amour, ma chérie, mon bel oiseau exotique, je suis installé en terrasse avec ta fille et sa nourrice pour le brunch.

Ton oiseau bengali qui t'aime,
qui t'aime, qui t'aime. »

La malle était remisée dans l'entrée et les vêtements déjà suspendus dans le dressing. Jezebel n'en crut pas ses yeux. Parmi son uniforme d'infirmière, sa veste chinoise usée jusqu'à la trame et la robe de coton un peu trop large achetée juste après l'accouchement, elle découvrit quatre tenues qu'elle ne connaissait pas : une jupe et un corsage assortis en dentelle crème, une robe de cocktail légère à petites fleurs, un ensemble twin-set assez sport et un fourreau de grand soir brodé de paillettes.

Elle les détailla avec incrédulité. Les dames de Saint-Vaillant n'avaient pas une réputation de pauvresses, puisqu'elles étaient pour la plupart issues de vieilles familles françaises, mais ce cadeau était tout de même somptueux. Elle en fut émue aux larmes.

Elle choisit l'ensemble sport en maille d'été blanche à liseré gris, y joignit une paire d'Oxford en toile. Dans le cabinet de toilettes, elle se savonna en chantonnant :

— J'ai un amant, j'ai un amant, j'ai un amant…

Après un nuage de poudre sur le nez et un peu de rouge Guerlain « Ne m'oubliez pas » sur les lèvres, elle sortit de la suite d'un pas léger.

Ce matin, tout lui parut plus beau que d'habitude. Elle avait le cœur heureux et le corps empli d'une douce torpeur qui la faisait avancer mollement, en s'extasiant de tout. Le soleil brillait. Le ciel était bleu. Le rez-de-chaussée résonnait d'un joyeux brouhaha. Des messieurs en costumes clairs accompagnaient des dames virevoltantes de soie, de perles et de coûteux parfums français. Des bagagistes promenaient des caniches ornés de rubans ou des piles de valises. Dans les salons adjacents, des clients s'attardaient devant une tasse de café tandis que d'autres sirotaient déjà leur première coupe de champagne.

Jezebel allait s'approcher du comptoir pour se faire indiquer la terrasse lorsqu'un groom s'inclina devant elle.

— *Madam*, si vous voulez bien me suivre, vous êtes attendue au Long Bar. Je vais vous y conduire.

Tandis qu'elle le suivait, elle aperçut au travers d'une fenêtre Jan assis à l'ombre d'une tonnelle, avec la petite Mary-Leela sur ses genoux. Il donnait la becquée à la fillette, qui ouvrait la bouche tel un oisillon affamé.

Attendrie par cette scène, Jezebel ne comprit pas de suite pourquoi le groom s'arrêtait près d'une table et empochait au passage une piécette lancée en vol. Elle voulut poursuivre son chemin mais on la saisit durement par le bras. Elle reconnut trop tard les deux avoués suisses. Le grand maigre la poussa vers une chaise.

— Je vous en prie, *milady*, prenez place.

Paniquée, elle jeta autour d'elle un regard circulaire. Avec ce beau temps, la terrasse était bondée, mais le bar où elle se trouvait était quasiment désert. Personne ne lui prêtait attention, pas même le Chinois derrière son comptoir d'acajou, occupé à préparer des boissons.

— On vous a dit de vous asseoir, réitéra l'homme au monocle, tandis que son acolyte lui appuyait fortement sur l'épaule pour la contraindre.

Elle les crucifia d'un regard.

— Que voulez-vous ?

— Désirez-vous un thé ? Un café ? Un jus de fruits ?

— Vous plaisantez ? Dites-moi ce que vous avez à me dire et finissons-en. Je suis attendue.

Les deux hommes lui accordèrent le même sourire onctueux.

— Nous gérons le cabinet Glaris & Obwald, vous en souvenez-vous ? Nous sommes à Singapour pour nous occuper d'une affaire vous concernant, qui fait suite à la demande de notre client, le baron Jürgen Heinrich von Rosenheim.

L'évocation du nom dut la faire pâlir, car l'homme au monocle élargit son sourire.

— Bien, je vois que cette personne ne vous est pas étrangère.

— Je vous ai demandé d'aller au fait, *Herr*[1] Glaris. Que me voulez-vous ?

— Avez-vous bien été la fiancée de notre client, le baron von Rosenheim ?

— Ce n'est pas un souvenir que j'aime évoquer, mais oui, je l'ai été.

— Vous serez ravie d'apprendre que vous l'êtes toujours.

La colère la fit se lever.

— Vous êtes grotesques !

Ils la forcèrent à se rasseoir.

— Nous avons en notre possession un document signé en votre nom qui l'atteste formellement. Bien sûr, vous êtes une femme et vous ignorez tout du monde des affaires, mais croyez-nous sur parole, un contrat signé est toujours un contrat à respecter.

— C'est complètement stupide, articula-t-elle d'une voix éraillée par la colère. Je me suis mariée hier, vous l'avez bien vu, vous étiez à la cérémonie. Votre contrat de fiançailles ne vaut rien.

— Ah oui, très beau mariage, effectivement… commenta le monocle d'un air faussement admiratif. Sauf qu'il n'a aucune valeur légale.

Jezebel perdait pied.

— Cette plaisanterie est vraiment d'un goût douteux, bafouilla-t-elle. Je n'ai jamais rien signé !

1. Monsieur, en allemand.

— Bien évidemment, la signature apposée sur le document n'est pas la vôtre, mais celle de votre tuteur, sir Michael Deckard, qui est votre responsable légal.

Elle répondit avec lenteur.

— Mon tuteur est décédé, le baron le sait mieux que personne.

— Ce détail n'empêche pas le contrat d'exister. Or, d'après sa teneur, vous ne pouviez vous marier, car vous êtes engagée ailleurs. Nous allons demander aux tribunaux de trancher. À moins que nous ne trouvions un accord à l'amiable, concernant un éventuel dédommagement…

L'hôtel se serait écroulé sur place qu'elle n'aurait pas été plus éberluée.

— Un accord de dédommagement ? Mais de quoi parlez-vous ?

— Le contrat de fiançailles fait état de votre fortune personnelle, expliqua le monocle avec une fausse complaisance. D'après nos renseignements, vous êtes la seule héritière d'un manoir anglais dans le Gloucestershire, ainsi que de titres et d'avoirs dont la somme avoisinerait les six millions de livres sterling. L'amour est une chose, et notre client nous a bien fait part de son préjudice moral, mais il s'y rajoute une question financière qui ne peut être négligée. Notre client…

Elle se leva si brusquement que sa chaise tomba à la renverse. En même temps, elle fit taire l'insupportable personnage en lui marchant délibérément sur le pied. Tandis qu'il grimaçait de douleur, elle se débarrassa du second en le poussant violemment. Elle essaya de s'enfuir dans l'élan, mais déjà le premier s'était ressaisi. Plus leste que ne le laissait supposer sa corpulence, il lui agrippa l'épaule.

— Lâchez-moi, siffla-t-elle, ou je fais un scandale. Le barman nous observe déjà. Un simple cri et…

— La guerre a décidément donné aux jeunes filles des velléités de rébellion qui vont toujours à l'encontre des fortunes familiales. C'est une mode malsaine, qui ébranle les valeurs des sociétés civilisées. Où va le monde, je vous le demande, lorsque les règles et les lois sont bafouées ? Depuis l'armistice, les procès fleurissent, or personne n'ignore qu'un procès coûte cher. Le baron, notre client, n'est pas un cuistre. Dans le compromis à l'amiable qu'il vous propose, il abandonne toutes les liquidités à votre seul profit. Il se contentera du manoir, même si ce dernier est assez vétuste.

Figée sur place, Jezebel ne parvenait plus à penser de façon cohérente. Après la mort de son tuteur, elle n'avait eu qu'un seul but : échapper au baron. Elle s'était réfugiée à Singapour sous un faux nom, en demandant l'asile dans un couvent. Bien qu'elle fût l'héritière d'un titre et d'un domaine en Angleterre, elle n'avait pas osé les réclamer, par crainte que son « fiancé », que son négoce d'opium introduisait chez les trafiquants de tout acabit, ne parvienne à la retrouver. Durant tout ce temps, elle avait évité d'entrer dans une banque ou dans toute autre administration où il aurait été nécessaire de révéler sa véritable identité. Sans aucune illusion, elle avait supposé que le baron von Rosenheim avait fait main basse sur sa fortune. Bien qu'elle apprît aujourd'hui que ce n'était pas le cas, elle constatait tout de même qu'il entendait continuer à s'acharner sur elle.

Soudain lasse, elle laissa échapper :

— Comment m'avez-vous retrouvée ?

— Grâce à la fiche d'état civil qui s'est avérée nécessaire pour votre faux mariage. C'est plutôt amusant, non ? De toute façon, notre client a le bras long. Vous devriez y penser avant de tenter quoi que ce soit à son encontre.

Elle eut peur. Une peur primale qui prenait sa source dans ce qu'elle avait vécu, des violences que le baron lui avait infligées, des coups qu'il lui avait portés, du chantage affectif qu'il lui avait imposé. Elle fut presque tentée d'abandonner cet héritage dont elle n'avait de toute façon pas la jouissance. Après tout, que lui importait ce domaine anglais qu'elle connaissait à peine, où elle ne retournerait sans doute jamais ? Que lui importaient ces millions dont elle s'était jusqu'à maintenant passée, quitte à vivre comme une pauvresse ? Ne valait-il pas mieux vivre en paix, et même vivre, tout simplement ?

— Très bien, répondit-elle sourdement. Je vais réfléchir à votre proposition.

Ils l'encadrèrent. Leurs visages déjà peu aimables se firent menaçants.

— Nous avons tout préparé. Il vous suffit de signer. Ce sera vite fait.

Le grand maigre se pencha vers elle, si près qu'elle crut sentir l'odeur de sa sueur. Elle ne réfléchit pas. Elle le gifla de toutes ses forces.

Il recula, mais ce ne fut pas à cause du soufflet. Un coup de poing venait de le cueillir à la mâchoire, l'envoyant valser en l'arrière, les bras battant à la recherche de son équilibre. Il tomba de tout son poids sur une table voisine, qui se brisa sous le choc. Des serveurs accoururent. Jezebel se retourna. Jan se tenait à côté d'elle, grand, magnifique, les yeux noirs de colère, le doigt pointé comme une menace :

— Ne vous approchez plus de ma femme, gronda-t-il.

On le retint, tandis que les garçons du Raffles couraient en tous sens comme des fourmis affolées et qu'un maître d'hôtel tentait de calmer tout le monde.

— Messieurs, voyons, un peu de calme ! Messieurs, je vous en prie !

Jan Lukas le prit à parti.

— J'exige que vous mettiez cette racaille hors de ma vue, monsieur Jacques ! Ces deux hommes ne cessent d'importuner mon épouse.

On ramassa maître Obwald, qui saignait de la bouche. On invita maître Glaris à quitter le Long Bar. Il couinait comme un porc qu'on égorge.

— Nous n'en resterons pas là ! Vous aurez de nos nouvelles. Vous allez le regretter !

— Soyez sûrs que mes avocats vous contacteront, précisa Jan avec froideur, tout en époussetant tranquillement son veston.

Tandis qu'on évacuait les deux trublions, il remercia le barman chinois qui l'avait averti de la situation en lui offrant une généreuse gratification, puis il prit Jezebel par le bras.

— Viens. Notre table est sur la terrasse.

Il l'entraîna d'un pas vif. Choquée, elle s'appuya de toutes ses forces sur lui. Il siffla aussitôt à ses oreilles :

— Qu'est-ce qui t'a pris d'aller parler à ces deux hurluberlus ?

Elle trouva qu'il dépassait les bornes. Elle voulait être rassurée, pas grondée comme une enfant désobéissante.

— Il me semble que cette affaire me concerne directement, tout de même ! D'ailleurs, je ne vois pas pourquoi tu es intervenu. Je m'en sortais très bien toute seule, ajouta-t-elle avec une parfaite mauvaise foi.

— Excuse-moi d'oublier à quel point tes précédentes fiançailles t'ont habituée à côtoyer des malfrats !

Elle le gifla. Il lui attrapa le poignet, se pencha pour persifler tout contre son visage.

— Décidément, tu as toujours la main trop leste !

— Et toi le verbe trop acerbe ! cracha-t-elle sur le même ton.

Ils se défièrent, la mine tendue. Ils étaient en plein milieu de la terrasse du Raffles et on commençait à les regarder, à chuchoter sur leur passage, à pincer des lèvres d'un air réprobateur. Il la reprit par le coude.

— Ne nous disputons plus. Allons plutôt voir ta petite Mary-Leela. Elle t'attend avec impatience, elle n'a cessé de te réclamer toute la matinée.

Effectivement, sa fille l'appela dès qu'elle la vit.

— *Māmā, Māmā* !

Jezebel se figea. La fillette était dans les bras d'un inconnu, un Indien très grand, très sombre, à qui la petite tirait consciencieusement la longue barbe frisée. Derrière ce géant vêtu d'une *kurta*[1] rose bonbon sur un *churidar*[2] du même ton, Hùshì disparaissait presque entièrement.

— Hé, vous ! Rendez-moi ma fille immédiatement.

L'Indien lui fit face. Il portait avec faste d'innombrables bijoux qui décoraient sa large poitrine. Son turban était paré d'une superbe aigrette en diamants. Sous cette coiffe majestueuse, son visage affichait des rides profondes qui auraient pu être celles d'un *sâdhu*[3]. Ses yeux avaient le même or liquide que ceux d'un tigre.

Il lui tendit la fillette. Elle la prit et la serra contre elle avec soulagement. Durant tout ce temps, il ne la quitta pas du regard. Elle se rappela qu'elle l'avait vu la veille dans la cathédrale, près de ce pilier dans l'ombre duquel il se confondait. Elle en fut intriguée.

— Nous connaissons-nous, monsieur ?

— Pas encore, *milady*, répondit-il dans un anglais parfait.

1. Chemise longue jusqu'aux genoux.
2. Pantalon indien.
3. Un sage, en Inde.

Jan posa une main sur l'épaule de sa femme et fit les présentations.

— Ma chérie, permets-moi de te présenter le *raajdoot*[1] Mukhy Aadamee[2], qui est l'envoyé du maharaja de Mahavir. Il est venu pour escorter ta fille jusqu'à Calcutta.

*

— C'est hors de question ! hurla Jezebel, lorsqu'ils furent revenus dans leur suite.

Jan était assis dans le salon, près de la fenêtre. Il lisait un journal. Elle remarqua tout de suite qu'il affichait son fameux visage de bois, dur, impassible, avec seulement ce petit muscle qui tressautait sur sa joue en trahissant sa nervosité. Brusquement, elle songea à se jeter à ses pieds pour effacer ce tracas d'une main douce, pour l'embrasser et le chérir, mais elle n'osa pas.

Il continuait à ne lui accorder aucune importance. Elle remua un vase inutilement, déplaça une pendule, la remit à sa place. Elle n'était pas mariée depuis vingt-quatre heures, et déjà ils ne cessaient de se chicaner.

— Je... j'ai éloigné Mary-Leela et Hùshì, commença-t-elle avec humeur.

— C'est parfait, répondit-il du bout des lèvres, le nez toujours plongé dans son journal.

Il avait ôté sa veste et son gilet pour se sentir à l'aise. Il était en bras de chemise, les manches retroussées sur ses avant-bras bronzés, musclés. Elle adorait lorsqu'il était habillé ainsi. Devait-elle le lui dire ? Elle avança de quelques pas hésitants. Elle n'était pas sûre

1. L'envoyé du maharaja.
2. Ce nom signifie « Homme du chef », en hindi.

qu'il soit vraiment en train de lire mais, tout de même, il affectait de ne lui prêter aucune attention. Elle se racla la gorge.

— J'ai pensé que ce serait mieux si la petite n'assistait pas à nos constantes disputes.

Elle l'avait sciemment provoqué et, effectivement, la phrase fit mouche. Il plia son journal et le jeta sèchement à côté de lui.

— On pourrait croire que cela te fait plaisir !

Elle oublia toutes ses bonnes résolutions et riposta avec colère.

— N'inverse pas les rôles, je te prie. C'est toi qui cherches constamment à régenter ma vie !

— Peut-être parce que tu as la fâcheuse habitude de te fourrer dans des situations inextricables dont je suis constamment obligé de te sortir ? Te rends-tu compte qu'aujourd'hui j'ai été obligé de boxer un homme en plein Long Bar du Raffles Hotel ?

Elle s'offusqua de sa mauvaise foi.

— Parce que tu crois que c'est moi qui ai décidé d'être abordée par ces deux hommes sinistres qui veulent me voler mon héritage ? Crois-tu également que c'est moi qui ai tout fait pour que le baron von Rosenheim me retrouve ? C'est ta stupide idée de mariage qui lui a mis la puce à l'oreille ! Ils me l'ont dit, c'est à cause de l'acte de naissance que tu as réclamé. Que crois-tu que je ressente ? T'es-tu déjà mis une seule fois à ma place ? Cet homme est fou, immonde, puissant. Il me terrorise, et toi tu arrives avec ce… cet envoyé du maharaja, et tu m'annonces tout de go que ma fille doit se rendre à Calcutta chez ce grand-père que je ne connais pas ! Comment dois-je prendre cette trahison ?

Il se leva. Son expression s'était un peu altérée, même si ses yeux restaient durs.

— D'accord, j'ai été maladroit, je t'en demande pardon. Je suppose que c'est parce que je n'ai jamais trouvé anormal qu'un grand-père veuille faire la connaissance de sa petite-fille… Je connais Mani Sarthak Singh depuis des années. Avant de venir à Singapour, il m'a reçu dans son palais et nous avons beaucoup parlé. Il est très affecté par la mort brutale de son fils. Charu lui manque. Il m'a montré les lettres que tu lui avais écrites. Sincèrement, voir cette enfant lui ferait beaucoup de bien. Elle est tellement adorable. Mani Sarthak est un vieil homme que le devenir de l'Inde rend pessimiste. Un vieil homme triste, usé, qui mérite d'avoir un sourire dans la vie.

— Tu es en train de me parler d'un maharaja, s'exclama-t-elle. Un nabab ! Un homme qui a plusieurs épouses, qu'il cloître à vie dans son sérail ! Il leur a fait plusieurs dizaines d'enfants et il a pour descendance au moins autant de petits-enfants. Je suis sûre qu'il ne les connaît pas tous ! Peux-tu me dire ce que deviennent les filles dans cette histoire ? Les enferme-t-il, elles aussi, dans son charmant harem muni de barreaux dorés ? Pourquoi veut-il rencontrer ma petite Mary-Leela ? Qu'en fera-t-il ? La mettre sous sa coupe parce qu'elle est de son sang ? La marier à huit ans à quelque vieux barbon de quarante qui la violera le soir de ses noces ?

— Tu as une vision trop romantique des souverains indiens, Jezebel. Cela ne se passe plus ainsi au XXe siècle. Il y a de nouvelles lois, que tes compatriotes ont imposées…

— Mes compatriotes, comme tu dis, se sont contentés de faire passer l'âge légal du mariage des filles de huit à douze ans ! C'est ça ton progrès ? Es-tu aveugle ou naïf ?

Elle aurait pu continuer ainsi pendant des heures, à lui faire l'inventaire de toutes les peurs et toutes les injustices qu'elle avait vues depuis qu'elle travaillait au dispensaire ou à l'hôpital. Oui, elle aurait pu lui parler de ces femmes ramassées dans la rue, des enfants, des bébés, des petits cadavres sortis des poubelles, et de ces autres qu'on attachait encore vivants à des arbres, en bordure de jungle, juste pour que les léopards viennent les chercher. Mais elle craqua subitement et, se tournant vers lui, elle s'exclama d'une voix enrouée, déchirée par un sanglot qu'elle ne contrôlait plus :

— Ne m'oblige pas à choisir entre toi et ma fille. Je crois que j'en mourrais…

Les mots étaient forts. Il la rejoignit en trois enjambées, la serra contre lui à l'étouffer.

— Je ne t'ai jamais demandé cela, Jezebel ! Je n'arrive même pas à comprendre comment nous arrivons à nous parler ainsi.

Dans ses bras, évidemment, elle ne sentit plus que ses lèvres sur ses cheveux, son corps enveloppé par sa force, la chaleur de son buste. Incapable de retenir ses sanglots plus longtemps, elle s'accrocha à lui de manière convulsive.

Il continua à la serrer, en effleurant de mille baisers ses tempes, ses joues, son front. Elle hoqueta :

— Tu… m'as dit… que ma… fille devait aller à… Calcutta…

— *Hey little girl*, je l'ai dit, mais je ne pensais pas que tu croirais qu'elle irait seule là-bas, sans toi, sans moi. Ne nous vois-tu pas comme une famille ? Je sais, c'est tôt, nous avons encore beaucoup de choses à apprivoiser, mais tout de même… De quoi as-tu donc peur ?

Elle faillit lui dire qu'elle était terrorisée par trop de choses. Qu'il cesse de l'aimer, de la désirer. Qu'il regrette de ne pas avoir été le premier, et même qu'il le lui reproche. Que l'amour devienne de la haine au fil du temps… Mais toutes ces choses, elle ne pouvait les lui dire. Il n'aurait pas compris et l'aurait traitée de sotte.

— Tu sais, j'ai peur qu'il me la prenne, se contenta-t-elle de soupirer. J'ai peur qu'il la veuille pour lui tout seul, pour la garder toujours en Inde, à sa disposition.

— Je ne pense pas que Mani Singh soit cette sorte d'homme. Je l'ai toujours connu droit et honnête. Je l'ai vu sincère dans son chagrin, et aussi dans sa curiosité. Il veut connaître la fille de son fils, quoi de plus naturel ? Il ne compte pas la priver de sa mère. Au contraire, je crois qu'il s'inquiète pour vous deux. Il ne cherche qu'à vous protéger. La perte de son fils cadet lui rappelle tous les jours ce dont le baron von Rosenheim est capable.

— Je ne veux pas que ma fille aille à Calcutta, ne put-elle que répéter. Non, pas à Calcutta.

Elle avait l'impression qu'elle n'y avait que des mauvais souvenirs.

— Écoute, lui proposa Jan, conciliant. Nous pourrions, dans un premier temps, écouter ce que l'émissaire a à nous dire. C'est une proposition honnête, ne trouves-tu pas ? À la fin, c'est toi qui décideras. Je veux que tu sois heureuse.

Elle finit par accepter. Il avait raison, écouter n'engageait à rien.

5

12 septembre 1921
La plage – Singapour

L'émissaire du maharaja de Mahavir, le *raajdoot* Mukhy Aadamee, fut à l'origine d'une charmante idée : aller pique-niquer sur la plage. Il organisa tout dans les moindres détails. Le chef cuisinier du Raffles fut chargé de préparer les victuailles. Trois domestiques indiens transportèrent les paniers.

La mer était proche de l'hôtel, on aurait pu la rejoindre à pied ; on s'y rendit néanmoins dans la Rolls-Royce Silver Ghost aimablement prêtée par le directeur de l'hôtel, un magnat arménien propriétaire de plusieurs établissements en Asie du Sud-Est. Depuis l'incident du Long Bar, ce dernier était prêt à tout pour juguler la mauvaise presse, y compris en prêtant à ses clients sa propre automobile, à laquelle il tenait pourtant comme à la prunelle de ses yeux.

L'idée du pique-nique remplit Jezebel d'enthousiasme. La journée était particulièrement radieuse, avec un ciel bleu uniforme, dépourvu du moindre nuage. Ce temps magnifique paraissait suffisamment exceptionnel pour être de toutes les conversations. Les belles dames chapeautées riaient, les messieurs endimanchés leur donnaient la réplique avec le même entrain.

La veille, l'autre sujet capable de mettre en effervescence le Raffles Hotel avait été le cours du caoutchouc.

Durant la guerre, la demande avait considérablement baissé, or les hévéas plantés avant le conflit arrivaient maintenant à maturité et commençaient à donner leur plein rendement. La concurrence était rude, avec des pays nouvellement intéressés par cette culture, en particulier le Centrafrique français. En Malaisie, les propriétaires des plus petites plantations commençaient à souffrir.

Lors du dîner, Jan avait eu des mots avec un planteur fraîchement débarqué de Londres qui venait jeter un coup d'œil sur ses investissements coloniaux. Il cherchait à « acheter » des travailleurs encore moins cher que ceux qu'il employait déjà et qui étaient tous des engagés indiens ou chinois. Faisant preuve d'une certaine fatuité, le planteur n'hésitait pas à parler de filières d'approvisionnement non officielles, dont il cherchait à connaître les dates de « vente ». Il semblait ignorer que les ouvriers qui trimaient sur ses parcelles étaient déjà des engagés recrutés par d'anciens travailleurs, qu'un contremaître avait promus au sein de la plantation. Leur rôle était de retourner dans leur pays pour faire signer des contrats de misère au profit de leur employeur. Cette nouvelle main-d'œuvre n'avait pas le choix de son engagement, car le recruteur avançait le prix du voyage, censé être remboursé dans les années à venir alors que le salaire imposé permettait à peine de vivre. La conversation avait dégénéré lorsque Jan, en bon Américain, avait rappelé que l'esclavage avait été aboli depuis belle lurette et que ces pratiques, qui s'apparentaient au trafic d'êtres humains, ne faisaient pas honneur aux sociétés dites civilisées. D'autres planteurs avaient mis leur grain de sel, et il avait fallu que monsieur Jacques, le maître d'hôtel, s'en mêle pour faire baisser le ton.

Durant toute l'altercation, Jezebel avait tremblé pour son mari, craignant qu'il ne prenne un mauvais coup.

En même temps, elle découvrait un homme qu'elle ne connaissait pas, empli de convictions humaines, et cela le lui avait rendu encore plus cher à ses yeux.

La nuit avait été belle. La matinée se devait d'en être le prolongement naturel. Pourtant, la plage n'était pas aussi idyllique que son étendue de sable blanc aurait pu le faire croire. Jusqu'au ressac, elle était colonisée par une herbe courte et drue, peu agréable sous les pieds nus. Les racines des cocotiers affleuraient partout et des crabes veillaient à l'orée de leurs trous, leurs grosses pinces cherchant à attraper les pieds qui s'en approchaient trop.

L'eau, en revanche, était superbe. Lorsqu'on regardait vers le large, vers cette mer de Chine dont Singapour avait hérité la partie sud, elle paraissait plus pâle que le ciel. Elle prenait ici, à cette heure, cette couleur propre aux tropiques, ce bleu presque turquoise qu'on ne retrouvait ailleurs sur le globe qu'emprisonné dans les glaces des pôles. À l'horizon, des nuages gris précurseurs d'un sombre orage formaient un contraste étonnant et magnifique.

Il n'y avait pas de baigneurs, hormis quelques enfants malais qui se jetaient du haut d'un promontoire en bois où étaient arrimées de vieilles barques. Ils nageaient dans les eaux translucides avec la même aisance que des poissons. Les plus âgés traînaient des nasses de rotin dans lesquelles ils jetaient de grosses huîtres rondes que leurs mères feraient cuire au déjeuner dans de grandes marmites de bouillon épicé. Plus loin, en direction de Marina Bay, des pêcheurs à cormorans avaient tiré leurs embarcations sur la rive. Après la pêche de la nuit, ils étendaient leurs filets pour les faire sécher ou s'occupaient de leurs oiseaux. Assis avec leur volatile dans les bras, ils vérifiaient leur plumage et les câlinaient comme s'il s'agissait de chiots.

Jezebel ôta ses chaussures et laissa le sable glisser entre ses orteils. Hùshì organisait déjà le pique-nique. Sous ses ordres nets et précis, les domestiques indiens installèrent de grandes nappes blanches avant d'y disposer les assiettes et les couverts. Tandis qu'ils sortaient les victuailles, la petite Mary-Leela, toujours aussi intrépide, n'eut qu'une idée en tête : courir jusqu'aux vagues et jouer avec la mer. Il fallut lui enlever la majorité de ses vêtements, et surtout bien la surveiller, car elle ne se rendait pas compte de la force du ressac, ni du sable mouvant sous ses pieds.

Elle tomba à maintes reprises. La première fois, elle pleura de surprise. La seconde, elle resta assise dans l'écume en riant de bonheur, et ses mains frappaient l'eau pour s'éclabousser plus encore.

– C'est une enfant très éveillée, *memsahib*, dit l'émissaire du maharaja en venant s'incliner avec un respect très hindou devant Jezebel. Une adorable enfant.

Cette dernière regardait sa fille jouer en riant au moins autant qu'elle. Elle attendit la suite sans répondre. Mukhy Aadamee la fascinait. C'était un homme étrange, à la taille de géant. On aurait pu le croire somnolent, tant il était calme et paisible, pourtant son regard de tigre observait toute chose, avec une douceur que démentait la dague *khanjarli*[1] portée en travers de sa poitrine.

Troublée par cette arme qui ne le quittait pas, Jezebel prit la liberté de la détailler avec curiosité. Le *khanjarli* avait une beauté mystérieuse, née sans doute de sa lame peu commune, dont la forme en S rappelait le corps d'un serpent. Des rigoles de sang couraient sur toute sa longueur. Passée dans une gaine fabriquée dans une matière

1. Poignard indien.

métallique étonnante, joliment marbrée, qu'on appelait du *wootz*[1], elle ne laissait apparaître que la garde d'ivoire brut, fixée par des rivets d'argent façonnés en forme de fleur.

— Est-ce une arme d'apparat ? demanda-t-elle, parce qu'elle trouvait qu'elle manquait de décorum par rapport aux autres colifichets beaucoup plus clinquants qui ornaient le cou et les bras de l'Hindou.

— C'est le symbole de ma charge, répondit l'émissaire avec civilité. Mon métier est de parfois côtoyer la mort et le sang.

Elle frissonna, impressionnée, mais voulut tout de même en savoir plus.

— Et quelle est donc cette charge, *doot* Aadamee ? Je vous croyais l'envoyé du maharaja de Mahavir. Faut-il pour cela être armé ? Votre rôle n'est-il pas uniquement diplomatique ?

Il s'inclina derechef, en joignant les mains sur sa poitrine.

— *Memsahib*, mon maître le maharaja m'a envoyé près de vous pour vous parler, c'est vrai, mais aussi pour vous protéger. Ma charge est d'être votre garde du corps, à vous et à l'enfant.

— Ah, dit-elle, maintenant mal à l'aise. Et de quoi ou de qui devez-vous me protéger ?

Elle avait parlé d'un ton bas, parce qu'elle craignait qu'il n'avance un nom honnis et que cela n'assombrisse cette journée qu'elle n'aurait voulu qu'ensoleillée. Il sourit au milieu de son épaisse barbe frisée.

— D'ici à Calcutta, on dit qu'il y a de nombreux pirates.

Elle faillit lui rire au nez.

---

1. Acier de creuset indien.

— Et vous comptez les arrêter avec votre poignard ? D'après ce que je sais, les pirates malais qui investissent les côtes sauvages de Sumatra ont des boutres rapides, armés de canons, et tirent très bien au fusil.

Il s'inclina une fois de plus.

— Je vous l'ai dit, cette dague est un symbole. Ceux qui la voient savent. À eux d'en assumer les conséquences.

— Vous êtes en train de me dire que vous êtes une sorte de…

Elle avait failli dire intouchable mais s'était rappelée au dernier moment la signification que les Indiens accordaient à ce mot par rapport à leurs castes.

— … une sorte de messager invulnérable ?

— On peut dire cela ainsi, sauf que l'invulnérabilité sera pour celui ou celle que je protège. À Singapour, et maintenant dans tout le golfe du Bengale, chacun sait que vous et votre enfant êtes sous la protection du puissant maharaja de Mahavir. Ceux qui passeront outre le feront au mépris de tout danger.

Le froid la gagna et elle repoussa l'ombrelle qu'un des domestiques s'acharnait à tenir au-dessus de sa tête. Elle n'aimait pas le cours qu'avait pris la conversation. La mine renfrognée, elle s'occupa à faire couler du sable entre ses doigts.

Jan revint de la mer où il avait été faire quelques brasses. Il portait l'un de ces maillots de bain à la mode en Europe, qu'elle n'avait pas encore eu l'occasion de voir en vrai, et qui moulait son anatomie en point d'en paraître presque indécent. Il accepta la serviette que lui tendait un des domestiques indiens, se sécha le visage avant de s'asseoir à côté d'elle. Sa belle peau bronzée était encore recouverte d'une myriade de gouttelettes. Ses cheveux ébouriffés tombaient en désordre sur son front. Elle tendit la main pour repousser une des mèches.

Il lui embrassa le bout des doigts au passage. Puis, il prépara une mangue en la découpant en cubes afin qu'elle puisse la picorer à son aise. Tout en jouant ainsi au maître-queux, il se tourna vers l'émissaire du maharaja.

— Mon cher Aadamee, j'imagine que vous ne nous avez pas invités à ce pique-nique pour le seul plaisir de déguster des fruits ou des coquillages en bord de mer ?

Le *raajdoot* vint s'accroupir devant lui. Il était vêtu comme à son habitude d'une tunique indienne et d'un *pajama*[1] en soie, aujourd'hui d'un beau vert céladon orné de galons brodés de fils d'or et d'argent, et incrusté de pierres précieuses. Sous le soleil ardent, il brillait comme un joyau.

— Vous avez raison, *sahib* Lukas. Pour aborder des sujets sérieux, n'est-il pas plus agréable de le faire dans un tel lieu ? Tenez, prenez donc un *samossa*[2]. Le cuisinier de l'hôtel les fait presque de la même façon qu'en Inde.

Il tendit un plat, attendit que Jan et Jezebel se servent, puis continua.

— Par mon entremise, mon maître vous fait dire qu'il serait très honoré de vous recevoir à Calcutta, dans son Palais d'Or. Ceci est une invitation très officielle qui vous placera bien sûr sous ma protection durant tout le voyage.

— Jezebel est maintenant mon épouse, et je considère sa fille comme la mienne, crut bon de préciser Jan Lukas. Je suis conscient de l'honneur que le maharaja nous fait en vous envoyant comme notre garde du corps, mais c'est à moi maintenant de les protéger.

Émue par cette phrase, Jezebel chercha sa main et la serra. Ils se sourirent, puis regardèrent ensemble vers le

1. Pantalon ample porté en Asie du Sud et du Sud-Est par les hommes et les femmes.
2. Petit beignet fourré.

bord de mer, où Hùshì, malgré son ventre bien rond qui la gênait de plus en plus, aidait la petite Mary-Leela à ramasser des troques et des porcelaines. Parfois, un grand cri d'émerveillement annonçait qu'elles avaient trouvé une étoile de mer ou un petit crabe vert.

— Cela va de soi, *sahib*, reprit l'émissaire du maharaja, et loin de moi l'idée de remettre votre implication personnelle en question. Néanmoins, je me dois d'énoncer une vérité : vous êtes un Américain. Que savez-vous vraiment de Singapour ou des Indes ?

Jan Lukas eut un petit haussement d'épaule.

— Suffisamment, j'imagine.

— Pardonnez mon impertinence, *sahib*, mais vous êtes ici dans ce très bel hôtel, où seuls les Occidentaux les plus fortunés peuvent se permettre de séjourner. Vous buvez des cocktails et du champagne, vous mangez des langoustes en vous prélassant au soleil. Il y a des ventilateurs électriques dans chaque pièce, et presque plus de serviteurs que de clients. Le plus exotique que vous puissiez rencontrer, ce sont ces très beaux palmiers, des *lipstick palms*[1], comme les appellent vos amis les Britanniques. Donc, je vous le demande une seconde fois, que connaissez-vous vraiment de Singapour ?

Jan se redressa. Lui et l'Hindou se toisèrent avec tension. Jezebel s'immisça dans la conversation. Elle n'avait pas l'intention de les laisser discuter d'elle comme si elle était incapable de prendre soin d'elle par elle-même. Comment croyaient-ils qu'elle avait fait durant ces dernières années ?

— Cher monsieur Aadamee, je puis répondre à cela. Je vis à Singapour depuis près de deux ans. Je n'ai pas

1. Palmier à tronc rouge, de la variété Cyrtostachys.

la prétention de bien connaître cette ville mais, tout de même, j'ai travaillé à la mission du Saint Enfant Jésus-Christ qui ramasse dans les rues des femmes et des orphelins sans ressources pour en prendre soin. Et depuis quelques mois, je suis infirmière dans le tout récent KK Hospital, dans un service de maternité qui n'est pas uniquement réservé aux femmes européennes. Cela fait longtemps que je vois la maladie, la pauvreté. Le Singapour que je côtoie n'est pas uniquement celui des Occidentaux, des quartiers riches et de l'argent. Je connais aussi son autre versant.

L'émissaire du maharaja eut un petit salut respectueux.

— Je ne parlais pas de la misère, *memsahib*, et je pense que *sahib* Lukas l'a très bien compris.

Il coula un regard assombri vers l'Américain.

— Mon maître m'a informé que vous gagniez votre vie en achetant puis en revendant ce qu'on appelle dans votre pays de l'archéologie, des statues, des bas-reliefs, des masques, et toutes ces œuvres d'art qui caractérisent les cultures indiennes et asiatiques. J'imagine que vous les achetez à de riches négociants, qui les recherchent pour vous…

— La plupart du temps, oui, répondit Jan. Il arrive néanmoins que je me rende en personne sur des marchés, dans les arrière-boutiques, dans les ports. Je visite des hangars, des entrepôts, des sampans…

— Dans ce cas, *sahib*, vous savez bel et bien de quoi je parle. Singapour est un port franc. Les droits de douane ont été abolis en 1819, et les droits de port en 1823. Depuis ces dates, plus personne ne paie de taxe en arrivant sur l'île, qu'il fasse du commerce ou de l'industrie. C'est un grand avantage, mais aussi un appât terrible pour les pirates. Tout autour de l'île, que ce soit en Malaisie ou à Java, et même le long de la côte qui remonte vers le Bengale et par extension vers l'Inde, les zones de non-droit pullulent. Des bandits y ont établi des bases, dont personne ne peut les déloger. Les Occidentaux, qu'ils soient français, hollandais ou même britanniques, ne naviguent pas à l'instinct. Ils se fient à leurs cartes, qui sont peu précises. Que peuvent les canons de leurs soldats, quand l'ennemi en face est une ombre habituée à remonter les fleuves, à se cacher dans les mangroves dont ces forbans sont les seuls à connaître la géographie ? Les Britanniques tiennent au libre-échange. Pour le conserver, ils sont frileux à légiférer. Qu'importe, après tout, les trafics de toutes natures, du moment que les devises entrent ? Tout le monde le sait, Singapour est une plaque tournante. Tenez, regardez devant vous, et dites-moi ce que vous voyez.

Il tendit la main vers l'entrée de Marina Bay. Jezebel suivit des yeux cette direction. Elle remarqua en premier les travaux pour le viaduc qui permettrait bientôt de traverser la baie sans passer par un des innombrables ferries surchargés. Puis elle se rendit vite compte d'une évidence : il y avait des bateaux partout. Des sampans accrochés en rangs multiples aux quais, aux pontons, des embarcations réunies en villages flottants ou en train de naviguer sur le fleuve. Des navires de toutes tailles, de toutes formes, de toutes les couleurs, qui se suivaient par groupe ou à la queue leu leu, telles des fourmis affairées autour d'une fourmilière.

Aadamee approuva :

— Ces dizaines de bateaux font transiter des centaines de fusils et de canons qui alimentent les bases des pirates ainsi que des conflits épars en Chine ou les guerres tribales disséminées dans les archipels indonésiens. Or, ce trafic n'est pas unique. Le marché aux esclaves a certes été règlementé depuis l'arrivée des Occidentaux, mais les navires négriers, devrais-je dire jauniers[1] ? continuent de transporter de la main-d'œuvre bon marché, avec à leurs bords des travailleurs qui se sont tellement endettés pour leur droit de passage qu'ils n'auront jamais assez d'une vie pour tout rembourser. Quant aux femmes, elles sont enlevées à leurs familles, vendues comme domestiques ou comme concubines. Elles alimentent les lupanars. Vous, *memsahib*, qui avez travaillé dans les rues misérables, vous le savez. À cela se rajoutent l'opium de contrebande, la fausse monnaie, et même les perles, l'ivoire, la nacre ou les concombres de mer. Il n'y a aucune limite au profit.

Jan se frotta le menton en coulant vers l'émissaire du maharaja un drôle de regard.

— Je suis étonné de votre entendre parler ainsi, Mukhy Aadamee. Quel est votre positionnement dans toute cette énumération ?

L'émissaire du maharaja eut une grimace qui plissa ses yeux de rire.

— Je m'efforce juste de vous faire comprendre ce qu'est réellement Singapour, *sahib* Lukas. Ne croyez-vous pas que dans un tel contexte, c'est… comment dites-vous ? Un miracle ? Oui, c'est un miracle que la comtesse ait pu demeurer cachée aussi longtemps. Ignorez-vous donc que le baron von Rosenheim est lui-même un…

— Nous savons que le baron est un trafiquant d'opium, coupa Jan. Ce fait est de notoriété publique. Tous ceux ayant un tant soit peu vécu à Calcutta savent que ce Suisse passe illégalement du *chandoo*[2] en direction de Macao ou de la Chine, et ce dans des proportions qui ne peuvent que réjouir les Britanniques…

1. Parce qu'ils transportent essentiellement des Asiatiques.
2. Opium raffiné prêt à être fumé.

Mukhy Aadamee approuva d'un long hochement de tête :

— Très bien. Vous savez cela. Mais savez-vous que cet homme possède également des navires qui font du commerce humain ? Et savez-vous que les armes représentent l'autre grosse part de son chiffre d'affaires ? Ses sbires parcourent les Indes et stationnent dans tous les ports d'Asie, surtout ici, à Singapour, où transitent la majorité de ses cargaisons. Lorsque mon maître le maharaja a tenté d'ouvrir les yeux du Résident général, il s'est vu répondre une fin de non-recevoir. Les Britanniques ont besoin de l'opium pour équilibrer leur balance commerciale avec la Chine, qui ne leur achète rien d'autre, alors qu'elle vend au Royaume-Uni du thé, de la soie, des céramiques… Financièrement parlant, von Rosenheim est un allié intéressant. Tant qu'il dirigera son trafic d'opium, qui est l'un des plus florissants de la mer de Chine, il sera protégé des autorités.

Il s'interrompit pour manger une tranche d'ananas en affichant un air presque détaché, puis il reprit :

— Pour ce qui est du gouvernement britannique, je ne vous apprends rien. Qu'importe l'homme, ses vices ou ses travers, du moment que les apparences sont sauves. Au sein du Raj, la règle est simple : un Occidental doit en tout point être supérieur à n'importe quel Oriental, que ce dernier soit un Indien ou un Malais. Or, cette supériorité n'étant pas toujours évidente lorsqu'il s'agit de richesses, l'Occidental doit avant tout être irréprochable dans ses mœurs. Voilà pourquoi le baron von Rosenheim est un homme exquis en société, admiré et porté aux nues par les Anglais. Son argent lui permet de s'habiller avec raffinement, de vivre dans une demeure luxueuse, d'avoir ses entrées dans les clubs les plus sélects, de parier aux courses, d'aller au théâtre. Il pousse même le vice à donner aux bonnes œuvres et à être le parrain de plusieurs associations de tempérance. Et comme il est également le propriétaire d'immenses plantations, qu'il s'agisse de pavot, de thé ou d'hévéa, il a un poids politique certain, né de son poids économique.

Il se tourna vers Jezebel, la fixa gravement.

— Ses navires lui servent à écouler sa marchandise. Ils passent tous par Singapour. Ici, *memsahib*, vous êtes dans la gueule du cobra. Et vous le serez plus encore lorsque votre réelle identité parviendra aux oreilles de ses sbires. J'ai récemment appris que le baron paie des mercenaires pour vous retrouver. La moindre rumeur vous concernant parviendra vite à ses oreilles. Or, votre mariage ne fut pas particulièrement discret. Je crois même qu'au sein de la communauté européenne, il a provoqué un certain émoi…

Jezebel se sentit glacée, alors que le soleil étincelait.

— Von Rosenheim m'a déjà retrouvée, dit-elle d'une toute petite voix. Il a engagé deux avoués qui sont venus à ma rencontre. Par leur intermédiaire, le baron entend récupérer une partie de mon héritage, sur lequel il estime avoir un droit.

— Ah, *memsahib*, ce serait heureux s'il ne s'agissait que d'argent… soupira Aadamee. Je crains cependant que ce ne soit pas la seule chose qu'il veuille. Nous savons qu'il continue à s'intéresser aux recherches qui occupaient votre tuteur, sir Michael Deckard. Apparemment, il s'est mis en tête d'acheter tous les artefacts possibles concernant une vieille cité de civilisation gupta. Mon maître ne voit pas cela d'un très bon œil. Vous étiez proche de votre tuteur. Imaginez qu'il pense que vous possédiez encore quelque chose qui pourrait l'intéresser ?

Jezebel protesta.

— Je n'étais pas au courant des travaux de mon parrain, *doot* Aadamee ! Je ne possède rien lui appartenant !

L'Hindou hocha gravement la tête, d'un air presque satisfait qui la mit mal à l'aise.

— Soit, c'est déjà ça. Néanmoins, je suis convaincu que cet homme n'a pas oublié la façon dont vous lui avez glissé entre les doigts en vous éloignant de Calcutta de façon si rocambolesque. Vous l'avez berné. Il ne peut le tolérer. Lorsqu'on est à la tête d'un empire mafieux, on n'accepte pas d'être tenu en échec, encore moins par une femme. Vraiment, je vous en prie, *memsahib*, venez au palais de mon maître le temps que cette histoire soit réglée. Vous êtes en danger.

Elle se leva, furieuse.

— Vous cherchez à m'effrayer ! accusa-t-elle.

— Bien sûr, *memsahib*, car je crains que vous ne mesuriez pas tout à fait le danger que représente cet homme.

Elle fixa le *doot* froidement.

— Je sais ce qu'il est bien plus que n'importe qui, répondit-elle le plus calmement possible. Je vous promets donc de réfléchir à votre proposition. En attendant, ne me parlez plus de rien, hormis des petites fleurs, des papillons et des coquillages. La journée est belle, il serait heureux qu'elle le reste encore un peu.

L'Indien voulut ajouter quelque chose, mais elle lui tourna ostensiblement le dos et se dirigea vers sa fille, pour bien lui signifier que l'entretien était clos. Elle était furieuse, et fâchée de l'être. Tout ce qui venait d'être dit, elle le savait de longue date, mais il était hors de question que cela gâche sa vie dorénavant. Elle venait de se marier avec l'homme qu'elle aimait. Ils étaient heureux. Cela seul comptait.

Elle retroussa ses jupes pour enfoncer à loisir ses orteils dans le sable mouillé. Chacune de ses respirations sembla peu à peu redonner du bleu au ciel et de la douceur à l'air. Lorsque la petite Mary-Leela vint lui montrer son panier de crabes, elle s'agenouilla pour jouer avec elle, essayant de cacher ses larmes dans l'ombre de sa capeline.

Elle ne retournerait pas à Calcutta.

Contrairement à ce qu'avait dit le *raajdoot*, la capitale du Bengale occidental était le repère de tous les dangers. Von Rosenheim en avait fait le siège de tous ses trafics, les dirigeant d'une main de fer depuis le palais où il logeait, qu'il avait baptisé avec impudence la Villa Gokhra[1]. Cette demeure avait un emplacement stratégique près du fleuve Hooghly, près des hangars où le trafiquant entreposait son opium avant de le faire charger sur des barges. Ces dernières le transportaient ensuite jusqu'aux navires qui partaient pour l'Orient.

Elle soupira. Non. Vraiment non, elle ne pouvait retourner en Inde, encore moins à Calcutta où elle serait plus en danger qu'ailleurs. Y revenir serait comme marcher au milieu d'un nid de scorpions.

La petite Mary-Leela vint lui tendre un coquillage brillant de nacre, la ramenant à la réalité. Jezebel l'essuya pour en ôter le sable et le redonna à l'enfant. Dans son dos, Jan et l'émissaire continuaient leur conciliabule.

Elle entendit son mari dire :

— Ne vous inquiétez pas, Aadamee, je saurai protéger ma femme et sa fille. Lorsque vous verrez le maharaja, vous pourrez le lui préciser. Je vais les emmener toutes les deux aux États-Unis. Nous partirons bientôt, ce n'est qu'une question de jours. J'ai déjà réservé nos billets. Là-bas, je vous le garantis, elles seront définitivement à l'abri du baron.

1. Signifie la villa du cobra.

Elle se figea. Jan comptait l'emmener aux États-Unis alors qu'à aucun moment il ne lui en avait parlé ! Elle serra les dents. Ainsi, elle n'était à ses yeux toujours et encore qu'un objet à trimballer éternellement, qui ne pouvait avoir d'autre initiative que de s'étendre sur un lit afin qu'on lui fasse l'amour à n'en plus finir ! Elle se leva, prête à réclamer des explications. Hùshì s'accrocha à elle.

— *Missy*, bafouilla la jeune Chinoise en levant vers elle son beau visage tordu par une brusque souffrance. *Missy*, aidez-moi, j'ai mal… j'ai beaucoup mal… c'est le bébé…

Jezebel baissa les yeux vers le ventre proéminent. Elle vit que le vêtement était détrempé entre les cuisses. Elle comprit immédiatement et s'écria :

— Aidez-moi ! Hùshì va avoir son enfant !

Le pique-nique se mua aussitôt en tumulte et le retour à l'hôtel se fit dans la panique. Jan accourut, enleva la jeune Chinoise dans ses bras. Il l'étendit sur la banquette arrière de la Silver Ghost, au grand dam du chauffeur qui craignait pour ses sièges en cuir. Pour le faire taire, il fallut tapisser la banquette d'une nappe et lui tendre un billet de cinq dollars américains.

— Nous ne tiendrons pas tous dans la Rolls, constata Mukhy Aadamee en s'approchant avec la petite Mary-Leela dans les bras. Allez à l'hôtel, j'attendrai le retour de l'automobile ici, sur la plage, en m'occupant de l'enfant.

Mais Jezebel sursauta.

— Non ! s'exclama-t-elle en lui arrachant sa fille.

L'émissaire du maharaja s'inclina, un sourire ironique sur les lèvres.

— Me croyez-vous capable de vous enlever votre fille, *memsahib* ? Je ne suis pas aussi barbare !

Elle rougit, balbutia une excuse, mais il fallait partir, Hùshì gémissait et du sang coulait maintenant le long de ses jambes, maculant sa robe d'une tache allant en s'élargissant.

— Vite, dit Jan en tendant un second billet au chauffeur qui appuya aussitôt sur l'accélérateur.

Ils entrèrent en coup de vent au Raffles, réclamèrent un docteur, puis attendirent sa venue en faisant les cent pas dans la suite. Jan manda une femme de chambre pour s'occuper de la petite Mary-Leela tandis que Jezebel, retrouvant ses réflexes d'infirmière, réclamait au service d'étage de l'eau bouillante et de la charpie.

Hùshì avait été étendue dans sa chambre, sur son lit d'osier. Jezebel l'avait déshabillée et lui avait lavé les cuisses avant de la recouvrir d'un drap propre. La jeune Chinoise souffrait anormalement, et son beau visage, qui ressemblait habituellement à une porcelaine peinte à l'aquarelle, était devenu aussi pâle que la lune. La douleur tirait tellement sa peau que la délicate structure des os apparaissait en filigrane. Lorsqu'une contraction lui arrachait un cri, elle se tordait, accrochée à la main que Jezebel lui abandonnait, allant jusqu'à lui enfoncer les ongles dans sa paume.

— Ça va aller, ne cessa de répéter cette dernière. Ça va aller.

C'était faux. Tout allait de mal en pis, et le médecin qu'ils avaient mandé tardait à se présenter. Pour tenter de soulager son amie, Jezebel lui cala les reins avec des oreillers et lui rafraîchissait régulièrement le visage avec un linge imbibé d'eau de Cologne.

« J'ai mal », lui disaient les grands yeux noirs, tandis que de ses lèvres ne sortaient que des gémissements épars, parfois dominés par un cri plus strident qu'un autre.

La douleur crucifiait la jeune femme, pompait ses forces, la crispait au moment de la contraction, puis la rejetait en arrière, molle et exsangue, abrutie par la violence de son corps se retournant contre elle.

Guidée par l'instinct, elle aurait voulu expulser au plus vite l'enfant, mais Jezebel cherchait au contraire à la modérer, car elle ne voyait pas se présenter la tête du nouveau-né, juste un morceau de chair oblong, d'apparence dure, qu'elle n'identifiait pas et dont elle ne savait que faire.

— Il faut attendre, continua-t-elle à répéter jusqu'à ce que le médecin s'annonce enfin.

Il s'agissait d'un homme jeune, nerveux, arrogant, qui, à en croire l'habit qu'il portait, un frac avec nœud papillon et faux col, s'apprêtait à se rendre à une soirée. Il eut un mouvement de recul lorsqu'on l'amena près de la future accouchée.

— Vous plaisantez ? s'exclama-t-il d'une voix aiguë qui fit sursauter Jezebel. Je ne soigne pas les Orientaux. Il y a erreur, je suis le docteur Pierce Sullivan. Ma clientèle est celle des palaces, et non celle des domestiques ! Amenez donc cette Chinoise à l'hôpital.

— C'est trop loin ! protesta Jezebel en se tordant les mains. Nous n'avons pas le temps de la déplacer ! Ne voyez-vous pas que l'enfant est déjà engagé ?

Le praticien haussa les épaules et voulut repartir, mais Jan Lukas, qui avait entendu toute la conversation, l'attrapa par le col et le secoua rudement.

— Vous allez vous occuper de cette femme, ou c'est moi qui m'occuperai de vous !

— Vous me menacez ? couina le docteur Sullivan en perdant de sa superbe. Lâchez-moi, vous ne pouvez pas me contraindre à ausculter cette… cette Asiatique. J'ai des droits. Laissez-moi passer !

Il n'y avait rien à en tirer, et Jezebel se pendit finalement au bras de Jan pour le faire lâcher prise.

— C'est un sot, laissons-le partir, plaida-t-elle. Avec tant de mauvaise volonté, il ne ferait qu'un mauvais travail. Je vais aller chercher sœur Anne-Carole. Nous aurions dû penser à elle en premier. Le dispensaire n'est pas loin, elle a l'habitude des cas un peu… compliqués.

Elle attrapa un châle tandis que le docteur Sullivan fuyait sans demander son reste.

— Laisse, j'irai plus vite que toi, lui dit Jan. Cependant, es-tu certaine de ce choix ? Ne vaudrait-il pas mieux essayer d'aller à l'hôpital ?

Elle leva vers lui des yeux embués de larmes.

— Nous n'avons plus le temps. Il faut aller chercher sœur Anne-Carole. Je t'assure qu'elle a les compétences nécessaires. Elle est diplômée de la faculté de médecine de Paris. Elle a aidé beaucoup de femmes à accoucher, moi la première.

Il se rendit à son jugement et partit en se hâtant. Jezebel en profita pour jeter un coup d'œil dans le salon, où sa fille avait fini par s'endormir dans les bras d'une nurse d'un soir.

Rassurée au moins sur ce point, elle revint au chevet de Hùshì. La longue attente continua, durant laquelle elle essaya d'afficher un sourire rassurant.

La jeune Chinoise était tellement à bout de forces qu'elle ne paniquait même plus. Jezebel lui serrait la main en permanence. Dans la pièce planaient des miasmes de sueur et de sang. Elle hésita à ouvrir la fenêtre, mais Hùshì ne voulait pas la lâcher, ne fût-ce que pour quelques secondes.

— Ça va aller, répéta Jezebel sans relâche. Sœur Anne-Carole va venir. Elle va s'occuper de toi.

Entre deux contractions, Hùshì eut la force de balbutier :

— Il… y… a… quelque… chose… d'anormal… Je… je ne sens plus… mon bébé… mon bébé…

Jezebel lui épongea son front moite de sueur.

– Encore un peu de courage. Sœur Anne-Carole ne va plus tarder. Elle va t'aider. Essaie juste de ne pas trop pousser. Je crois que l'enfant ne se présente pas de la bonne façon.

Elle avait assisté à suffisamment d'accouchements pour savoir que des cas identiques finissaient toujours par une césarienne. Cette pensée la paniqua. Elle regarda autour d'elle en s'attardant sur les soies des rideaux, des coussins, des tapis… Elle n'était pas certaine qu'il serait possible de pratiquer une telle intervention dans cette chambre d'hôtel.

« Mon Dieu, » se mit-elle à prier, et pour taire son angoisse, elle recommença à parler.

Elle raconta le moment merveilleux où sa fille avait été posée sur son ventre, peau contre peau, et qu'elle avait senti sa vie au travers de sa chaleur incroyable, comme une petite bouillotte dont les mains minuscules s'agitaient. Elle raconta la première tétée, la bouche adorable qui glissait avidement à la recherche du sein, tâtonnait, s'impatientait. Au début, elle avait ignoré comment s'y prendre, mais la sage-femme l'avait conseillée et, soudain, tout avait paru naturel et évident.

Elle décrivit le nez comme un petit bouton, qui soufflait un air neuf parfumé comme une fleur, les yeux mi-clos qui laissaient sourdre une lumière de fée, les cheveux noirs comme du jais, les ongles, si petits, brillants comme des éclats de nacre lilliputiens. Elle raconta les membres pleins de force, l'adorable ventre rond, la tête qui reposait avec confiance…

Hùshì n'écoutait pas, pliée en deux par son corps révolté, mais Jezebel continua tout de même à parler, parce qu'elle craignait que le silence n'envahisse la pièce.

Enfin, Jan revint. Il s'effaça pour laisser sœur Anne-Carole entrer dans la chambre. Une bouffée d'encens s'imposa, apportée par les vêtements de la religieuse. Elle avait quitté la messe en toute hâte et portait encore son rosaire autour du cou. Elle avait tant couru que son voile glissait sur son front perlé de sueur. Elle l'arracha pour se mettre à l'aise. Jezebel se rendit compte qu'elle ne l'avait jamais vue ainsi, la tête nue, les cheveux apparents. Elle était brune, avec déjà quelques mèches blanchies sur les tempes. Elle était belle, également, mue par une force qui transcendait son regard.

Elle demanda à Jan de déposer sur une commode la grosse sacoche de cuir qui renfermait le matériel médical qu'il avait porté pour elle. Elle l'ouvrit et en sortit son stéthoscope.

Dans un brusque élan de lucidité, Hùshì la reconnut. Elle se redressa à moitié, exhalant un long soupir de soulagement. La religieuse lui caressa brièvement la joue. Ses gestes étaient calmes, rassurants. Toutes ses patientes la vénéraient, qu'elles fussent indiennes, malaises ou chinoises. Hùshì ne fit pas exception à la règle. Les traits de son visage en furent transfigurés.

— Tout va bien se passer, la rassura sœur Anne-Carole.

Elle lui prit le pouls, écouta son cœur, celui du bébé, regarda ses yeux, ses mains. Jezebel suivait ses gestes avec une angoisse qu'elle peinait à cacher. L'auscultation lui parut trop longue, quelque chose clochait. Elle se rongea les ongles d'affolement. Au bout de plusieurs longues minutes, la religieuse l'amena à l'écart, dans le salon où Jan marchait nerveusement de long en large. Elle afficha un air soucieux.

— Je suis désolée de le dire aussi crûment, je ne suis pas optimiste. Nous sommes en présence d'une procidence du cordon. C'est… c'est lorsque le cordon ombilical sort de la mère avant l'enfant. Ce dernier est mal positionné, et beaucoup trop faible pour réagir. Une telle pathologie est extrêmement dangereuse, pour lui comme pour Hùshì.

Jezebel eut l'impression qu'on lui donnait un coup de poing dans le ventre.

— L'enfant est-il encore vivant ? demanda-t-elle avec un effroi indicible.

Sœur Anne-Carole secoua la tête. Expliqua doucement.

— Le cordon bat encore un peu, je l'ai senti, mais la pulsation est faible, si faible… Je vais faire mon possible pour sauver ce bébé, mais…

Elle regarda Jezebel droit dans les yeux, avant d'ajouter d'un ton bas, grave.

— Il est possible qu'il y ait un choix à faire.

— Je ne comprends pas, chuchota la jeune femme en retour, tandis qu'au fond d'elle la révolte grondait. On ne peut pas faire ça, n'est-ce pas ? On ne peut pas avoir à choisir, non ?

La religieuse continua à la fixer. Elle aussi était ébranlée.

— Je suis vraiment désolée, il va falloir décider qui nous allons sauver, la mère ou l'enfant ?

L'idée était horrible et barbare. Jezebel vacilla, les mains appuyées contre sa bouche comme pour retenir un cri d'horreur. Elle tourna des yeux affolés vers Jan, qui se tenait près de la fenêtre et avait tout entendu. Elle le supplia de tout son être.

Il s'approcha. Posa une main forte sur son épaule, la serra.

— Il faut sauver la mère, dit-il fermement. Ma sœur, faites tout pour sauver la mère. J'en prends l'entière responsabilité.

6

13-18 septembre 1921
Singapour – Paquebot l'Étoile d'Orient

Un jour, la vie était calme, sinon heureuse. Puis tout basculait sans qu'on n'ait rien vu venir. Après une nuit terrible passée au chevet de Hùshì, à se démener en tous sens pour essayer d'infléchir le cours que le destin s'acharnait à choisir, il fallut se résigner à ne jamais entendre le cri du nouveau-né.

L'enfant fut expulsé mort-né. Il avait sur le corps d'importantes malformations. Son visage était brouillé, comme si une main malveillante avait décidé de tordre ses traits à peine esquissés en quelque masque d'horreur qui l'aurait empêché de voir, de respirer, de vivre.

Lorsqu'il fut sorti du ventre, et que tout fut fini, sœur Anne-Carole tint à le montrer à la jeune accouchée. Non par cruauté, comme elle l'expliqua à Jezebel horrifiée qui avait tenté de l'en dissuader, mais au contraire pour que la malheureuse accouchée comprenne l'incompréhensible, et qu'elle fasse plus vite son deuil de cet enfant difforme qui, de toute façon, n'aurait pas été viable.

Le choc fut violent. Hùshì, horrifiée par le pauvre petit monstre emmailloté dans un linge comme s'il était vivant, eut un grand cri, puis retomba, totalement prostrée. Ce silence était encore plus poignant que n'importe quel hurlement de chagrin, de colère, d'injustice.

Profondément désolée par ce qui venait de se produire, Jezebel la prit contre elle pour la bercer.

— Mon bébé était un garçon, balbutia enfin Hùshì, en s'accrochant à elle avec désespoir, avant de se murer à nouveau dans un silence catatonique.

Sœur Anne-Carole lui administra un opiacé pour la forcer à dormir.

— Elle ira mieux quand elle sera reposée, chuchota-t-elle lorsque la jeune Chinoise sombra enfin dans le sommeil. C'est cruel de le dire maintenant, alors que le drame est si récent, mais elle finira par oublier. Je vous assure qu'avoir vu cet enfant lui permettra d'accepter sa perte. Je sais par expérience qu'il est beaucoup plus difficile d'oublier celui qu'on a été contrainte d'abandonner que celui qui n'a pas vécu. Voilà pourquoi, à l'heure de votre propre choix, je vous ai laissée seule arbitre. Un choix aussi personnel ne doit être dicté par personne d'autre que par la mère.

Jezebel était en train de l'aider à nettoyer ses instruments chirurgicaux. L'entendant s'exprimer de la sorte, elle leva un nez étonné.

— J'ignorais que Hùshì voulait abandonner son enfant…

La religieuse continua à ranger son sac comme si de rien n'était.

— Quelle femme enceinte hors mariage n'envisage-t-elle pas, à un moment ou à un autre, d'abandonner le fruit non désiré de ses entrailles ? Ne le savez-vous pas mieux que personne ? Hùshì n'avait pas encore arrêté sa décision. Dans tous les cas, je lui avais promis de prendre soin du nouveau-né, qu'il soit fille ou garçon. À l'orphelinat, je sais bien que nous avons peu de demandes d'adoption pour nos petites filles, surtout si elles ont des traits trop typés, mais comme je sais qu'elles finissent la plupart du temps noyées dans une flaque d'eau comme des chiots, que pouvais-je lui dire d'autre ?

— Êtes-vous en train de me dire que Hùshì aurait été capable de faire cela ? Non ! Je ne veux pas le croire ! Elle s'occupe tellement bien de ma petite Mary-Leela. Comment aurait-elle pu tuer sa propre fille, alors qu'elle adore la mienne ?

Sœur Anne-Carole referma son sac d'un geste sec.

— La crainte de toutes ces mères, qu'il s'agisse de Hùshì ou d'une autre, ce n'est pas tant de vivre avec un enfant sur les bras que d'imposer à sa fille ce qu'elle-même a connu, en particulier l'esclavage sexuel. Les petites filles sont vendues par leur propre famille si elles ne sont pas enlevées de force. Parfois, elles n'ont que six, sept ans. Qu'auriez-vous fait, si vous aviez su que pour votre enfant, il n'y avait aucun espoir ?

— Vous êtes en train de me dire que si j'avais été Hùshì, j'aurai préféré tuer ma propre fille… balbutia Jezebel, atterrée.

— Je vis en Asie depuis dix ans. J'ai vu tout ce qu'il est imaginable de voir. La bassine d'eau qui attend près de la femme en train d'accoucher, le bébé fille qu'on jette à la mer ou dans la rivière, celui qu'on enterre dans un trou alors qu'il respire encore, celui qu'on abandonne entre deux hangars, sur un tas d'immondices, à la merci des chiens errants. Ah, mais vous pleurez… Je vois que je vous ai choquée. Venez, venez pleurer sur mon épaule.

Elle attira Jezebel contre elle, et cette dernière tomba dans ses bras en sanglotant. Elles s'enlacèrent avec force, en sœurs de galère s'abreuvant à cette même énergie qui alimentait toutes leurs semblables, et qui existerait jusqu'à la fin des temps, parce qu'il y aurait toujours des enfants à faire naître, et des chagrins qui en découleraient.

— Parfois, reprit la religieuse, je rêve et j'imagine que le monde serait plus beau si les femmes pouvaient décider de qui et quand elles voudraient un enfant. Bien sûr, il y aurait toujours les aléas de la nature, mais tout de même, tant de chagrin économisé, tant de destins sauvés, tant d'horreurs annihilées… Puis je me réveille, et je découvre que ce n'est qu'un rêve, que les femmes ne sont que des ventres destinés à porter des fruits dont les hommes ne se soucient guère plus que des pépins dans une orange.

Elle termina sa tirade d'une voix dure, sèche. Jezebel ne la reconnaissait pas.

— Est-ce vous, ma mère, vous qui êtes toujours tellement occupée de charité chrétienne, qui me dites de telles choses ?

— Oui, souffla la religieuse, à nouveau lasse. Il m'arrive de dire de telles choses, qui ne correspondent en rien à la foi catholique, lorsque, comme ce matin, je ne suis qu'une doctoresse fatiguée qui voit la vie qui défile et qui n'y trouve aucun espoir.

Jezebel l'étreignit plus fort.

— Ne vous découragez pas, ma mère ! Si vous-même êtes découragée, qui saura nous donner du courage ?

Sœur Anne-Carole eut un long sourire amer. Elle sortit de son sac une boîte métallique, prit Jezebel par la main et l'entraîna sur la coursive qui courait tout autour de l'étage. Là, elle respira un long moment l'air frais du matin, en de grandes impulsions volontairement calmes, puis elle ouvrit la boîte et en sortit un gros cigare.

— Ma mère ! s'écria Jezebel, qui décidément n'en revenait pas. Vous fumez ?

Sœur Anne-Carole se mit à rire. Elle ouvrit le cigare d'un coup de dents, puis craqua une allumette. Lorsqu'il fut allumé, et que sa fumée s'éleva dans l'air, elle s'épaula à une colonne, les yeux tournés vers le jardin qui s'éveillait aux oiseaux. Avec un soupir, elle tira une première bouffée, puis une seconde. De son autre main, elle tenait le rosaire dont elle égrenait lentement les perles. Remarquant soudain la belle tête blonde qui la fixait avec ébahissement, elle sourit.

— N'ayez crainte, ma très chère amie, quand j'aurai fini cet excellent cigare, je remettrai mon voile, et j'aurai à nouveau mon sourire de nonne catholique pleine de vertus, avec l'espoir chevillé au cœur que, peut-être, tout de même, il existe là-haut autre chose qu'une lune et des étoiles, peut-être un dieu véritable empli de compassion. La vie nous marque, nous, les femmes, plus encore que les hommes, et nous avons besoin de trouver des chemins pour le supporter. Je n'en ai jamais fait la confidence, je crois bien que vous êtes la première à qui je le raconte, j'ai un jour abandonné mon enfant, car je voulais vivre avec la même liberté qu'un homme, je voulais être médecin, sauver des vies, avoir un grand destin. Depuis, le remords m'enserre, m'étouffe, et il n'y a que dans la religion que je trouve le souffle qui me porte, alors même que je ne crois en rien, certainement pas en un dieu de miséricorde qui souhaite nous voir souffrir ici-bas avant de nous accorder le paradis tout là-haut ! Soyons logique, si un tel dieu existait, n'y aurait-il pas parmi ses anges uniquement des femmes et des enfants, car ce sont eux qui endurent plus que les autres ? Lorsque Jésus-Christ a dit : « Le premier sera le dernier, et le dernier le premier », avait-il réellement perçu la portée de sa parole, ou était-il déjà comme tous les autres, à oublier plus de la moitié de l'humanité ? Regardez ce petit que portait Hùshì, qui était condamné avant même d'avoir respiré. N'est-ce pas profondément injuste ? Elle tira une longue bouffée, sourit à nouveau, mais avec au fond des yeux une ironie cruelle. Pourtant, la scène était belle, avec son visage baigné par l'aube nouvelle, tout illuminé d'une lumière qui la faisait ressembler à ces statues qu'on vénère dans les chapelles.

— Voyez, ma très chère petite, je vous ouvre mon âme, parce que cet instant nous rapproche et que je sais que vous comprenez ce que j'exprime. Au fond, nous sommes toutes les deux pareilles, vous et moi, trop sentimentales pour vivre impunément. Moi, parce que, envers et contre tout, je continue de croire en l'humain et que je n'ai de cesse de le sauver. Vous, parce que, avec votre corps de déesse et votre visage de madone, vous êtes faite pour aimer, encore aimer, toujours aimer.

Bouleversée par cette confession, Jezebel ne sut quoi dire. De toute façon, y avait-il quelque chose à répondre ? Elle laissa au cigare le temps de se consumer, avant d'oser demander :

— Et pour Hùshì ? Que va-t-il se passer maintenant ?

— Elle va beaucoup dormir. Son corps va cicatriser. Guérir. Oublier. Pour son cœur, ce sera plus long sans doute. C'est toujours ainsi. Le cœur est le dernier à guérir. Mais il guérira, car elle n'avait pas voulu cet enfant. Il était là, c'est tout, elle s'y était habituée parce qu'elle n'avait pas le choix, mais elle ne le désirait pas.

Elle lui raconta alors ce qu'elle savait, une histoire banale, l'une de celles communes à de nombreuses jeunes filles chinoises nées dans des familles modestes. Hùshì la lui avait rapportée lorsqu'elle s'était réfugiée quelques mois auparavant à la mission du Saint Enfant Jésus-Christ. Comme son ventre s'arrondissait, il avait bien fallu qu'elle avoue être enceinte et qu'elle n'avait pas d'autre endroit où aller, hormis les rues misérables du quartier chinois de Tanjong Pagar, de l'autre côté du fleuve Singapour.

Hùshì avait été le petit animal d'agrément d'un vieux Chinois qu'elle appelait Oncle, un *towkay*[1] qui l'avait achetée à sa famille contre un sac d'or et la promesse qu'elle serait bien traitée. Elle était destinée à devenir une troisième ou quatrième concubine et, effectivement, elle avait été vêtue d'atours luxueux, parée de bijoux somptueux, huilée, parfumée, massée comme un bibelot précieux. En contrepartie, elle avait subi les assauts du vieil oncle, que l'âge et l'embonpoint empêchaient heureusement d'être trop véloce sur la chose. Maline, elle avait appris à le faire rire et elle avait passé beaucoup de temps assise sur ses genoux, à lui donner la becquée comme à un enfant, en plongeant des baguettes d'or dans les multiples plats raffinés qu'il ne cessait de commander. Elle avait avoué aux religieuses qu'elle vivait en ne pensant à rien. Elle ignorait si elle était heureuse ou non, le bonheur étant une abstraction qu'on ne lui avait jamais apprise à reconnaître. Elle préférait d'ailleurs n'en rien savoir. Sa vie était ainsi, personne n'y pouvait rien. Au moins, elle mangeait à sa faim et elle avait un toit pour se protéger de la pluie.

Sauf que l'oncle était mort alors qu'il essayait une fois encore de jouir de son corps. Avec un long cri, il s'était effondré sur elle. Son poids inerte, mou et gras, avait manqué l'étouffer.

Cet homme laissait derrière lui une fortune immense, mais aucun héritier de son sang. Ses « neveux » avaient donc commencé à s'entretuer pour effectuer le partage. Lorsque Hùshì avait découvert qu'elle était enceinte du vieux *towkay*, elle avait compris que sa vie était menacée. Elle avait pris peur et s'était enfuie.

1. Magnat chinois de Singapour.

Elle n'avait personne chez qui aller, elle n'était pas née à Singapour et n'avait ni parent, ni ami. Avec pour unique ressource un collier dont elle vendait les perles un jour après l'autre, elle s'était réfugiée dans la rue, en se cachant sous une natte tressée. Pour économiser ses perles, elle mangeait des miettes ramassées dans le caniveau et volait des fruits sur les étals des marchés. Un jour, elle avait vu les dames de Saint-Vaillant arpenter les rues bondées du quartier chinois, qui grouillaient presque autant de miséreux que de rats. Les épidémies de choléra, de béribéri ou de tuberculose n'étaient pas rares. Sœur Anne-Carole et ses semblables venaient régulièrement ramasser les malades étendus parmi les marchandises disposées à même le sol ou devant les cuisines de plein air tenues par les grands-mères. Cachée sous sa natte, Hùshì les avait observées lorsqu'elles soignaient des femmes et des enfants. Les religieuses les nourrissaient de soupes épaisses, les lavaient, les vêtaient et, tout naturellement, elle y avait vu son salut. Elle les avait suivies.

La mission du Saint Enfant Jésus-Christ avait une vocation religieuse. Néanmoins, les dames de Saint-Vaillant étaient connues pour leur abnégation. Hùshì fut recueillie, sustentée, soignée. On lui offrit chaleur humaine et bonté. En contrepartie, elle devait respecter des règles de vie commune, s'habiller avec des robes blanches, lourdes et tristes, qui masquaient ses cheveux et les formes de son corps, et aller à l'église.

Elle s'en accommoda avec reconnaissance. Pour la première fois de sa vie, elle se savait aimée. Dès qu'elle recouvrit un peu de force, sœur Anne-Carole lui offrit de s'occuper des orphelins chinois dont elle parlait la langue. Par la suite, lorsque sa grossesse devint trop fatigante, elle lui proposa de garder la petite Mary-Leela.

Jezebel ne connaissait de ce récit que la seconde partie. Elle fut étonnée des points communs qu'elle partageait avec la jeune Chinoise : elle aussi avait été « vendue » à un homme plus âgé, qu'elle n'avait pas choisi et dont elle aurait dû subir les assauts au soir de ses noces si un étrange concours de circonstances ne l'en avait sauvée.

Les mains posées sur son cœur, elle regarda vers le jardin. Le soleil émergeait au-dessus des palmiers en une flamboyance rouge déjà aveuglante. L'aube chassait les miasmes de la nuit. La chaleur s'imposerait bientôt. Sœur Anne-Carole éteignit son mégot en l'écrasant sous sa semelle.

— Il est temps de vous laisser, ma chère fille. Je dois retourner au dispensaire. Ne vous inquiétez pas pour notre jeune amie. Elle sera fatiguée durant quelques jours, c'est normal, puis tout rentrera dans l'ordre, au moins physiquement. J'emporte l'enfant, j'organiserai l'enterrement pour aujourd'hui ou pour demain. Je vous ferai prévenir. Je sais que Hùshì ne partage pas nos croyances religieuses, mais elle appréciera sans doute une cérémonie d'adieu. Nous chanterons. Elle aime la musique.

Elle revint dans la chambre, posa une main légère sur le front de la jeune accouchée. Hùshì dormait, aussi calme que possible. Sœur Anne-Carole remit son voile en cachant soigneusement ses cheveux sous l'épais tissu gris. Presque aussitôt, elle redevint cette femme droite, stoïque, calme et posée que Jezebel avait toujours connue.

Les deux femmes se regardèrent, et la première esquissa un sourire. Parfois, un habit faisait bel et bien le moine. Jezebel l'étreignit une dernière fois, puis elles se séparèrent.

*

Il était quatorze heures. C'était l'heure de la sieste. Au Raffles Hotel, tout était calme. Hùshì reposait dans une chambre contiguë dont on avait laissé la porte entrouverte pour entendre le moindre de ses appels. La petite Mary-Leela, sans doute sensible à la tristesse générale, n'avait pas voulu s'endormir ailleurs que sur le gros fauteuil en velours rouge qui siégeait dans le séjour, juste à côté de la console où écrivait sa mère.

Jezebel avait cédé.

Après la tragédie de la nuit, elle ne désirait rien tant que pouvoir la garder près d'elle. Comme toutes les mères, il lui semblait que la savoir à portée de main suffirait à la protéger de tout.

Elle avait pris sa décision concernant la demande du maharaja de Mahavir. Elle n'irait pas à Calcutta, et ne permettrait pas à sa fille d'y aller avant de nombreuses années. Elle s'efforçait de l'expliquer dans une lettre qu'elle voulait le plus diplomate possible. Elle la remettrait plus tard à Mukhy Aadamee. Ce n'était pas facile, les mots ne lui venaient pas aisément. Souvent, elle se tournait vers l'enfant endormie, cherchant l'inspiration. Elle admirait alors sa beauté, sa sérénité.

Mary-Leela fêterait bientôt son premier anniversaire. Depuis peu, ses traits s'étaient affinés, cédant la place à une charmante petite fille qui, pour l'heure, était endormie comme une belle dans un tableau.

Jezebel eut un doux rire : la fillette n'était calme que lorsqu'elle dormait. Depuis qu'elle avait appris à marcher, elle n'avait pas son pareil pour dénicher la bonbonnière ou le compotier de fruits. Elle était vive et tonique. Elle arrivait déjà grimper sur les chaises et adorait farfouiller dans la salle de bains où elle s'appropriait sans vergogne le rouge à lèvres de sa mère pour en gribouiller le miroir.

Jezebel soupira, écrivit quelques mots, puis leva à nouveau le nez. Jan travaillait à l'autre bout de la pièce, face à un secrétaire en acajou orné d'éclats de nacre. Elle croqua son portrait machinalement, en se disant qu'il serait agréable de remplir un carnet d'études avec Jan assis à son bureau, Jan endormi, Jan jouant du piano, Jan appuyé sur le rebord d'une fenêtre, Jan en train de rire, Jan fâché, Jan amoureux...

Il se sentit observé, car il leva la tête et lui sourit.

— Cette lettre est décidément difficile à écrire...

Elle soupira :

— Je reste inquiète. J'ai peur que le maharaja ait tout de même l'idée d'enlever ma fille.

Il la rassura pour la centième fois au moins, ajoutant cette fois-ci que, de toute façon, la question ne se poserait bientôt plus. D'ici quelques jours, ils partiraient pour New York.

Elle sursauta. C'était vrai, elle l'avait entendu le dire hier au *doot* du maharaja. Pourtant, il avait négligé de lui en parler à elle, la principale intéressée. D'une voix anormalement calme, elle demanda :

— Viens-tu de me dire que nous allons partir pour les États-Unis ?

Il éclata de rire, comme si la réponse allait de soi.

— *My sweetie love*, nous ne pouvons vivre éternellement à l'hôtel ! Je croyais te l'avoir déjà dit, j'ai à Long Island une jolie petite maison qui te plaira beaucoup. Elle est entourée d'un jardin, avec de beaux rosiers près d'un potager et, sur le devant, un vieil olivier de Russie, je crois du moins que c'est ainsi qu'on appelle ces arbres un peu tordus, dont les fleurs parfumées attirent les colibris...

— C'est donc décidé, nous allons partir aux États-Unis ? reprit-elle avec ce ton doucereux qui annonçait une future tempête. Pourrais-je savoir à quel moment tu m'en as parlé ?

— Tu as l'air surprise, dit-il en posant son stylo-plume. Cela tombe pourtant sous le sens : ne suis-je pas américain ?

— Et moi, je suis anglaise.

Cette fois-ci, il remarqua que ses yeux avaient pris une dureté de pierre précieuse. Il se leva, vint vers elle en jetant d'un ton conciliant :

— Es-tu en train de me dire que tu préférerais qu'on aille vivre en Angleterre ?

La proposition la déstabilisa.

— Ce n'est pas ce que j'ai dit !

— Que veux-tu alors ?

— Mais je n'en sais rien ! s'écria-t-elle soudain, en semblant s'interroger elle-même. Je ne sais pas. Je ne comprends pas. J'ai l'impression que tout va trop vite. Il y a peu encore, j'habitais à la mission du Saint Enfant Jésus-Christ. C'était ma maison. Mon chez-moi. Et là…

Il répliqua, pince-sans-rire.

— *Sweetie*, je ne crois pas que nous puissions nous installer dans ce couvent… Pas après notre nuit de noces, ni après la nuit qui va venir, ni même après la nuit suivante.

Elle rougit violemment, s'emporta presque aussitôt.

— Tu vois, tu ne veux pas comprendre ! Tu tournes toujours tout à la plaisanterie. Moi, ce que j'essaie de te dire, c'est que j'habite ici, à Singapour. J'ai des amies, une vie, un métier ! Toi, tu arrives, tu claques des doigts, et tu veux tout bouleverser…

— Je claque des doigts ? la coupa-t-il en haussant un sourcil perplexe. C'est ainsi que tu vois les choses ?

Il se pencha sur elle.

— Veux-tu donc que nous restions ici ?

Elle s'étonna. Se radoucit. Demanda timidement.

— Est-ce que tu le ferais ? Es-tu en train de me dire cela ?

— Pourquoi pas ? jeta-t-il avec désinvolture. Je suis peut-être né aux États-Unis, mais ai-je vraiment une patrie ? Je vis à New York, j'ai grandi en Argentine où je continue d'aller aussi souvent que possible, je passe plusieurs mois de l'année en Inde. Mon métier fait de moi un éternel globe-trotter. Alors, non, franchement, je n'ai pas de préférence, mon pays sera celui où tu voudras être.

Saisie par cette déclaration, elle eut honte de ne pas lui faire davantage confiance. Elle aurait voulut tant lui dire, mais les mots se coinçaient dans sa gorge sous le coup de l'émotion, alors elle se leva et lui sauta dans les bras.

— Et maintenant ? demanda-t-il en répondant à ses baisers. Que faisons-nous ? Où ma chère comtesse souhaite-t-elle que je pose mes valises ? Ici, à Singapour ? Après tout, nous pouvons louer un bungalow, nous y serons très bien.

Elle soupira. Il avait raison de se moquer d'elle. Elle n'était qu'une idiote qui ne savait jamais quoi répondre. Elle cacha son visage contre sa poitrine.

— Je ne sais pas quoi dire. J'ai tellement peur. Cette histoire avec ces deux avoués, et von Rosenheim qui sait à nouveau où je suis… Maintenant que je suis ta femme, peut-être nous laissera-t-il tranquille, mais je n'arrive pas à m'en persuader. Je le revois tout le temps en train de se battre avec mon parrain, je ne parviens pas à oublier ce coup de feu, ni mon parrain qui tombe, avec tout ce sang, tellement de sang… Ma peur ne s'arrête jamais.

Il lui releva le menton. Depuis qu'il la connaissait, il passait son temps à l'apprivoiser. Les premiers jours, des années auparavant, il croyait que c'était parce qu'elle était trop jeune. Il savait maintenant qu'elle était surtout une écorchée vive, malmenée par la vie dès sa naissance.

— Tu sais, je suis là, et je ne suis pas ton ennemi. Je connais ta peur. Qui ne la connaîtrait pas, sachant ce que tu as traversé. Voilà pourquoi je veux t'emmener à New York. Là-bas, nous serons loin de l'influence de cet assassin, tu finiras par l'oublier. À être totalement heureuse.

Elle faillit s'écrier : *Je n'ai pas peur pour moi, mais pour toi ! Il a toujours fait du mal aux hommes que j'aimais !*

Elle se tut cependant.

Elle ne voulait pas réveiller le fantôme de Charu.

— Je sais que tu n'as pas confiance en moi, continua-t-il en posant sa grande main brune sur la sienne, pour la recouvrir tout entière. Peut-être ne t'ai-je pas montré assez vite que je te voulais, que je t'aimais, que tu comptes terriblement à mes yeux ? Peut-être avons-nous trop joué à nous fuir ? Il faut tout de même que je te le dise, depuis que je suis là, avec toi, je suis le plus heureux des hommes.
Son cœur s'emballa. Elle chuchota très vite, en baissant les yeux comme si elle avait peur que ses mots, jetés à la face du monde, ne donne à ce dernier l'envie d'une absurde vengeance.

— Moi aussi, je suis la plus heureuse des femmes.

Il l'embrassa. Elle répondit à son étreinte en se disant que l'endroit où ils iraient n'avait aucune importance, pourvu que demeurât à jamais au moins un de ses baisers.

*

L'enterrement du nouveau-né se fit en fin d'après-midi sous des trombes d'eau. Le ciel avait décidé de verser ses propres larmes.

Jan avait rendez-vous au club de polo de la rue Balestier, où il devait rencontrer un important éleveur malais à qui il comptait acheter des chevaux. Il avait hésité à reporter ce rendez-vous, mais Jezebel l'avait incité à s'y rendre. Elle était tout à fait capable de s'occuper seule de Hùshì.

La cérémonie fut triste. Comment aurait-il pu en être autrement ? Les nuages étaient tortueux comme un cœur chagrin. De puissantes rafales secouaient les plus hautes palmes, arrachaient aux bougainvillées des pétales colorés, fouettaient les visages fermés, enfouis sous de grands parapluies noirs. Le trou creusé dans la terre était minuscule, tout comme l'était le cercueil, une pitoyable petite boîte de bois brut qui ressemblait à une vilaine boîte à chaussures.

Jezebel portait une robe d'après-midi simple et blanche. Elle avait voulu porter le deuil à la façon chinoise, pour rendre hommage à Hùshì. Cette dernière se tenait à côté d'elle, frêle et misérable dans une tenue pareillement immaculée, trop grande, trop large, qu'elle avait empruntée à une résidente de la mission du Saint Enfant Jésus-Christ. À chaque bourrasque, le tissu enflait sous le vent, et la jeune Chinoise vacillait, comme privée d'air. Jezebel la retenait de son mieux, un bras passé autour de sa taille, l'autre serrant contre elle la petite Mary-Leela qu'elle n'avait pas voulu laisser à l'hôtel sous la seule garde d'une nurse étrangère.

Le visage de Hùshì reflétait autant son chagrin que sa fatigue. Au travers des gouttes qui teintaient de gris le morne cimetière, on aurait pu croire qu'elle portait l'un de ces masques parfois utilisés dans les opéras chinois, ceux en porcelaine blanche décorés de sourcils stylisés. Elle était pâle et exsangue, et la mine pareillement chiffonnée. Ses cheveux ramenés en un chignon sévère n'avaient aucun ornement. Ses yeux étaient deux lacs tristes, noirs et profonds, noyés de pluie et de larmes mêlées.

La messe funèbre fut courte et le minuscule cercueil rapidement descendu dans la fosse. Lorsque les premières pelletées de terre tombèrent sur le pauvre petit bout de bois, l'assistance retourna à son quotidien avec une hâte accentuée par les intempéries. Jezebel et Hùshì restèrent seules dans l'orage, rassemblées sous le même parapluie que tenait stoïquement le groom de l'hôtel à qui elles avaient demandé de les accompagner.

Jezebel allait à son tour donner le signe du départ lorsque Hùshì l'attrapa soudain par la main.

— S'il vous plaît, *missy*, s'exclama la jeune Chinoise en ouvrant grand ses yeux affolés, il ne faut pas me faire retourner à la mission. Que pourrais-je bien y faire désormais ?

Jezebel s'étonna de cette angoisse.

— Voyons, Hùshì, personne ne t'oblige à cela. Je te garde auprès de moi, bien entendu. Allez, viens, ne restons pas sous la pluie.

Le cimetière était si triste, avec ses tombes submergées par le déluge et ses mauvaises herbes qui tentaient envers et contre tout de recouvrir jusqu'aux plus petites inscriptions. Elle avait hâte de retrouver le confort de la suite et de commander un thé brûlant accompagné de biscuits.

Mais Hùshì ne parvenait pas à se détourner de son idée fixe.

— *Missy*, je vous en prie, je ne veux pas retourner à la mission ! Il faut continuer à me laisser m'occuper de la si gentille petite Lián[1]. Je suis sa nounou. S'il vous plaît, ne changez pas cette habitude. La petite me connaît. Moi aussi je la connais. La petite m'aime. Moi aussi je l'aime. Si je pars, qui lui parlera français ? Qui lui apprendra le chinois ?

1. Lián est le diminutif de Liánhuā, qui signifie bouton de lotus en chinois, le surnom affectueux que donne Hùshì à la petite Mary-Leela.

Jezebel haussa un sourcil.

— Je sais tout cela, Hùshì, mais conviens tout de même qu'il te faut d'abord reprendre quelques forces. Regarde, tu tiens à peine debout. Nous parlerons de tout ceci plus tard.

Désespérée, Hùshì se laissa soudain tomber à genoux dans la boue, en agrippant sa jupe pour y cacher son visage suppliant. La pluie redoublait. Elle rampait dans les flaques sans sembler s'en apercevoir.

— S'il vous plaît, *missy*, gémit-elle. Il faut me permettre de continuer à m'occuper de ma petite Lián chérie !

Gênée, Jezebel tira son amie par la manche pour la forcer à se lever. Le groom, stoïque, continuait à tenir son parapluie comme si de rien n'était.

— Allons, Hùshì, que t'arrive-t-il ? Ma fille t'adore, pourquoi devrais-je vous séparer ? Crois-tu que j'aimerais la confier à une étrangère alors que tu la connais depuis sa naissance ? Et puis, ne sommes-nous pas devenues des amies ? Que ferais-je sans toi, sans nos confidences, nos petites discussions, nos fous rires ? Moi aussi, j'ai besoin de toi.

— Alors, comment ferez-vous lorsque vous partirez en Amérique ? s'écria la Chinoise au comble de la panique. M'emmènerez-vous avec vous ?

La question amena un grand silence.

Jezebel regarda autour d'elle, complètement perdue. Le misérable cimetière était noyé dans une brume dense de pluie. Partout, la végétation exubérante s'aplatissait sous la violence de l'averse. L'eau rebondissait avec un bruit de tambour. L'allée était déserte. Même les oiseaux roulouls[1] que l'on voyait d'ordinaire courir entre les

1. Sorte de perdrix.

feuilles avaient disparu, sans doute réfugiés à l'abri sous une palme quelconque.

— Toi, tu as entendu ma conversation avec Jan à propos de notre départ pour New York, chuchota-t-elle finalement en prenant entre ses mains celles trempées de Hùshì. Je ne sais pas quoi te dire. Je n'ai pas encore réfléchi à ce voyage. Pour moi aussi, tout cela est nouveau.

— Si vous partez, *missy*, je veux partir avec vous.

— Tu sais, je ne suis pas certaine que tu aimerais l'Amérique. Je crois qu'il y fait très froid. Les couleurs ne sont pas les mêmes qu'ici, la mer est grise, le ciel pâle…

— Cela m'est égal, *missy*. Je veux rester avec vous et la petite Lián. Vous êtes ma seule famille. Je ne veux pas vous quitter. Il faut me permettre de vous accompagner.

Jezebel en eut la gorge nouée.

— Tu fais bien évidemment partie de notre famille, ma petite Hùshì. Nous allons rester ensemble, je ne l'imagine pas autrement.

La jeune Chinoise ouvrit de grands yeux pleins d'espoir.

— Vous promettez ?

Jezebel promit gravement.

Elles revinrent au Raffles en se courbant sous les rafales de vent qui charriaient autant d'eau que de feuilles arrachées aux arbres. Dans le hall de l'hôtel, l'aimable directeur, monsieur Sarkies, se précipita vers elles avec une grande agitation. Il semblait avoir guetté leur retour. Il ne cessait de se plier en deux en balbutiant des mots d'excuse à n'en plus finir.

— Ah, Mrs Lukas ! Enfin vous voilà ! C'est terrible. C'est affreux. C'est la première fois que cela nous arrive en trente ans de métier ! C'est tout bonnement inqualifiable. Atroce pour notre réputation. J'ai prévenu la police, bien entendu. Il y aura une enquête. Je suis désespéré. Tellement confus.

Comme Jezebel ne comprenait rien à ce discours, il la conduisit à sa suite et ouvrit la porte à l'aide de son passe-partout. Jezebel s'immobilisa, déroutée. À l'intérieur, tout n'était que fouillis inextricable. Les tiroirs des meubles avaient été ouverts, vidés, les cadres décrochés des murs, les coussins sortis de leur housse, les tapis déplacés.

Elle serra plus fort sa fille dans ses bras. Derrière elle, Hùshì ouvrait de grands yeux effarés.

Le carnage était indescriptible. La table avait été retournée, les chaises renversées. Du salon jusqu'aux chambres en passant par les cabinets de toilette, le moindre meuble, le moindre bibelot avaient été méticuleusement déplacés, fouillés, cassés. Tout, partout, était sans dessus dessous : les vêtements sortis de leur penderie, les fauteuils éventrés, la pendulette brisée, les tapisseries arrachées du mur.

Totalement abasourdies, les deux jeunes femmes ne parvenaient pas à comprendre ce qu'elles voyaient.

— Que s'est-il passé ? demanda enfin Jezebel d'une voix blanche. Où est Jan ? Où est mon mari ?

— Nous avons fait prévenir monsieur Lukas par un coursier. Il n'est pas encore revenu du club de polo. Je vous assure que les dégâts seront pris en charge par l'hôtel. Je m'occupe personnellement de vous installer dans une autre suite. J'attends la police d'une minute à l'autre, elle mènera une enquête. Il faudra sans doute faire un inventaire, nous préciser ce qui aura été volé ou détruit. Bien sûr, nous vous rembourserons l'intégralité des préjudices subis.

— Bien sûr, répéta-t-elle sans vraiment écouter le monologue de l'Arménien.

Elle marchait au milieu de morceaux de verre, de bris de céramique, de rideaux arrachés de leurs tringles, de papier peint déchiré. Elle avait l'impression de parcourir un mauvais rêve. Dans un angle, elle vit la cage des deux oiseaux bengalis renversée, se précipita. Heureusement, les oiseaux étaient sains et saufs, bien que passablement choqués. Ils se tenaient serrés l'un contre l'autre, silencieux et tremblants. Jezebel remit la cage d'aplomb, continua son inspection avec consternation. Dans la salle de bains, elle trouva son gros sac de voyage retourné, vidé de tout ce qu'il contenait. Elle se pencha, ramassa son poudrier de chez Caron, son tube de cold-cream, sa boîte d'aquarelles, un premier collier, un bracelet, un autre collier… Aucun bijou ne semblait avoir été dérobé.

— Je ne comprends pas, murmura-t-elle atterrée, pourquoi n'ont-ils rien volé ? Ces bijoux sont pourtant d'une certaine valeur. Ce sont des perles, des pierres précieuses, de l'or et de l'argent… Que cherchaient-ils ?

Le directeur de l'hôtel s'affola à contretemps.

— Quoi ? Vous n'aviez pas mis ces bijoux dans un coffre ? Êtes-vous certaine qu'il n'en manque pas un ?

Jezebel se redressa. Elle venait de répondre à sa propre question, et cela ouvrait un tel abîme qu'elle dut s'adosser au mur, prise d'un vertige. Sa main fébrile palpa au travers de son corsage le pendentif que, depuis son mariage, elle portait constamment sur elle. L'air lui manqua. Le voleur n'avait rien pris, car il cherchait quelque chose en particulier. Quelque chose qu'il n'avait pas trouvé. Le médaillon Sher-Cîta.

Elle se mordit les lèvres jusqu'au sang. Le cauchemar n'avait pas de fin. Le baron von Rosenheim était bel et bien de retour.

*

Jan Lukas revint du club de polo avec un sourire jusqu'aux oreilles. Il avait testé plusieurs chevaux qu'il destinait à son élevage en Argentine, et il avait finalement porté son choix sur trois juments de petite taille, extrêmement dociles, et dotées d'une excellente santé. Ce dernier point n'était pas négligeable puisqu'elles allaient traverser les océans jusqu'à Buenos Aires lors d'un voyage aussi long qu'éprouvant.

L'éleveur était l'un de ces riches Malais planteurs d'hévéa qui traficotaient aux courses. Il tâtait de l'élevage plus pour s'amuser que pour accéder à des revenus subsidiaires qui ne lui étaient de toute façon pas nécessaires, le caoutchouc lui rapportant suffisamment de bénéfices à l'année.

La culture de l'hévéa n'était pas une chose facile en cette période d'après-guerre. Bien qu'elle se soit considérablement développée depuis qu'on fabriquait à grande échelle des pneumatiques pour les automobiles, elle supposait d'avoir une trésorerie solide, car les cours étaient fluctuants. La concurrence était rude, drainée par les immenses domaines possédés par les sociétés Dunlop, Michelin ou autres. Ces trusts étaient les seuls capables d'attendre les six à sept années nécessaires aux arbres semés pour supporter le prélèvement de leur sève et commencer à rapporter.

Le Malais avait été flatté d'apprendre que trois de ses bêtes partiraient pour les Amériques. Pour être agréable à son acheteur, il avait avancé un prix avantageux et avait poussé l'amabilité jusqu'à offrir un de ses chiots de race locale devant lesquels Jan était tombé en arrêt.

La portée vagissait dans un panier orné d'un gros nœud rose, une décoration assez paradoxale lorsqu'on observait la mère, une chienne au poil ras, tout en muscles, qui ressemblait plus à un bâtard né dans la jungle qu'à une espèce de salon.

Les petits n'avaient pas dix semaines, mais ils mangeaient déjà les morceaux de viande qu'un soigneur attitré leur offrait. Le Malais expliqua qu'on les appelait telomian. Cette race produisait des animaux vifs, intelligents et robustes, qui servaient de chiens de garde. Les indigènes les utilisaient pour chasser les rongeurs et les serpents autour de leurs habitations, et protéger les enfants.

Jan, séduit par la dernière phrase, avait choisi un petit mâle affectueux, dont la robe jaune faisait penser à celle d'un dingo australien. Comme le chiot ne pensait qu'à le lécher de sa belle langue bleue, il avait imaginé que ce serait un cadeau parfait pour la petite Mary-Leela dont le premier anniversaire serait fêté le 25 septembre.

Il confia le chiot au chenil de l'hôtel, puis se dirigea à l'accueil pour demander si sa femme était déjà rentrée. Le directeur vint vers lui en affichant une grande agitation. Jan mit un certain temps à comprendre ce qui le bouleversait.

— C'est invraisemblable, balbutiait l'Arménien avec une mine d'enterrement. Cela ne nous est jamais arrivé, ni au Raffles, ni dans aucun autre hôtel de notre chaîne… Quelle mauvaise publicité !

— Comment va ma femme ? s'écria Jan, que l'inquiétude commençait à gagner. Où est-elle ?

L'Arménien le rassura : la jeune Mrs Lukas se portait au mieux. Elle avait été relogée dans la suite bleue qui était dans l'aile de l'hôtel située face à la mer. On lui avait également adjoint deux factotums pour monter la garde devant sa porte, non parce qu'on pensait, Grands Dieux non ! que les cambrioleurs puissent récidiver, mais parce qu'on tenait à rassurer madame la comtesse, visiblement très choquée par l'incident.

Jan se rua à l'étage indiqué. Deux Indiens montaient effectivement la garde devant une porte. Au salon,

Jezebel marchait de long en large en déchiquetant un mouchoir. Hùshì était assise sur un divan. Elle racontait sans grande conviction une histoire à la petite Mary-Leela. Sur la table, une théière refroidissait sans que personne ne songeât à se servir un peu de thé.

Dès que Jezebel le vit, elle se précipita dans ses bras et s'accrocha à lui comme si elle ne l'avait pas vu depuis des mois. Il la berça quelques instants.

— Tout va bien, *querida*, chuchota-t-il. Je suis là.

Brusquement, elle leva vers lui un visage farouche.

— C'est décidé, pour New York, je suis d'accord. Nous pouvons partir dès aujourd'hui.

S'il ne l'avait sentie si inquiète, il aurait pu en rire. À la place, il lui prit le visage entre les mains et essuya doucement de ses pouces les larmes qui recommençaient à couler.

— Ok, *darling*, ok. Ne cédons pas à la panique. Ce cambriolage est certainement une coïncidence, la faute à pas de chance, cela arrive parfois…

— Tu plaisantes, s'énerva-t-elle. Ce n'est pas une coïncidence. Rien n'a été volé. Ni argent ni bijou. Absolument rien. Moi, je sais ce qu'ils cherchaient ! Ils voulaient le médaillon Sher-Cîta, j'en suis persuadée.

Jan Lukas hésita à s'aventurer dans cette direction. Pour lui, la recherche de la cité oubliée de Pachamashutra était tragiquement close depuis les décès d'Andres Agustin et de Michael Deckard. En dehors de ces deux archéologues spécialistes des civilisations proto-indiennes, personne n'avait le degré de connaissance nécessaire pour reprendre leur enquête. Von Rosenheim brassait un peu de vent, mais une chose était sûre, il n'avait aucun moyen de savoir que l'objet qu'il convoitait depuis des années était la propriété de son ex-fiancée.

Jezebel ne l'entendait pas ainsi.

— Je suis tout de même certaine qu'il s'agit de von Rosenheim. Cet homme n'aura de cesse de me gâcher la vie ! Je le hais ! Ah, mais je le hais ! Ses sbires, là, ces deux hommes, ces espèces d'avoués qui prétendent venir de Genève, je suis sûre qu'ils ont vu le médaillon le jour de mon mariage. Je le portais autour du cou, au milieu de tous mes bijoux. Ils ont dû le reconnaître. Quelle idiote ai-je été ! Mais aussi, comment aurais-je pu imaginer…

Il tenta de la calmer, de la rassurer.

— Écoute, *sweetie*, ils ont peut-être repéré le médaillon, mais qu'importe, puisque nous partons dans quatre jours à bord de l'*Étoile d'Orient*. Nos cabines sont réservées. Tout va bien se passer, je te le promets. Il nous suffit d'attendre quatre jours. Ce n'est pas très long. En plus, nous sommes sous bonne garde, avec ces deux hommes qui surveillent notre porte. Je vais aussi en parler à Mukhy Aadamee. Et puis, par précaution, nous allons enfermer le médaillon dans le coffre-fort de l'hôtel. Ce sera plus prudent.

— Non.

— Non ? répéta-t-il, interloqué.

— Non, coupa-t-elle gravement. Je ne me sépare pas de ce médaillon. Il symbolise toute ma vie, tu le sais mieux que quiconque. Te rappelles-tu la phrase que tu as eue lorsque tu me l'as offert Ici même, à Singapour ? Rien que pour elle, parce qu'elle m'a aidée à vivre lorsque j'étais seule, je garderai constamment ce bijou sur moi.

Il ouvrit la bouche pour tenter de la convaincre, puis il abandonna. Les mots qu'elle venait de prononcer l'avaient touché plus qu'il ne s'y attendait. Il avait toujours cru qu'elle chérissait le Sher-Cîta parce qu'il était un souvenir de Charu. Maintenant, il découvrait qu'il avait lui aussi toute sa place dans cette affection.

— Très bien, concéda-t-il. Mais cette fois-ci, nous ne nous quittons plus d'une semelle.

Il la serra à nouveau dans ses bras et elle sembla peu à peu se détendre. Au bout d'un moment, elle fut même suffisamment calmée pour frotter sa joue contre sa chemise, comme elle avait l'habitude de le faire lorsqu'elle réclamait une douceur.

— Il faut encore que je te demande quelque chose.

Il gloussa.

— Je m'en doutais, à te voir anormalement douce...

Elle feignit d'être fâchée, lui tambourina par jeu le buste de ses poings, puis se refit chatte quémandeuse de friandise.

— Je voudrais que Hùshì nous accompagne en Amérique.

Il ne fut pas surpris de la requête. Depuis longtemps, il observait les deux jeunes femmes et il les avait vues tisser un lien de plus en plus fort. Leur relation dépassait celle d'une maîtresse et de sa simple employée. La perte du nouveau-né n'avait fait que la conforter.

Il hésita tout de même avant de répondre. Il s'était renseigné, emmener la jeune Chinoise à New York n'était pas une entreprise facile. Les États-Unis venaient de confirmer des quotas d'émigration qui ne favorisaient guère les Asiatiques. Il tenta d'expliquer à Jezebel les différentes lois qui existaient, en particulier la *Chinese Exclusion Act*[1] de 1882, qui avait abouti à coups d'amendements à la loi Geary[2]. La guerre n'avait rien arrangé.

---

1. Cette loi fédérale américaine a été votée le 6 mai 1882 pour permettre au gouvernement des États-Unis de suspendre l'immigration de ressortissants chinois.
2. Loi américaine entrée en vigueur en 1892, qui renouvelle la précédente exclusion, en imposant en plus aux résidents chinois

Depuis l'armistice, le nombre d'immigrants avait encore été réduit.

Jezebel refusa d'écouter.

– Voyons, ce n'est pas du tout le problème. Hùshì ne veut pas émigrer, ni même devenir américaine. Elle veut juste être avec nous. Après tout, n'est-ce pas normal ? Elle est la nourrice de ma fille. L'employer officiellement ne suffirait-il pas à lui permettre de nous accompagner ? N'avons-nous pas le droit de voyager avec au moins une domestique ? Tu comprends, elle est tellement attachée à la petite, je n'ai pas le cœur de les séparer, pas maintenant alors qu'elle vient de perdre son propre enfant. Ici, elle n'a aucune famille. On l'a sortie de Chine alors qu'elle était toute petite. Son… son oncle était son unique protecteur. Depuis qu'il est mort, elle n'a plus personne sur qui compter, à part moi. À part nous, corrigea-t-elle avec un sourire d'ange.

Ce beau discours amusa Jan, tout en le faisant réfléchir.

– C'est vrai, j'avais oublié que notre petite Hùshì avait un protecteur. Un protecteur chinois très puissant. Sœur Anne-Carole m'en avait touché un mot. Écoute, je ne te promets rien, mais je vais faire tout mon possible pour qu'elle vienne avec nous.

Elle lui sauta au cou, et cela finit comme d'habitude par un long baiser langoureux.

Silencieuse dans la pièce d'à côté, Hùshì avait suivi toute la conversation. Elle comprit très vite qu'elle aurait sans doute le droit de suivre sa petite Lián chérie en Amérique en échange d'une contrepartie. Cela ne l'inquiéta pas. Elle ne désirait rien d'autre que demeurer en compagnie de l'enfant qu'elle adorait. Pour cela, elle était prête à tous les sacrifices.

---

des États-Unis de porter toujours sur eux un permis de séjour sous peine de se voir déportés et condamnés à des travaux forcés.

*

Quatre jours plus tard, tout ce beau monde embarqua à bord du paquebot l'*Étoile d'Orient*. Jezebel, appuyée au bras de Jan, était suivie comme en procession par Hùshì, qui portait fièrement une petite Mary-Leela ravie de l'aventure, et par un steward qui tenait à bout de bras la cage des oiseaux bengalis.

La jeune Chinoise resplendissait de joie. Elle avait réussi à demeurer la nourrice de l'enfant qu'elle adorait même si elle se doutait que les prochains jours seraient difficiles. Il n'était jamais facile de partir vers un pays dont on ne connaissait rien. Son courage et sa détermination seraient mis à rude épreuve et supposeraient de grands sacrifices. Il lui faudrait s'habituer à un monde inconnu, qu'on lui avait jusqu'à présent décrit comme froid et gris. Elle apprendrait à porter d'autres vêtements, à manger une nourriture différente et, surtout, à écrire l'anglais.

Ce dernier point la terrorisait plus que tout, car Jan Lukas avait beaucoup insisté, expliquant qu'il s'agissait d'une condition obligatoire pour entrer aux États-Unis. Heureusement, elle aurait la durée du voyage pour en apprendre les rudiments.

Hùshì avait acquiescé, tant pis si les lettres rondes qu'il lui montrait paraissaient toutes identiques, au point qu'elle n'arrivait pas à les différencier. Elle ferait preuve de courage. Elle s'accrocherait à l'amour qu'elle portait à sa petite Mary-Leela chérie, son « bouton de lotus » comme elle la surnommait, parce que dans son monde, il n'y avait rien de plus doux et de plus merveilleux que ces gros bourgeons joufflus qui émergeaient de la fange pour éclore au soleil en une fleur merveilleuse.

Oui, elle était prête à vaincre tous les obstacles.

D'ailleurs, elle avait tout de suite prouvé son dévouement en aidant l'Américain à organiser le voyage. Maintenant, les dés étaient jetés, il était impossible de revenir en arrière. Il ne restait plus qu'à se laisser porter, en s'accrochant de toutes ses forces à l'affection qu'elle ressentait pour la petite. Elle lui sourit. La fillette était radieuse dans une robe bleu ciel avec sur la tête un bonnet de dentelle. Elle agitait avec force un hochet, tout en serrant l'éléphant en bois articulé qui était son jouet préféré. Lorsqu'elle entendit l'orchestre de l'Orient Line accueillir les passagers en jouant l'hymne de la compagnie, elle ouvrit de grands yeux émerveillés.

L'*Étoile d'Orient* était un deux-mâts à deux cheminées de belle allure, certes pas aussi majestueux ni même aussi luxueux que l'*Albatros*, le paquebot sur lequel Jezebel avait embarqué trois années auparavant pour se rendre en Inde. Il était néanmoins considéré comme le navire le plus rapide de l'océan Indien. Récemment, il avait obtenu la « Médaille Bleue », une imitation un peu fantaisiste du prestigieux *Blue Riband*[1].

Les bagages furent défaits dans un joyeux ballet de stewards et de femmes de chambre. Peu à peu, l'excitation du voyage saisit tout le monde, et Jezebel plus qu'une autre se mit à rire pour un oui pour un non. Elle était en train de déballer les robes qui avaient survécu au cambriolage lorsqu'elle vit Jan sortir de son bagage un revolver Smith & Wesson qu'il cacha dans son dos, sous sa veste et son gilet.

— Que fais-tu ? s'étonna-t-elle, brusquement alarmée.

---

1. Récompense créée par les compagnies de navigation transatlantique au XIXe siècle, pour faire de la publicité au propriétaire du navire le plus rapide du monde.

Avec un de ces demi-sourires dont il avait la spécialité, il lui prit la main pour la faire valser.

– Ce n'est rien, *babe*. Juste une précaution pour le voyage.

De son côté, Hùshì était devenue incroyablement nerveuse. Depuis quelques minutes, elle pliait et repliait la même chemise de nuit, sans même s'en apercevoir. La prenant en pitié, Jezebel s'en empara et la rangea elle-même dans la commode, puis lui proposa de l'accompagner sur le pont pour prendre l'air.

– Nous nous occuperons des bagages plus tard. Après tout, rien ne presse.

Une bouffée d'air marin leur coupa le souffle. Jezebel fut obligée de retenir sa capeline pour éviter qu'elle ne s'envole. La main sur la tête, elle s'accouda au bastingage, à quelque distance d'un passager qui surveillait la montée de ses malles. Sans doute s'agissait-il d'un riche planteur, car il en portait la tenue habituelle : costume trois pièces surmonté d'un panama, hautes bottes lustrées dans l'une desquelles était enfoncée une cravache. Lorsqu'il aboya un ordre à ses porteurs, son veston s'écarta suffisamment pour montrer le pistolet qu'il avait, lui aussi, passé à sa ceinture.

– Décidément, souffla Jezebel en repensant à Jan, les passagers de ce navire se sont tous passé le mot pour être armés…

Le planteur dut l'entendre, car il s'esclaffa en tapotant le holster d'un air fat.

– N'ayez crainte, M'dam, les pirates trouveront à qui parler s'ils s'aventurent trop près de notre bord.

– Tout de même, lui répondit-elle avec scepticisme, devons-nous vraiment avoir peur des pirates alors que nous sommes au XXe siècle ?

Le planteur bomba le torse, ravi d'étaler sa suffisance devant une dame aussi belle et aussi distinguée. Il expliqua avec arrogance que les pirates s'attaquaient fort peu aux bâtiments de l'Orient Line, préférant s'occuper des jonques chinoises alourdies par leurs marchandises et dont la disparition ne donnerait pas lieu à des représailles de l'armée britannique. Néanmoins, en colon avisé connaissant bien ce peuple de « rastaquouères », il préférait être prudent.

Sans doute aurait-il continué à pérorer de la sorte si l'un des coolies n'avait soudain fait tomber l'une de ses malles, provoquant son ire immédiate.

– Tas de fainéants ! Tas d'imbéciles ! hurla-t-il en agitant son chapeau. Faut-il toujours vous menacer du *knoh*[1] pour que vous compreniez quelque chose ! Vous n'êtes que des babouins. Oui, de sales petits babouins sans cervelle !

Jezebel préféra s'éloigner de cette scène qui la mettait mal à l'aise. Elle en profita pour se pencher et observer à loisir les quais bondés. Tout près de l'*Étoile d'Orient*, des barques et des pirogues virevoltaient, attirées comme de la limaille vers un aimant. Ces embarcations passaient parfois entre la coque d'acier et le quai en béton, au mépris de tout danger. De leur bord, des femmes indigènes proposaient des fruits et du riz cuit empaqueté dans des feuilles de bananier. Ces cargaisons de nourriture dansaient au fil de l'eau, colorant la rivière Singapour du rose vif des fruits du dragon, du vert des bananes à cuire, du jaune des mangues trop mûres.

Enfin, les passagers de première classe finirent d'embarquer. Leur flot épars céda la place à des files plus denses où l'on voyait surtout des militaires rentrer au pays, accompagnés ou non de leur famille, et des

1. En prison, il s'agit d'une longue barre de fer pouvant coulisser à laquelle l'on attache les pieds des prisonniers.

missionnaires de petit rang, aux vêtements rapiécés et aux bagages réduits à une simple valise en carton. Dans ces classes inférieures se pressaient également des fonctionnaires retournant en Angleterre pour y jouir d'une retraite anticipée.

Jezebel détailla cette foule émaillée de femmes et d'enfants en se demandant si le voyage risquait d'être périlleux. Elle repensait aux pistolets que Jan et le planteur d'hévéas préféraient garder à portée de main. Elle lisait les journaux et savait que des villages entiers, disséminés sur la côte malaise, étaient parfois tenus par des flibustiers, à l'origine des pêcheurs devenus brigands des mers à force de voir des richesses transiter devant leur nez.

Lorsque ces pirates pullulaient trop, rendant les échanges commerciaux difficiles, les autorités anglaises traitaient avec l'un ou l'autre chef de clan. Elle l'engageaient à faire le ménage parmi ses concurrents. Des armes étaient livrées en secret, ainsi que des cadeaux qui avivaient la flamme belliqueuse et, quelques semaines plus tard, les eaux de la mer de Chine redevenaient calmes comme par magie, permettant aux négociants de circuler à nouveau. Le chef victorieux vivait comme un roi jusqu'à ce qu'un opposant lui en conteste le droit. Tout recommençait alors.

Jezebel avait beaucoup entendu parler de ces pirates par l'émissaire du maharaja, le *doot* Mukhy Aadamee, qui semblait fort bien les connaître. Les deux derniers soirs, tandis qu'ils dînaient tous ensemble à la terrasse de l'hôtel, l'Hindou avait raconté maintes anecdotes, dont certaines étaient effrayantes. Il l'avait fait à la demande de Jan, qui semblait beaucoup s'y intéresser.

Au cours d'un de ces soirées, Jezebel avait trouvé le courage de lui tendre la lettre qu'elle destinait au maharaja de Mahavir, qu'elle avait enfin réussi à écrire. Le *doot* l'avait remerciée au nom de son maître. Gênée par ce qu'elle devinait comme une subtile ironie, elle avait cru bon de répéter qu'elle répondrait un jour favorablement à l'invitation de Mani Sarthak Shantimay Singh, et qu'alors elle serait heureuse de revenir à Calcutta.

Pour l'instant, c'était trop tôt. Elle comptait donc sur sa patience et sur son indulgence, parce qu'elle aimait cette ville indienne où elle avait vécu les aventures les plus extraordinaires de sa vie, les plus cruelles également. Elle avait peut-être de la tendresse pour la rivière Singapour, mais elle avait eu un amour immodéré pour le Gange. Au gré de ses souvenirs, elle croyait parfois respirer l'odeur de son eau jaune, et le parfum du jasmin qui envahissait tout. Elle se promenait alors à nouveau dans un jardin d'Éden, sous des palmes plantureuses peuplées d'oiseaux et de merveilleux papillons. Elle jouait avec Kiriki, la mangouste de la maison. Elle apercevait même, comme en cette lointaine nuit passée, une mystérieuse panthère venue se désaltérer à la fontaine qui ornait le patio.

Puis, comme à chaque fois, elle frissonnait, parce que ses souvenirs la ramenaient toujours, tôt ou tard, à la Villa Gokhra et au baron von Rosenheim.

En premier, elle croyait renifler son horrible odeur de clou de girofle mêlé de vétiver, puis elle revoyait son visage osseux, ses yeux d'un bleu froid, son expression tellement semblable à celle d'un matou observant une souris. Parfois, sa mémoire lui jouait des tours. Elle croyait même l'apercevoir au détour d'une rue, près d'un carrefour, au pied d'une maison. Ou, comme aujourd'hui, au travers de la vitre d'une Bentley noire venue sur le quai pour décharger ses passagers…

Soudain, elle s'accrocha à la balustrade de toutes ses forces. Deux hommes sortaient justement de l'automobile, un grand maigre mal fagoté et un petit gros portant un monocle. Ils s'entretinrent un dernier instant avec la silhouette assise sur le siège passager, puis, suant et s'épongeant avec leur mouchoir, ils levèrent le nez vers le navire dans lequel ils s'apprêtaient à embarquer.

Jezebel recula d'un pas horrifié, puis, tirant brusquement Hùshì par la manche, elle la força à courir jusqu'à leur cabine.

— Jan ! appela-t-elle en tremblant de tous ses membres. Jan ! Il est sur le quai. Je l'ai vu !

Elle se jeta dans les bras du jeune homme accouru. Elle paniquait tellement qu'elle suffoquait.

— Là, calme-toi, lui dit-il en la faisant s'asseoir.

Elle s'affola de plus belle.

— Je l'ai vu ! Dans cette automobile noire. Il parlait avec ces deux hommes, ce Glaris et cet Obwald ! Ils montent à bord. Ils ont des valises. Ils vont faire le même voyage que nous !

— C'était à prévoir, dit-il en lui relevant gentiment le menton. N'y avais-tu pas pensé ?

Elle ouvrit de grands yeux.

— Bien sûr, s'écria-t-elle. Le pistolet que tu caches dans ton dos, c'est à cause d'eux !

Il la serra dans ses bras, lui embrassant le front jusqu'à ce qu'il la sente se détendre.

— Ne t'inquiète pas, *babe*, ces hommes ne pourront pas nous approcher. J'ai consulté la liste des passagers, ils voyagent en seconde classe, or, tu le sais, à bord d'un tel navire, les différentes classes ne se mélangent pas. Les matelots y veillent. Ils refoulent les indésirables.

— Crois-tu donc que cela les arrêtera ? Je suis certaine que ce sont eux qui ont fouillé notre chambre au

Raffles ! Qu'est-ce qui les empêchera de recommencer, ou de faire pire encore ? Comment ferons-nous pour nous échapper, une fois que nous serons en pleine mer ?

— Ne t'inquiète pas, répéta-t-il doucement, en la berçant entre ses bras. Pour une fois, accepte de me faire confiance. Je ne les laisserai pas te faire du mal. J'ai tout prévu.

Elle voulut le croire, sauf que la boule demeurait là, dans son ventre, tapie comme une araignée sur sa toile, ou un serpent dans son trou.

Elle serra les dents.

Finalement, la dernière image était la plus juste : le cobra était lancé sur sa proie.

7

19 septembre 1921

*Paquebot l'*Étoile d'Orient – *Cargo chinois* Tàiyáng

La caresse se posa sur sa bouche, s'insinua avec suavité, devint une morsure légère quoique insistante. Réveillée par ce baiser, Jezebel soupira de bien-être. Elle enserra Jan de ses bras, de ses cuisses. Ses yeux étaient encore clos, mais ses lèvres se tendaient, attendant avec un tremblement de désir la suite qui tardait. Elle devint si tentatrice que le jeune homme eut de la peine à reculer. Enfin, il réussit à défaire les mains qu'elle nouait autour de son cou, et chuchota avec un rien de sévérité :

– Pas maintenant, *honey*. Il faut s'habiller. Lève-toi.

Elle s'étonna du ton qui n'avait rien de caressant, se redressa juste à temps pour attraper le paquet de vêtements roulés en boule qu'il lui jeta. Dehors, il faisait nuit noire. À l'intérieur, aucune lampe n'était allumée. Les rideaux étaient encore tirés devant la fenêtre. Par la mince ouverture, le ciel au-dessus de Singapour était d'un noir d'encre dénué d'étoiles. Elle ne comprit pas ce qu'il se passait. Protesta en faisant la moue :

– Mais quelle heure est-il ?

– Trois heures. Dépêche-toi.

Elle ne prit pas garde au ton sec, se mit à rire comme une enfant :

— Tu es fou ! Je ne vais quand même pas m'habiller à trois heures du matin ! N'avons-nous pas quelque chose de plus dénudé à faire ?

À nouveau, elle se lova contre lui comme une chatte quémandeuse de caresses. Il la bâillonna d'une main, murmura à son oreille.

— Chut, ma vilaine sirène, il ne faut pas faire de bruit. Hâte-toi, nous n'avons pas beaucoup de temps.

Il la relâcha. Elle s'aperçut qu'il était torse nu, ce qui en soi n'aurait pas été inhabituel s'il n'avait porté en sus un vieux pantalon chinois, court aux chevilles, usé et mille fois rapiécé, d'une affreuse couleur délavée. Avec des gestes calmes, précis, quoique plein de hâte, il enfila une vieille tunique assortie taillée dans le même tissu pitoyable. Une désagréable odeur de poisson séché se répandit dans la pièce.

Brusquement inquiète, elle se redressa complètement :

— Jan ? Que se passe-t-il ? Pourquoi ces vêtements ?

— Je répondrai à tes questions plus tard, coupa-t-il. Pour l'instant, je t'en prie, fais ce que je te dis.

Il continuait à chuchoter, mais il n'avait pas l'air de vouloir plaisanter. Maintenant complètement réveillée, elle n'eut plus envie de rire du tout. Elle s'assit sur le lit, déplia le lot de vêtements qu'il lui avait jeté. Elle reconnut les hardes qu'elle portait lorsqu'il l'avait retrouvée dans la Vallée du Lotus rose.

— Je croyais avoir jeté ces vêtements ! s'exclama-t-elle avec une incompréhension encore plus grande.

Elle récolta aussitôt un regard dur, tranchant.

— *God damned* ! Vas-tu parler moins fort ? J'ai récupéré ces habits pour que tu puisses les mettre aujourd'hui.

— Tu les as sortis de la poubelle ? Mais pourquoi ?

Il ne répondit rien et elle resta là, idiote et indécise, incapable de comprendre ce qu'il se passait. Comment l'aurait-elle pu ?

Ils venaient à peine de s'installer dans leur cabine sur l'*Étoile d'Orient*. Certaines malles n'étaient même pas encore défaites. La veille au soir, le dîner avait été aussi charmant que possible. Ils avaient fait la connaissance des autres passagers de première, pour la plupart des personnes érudites à la conversation agréable. Jezebel avait été soulagée de ne pas revoir les deux avoués de Genève, encore moins un quelconque spectre échappé du passé. Le navire devait appareiller à l'étale, vers cinq heures du matin. Le voyage promettait d'être long, mais Jan avait réussi à la rassurer.

— Fais-moi confiance, n'avait-il cessé de répéter, en ponctuant chaque mot d'un baiser.

Sauf que, là, le ton avait changé. Qu'avait-il encore inventé ?

Elle l'observa du coin de l'œil. Il était muré dans un silence fâché, impossible de comprendre quelle mouche le piquait. Il fermait les liens de sa veste chinoise en faisant les cent pas. Son visage était devenu de bois, impassible et dur comme à chaque fois que quelque chose le tracassait.

Comme elle n'avait pas envie de se disputer, elle décida de faire ce qu'il lui demandait. Elle prit les vêtements sales qu'il lui avait jetés, les déplia. En même temps, elle ne cessait de s'inquiéter, de se poser des questions. Que se passait-il ? Étaient-ils en danger ?

Elle voulut en avoir le cœur net, quitte à encourir tous les courroux du monde et à mourir foudroyée sur place. Elle prêcha le faux pour savoir le vrai, tant pis si sa voix n'était qu'un filet ridicule.

— Tu ne veux plus de moi ? C'est ça ?

Il s'arrêta sur place, éberlué, puis se précipita pour la prendre dans ses bras. Le drap glissa, elle se retrouva nue contre lui. Il caressa ses épaules rondes, la courbure de son dos, gémit presque :

— Ma grande sotte ! Que vas-tu encore penser là ? Je ne suis pas fâché, je te demande juste de te dépêcher. Le temps nous est compté. Hùshì a déjà préparé la petite, nous n'attendons plus que toi. Fais-moi confiance. Je t'expliquerai plus tard.

Il la bécota mille fois, se recula avec égarement, la regarda comme s'il la voyait pour la première fois.

— Ce n'est pas le moment de me tenter, *darling*. Habille-toi. Et attache tes cheveux pour qu'on ne les voie pas trop. La nuit est noire, mais ils sont tellement clairs qu'ils risqueraient de nous trahir.

Elle céda, comme d'habitude. Enfila les vêtements sales. Tressa ses boucles blondes en une natte qu'elle enroula bas sur la nuque et qu'elle fixa à l'aide de quelques épingles. Jan la coiffa d'un vieux chapeau *li*. Lui-même portait déjà le sien. Dans la pénombre de la chambre, ils ressemblaient presque à un de ces couples chinois qui arpentaient les vieux quartiers de Singapour.

— Ça devrait aller, commenta-t-il après avoir observé leur reflet dans le miroir. S'il n'y a pas trop de lumière, on donnera assez bien le change. Nous avons de la chance, il y a des nuages. Va vite prendre quelques affaires de première nécessité et mets-les dans ton sac de voyage. Je m'occupe du reste.

Elle s'écria :

— Nous ne partons plus pour les États-Unis ?

— Ne discute pas. Fais ce que je te dis.

Il usait à nouveau de ce ton autoritaire qui n'admettait aucune réplique. Partagée entre l'envie de lui faire confiance et une rage qui grandissait, elle fila dans le cabinet de toilette, s'empara de son sac et y fourra pêle-mêle de la crème, du savon, une robe et des chaussures confortables, des couches pour la petite, ses bijoux, son bâton de rouge Guerlain. Elle eut un moment d'hésitation puis rajouta ses pastels et ses aquarelles, ainsi que quelques jouets peu encombrants. Enfin, elle enroula deux mangues et trois bananes dans une serviette.

— Je vais m'occuper de ma fille, dit-elle en traînant son sac vers la chambre contiguë où dormaient l'enfant et sa nourrice.

— Je te l'ai dit, Hùshì a déjà fini de la préparer. Viens, c'est l'heure.

Il la tira par la main, presque sans ménagement. Effectivement, la jeune Chinoise attendait dans le couloir, adossée contre le mur, la petite Mary-Leela dans les bras. La nourrice était pâle et méconnaissable, vêtue elle aussi d'une tunique ravaudée. Sur l'épaule, elle avait passé un baluchon de fortune dans lequel elle avait noué ses maigres possessions ainsi que quelques affaires réservées à l'enfant.

Lorsque le couple la rejoignit, elle hocha la tête d'un air entendu. Jan lui posa une main sur l'épaule.

— Ça va aller, lui dit-il.

Elle acquiesça en silence.

Mary-Leela dormait à moitié, enveloppée dans une étole, son gros éléphant de bois serré contre elle. Apercevant sa mère, elle lui tendit les mains en geignant. Jezebel la prit et l'embrassa avidement. Son parfum de bébé encore chaud de sommeil la réconforta. En échange, Hùshì la soulagea de son sac de voyage. Jan les pressa d'avancer. Il avait mis en bandoulière une grosse sacoche de cuir dans laquelle il avait rangé des papiers et bien d'autres choses. Il avait également vérifié que son pistolet Smith & Wesson était bien chargé.

— Bon, dit-il du ton d'un général inspectant une dernière fois ses troupes. À partir de maintenant, je veux un silence total.

— Et les oiseaux bengalis ? souffla Jezebel. Ne les emmenons-nous pas ?

Elle venait de comprendre qu'elle ne reviendrait pas dans la belle cabine de l'*Étoile d'Orient*, or elle se refusait à abandonner les deux oiseaux qui avaient bercé ses journées les plus sombres.

Jan hésita à peine.

— Non.

— Non ? s'exclama Jezebel, horrifiée. Mais ce sont nos oiseaux ! Comment peux-tu dire une chose pareille ? Je refuse de m'en séparer. Je vais les prendre et…

Il la prit par le col de sa veste et la jeta durement contre le mur. Elle en eut le souffle coupé.

— Ne m'as-tu pas entendu ? J'ai dit non. Là où nous allons, ils nous encombreront. Tu n'as qu'à les libérer.

Il la lâcha aussi brutalement qu'il l'avait saisie, ouvrit la porte et sortit sans l'attendre. En larmes, Jezebel s'approcha de la cage et se résigna à ouvrir la trappe. Elle n'attendit pas de voir les oiseaux s'enfuir ou non. Elle se hâta de rattraper les autres sur le pont.

Les prévisions de Jan étaient justes, il n'y avait ni lune ni étoiles. Le paquebot était sombre et désert. Avec un silence précautionneux, le jeune homme les guida vers la poupe. Jezebel grondait intérieurement mais n'osait pas se rebeller. Elle devinait que l'heure était grave. Par moment, l'obscurité était si dense qu'il fallait avancer à tâtons, en prenant garde de ne pas trébucher sur tel ou tel obstacle.

Jan Lukas les emmena deux étages plus bas par une échelle de coupée habituellement réservée aux matelots. Arrivés sur un pont inférieur, ils traversèrent le bâtiment vers bâbord, jusqu'à ce que l'air du large s'ouvre devant eux en leur coupant le souffle. Ils se tapirent dans l'ombre, le temps d'observer les alentours.

À cette heure-ci, le paquebot semblait complètement endormi. Seule la timonerie était encore éclairée par une lampe-tempête. De l'endroit où ils se tenaient, son halo pâle révélait par intermittence un matelot de quart. Une cloche marquait les demi-heures.

La Marina Bay côté océan était silencieuse, obscure comme un gouffre où tanguaient quelques silhouettes de bateaux fantomatiques amarrés en eau profonde. Des falots les éclairaient. Avec la distance, on devinait à peine les mâts et les cordages, ainsi que les voiles pliées sur les vergues.

La plupart étaient des jonques malaises. On les reconnaissait aux lattes de bambou qui consolidaient leurs membrures et grinçaient à chaque mouvement de roulis. Lourdes et ventrues, elles attendaient l'aube pour décharger leurs précieuses cargaisons, des porcelaines Ming bleu et blanc ou des ballots de thé venus du Sichuan.

Le navire le plus proche n'était pas une jonque, mais un cargo moderne à la quille effilée, surmonté de deux mâts et d'une cheminée, qui battait pavillon chinois. Sa structure peinte en noir se fondait presque parfaitement dans la nuit. Seule une vague plus haute que les autres, en claquant sur son étrave, le révélait de temps à autre.

Jan avança vers l'extrémité du pont. Il se pencha par-dessus le bastingage pour regarder vers le bas, vers la mer qui était aussi lisse qu'une surface d'obsidienne. Il siffla, et on lui répondit de la même manière. Lorsqu'il se redressa, sa posture tout entière indiquait son soulagement.

— C'est bien, dit-il à Hùshì venue aux nouvelles. Ils sont là comme convenu.

Sans perdre plus de temps, il fouilla les alentours jusqu'à trouver un coffre duquel il sortit une échelle de corde certainement placée là à son intention. Hùshì l'aida à la fixer à la rambarde, puis il la déroula dans le vide.

Jezebel s'approcha.

— Que faites-vous ? chuchota-t-elle.

Personne ne lui répondit. Elle se pencha à son tour par-dessus la balustrade de cuivre, en serrant précautionneusement contre son épaule sa fille qui s'était endormie.

Le vide lui sauta à la figure. À quelques quinze ou vingt yards en contrebas, un canot minuscule oscillait dans le noir. Une ombre gravissait les échelons avec l'agilité d'un singe. En contrebas, d'autres silhouettes bataillaient pour maintenir la barque au plus près de l'échelle. Le silence était total, à peine entrecoupé par le clapotis des vagues.

— Jan, qui sont ces hommes ? Que font-ils ?

Il se glissa près d'elle.

— Calme-toi, ne fais pas de bruit. Ces hommes vont nous aider à changer de bord.

— Quoi ? s'exclama-t-elle, en le regardant comme s'il était devenu fou. Tu veux changer de bateau ?

— Écoute, c'est l'unique solution. Cela nous permettra de nous débarrasser des sbires du baron.

Elle secoua la tête. Elle ne parvenait pas à croire ce qu'elle avait entendu.

— Non, non… souffla-t-elle.

Une nouvelle fois, elle se pencha au-dessus du vide. Le canot lui parut ridiculement petit. La mer était calme mais le frêle esquif dansait tout de même, aussi pitoyable qu'une feuille dérivant dans le courant d'une rivière. Celui qui grimpait était à mi-parcours. Elle se redressa, le visage affreusement pâle.

— Je ne descendrai pas, cria-t-elle, pleine d'effroi.

Jan la bâillonna d'une main. Souffla contre sa tempe.

— Tu es forte et courageuse. Tu peux le faire.

— Non, siffla-t-elle entre ses doigts. Je ne peux pas. J'ai peur du vide. Il vaut mieux que vous partiez sans moi, ajouta-t-elle avec l'intonation mélodramatique d'une héroïne prête à se sacrifier pour le bien de tous.

Il faillit en rire, mais l'heure n'était ni au jeu ni aux tergiversations. Il la prit durement par les épaules pour l'obliger à le regarder.

— Ma chère petite comtesse, là, il faut te réveiller. Si tu veux échapper à ce fou qui te harcèle, c'est le moment ou jamais. Je veux bien être ton prince charmant et tout faire pour te sauver du grand méchant loup, mais il faut aussi que tu y mettes du tien !

Elle leva de grands yeux désespérés. Il faillit se laisser distraire. Dans cette nuit dense, ses prunelles avaient pris un ton bleu marine fascinant. Il se força à durcir le ton.

— Non, tu ne m'auras pas avec ton regard de sirène. On en a vu d'autres, toi et moi, n'est-ce pas ? Alors, arrête tes simagrées et descends-moi cette fichue échelle au plus vite.

Elle avança un dernier argument, qui était en soi déjà une capitulation.

— Je n'y arriverai pas avec ma fille dans les bras.

En réponse, une voix sortit de la nuit en gloussant :

— *Memsahib*, ne vous inquiétez pas pour ça, je porterai votre fille pour vous.

Une tête passa par-dessus la rambarde, une bonne tête sombre, avec une grosse barbe noire frisée et un turban tout aussi foncé. Dans la seconde, un grand corps d'athlète suivit, uniquement vêtu d'un *dhotî* de coton brun qui lui enserrait les hanches.

Jezebel mit quelques secondes à reconnaître dans ce sauvage à demi nu l'élégant *raajdoot* Mukhy Aadamee.

— Ah mais, accusa-t-elle, c'est un véritable complot ! Tout le monde était donc au courant sauf moi ?

Tandis que Jan s'efforçait de la calmer, Aadamee s'occupa des bagages en les faisant coulisser à l'aide d'une corde.

— Maintenant, *memsahib*, il faut me donner l'enfant afin que je puisse descendre avec elle.

Jezebel céda à contrecœur. L'Hindou attacha la fillette dans son dos à l'aide d'une pièce de tissu pour avoir les mains libres. La petite se réveilla à peine, elle était partie pour faire sa nuit. Lorsque le *doot* passa par-dessus la balustrade pour disparaître dans le vide, Jezebel eut un brusque cri affolé : « et s'il partait avec ma fille », que Jan étouffa de la main.

— Calme-toi, cesse de dire des sottises. La petite est déjà en bas. Hùshì ? C'est à toi.

La jeune Chinoise obéit avec docilité. Comme elle était à l'origine de ce transbordement audacieux, elle avait suffisamment de fierté pour ne pas vouloir flancher au dernier moment. Elle s'envola le long de l'échelle de corde avec la légèreté d'une plume. Très vite, elle réussit à mettre un pied dans l'esquif en contrebas. Son amie soupira de soulagement.

— À nous, dit Jan très doucement.

Jezebel avança comme un automate. Elle avait toujours détesté le vide, les précipices, les murs trop hauts. Elle dut faire appel à tout son courage pour passer une jambe par-dessus bord, puis l'autre. Lorsqu'elle y parvint enfin, elle resta accrochée à la rampe en osant à peine regarder autour d'elle. Elle tremblait de tous ses membres. Il aurait suffi qu'elle se baisse un peu pour attraper l'échelle et commencer à descendre, mais elle n'osa pas, et sa main crocheta dans le vide en vain.

Elle gémit :

— Je ne vais pas y arriver.

Juste en dessous, la mer était un immense gouffre noir. Sa surface ondulait à peine et cette immobilité accentuait son vertige. Elle avait l'impression que le vent hurlait à ses oreilles comme une tempête, alors que rien ne soufflait. Elle repoussa vers l'arrière son chapeau *li* qui la gênait. Jan enjamba la balustrade pour la rejoindre.

— Écoute, siffla-t-il d'un ton dur, tu n'as pas le choix. Soit tu descends de ton plein gré, soit je t'attache à une corde et je te fais descendre de la même manière que nos valises !

— Tu n'oseras jamais ! cria-t-elle avec colère.

Il l'empoigna, la força à descendre. Le cœur battant comme un fou, elle tâtonna en aveugle jusqu'à un barreau, puis un autre. La peur demeurait, Jan se coula adroitement dans son dos.

— Ferme les yeux, dit-il. Laisse-toi guider. Je suis là.

Ils descendirent pied après pied, échelon après échelon, elle d'abord, lui ensuite, en rempart contre le vide. Rien d'autre ne bougeait, entre cette mer plate et ce vent absent, que leurs jambes et leurs bras. La corde cisaillait ses paumes. La nuit était si dense qu'elle ne voyait que du noir. Le noir de la baie. Le noir du ciel. Le noir de l'horizon ouvert sur la mer. Des ténèbres infernales où chaque bruit prenait une intensité peu commune.

Enfin, elle sentit sous son pied la stabilité relative d'une planche de bois. Le canot était là, et des mains secourables l'attrapèrent, l'aidèrent à s'asseoir. Elle s'accroupit au fond de l'esquif, s'aperçut qu'elle tremblait sans parvenir à s'arrêter. Elle se sentit glacée, alors que la nuit était chaude. On lui tendit sa fille. Elle la serra sur son cœur, enfouit son nez dans le petit cou tiède et doux. La respiration de l'enfant glissa sur sa peau. Elle lutta pour ne pas éclater en sanglots. Les matelots prirent leurs rames et souquèrent en silence. Malgré l'obscurité, elle vit qu'il s'agissait de Chinois à peine vêtus, avec des cheveux serrés dans des nattes ou des chignons.

Elle chevrota :

— Où allons-nous ?

Jan s'assit à côté d'elle. Sa cuisse la réchauffait. Il lui montra une ombre qui montait et descendait devant l'horizon.

— Là, sur ce cargo chinois. Son nom est *Tàiyáng*, ce qui signifie « Soleil ». Dès que nous serons à bord, il partira pour Constantinople.

— Constantinople ?

Il lui fit signe que l'heure n'était pas encore aux questions. Tant que le canot n'aurait pas quitté la baie, le silence devait faire loi.

Ils approchaient du large. La houle devint plus forte. Encore quelques coups de rames et la mer de Chine se rappellerait aux bons souvenirs des hommes. Jezebel peinait à garder l'équilibre. Jan lui prit l'enfant pour qu'elle puisse mieux se tenir. Elle le regarda serrer contre lui la fillette endormie en souhaitant de tout son cœur qu'ils parviennent un jour à former une famille avec une vie normale.

Elle se berça de ce vœu jusqu'à ce que des falots émergent de l'obscurité.

Les rameurs chinois s'agitèrent aussitôt. L'un d'eux se précipita à la proue en sifflant. On lui répondit de quelque part dans la nuit. Les lanternes furent brusquement éteintes. Le canot frotta contre un mur métallique qui émergea de l'obscurité comme un fantôme. Des cris étouffés tombèrent d'en haut, puis le frottement d'une échelle se déroulant.

Jezebel leva le nez en digérant sa déception. Elle venait de se rendre compte qu'il allait à nouveau falloir grimper.

*

Hùshì monta en premier à bord du cargo chinois. Elle avait œuvré pour mettre en place cette équipée. Elle devait maintenant en être l'interprète.

Quelques jours auparavant, Jan Lukas était venu lui expliquer que Jezebel vivait depuis longtemps dans la peur d'un homme qui ne cessait de la harceler. Lorsqu'elle était plus jeune, elle avait été sa fiancée. Il s'agissait d'un mariage arrangé dont elle avait réussi à se désengager, sauf que l'homme en question était un puissant trafiquant d'opium dénué de principes, qui n'acceptait pas ce refus. Poursuivie par sa haine, elle s'était enfuie, mais il semblait l'avoir retrouvée. Le cambriolage de leur suite était certainement un acte destiné à l'effrayer.

L'Américain avait ensuite annoncé qu'il était disposé à payer un bon prix pour embarquer en secret sur n'importe quel navire en partance pour l'Amérique ou l'Europe. Sur le moment, elle n'avait pas réagi. Il s'était alors montré plus précis, en lui demandant si elle ne connaissait pas, par hasard, un ou plusieurs armateurs chinois capables d'organiser un tel périple.

Elle avait hésité, le temps de peser le pour et le contre. Finalement, elle avait répondu que, oui, elle connaissait bien un *towkay* susceptible d'apporter son aide. En baissant la tête, parce qu'elle avait honte d'imposer une condition alors qu'il s'agissait de protéger son amie, elle avait proposé de servir d'intermédiaire. En échange, elle voulait que Jan Lukas l'emmène avec eux en Amérique afin qu'elle puisse continuer à s'occuper de la petite Mary-Leela.

Il n'avait affiché aucune surprise. Au contraire, il avait sorti de son portefeuille un passeport tout neuf et le lui avait tendu. Ébahie, Hùshì avait reconnu son visage sur la photographie. Dès lors, elle avait été acquise à sa cause.

Cela n'avait pas été facile. Au début, elle était morte de peur à l'idée de revenir vers la famille de son « oncle ». Elle avait parfaitement conscience que, en tant que propriété du vieux *towkay*, elle appartenait dorénavant à son héritier. Par chance, les neveux, après s'être d'abord entretués, avaient finalement désigné comme vainqueur leur aîné, Zhǔ Xióng.

Hùshì le connaissait bien. Lorsqu'elle n'était encore qu'une petite esclave sexuelle, il avait été son neveu préféré. Bien que requin pour ses pairs, et capable en affaires des pires vilenies, il lui avait toujours témoigné une certaine bonté. Il lui faisait des cadeaux et jouait occasionnellement avec elle au *xiangqi*[1].

Au cours de ces séances de jeu, elle avait appris à cerner son caractère. Elle savait donc qu'il avait de l'ambition, et que cette ambition ne se limitait pas à être le nouveau *towkay* de Singapour. Depuis longtemps, Zhǔ Xióng lorgnait du côté des Amériques, dont il cherchait à pénétrer le marché. Lorsqu'elle était venue lui parler de Jan Lukas, dont les activités de marchand d'art étaient bien connues dans le monde de l'exportation asiatique, il avait sauté sur l'occasion. Il s'était déclaré prêt à négocier un embarquement secret, pourvu qu'en échange il y ait une entente sur une filière d'importation.

Mais il y avait un problème : les navires du *towkay* n'allaient pas jusqu'aux États-Unis, même en passant par l'Australie. En revanche, ils allaient souvent à Constantinople. Jan Lukas avait accepté cette destination. Il

1. Jeu d'échecs chinois.

paierait un acompte avant le départ et le solde en Turquie. Il avait également fait une proposition pour racheter Hùshì.

Dès cet instant, le ton de la négociation avait changé. L'homme d'affaires chinois avait avancé une autre somme, si conséquente que Hùshì en avait été affolée. À côté d'elle, Jan avait tiqué. Il ne possédait pas autant de liquidités. Zhǔ Xióng avait refusé de marchander. Il acceptait qu'un de ses navires se charge de passagers clandestins, en revanche, il refusait de se séparer aussi facilement de sa petite esclave préférée. Avec un rire un peu gras, il avait prétendu qu'il s'y était attaché.

Hùshì revoyait la scène avec effroi. Elle était agenouillée devant son nouveau maître, dans la richissime *shophouse*[1] du quartier Joo Chiat, avec son front qui cognait désespérément contre le carrelage de marbre rouge. Essayant de retenir ses larmes, elle avait supplié, et encore supplié, mais le maître avait fait signe à ses gardes du corps, qui étaient venus la prendre par les bras et l'avaient emmenée.

Persuadée qu'elle ne reverrait jamais ni l'Américain, ni Jezebel ou la petite Lián, elle avait été surprise d'être libérée une heure plus tard. Jan Lukas avait tenu sa promesse. Il était venu la chercher, accompagné de l'émissaire du maharaja de Mahavir, le *doot* Mukhy Aadamee. Ce dernier avait payé son rachat sans sourciller. Hùshì avait compris qu'elle changeait de propriétaire. Sans avoir le temps de savoir si elle devait ou non s'en réjouir, on l'avait assise sur la banquette arrière d'une automobile, encadrée par ses deux sauveurs.

---

1. Maison typique de l'Asie du Sud-Est, munie généralement d'un rez-de-chaussée commercial, et de deux ou trois étages réservés à l'usage privé.

L'Hindou avait alors incliné son turban jaune vers elle et, la main sur le cœur, lui avait dit :

– Je vous observe depuis longtemps, Hùshì. Je connais votre attachement pour la princesse Leela. Sachez que je vous ai achetée pour que, dorénavant, vous lui apparteniez.

Jan Lukas s'était insurgé : dans son pays, en Amérique, le temps des esclaves était révolu ! Hùshì n'avait pas écouté ses protestations. Elle était folle de reconnaissance et s'était jetée aux pieds de l'Hindou en balbutiant des remerciements à n'en plus finir.

Jan Lukas l'avait relevée et assise sur le siège.

– Ça suffit, Hùshì. Chez moi, tu ne seras pas une esclave.

Elle s'était jetée sur sa main pour longuement l'embrasser.

Telle était donc la raison qui la faisait ce soir grimper à l'échelle avant tout le monde et s'adresser au capitaine du cargo venu les accueillir. On l'y attendait comme une princesse, car tout le monde savait qu'elle avait été la dernière concubine du vieux *towkay* et que le nouveau l'appréciait beaucoup. Avec l'autorité qu'elle imaginait associée à ce titre, elle avait ordonné aux matelots de hisser les bagages à l'aide d'une corde passée dans une poulie, puis d'aider les passagers du canot à monter à bord.

Le capitaine lui avait obéi sans sourciller. C'était un homme de taille moyenne, à la silhouette sèche, aux gestes réservés mais autoritaires. Il était affublé d'un vieil uniforme de marine marchande anglaise, galonné d'or aux épaules, qui jurait avec son crâne entièrement rasé. Ses longues moustaches maigres encadraient une bouche mince, colorée en rouge par le bétel qu'il mâchait. Sans doute n'avait-il pas plus de quarante ans, il était difficile de le déterminer avec certitude, car dans l'obscurité son visage impassible avait le poli d'un ivoire un peu pâle.

Face à Hùshì, il fit preuve de beaucoup de déférence, et ce fut un spectacle étonnant que de voir ce Chinois qui savait diriger des hommes durs, presque des pirates, se courber devant une frêle jeune femme dont la moindre parole devenait pour lui un désir à contenter.

Plus tard, Jezebel s'en étonna et Jan lui expliqua que la jeune Chinoise avait été la propriété d'un grand *towkay*, un si illustre *Kapitan China*[1] que, même si ce dernier était mort depuis un certain temps, son aura jaillissait encore sur la jeune femme qui avait été la dernière à charmer ses sens.

Cependant, le temps était compté. Une fois les passagers à bord, les matelots chinois s'empressèrent autour du *doot* Mukhy Aadamee. Ils baragouinaient que la marée descendait vite et qu'il fallait se presser. L'Indien vint s'incliner devant Jezebel.

— Nos chemins se séparent ici, *memsahib*. Je ne vous accompagne pas à Constantinople. Le maharaja, mon maître, m'a rappelé auprès de lui. Il n'a pas perdu l'espoir de confondre un jour l'assassin de son fils.

— Vous allez me manquer, Mukhy Aadamee, lui dit Jezebel, la gorge serrée.

Il devina son inquiétude.

— Je vous laisse entre de bonnes mains, *memsahib*. Votre époux est un sage. Il a la confiance du maharaja.

— *Namasté*[2], Mukhy Aadamee. J'espère que nous nous reverrons.

---

1. Dirigeant chinois hors territoire de Chine, élu par ses compatriotes comme lui émigrés.
2. Salut indien.

— J'en suis persuadé, sourit-il. Votre ligne de vie se mêle à l'Inde maintenant. Un jour, vous reviendrez à Calcutta, cela ne fait aucun doute. Sachez alors que le Palais d'Or vous attend, vous et la petite Leela. Cette enfant est une princesse indienne, il lui faudra un jour renouer avec la terre de ses ancêtres. *Namasté, memsahib*. Paix sur votre cœur.

Il s'inclina une dernière fois puis, pressé par les matelots, descendit l'échelle de corde jusqu'au canot qui l'attendait. Presque aussitôt, la frêle embarcation s'éloigna dans un clapotis de rames. Au bout de quelques minutes, elle ne fut plus qu'une ombre se découpant à peine sur le noir du rivage.

— Viens, dit Jan en prenant sa femme par les épaules.

Il la conduisit dans la cabine que le capitaine avait mise à leur disposition. Jezebel y entra, puis tourna lentement sur elle-même, effarée. La pièce – pouvait-on appeler cela une pièce, tant elle était minuscule ? – n'avait rien de commun avec la luxueuse suite qu'ils venaient de quitter. Il allait être difficile d'y tenir avec un enfant en bas âge. Les lits superposés avaient à peine vingt-sept pouces de large. Un unique hublot filtrait la lumière au travers d'un store en papier de riz. Juste en dessous, une tablette se pliant et se dépliant était sommairement fixée à la cloison et faisait à la fois office de table et de bureau. Au sol, une simple carpette de jonc tressé recouvrait un plancher de bois brut tellement sale qu'aucun récurage ne parviendrait jamais à en ôter les taches. Enfin, dernier détail déprimant, les lits n'étaient pas garnis de draps, mais d'une simple paillasse en son aussi mince qu'une feuille.

Jezebel respira un grand coup, puis coula vers Jan un regard embué de larmes. Elle s'efforça de plaisanter :

— J'ai dû mal entendre, ne m'avais-tu pas promis un voyage de noces ?

Il comprit sa déception, l'attira contre lui.

— Je suis désolé, ma belle aventurière, je crains que notre voyage soit un peu spartiate durant une quinzaine de jours, mais à Constantinople, tu verras, je te donnerai tous les fastes de l'Arabie.

— Ne promets rien, coupa-t-elle avec une ironie mordante. Chaque fois que tu me promets quelque chose, j'obtiens le pire. Alors, je t'en prie, tais-toi. Je crains trop de me retrouver à Constantinople dans un harem de sultan !

Il éclata de rire, la berça en chuchotant contre sa tempe.

— N'as-tu pas encore compris que tu es à moi ? Aucun sultan ne te mettra jamais dans son harem, certainement pas von Rosenheim si c'est à lui que tu penses. Je t'accorde que ce navire n'est pas très confortable, mais il est sûr, et il nous mènera à bon port en grand secret.

Elle posa un regard désespéré sur les lits jumeaux.

— Nous ne dormirons même pas ensemble.

La remarque le fit sourire.

— Oh, s'il n'y a que cela pour te faire plaisir, je suis certain que ce navire est truffé de cachettes où nous pourrons nous embrasser tout notre saoul !

Elle afficha une mine choquée, mais le plancher se mit à tanguer, la dispensant d'une réponse. Ils coururent au hublot. Le cargo venait de lancer ses moteurs et s'ébranlait. Ils virent les rives illuminées de la Marina Bay défiler lentement. Un filet d'aube se leva, enfonçant les quartiers les plus proches de Singapour dans une dernière ombre de nuit. Avec une ultime boucle majestueuse, le cargo orienta sa proue vers le large, vers le détroit qui le conduirait à la mer d'Andaman et, plus loin encore, vers la mer d'Arabie.

Ils étaient partis.

Jezebel voulut regarder pour la dernière fois la ville qui l'avait recueillie. Elle se précipita sur le pont. Jan la rejoignit. Tandis que les matelots filaient à la manœuvre, leurs pieds nus claquant sur le plancher de bois, il la prit contre lui, respira le parfum de ses cheveux. Une fois de plus, il s'enivra de cette violette poudrée de jasmin, de ce mélange Orient-Occident qu'il avait senti avec volupté lors de leur première rencontre, et dont il était tombé amoureux avant même de découvrir son visage.

Il remarqua qu'elle tremblait. Il la serra plus fort. Elle resta raide et crispée, les yeux tournés vers Singapour dont l'aube éclatante éteignait un à un les lampions.

L'embrasement rouge devint un éblouissement de lumière. Le soleil nouveau toucha le faîte des grands bâtiments officiels, puis les couronnes des plus hauts palmiers. Sa douceur atteignit leurs visages, les caressa.

Le *Tàiyáng* atteignit la haute mer. Ses moteurs s'emballèrent, prenant leur plein régime. Le cargo changea de cap pour contourner la presqu'île malaise vers l'ouest. Dans les nuages encore poudrés d'or, un vol de pélicans passa en criaillant. Les oiseaux lourds étaient nimbés d'une lumière rose qui leur conférait une élégance inhabituelle. Ils revenaient de l'océan, chargés de poissons.

Jezebel les suivit du regard jusqu'à la côte. Une dernière fois, elle chercha les murs blancs de la mission des dames de Saint-Vaillant et la haute croix de la cathédrale où elle s'était mariée. Elle ne vit plus rien, hormis une ligne moutonnée de vert. La ville s'était déjà trop éloignée.

Un sanglot monta de son ventre, étrangla son cœur. Elle se retourna pour se jeter dans les bras de Jan, qu'elle étreignit avec angoisse.

— Il faudra beaucoup m'aimer, supplia-t-elle.

Il se pencha pour l'embrasser.

— Tu sais que je suis à tes ordres, ma belle *milady*, murmura-t-il contre sa bouche, avec sa morgue habituelle.

Elle ferma les yeux, s'abandonna contre sa force, sa chaleur.

Une vie nouvelle commençait. Une vie sans l'Asie. Une vie sans les Indes.

Elle en fut heureuse, et cependant emplie de doutes. Avait-elle fait le bon choix, alors qu'elle avait une petite fille qui, par sa chair et son sang, appartiendrait toujours à cette partie du monde ?

8

20 septembre – 7 octobre 1921
Cargo chinois Tàiyáng *– Constantinople*

Le voyage aurait pu être calme. Les cieux décidèrent d'une tempête.

Les matelots ne furent pas surpris, ils la voyaient venir depuis longtemps, depuis qu'un oiseau marin d'une envergure de près de six pieds, une frégate complètement déboussolée, était venue s'accrocher dans les filins du hauban, et s'y était pendue.

Tout l'équipage y avait vu un mauvais présage, qu'il s'agisse des Malais, des Indiens ou des Chinois. Les marins de tous bords sont superstitieux. À nul autre endroit que sur un bateau, la vie d'un homme apparaît à ce point être une chose insignifiante. Lorsque la mer se met en colère, un cargo même moderne, fait d'acier et d'écrous, et qui semble un géant triomphant, devient un possible cercueil.

Le capitaine, que ses hommes appelaient respectueusement le *Duìzhǎng*[1], était trop jeune pour être un loup de mer expérimenté. Il avait néanmoins l'habitude de traverser le golfe du Bengale dans cette partie sud depuis plus de dix ans, et ce à n'importe quelle période

1. Capitaine, en chinois traditionnel.

de l'année. Il connaissait intimement les moindres vents et les plus infimes courants, les couloirs des moussons, et toutes les réponses que son bâtiment pouvait y faire.

Après l'incident de l'oiseau, Hùshì l'avait interrogé. Elle aussi était superstitieuse et cherchait à être rassurée. Avec force amabilité, le capitaine avait répondu que la grande mousson était finie depuis le mois d'août, mais qu'une plus petite sévissait parfois sous ces latitudes, de façon sporadique. Justement, il était en train d'observer l'un de ces orages en formation à l'aide de sa longue-vue. Les honorables passagers ne devaient pas s'en effrayer. Il donnerait l'ordre au timonier de le contourner par le nord.

Guidés par ses commentaires, Jan et Jezebel avaient détaillé la lointaine bordure sombre parsemée d'éclairs qui stagnait au-dessus de l'océan, à quelques miles de distance. Les eaux y prenaient un ton étrange, un de ces turquoises plus clairs que le ciel, qui donnaient à l'horizon un air de fin du monde.

Le navire était à la jonction du golfe du Bengale et de la mer d'Arabie, à peu de distance de la pointe sud de l'Inde. Il faisait chaud et moite, anormalement lourd même pour un climat tropical. Les marins déambulaient à demi nus, vêtus de simples pantalons taillés aux genoux ou de vieux *dhotîs* indiens. Par commodité, Jan les avait rapidement imités, n'hésitant pas à s'afficher torse nu dans un simple *pajama*.

Jezebel s'en amusait, parce que les souvenirs affluaient : des mois auparavant, le jeune homme avait agi de même tandis qu'ils naviguaient vers Chittagong sur un *shampan* bengalais. À cette époque, déjà, il aimait se mêler à l'équipage. En un tour de main, il parvenait à se débarrasser de son vernis d'homme occidental, nanti et policé, pour participer aux manœuvres les plus risquées, rire avec les gabiers et partager le boujaron d'alcool de riz juste après l'effort.

Certes, aujourd'hui, les manœuvres du cargo chinois n'avaient rien de comparable. Le bâtiment était moderne, avec des moteurs qui permettaient d'atteindre une vitesse de croisière proche des dix nœuds. La plupart du temps, Jan n'avait rien d'autre à faire que s'étendre au soleil aussi paresseusement qu'un lézard, le corps bien calé sur de gros écheveaux de cordes, les cheveux croûtés par le sel, la peau se tannant au fur et à mesure que le soleil montait au zénith. Ses paumes effleurant le plancher, il écoutait le ronflement de la salle des machines monter au travers du bois en un ronronnement régulier, soporifique. Les yeux à demi clos, il passait le temps en regardant Jezebel s'occuper de sa fille, la baigner dans un baquet pour la rafraîchir tandis que Hùshì tentait de démêler son épaisse tignasse. Il y avait des bulles de savon, des éclaboussures et des rires en cascade qui attiraient parfois l'équipage. Les hommes, comme lui désœuvrés, se postaient alors à quelques distances pour fixer avec curiosité ces gestes maternels qui leur rappelaient peut-être une vie laissée au pays, une femme, des enfants, la douceur d'un foyer.

Le temps s'égrenait comme dans un sablier, lent, régulier. Les rituels étaient immuables. Tôt le matin, des matelots tirés au sort briquaient les passerelles. Ils s'agenouillaient sur les grosses lattes de bois pour poncer à l'aide d'une pierre abrasive les moindres algues incrustées, le sel accumulé, et parfois même de petits coquillages qui s'accrochaient dans les interstices.

Pendant ce temps, les mousses s'amusaient à faire la course en grimpant aux mâts, en slalomant parmi les voiles carguées. En bas, de la monnaie circulait de main en main : les matelots chinois étaient joueurs. Tout et n'importe quoi était prétexte à pari. Des jeux d'argent étaient organisés, mah-jong[1] ou *shuāng*[2]. Des *cauris*[3] s'échangeaient par poignées.

À la nuit tombée, sur la passerelle près de la timonerie, un rassemblement générait un enthousiasme débordant. De loin, on voyait les matelots se bousculer âprement pour entrer dans un halo de lumière délimité par quelques lampes-tempêtes. Les bras se levaient au-dessus de la mêlée, s'agitaient. Les mains se crispaient comme des serres sur des billets froissés. Dans les visages émaciés, aux pommettes marquées, les bouches parfois édentées se tordaient sur des cris et des exclamations énervées, puis un silence quasi religieux prenait la relève. Durant quelques brefs instants, tous se penchaient avec un ensemble parfait vers un point qu'on ne distinguait pas de loin tant il était caché par leur bousculade. Presque aussitôt, les vociférations reprenaient, et l'argent finissait par changer de main.

Jezebel observait cette scène de loin, sans oser s'approcher. Bien qu'elle la trouvât repoussante, elle en était fascinée. Un jour, alors qu'elle venait d'oser poser quelques questions, Jan la prit par la main pour l'emmener vers la foule qui braillait. Avec autorité, il fendit la multitude. Des matelots lui cédèrent le passage. Très vite, le couple se retrouva au premier rang.

Là, Jezebel put voir un enclos minuscule fait de planches mal clouées, où deux petits coqs s'affrontaient. Les volailles étaient maigres, et d'une apparence presque sauvage. Les crêtes belliqueuses s'agitaient en tous sens, les ergots étaient hérissés comme des couteaux.

---

1. Jeu chinois très populaire.
2. Jeu de damier se jouant avec des dés.
3. Variété de coquillage porcelaine utilisé comme monnaie en Chine dès 1600 avant J.-C.

— Mon Dieu, s'écria-t-elle en voyant les deux oiseaux se jeter l'un sur l'autre en cherchant à se crever les yeux.

— Chut, chut ! répliqua Jan en la bâillonnant de la main. Regarde sans juger.

— Mais c'est barbare, protesta-t-elle en osant à peine suivre du regard les volatiles qui s'affrontaient avec une violence impitoyable, s'arrachant les plumes et se portant coup sur coup jusqu'à faire voler des gouttes de sang.

Rapidement, les poitrails furent maculés. Le plus faible recula. Des mains se tendirent au-dessus de sa tête, les paris se corsèrent. Le propriétaire harangua sa volaille dans le vertige de la lumière qui oscillait de droite à gauche, au rythme du bateau tanguant sur les vagues.

Jezebel avait la tête qui tournait. Jan le remarqua et l'éloigna. Ils s'isolèrent à l'autre bout du cargo, loin des lanternes et des cris des parieurs. La nuit les recouvrit comme un manteau.

— Que veux-tu, tenta d'expliquer le jeune homme, c'est le penchant naturel de ces coqs que de se battre pour être le vainqueur. Pour les matelots, l'excitation ne vient pas du combat, mais de l'argent qu'ils risquent ou non de gagner. Ce jeu est leur drogue.

Il avait pris Jezebel contre lui et, dans cette cache secrète qui les isolait du monde entier, il lui embrassait les tempes, les joues, le nez, le menton. Elle le laissait faire, même si elle pensait aux événements qui les avaient contraints à voyager sur ce cargo dénué de tout agrément, au milieu de ces matelots qui ressemblaient à des forbans.

Au bout d'un certain temps, elle remarqua d'un air bravache :

— Tu parles de coqs, mais c'est le penchant de tous les hommes que de vouloir s'ériger en chef. Cela commence par un jeu et finit souvent avec une guerre.

— C'est moi, ou j'ai l'impression d'entendre un reproche ? s'amusa-t-il en lui relevant le menton pour se mirer dans ses immenses yeux bleus.

Elle soupira, baissa le visage pour frotter sa joue sur son épaule nue, là où subsistait encore une odeur de soleil sur sa peau.

— Tu sais, je regrette de ne pas voyager sur l'*Étoile d'Orient*, qui était un paquebot d'agrément, contrairement à ce cargo chinois dépourvu de toute distraction. Je m'en faisais une réelle joie. Si nous n'avions pas mystérieusement changé de bord, nous serions actuellement étendus sur des chaises longues de première classe, avec à portée de main un merveilleux cocktail, qui serait rose comme un bonbon.

— Si c'est la seule chose qui te manque, je peux te proposer un doigt de ce *baijiu*[1] que le cuistot garde précieusement dans une jarre jaune, au fond de sa cambuse. Je l'ai goûté hier, ce n'est pas si mauvais.

Elle se mit à rire, parce que ce n'était pas ce qui lui manquait le plus, boire comme la première pocharde venue une eau-de-vie chinoise à la qualité plus que douteuse.

— Je te parle cocktail, tu me réponds alcool à brûler ! Pour un Américain, je te trouve vraiment peu respectueux de la prohibition. N'a-t-elle pas été votée dans ton pays depuis un certain temps ?

Il fit une grimace comique.

— C'est vrai, j'oublie constamment que ma belle ville de New York vit comme le reste des États-Unis sous le joug du politiquement correct, de la tempérance en tout genre et des vieilles puritaines aigries qui croient qu'il faut vivre l'enfer sur terre pour être certain d'accéder au

1. Eau-de-vie chinoise.

paradis. Bah, cela ne nous empêchera pas de nous amuser. Pour rattraper ce peu glorieux voyage, je t'emmènerai à Broadway voir une pièce de théâtre. Nous patinerons à Central Park à Noël. Nous mangerons des hot-dogs dégoulinants de moutarde et nous irons à l'Oyster Bar avaler des huîtres. Nous irons aussi à Madison Square voir le cirque Barnum, et à Coney Island avec la petite, elle adorera les manèges, tu verras.

— Pourquoi nous as-tu fait changer de bateau ? insista tout de même Jezebel. Je l'avoue, sur le moment, les deux Suisses m'ont fait très peur. Et puis, j'ai vraiment cru voir le baron von Rosenheim dans cette automobile noire… Maintenant, avec le recul, je crois que j'ai un peu exagéré. Ces avoués sont quand même plus grotesques que dangereux, non ?

Jan afficha une mine brusquement durcie.

— Ne crois pas que j'ai agi à la légère, pour le simple plaisir de l'aventure, *honey*. Je n'aime pas l'idée d'être pisté, surtout lorsque le chasseur se nomme von Rosenheim.

Elle voulut parler, mais il posa un doigt sur ses lèvres et continua :

— Ces messieurs Glaris et Obwald ne sont sans doute que des sous-fifres sans grande envergure, je te l'accorde, mais j'ai détesté leur façon de t'aborder et de te menacer. Qui ose s'en prendre ainsi à une jeune femme, hormis un être abject ? Lorsque notre chambre du Raffles a été fouillée, je les ai immédiatement soupçonnés. J'ai demandé au consulat d'enquêter sur eux. Ce que j'ai appris m'a incité à m'en débarrasser au plus vite. Ces individus sont effectivement peu recommandables. Ils possèdent une agence d'avoués, dont le siège social a une adresse en Suisse mais dont le centre des opérations est domicilié à Singapour. Cette agence est spécialisée dans le harcèlement judiciaire. Nos deux hommes agissent comme des vautours. Ils épluchent les avis nécrologiques, prennent contact avec les héritiers, les menacent d'une banqueroute, ce qui est facile car aux Indes, quasiment toutes les entreprises sont endettées. À partir de là, ils font une proposition d'achat nettement sous la valeur réelle.

— Mais c'est du vol ! Est-ce donc légal ?

— Oh, les héritiers potentiels sont généralement heureux de se défaire d'une propriété dont ils ne savent que faire et qui leur ramène surtout des dettes. Peu de personnes choisissent de quitter une vie établie à Londres pour gérer sous les tropiques une plantation d'hévéas à laquelle ils n'y connaissent rien. Ils préfèrent donc vendre à perte.

— Décidément, le baron flaire les mauvais coups comme un chien flaire un os à ronger !

— Je ne pense pas qu'il soit incriminé dans ces escroqueries, reprit Jan après un temps de réflexion. Il a suffisamment à faire avec l'exportation de son opium et le trafic de travailleurs qu'il ramène d'Inde pour alimenter les propriétés agricoles de Malaisie ou d'Indochine. Les arnaques de Glaris et Obwald manquent d'envergure. Il n'y perdrait pas son temps. En revanche, il n'a pas hésité à leur faire miroiter ta fortune.

— Le baron a donc vraiment retrouvé ma trace ?

Il l'enlaça plus étroitement.

— Lorsque nous lui avons faussé compagnie à Chittagong, l'année dernière, il n'a pas dû rester les bras croisés. J'imagine qu'il a diffusé ton nom auprès des hommes qui travaillent pour lui, un peu partout dans les Indes. Lorsque nous nous sommes mariés et que les bans ont été publiés, Glaris et Obwald sont tombés dessus assez rapidement. Vu qu'ils étaient sur place, ils ont hérité du job. Je pense sincèrement qu'il était nécessaire de les semer.

Jezebel se serra contre lui. Elle était glacée de l'intérieur.

— Le baron me terrorise, tu le sais. Dès que je pense à lui, je deviens une sotte apeurée.

— Essaie de l'oublier, *darling*. À l'heure actuelle, ses sbires se sont fait avoir comme des bleus. Crois-moi, il n'y a que deux possibilités : soit ils sont restés à bord de l'*Étoile d'Orient*, et dans ce cas ils voguent loin devant nous, car notre cargo est moins rapide à cause de son chargement, soit ils ont débarqué pour rester à Singapour. Dans tous les cas, nos routes divergeront définitivement lorsque nous approcherons de Constantinople. Quant au baron von Rosenheim, rassure-toi. S'il possède un vrai pouvoir d'influence aux Indes, ce n'est pas le cas en Amérique. À New York, nous serons en sécurité, je puis te l'assurer.

Elle acquiesça, mais n'était guère convaincue.

— Tout de même, si Glaris et Obwald ont fouillé dans nos affaires au Raffles, c'est quand même parce qu'ils cherchaient le médaillon Sher-Cîta. Je crois que le baron pense encore à cette cité oubliée. Déjà, à Calcutta, c'était son idée fixe. La seule chose que je ne comprends pas, c'est comment il espère arriver à la trouver maintenant que mon parrain est mort ? Le spécialiste de la civilisation gupta, c'était lui. Sans lui…

Avec un petit air triste, elle tira sur la chaînette dorée qu'elle portait en permanence autour du cou et qui retenait le beau médaillon hindou. Elle l'admira au travers de la nuit. L'or brillait doucement, plus clair que l'obscurité. Jan recouvrit sa main de la sienne et lui embrassa le bout de chaque doigt.

— Ton parrain, sir Michael Deckard, n'était pas l'unique spécialiste de la civilisation gupta. Andres Agustin en était un autre.

— Lui aussi est mort, chuchota-t-elle. En fin de compte, il ne reste que toi. Toi aussi tu es archéologue. Ne connais-tu rien à cette ancienne civilisation indienne ?

Il haussa les épaules.

— Tu me prêtes des talents que je n'ai pas, *darling*. Je suis un aventurier, pas un savant. Mes connaissances archéologiques sont peu élaborées. Elles me permettent surtout d'acheter et de revendre des pièces de collection. Lorsque Andres me parlait de ses brillantes théories, je me contentais de l'écouter. Je n'ai jamais cru à cette cité disparue. Où serait-elle cachée ? Dans quelle jungle encore inexplorée ? Ne penses-tu pas que tes compatriotes ont sillonné les moindres recoins de l'Inde depuis qu'ils y sont installés ? Si une cité perdue existait, elle aurait été découverte depuis longtemps.

— Tout de même, murmura-t-elle, c'est un rêve qu'un homme peut trouver exaltant. Je comprends que mon parrain y ait voué toute sa vie.

— Moi non, coupa Jan avec sécheresse. Ces recherches n'ont amené que du malheur. Pour assouvir sa passion, ton parrain n'a pas hésité à te vendre au baron. Quel rêve justifie un tel acte ?

— Il se savait atteint de malaria, tenta-t-elle de plaider. Il voulait me protéger, me marier avant de mourir pour que mon avenir soit assuré. Le baron était riche, bien introduit dans la bonne société de Calcutta. Mon parrain n'imaginait pas que cet homme puisse être un être si abject.

— Je crois surtout qu'emporté par sa passion, il refusait de voir la réalité. Tout Calcutta sait que von Rosenheim est un trafiquant d'opium. Je comprends que tu veuilles défendre ton tuteur, après tout, il était ta seule famille, mais, honnêtement, pour lui ou pour Andres, que reste-t-il maintenant de cette passion qui les a tous les deux dévorés ? Ils ont été atrocement assassinés par l'homme en qui ils avaient placé leur confiance. Et nous, nous les avons perdus.

Le silence retomba comme une chape de glace. Jezebel posa ses mains sur ses épaules. Elle oubliait trop souvent que lui aussi pleurait celui qui l'avait élevé lorsqu'il s'était retrouvé orphelin dans un pays qui n'était pas le sien. Elle appuya sa tête contre sa poitrine. Il lui embrassa le front.

— On est deux idiots, chuchota-t-il. L'instant est si beau, sous ces étoiles qui illuminent le ciel, et nous, tout ce que nous pensons à faire, c'est remuer de bien tristes souvenirs.

Elle acquiesça, hésita, puis formula une dernière inquiétude.

— Jan, mon amour, lorsque je t'entends, j'ai l'impression que tu n'as aucune envie de découvrir cette cité perdue ?

Il lui prit le visage entre les mains, se rapprocha jusqu'à ce que leurs souffles se mêlent.

— Je peux te le jurer, une telle recherche ne m'intéresse pas.

Elle l'embrassa, brusquement béate d'amour.

— Mon Dieu, alors je suis heureuse. Si heureuse !

Elle voulait croire que l'avenir s'annonçait serein. Tant pis si la peur était encore là, lovée comme un mauvais serpent. Après tout, la nuit était douce, si douce, et la vie extraordinaire. Qu'aurait-elle pu demander de plus ? Elle était avec l'homme qu'elle aimait. Elle partait pour l'autre bout du monde, vers un pays de liberté. Le cargo fendait la mer, abandonnant dans le ciel de gros panaches de fumée qui sortaient des cheminées. On n'entendait que les exclamations enjouées de l'équipage pariant sur la victoire d'un coq, le bruit assourdi des moteurs, et la rumeur de la houle. Hùshì et la petite Mary-Leela dormaient sans doute déjà, à moins que la première ne fût en train de chantonner des comptines à la seconde.

Elle ferma les yeux, les mains de Jan se faufilèrent sous sa vieille tunique chinoise. Elle sourit. Ces mains-là étaient comme des braises incandescentes qui incendiaient peu à peu sa chair. Elle soupira longuement. Sa voix trahissait ce contentement de petite chatte pâmée par la caresse.

— Je vois qu'il y a tout de même sur ce rafiot quelques moments qui te plaisent.

Il se moquait, tout en parcourant de ses lèvres les épaules qu'il dénudait lentement. Elle souffla :

— Oh, ces moments-là m'auraient plu ailleurs, je n'en doute pas.

Il rit. Mordilla sa chair douce, la lécha, la mordilla encore. Elle ferma les yeux, s'abandonnant sous l'immense ciel des tropiques, étincelant de millions d'étoiles. Répéta comme un refrain dont elle ne se lassait pas.

— Je suis heureuse, je suis si heureuse…

Ils s'aimaient, tandis que le cargo poursuivait son voyage des îles Nicobar vers Colombo, puis des Maldives vers Socotra. Là-bas, tout là-bas vers l'ouest, il y aurait un jour Djibouti, porte ouverte sur la mer Rouge, puis les rives de l'Empire ottoman, mais en attendant, le monde n'était qu'un océan infini s'étendant à perte de vue où seuls leurs baisers décomptaient les heures.

*

Tôt le lendemain, Jezebel eut envie de reprendre ses pinceaux et d'essayer de capturer les transparences bleutées de la mer. Pour occuper son temps entre l'amour et l'amour, elle n'avait imaginé que la peinture. Bien vite, ses carnets se remplirent de dizaines de croquis pris sur le vif, qui proposaient de très beaux portraits de sa fille, de Hùshì, et surtout de Jan, dont elle caressait avec un plaisir incommensurable, par pastels interposés, le corps semi dénudé.

Avec une sensualité fiévreuse, elle suivait du fusain les muscles noueux qui jouaient dans les ombres et le soleil, la ligne puissante des pectoraux, celle si peu sage des abdominaux, qui descendait plus bas encore, vers l'aine secrète. Arrivée là, perdue sur une peau poudrée de sel, elle se troublait et, les joues rougies par des pensées qui n'avaient rien de vertueuses, elle se forçait à tailler son fusain.

Il était très tôt. Ses modèles habituels dormaient encore, alors, fuyant la chambre trop exiguë, elle s'installa sur le pont supérieur. La majorité des matelots venaient s'y aligner dès que le soleil émergeait. Là, dans les lueurs blanches de l'aube, ils bougeaient avec un ensemble parfait, étirant leurs bras, leurs pieds, leurs dos et leurs nuques. Puis, debout sur une jambe avec la grâce délicate d'une cigogne, ils cherchaient à atteindre le point d'équilibre parfait avant de pivoter sur eux-mêmes, le geste lent, incroyablement maîtrisé. Ils respiraient tous en même temps. L'air n'était qu'une inspiration profonde, puis une expiration silencieuse.

C'était un exercice extraordinaire à contempler, car tous ces matelots n'étaient d'ordinaire que des vauriens qui, dans les ports, maniaient sans vergogne leurs couteaux. Ils avaient des expressions dures, des mâchoires épaisses, des sourcils sombres. À les voir, il était plus facile de les imaginer donner des coups qu'accepter une danse. Or, tous les matins, ils venaient là dans un même ensemble, ils étendaient leurs bras, pliaient leurs jambes, penchaient le buste, respiraient…

Il s'en dégageait une telle beauté que Jezebel oubliait de peindre et demeurait là, immobile, pour mieux les regarder pratiquer leur tai-chi-chuan, en calquant sa respiration sur la leur.

Ils l'avaient remarquée depuis longtemps, mais aujourd'hui ils vinrent la chercher. Un matelot qui ne parlait ni anglais ni français la tira par la manche, en vieux singe effronté, et cependant plié par le respect. Ne sachant comment refuser, elle se laissa faire. Il la plaça près de lui puis, d'un geste, lui fit signe de respirer.

— *Chi*[1] murmura-t-il en tapant sa main sur son cœur. *Chi*.

Elle se plia au rituel. Respira comme il le lui demandait. Arrondit le bras. Chassa tout ce qui n'entrait pas dans cette recherche du mouvement parfait. Elle se concentra tant qu'elle oublia tout ce qui restait de ses peurs, de ses interrogations. Elle se découvrit seule avec elle-même, alors qu'elle était au milieu de trois douzaines de matelots.

Plus tard, lorsque l'exercice prit fin, elle crut émerger d'un long rêve, et s'aperçut que Jan l'observait. Il était nonchalamment adossé au bastingage. Elle chercha ses yeux, y lut tout l'amour qui les liait. Attirée comme par un aimant, elle se rapprocha de lui, et ils restèrent ainsi, l'un en face de l'autre, à se boire du regard. Ils n'avaient pas besoin de se toucher. Leurs yeux se caressaient en silence. Leurs yeux se parlaient.

Avec un sourire un peu absent, elle se souvint qu'au début, elle avait eu peur de cet amour qui n'était possible qu'avec lui. Elle avait craint cette dépendance qui passait par un désir de chair qu'elle avait pris pour une faiblesse alors qu'il s'agissait d'une force.

---

1. En feng shui, une substance qui compose le cosmos et circule dans notre corps.

Maintenant, nourrie d'une nouvelle sérénité, elle ne luttait plus. Au contraire, elle l'acceptait, cette peur-là au moins était finie. Elle l'avait définitivement apprivoisée.

— Tu avais raison, lui dit-elle. Qu'importe le bateau, seul le voyage a de l'importance.

Il posa ses mains sur ses épaules, caressa du pouce le délié de sa nuque.

— Je te regarde, murmura-t-il, et j'aimerais être un peintre pour pouvoir peindre ta beauté, ou un sculpteur pour sculpter la parfaite sensualité de tes courbes, mais je ne suis qu'un homme, alors je ne puis t'aimer qu'avec mes mains, ma bouche, mon corps. Cela pourra-t-il suffire ?

Elle eut un doux rire.

— Pourvu que tu m'aimes toujours. Cela seul compte.

Ils s'embrassèrent comme s'ils devaient se quitter le lendemain, et le temps passa ainsi, rythmé par leurs étreintes, tandis que le cargo avançait lentement au milieu de l'océan Indien. Jezebel riait, Jezebel gazouillait comme un pinson. Jan était heureux. Elle acceptait enfin l'amour, celui qui donne foi en l'avenir.

Ce voyage était leur lune de miel.

*

Un soir, au dîner, le capitaine posa sur eux son regard sombre et énigmatique, comme s'il lisait en eux à livre ouvert. C'était sans doute un peu vrai, ce Chinois avait tout d'un magicien. À chaque mi-journée, il marchait jusqu'à la proue où, au-dessus de l'étrave, il se penchait et ouvrait la bouche. Il sortait la langue pour goûter l'air. Au bout de quelques minutes, il cessait cette grimace, retrouvait ses traits habituels et revenait vers la timonerie.

La tempête, il la sentit dans ses membres bien avant de la voir, martelée par ces rhumatismes qui s'avivent dès qu'un marin a passé trop de temps à bord.

— Les marins sont des pythies, commenta Jan.

Effectivement, l'orage fondit sur le cargo au début de la nuit avec la rapidité d'un rapace s'abattant sur sa proie. Le *Duìzhǎng* avait tenté de le contourner, mais un changement de vent avait dérouté la turbulente masse d'air. À vingt-deux heures, le grain s'était écrasé sur le pont en véritable rafale de mitraillette.

Bien avant, un matelot était venu par précaution visser les hublots. Dès lors, il avait été impossible de les ouvrir. La chaleur à l'intérieur de la cabine exiguë était vite devenue insupportable. Malgré cela, Jan confina toute sa famille à l'intérieur et passa une chemise. Jezebel comprit qu'il avait l'intention de sortir dans la tempête. Horrifiée, elle s'accrocha à lui de toutes ses forces.

— Ne nous laisse pas, je t'en prie, supplia-t-elle.

— Je ne puis rester ici à ne rien faire alors que l'équipage a certainement besoin de tous les bras disponibles, lui dit-il calmement. Ferme la porte derrière moi, et ne sortez sous aucun prétexte. La mer va se déchaîner, les vagues risqueraient de vous emporter par-dessus bord. Et rangez bien toutes les affaires qui pourraient vous tomber dessus. Je pense que ça va secouer.

Elle l'enlaça de plus belle. Elle criait presque :

— Ne nous laisse pas !

— Écoute, la tempête n'est pas très grosse. Et le bateau fiable. Je reviens dès que possible.

— Mais je t'aime ! cria-t-elle en désespoir de cause.

Il l'embrassa et sortit dans la nuit. Elle vit encore son sourire se noyer sous la pluie, puis il ferma la porte derrière lui.

La longue attente commença. Ni Jezebel ni Hùshì ne trouvèrent la tempête petite. Elles n'avaient pas l'habitude de la mer, or le bateau fut rapidement secoué en tous sens. Le récent dîner devint pour leurs estomacs un véritable cauchemar. Le teint vert, Jezebel pressa sa fille contre elle en serrant les dents. La petite dormait comme si de rien n'était. Hùshì, en revanche, se mit bientôt à gémir, en proie à un atroce mal de mer. Couchée en travers de sa couchette, elle n'était plus que l'ombre d'elle-même, les joues blêmes, la tête dodelinant sans force.

Jezebel se leva pour aller lui chercher un linge humide, mais il était presque impossible de se déplacer dans la cabine tant les parois tanguaient avec violence. S'aidant des meubles vissés au plancher, elle gagna le minuscule cabinet de toilette masqué par un rideau. Derrière le hublot, la nuit était un trou noir, béant. L'électricité à bord clignota. Hùshì gémit de plus belle. Brusquement, la lampe s'éteignit, plongeant la cabine dans des ténèbres effrayantes.

Jezebel s'immobilisa, le cœur saisi. Pour elle, la tempête était au moins une tornade. Les éléments se déchaînaient. Des paquets d'eau s'abattaient sur le pont avec une violence folle. Le cargo tanguait en mouvements désordonnés. Par moment, il s'élevait presque à la verticale, chutait dans le creux de vague, remontait dans l'élan, retombait à pic.

Jezebel revint s'étendre sur la couchette. Dans son sommeil, Mary-Leela s'agitait. Hùshì leva un visage livide.

— Nous allons mourir, gémit-elle.

— Je t'interdis de parler ainsi ! s'exclama Jezebel en se retenant pour ne pas claquer des dents.

La peur était contagieuse. Elles se serrèrent l'une contre l'autre, la petite fille au milieu. Autour d'elles, tout ce qui n'était ni attaché ni vissé devenait un projectile dangereux. La cruche de fer-blanc tomba au sol et roula de droite à gauche en vomissant son eau par giclées. Par la suite, elle demeura ainsi, à glisser d'un angle à un autre en tourneboulant sur elle-même. Les deux femmes la regardaient rouler sous le lit, puis revenir au centre de la pièce avec un fracas qui se noyait dans le vacarme de la tempête.

Un instant, Jezebel tenta de s'en saisir mais dut vite abandonner. Le cargo gîtait tant que le plancher s'inclinait en angle sec, impossible à arpenter. Rompue de s'être cognée partout, elle revint s'étendre sur la couchette, et Hùshì, affreusement pâle, s'accrocha à elle pour ne plus la lâcher.

Ensemble, elles attendirent avec une résignation funeste la fin de cette nuit apocalyptique, ignorant que le pire était à venir…

En effet, tout un peuple secret, sans doute chassé par de l'eau pénétrant dans les cales, émergea soudain de sa cachette habituelle. D'abord, ce fut la course affolée d'un rat à la fourrure détrempée. Puis il y eut le lent déplacement d'une cohorte de cancrelats, dont certains étaient gros comme un poing. Enfin, un autre cortège s'ensuivit, celui de cloportes, de scolopendres, d'araignées et de créatures en tout genre pour la plupart inconnues.

Toutes ces bêtes entrèrent, et ne sortirent pas.

En peu de temps, elles couvrirent tout, aussi bien le plancher que les lits, les murs et les placards, le rideau et le pourtour du hublot. Jezebel tenta de les repousser de leur couchette, mais il en venait toujours d'autres, et cela devint rapidement une cause perdue.

Écœurée, elle comprit qu'il n'y avait rien d'autre à faire que fermer les yeux pour éviter de voir cette horreur grouillante, et attendre la fin de la tempête en priant pour qu'aucune bestiole n'ait l'idée saugrenue de lui entrer dans la bouche.

*

Le lendemain fut le 25 septembre, jour du premier anniversaire de la petite Mary-Leela. À croire que pour l'occasion, le ciel avait tenu à se laver. Il était maintenant d'un bleu uniforme et merveilleux, comme si la tempête n'avait jamais eu lieu. Un soleil flamboyant passait au travers du hublot qu'un matelot était déjà venu dévisser. Un air frais s'infiltrait dans la cabine. Hormis la cruche de fer-blanc qui traînait encore sur le plancher, plus rien ne trahissait le cauchemar qui avait secoué la nuit. Les bestioles avaient toutes disparu comme par magie. On remarquait à peine les cadavres de quelques malchanceux qui avaient été écrasés à coups de savate hargneux.

Jan était revenu de sa nuit avec une estafilade au menton et le regard heureux de celui qui a nargué la mort, et qui l'a vaincue. Il ôta sa chemise détrempée et se laissa tomber sur une couchette, le corps rompu. Il s'endormit presque aussitôt. Mary-Leela grimpa un instant sur ses jambes sans qu'il semble seulement s'en apercevoir, joua à cheval sur son dos puis voulut peigner sa tignasse humide. Jezebel la prit dans ses bras et l'emmena à l'extérieur.

Le pont était encore mouillé de la nuit et recouvert de paquets d'algues dans lesquelles se cachaient des coquillages et de petits crabes verts. L'équipage ramassait le tout, en faisant le tri. À midi, il y aurait sans doute une soupe de crustacés.

Il faisait déjà chaud, mais une chaleur aimable de début du monde. La mer était plate comme une flaque d'huile. Comme l'heure du petit-déjeuner était passée,

Jezebel alla mendier à la cambuse un porridge pour la petite et quelques raviolis vapeur pour elle. Et puis, parce que c'était un jour spécial, et que sa fille adorait les *mooncakes*, elle demanda au cuisinier s'il pouvait lui en cuire une fournée.

L'homme était un Chinois qui riait tout le temps, aux membres grêles, mais avec un bon petit ventre rond qui accentuait sa jovialité. Des fossettes creusaient son visage, et ses mains habiles battaient les pâtes avec une dextérité qui forçait l'admiration. Bien sûr, il ne fallait pas trop regarder sur l'hygiène. Cela faisait longtemps que Jezebel avait appris à ne manger que des aliments longuement cuits, et à ne boire que de l'eau qu'elle avait elle-même bouillie avant de la verser dans sa propre timbale. Ces règles élémentaires, confirmées lors de son séjour à la mission du Saint Enfant Jésus-Christ, lui avaient permis de passer impunément à travers plusieurs épidémies de choléra et de fièvre jaune.

Le cuisinier accepta de faire les *mooncakes* avec un sourire plein de courbettes. La fillette était devenue en peu de temps la coqueluche de l'équipage et, pour sa mère, il était amusant de voir ces marins à la mine patibulaire, pour la plupart sans foi ni loi, rivaliser d'ingéniosité, voire de tendresse, afin de lui offrir un joujou taillé dans un bout de bois ou un beau cerf-volant de papier en forme de dragon.

Elle resta près du cuisinier pour le regarder pétrir la pâte de riz. Elle voulait apprendre à faire ces friandises qu'on galbait dans des moules spéciaux décorés d'un motif chinois et qui étaient fourrées d'un jaune d'œuf salé enrobé de crème de graines de lotus. Sa fille les adorait, et elle devinait qu'un jour, lorsqu'elles seraient toutes les deux loin de l'Asie, elles en auraient la nostalgie.

Ces moments-là la faisaient replonger dans ses souvenirs. Certains étaient tristes, mais d'autres exaltants. L'un de ses préférés était de se promener dans le jardin botanique de Calcutta, avec Charu lui tenant son ombrelle en riant. Sous ses yeux remplis d'étoiles, elle faisait à nouveau une prière au pied de l'arbre sacré, ou attendait le mascaret qui remontait le Gange à chaque marée. Elle était en balade à cheval dans les plantations de thé de Darjeeling et retenait son souffle face aux éléphants. Elle s'enfonçait dans le merveilleux Palais d'Or du maharaja de Mahavir, puis gloussait de son étrange collection d'automobiles Bugatti, toutes accrochées au mur comme s'il s'agissait de tableaux.

Oui, lorsqu'elle y repensait, elle avait la nostalgie de ces moments extraordinaires, du sourire de Charu, des fous rires avec sa chère duchesse Olga Obolenski, sa plus chère amie, sa sœur, sa mère, son modèle éblouissant.

Elle se promit de lui écrire dès qu'elle serait à New York, puis se rappela que Jan avait été son amant, et elle hésita.

— *Māmā, Māmā* !

Elle sourit à sa fille. La petite, assise à même le sol, transvasait avec application des vieux haricots secs d'un bol à l'autre. Elle était tout bonnement craquante. Olga, si elle la revoyait un jour, serait assurément folle de ce petit bout de chou.

Hùshì apparut au moment précis où le cuisinier sortait du four sa dernière plaque de gâteaux de lune. La jeune Chinoise avait encore le teint cireux, mais elle accepta tout de même un peu de thé. Lorsqu'elle l'eut bu, elle souriait à nouveau.

— Quel magnifique jour de liesse, dit-elle en embrassant tendrement la fillette venue lui sauter dans les bras.

Shēngrì kuàilè[1], ma petite Lián chérie. Faisons-nous les cadeaux maintenant ? ajouta-t-elle en quémandant l'avis de Jezebel.

Depuis des jours, elle confectionnait en cachette un éléphant taillé dans une pièce de moleskine bleue qu'elle avait abondamment brodée de fils de soie multicolores. Le jouet était magnifique, une véritable œuvre d'art. Il ressemblait en miniature à l'un de ces grands éléphants indiens qui défilaient lors des cérémonies religieuses, généreusement décorés de peintures et de guirlandes de fleurs pour rendre hommage aux multiples dieux hindous. Pour l'occasion, elle l'avait emballé dans un carré de soie rose noué par un ruban. La petite fille s'en empara avec vivacité, extirpa le jouet avec des cris de ravissement et l'adopta immédiatement, en l'étreignant comme un trésor. Hùshì, prise par l'émotion, se mit à pleurer. Jezebel vint poser une main amicale sur son épaule.

— Ne pleure pas, tu ne pouvais tomber plus juste, cette petite adore les éléphants.

Hùshì se mit à rire au milieu de ses larmes. Aujourd'hui, plus que n'importe quel autre jour, il fallait oublier toute tristesse et ne laisser la place qu'à la joie.

Jezebel lui montra ce qu'elle offrait à sa fille : une belle petite robe chinoise, une *qípáo*[2] courte et sans manches, fermée sur l'épaule par des nœuds rouges. Elle était taillée dans une soie vert amande, qu'une brodeuse aux doigts de fée avait décorée d'un paon et de fleurs de pivoines roses porte-bonheur.

Hùshì battit des mains comme si le cadeau lui était destiné.

---

1. Joyeux anniversaire, en chinois traditionnel.
2. Vêtement féminin chinois d'origine mandchoue, mis à la mode à Shanghai au début du XXe siècle sous le nom de *chóngshān*.

— *Āi yo*[1], quelle belle robe de princesse !

Elles jouèrent à la poupée tout le reste de la matinée. Après tout, elles n'avaient pas vingt ans, et encore l'amour des rubans. La fillette fut habillée et coiffée avec des fils de soie rouge torsadée dans ses cheveux. Hùshì prêta ses perles de jade, et Jezebel lui mit autour du cou le beau médaillon Sher-Cîta. À la fin, l'enfant était si jolie que les matelots s'approchèrent avec de bons gros rires joyeux. L'un d'eux sortit un *dizi*[2], son camarade un petit tambourin. Une musique gaie éclata spontanément.

Bientôt, Jan rejoignit le tapage. Il affichait une mine malicieuse en cachant une main derrière son dos.

— *Bàbà* ! s'écria la petite en courant vers lui. *Bàbà* !

Décontenancée par ce mot spontané, qui signifiait « papa » en chinois, Jezebel voulut la corriger mais Jan la retint d'un regard. Il souriait.

— Ne dis rien, déclara-t-il. Les enfants ont leur propre vérité qu'il n'est pas toujours sage de contrarier. Je suis heureux qu'elle me prenne pour son père.

Gênée, Jezebel ne sut que dire et, les mains crispées l'une contre l'autre, hocha machinalement la tête.

— Tout de même, trouves-tu normal que cette enfant parle chinois avant l'anglais ? balbutia-t-elle pour cacher son trouble. J'ai déjà dit à Hùshì de lui apprendre surtout le français, mais cette fichue tête de caboche ne fait que ce qu'elle veut !

— Comme toutes les femmes, non ? se moqua Jan en riant.

Vexée, elle voulut lui répondre, mais il cligna d'un œil avec malice, tout en sortant sa main de derrière son dos. Un chiot y était niché.

---

1. Expression de surprise, en chinois.
2. Sorte de flûte traversière en bambou, populaire en Chine.

— Oh, s'exclama Jezebel, tandis que sa fille, la bouche arrondie de plaisir, tendait bien haut ses petites mains pour essayer d'attraper l'animal.

Jan s'accroupit pour se mettre à la hauteur de l'enfant. Avec des gestes très doux, il présenta le chiot qui lécha spontanément les doigts de la fillette. Celle-ci éclata de rire, parce que la langue était bleue et qu'elle la chatouillait.

— Ne me dis pas que tu lui offres ce chien ?

Jezebel n'en revenait pas. Jan leva vers elle un regard rayonnant.

— Elle adore les animaux, autant lui faire plaisir, non ? Plus tard, lorsqu'elle sera un peu plus grande, je lui offrirai un cheval et je ferai d'elle une excellente joueuse de polo mais, en attendant, je n'ai trouvé que ce gaillard-là à lui mettre entre les mains. C'est un telomian, un chien de race malaise un peu sauvage. Il faudra faire attention à bien le dresser. Si nous y parvenons, il deviendra pour notre petite Mary-Leela un vrai chien de garde.

Tandis que la fillette caressait le chiot en trépignant de bonheur, et riait de voir la queue jaune s'agiter en tous sens, il expliqua qu'il avait reçu l'animal peu de temps avant de quitter Singapour. Il avait voulu leur faire la surprise. Le plus difficile avait été de l'amener à bord du cargo sans vendre la mèche.

— Mais comment as-tu fait ? questionna Jezebel, qui s'était agenouillée à côté de lui et fondait littéralement d'amour devant les câlins que sa fille prodiguait à l'animal. Je ne me suis rendu compte de rien !

— Je l'avais caché dans ma sacoche, dans un panier muni d'un couvercle. Ce petit sauvage n'a guère apprécié ce traitement. Il gémissait à fendre l'âme et je craignais que tu ne l'entendes. Mais tu avais tellement peur en grimpant à l'échelle de corde que tu n'y as pas prêté attention. Une fois sur le cargo, j'ai pu le confier à l'un des mousses, qui s'en est occupé jusqu'à maintenant.

Il riait, heureux de la surprise qu'il avait réussi à faire. Jezebel se pencha, appuya sa tête contre son épaule.

— Tu l'aimes donc un peu ? mendia-t-elle, en levant ses grands yeux bleus.

Fidèle à lui-même, il se moqua :

— Si j'aime ce chien ? Pourquoi ne l'aimerais-je pas ? Il est craquant.

— Tu es insupportable ! s'exclama-t-elle, partagée entre le rire et la fureur. Je ne parlais pas…

— Je sais, coupa-t-il, brusquement sérieux. Bien sûr que je l'aime. Comment pourrais-je ne pas l'aimer, alors qu'elle est un second toi-même ?

*

Quelques jours plus tard, le cargo chinois arriva en vue des côtes yéménites. Là, il longea une terre ocre, brûlée par le soleil, avant d'entrer lentement dans la mer Rouge, qui n'avait de rouge que le nom, car elle était aussi bleue que n'importe quelle autre mer du monde. Après trois jours de navigation, il se présenta devant le canal de Suez.

À cet endroit, la voie d'eau se rétrécissait tellement qu'elle ressemblait à un entonnoir encombré par des dizaines de navires. Il y avait de tout : des chalands de toutes tailles, des paquebots de plaisance dont les passagers lançaient des serpentins et des confettis, et des boutres arabes aux grandes voiles triangulaires, qui transportaient des cargaisons directement arrimées sur le pont. Il fallut patienter. Tous ces bâtiments entendaient traverser l'Égypte en même temps avant d'essaimer dans toute la Méditerranée.

De part et d'autre du passage, les rives maçonnées rassemblaient des soldats en uniformes aussi poussiéreux que les sables sur lesquels ils montaient la garde. Leurs campements rappelaient à tous que ces terres désertiques où rien d'autre ne poussait hormis, de loin en loin, un misérable palmier, demeuraient stratégiques pour le commerce international. Chaque coin de rocher était ardemment disputé par les Anglais, les Français et les Italiens. Au crépuscule, des coups de fusil éloignés résonnaient parfois. La rumeur avançait qu'il s'agissait de Bédouins cherchant à en découdre avec les avant-postes militaires. Tous les passagers se ruaient alors sur les ponts, essayant d'apercevoir quelque chose, mais il n'y avait rien dans le soleil couchant, que des ors et des rouges, puis des bruns qui devenaient noirs au fur et à mesure que la nuit tombait.

Pourtant, même si personne ne voyait rien, le vaste Empire ottoman était en train de s'effondrer, distribué par les Alliés vainqueurs comme un gâteau d'anniversaire bien crémeux, tandis que les peuples qui y vivaient grondaient de colère, décidés à disposer de leurs terres par eux-mêmes. Le sultan Mehmed VI avait presque tout perdu, en dehors de l'Anatolie. Depuis Istanbul où siégeait son gouvernement, il devait faire face à la sédition de Mustafa Kemal, qui refusait tous les traités et entendait lui aussi gouverner depuis Ankara.

Pendant que l'attente à l'entrée du canal s'éternisait, Jezebel observait les marins qui s'apostrophaient d'un bord à l'autre. Pour ces hommes qui vivaient sur un monde liquide régi par ses propres lois, la guerre semblait déjà oubliée. L'océan n'existe à jamais qu'au présent. Alors, en vieux frères des misères de la mer, les matelots se saluaient avec force joie, et échangeaient des nouvelles en usant d'un merveilleux galimatias fait de mille langues parlées à la fois. Accoudée au bastingage, Jezebel fermait les yeux pour mieux écouter ces échanges et essayer de reconnaître les différentes nationalités.

Le *Tàiyáng*, seul chinois au milieu de toute une cohorte de cargos français, anglais, américains, australiens et russes, provoquait une curiosité bon enfant. Les navires asiatiques s'aventuraient rarement dans ces eaux occidentales. Ils préféraient se délester de leurs cargaisons en Inde, où des armateurs arabes prenaient le relais.

Lorsque Jezebel en fit la remarque, Jan expliqua que le propriétaire du cargo était un homme au caractère entreprenant. Dès le début de la guerre, il avait deviné qu'il y avait une place à se faire dans un commerce international malmené par les conflits. Il avait donc fait le pari d'envoyer régulièrement trois de ses plus modernes navires jusqu'à Constantinople, où il livrait du minerai d'étain et de la soie brute. L'étain était attendu chez les Russes qui lui faisaient traverser la mer Noire jusqu'à Odessa, avant de le transporter jusqu'à Moscou où il servait à fabriquer du bronze. Quant à la soie, elle rejoignait les ateliers de la vieille ville, où d'innombrables petites mains bon marché dévidaient les fils avant de les tisser en de belles étoffes craquantes, aux motifs orientaux somptueux. La majorité de ces tissus servirait à fabriquer des caftans[1] de prestige, mais les plus beaux iraient à Paris pour alimenter les créations des grands couturiers. Ils rivaliseraient alors avec les plus belles soieries vénitiennes.

En l'écoutant parler de ces étoffes merveilleuses, Jezebel soupirait en lissant machinalement sa vieille tunique chinoise. Elle ne l'avait pas quittée du voyage, non par envie, mais parce qu'elle n'avait rien d'autre à se mettre hormis la robe de coton soigneusement pliée au fond de

1. Vêtement, sorte de tunique longue, porté en Extrême-Orient, au Maghreb et en Asie centrale.

son bagage, qu'elle réservait pour son arrivée à Constantinople. Après quinze jours passés loin de toute commodité, à se laver le museau comme un chat, il lui tardait de se changer, de respirer du linge propre, de savonner ses cheveux jusqu'à ce qu'ils redeviennent brillants. Pour la première fois depuis longtemps, elle rêvait d'une baignoire remplie d'eau tiède, qui l'aurait décrassée de la tête aux pieds, et lui aurait permis d'oublier le sel, le sable et la sueur.

Puis Jan venait l'embrasser, et elle réalisait qu'elle n'était pas si pressée que cela, puisqu'il l'aimait malgré son teint gâté par le soleil, ses gerçures aux lèvres et ses pieds écorchés à force de courir sans chaussures sur les passerelles de bois brut. Les yeux mi-clos, elle s'abandonnait alors à ses grandes mains douces, se rêvant violon et lui grand musicien, puisqu'il était le seul capable de jouer de son corps au point de lui arracher de merveilleuses complaintes.

Enfin, le cargo passa le canal de Suez. Il se ravitailla en eau à Port-Saïd avant de prendre la route pour la mer Égée. Le temps passait, à la fois long et court. L'arrivée du chiot avait bousculé le quotidien. La petite fille et son nouveau compagnon de jeu s'entendaient comme larrons en foire, et c'était un plaisir de les observer. Toujours fourrés ensemble, ils partageaient tout, aussi bien le contenu des assiettes que les siestes d'après-midi. Parfois, ils faisaient une bêtise. Lorsqu'on les grondait, ils affichaient l'un et l'autre la même mine innocente, avec leurs grands yeux levés vers l'adulte fâché, dans lesquels se reflétait toute la candeur du monde.

Un nom avait vite été trouvé, un peu par hasard : Hùshì, dès qu'elle avait vu la petite bête, s'était mise à rire avec sa spontanéité habituelle. Elle l'avait appelée « *Mìmì lǐwù* ! » ce qui, en chinois, signifiait « cadeau secret ». La petite Mary-Leela, qui tenait le chiot dans ses bras, avait répété avec beaucoup de sérieux :

— *Mìmì lǐwù* ! Mìmì ! Mìmì !

En l'entendant, le chien s'était tortillé jusqu'à lui lécher les joues. La fillette avait éclaté de rire. Le nom était resté.

— Décidément, cette enfant est une éponge dès qu'il s'agit du chinois ! s'exclama Jezebel, mi-figue, mi-raisin. Lorsque nous serons à New York, ajouta-t-elle non sans étourderie, il faudra tâcher de lui trouver une nurse indienne, qui pourra lui apprendre l'hindi ou, mieux encore, le bengali, qui après tout est la langue de son p…

Elle se tut, brusquement gênée par ses propos, et coula un regard désolé vers Jan, qui soupira. Il la prit dans ses bras pour la serrer à l'étouffer.

— Cesse donc de me prêter des pensées que je n'ai pas. Crois-tu donc que je devrais moins t'aimer parce que tu me parles de Charu ? Il était aussi mon ami.

Il avait failli ajouter, non sans agacement, que Charu était mort alors que lui était bel et bien vivant. Heureusement, il s'était rendu compte à temps de l'involontaire cruauté d'une telle remarque, et il avait préféré se taire. Malgré le temps qui passait, et les confortait dans leur amour, il devinait que sur ce sujet-là, au moins, elle était encore fragile.

Jezebel avait acquiescé en rougissant, même si elle n'était pas entièrement convaincue par ce qu'il avançait. Depuis longtemps, elle avait appris que les moments de bonheur ne sont jamais éternels, qu'ils finissent toujours par se payer très cher. Depuis qu'ils avaient quitté Singapour, elle essayait vraiment d'oublier ses angoisses, mais elle n'y parvenait que lorsque Jan la serrait dans ses bras. Elle avait besoin de l'entendre lui murmurer des mots d'amour sans queue ni tête pour qu'elle puisse se lover contre sa chaleur, contre la force de son corps qui était son rempart, son château, sa montagne.

*

Le cargo entra dans la mer Égée sous une pluie battante. Lorsque le soleil revint, l'horizon était parsemé d'une nuée d'îles grecques dont certaines avaient à peine la taille d'un rocher. Le navire y louvoya, passant au large d'Athènes puis de Smyrne, une métropole ottomane que le traité de Sèvres avait récemment attribuée à la Grèce. L'armée hellène y séjournait à demeure, en donnant du canon à la moindre tentative de rébellion. Dans ces régions, la guerre ne semblait pas encore terminée.

Plus au nord, la mer de Marmara s'infiltrait dans le détroit des Dardanelles en un bleu dense. L'endroit était devenu tristement célèbre en 1916, lors de la terrible bataille «pour rien» qui avait fait des milliers de morts. D'après la presse de l'époque, les plages jusqu'au cap Helles avaient été couvertes de tant de cadavres qu'elles étaient devenues de terribles charniers dont la puanteur atteignait les navires mouillant au large.

Aujourd'hui, plus de cinq ans après ces combats monstrueux, les rives portaient encore la marque des massacres. Sur des collines couvertes par des landes tristes, des champs caillouteux déroulaient leurs centaines de tombes, tandis qu'en bord de mer, les sacs de sable s'accumulaient, formant des abris de fortune que le vent s'acharnait à démanteler. Partout, dans les gravats et les rochers, demeuraient les trous des obus et les tranchées pilonnées par l'artillerie lourde, où aucune végétation n'était encore revenue pousser. Le paysage était plus que jamais une garrigue de collines arasées, où les seules verticalités étaient celles d'un village blanc et rose, toujours fortifié, que dominait de loin en loin une tour de guet.

Jan ne cessait de répéter qu'en arrivant à Constantinople, ils prendraient le train express en direction de

Calais où ils s'embarqueraient sur un paquebot transatlantique.

— Notre bon ami Mukhy Aadamee s'est obligeamment acquitté des réservations. Il faudra me faire penser à lui envoyer un télégramme de remerciement dès que nous serons en France.

— Quand y serons-nous ?

— L'Orient-Express devrait mettre deux ou trois jours. En bateau, nous aurions mis près de trois semaines.

Elle l'écoutait, appuyée contre sa poitrine, en se laissant bercer par le rythme de la mer. Elle entendait sa joie, son impatience de rentrer chez lui, et elle fermait les yeux pour masquer son trouble. Elle aurait voulu que ce voyage ne s'arrête jamais. Elle n'avait jamais été aussi heureuse de sa vie.

Soudain, un grand cri tomba de la vigie, la faisant sursauter :

— *Stambul*[1] !

— *Stambul*, *Stambul*, répétèrent les matelots en courant à leur poste.

Elle se pencha pour regarder vers l'est. Jan s'appuya sur son épaule. Il tendit la main vers le lointain bleuté. On y devinait un moutonnement à peine plus sombre que le ciel.

— Constantinople, dit-il.

— Constantinople, répéta-t-elle, copiant involontairement l'émerveillement des marins quelques minutes plus tôt.

Ainsi, elle était là, la ville mythique mâtinée d'Orient et d'Occident, la Byzance universelle que tous les archéologues du monde rêvaient d'arpenter… À cette distance, bien sûr, elle n'était encore qu'une ville spectrale émergeant à peine des brumes, mais elle investissait déjà tout un pan

1. Istanbul.

d'horizon. Le Bosphore la tranchait en deux, enfoncé dans son cœur comme une lézarde bleu marine. À l'autre bout s'étendait la mer Noire qu'on ne voyait pas, tandis que le soleil levant la dominait, magnifique astre rougeoyant qui découpait dans une farandole de bleus et de roses une délicate dentelle faite de coupoles et de minarets.

L'heure matinale rendait la ville déliquescente. Pour un esprit imaginatif, il était facile de voir dans ces toits accolés les uns aux autres les écailles d'une antique carapace de dragon. Ce corps était assoupi sur plusieurs collines. Il semblait veiller les landes mornes, là où dormaient les tombes de toutes les guerres anciennes.

Cependant, Constantinople approchait. En peu de temps, elle devint vaste et grouillante, hérissée de minarets pointus comme des flèches. Des remparts la cernaient, des dômes et des coupoles l'arrondissaient, et des parcs la noyaient de verdure.

Les plages étaient désertes, le port semblable à tous les ports du monde, avec ses odeurs de sel, de poissons séchés et de goudron fondu. Son unique différence venait des innombrables bâtiments de guerre qui l'encombraient encore. Un sous-marin était même amarré à quai, comme une simple barque près de laquelle des pêcheurs ravaudaient leurs filets. Au-delà des pontons réservés aux bateaux de commerce, des sardiniers gardaient leurs distances, accrochés à leurs bouées. Sur les berges où l'on déchargeait les cageots de poiscaille, les rues s'enfonçaient dans la vieille ville en un labyrinthe sombre, dénué de perspective, ombragé par des claies de roseaux. On y voyait des cafés, et parfois un tramway.

Jezebel courut se changer, heureuse de quitter enfin ses vieux vêtements chinois au profit de sa robe en cotonnade légère soigneusement réservée, dans laquelle elle se sentit à nouveau elle-même. Esquissant trois pas de danse, elle fêta sa métamorphose en s'installant devant le petit miroir de fortune accroché derrière le paravent pour se coiffer et se maquiller.

Dans la petite cabine, Hùshì troqua de la même façon ses hardes défraîchies contre une robe blanche et grise offerte par sœur Anne-Carole. La jupe était longue, tombant sur les chevilles, et agrémentée d'un tablier à bavette qui lui donnait un air de nurse anglaise. Jezebel éclata de rire.

— Ah ça, mon amie, il faudra qu'on te trouve une autre tenue, on te croirait devenue ma domestique !

Hùshì eut un petit rire gêné.

— Cela me va très bien, *missy*, je suis tellement heureuse d'être ici et de pouvoir continuer à m'occuper de Lián. Vous êtes ma seule famille.

Spontanément, Jezebel se leva et vint la prendre dans ses bras.

— Moi aussi, je suis très heureuse de t'avoir avec moi. Je t'assure que je te veux comme amie et non comme une simple bonne d'enfant !

— L'un peut s'accorder à l'autre sans problème, répondit Hùshì avec sa façon très pragmatique d'appréhender les choses. Je suis une amie, et aussi la nurse du bébé. Comme ça, tout le monde est content.

Et pour donner du poids à ses dires, elle prit la brosse des mains de Jezebel et entreprit de lui lisser longuement les cheveux. Lorsqu'elle fut satisfaite de son démêlage, elle torsada les belles mèches blondes pour les enrouler en un chignon bas sur la nuque. Elle piqua quelques épingles pour faire tenir l'ensemble, tandis que Jezebel la regardait faire dans le miroir. La jeune Chinoise avait une manière délicate de se tenir bien droite, avec des gestes mesurés, élégants, qui la rendaient tout à la fois attendrissante et très attachante.

Elle lui sourit :

— Je me répète encore une fois, mais je suis vraiment heureuse que tu m'accompagnes dans ce voyage. J'espère ne pas avoir été trop égoïste en te permettant de le faire. Je n'ai jamais été à New York, je crois que la vie y est assez semblable à celle de l'Angleterre, enfin, je parle surtout des règles de société qui peuvent être très contraignantes. En Amérique, tout sera différent de ce que tu connais, les gens, les maisons, les paysages. Nous arriverons là-bas en plein hiver. Il fera froid. Un froid que tu n'as jamais connu. Et puis, j'imagine assez facilement que de nombreuses personnes ne nous témoigneront pas que de l'amabilité. Les gens ne sont pas toujours ouverts. Ils te regarderont comme une chose exotique, qui les fera rire, et peut-être même les poussera à la méchanceté. J'espère que tu ne regretteras jamais ton choix. Je voudrais juste que tu me promettes de venir m'en parler si cela devait arriver. Nous trouverons toujours une solution.

— *Missy*, répondit Hùshì en la regardant droit dans les yeux. Je n'ai pas peur des Américains. J'étais esclave, quoi de pire ? Moi, je crois que c'est vous qui avez peur. Vous avez peur de ce pays là-bas, parce que vous avez peur qu'il ne vous prenne *mister* Lukas.

Jezebel détourna les yeux en rougissant et tenta de se donner une contenance en mettant un peu de poudre sur son front. Hùshì n'avait peut-être pas tort, mais elle ne voulut pas le reconnaître. La jeune Chinoise lui tendit malicieusement sa boîte à bijoux.

— Mettez des pierres précieuses, *missy*. Une femme quand elle brille est toujours contente. Et une femme contente arrive toujours à tenir son homme par le bout du nez.

Jezebel éclata d'un rire un peu forcé.

— Parfois, tu me rappelles une amie que j'avais en Inde. Elle aussi me disait que je devais apprendre à me faire obéir des hommes.

— Ah, si cette amie disait la même chose, alors ces choses sont toujours vraies !

Jezebel continua à rire.

— D'accord, pour notre arrivée à Constantinople, faisons-nous belles, très belles même !

Elle prit une profusion de chaînettes qu'elle plaça bien en évidence sur son corsage, termina de poudrer son visage puis se leva pour tournoyer sur elle-même, heureuse de sentir virevolter contre ses mollets les dentelles de son jupon.

— *Māmā*, lui dit sa fille en lui tendant les bras.

Elle la prit contre elle, valsa comme une follette tandis que la petite, intriguée par son rouge à lèvres, essayait d'attraper la bouche de ses petits doigts. Prise d'un fou rire, Jezebel lui embrassa le dessus de la main, lui laissant l'empreinte de ses lèvres. La petite en fut tout émerveillée.

Plus tard, lorsqu'elles revinrent sur le pont, Constantinople leur offrit une superbe vue panoramique. Le spectacle était merveilleux, car la ville était immense, chargée d'histoire et parsemée d'une profusion de monuments insolites.

Jan vint les rejoindre. Il s'était également changé, troquant son *pajama* contre un pantalon de lin à pli cassé et une chemise blanche dont il avait laissé le col entrouvert. Un gilet assorti complétait la tenue, lui donnant cet air à la fois élégant et très nonchalant qui lui allait si bien.

— Tu es beau, chuchota Jezebel spontanément, en se coulant contre lui.

Il se mit à rire.

— Comme d'habitude, nous sommes plutôt bien assortis.

— C'est tout ? mendia-t-elle, câline. Ne me diras-tu rien de plus charmant ?

Il rit de plus belle.

— Non, madame la comtesse, je ne répondrais pas à cet ordre-là ! Si je te disais ce que je pense vraiment de toi, il faudrait plutôt que je laisse mes mains te parler, et tu risquerais d'en être froissée.

— Oh, dit-elle en rougissant sous le double sens, mais déjà il lui montrait la tour de Léandre, près de laquelle ils passaient.

Le monument se dressait au milieu du Bosphore, encore allumé des feux de la nuit qui en faisaient un phare. Jan raconta la légende qui s'y rattachait, celle d'un roi qui avait enfermé sa fille pour la protéger d'un serpent qui, selon une prophétie, devait la mordre avant son dix-huitième anniversaire.

— La pauvre mourut tout de même : le dernier jour, le roi avait amené en cadeau d'anniversaire un panier de fruits dans lequel un serpent s'était caché. Tiens, regarde, voilà l'ancien palais du sultan.

Il lui désigna l'immense palais de Topkapi qui, aujourd'hui encore, concentrait toutes les relations diplomatiques de l'Europe avec l'Orient. Au milieu des petites maisons brunes, il ressemblait à un nuage de crème Chantilly.

Plus loin, le légendaire quartier de la Corne d'Or était dominé par la tour de Galata. Au-delà, les rives du Bosphore devenaient une succession de toits ponctuée de coupoles, celles d'innombrables mosquées que flanquaient des minarets dédiés à l'appel du muezzin.

Parmi toutes ces constructions plus magnifiques les unes que les autres, l'historique mosquée Süleymaniye se nichait dans un jardin verdoyant, tandis que la mosquée

Bleue faisait face à sa cousine, la cathédrale Sainte-Sophie, rose et ronde comme une femme.

— Je croyais que tu n'avais été qu'une ou deux fois à Constantinople, murmura Jezebel, admirative des anecdotes qu'il lui racontait. Plus j'apprends à te connaître, plus je me rends compte que tu es un vrai archéologue.

Il eut un sourire moqueur.

— Parce que tu en connais des faux ? Je t'assure que j'ai fait de « vraies » études en archéologie. Évidemment, mes connaissances sont loin de valoir celle de ton tuteur, qui était une sommité dans son domaine, surtout pour ce qui concernait la période gupta. Mon style, c'est plutôt touche-à-tout, comme il se doit pour un négociant en art ancien.

— Je pensais surtout au baron von Rosenheim, qui n'hésite pas à se réclamer de la profession alors qu'il n'a aucune culture.

— Le baron ne sera jamais qu'un trafiquant qui essaie de donner à son argent mal acquis une couleur de respectabilité.

Elle réprima un frisson et changea de sujet.

— Quand prendrons-nous l'Orient-Express ? Aurons-nous le temps de visiter quelques monuments ?

— Nous partons après-demain, lui répondit-il en souriant. Nous aurons effectivement le temps de faire quelques emplettes et de jouer aux touristes. À cette période de l'année, nous risquons d'avoir de la neige en traversant la Bulgarie et la Slovénie. Nous aurons besoin de vêtements un peu plus chauds que ceux que nous portons en ce moment. Vers quoi va ta préférence, *sweetie*, vers l'astrakan ou la zibeline ?

Elle se jeta à son cou en hurlant de plaisir.

9

8-12 octobre 1921
Constantinople – Orient-Express

Durant ses cours d'histoire à Chelseahall House, Jezebel avait rêvé de découvrir Constantinople et ses trésors archéologiques. Aujourd'hui, elle reconnaissait qu'elle se languissait surtout d'une belle chambre d'hôtel, d'un bain dans un tub, et d'un lit confortable avec des draps parfumés à la lavande.

Elle était si impatiente qu'elle ne tenait plus en place et courait d'un bastingage à l'autre comme une enfant excitée. Le chiot telomian la suivait en jappant, croyant à un jeu. En quelques jours, il avait beaucoup grandi, et même un peu forci. Son corps avait pris des rondeurs d'animal bien nourri : le passe-temps préféré de la petite Mary-Leela était de le gaver de restes.

Au cours de la traversée, il avait réussi à faire quelques bêtises : on avait retrouvé une chaussure percée, une corde rongée et des saucisses avaient été volées dans le cellier. Pourtant, il continuait à faire rire les matelots, surtout lorsqu'il tricotait de ses longues pattes sur le plancher.

Il était trop jeune pour avoir des ambitions de chasse. Pourtant, son instinct le poussait à déjà s'intéresser aux souris. Il inspectait le moindre trou avec un intérêt interminable, en reniflant bruyamment pendant des heures.

Un jour, il ramena son premier rongeur et eut droit à son petit succès : les Chinois avaient d'ores et déjà parié sur sa réussite.

Jezebel en avait ri, jusqu'à ce que Jan lui révèle que les parieurs étaient aussi venus lui demander d'en faire un chien de combat.

— Quoi ! s'était-elle exclamée, furieuse de voir que les hommes salissent toujours tout. Les poules ne suffisent donc plus à ces enragés du jeu ! Vont-ils demander à toutes les créatures de se battre pour eux ? Ne devrait-on pas leur suggérer les escargots ? Ou des clams, tiens, oui, un duel de clams, cela doit être passionnant !

— Ne sois pas sarcastique, les combats de chiens ne sont pas exclusivement chinois, avait rétorqué Jan. Je m'étonne que tu n'en saches rien, mais les Anglais ne sont pas les derniers à en organiser.

— Oh, j'ai lu *Croc-Blanc*, avait-t-elle persiflé en retour. Remettons les choses à leur place : pour les combats de chiens, les Américains ne sont pas non plus en reste !

Il s'était mis à rire en levant haut les mains.

— D'accord, je me rends face à ta grande perspicacité. J'espère que tu accorderas tout de même un baiser au vaincu ?

Ils s'étaient enlacés et longuement embrassés, comme d'habitude, et le chiot avait continué sa vie sans soucis, faite de siestes, de saucisses et de folle complicité avec Mary-Leela.

La fillette avait elle aussi bien grandi. Elle n'avait plus rien d'un bébé chancelant découvrant la marche. Au contraire, elle se campait maintenant bien droite sur ses jambes, portée par un solide pied marin, et elle trottinait sans relâche, fière et pleine d'allant.

— Mìmì ! Mìmì ! appelait-elle justement d'un ton autoritaire.

Le chiot se précipita vers elle en remuant follement la queue.

— Les voilà à nouveau réunis pour faire un mauvais coup, remarqua Jezebel en les suivant du regard jusqu'à l'autre bout du pont, avant d'ajouter sans aucun à-propos : mon Dieu, je n'en peux plus d'impatience ! Je ne sais même pas ce que je préfère faire en premier, entre fainéanter dans une vraie chambre d'hôtel ou visiter Istanbul dans ses moindres recoins.

Elle courut une fois de plus vers le bastingage afin de détailler le quai où le cargo abordait.

De prime abord, le port d'Eminönü était semblable à tous ceux qu'elle avait déjà visités au cours de ses divers voyages : mêmes rives affairées, constructions faites de bric et de broc, hangars occupés par des marchandises ramenées des quatre coins du monde, marins de tous bords, de toutes nationalités, manutentionnaires indigènes, commerçants hauts en couleur réceptionnant des cargaisons pareillement colorées, chalands désœuvrés.

La Corne d'Or avait une structure géographique similaire à Calcutta, si l'on exceptait qu'en Inde le Gange se séparait en delta, tandis que les fleuves Alibeyköy et Kağıthane convergeaient en un même estuaire.

Le port de Constantinople – il aurait été plus juste de dire les ports, tant les quartiers portuaires se succédaient – était visiblement prospère. Partout, un trafic invraisemblable de navires à vapeur côtoyait toutes sortes d'embarcations. D'immenses cargos donnaient de la corne de brume sans interruption, en une joyeuse cacophonie. Des boutres arabes passaient avec élégance au milieu des ferries et des paquebots battaient pavillons étrangers entre des barques misérables. Au milieu de cette circulation ininterrompue, de nombreux bâtiments de guerre veillaient comme des molosses surveillant leur maison. Ils stationnaient au large, reniflant le vent qui allait de l'Orient à l'Occident, dans cette région stratégique où les armistices ne suffisaient pas à imposer la fin des affrontements.

Tandis que le cargo se positionnait dans un bassin d'eau profonde, dûment guidé par deux remorqueurs à vapeur, Jezebel se souvint de ses cours d'histoire qui présentaient la Corne d'Or comme une formation naturelle ayant conduit à la fondation de Byzance. À cette époque, une chaîne tirée d'une rive à l'autre empêchait les navires indésirables de passer. Maintenant, des remparts canalisaient encore l'entrée des gens et des marchandises.

Sur le quai où le cargo était en passe d'être arrimé, des manouvriers turcs attendaient pour décharger la cargaison. Ils étaient mollement assis sur des caisses vides et d'épais rouleaux de corde, dans la chaleur douce de ce matin d'octobre. La plupart étaient vêtus de vieilles chemises et de sarouels qu'ils appelaient *chalvar*, sur lesquels ils avaient noué des ceintures en tissu rouge, mais quelques-uns étaient déjà torse nu. Tous observaient les matelots chinois en train de jeter les ancres, certains patientaient en s'échangeant des cigarettes.

Plus loin, vers la Pointe du Sérail, de mystérieux jardins noyés dans les brumes de l'aube révélaient les silhouettes énigmatiques de femmes voilées, confinées dans leurs palais. Vers le cœur de la vieille ville, le pont de Galata enjambait deux mondes, celui du palais impérial et des mosquées, et celui du quartier des affaires où résidaient la plupart des étrangers. Cette construction flottante faisait plus de quatre cents mètres de long, et une ligne de tramway la traversait. Une énorme tour couronnait le pont.

— Constantinople, chuchota Jezebel en serrant ses mains l'une contre l'autre avec émerveillement, n'est-ce pas une ville mythique ? Mon parrain me parlait presque exclusivement de l'Inde, mais tout de même, il avait un amour particulier pour Istanbul. J'ai une hâte folle. Par quoi allons-nous commencer ? Irons-nous à l'hôtel paresser un peu ou visiterons-nous *Ayasofia*[1] ?

Jan doucha son enthousiasme par une brève remarque.

— Avant de nous rendre au Pera Palace où nous avons des chambres réservées, il nous faut passer par la capitainerie du port le temps de régler quelques formalités concernant nos passeports.

Contrariée, Jezebel tendit les bras à sa fille qui revenait en courant, tandis que Hùshì montrait leurs bagages au matelot qui allait les porter.

— Est-ce vraiment nécessaire ? reprit-elle. Ne pouvons-nous pas faire ces formalités à l'hôtel ? Cela nous éviterait de perdre du temps.

Jan haussa les épaules.

— La Turquie est actuellement en pleine guerre civile. Mieux vaut tamponner nos passeports au plus tôt, en vue de notre embarquement à bord de l'Orient-Express. Cela ne prendra que quelques minutes. De toute façon, j'ai pris la liberté de donner rendez-vous à un ami dans les locaux de la capitainerie.

Elle ne retint de l'exposé succinct qu'une seule information.

— Sommes-nous donc venus dans un pays en guerre ? s'exclama-t-elle avec inquiétude. N'est-ce pas dangereux ? Ne vaudrait-il pas mieux continuer directement notre voyage, quitte à prendre un autre bateau là, maintenant ?

Il lui fit face, en affichant son éternel sourire moqueur.

---

1. Sainte-Sophie.

— Je croyais que tu voulais visiter Constantinople ? Rassure-toi, la ville est en territoire neutre, sous la surveillance des gouvernements alliés. Regarde tous ces soldats autour de nous. La plupart sont anglais, certains sont même australiens. Crois-moi, le commerce qui transite par ce port est l'un des plus importants du bassin méditerranéen, personne n'a intérêt à ce qu'il s'arrête.

Elle acquiesça, mais son enthousiasme avait tout de même été douché. Elle ne courut plus à droite et à gauche avec la même verve, préférant au contraire demeurer accoudée au bastingage, sombre et silencieuse, à regarder la ville comme si elle était une ennemie.

Ils débarquèrent après avoir fait leurs adieux au *Duìzhǎng* et à son équipage. Plusieurs matelots avaient fabriqué de menus présents qu'ils offrirent à la petite Mary-Leela. Jezebel, les bras chargés de poupées de papier et de figurines en os de baleine, en eut les larmes aux yeux.

— Ça va ? lui demanda Jan Lukas.

— Oui, répondit-elle en essuyant ses joues d'une main un peu trop prompte. Ça va. Je… C'est juste que j'ai été si heureuse sur ce bateau.

Il posa une main sur son épaule, pour bien lui signifier qu'il était toujours là.

— Je ne crois pas que ce soit fini, *darling*.

Elle entrecroisa ses doigts aux siens et ils se dirigèrent ainsi vers le bâtiment des douanes.

On les accueillit avec beaucoup d'empressement. Jan Lukas était connu des services administratifs en tant que négociant d'art oriental. L'officier en charge des passeports se souvenait parfaitement de lui. Il le reçut avec une poignée de main chaleureuse.

— Bienvenue, Mr Lukas ! Vraiment heureux de vous revoir. Pour quelle raison venez-vous à Istanbul cette fois-ci ? Pour affaires ou pour agrément ?

— Un peu des deux, répondit l'Américain avec la même amabilité. Je viens solder une vieille affaire commerciale. Laissez-moi vous présenter ma jeune épouse, la comtesse Jezebel Tyler. Nous sommes en voyage de noces. Nous prenons l'Orient-Express demain en fin de journée.

— Ah, Paris ! Paris ! imagina le fonctionnaire avec beaucoup d'enthousiasme, non sans couler un regard emprunt de curiosité vers la jeune Anglaise qui tenait un enfant, et qu'accompagnaient une Chinoise et un drôle de chien jaune. Toutes mes félicitations pour ce mariage, Mr Lukas. Madame la comtesse…

Il s'inclina en parfait homme du monde sur la main que Jezebel lui tendait, donna des ordres pour qu'on lui avance une chaise et qu'on lui amène du thé.

— Merci, commandant, c'est vraiment très aimable. Je vous avoue que je suis éreintée.

Tandis qu'on lui versait un thé noir un peu trop amer qu'elle adoucit avec du miel, le fonctionnaire s'occupa avec diligence de leurs passeports. Quelques minutes plus tard, il était justement en train d'apposer son dernier coup de tampon lorsqu'une voix rugit à travers tout le bâtiment.

Un vacarme certain monta du rez-de-chaussée, puis un planton grimpa quatre à quatre l'escalier pour se présenter dans le bureau au garde-à-vous. Un Turc aussi large que haut le suivait de près, tout tourbillonnant dans un imposant caftan vert olive.

Le nouveau venu était grandiloquent, pour ne pas dire shakespearien. Il avança au pas de charge, fez[1] de feutre rouge vissé sur la tête et bottes ferrées claquant sur le dallage.

1. Couvre-chef faisant partie du costume traditionnel turc.

Avisant Jan Lukas, il marcha droit vers lui, le prit dans ses bras et l'écrasa sur son énorme poitrine avec le même entrain qu'un ogre serrant un agneau. En même temps, il éclata d'un rire tonitruant.

— Mon ami, mon très cher ami ! éructa-t-il d'une voix qui faisait se rétrécir les murs. Quel plaisir de vous revoir ! Cela fait quoi ? Deux ans ? Trois ans ? Comment allez-vous ?

Jan grimaça un sourire, puis réussit à tourner la tête vers Jezebel, qui s'était levée, pleine d'appréhension.

— Ma chérie, puis-je te présenter un ami très cher, Timuçin Kadir, qui est comme moi négociant en art. À Istanbul, on peut dire que c'est lui qui fait la pluie et le beau temps, au moins dans le domaine des antiquités venues d'Asie Mineure.

Le géant était l'un de ces commerçants appartenant à la récente élite enrichie par la guerre. Il était connu des services du port comme le loup blanc, et l'officier des douanes le salua avec une courtoisie des plus serviles.

Quelques années auparavant, l'État ottoman avait cherché à créer une bourgeoisie d'origine musulmane pour faire face à la suprématie des Occidentaux. Timuçin Kadir, dont le négoce international végétait, avait bénéficié des mesures mises en place, et plus particulièrement des avantages proposés par la récente Banque nationale de crédit. Décidant d'investir dans l'artisanat, il s'était implanté sur des terrains gratuits pris sur le domaine public. Depuis, il avait réussi à accumuler une fortune colossale.

L'homme avait du flair. En moins de quatre ans, il avait su s'entourer d'amis influents qui gravitaient dans les plus hautes sphères du pouvoir, celles de l'ancien sultanat encore installé à Istanbul, moribond mais prêt à tout pour sauver ce qui pouvait l'être, et celles du récent gouvernement que le leader Mustafa Kemal avait déménagé à Ankara. Fine mouche, Timuçin Kadir faisait des sourires à Mehmed VI tout en achetant des armes russes qu'il offrait en douce aux nationalistes. Il faisait partie de ces hommes qu'on préférait avoir comme ami que comme ennemi.

Pourtant, lorsqu'on le voyait pour la première fois, et qu'on parvenait à oublier sa taille de géant, on se laissait aisément tromper par le charme affable de son visage d'homme mûr, à qui une barbe brune assez semblable à une fourrure d'astrakan donnait un air d'ours en peluche plutôt débonnaire.

Il avisa les deux jeunes femmes médusées qui l'observaient, s'inclina devant elles avec panache. Hùshì, impressionnée par sa faconde, se cacha à moitié derrière Jezebel tandis que cette dernière, en bonne Anglaise pétrie de savoir-vivre, s'efforçait de répondre à son salut avec dignité.

Le Turc tourna vers Jan Lukas un clin d'œil complice.

— Ha ha, mon ami, mon très cher ami ! Je vois que tu es toujours accompagné par de véritables trésors.

Jezebel ne fut pas certaine d'apprécier la plaisanterie, mais Jan souriait.

— Timy, voici ma jeune épouse, la comtesse Jezebel Tyler, accompagnée de sa dame de compagnie et de notre petite fille, Mary-Leela.

Le géant hurla de rire.

— Quoi ? Tu t'es donc marié ? Et tu as un enfant ? Félicitations, mon cher ami ! *Tebrikler* ! *Tebrikler, arkadaşım*[1] ! Mon cœur t'accompagne ! Venez, chère *kontes*[2], je vous emmène chez moi, où vous ferez la

---

1. Félicitations, mon ami, en turc.
2. Comtesse, en turc.

connaissance de *Lale*[1], ma femme, ma petite tulipe à moi.

Il embarqua tout le monde dans une vieille camionnette De Dion-Bouton qui datait au moins de 1910, dont la remorque était aménagée avec des bancs. Ce véhicule était usé et vraiment brinquebalant, mais le géant n'en était pas gêné, assurant qu'il pouvait se payer n'importe quelle Rolls ou Bentley, mais qu'avec les enfants mieux valait un modèle moins fragile.

Du moins, ce fut ce qu'il cria à la cantonade, en tendant vers l'avant un gros ventre suffisant.

On se répartit tant bien que mal sur les banquettes avant et arrière du véhicule. Le Turc prit la petite Mary-Leela avec lui, l'autorisant à tenir le volant, ce qui la fit sourire aux anges. Ce faisant, il balaya les protestations de sa mère d'une chiquenaude.

— Tout va bien, *kontes*, j'ai l'habitude de conduire avec les enfants. J'en ai huit !

Il les énuméra sur ses doigts, lâchant en même temps le volant et le levier de vitesse. Jezebel le supplia de se concentrer sur la route. Du coup, elle ne retint que le prénom de l'aîné : Uğur.

— Cela signifie bonne chance ! hurla encore le Turc, en clignant d'un œil impertinent.

Ils passèrent sur le pont de Galata au milieu d'une cohue de piétons et de tramways. Toutes les dix secondes, Timuçin Kadir actionnait son avertisseur pour prévenir qu'il arrivait et que tout le monde devait se pousser.

Sur l'autre rive, des ruelles abruptes montaient vers la tour qui avait le même nom que le pont. Le Turc la désigna en expliquant qu'il s'agissait d'un monument

1. Tulipe en turc.

construit par les Génois au Moyen Âge. Sur ses genoux, la petite Mary-Leela avait découvert le fonctionnement de la trompe et s'en donnait à cœur joie.

— Votre hôtel est de l'autre côté de cette colline, hurla le Turc en se tournant vers ses passagers. Je vous y amènerai plus tard. Pour l'heure, allons d'abord chez moi pour que je puisse vous montrer la statuette.

— La statuette ? s'étonna Jezebel, quelle statuette ?

Mais sa question se noya dans les bruits du klaxon et de la ville, et elle finit par l'oublier. Il y avait trop à voir, trop à entendre. Autour de la camionnette, tout n'était que moteurs pétaradants, piétons s'interpellant, marchands ambulants s'efforçant d'haranguer le passant tandis que des ânes brayaient à fendre l'âme.

Kadir habitait dans une maison turque traditionnelle, construite en bois pour résister aux tremblements de terre. C'était une *yali* qui donnait sur le Bosphore. Côté rue, elle affichait deux étages, avec des avancées orthogonales en surplomb et des balcons de bois ajouré. Lorsqu'ils arrivèrent, il joua de la trompe jusqu'à ce que des serviteurs ouvrent en grand une sorte de porte cochère. La De Dion-Bouton se faufila dans une cour pavée. Jezebel mit pied à terre face à un mur recouvert de plantes grimpantes qui délimitait un jardin embaumé par des roses.

— Venez, venez, entrez, invita le géant de sa grosse voix joviale, en écartant les bras pour souhaiter à tous la bienvenue dans sa demeure.

Des enfants accoururent. Effectivement, il y en avait huit. La plus petite avait peut-être l'âge de Mary-Leela. D'ailleurs, les deux fillettes se toisèrent avec beaucoup d'intérêt en l'un de ces duels de regards que seuls les enfants savent parfois faire. L'aîné était un garçon de presque quatorze ans, avec un corps grandi trop vite et un visage encore poupin. Il portait son fez sur l'arrière ce qui, avec sa chevelure aussi abondante qu'indisciplinée, lui donnait un air assez moqueur qui contrastait avec ses bonnes manières.

— Uğur, mon fils aîné, présenta Kadir avec fierté, tandis que l'adolescent s'inclinait docilement devant les invités.

Tout ce beau monde entra dans la maison. Un serviteur vint prendre leurs affaires, un autre leur présenta une cuvette et une aiguière d'eau parfumée à la fleur d'oranger.

— Rafraîchissez-vous, je vous en prie, rafraîchissez-vous mes amis.

Le négociant s'agitait, tapait dans ses mains, appelait sa femme à grands cris. Cette dernière finit par pointer timidement le bout de son nez.

— Voici nos hôtes, ma douce Lale. Amène-nous un café et de quoi les restaurer.

Avec un sourire délicat, la femme s'apprêta à donner des ordres en cuisine lorsque son mari la retint de son éternel rire tonitruant.

— Lale chérie, sais-tu que notre ami Jan Lukas s'est marié à une *kontes* anglaise ? révéla-t-il avec une fierté qui aurait pu faire croire que l'événement lui était arrivé en personne. Regarde-moi ça ! Une « vraie » *kontes* anglaise !

Il prit Jezebel par la main et la fit délicatement tourner sur elle-même. Affreusement gênée, cette dernière n'osa pas refuser, mais elle devint cramoisie. Lale lui sourit gentiment.

Celle-ci était une créature douce, âgée d'une quarantaine d'années, le visage transfiguré par des rides de bonheur. Elle portait une blouse blanche sous un *yelek*[1] brodé

1. Gilet traditionnel turc.

et un sarouel appelé *chalvar*, resserré aux chevilles, dont le bouffant était le même que celui d'une jupe froncée à la taille. Lorsque son époux emmena les invités au salon, elle s'éclipsa en silence pour retourner dans sa cuisine.

— Installez-vous, mes amis, convia le maître de céans. Je vous en prie, mettez-vous à l'aise. Jan, mon ami, assieds-toi donc sur ce divan confortable.

Il montrait un canapé qui occupait toute la longueur d'un mur, recouvert de tapis. Jezebel regarda autour d'elle en retenant une exclamation d'étonnement. Des tapis, il y en avait partout : au sol, bien sûr, mais aussi accrochés aux murs comme d'énormes tapisseries, et aux fenêtres en tant que rideaux. Certains servaient même de nappe sur des tables basses. La plupart étaient des kilims, les autres étaient des persans.

Voyant l'intérêt qu'elle leur portait, Timuçin Kadir lui montra les différences qui les caractérisaient.

— Ceux-ci sont tissés, mais ceux-là sont noués. Les tapis turcs utilisent des doubles nœuds appelés *ghiordes*, les tapis perses sont noués de façon asymétriques, avec des nœuds qu'on nomme *senneh*. Les grands tapis s'appellent des *ghalis*. La plupart sont faits en laine, mais les plus précieux sont mélangés à des fils de soie.

Jezebel en caressa plusieurs, étonnée par l'ambiguïté du velours, qui était aussi rude que doux. Un serviteur vint allumer un feu dans le gros poêle à bois. Le chiot avait été attaché dans le jardin et Mary-Leela kidnappée par le groupe d'enfants. Timuçin Kadir annonça le café.

— Mes amis, dites-moi comment vous le préférez.

Comme Jezebel avouait son ignorance, il lui expliqua les subtilités du café turc : le grain torréfié était moulu très fin, puis mis à chauffer dans une petite casserole spéciale, dans laquelle on pouvait ou non rajouter du sucre.

Jan précisa qu'il appréciait le sien *sade*, c'est-à-dire sans sucre, mais qu'on pouvait aussi le choisir *orta*[1] ou *şekerli*[2].

Un café turc arrivait toujours avec de la pâtisserie, et Lale n'aurait pas osé faire exception à la règle. Aidée de sa plus grande fille, elle amena sur un plateau d'argent un extraordinaire assortiment de sucreries. Jezebel reconnut les loukoums et les baklavas qu'elle avait déjà eu l'occasion de goûter à la capitainerie du port, mais elle ne connaissait pas le *künefe*, un gâteau fait avec du fromage qui se dégustait chaud.

— Mangez, mangez, insista Kadir en ingurgitant pour l'exemple de grosses bouchées d'*helva* au sésame qui maculèrent sa barbe de miettes. Restaurez-vous, reposez-vous. Je vais chercher la statuette.

Pendant son absence, Lale servit les cafés qui embaumaient divinement.

— Ils sont forts, prévint Jan et il fit bien, car Jezebel n'avait jamais bu de café aussi dense, aussi amer, et elle dut retenir une grimace.

— Voilà, fit le négociant en revenant dans la pièce, qui parut à nouveau se rétrécir par sa présence de géant.

Il portait avec précaution une caisse de bois d'une bonne quarantaine de pouces, bourrée de papier journal froissé. Dans ce nid douillet calfeutré de paille reposait un objet plus long que large, soigneusement emballé dans plusieurs épaisseurs de soie.

— Je suis terriblement chagriné qu'Andres Agustin ne puisse la voir. La mort de notre ami est une si grande tragédie. Il m'avait chargé de lui procurer cet objet. C'était sa dernière commande. Il avait remarqué la statuette chez un armateur grec, Rodólphos Ploúsios, lors

1. Dosé d'une cuillère de sucre pour une cuillère de café.
2. Dosé de deux cuillères de sucre pour une cuillère de café.

d'une de ces soirées consulaires qu'il détestait tant. Dès le lendemain, il avait tenté une proposition d'achat, mais il était arrivé trop tard : Ploúsios avait déjà cédé l'objet à une autre personne. À l'époque, Andres n'avait pas eu le temps de continuer ses investigations, la guerre avait rapidement pris de l'ampleur. Il était retourné aux États-Unis en me demandant de chercher à sa place. J'ai pisté la statuette jusqu'à Adana, puis à Alep, et enfin en Syrie. Par la suite, j'ai appris que le mystérieux acquéreur était en réalité un simple intermédiaire qui travaille encore maintenant pour miss Gertrude Bell.

— Gertrude Bell ? s'étonna Jan Lukas. Je croyais que cette femme était essentiellement une espionne pour le compte des Britanniques et, accessoirement pour ce Fayçal devenu récemment le premier roi d'Irak ?

— On dit ça, on dit ça, sourit Timuçin Kadir, mais on dit tant de choses ! Pour ma part, miss Gertrude Bell est surtout une archéologue réputée, et une de mes plus précieuses commanditaires. Elle a commencé à rassembler une très belle collection qu'elle destine au futur musée de Bagdad. Comme elle recherche surtout des antiquités locales, cette statuette d'origine indienne ne l'intéressait pas. Elle a accepté de me la céder.

Il sortit précautionneusement la statue de sa caisse et entreprit de la déballer de son linceul de soie. Bien vite, une étrange figure grimaçante apparut, taillée d'une seule pièce dans un grès très fin rehaussé de peintures.

— *God damned and Bloody Hell* ! jura Jan en proie à une totale stupéfaction. Je n'arrive pas à le croire ! Cette statue est l'exacte jumelle de celle que j'ai offerte au musée d'archéologie de New York il y a quelques mois !

Intriguée, Jezebel se pencha pour essayer d'apercevoir la statue sous un meilleur angle. Ce qu'elle vit la fit à son tour sursauter : la figure grimaçante était une réplique presque parfaite du médaillon Sher-Cîta qu'elle portait autour du cou.

Par réflexe, elle porta la main vers le cercle d'or qui se nichait sur son corsage parmi toute une accumulation de menus colliers. Ses doigts s'en emparèrent, le palpèrent. Elle avait toujours cru qu'il s'agissait d'un fauve en train de rugir, un tigre ou autre lion, mais maintenant elle n'en avait plus la même certitude.

À nouveau, elle regarda la statue. L'artefact représentait un personnage étrange muni d'une tête disproportionnée et de membres épais. Assis dans la position dite du lotus, il portait sur son front une imposante couronne en plumes de paon stylisées. Les détails étaient impressionnants : le visage était un masque atroce, blanc, ouvert sur un mufle animal peint en rouge. Des dents pointues sortaient de la bouche. Les yeux jaunes étaient cruels, la langue écarlate et obscène. De grandes oreilles, semblables à celles d'une chauve-souris, pointaient hors d'une crinière symbolisée par des mèches enroulées comme des escargots. Reposant sur le ventre, les mains étaient osseuses. Garnies d'ongles extrêmement longs, elles ressemblaient à celles d'une bête. Ou d'un démon.

La ressemblance avec le médaillon Sher-Cîta était évidente, impossible de le nier. Le mufle était identique, bestial et cruel, encadré par une crinière enroulée de la même manière et surmontée d'une couronne en plumes parfaitement analogue.

Jezebel essaya de croiser le regard de Jan, mais ce dernier ne s'occupait que de la statue. Un doute affreux la saisit. N'avait-il pas récemment prétendu qu'il n'avait plus du tout l'intention de s'occuper du mystère de la cité perdue ?

Cette pensée la remplit d'une brusque colère. Évidemment, il lui avait menti. Il n'était venu à Istanbul que parce qu'il connaissait l'existence de cette statue. Elle le toisa avec rage, mais il continuait à ne s'intéresser qu'à l'idole, qu'il observait sous toutes les coutures.

– Incroyable ! s'exclamait-il avec enthousiasme. Voici une très belle représentation d'un Rakshasa, ce démon indien qu'on appelle aussi *Maneater*[1]. À n'en pas douter, cet exemplaire est le parfait jumeau de celui que j'avais trouvé dans les collections d'Andres Agustin, et que j'ai offert au musée d'Archéologie de New York. Il faudrait que je puisse les comparer mais, de mémoire, je ne vois aucune différence. D'après la mythologie indienne, les Rakshasas auraient été créés à partir du souffle de Brahma tandis qu'il dormait. Ces démons étaient tellement assoiffés de sang qu'ils auraient commencé à dévorer le dieu qui n'aurait dû son salut qu'à l'intervention de Vishnu. Comme nous pouvons le voir, il s'agit d'une créature laide, méchante, féroce. On dit qu'elle grogne comme une bête. Un démon rakshasa boit du sang comme un vampire d'Europe centrale. Il peut voler et changer de taille à volonté. Andres pensait qu'il s'agissait d'une armée de démons asservis à Kali, la déesse de la destruction. D'après sa théorie, ces démons étaient chargés de récolter des richesses qu'ils cachaient dans une vaste cité légendaire, la fameuse Pachamashutra qu'il a passé sa vie à chercher. Pour lui, cette cité ne pouvait qu'être un gigantesque *kalighat*[2] tombé en désuétude, dont il aurait suffi de déterminer le fleuve sacré pour découvrir son emplacement.

Assis sur son tapis, Timuçin Kadir écoutait cet exposé tout en buvant son café à petites gorgées contentes.

---

1. Mangeur d'hommes.
2. En Inde, un ensemble de marches appelé ghat permet de descendre au contact d'un fleuve sacré, ici dédié à la déesse Kali.

Lorsque Jan replaça la statuette dans son nid de paille, il jubilait :

— Alors, mon ami, il s'agit bien de l'objet que tu recherches ? Andres Agustin m'en avait fait une description détaillée mais, bien sûr, je ne pouvais être totalement certain, car je ne l'avais pas vue avant de la retrouver. C'est tellement navrant que notre ami ne puisse être ici avec nous. Il aurait été si heureux de tenir cette statue entre ses mains. Je m'en souviens très bien, il y attachait beaucoup d'importance. C'est d'ailleurs étonnant, vu comme cette tête est hideuse. Ce n'est pas un bel objet… On pourrait croire qu'il est lié à une malédiction.

— Il n'y a pas de malédiction, coupa Jan un peu trop vivement. Il s'agit uniquement de la représentation d'un démon.

— Tout de même, la mort d'Andres Agustin…

— Andres est mort parce que quelqu'un a saboté son avion ! continua Jan d'un ton sec. Il n'y a rien de surnaturel dans ce fait.

— Non, bien sûr que non, grommela le négociant turc, mais le résultat est là, il est mort, et l'armateur grec également.

Cette fois-ci, Jan ne put s'empêcher d'être stupéfait.

— Es-tu en train de parler du premier propriétaire de la statuette ? Tu dis qu'il est mort. De quelle façon ?

Kadir haussa les épaules.

— C'est la guerre, mon ami. D'un côté, les fidèles du sultan commettent des crimes au nom de l'ordre établi. En face, les nationalistes font la même chose au nom d'une liberté qui n'est toujours que du côté de ceux qui l'ont dans la bouche. Kemal se bat contre les Français en Cilicie et contre les Grecs près du fleuve Sakarya. Dans le même temps, d'autres font des attentats à la bombe ou se livrent à des fusillades meurtrières… La violence est devenue quotidienne. J'ai appris que l'armateur grec avait été retrouvé chez lui, la gorge tranchée. La rumeur prétend qu'il trafiquait avec des marchands d'armes et qu'il s'agit d'un règlement de compte. Moi, je crois surtout qu'on lui a reproché d'être un Grec installé à Istanbul… Il ne fait pas bon être grec en ce moment…

— Je pensais que Constantinople était pacifiée par la présence des Alliés.

— Oh, Constantinople est assurément plus calme que le reste de la Turquie. Tout de même, elle n'offre pas en ce moment de bonnes conditions pour élever des enfants. Lale a peur. Elle me pousse à partir, mais mes affaires n'ont jamais été aussi florissantes. Comment pourrais-je gagner ma vie ailleurs ?

Il avala le fond de café qui restait dans sa tasse et grimaça parce qu'il était froid.

*

Un peu plus tard, lorsque Timuçin Kadir proposa de les ramener à leur hôtel pour qu'ils puissent se reposer, Jezebel n'avait toujours pas décoléré. Elle était si furieuse qu'elle répondait à peine par « oui » ou par « non » aux questions qu'on lui posait.

Durant tout le trajet, elle serra les dents en continuant à se demander comment Jan avait pu lui mentir à ce point. Car de cela, elle n'avait aucun doute, la ressemblance entre le médaillon Sher-Cîta et l'affreuse statue du démon Rakshasa était là pour l'attester, son très cher époux s'intéressait encore à cette horrible cité perdue, cette Pachamashutra infernale qui était à l'origine de tant de morts.

Le mensonge la blessait dans son amour propre, mais plus encore dans son amour tout court. Elle venait de se rendre compte que Jan ne lui faisait pas confiance. Qu'il l'infantilisait. Qu'il ne lui parlait que de choses futiles, légères, sans importance, comme si elle n'était qu'une idiote écervelée. À croire qu'il ne voyait en elle qu'une bouche à embrasser, un corps à qui faire l'amour !

Voilà. Il l'avait trahie avec ses baisers de Judas.

« Non mais quel menteur ! » ragea-t-elle en regardant par la fenêtre de la vieille camionnette brinquebalante sans rien voir du magnifique paysage stambouliote pourtant rutilant de soleil.

« Quel menteur ! Quel menteur ! »

Devait-elle croire que tout dans son comportement était faux ? Lui avait-il menti pour d'autres choses ? Ne lui avait-il pas dit lui-même qu'il y avait eu trop de morts ? Comment pouvait-il oublier Andres Agustin, Michael Deckard, Charu ? Ils avaient été ses amis. N'avaient-ils eu aucune importance à ses yeux ? Combien de cadavres lui faudrait-il ramasser avant de laisser cette fichue cité hindoue dans le définitif oubli de sa jungle ?

Elle étouffa un sanglot dans son mouchoir, mais Jan ne remarqua rien. Il était perdu dans ses pensées, uniquement occupé à tenir sur ses genoux la caisse qui contenait l'horrible statuette.

Jezebel lui en voulut plus encore.

Lorsqu'ils arrivèrent à l'hôtel, elle s'extirpa de la camionnette en dédaignant la main qu'il lui tendait. Elle fit face au Pera Palace, l'humeur tellement combattive qu'elle fut presque déçue de contempler une aussi belle façade.

Le Pera était bien connu des Européens les plus fortunés. Placé dans le quartier de Taksim qui lui permettait d'offrir à ses riches clients une vue imprenable sur le Bosphore, il s'élevait sur huit étages et ressemblait à un cube gigantesque posé sur le ciel. De petits balcons couraient sur toute sa hauteur. L'entrée principale était semblable à une scène de théâtre. En tout cas, elle en avait les mêmes couleurs rouge et or, qui rutilaient sous le lustre monumental placé au milieu de quatre coupoles en vitraux bleus.

Évitant de croiser le regard que Jan posait maintenant sur elle, elle passa la porte tambour en acajou et s'immobilisa au milieu du hall pour attendre le groom et son chariot à bagages. La colère faisait remonter tous ces petits gestes appris au cours de son enfance à l'institut pour jeunes ladies de Chelseahall House. Ah, puisqu'il la présentait partout comme une comtesse anglaise, eh bien, elle allait lui en donner de la comtesse anglaise pétrie d'*establishment*, dénuée de sentiments, froide comme un glaçon ! Oui, elle allait lui apprendre ce qu'était l'aristocratie, à ce voyou américain, ce parvenu !

Un liftier en livrée rouge les amena au sixième étage, dans un appartement semblable à celui qu'ils avaient occupé au Raffles Hotel de Singapour. La disposition en était presque identique : salon spacieux encadré par deux chambres munies chacune d'une salle de bains individuelle. Seule différence, un petit balcon ouvrait sur la mer de Marmara, bleue, si bleue.

Non sans amertume, elle se dit que le luxe était un langage universel qui s'affichait de la même façon partout dans le monde, à coup de tableaux précieux, de tissus précieux, de bois précieux… Dans la salle de bains, le tub lui parut si grand qu'elle imagina sans peine deux géants s'y baigner ensemble.

Le bagagiste déposa leurs malles dans le vestibule avant de tirer les rideaux pour bien montrer la vue magnifique qui courait sur les toits d'Istanbul jusqu'au Bosphore, et plus loin encore.

Jezebel s'arrêta devant ce paysage sublime, au bord des larmes. Sur le cargo chinois, elle s'était fait une telle joie de découvrir Constantinople. Or Jan ne se préoccupait pas d'elle. Il ne bichonnait que sa précieuse statuette, qu'il était justement en train d'enfermer dans le coffre. Elle eut un soupir excédé. Hùshì vint lui prendre Mary-Leela des bras. La petite Chinoise la connaissait bien et sentait venir l'orage. En bredouillant qu'il était l'heure de prendre un bain, elle courut avec le chien sur les talons vers la chambre d'enfant. Lorsque la porte se referma, le couple se retrouva seul.

Jezebel fit face à son mari avec rancœur. Jan était en train d'accrocher son panama à une patère. Il ôta son veston, son gilet de soie, déboutonna entièrement sa chemise, et lui dit :

— Bien, l'hôtel est parfait. Je te l'avais promis, la suite de notre voyage se fera dans des conditions nettement plus agréables que sur le cargo chinois. J'écrirai plus tard une lettre au maharaja de Mahavir pour le remercier de sa générosité. As-tu déjà pris l'Orient-Express ?

Était-il en train de se moquer d'elle ? Elle riposta d'un ton sec :

— Bien sûr que non ! Ne fais pas comme si tu ne connaissais pas tout de ma vie.

Il vint vers elle, l'étudia de son regard gris qu'une certaine dureté rendait brusquement couleur d'acier. Elle recula. Il l'attrapa par la main. Elle tenta de se libérer. Elle avait voulu la guerre, mais à l'heure de la confrontation, elle n'en avait déjà plus le courage. Il était trop beau, trop intimidant.

— Je… Je dois défaire les bagages, balbutia-t-elle, en détournant le visage.

Il ne la lâcha pas. Au contraire, il l'obligea à lever le menton pour mieux s'enfoncer dans ces yeux qu'elle cherchait à lui refuser.

— Les bagages peuvent attendre.

— Laisse-moi, dit-elle en cherchant à le repousser.

— Tu es fâchée or je ne sais pas pourquoi. Ne veux-tu pas me le dire ?

— Tu sais très bien ce qu'il y a, répondit-elle avec mauvaise foi.

— Je t'assure que je ne vois pas.

Pour elle, ce fut trop. Adieu principe de self-control, froideur anglaise et bonnes manières : elle explosa littéralement.

— Je n'arrive pas à croire à quel point tu m'as menti !

— Je t'ai menti ?

Ton calme. Étonné. Elle hésita, reprit de plus belle, parce qu'il fallait que ça sorte.

— Cesse de me dire que nous sommes venus à Constantinople par pur hasard ! Ce voyage n'est qu'une odieuse manigance de ta part. Depuis que je te connais, tu ne fais que mentir, toujours mentir, je te déteste.

— Tu me détestes parce que je me suis arrangé pour qu'on passe par Istanbul ? Te rends-tu vraiment compte qu'avec l'Orient-Express, nous gagnerons plus de quinze jours sur le voyage initialement prévu ? C'est vraiment…

— Tu m'as menti ! coupa-t-elle, ne sachant rien dire d'autre.

— Je ne vois pas en quoi, *sweet heart*. J'ai juste voulu te soustraire aux deux sbires que von Rosenheim nous avait envoyés. Que me reproches-tu exactement ? De les avoir semés ?

— Je ne te parle pas de ces deux imbéciles ! Je te parle de la statuette indienne.

Cette fois-ci, il accusa une certaine surprise. Elle continua, presque triomphale.

— Me crois-tu donc stupide ? J'ai vécu presque toute ma vie avec un archéologue complètement dingue de cette fichue cité perdue, je n'ai absolument pas envie de réitérer cette expérience. Il en est mort, Jan ! Tout comme Agustin. Libre à toi de les rejoindre dans leurs tombes, mais je ne te suivrai pas sur ce point. Tiens, je te rends le Sher-Cîta. Tu risques d'en avoir plus d'usage que moi !

Avec un geste de colère, elle arracha le médaillon qu'elle portait autour du cou et le lui jeta au visage. Puis elle courut se réfugier dans la chambre à coucher, où elle s'enferma à double tour.

Il la poursuivit, frappa à la porte.

— Jezebel, ne sois pas stupide, ouvre-moi. Je ne sais pas ce que tu t'es imaginé, mais…

Elle cria.

— Va-t-en.

— Jezebel, je veux te parler.

— Laisse-moi ! Va-t-en. Je vais prendre un bain. J'ai besoin de réfléchir.

Elle courut dans la salle de bains où elle ouvrit en grand les robinets de la baignoire. Tandis que l'eau coulait bruyamment, elle tenta de se calmer en se mouillant le visage à l'aide d'un mouchoir. Elle avait l'impression d'avoir de la fièvre, mais ce n'était que la rage et le chagrin qui coloraient ses joues.

Jan tambourina de plus belle à la porte.

— Jezebel, ouvre-moi.

Elle se boucha les oreilles, mais il continua son tapage.

— Jezebel, crois-tu vraiment qu'une porte suffira à nous séparer ?

— Casse-la si tu veux, cela ne changera rien à rien. Tu m'as menti ! Tu m'avais promis de ne plus t'occuper de cette cité du diable ! Tu m'avais dit qu'elle avait déjà fait trop de morts ! Mais tes promesses ne sont que du vent. Je crois que depuis que je te connais, tu n'as toujours fait que me mentir. Va-t-en. Je ne veux plus te voir.

— Jezebel, reprit-il avec un ton qu'il forçait à la patience, je ne t'ai pas menti. Je n'ai pas l'intention de chercher cette cité. Je te l'ai déjà dit, Pachamashutra était le combat d'Andres, non le mien. Ouvre cette porte. Discutons les yeux dans les yeux. Tu verras que je ne te mens pas. Pourquoi devrais-je te mentir sur ce sujet ? Quel serait mon intérêt ?

Elle hésita. À son corps défendant, elle commençait à trouver son ton sincère. Cela la rendit encore plus furieuse.

— Non ! Tu ne m'embobineras plus. Comment oses-tu me dire que tu ne t'intéresses pas à cette cité alors que tu as tout de même acheté cette statue ?

Il garda le silence quelques secondes, avant de reprendre.

— Franchement, c'est ridicule de nous parler à travers une porte. Ouvre-moi. Je ne t'ai pas menti. Je te le jure. Que voulais-tu que je fasse ? Andres avait passé cette commande bien avant que je ne l'accompagne à Calcutta fin 1918. Je me devais d'honorer le contrat. En affaire, il est nécessaire d'avoir un minimum de rigueur. Si on ne respecte pas les accords, les prestataires qui te sont fidèles se détournent vite de toi et travaillent avec les concurrents. Je ne t'ai pas menti. Il faut me croire, *mi querida*.

Le traître ! Quelle méchante trouvaille que de l'appeler par ce petit nom qui lui rappelait leurs tangos, joue contre joue, leurs caresses brûlantes, et tous ces gestes d'amour qui les attiraient irrépressiblement l'un vers l'autre. Le visage en feu, elle ne sut quoi répondre. Elle se sentait de plus en plus idiote.

S'observant dans un miroir, elle vit une image qui ne lui plut guère, celle d'une harpie échevelée, au teint rouge, aux yeux flamboyants. Elle soupira. D'accord, il ne lui avait peut-être pas entièrement menti, mais ne valait-il pas mieux en avoir le cœur net ?

Elle marcha jusqu'à la porte, l'ouvrit avec brusquerie. Jan la regarda comme s'il la voyait pour la première fois. Elle lui apparut nerveuse, décoiffée, le regard empli de larmes. Il tendit la main, lui caressa la joue.

— Je ne peux pas supporter l'idée que tu veuilles à nouveau t'enfuir, lui dit-il d'une voix où ne perçait aucune arrogance. Pourquoi veux-tu constamment me quitter ? Pourquoi ne parvenons-nous pas à nous parler ?

— Je déteste l'idée que tu m'aies menti.

— Je ne t'ai pas menti, *mi querida*. Cette statuette ira rejoindre sa sœur jumelle au musée d'Archéologie de New York. Que faut-il que je te dise pour que tu me croies ?

Elle pencha la tête, se cachant derrière ses cheveux défaits.

— Je ne veux pas te perdre, toi aussi.

— Aussi n'ai-je pas l'intention de mourir, dit-il en renouant avec son ironie habituelle. Tiens, je te rends le médaillon. Je sais que tu y es attachée.

Il lui prit la main, déposa le Sher-Cîta dans le creux de sa paume. Elle ne put s'empêcher de remarquer :

— Depuis le début, je croyais qu'il s'agissait d'un tigre en train de rugir mais c'est en réalité un démon.

— Je te fais remarquer que, là, c'est toi qui relances le sujet.

— Pardon ! Pardon.

Il l'embrassa. Une lueur irrévérencieuse dansait au fond de ses yeux gris.

— Ne voulais-tu pas prendre un bain ?

Elle se rappela les robinets en train de couler, se précipita vers la baignoire pour les fermer. Lorsqu'elle se redressa, il était dans son dos, à respirer le parfum de ses cheveux.

— Et si je te servais de femme de chambre ? chuchota-t-il en l'enlaçant. Laisse-moi déboutonner ta robe.

Il caressait déjà ses seins, son ventre. Elle ferma les yeux, de moins en moins fâchée au fur et à mesure que le désir montait dans son corps.

— Je t'aime… chuchota-t-elle, éperdue. Je t'aime beaucoup trop.

— On n'aime jamais trop.

*

Les heures suivantes furent un enchantement, à croire qu'il fallait se disputer pour se relever encore plus amoureux.

Ils firent l'amour. Lentement. Suavement.

Puis lorsqu'ils furent rassasiés l'un de l'autre et qu'ils n'éprouvèrent plus autant le besoin de se caresser, de s'embrasser, de se respirer, mais plutôt d'ingérer une nourriture plus terrestre, ils firent monter un plateau garni de mezze[1] qu'ils dégustèrent sur le petit balcon, les yeux tournés vers le magnifique panorama.

La ville s'ouvrait comme une fleur, coupée en deux par son cœur vivant et palpitant, le Bosphore. Au loin se devinaient des collines bleutées noyées dans un ciel tout aussi bleu.

Ils s'installèrent en famille autour des coupelles remplies de *sarma*[2], de *çaçik*[3] et autres *cilbir*[4], avec la petite

---

1. Ensemble de plats servis traditionnellement en cuisine levantine. Le Levant comprend plusieurs pays tels que l'Égypte, la Turquie, la Syrie… regroupés sous une seule entité dans l'Empire ottoman.
2. Feuilles de vigne roulées et farcies de viande hachée.
3. Courgettes cuites dans une sauce au yaourt.
4. Œufs pochés sur lit de yaourt.

Mary-Leela ragaillardie par une sieste et Hùshì qui observait cette nourriture inconnue d'un air très circonspect.

Plus tard, ils se firent très élégants et partirent à pied à la découverte du vieux *Stambul*. Hùshì jouait son rôle de *nanny*[1] à la perfection en poussant une voiture d'enfant louée à la réception. Mary-Leela y était installée dans un nuage de dentelles, sage comme une image. Elle serrait contre elle son gros éléphant de moleskine bleue, ainsi que le chiot telomian dont elle avait refusé de se séparer. La scène était si mignonne que la plupart des passants s'arrêtaient pour l'admirer, et tous s'extasiaient devant son beau teint de caramel, ses extraordinaires yeux verts et sa robe rouge décorée de dragons.

Ils visitèrent l'incontournable Sainte-Sophie, si grande, si majestueuse, puis la mosquée Bleue, dont le fabuleux décor en faïence d'Iznik ne pouvait que forcer l'admiration. Ils parlèrent un peu d'archéologie, et beaucoup d'histoire. Jezebel était émue. Lorsqu'elle était enfant, son parrain lui montrait des gravures qui représentaient Byzance et lui parlait des fabuleux trésors architecturaux que recelait cette antique cité. Elle n'avait jamais imaginé qu'un jour elle puisse les observer en vrai.

— Finalement, nous avons eu de la chance, railla Jan avec son habituelle morgue. Si ton parrain n'était pas tombé amoureux des premières civilisations indiennes, peut-être se serait-il tourné vers les mystères des Templiers ou ces autres sociétés secrètes. Tu n'aurais alors pas eu le bonheur de me rencontrer, car tu n'aurais jamais voyagé jusqu'en Inde.

Elle s'appuya plus fort à son bras.

---

1. Bonne d'enfant, en anglais.

— Peut-être nous serions-nous tout de même rencontrés ici, à Constantinople ? Après tout, tu y es venu à plusieurs reprises. Nous nous serions vus, là, face à la Corne d'Or, et nous nous serions plu dès le premier regard…

— Puis tu aurais passé ton temps à me fuir, comme tu l'as fait à Calcutta, grommela-t-il.

— C'est parce que j'avais peur de t'aimer.

— Ah ça, si madame la comtesse a peur d'aimer…

Elle protesta en riant.

— Je n'avais pas peur d'aimer, mais de t'aimer toi ! Ce n'est pas la même chose !

— Je ne suis pas certain d'apprécier cette dernière remarque.

Elle posa la tête contre son épaule, ferma à demi les yeux.

— D'accord. Alors disons plutôt que j'avais peur de devenir entre tes mains savantes une sorte de marionnette…

— J'ai donc des mains savantes…

— Oh, tu as aussi une bouche incroyablement irrévérencieuse, lâcha-t-elle avec étourderie.

Il rit.

— Continue. J'aime vraiment ta façon de me dire pourquoi tu ne voulais pas m'aimer.

— En réalité, tu m'as toujours paru être un capitaine qui tient trop fort la barre.

Il gloussa carrément, et elle rattrapa son propos ambigu en levant vers lui de grands yeux faussement candides.

— Je parle bien entendu de cette façon que tu as de diriger ma vie.

Elle était devenue écarlate. Il rit de plus belle, incroyablement heureux.

— Je ne l'entendais pas autrement. Néanmoins, je crois y deviner un grief. Que reproches-tu donc à ma façon de tenir la barre ?

— Parfois, elle ne tient pas assez compte de mon avis.

Il la serra contre lui, envahi de tendresse.

— D'accord, je m'efforcerai de te consulter davantage dorénavant.

Ils avaient changé de quartier et admiraient la vue qui s'offrait depuis le palais de Topkapi. Ensuite, ils se promenèrent dans des jardins chargés de figues et de grenades, que parfumaient les dernières roses avant l'hiver. À l'heure du thé, ils goûtèrent – avec tout de même un peu de réticence – ce que les Turcs appelaient du *kororec*[1]. Il fallait être aventureux, car savoir de quoi il s'agissait n'incitait guère à l'apprécier. Déclarant rapidement forfait, ils se rabattirent sur des *balik ekmet*[2] dont le goût correspondait mieux à leur palais occidental.

En fin d'après-midi, lorsque la fraîcheur de la mer s'éleva sur la vieille cité en même temps que des bandeaux de brume, ils remontèrent la grande rue de Pera pour faire leurs emplettes. Jan avait prévenu qu'ils risquaient d'avoir froid lors de leur voyage dans l'Orient-Express : le train traverserait les plaines de la Bulgarie, possiblement couvertes de neige, les forêts rocheuses de la Croatie, puis les montagnes glacées de la Slovénie. Jezebel devint rêveuse. Il était difficile d'imaginer l'hiver alors que le climat doux de Constantinople amenait surtout des envies de sorbets, de soie vaporeuse, de coton léger et d'éventails colorés.

---

1. Intestin de mouton parfumé aux épices grillé sur barbecue et haché.
2. Sandwich de poisson.

Il fallut pourtant se décider à acheter des manteaux et des robes de laine, aussi allèrent-ils dans le Grand Bazar, qui avait la réputation d'être le plus grand marché couvert du monde.

Là, dans ce labyrinthe où il était possible de se perdre, tout et n'importe quoi se vendait : des paniers colorés, des lanternes, des cuirs de Cappadoce, des tissus craquants, des sacs et des gibecières, des poignards à manche d'argent, des bijoux plus ou moins précieux, des foulards et des fourrures importées de Russie.

Jezebel allait d'une échoppe à l'autre, émerveillée par la profusion de marchandises qui s'accumulaient dans chaque recoin en un joyeux capharnaüm. Dans son enthousiasme, elle tirait Hùshì par la manche, qui en perdait un peu de sa réserve toute asiatique pour admirer avec elle ces trésors sans fin.

Jan les suivait légèrement en retrait. Il trouva sa femme plus belle que jamais, avec son rire enfin heureux, et son regard brillant qui évaluait chaque chose comme un peintre caresse son modèle.

Ce soir, sans doute dessinerait-elle de mémoire quelque scène qui l'aurait interpellée, et il la regarderait manier ses pastels, attendri par son visage appliqué. À force de l'observer, il se découvrirait ensuite des fourmis dans les mains et n'aurait plus qu'une envie, s'approcher pour la caresser, lui voler un baiser, la serrer contre lui, l'embrasser encore et encore.

La promenade s'étira en une succession d'instants précieux qu'il rangea dans sa mémoire comme un trésor : Jezebel essayant un chapeau, Jezebel buvant un jus de grenade, Jezebel riant de son reflet déformé par un vase de cuivre, Jezebel plongeant le nez vers un sac d'épices et s'en relevant avec de la poudre de curcuma sur le bout du nez, Jezebel essayant un manteau de satin brodé doublé d'astrakan. Jezebel. Sa femme.

Le marchand de peaux était un Turc affublé d'énormes moustaches. Il déballait ses fourrures en les caressant comme si elles étaient encore vivantes. Il proposait de tout, des renards blancs ou gris, des loups cerviers, des martres, de l'hermine, mais aussi du chinchilla et du castor. L'Empire ottoman traitait depuis longtemps avec les Russes, les Moldaves et les Polonais. Les fourrures servaient à doubler les caftans de la cour, et le sultan distribuait le droit de porter le poil de telle ou telle bête comme d'autres monarques accordaient des décorations. Un grand vizir ne se concevait qu'en zibeline, les premiers dignitaires du sérail en hermine. Même la sultane favorite avait droit à sa pelisse. Jezebel écoutait cet exposé en tournoyant follement, le nez grisé par les parfums de musc et d'ambre crémeux qui imbibaient les cuirs.

Les manteaux étaient somptueux, fourrés de toisons voluptueuses, taillés dans des brocards de soie, des velours, des taffetas craquants délicatement rehaussés de perles et de fils d'or. Amples comme des kimonos, ils copiaient les modèles du grand couturier Poiret, dans lesquels les femmes s'emmitouflaient avec une élégance théâtrale toute parisienne.

Jezebel en essaya un en velours rouge fourré de renard noir, à la traîne carrée, orné sur le pourtour d'un lamé or et noir. Elle l'assortit d'une toque brodée qui ressemblait à la coiffure d'un grand Khan. Le marchand houspilla ses apprentis pour qu'ils tiennent devant elle un miroir sans pieds, mais elle n'y jeta qu'un vague coup d'œil. Elle ne voulait se voir que dans les yeux de Jan.

« Qu'il me trouve belle, toujours, toujours, toujours. »

Lui s'amusait de la voir aussi frivole. C'était un aspect qu'il ne connaissait pas encore, tant ils n'avaient fait que fuir les dangers que la vie semait sur leur route. Il repensa à ce qu'il lui avait lui-même imposé : les Sundarbans, la mangrove, la boue, les marécages, les insectes, manger du serpent et des œufs de tortue pour ne pas mourir de faim… Peut-être par honte, peut-être pour essayer de se racheter, il joignit à la commande une *pashmina*[1] d'Anatolie, moitié en laine de Cachemire, moitié en soie, qu'il drapa lui-même autour de son cou, moins pour la réchauffer que pour le plaisir d'effleurer ses épaules de ses doigts amoureux.

Le soir, ils dînèrent sur le toit-terrasse du célèbre Konyali Restaurant où ils mangèrent de l'agneau à l'ottomane devant un spectacle de derviches tourneurs. En arrière-fond se découpait le palais de Topkapi sur une mer de Marmara qui prenait des tons d'encre bleue. Le soleil était une boule de feu peu à peu mangée par la mer. Dans l'air flottaient les appels des muezzins, les cris des mouettes plongeant dans les sillages des bateaux, et la musique répétitive des danseurs soufis qui conduisait à l'hypnose.

Peu à peu, la nuit s'étendit, douce et parfumée. La petite Mary-Leela s'était endormie dans son landau, les bras serrant le chiot Mìmì qui ronflait. Hùshì les veillait tous les deux en dégustant avec délicatesse un dessert inconnu. Ils regagnèrent l'hôtel en calèche. Jan proposa de boire un dernier verre au bar. Hùshì s'éclipsa pour s'occuper des petits.

Un orchestre jouait un air de charleston directement importé des États-Unis. Quelques danseurs s'agitaient

1. Étole extrêmement douce.

sur le parquet blond. Jezebel en eut les yeux brillants. Jan lui prit la main et l'emmena sur la piste. Ils se trémoussèrent en riant comme des fous, et fredonnaient encore lorsque le liftier les ramena à leur étage.

— Mon dieu, soupira Jezebel, je crois que je n'ai jamais été aussi heureuse de ma vie.

Ils tombèrent sur leur lit et commencèrent à se déshabiller. Par la fenêtre, ils voyaient une lune couleur de miel traverser le ciel d'Istanbul.

*

Le lendemain, ils embarquèrent vers seize heures dans leur wagon-lit de l'Orient-Express. La réservation avait été faite par Mukhy Aadamee au nom du maharaja. Elle comprenait deux cabines avec des couchettes superposées, et un salon commun. Jezebel et Hùshì s'extasièrent de bout en bout.

L'Orient-Express était une légende qui n'avait rien d'usurpé. Le luxe de la décoration, le détail des finitions, et même à l'extérieur les peintures bleu nuit ornées d'un liseré or concouraient à en faire un palais roulant pouvant aisément rivaliser avec n'importe quel palace.

Le « roi des trains », ou « le train des rois », comme on l'avait surnommé, était équipé par ce qui se faisait de plus moderne : le chauffage était central, les cabinets de toilette disposaient de l'eau chaude, et l'éclairage était électrique.

L'intérieur était cosy et les lits impeccablement dressés avec des draps en soie. Des peignoirs étaient proposés sur une patère, marqués du sceau de la compagnie, ainsi que les serviettes près de la cuvette en marbre gris. Les sanitaires étaient taillés dans la même matière précieuse, tandis que la moindre coupe était en cristal recouvert d'argent.

De magnifiques panneaux de verre assuraient une décoration précieuse, signée par René Lalique en personne, tandis que des marqueteries de bois précieux encadraient les fenêtres. Comble du standing, une sonnette permettait d'appeler à toute heure du jour et de la nuit un membre du personnel de la Compagnie des wagons-lits.

Ce luxe attirait parfois les convoitises. Sur le quai, avant le départ, les voyageurs échangèrent des anecdotes qui firent frissonner les dames. On parla à mots couverts de brigands de grands chemins, de braquages sanglants comme dans l'Ouest américain, de meurtres, de vols et même de prises d'otages.

Jan avait à nouveau sorti de son bagage son colt Smith & Wesson pour le passer à sa ceinture, sous sa veste. Devant le regard inquiet de Jezebel, il s'était fendu d'un baiser rassurant.

— Toutes ces histoires à faire peur sont grandement exagérées, mais je suis comme tout le monde, je préfère être prudent.

— Tout de même, remarqua-t-elle, je trouve que tu aimes un peu trop être armé.

— *Darling*, je suis américain ! Dans chaque Américain sommeille toujours un conquérant prêt à partir pour l'Ouest. L'as-tu remarqué ? Nous partons bel et bien vers l'ouest. À nous les tribus sauvages, les ours sanguinaires et les loups assoiffés de chair humaine !

Une fois de plus, il se moquait, et elle se vengea en l'attaquant à coups d'oreiller. Il la jeta en travers d'un lit, tomba sur elle.

— Au fait, quelle couchette choisis-tu ?

Elle regarda les deux lits superposés, qui étaient aussi étroits l'un que l'autre.

— Où dormiras-tu ? l'interrogea-t-elle en retour.

— Cela m'est égal, répondit-il en haussant les épaules. En haut peut-être ?

— D'accord, j'irai en haut.

— Je prendrai alors celle du bas…

— D'accord, fit-elle en singeant son accent américain. J'irai en bas.

Il la prit dans ses bras, enroula ses doigts dans son chignon pour jouer un instant avec ses boucles comme avec un trésor.

— *Sweetie*, que choisis-tu en fin de compte ?

Elle se perdit dans ses yeux gris.

— C'est pourtant simple, sourit-elle. Je prendrai la couchette que tu prendras.

Il eut un rire heureux.

— Tout de même, ne serons-nous pas un peu serrés ?

— C'est indéniable, mais nous serons dans les bras l'un de l'autre.

Il se pencha, l'embrassa à pleine bouche.

— Sais-tu que je t'aime ? chuchota-t-il.

Elle répliqua avec beaucoup de mauvaise foi.

— Non, je ne le sais pas. Je veux que tu me le répètes encore, et encore, et encore.

Le voyage dura deux nuits, deux jours, qu'ils passèrent au fond de leur couchette, hormis pour se rendre au restaurant.

Deuxième partie

Un galop américain

25 octobre 1921 – New York
septembre 1924 – Huntington

10

25 octobre 1921
États-Unis

— New York ! New York !

Le cri se propagea de cabine en cabine, enfla sur les dix ponts, entra dans toutes les conversations, fut sur toutes les lèvres.

Les passagers les plus matinaux se précipitèrent vers les bastingages pour s'y appuyer et regarder au loin la ligne ténue qui séparait brusquement le ciel de la mer. L'aube se dessinait à peine. Il faisait beau, mais un halo de brume nimbait le lointain, donnant à cet horizon une étrange couleur d'acier.

Jezebel ne cacha pas son excitation. S'enroulant dans un drap, elle voulut se lever, mais Jan la retint en riant.

— Pas de panique, *honey*, New York ne risque pas de disparaître du jour au lendemain.

Elle se débattit par jeu, mais il savait comment la faire se tenir sage, ou pas, et il glissa sous le drap des mains savantes qu'elle tenta de repousser en affichant un air comique, car elle voulait voir la ville se dessiner dans le lointain, tout en se faisant cajoler.

Jan ne pouvait qu'en rire. Il se moqua en lui embrassant un sein qui, coquin, s'était échappé du drap et se dressait vers ses lèvres en friandise tentatrice.

— Toi, tu ne sais toujours pas ce que tu veux.

— Mais si, protesta-t-elle en s'offrant à la voluptueuse caresse avec de petits soupirs de bien-être, c'est juste que je veux tout… tout… tout…

— Eh bien, dans ce cas, je vais au moins essayer de te satisfaire sur un point !

Et il se pencha pour mordiller suavement le téton durci qui n'attendait que ça.

Ils firent l'amour, jusqu'à ce que le plaisir les cloue sur le lit, encore noués l'un à l'autre, mais l'esprit déjà vagabond. Jezebel devint brusquement mélancolique. Le beau voyage s'achevait et il avait été trop rapide. Sept jours merveilleux s'étaient déroulés sans qu'elle parvienne à en décrire la météo : beau ou pluvieux ? Doux ou glacial ? Elle n'avait que des souvenirs de caresses, de baisers, de corps-à-corps charmants, de dînettes sur le pouce, de culbutes dans des draps de soie et des oreillers de plume.

Ils venaient sans doute de faire l'amour pour la dernière fois sur le *Paris*, ce magnifique paquebot transatlantique français, décoré par Louis Süe et René Lalique, et surnommé l'« aristocrate de l'Atlantique ». Prise de vague à l'âme, elle se redressa pour regarder au travers de la fenêtre[1]. Elle regrettait que le voyage touche à sa fin tant elle avait été ici heureuse et comblée. Maintenant, ils arrivaient à New York, et l'inconnu était à nouveau au rendez-vous.

Qu'allait-il se passer ? Aimerait-elle cette ville dont elle ne connaissait rien, hormis quelques vagues images aperçues ici et là dans des journaux, qui parlaient surtout de verticalité vertigineuse et de dimensions hors normes ?

Elle s'habilla sans hâte. Son excitation était retombée, elle ne ressentait plus la même urgence. Jan se pencha sur

---

1. Les cabines de première classe sont équipées de fenêtres carrées, et non de hublots.

son épaule dénudée, qu'il suivit de la main tandis qu'elle enfilait un bas de soie.

— Inquiète, *my love* ?

Elle se retourna brusquement, l'enlaça de ses bras, de ses jambes, pour se coller contre son buste, ses hanches, et ne faire qu'un seul corps à jamais uni.

— M'aimeras-tu toujours, au milieu de toutes ces belles New-Yorkaises ? Dis, m'aimeras-tu ?

Cela ressemblait au caprice d'un enfant, mais il adorait ce besoin qu'elle avait de lui. Il enfouit son visage dans le creux de son cou, respira à pleines narines son parfum de violette enrobée de jasmin.

— Ma douce, il faudra tout de même un jour que tu te rendes compte du pouvoir que tu as sur moi. Tu es ma reine de Saba, je suis ton Salomon.

Elle lui frappa le buste de ses petits poings pour bien marquer son indignation.

— Oh, mais cette reine est venue à Salomon, puis elle est repartie ! Est-ce donc ce que tu souhaites que je fasse ?

— Ha ha, s'exclama-t-il avec beaucoup d'amusement, j'oublie parfois que tu as été élevée par un grand archéologue ! Bah, je faisais plutôt allusion à la kabbale qui présente cette reine comme une puissante magicienne, mi-djinn, mi-humaine. Parce que c'est indéniable, *my sweet love*, tu m'as ensorcelé, je suis pieds et poings liés devant ton pouvoir infini…

Il se moquait et elle s'esclaffa à son tour, en prétendant qu'il exagérait toujours tout.

— Je sais bien que ce n'est pas vrai, les hommes ne sont jamais des esclaves, au contraire des femmes, qui le sont dès leur naissance. Tout de même, je l'avoue, j'aime bien cette idée… Lorsque nous nous sommes rencontrés, et que tu m'énervais avec ta volonté de m'aimer comme cela, pour le seul plaisir, j'avais juré que je te mettrais à genoux. Oui, à genoux, ajouta-t-elle devant ses hurlements de rire, en lui martelant la poitrine de plus belle.

— Je ne sais pas de quoi je dois rire le plus, *honey* ! De l'amour que tu t'étonnes faire par plaisir, ou de cette envie de me mettre à genoux ?

Elle prit un coussin, le lui jeta à la tête, et ils finirent par se battre par jeu, en roulant sur les draps sens dessus dessous. Jan se défendait mollement afin d'avoir le plaisir de la voir le dompter, et bien sûr ils finirent par s'embrasser, jusqu'à ce que la corne de brume du *Paris* se mette à retentir, annonçant qu'on voyait l'Amérique. Alors elle s'échappa des bras qui tentaient encore de la garder et continua à s'habiller.

Les mains croisées sous sa nuque, il la regarda enfiler une robe de promenade qui s'arrêtait au-dessus de la cheville, qu'elle avait fait faire par la couturière du bord suivant un patron des Dernières Modes de Paris. D'une jolie couleur bois-de-rose, le corsage en voile descendait un peu plus bas que la taille et soutenait une tunique plissée assortie. Les hanches étaient marquées par un ruban de velours noir, tandis que la sous-jupe, les manches et le col étaient en serge du même ton, agrémentés d'un biais en voile.

Comme elle en avait l'habitude, elle mêla le médaillon Sher-Cîta qu'elle ne quittait pas à quelques menues chaînettes qui lui donnaient plus encore cet air de reine de Saba un peu trop blonde, attrapa une étole garnie de renard et, quelques minutes plus tard, se frayait un chemin parmi les autres passagers venus s'accouder face à l'océan.

Presque aussitôt, elle eut le souffle coupé par un vent facétieux qui ne pensait qu'à la décoiffer. Jan la rejoignit après quelques minutes et lui passa un bras autour des épaules. Il s'était jeté avec une hâte un peu brouillonne dans un pantalon de laine couleur poil de chameau, une belle chemise blanche dont il avait retroussé les manches et un gilet au revers de soie qui lui donnait un air follement élégant. Elle se haussa pour lui chuchoter à l'oreille son éternel compliment :

— Tu es très beau.

— Bah oui, depuis que je te connais, je m'efforce de décorer ton bras d'assez belle manière.

C'était devenu leur jeu. Elle se mit à rire avec bonheur. Il ne lui manquait que sa fille pour parachever ce moment, or les dieux durent l'entendre car, à cet instant, Hùshì sortit de la cabine qu'elle partageait avec l'enfant, les repéra et vint vers eux, la fillette trottinant à ses côtés. Mary-Leela serrait très fort son nouveau doudou, l'éléphant de moleskine bleue qu'elle avait baptisé « monsieur *Lán* », un nom chinois qui signifiait « monsieur Bleu », tout simplement.

Apercevant sa mère, elle l'appela :

— *Māmā*, *Māmā* !

Jezebel lui tendit les bras. Sa fille ressemblait à une jolie poupée vêtue de rose et coiffée de rubans. Elle en eut une bouffée de fierté et l'embrassa follement. Depuis leur départ de Singapour, et son premier anniversaire, la petite avait beaucoup grandi. Le voyage lui réussissait, elle avait aussi gagné en autonomie. Maintenant, elle se tenait bien d'aplomb sur ses jambes potelées et savait parfaitement ce qu'elle voulait. Jan, incroyablement indulgent, lui trouvait le caractère bien trempé, mais Jezebel craignait parfois qu'elle ne soit trop capricieuse.

— C'est ton portrait craché, répliquait-il alors, sans doute pour la rassurer, mais la jeune mère prenait la mouche à chaque fois.

— Tu me vois donc comme une fieffée capricieuse ?

Il s'en tirait avec une pirouette moqueuse, comme à son habitude.

— Les belles femmes le sont toujours, non ?

Remplie d'un bonheur qui lui semblait capable de déborder, elle fit face à son nouveau pays. À côté d'elle, Hùshì tremblait d'émotion. La jeune Chinoise était très émue de voir enfin l'Amérique, au point qu'elle en agrippait la rambarde à deux mains.

— *Duō mĕi a !*[1] chuchota-t-elle.

Effectivement, le spectacle était fascinant.

Une brume stagnait, noyant les contours sans rien masquer des curieuses collines aux motifs cubiques, qui semblaient tout droit échappées d'un tableau de Pablo Picasso. Le soleil levant éclairait en plein ces constructions de verre et d'acier. Sa fraîche lumière se réfléchissait en mille échardes dorées, éclaboussant l'impressionnante femme vert-de-gris à la couronne pointue isolée sur son île. Celle-ci, telle une idole barbare, à tout le moins comme le colosse de Rhodes dont elle avait sans doute été inspirée, levait vers le ciel un bras soutenant un flambeau.

— La statue de la Liberté, précisa Jan assez vainement, car personne ne pouvait avoir de doute sur l'identité de cette gigantesque silhouette.

Jezebel, comme tous les passagers qui la voyaient pour la première fois, en fut très impressionnée. Ainsi, elle était là, cette « Liberté éclairant le monde », construite et offerte par la France, avec ses deux cents tonnes de cuivre repoussé, et placée sur son île de Bedloe[2] face à une Europe dont elle accueillait aujourd'hui les immigrés !

— Comme elle est majestueuse… Comme on la voit bien… Je ne l'imaginais pas ainsi, pas aussi haute. À cette

1. Comme c'est beau, en chinois.
2. L'île de Bedloe ne sera appelée île de la Liberté qu'en 1956.

distance, on la voit presque mieux que les gratte-ciel qui l'environnent.

Les buildings n'en demeuraient pas moins une curiosité fantastique, qui se dévoilait au fur et à mesure que le transatlantique avançait. Accolés les uns aux autres, ils formaient une véritable forêt de ciment et de béton, de brique et de verre, qui s'élevait en falaise, tour après tour, certaines larges et carrées, d'autres étroites et pointues. À cette distance, New York ressemblait surtout à un gros hérisson.

Jan énuméra les immeubles au fur et à mesure qu'il les reconnaissait. Les noms se succédaient comme un poème étrange, où la rime avait un son de cloche joyeuse « ding, ding », reprise en écho par celle du paquebot, tandis que le géant entrait dans la baie de l'Hudson River.

Enfin, le transatlantique défila devant l'énorme statue et son orchestre de bord entama *The Star-Spangled Banner*, l'hymne des États-Unis. La plupart des passagers se mirent la main sur le cœur et certains chantèrent les premières phrases, tandis que le navire obliquait vers Ellis Island.

Le Centre fédéral d'immigration avait son siège sur une petite île entourée de bancs d'huîtres. Les candidats à la nationalité américaine y débarquaient en provenance d'Europe pour passer une visite médicale et administrative, suivie de tests physiques et mentaux. La plupart y séjournaient quatre à cinq jours avant d'être définitivement reçus, mais les plus malchanceux retournaient sur le navire qui les avait amenés pour repartir immédiatement vers leur pays d'origine.

À présent, les passagers avaient presque tous quitté leurs cabines pour se presser sur les ponts, et Jezebel était entourée par de belles dames parfumées qui étalaient avec ostentation une évidente fortune en diamants. Elles étaient accompagnées par des messieurs souvent ventripotents qui avaient choisi de voyager sur la French Line plutôt qu'avec une compagnie américaine, car la prohibition n'avait pas cours sur les paquebots français.

Le port était couronné par d'énormes grues en métal rouillé. Au loin, quelques dockers cassaient la croûte à l'abri du vent en se réchauffant près de tonneaux enflammés. Plus près, les quais étaient noirs de monde. On attendait les passagers avec impatience. Dès que le paquebot fut arrimé, une véritable clameur monta de la foule. Du haut des ponts, tous les voyageurs jetèrent des serpentins et des confettis dans une ambiance de kermesse. Bientôt, une rumeur se répandit, qui prétendait que l'acteur Charlie Chaplin était à bord. Ce n'était pas vrai. Le comédien avait préféré embarquer d'Angleterre plutôt que de la France, à bord de l'*Olympic* qui n'arriverait que dans quelques jours. Les reporters mondains, mal renseignés, attendaient son arrivée en vain. Frustrés d'avoir été bernés, ils essayaient d'apercevoir d'autres célébrités qui leur permettraient tout de même de rendre un papier. Lorsque les passerelles furent définitivement installées, et les tapis de feutre rouge déroulés, il fallut un cordon de policiers pour empêcher la cohorte des photographes de se ruer à bord.

Jezebel découvrit avec ébahissement que Jan Lukas faisait partie des personnalités que la presse aimait suivre. Né d'une vieille famille de Long Island qui devait sa fortune à des mines de cuivre, il avait ému l'opinion publique lorsqu'il s'était retrouvé orphelin à l'âge de douze ans. Depuis, il était un parti bien en vue, joueur de polo émérite et aventurier au long cours dont les exploits enflammaient toutes les imaginations. L'héritage que lui avait laissé Andres Agustin, le richissime éleveur argentin, n'avait fait que conforter cette image de playboy renvoyée par les tabloïds.

Lorsqu'il se présenta avec à son bras une belle jeune femme blonde totalement inconnue, et sur ses talons une domestique chinoise qui portait à la fois une charmante enfant et un étrange chiot jaune, les reporters reniflèrent le scoop. Les flashes crépitèrent, et les questions fusèrent. En quelques secondes, le brouhaha devint indescriptible.

Jan était habitué aux soirées mondaines, aux galas de charité organisés par les associations caritatives, aux inaugurations officielles. Très à l'aise, il répondit à toutes les questions avec un humour décontracté, et il éclata même de rire lorsqu'un petit plaisantin criblé de taches de rousseur repoussa son chapeau vers l'arrière pour l'interpeller d'un air goguenard.

— Que nous ramenez-nous cette fois-ci des Indes, Mr Lukas ? Un cheval ou un trésor. Ne serait-ce pas plutôt cette très belle jeune femme qui orne votre bras ?

Jan se pencha vers Jezebel et l'embrassa à la vue de tous.

— Messieurs, vous avez raison, inutile de vous le cacher plus longtemps. Voici ma toute jeune épouse, la comtesse Jezebel Ann-Rose Tyler.

Un coup de tonnerre n'aurait pas fait autant de bruit. On cria, on applaudit, on se précipita vers la jeune mariée pour la féliciter et lui poser des questions plus ou moins embarrassantes. Le chahut devint indescriptible et la bousculade de plus en plus désagréable. Jan Lukas leva la main pour calmer le jeu.

— Ah, messieurs, il va vous falloir vous montrer compréhensifs. Mon épouse et moi revenons à l'instant de notre lune de miel et nous sommes vraiment épuisés.

On s'esclaffa, mais le mot était suffisamment heureux pour qu'on leur ouvre un passage leur permettant de s'engouffrer dans le *Checker cab*[1] jaune et noir qui les attendait.

Une fois installée sur la banquette arrière, Jezebel respira plus librement. Elle ne s'était pas attendue à un tel accueil et en était un peu groggy. Certes, elle n'ignorait pas que Jan était un joueur de polo émérite et qu'il avait déjà remporté plusieurs coupes internationales, mais elle n'avait en rien mesuré l'aune de sa notoriété. Lorsqu'ils s'étaient connus, il s'était présenté comme un chasseur de trésors archéologiques, un aventurier toujours par monts et par vaux, en somme un insouciant. Comme cette étiquette lui allait parfaitement, elle n'avait jamais pensé qu'il puisse en avoir d'autres.

Aujourd'hui, elle s'apercevait qu'elle ne le connaissait pas.

Que savait-elle de lui, hormis ses baisers, ses mains sur son corps, sa morgue, son insolence ? Il l'avait protégée. Il lui avait sauvé la vie à maintes reprises, mais il l'avait aussi embarquée dans un périple où elle aurait pu mourir plus de cent fois. Maintenant, elle découvrait qu'il était célèbre, et que son mariage était un événement digne d'être relaté dans les journaux.

Troublée, elle se tourna vers lui, et le regarda sous un jour nouveau.

*

Le *Checker cab* traversa d'abord Brooklyn puis le Queens jusqu'à une gare de chemin de fer, où ils prirent le train pour Huntington, une petite ville balnéaire située sur la côte nord de Long Island. Peu à peu, les gratte-ciel

1. Célèbre taxi des années 1920.

disparurent au profit d'une banlieue triste faite de maisons à deux ou trois étages, toutes construites en briques rouges. Le ciel lui-même semblait être devenu gris.

Jezebel regardait par la vitre ce paysage morne qui défilait. Elle se demandait si elle allait aimer son nouveau pays. New York semblait s'étendre comme une pieuvre, avec des ramifications tentaculaires qui n'étaient que béton et ciment, verre et acier. Il y avait peu d'arbres, peu de parcs. Elle commença à se sentir oppressée. Par rapport à l'Asie, le contraste était fort : pas de verdure, pas de parfums de fruits ou de fleurs. Au contraire, depuis que le train traversait les quartiers les plus pauvres du Queens, elle ne percevait que les remugles de l'asphalte, des pavés crasseux, et, peut-être, de loin en loin, des relents de boue fade qui soufflaient de l'Hudson.

En arrivant à Huntington, ils louèrent un char à bancs avec cocher qui les amena au travers d'une belle pinède jusqu'à la côte rocheuse, où Jan possédait une maison familiale.

Là, le paysage changea et la banlieue tentaculaire disparut au profit d'une campagne riante. Le ciel redevint comme par magie d'un bleu intense, et le contraste avec les couleurs d'automne des érables, des micocouliers et des copalmes fut sublime.

La route passa entre des fermes en bois peintes en carmin avec des embrasures de fenêtres blanches. Plusieurs sentiers descendaient vers la mer qu'on appelait ici l'Oyster Bay, la baie des huîtres. L'eau avait le même azur que le ciel, au point d'en sembler être le reflet. Elle était mouchetée de dizaines de petits bateaux de plaisance, dont les voiles claires la faisaient ressembler à une nuit remplie d'étoiles.

Au-delà des rochers abrupts de la côte, les collines étaient douces. Des bois clairsemés les moutonnaient, émaillés par de belles résidences devant lesquelles couraient des pelouses soigneusement entretenues.

Le cocher fouetta son percheron pour grimper une côte qui menait à une demeure dont les deux ailes flanquées d'une tour lui donnaient un air de petit château. La carriole passa au trot sur un pont de pierres au-dessus d'un torrent. En face, des prés récemment fauchés filaient vers un sous-bois de chênes. Une odeur de terre mouillée, de mousse et de champignons montait des fossés.

La maison était en brique, avec des fondations apparentes et un revêtement de bois peint en blanc. Une vigne vierge que la saison d'automne colorait en rouge grimpait à l'assaut d'un balcon soutenu par de minces colonnes. Un appentis protégeait le porche, dessinant une varangue qui amenait un air de plantation sudiste. De grandes fenêtres à petits carreaux ouvraient sur la baie, où l'on pouvait apercevoir par temps clair un vieux phare gris construit sur une île. Du côté du jardin, des oriels surmontés par des chiens assis donnaient à la façade un charme bucolique assez désuet.

Cette maison était construite sur un promontoire. Pour tirer le carillon de la porte d'entrée, il fallait gravir un escalier qui contournait un sapin bleu, haut d'une quinzaine de yards. Des massifs d'hortensias mêlés à des amélanchiers déployaient leurs couleurs somptueuses de la terrasse jusqu'au gazon. Une niche abandonnée flanquait le paillasson. Sur la gauche en contrebas, un bâtiment servait de garage.

Lorsque la carriole s'immobilisa devant le perron, une femme en tablier blanc et petit bonnet de dentelle ouvrit la porte d'entrée. Le cocher déchargea les malles et les déposa dans un vestibule de belle taille, où un escalier d'honneur menait à l'étage en une courbe soulignée de fer forgé. Un énorme lustre de cristal pendait aux solives.

Jan paya le cocher et se chargea lui-même de la caisse contenant la statue indienne. Tandis qu'il présentait Jezebel à Mrs Appelrood, la gouvernante, une cascade de rire s'échappa du salon et une élégante jeune femme se précipita vers eux.

Elle se jeta à son cou et l'embrassa à pleine bouche.

Surpris, mais hilare, Jan l'éloigna à peine.

— Eve, mais que fais-tu là ?

Toujours riant, il se tourna vers Jezebel que la surprise avait figée sur place.

— *Darling*, laisse-moi te présenter ma chère cousine Eve Valmont, l'héritière des Valmont de la Gold Coast en personne. Eve, voici Jezebel, comtesse Tyler, ma femme.

Elles ne se saluèrent pas, et Jan, à qui rien n'échappait, haussa un sourcil perplexe avant de très vite feindre de ne rien remarquer.

Jezebel détesta dès le premier regard cette femme qui venait de l'embrasser sur la bouche, lui, l'homme qu'elle aimait, son mari ! Avec quelle impudence cette dernière s'accrochait encore à son bras, se collant familièrement à ses hanches, et avec quel air supérieur elle riait à gorge déployée, la tête rejetée en arrière avec un abandon qui supposait une étonnante intimité.

Qui était cette femme qui se montrait si familière avec son mari ? Une cousine, vraiment ? Et quand bien même ? Était-ce une raison pour se jeter sur lui comme une mante religieuse ? Quel âge pouvait-elle avoir ? Vingt-quatre, vingt-cinq ans ? Jezebel fut brièvement satisfaite de la trouver plus vieille qu'elle, mais pour le reste, elle resta pétrifiée, car cette femme avait une beauté altière et une élégance intimidante. Son maintien arrogant trahissait plus encore que son nom son appartenance à la vieille aristocratie américaine, qui ne tirait pas son orgueil d'un titre ou d'un château moyenâgeux hérités d'un obscur ancêtre, mais d'une fortune contemporaine, exprimée en dollars de façon colossale.

Elle était vêtue d'une robe d'une fausse simplicité, coupée dans une soie grise d'une qualité irréprochable, dont le drapé lui conférait un port d'impératrice. Après un cou long et charmant s'épanouissaient des épaules admirables, rondes et veloutées tel un buste de Michel-Ange. Une poitrine aux formes voluptueuses tendait l'étoffe avec une morgue qui devait faire tourner la tête à plus d'un homme. Enfin, des boucles rousses formaient sur sa tête une cascade flamboyante qui s'organisait au mépris des modes garçonnes et tombait avec sophistication autour de ses joues, accentuant son teint de nacre.

Toutefois, dans cette blancheur de statue, les yeux noirs étaient un brasero incandescent.

— Tu fais l'étonné, mon cher, disait-elle justement à Jan, qu'elle n'avait pas lâché, mais oublies-tu que tu as câblé que tu arrivais aujourd'hui ? Pouvais-je en toute honnêteté rater cela ?

Avec un aplomb redoutable, elle se colla encore plus contre lui, tout en lui jetant de longs regards énamourés. Pour Jezebel, c'en fut trop.

Sa première pensée fut de sortir de cette maison, la tête aussi haute que possible, et de partir loin, très loin. Presque aussitôt, elle se rendit compte que cette fuite revenait à céder la place sans combattre. Était-ce possible ? Elle aimait Jan de tout son cœur. Elle redressa la tête, farouche. Elle était madame Lukas. La seule qu'il avait voulu épouser. Elle ne laisserait personne le lui prendre.

Avec un air de parfaite bécasse, elle sourit à la cantonade, puis se jeta au cou de l'héritière de la Gold Coast qui essayait pourtant de l'ignorer. Elle l'embrassa à pleine bouche, comme elle l'avait vue faire à Jan, et s'exclama dans le même élan :

— Ah la la ! J'adore ces charmantes petites coutumes américaines tellement dénuées de chichi ! Embrassons-nous, ma cousine. C'est tellement aimable d'être venue nous souhaiter la bienvenue !

La tension changea de bord. Eve Valmont recula comme piquée par un scorpion, en s'essuyant les lèvres du revers de la main. Elle choisit de rire, mais son regard se planta dans celui de Jezebel, qui la toisait avec défi, aussi tranchant qu'un couteau.

Assurément, ce regard était des plus meurtriers.

Jezebel comprit qu'elle venait de se faire une ennemie mortelle.

*

La soirée fut orageuse. Eve Valmont ne s'était pas attardée, mais son départ n'amena guère d'entrain. Tout le monde était fatigué. Et puis Jezebel boudait. Elle en voulait à Jan d'avoir laissé se produire cette scène pénible. Elle lui en voulait d'autant plus qu'il ne lui avait jamais rien raconté de sa vie passée. Sur les quais du débarquement, face à la cohorte de journalistes, elle avait découvert un homme qu'elle ne connaissait pas, aimé et adulé par une foule entière. Combien d'autres Eve Valmont aurait-elle à croiser dans les prochains temps ?

Au bout du compte, elle fut la seule à avoir de l'allant. Elle ne voulait pas réfléchir, et pour cela, il n'y avait qu'une seule solution, prendre possession de cette maison de la cave au grenier, s'occuper de sa fille, la nourrir, la baigner, défaire les malles, donner d'ultimes instructions à Hùshì pour cette première nuit américaine, le tout sans jeter à son mari plus de trois mots.

Lors du repas, elle continua à se murer dans ce même silence fâché. Elle toucha à peine à la pourtant excellente soupe de clams que la gouvernante leur servit. Et quand Jan en eut assez de la suivre des yeux en fronçant les sourcils et qu'il se mit à lire un journal en même temps qu'il dégustait son dessert, elle n'y tint plus. Elle jeta avec humeur sa serviette sur la table et partit s'enfermer dans la chambre à coucher que la gouvernante lui avait préparée.

Elle ne vit rien de cette belle pièce qui, en journée, souriait face à la mer. Elle remarqua juste que le lit était glacé. Elle s'y pelotonna misérablement, guettant l'instant où Jan viendrait gratter à sa porte pour lui mendier le droit de la rejoindre. Elle ne savait pas encore si elle lui ouvrirait ou non. Elle était tellement furieuse qu'elle n'arrivait plus à penser.

Jan ne vint pas. Pleine de rage, elle éteignit la lumière et essaya de dormir. Peine perdue, elle ne cessait de se tourner et retourner dans le noir.

Vers minuit, alors que la maison était silencieuse depuis longtemps, du moins, aussi silencieuse que pouvait l'être une vieille maison dont on ne connaissait pas encore tous les craquements, elle entendit la porte d'entrée s'ouvrir et se refermer en claquant. Presque aussitôt, des pas s'éloignèrent sur l'allée gravillonnée.

Elle repoussa drap et couverture pour se précipiter à la fenêtre. Au travers des lattes des volets, elle vit le jardin éclairé par une belle nuit étoilée. La végétation luisait sous la clarté de la lune, les feuilles argentées frémissaient, agitées par une brise légère. Une silhouette s'évapora dans la pinède, le chiot telomian sur les talons.

— Jan… chuchota-t-elle en appuyant avec désespoir son front contre la vitre glacée. Jan, où vas-tu ?

Pourquoi n'était-il pas venu la retrouver ? N'avait-il pas vu au cours de la soirée à quel point elle était triste, inquiète ? Pourquoi n'avait-il pas voulu la consoler ?

Était-ce parce qu'il avait convenu d'un rendez-vous avec cette femme dévergondée ? S'y rendait-il maintenant ?

Prise d'affolement, elle s'empara d'un châle, enfila ses petites mules ornées de plumes de cygne et s'élança aussitôt dans la nuit.

Dehors, l'air vif la saisit. Elle resserra la laine sur ses épaules, courut autour de la maison jusqu'à repérer le chemin qui obliquait vers le bois de pins. Très vite, l'allée de gravier céda le pas à un sentier se faufilant entre des buissons de bleuets[1] et des amélanchiers. Puis la pinède se dressa, avec ses troncs gris presque sinistres.

Elle hésita. Elle avait conscience d'agir impulsivement. Elle ignorait même si elle parviendrait à le rattraper. Où allait-il ? La forêt était éclaircie par la lune mais demeurait tout de même assez effrayante avec ses branches dressées vers le ciel. Elle continua à courir. Elle était de plus en plus inquiète, il aurait été plus sage de faire demi-tour, de retourner se pelotonner dans son lit, sauf qu'il lui était impossible de passer la nuit avec cette incertitude dressée entre eux…

Le chemin sinuait vers une plage dont elle apercevait par moment le sable blanc. Elle avançait si vite qu'elle trébucha plusieurs fois sur des racines. Le passage s'était rétréci. Ses petites mules en soie n'étaient bonnes qu'à lui donner des entorses. Elle pesta de ne pas avoir eu la présence d'esprit de mettre de meilleures chaussures. Cependant, elle n'avait pas imaginé que cette randonnée nocturne la conduirait aussi loin.

Elle approchait de la grève. La rumeur de la mer lui parvenait par à-coups, encore étouffée par la pinède. Brusquement, elle aperçut le chiot au milieu du chemin.

---

1. Myrtilles américaines.

Il était assis, seul, avec sa queue qui s'agitait comme un métronome. Où avait disparu Jan ? À nouveau animée par la rage, car elle était persuadée qu'il avait abandonné la jeune bête pour rejoindre son Eve Valmont quelque part dans les buissons, elle se précipita en jurant ses grands dieux.

Mìmì était attaché à une racine. Il gémit de joie en la voyant et lui lécha frénétiquement les doigts lorsqu'elle se pencha pour le libérer. À cet instant, on la saisit par le bras et on l'adossa assez rudement à un pin. Elle cria de saisissement. Un visage sortit de l'ombre.

— Jan… souffla-t-elle, le cœur battant à tout rompre.

Il eut un demi-sourire moqueur.

— Je savais bien que j'arriverais à te faire sortir de ton trou, ma jolie boudeuse.

Sa voix était autant emprunte de raillerie que de tendresse. Elle se sentit soudain stupide et, pour éviter de fondre trop vite, elle s'empêtra dans un mensonge impossible.

— En fait… je ne te cherchais pas. Je… j'avais juste envie de voir la mer. Voilà tout.

— Voilà tout, gloussa-t-il en posant ses mains de chaque côté de sa tête. Décidément, tu mens aussi mal que lorsque tu avais seize ans.

— Toi, en revanche… siffla-t-elle avec un regain de colère, puis sa voix finit dans un sanglot.

Il la dévisagea en secouant la tête.

— Ma petite sotte, ma trop grande sensitive, qu'as-tu encore imaginé ? En quoi t'ai-je menti ? Si tu veux parler d'Eve Valmont, je te promets qu'elle est bel et bien ma cousine.

Ainsi, il savait très bien pourquoi elle était fâchée. Elle ne put s'empêcher de crier.

— Elle est surtout ta maîtresse !

Il laissa le silence s'égrener pendant quelques secondes en étudiant son visage comme s'il était en train de réfléchir à ce qu'il pouvait dire ou non. Finalement, il répondit en pesant soigneusement ses mots.

— J'espère que tu ne vas pas me réclamer des comptes sur chacune de mes anciennes maîtresses…

— Sur les anciennes, non ! rétorqua-t-elle sèchement.

Il sourit.

— Je te certifie qu'entre Eve et moi, c'est de la vieille histoire. Nous étions à peine plus que des adolescents. Ses parents étaient proches des miens. Lorsque je suis revenu faire mes études en Amérique, ils m'invitaient chez eux certains week-ends. Eve a toujours obtenu tout ce qu'elle voulait, elle était très belle et moi je n'avais que dix-huit ans ! Depuis, je ne le nie pas, nous sommes restés bons amis.

— Et c'est en tant que *bon ami*, que tu as pris la peine de la prévenir du jour de notre retour ?

— Eve est une relation d'affaires. Elle possède un très bel élevage d'appaloosas dont elle s'efforce de stabiliser la race. Nous échangeons beaucoup à ce propos. Elle me demande mon avis, je lui demande le sien concernant mes propres *criollos*[1]. Elle s'intéresse au polo. Et puis, nous nous prêtons aussi parfois quelques reproducteurs. Rien d'autre.

— Dans ce cas, répliqua-t-elle avec sarcasme, peut-être faudrait-il lui dire qu'il n'y a rien de plus, parce que je ne suis pas certaine qu'elle l'ait bien compris !

Il lui caressa les cheveux, vit qu'elle tremblait et qu'elle n'était vêtue que de sa chemise de nuit à peine recouverte d'un châle. Il ôta son manteau et le lui mit sur les épaules.

---

1. Littéralement, créoles. Chevaux originaires d'Argentine, dédiés la plupart du temps au jeu de polo.

— Eve est comme ça, il vaut mieux que tu n'y attaches pas d'importance. Elle a une personnalité assez… fantasque. Elle a l'habitude de claquer des doigts et d'être obéie. Et puis, elle aime le jeu. La gagne, il n'y a que ça qui compte…

— Comme toi, finalement ! riposta Jezebel, qui, décidément, n'avait pas envie de se calmer.

Il afficha une gravité qu'elle ne lui avait encore jamais vue.

— *Mi querida*, j'aime jouer, mais lorsqu'il s'agit de toi, je ne joue jamais. C'est toi que j'aime, pas elle. C'est toi que j'ai épousée, pas elle. Viens, rentrons maintenant. Tu as froid.

Elle acquiesça lentement. Il avait raison. Elle était gelée.

Ils prirent le chien, remontèrent lentement vers la maison en le laissant courir devant eux. Jan lui parla de sa cousine, de la famille Valmont, de leur fortune qui rivalisait avec celle des Rockefeller. Jezebel l'écoutait d'une oreille distraite. Elle avait du mal à avancer dans ses minuscules mules de soie que les cailloux du chemin avaient bien abîmées. Elle ne cessait de trébucher, aussi finit-elle par les ôter, mais le sol était recouvert d'aiguilles de pin qui n'avaient rien de doux. Jan la jeta soudain sur son épaule et la porta comme si elle n'était qu'un gros sac. Ils rirent beaucoup, jusqu'à ce qu'il la fasse tomber dans le sable pour s'abattre sur elle et souffler tout contre les lèvres d'un air mi-sérieux, mi-moqueur :

— C'est idiot, mais j'aime te savoir jalouse. Sans doute un reste de mon éducation d'hidalgo argentin. Les hidalgos ont la passion des femmes orageuses. Ce n'est pas pour rien qu'ils ont inventé le tango.

— Et toi, monsieur l'hidalgo, serais-tu capable d'être jaloux ?

Il la chatouilla partout, en grondant d'une voix de loup.

— Oui, je suis terriblement jaloux. Je suis jaloux comme un pirate.

— Comme un pirate ? gloussa-t-elle.

— C'est vrai, tu sais tout de ma vie argentine, mais tu ignores encore que mes aïeuls étaient des pirates. De vrais pirates fort redoutables. Lorsqu'ils se sont installés sur cette côte, bien avant qu'ils ne décident de s'intéresser au cuivre, ils vivaient dans le plus complet dénuement, uniquement entourés d'Indiens algonquins qui n'étaient pas toujours très amicaux. C'était au tout début de la colonisation, peu après l'arrivée des premiers navires. Pour survivre, ils étaient prêts à tout. Ils étaient rudes et dénués de scrupules. À bord de leurs brigantins, ils chassaient la baleine, mais ils préféraient de loin piller les galions commerciaux que les grandes tempêtes, qui sévissent par ici de juin à novembre, envoyaient parfois se briser sur les rochers.

— Mais c'est terrible, s'exclama Jezebel, qui hésitait tout de même à croire un tel récit de naufrageurs.

Jan sourit avec espièglerie.

— Bah, je n'ai jamais su démêler la part de vérité dans ces histoires que me racontait ma nounou, lorsque j'étais un tout petit garçon. Il n'empêche, en matière d'amour, je puis t'assurer que mon cœur appartient à la piraterie. Connais-tu les serments de la flibuste ?

Et comme elle secouait la tête en ouvrant bien grand ses yeux que la nuit rendait presque bleu marine, il récita, en ne plaisantant qu'à moitié :

— *Rappelle-toi, je t'ai prise, tu t'es donnée, nous avons juré. Je m'en souviendrai toute ma vie, à toi de t'en souvenir de la même façon.*

Tremblante de sa propre audace, elle lui jeta un regard de chatte un peu garce.

— Et qu'arrivait-il si la femme du pirate oubliait ce serment ?

Il sourit de plus belle, en dévoilant ses dents de loup.

— Eh bien, à la fin du serment, le pirate tapote d'un air féroce le mousquet qu'il a à la ceinture, ou le couteau qu'il porte de la même façon, et, crois-moi, la femme n'oublie pas.

Elle se haussa pour mieux plonger dans ses yeux gris.

— Je n'oublierai pas. J'espère qu'il en sera de même pour toi.

Il se mit à rire, couvrit son visage, son cou, sa gorge, de baisers.

— Nous sommes deux sots ! Nous nous aimons, le sable est doux, et la lune merveilleuse. Faisons plutôt l'amour au lieu de dire toutes ces idioties.

Elle se récria par jeu, mais il finit par gagner. Il avait toujours au bout des doigts des arguments qui savaient la convaincre.

11

26 octobre 1921 – Noël 1921
États-Unis

Jezebel s'installa dans sa vie américaine sans autre difficulté ; après l'Inde et la Malaisie, leurs canicules et leurs moussons dévastatrices, leurs dieux surprenants, leurs rites hors du temps, vivre à Long Island lui donna l'impression d'être revenue dans son Angleterre natale.

Le plus difficile fut peut-être de se poser. De cesser de vivre comme en transit, coursée par la peur, obligée de fuir elle ne savait exactement quel cauchemar. Durant un certain temps, elle conserva cette tension intérieure qui la faisait se méfier du moindre regard étranger. Puis, peu à peu, la maison d'Huntington, avec ses murs protecteurs ceints par une campagne riante sous un ciel d'un bleu magnifique, réussit à l'apprivoiser.

Pour la première fois de sa vie, elle habitait chez elle. Elle n'était plus la pensionnaire d'une école dans le Gloucestershire, ni l'hôte presque recluse de la Villa Gokhra, ni l'amie bienvenue qu'Olga Marushka hébergeait dans sa très belle Villa Rose… Non. Elle était chez elle, au point de se construire un nid suave et de se sentir en sécurité.

Eve Valmont ne revint pas à Huntington. Les jours passèrent donc, calmes, si calmes que Jezebel oublia vite le méchant petit doute qui l'avait taraudée à son arrivée.

Jan reprit ses entraînements de polo. Trois fois par semaine, il se rendait au club de Westbury qui n'était qu'à quelques miles de là. Il revenait crotté et rompu, avec sur ses vêtements cette bonne odeur de cuir et de cheval qu'elle avait toujours aimée.

Elle profitait de ses absences pour se familiariser avec la maison et le parc, ainsi que pour surveiller la confection d'un trousseau pour elle, pour sa fille et pour Hùshì, qu'elle avait commandé à une couturière locale, miss Penny, une créature sèche, à l'apparence sévère, mais dont les doigts parvenaient à créer des merveilles.

Le reste du temps, elle arpentait le jardin et dressait des plans pour mettre en place un potager qu'elle comptait commencer avant l'hiver. Elle essayait aussi d'inculquer à sa fille – et au chien, même combat – un minimum de règles de savoir-vivre. Enfin, elle avait repris ses pastels et ses aquarelles ; la côte gagnée par l'été indien était magnifique à peindre.

Elle ne s'ennuyait pas, vraiment pas. Cependant, lorsque Jan partait, elle tombait à chaque fois dans une sorte d'apathie qui la faisait vivre au ralenti. Certes, ses mains s'activaient, mais son esprit était ailleurs, occupé à guetter le retour de son bien-aimé. Son absence lui donnait l'impression d'être coupée en deux, avec une partie factice, qui parlait et riait, et une partie endormie, qui s'étiolait jusqu'à ce qu'elle l'entende revenir. Elle courait alors se jeter dans ses bras.

Au début, il riait en essayant de la maintenir à distance afin que sa robe ne s'imprègne pas de son odeur d'écurie. À la longue, il abandonna, pour pleinement céder à son envie d'être serrée dans ses bras, son menton posé sur le sommet de sa tête. Ils demeuraient ainsi, dans le vent qui montait de la mer et le soleil qui sombrait de l'autre côté des pins, soudés ensemble comme une statue de granit, à simplement respirer à l'unisson, le temps de redevenir un.

Lorsqu'il n'allait pas à son club, il l'emmenait en promenade, à pied ou dans sa Ford T, pour lui faire découvrir les environs. Il lui montrait le centre de la petite ville balnéaire d'Huntington, avec ses maisons recouvertes de planches en bois peint, sa charmante *old town*[1] et son port de plaisance. Il l'emmenait au Grand Magasin, à Fort Golgotha et à Oheka Castle. Il lui présentait des voisins, le pasteur Roberts, de confession protestante, et peu à peu l'entièreté de la communauté. Il lui montra même l'école primaire, et cette vieille université construite dans un grès brun et friable venu du Connecticut, qu'on appelait ici *brownstone*.

Chaque jour était doux et ensoleillé. Le ciel semblait haut, encore plus haut qu'ailleurs dans le monde, peut-être parce qu'il était de ce bleu incomparable que seuls les gens heureux savent voir.

Le dimanche, ils arpentaient les plages étroites coincées entre des rochers recouverts de goémons. Ils ramassaient des clams et des huîtres que Jan ouvrait de la pointe de son couteau pour qu'elle puisse comparer leur saveur avec celles qu'ils avaient autrefois mangées dans les Sundarbans. Lorsque le temps le permettait, ils naviguaient sur *Little Jo*, un petit bateau à voile que Jan tenait rangé dans un hangar, en bordure de l'Oyster Bay. On y arrivait par des escaliers qui descendaient directement de la maison, juste après la pinède. Les marches étaient si nombreuses qu'il était impossible de les compter sans se tromper.

Lorsqu'ils naviguaient à bord du voilier et que le vent emmêlait leurs cheveux, Jezebel regardait Jan

1. Vieille ville.

manœuvrer sa voile et son gouvernail avec fascination. Fermement campé dans un chandail au point irlandais qui moulait son buste et ses épaules, il cherchait la vague parfaite qui lui servirait de tremplin. Son regard gris flirtait avec les flots. Elle comprenait alors pourquoi il avait toujours été à l'aise dès qu'il était sur un bateau. Il avait grandi avec la mer, et cette dernière s'était chevillée à son corps, presque aussi fortement qu'avec les chevaux lorsqu'il jouait au polo.

Au retour, ils faisaient la course dans les escaliers qui remontaient vers la maison, avant de s'arrêter à bout de souffle pour ramasser des pommes de pin qu'ils jetaient ensuite dans la cheminée du salon. Là, ils s'étendaient sur des fourrures à même le sol, devant les flammes qui dansaient comme des farfadets en répandant une bonne odeur de résine. Ils buvaient du chocolat à la cannelle, en s'enlaçant étroitement. Le monde était doux et apaisé. La petite Mary-Leela, tout juste réveillée de sa sieste, se faufilait entre eux, et Mìmì le chien se précipitait pour attraper leurs orteils, parce qu'il voulait être de tous les jeux. Hùshì, que ce désordre faisait rougir, s'efforçait de maintenir tout ce petit monde tranquille, mais Jan finissait toujours par lui dire de laisser tomber.

— Une maison heureuse est une maison remplie de rires et de bruits.

Hùshì, en Orientale éduquée d'une manière différente, ouvrait de grands yeux chargés de reproche puis, avec une douceur silencieuse, s'inclinait devant celui qu'elle considérait comme son maître depuis qu'il avait aidé à la racheter à son ancien propriétaire.

Jan avait beau se récrier, lui dire qu'elle était libre d'aller où elle voulait, qu'il la rémunérait pour son emploi de nourrice, qu'elle pouvait dépenser cet argent comme elle l'entendait et même repartir à l'autre bout du monde si elle le souhaitait, à chaque fois, elle disait oui tout en baissant la tête comme prise en faute.

– S'il vous plaît, *mister*, ne me vendez pas à quelqu'un d'autre ! Où pourrais-je aller, si ce n'est dans cette maison ? Qui pourrais-je servir, si ce n'est ma petite Lián chérie ? Battez-moi plutôt, mais ne me vendez pas.

Jan soupirait. Définitivement, Hùshì ne parvenait à comprendre que ce concept de maître à esclave. Elle avait été asservie dès son enfance et n'imaginait pas d'autre existence. Elle s'estimait même bénie des dieux, car elle avait pour unique charge celle de s'occuper de l'enfant qu'elle chérissait. Tous les matins, elle priait devant un petit autel de sa fabrication, remerciant à la fois le crucifix hérité des dames de Saint-Vaillant et une petite statue de Bouddha sortie personne ne savait d'où. Elle était heureuse. Elle était enfin à l'abri de tout, logée dans une belle chambre et nourrie à volonté. Elle avait de beaux vêtements, certes trop occidentaux à son goût, mais réalisés dans des étoffes de qualité qu'elle avait aidé à choisir. Elle n'attendait vraiment rien d'autre de la vie.

Jan et Jezebel en discutaient parfois, tard le soir, lorsque le calme tombait sur la maison au fur et à mesure que tout le monde s'endormait et qu'ils avaient fini de faire l'amour. Ils étaient étendus en travers du lit, le corps exténué mais comblé. Une lampe de chevet recouverte d'un mouchoir colorait leur peau avec douceur, révélant des volumes et des ombres qu'ils caressaient du bout des doigts. Lorsqu'ils cessaient de parler, Jezebel s'enhardissait à embrasser une épaule noueuse, un téton dur, un ventre musclé. Elle mordillait, léchait, mordillait à nouveau, et Jan la laissait faire, heureux de voir qu'elle aimait suffisamment l'amour pour oser des caresses nouvelles.

Le temps fila ainsi, et la jeune Anglaise s'enfonça dans un rêve mordoré, paré des merveilleuses couleurs de l'été qui s'attardait. À croire que l'hiver n'osait pas encore s'installer, même si une bise glacée et des champs poudrés de gel venaient parfois au matin rappeler que les saisons, même les plus belles, ne sont pas éternelles.

La lettre vint d'Angleterre comme un coup de semonce.

Elle avait été postée par maître Richard Fawkes, l'antédiluvien notaire des comtes Tyler. Le brave homme officiait depuis plus de trente ans à Gloucester. Il avait connu lord Philip Tyler, le père de Jezebel, et sir Michael John Deckard, son tuteur. Avant lui, son père et le père de son père s'étaient pareillement occupés des habitants de Tyler Castle. Une telle collaboration étendue sur plusieurs générations était courante dans les campagnes éloignées de Londres, lorsqu'une dynastie bourgeoise se développait à l'ombre d'un château.

Jezebel déchiffra la belle écriture ronde du notaire en se souvenait de l'*office*[1] où elle avait rencontré pour la première fois son parrain. Michael venait d'apprendre le suicide du comte Philip, son ami d'enfance. Il arrivait de Londres. Il portait encore son manteau de voyage et n'avait pas quitté son chapeau.

À cette époque, Jezebel n'avait que cinq ans, mais elle se rappelait chaque détail avec beaucoup d'acuité : la décoration désuète du bureau, partagée entre la vieille tapisserie vert olive et des lambris en chêne presque noirs ; le notaire qui ressemblait à une gravure illustrant Dickens ; Michael qui tordait sa moustache avec un air aussi gêné qu'impuissant… À force d'écouter les deux adultes parler, elle avait deviné que son tuteur était archéologue, et elle avait ouvert de grands yeux émerveillés. Avec son cœur d'enfant, elle l'avait imaginé en

1. Bureau, en anglais.

aventurier sans peur et sans reproche, une sorte de prince extraordinaire qui lui aurait enfin amené un peu d'amour. Elle n'avait pas mis longtemps à comprendre que le prestigieux savant n'avait dans sa vie aucune place pour s'occuper d'une petite fille.

Refoulant ces souvenirs qui n'avaient rien d'heureux, elle se concentra à nouveau sur la prose de maître Fawkes.

« *Très chère* milady, *cher monsieur Lukas,*

« *À votre demande, j'ai bien étudié l'affaire que vous m'avez soumise. Comme vous le savez sans doute, en plus d'être notaire, je suis également solicitor*[1], *et tout à fait habilité à régler un problème de ce genre, y compris devant les tribunaux.*

« *D'après les renseignements que vous m'avez obligeamment fournis, monsieur Lukas, le baron von Rosenheim fut le fiancé officiel de madame la comtesse Jezebel Ann-Rose Tyler avant votre mariage contracté à Singapour, en date du 10 septembre 1921. Il semblerait qu'un papier signé entre le baron et le tuteur légal de madame la comtesse, sir Michael Deckard, attesterait d'un accord allant dans ce sens.*

« *En regard de ce document, le baron von Rosenheim estimerait donc votre mariage non valide. Par ailleurs, il accuse la comtesse d'un préjudice moral et judiciaire, et réclame tout ou partie de ses biens.*

« *Je vous rassure, chère* milady, *cher monsieur Lukas, concernant la validité de votre union, nous ne sommes plus au Moyen Âge. Il existe des jurisprudences. Bien que les usages dans l'aristocratie européenne continuent à*

1. Conseiller juridique en Angleterre.

établir des contrats de fiançailles de ce type, les éventuelles causes de rupture se sont assouplies. En motif juridique, un mariage contracté ultérieurement avec une tierce personne est évidemment une excellente raison de rupture de contrat, à plus forte raison lorsqu'il y a urgence, par exemple du fait d'un enfant à venir.

« Il reste néanmoins entendu que le préjudice moral perdure dans le temps.

« En effet, le baron peut se prétendre victime d'un scandale et désirer courir jusqu'au procès. Un avocat honnête devrait alors l'avertir de certains éléments qui pourraient jouer en sa défaveur : sa présumée violence à votre égard, milady, *plus particulièrement s'il y a eu des témoins, ainsi que sa réputation de mœurs.*

« D'après l'enquête que j'ai diligentée à votre demande, cher monsieur Lukas, le baron von Rosenheim est un trafiquant notoire en lien avec un monde interlope. Bien que de nationalité suisse alémanique, il affiche des liens clairs avec l'Allemagne et l'Autriche. Tandis que la Grande Guerre est encore très présente dans nos esprits, ce fait joue dans notre pays, l'Angleterre, en sa défaveur, d'autant plus que madame la comtesse est issue d'une très vieille aristocratie à la réputation sans taches.

« Au cas où le baron von Rosenheim souhaiterait tout de même aller jusqu'au procès, je suis formel, sa requête n'a aucune chance d'aboutir.

« Attendez-vous néanmoins à une longue procédure.

« Avec infiniment de respect,

« Votre dévoué Maître Richard Fawkes, notaire de Gloucester, Angleterre. »

Ces nouvelles pouvaient passer pour rassurantes, elles mettaient tout de même en exergue une certitude : le baron von Rosenheim n'abandonnait pas. Or Jezebel appartenait à cette catégorie de personnes qui croient que lorsqu'une balançoire monte trop haut, on prend toujours son retour en pleines dents.

Après avoir lu cette lettre, elle resta le soir longuement éveillée dans son lit, à ressasser des mauvais souvenirs. Jan, bien que l'enveloppant de ses bras et de ses jambes, ne parvint pas à la rassurer.

Depuis trop longtemps, le baron avait étendu sur elle un filet qui la maintenait prisonnière. Elle ne savait comment s'en défaire. La seule chose qui lui venait à l'esprit était de serrer entre ses mains son médaillon Sher-Cîta. Il était comme un talisman béni par un *sâdhu*, le seul peut-être capable de la protéger, car il lui rappelait le sourire éclatant de Charu.

Invariablement, ses yeux se brouillaient de larmes, parce que ce sourire-là était comme toutes les choses passées en train de s'estomper dans le temps qui dissolvait tout. Il était horrible de penser que Charu, qui avait été fait d'une chair chaude et joyeuse, était en train de devenir un fantôme évanescent.

Dans ces tristes instants, elle culpabilisait de se savoir heureuse, amoureuse d'un autre, tandis que lui était mort, réduit depuis longtemps en cendres sur un bûcher, et sans doute éparpillé dans le Gange en même temps que des offrandes de lumignons et de fleurs tressées.

Cette pensée lui était insupportable, alors elle enfouissait son visage dans son oreiller et elle pleurait, tandis qu'à côté d'elle, Jan tendait la main pour la poser sur son épaule, mais n'osait pas aller au bout de son geste. Il restait en suspens au-dessus de sa peau, par pudeur, par tristesse, par crainte qu'elle ne le repousse alors qu'elle était en train de penser à un autre que lui.

Lui non plus ne parvenait pas à dormir, du moins jusqu'à ce qu'elle revienne se pelotonner et l'enlace en se frottant contre lui à la recherche de sa vie, de sa protection, de son amour.

Il faisait alors la seule chose qu'il savait faire : il la prenait contre lui et, avec des caresses douces, la ramenait dans son monde, jusqu'à la faire crier de plaisir.

*

Tout de même, la maison d'Huntington était un pansement sur toutes les blessures. Les souvenirs que Jan y avait affichés lui donnaient une âme gaie : sur les meubles, sur les linteaux des cheminées, sur les murs, de vieilles photographies jaunies étalaient une histoire douce, pleine d'un faste heureux qui se retrouvait jusque dans les bibelots réunis en une splendide collection.

C'était une maison d'archéologue, pleine de trésors. On y trouvait des javelots des guerriers de l'île North Sentinel et un *bagh nakh*[1], l'arme préférée des thugs juste après le célèbre cordon de strangulation. Il y avait aussi une collection de bouddhas ventripotents classée du plus petit au plus grand, et mille et autre choses que Jezebel s'amusait à découvrir au fur et à mesure de ses explorations.

Au milieu de tous ces artefacts, la statue du démon Rakshasa rapportée de Constantinople avait tout naturellement trouvé sa place sur une console de marbre noir qui la mettait en valeur. La petite Mary-Leela adorait la tripoter comme s'il s'agissait d'une poupée, et il fallait souvent la gronder pour qu'elle n'y touche pas, par crainte qu'elle ne la brise.

---

1. Aussi appelé Griffe de tigre, et utilisé par les guerriers rajputs, moghols et marathes. Il s'agit d'une arme de poing formée de quatre lames, ou pointes, semblables à des griffes de tigre, et servant lors de combats rapprochés.

Enfin, il y avait des médailles et des trophées obtenus lors de matches de polo, des certificats d'élevage, la plupart argentins, et, parmi les photographies disposées à droite à gauche, le portrait d'une belle dame coiffée d'un grand chapeau du siècle dernier, celui d'un monsieur au col amidonné avec une montre à gousset, ou d'un enfant qui riait, assis sur un poney.

Il y avait aussi une photographie toute jaunie d'Andres Agustin, avec son bel air d'hidalgo espagnol en train de danser un tango, et des cow-boys hilares devant un veau aux pattes liées – des *gauchos*[1], avait rectifié Jan avec fierté.

À défaut d'avoir bien connu ses parents partis trop tôt, le jeune homme avait accumulé autour de lui les images de leur bonheur et s'en était nourri. Il avait vécu à Long Island jusqu'à ses huit ans. Après, il était parti en Argentine, où il était resté même après l'accident qui l'avait rendu orphelin. Andres Agustin l'avait sorti de l'orphelinat à douze ans. Plus tard, il était revenu à New York pour y faire des études d'archéologie. Il avait rouvert la demeure familiale de Huntington en engageant Mrs Appelrood à l'intendance générale. Comme il était souvent en voyage et qu'il ne voulait pas laisser la maison inhabitée, il avait proposé à sa gouvernante un appartement de fonction situé dans l'aile gauche. Elle avait accepté.

Mrs Appelrood était une solide Hollandaise, dont les joues aussi rouges que des pommes d'api incitaient à croire qu'elle avait reçu ce nom à Ellis Island lorsqu'elle avait postulé pour entrer sur le sol américain en ne sachant pas un seul mot d'anglais[2].

---

1. Gardien de troupeaux des plaines sud-américaines.
2. *Appelrood* signifie en néerlandais pomme rouge.

Elle avait émigré alors qu'elle n'avait que neuf ans. Ses parents étaient morts durant le voyage. Dès son arrivée, elle avait travaillé comme petite main dans l'un des innombrables *sweatshops*[1] qui fleurissaient dans les quartiers populaires. En ce temps-là, elle logeait avec douze autres fillettes dans la même chambre, dans un *tenement*[2] de six étages où il y avait autant de rats que de cafards. Elle avait participé à la grève des femmes du 8 mai 1909, où elle avait été bastonnée jusqu'à en avoir le nez cassé. Maintenant encore, elle en gardait un air de bouledogue hargneux. En 1911, elle avait échappé par miracle au terrible incendie du Triangle Shirtwaist Factory qui avait coûté la vie à cent quarante-six ouvrières. Par chance, elle avait eu la présence d'esprit de se réfugier sur les toits tandis que les autres femmes étaient prises au piège dans l'atelier, car les patrons, pour éviter les pauses syndicales, avaient donné l'ordre aux contremaîtres de fermer les portes de secours durant les heures de travail.

Elle avait été brûlée sur l'arrière du crâne. Depuis, elle portait en permanence un foulard noué sur la tête, parce que ses cheveux avaient repoussé mais demeuraient clairsemés. Elle y gagnait un air de tableau de Vermeer.

Après l'incendie, elle avait quitté la confection pour trouver un emploi de femme de chambre et, quelque temps plus tard, elle avait été engagée par Jan Lukas. Elle avait trente-sept ans. Elle avait toujours refusé de se marier. Son unique satisfaction était de rendre chaque jour la maison qu'on lui avait confiée aussi propre qu'un sou neuf. Elle s'occupait du ménage, des livraisons, de la cuisine, des chambres, du linge et du jardin. Pour les gros

---

1. Usines, la plupart en confection textile, surnommées « ateliers de misère ».
2. Taudis.

travaux, elle engageait des journaliers dont elle surveillait le travail comme un cerbère.

Fut-elle satisfaite ou non de l'arrivée inattendue d'une jeune épouse sortie personne ne savait d'où, accompagnée d'une enfant certes en bas âge, mais tout de même déjà née, qu'une étrange Chinoise suivait comme son ombre, et d'un chien qui ressemblait à un renard tondu ? Elle n'en dit jamais rien et continua à faire son travail en ne se montrant ni plus aimable, ni plus hargneuse qu'elle n'en avait l'habitude.

Jezebel eut l'intelligence de la laisser dans ses prérogatives. De toute façon, elle n'avait jamais aimé les travaux domestiques. Dans ce domaine, son seul plaisir était d'aller de temps en temps en cuisine pour concocter un plat qui rappelait à Jan tous les parfums de l'Inde, ou pour pétrir ces fameux *mooncakes* qu'adorait sa fille, dont elle avait récupéré la recette auprès du cuisinier chinois du cargo *Tàiyáng*.

À ce propos, la voyant faire pour la première fois, Mrs Appelrood avait d'abord pincé le nez d'un air sceptique. Toutes ces chinoiseries n'étaient pas de son goût. Il avait fallu l'accueil enthousiaste de la fillette pour qu'un jour elle daigne y goûter, puis tente à son tour de les reproduire.

Ces jours-là, la petite Mary-Leela avait l'autorisation de tripoter un lambeau de pâte, ce qu'elle faisait avec le plus grand sérieux. La cuisine se remplissait alors de farine et d'éclats de rire, et Jan, occupé à lire le *New York Times* au salon, écoutait ce charivari en souriant, devinant que les choses avançaient dans le bon sens.

L'automne tournait à l'hiver. Le matin, une petite pluie fine tombait sans discontinuer, incitant à rester frileusement au coin du feu. Jan allait moins souvent à Westbury. Début novembre, un blizzard descendu du cercle arctique amena des températures polaires et déposa en une nuit un épais manteau de neige sur toute la campagne environnante. Un pâle soleil glacé se leva sur un paysage uniforme, aux aspérités effacées. Les pins étaient chapeautés d'une couche blanche qui tombait parfois comme de mini avalanches lorsque le poids dépassait ce que les branches étaient capables de supporter.

Hùshì fut terrorisée par ce blanc qu'elle n'avait jamais vu et refusa de quitter la maison. Le premier matin, elle toucha la neige en hurlant et recula comme si cette dernière avait pu lui bondir à la gorge pour la mordre. Tout le monde se mit à rire. Elle n'en fut pas fâchée, elle ne se fâchait jamais de rien, elle avait toujours la politesse exquise d'une Chinoise bien élevée. Cependant, elle avait rougi, et Jezebel avait eu envie de faire son portrait. Avec son beau visage incliné, écarlate jusqu'à la racine des cheveux, Hùshì ressemblait à une pivoine délicate échappée d'un jardin.

Pendant toute la durée de cette neige, Jan et Jezebel firent de revigorantes promenades. Leurs pas jumeaux descendaient jusqu'à la mer, que le froid avait transformée en banquise sur plusieurs yards. Des oies et des canards mêlés à des goélands s'y reposaient entre deux glissades. Les passereaux, quant à eux, ne quittaient guère les sous-bois où les températures paraissaient plus clémentes. Pour se réchauffer, les pauvrets gonflaient leurs plumes au point de ressembler à des petits ballons.

Jezebel, apitoyée, décréta qu'il fallait les nourrir. Elle installa une mangeoire près d'une fenêtre afin de pouvoir observer les différentes espèces et, le cas échéant, en faire des croquis pris sur le vif, emplis de mouvements et de couleurs. Sur un gros fauteuil qu'on avait rapproché de la vitre, la petite Mary-Leela apprit la patience et fit ses premiers gribouillages.

La mi-novembre amena un étrange redoux. La neige fondit en grosses plaques salies, transformant le chemin en une boue épaisse, collante. À chaque promenade, le chiot revenait tellement crotté qu'il fallait l'essuyer avec un torchon pour qu'il ait à nouveau le droit de dormir sur un tapis.

Jan avait tenté de l'installer à l'extérieur, dans la vieille niche réchauffée d'une bonne couverture, mais Mary-Leela avait tellement protesté qu'il avait fallu bien vite lui rendre son compagnon de jeu.

L'anniversaire de Jezebel tomba un vendredi. Ce 18 novembre, Hùshì accrocha partout des guirlandes de papier rouge. Mrs Appelrood concocta un magnifique repas dont le point d'orgue fut un énorme gâteau au cacao recouvert de crème Philadelphia, qu'elle appelait un *red velvet*.

Après que Jezebel eut soufflé ses bougies, que tout le monde eut beaucoup applaudi et que chacun se fut retrouvé avec une part généreuse de biscuit dans l'assiette, Jan posa un écrin de velours bleu sur la table.

— Très bon anniversaire, *darling*. J'ai pensé que tu aimerais porter ceci demain soir, lorsque nous irons au théâtre à Broadway.

Elle bondit de sa chaise, hésitant sur quoi se réjouir le plus, entre le magnifique collier ras-du-cou en perles bleues, à trois rangs, qui lui faisait un cou de cygne, et la soirée promise sur la mythique avenue new-yorkaise. Pour la première fois depuis son installation à Long Island, elle éprouva le besoin de partager son bonheur. Plus tard dans la soirée, elle s'assit à son secrétaire et écrivit des lettres.

La première fut pour sœur Anne-Carole, à qui elle narra son bonheur d'une belle écriture penchée, en la remerciant mille fois pour tous les bienfaits passés. Elle joignit un mandat-carte de mille livres Sterling prélevées sur les premiers dividendes reçus de Tyler Castle. Elle lui recommanda de les utiliser comme elle le souhaitait, mais en priorité pour amener un peu de bonheur dans les dortoirs de la mission, pour que toutes puissent dire : *allons, la vie peut tout de même être gaie*.

La seconde lettre fut pour la douce Amely Esket, maintenant devenue l'épouse de Peter Asgulson.

Amely avait toujours été une oreille attentive et avisée. Délicieusement romanesque, elle avait protégé les amours de son amie avec le prince Charu en leur servant de boîte aux lettres.

Avec beaucoup d'émotion, Jezebel lui écrivit qu'elle s'était finalement mariée avec Jan Lukas, et qu'elle était divinement heureuse avec une adorable petite fille et un chien malais. Elle ajouta qu'elle vivait près de New York, qu'elle avait vu de la neige quelques jours auparavant, que le thermomètre descendait jusqu'à 14 °F, et qu'elle reviendrait sans doute un jour à Calcutta, mais pas tout de suite.

Le troisième courrier devait être destiné à Olga Marushka, la très pétulante duchesse Obolenski. Le début commença avec beaucoup d'enthousiasme tant il y avait de choses à raconter. Pourtant, très vite, la lettre resta en suspens. Les mots ne venaient plus, seuls affluaient les souvenirs.

Jezebel mordilla rêveusement son stylo-plume.

La duchesse russe avait été sa meilleure amie, presque une sœur. Elle lui avait appris à s'habiller à la mode, à se coiffer, à se maquiller, à se parfumer et même à déguster un bon vin. Elle l'avait incitée à se débarrasser définitivement du corset et à raccourcir ses ourlets. Elle lui avait enseigné la frivolité sous toutes les coutures, pour la douceur qu'elle apportait à l'existence, mais également comme arme de séduction ultime, parce qu'à ses dires, il fallait bien que les femmes sachent se défendre pour échapper à la tyrannie des hommes qui entendaient les réduire en esclavage.

Olga était émancipée et belle comme une impératrice tartare. Elle riait beaucoup, de sa grande bouche rouge cerise ouverte sur des dents parfaites, et savait donner des ordres comme personne, avec tout le panache né de son rang de cousine par alliance au tsar de toutes les Russies.

Dans sa Villa Rose sur le bord du Gange, où elle s'était réfugiée dès le début de la révolution russe, elle invitait Jezebel pour des discussions enflammées. Les deux amies se penchaient l'une vers l'autre jusqu'à ce que leurs cheveux se mélangent, ceux si blonds de l'Anglaise, ceux aile de corbeau de la Russe, et elles parlaient pendant des heures, parfois jusqu'au milieu de la nuit. En vérité, seule Olga parlait, et Jezebel écoutait.

Portés par ces belles phrases à l'accent roucoulant, ses chagrins s'adoucissaient, ses peurs devenaient moins terribles. La vie prenait une plaisante extravagance, colorée par une théâtralité slave qui rendait tout supportable. Il y avait le samovar et les pommes rôties au four, les valses et ces fourrures de Sibérie dont la Russe aimait se draper même en été. Il y avait aussi les fous rires et les confidences chuchotées, les regards complices…

Jezebel soupira.

Olga avait été sa meilleure amie jusqu'au 2 janvier 1920. Ce jour-là, Charu avait été assassiné et Jan, accusé à tort de son meurtre, avait fui dans les Sundarbans en l'emmenant avec lui pour définitivement la protéger de leur ennemi commun, le baron von Rosenheim.

Olga avait accusé le coup. À cette époque, elle était la maîtresse de l'Américain. Lorsqu'elle avait vu les deux jeunes gens s'apprêter à fuir ensemble, elle avait compris quelque chose que ces deux-là ne s'avouaient pas encore. Elle s'était alors penchée vers Jezebel et lui avait chuchoté avec autant de tristesse que de gentillesse : *Il est à toi maintenant. Je te le donne.*

Sur le moment, Jezebel avait cru que la Russe parlait du sac de voyage qu'elle lui tendait. Aujourd'hui, elle comprenait qu'elle avait parlé de Jan Lukas.

Rougissant, elle ne sut plus comment continuer sa lettre, alors elle la froissa et la jeta à la corbeille.

*

Pour la première soirée new-yorkaise que devait vivre Jezebel, la météo s'annonça clémente, sans neige ni pluie. Ce fait avait son importance, car Broadway était distante d'une bonne quarantaine de miles d'Huntington.

Jan avait choisi un spectacle qui faisait beaucoup parler de lui : *Shuffle Along*. Cette comédie musicale, sans doute la première écrite et jouée uniquement par des Afro-Américains, se posait en véritable succès depuis plusieurs semaines.

Il expliqua à Jezebel qui, toujours curieuse, avait voulu en savoir davantage, que cette pièce brisait un tabou en montrant pour la première fois des Noirs avoir des relations amoureuses lors d'une véritable romance. Jusqu'à présent, les acteurs afro-américains n'étaient autorisés à jouer que des situations qui confinaient au burlesque, car les producteurs pensaient que le public, en grande majorité blanc, ne pouvait s'identifier à un Noir dans un rôle sérieux.

La pièce *Shuffle Along* était en train de démontrer le contraire.

Bien sûr, le financement de départ avait été hasardeux et le Daly's 63rd Street Theatre n'était pas aussi luxueux que les autres salles de Broadway. D'ailleurs, on ne pouvait même pas vraiment parler d'un théâtre, mais plutôt d'une salle de conférence sans véritable scène, située dans une rue perpendiculaire à la prestigieuse avenue en diagonale.

La représentation débuta et l'histoire se déroula agréablement. Lottie Gee, l'actrice principale, était une belle danseuse à la voix enjouée dont la chanson phare, « *I'm Just Wild About Harry* », était déjà tellement connue qu'elle fut reprise en chœur par la majorité des spectateurs. À la fin du spectacle, elle reçut des dizaines de roses que ses admirateurs lui lancèrent depuis les premiers rangs. Elle les ramassa toutes, ce qui la fit peu à peu disparaître derrière un véritable bouquet de fleurs.

Jan et Jezebel applaudissaient encore lorsqu'un couple les rejoignit. L'homme portait avec élégance un costume trois pièces italien tandis que la femme se drapait frileusement dans une étole de soie brochée.

— Tony ! Eve ! s'exclama Jan, surpris. Ne me dites pas que vous étiez vous aussi dans la salle ?

Eve Valmont, car c'était bien elle, vint s'appuyer sur son épaule pour l'embrasser longuement sur la joue. Elle riait de la coïncidence, en rejetant la tête vers l'arrière avec un délié langoureux de la gorge qui attirait tous les regards. En même temps, elle parvint à superbement ignorer Jezebel.

Cette dernière, gênée et furieuse de ce hasard malencontreux, se dirigea aussitôt vers le vestiaire pour réclamer son manteau. Le dénommé Tony lui emboîta le pas. Tandis qu'elle attendait que l'employée lui rapporte son vêtement, il lui saisit d'autorité la main et y appliqua un long baiser collant. Elle se libéra assez vite, le dévisagea sans aménité. Lui posa sur elle des yeux verts emplis d'une grande curiosité.

— Une fois de plus, les photographies dans les journaux ne rendent pas hommage à la réalité. Mon cher Jan, ajouta-t-il à l'adresse de ce dernier qui les rejoignait, j'avais entendu des rumeurs sur la beauté de ta jeune épouse, j'avoue cependant que je ne m'attendais pas à un tel trésor ! Pourquoi ne nous l'as-tu jamais amenée au club de polo ?

L'interpellé eut un rire bref.

— Pardi, pour éviter que tu lui fasses les yeux doux, espèce de coureur de jupons ! Crois-tu que je ne connaisse pas ta réputation ?

— Bah, lança Eve Valmont d'une voix perfide, je gage pourtant que tu y aurais gagné au change, Tony a toujours eu le chic pour dévergonder les petites cailles trop coincées.

Une gifle lui coupa violemment le souffle.

— Je vous interdis de parler de moi en ces termes, miss Valmont ! cracha Jezebel, rouge de colère.

Jan la tira aussitôt vers l'arrière pour éviter que la scène ne tourne au scandale, mais son ami Tony éclata de rire en applaudissant à tout rompre.

— Ha ha ha, ma chère Eve, je crois que tu as enfin trouvé quelqu'un qui te rive ton clou ! Une vraie chatte sauvage, cette petite. Dieu du ciel, Jan, je comprends que tu sois entiché. Chère créature des plus impétueuses, ajouta-t-il en s'inclinant bien bas devant la jeune Anglaise dont les yeux lançaient encore des éclairs, je suis le sénateur Tony Walker, pour vous servir.

Comme il était un peu ivre mais toujours bon politicien, il réussit à inciter ces dames à faire la paix. Au bout d'une longue tractation, elles consentirent à se serrer la main, non sans se lancer au passage des regards assassins.

Ravi de cette réconciliation dont il était le chantre, le sénateur proposa d'aller boire un verre dans un *speakeasy*[1]. Jan accepta, au grand dam de Jezebel. À maintes reprises, elle tenta de lui souffler qu'elle préférait rentrer à Huntington, mais lui ne lui répondit pas. Il avait décidé de bouder pour la punir de son éclat.

Ils sortirent du théâtre et s'engagèrent dans la rue jusqu'à un immeuble brun et sale, dont la façade était noyée par l'ombre d'une impasse sordide. Le contraste avec les lumières de Broadway était déprimant. Jezebel fulminait, Jan affichait son visage de bois en prenant garde à ne pas la regarder.

Le sénateur était un habitué des lieux. Avec une faconde pleine d'assurance, il se dirigea vers une porte et frappa à l'huis suivant un code convenu. En cette période de prohibition, les entrées étaient soigneusement filtrées. Lorsque le battant s'entrouvrit, un colosse dans un complet veston étriqué les dévisagea d'un air revêche avant de reconnaître le politicien, et de s'effacer pour les laisser entrer.

Le groupe descendit vers la cave. Une ampoule électrique accrochée au plafond oscillait de droite à gauche, montrant dans sa lumière chiche des messieurs bien habillés et des dames à demi cachées dans leurs visons. Un mot d'ordre remonta la file déjà bien silencieuse :

— Chut, pas de bruit. Chut.

Après un long corridor sinistre terminé par un rideau sale, tout ce beau monde fut accueilli dans une pièce enfumée. Le sol était en terre battue. Des lampes à néon teintaient de rose un grand miroir devant lequel officiaient plusieurs barmen. Des palmiers en papier crépon tentaient de donner à l'endroit un air festif, au milieu des odeurs de moisi et d'alcool bon marché. Partout, des

1. Pendant la prohibition, bar clandestin où l'on parlait doucement : *speak easy*.

demoiselles peu vêtues ondulaient des hanches pour inciter les gens à passer commande. On s'exprimait en chuchotant, tandis qu'un piano fatigué égrenait quelques notes en sourdine.

— Ma chère, susurra le sénateur Walker en s'arrêtant devant Jezebel qui, pour la peine, reçut en plein son haleine déjà bien imbibée de whisky, je vois à votre mine que vous ne connaissez pas encore les bars clandestins de New York. Je vous présente donc le *speakeasy* dans toute sa splendeur, le seul endroit où l'on peut certes boire, mais toujours en silence, pour ne pas attirer l'attention de la police ! Quelle fichue idée de bigots, cette Amérique de la prohibition ! J'ai voté contre, mais bon, il faut croire que je fus le seul…

Il riait jaune, mais ce rire de frondeur semblait lui donner dix ans de moins. Brusquement, Jezebel le trouva moins antipathique, avec son air de dandy européen et sa façon de ne pas vouloir faire son âge dans son élégant costume italien.

Ils commandèrent des cocktails, car Tony avait affirmé que c'était le seul moyen d'avaler du gin frelaté sans avoir l'impression de boire de l'alcool à brûler. Jezebel tenta un *Singapore Sling* par pure nostalgie, mais le tord-boyaux qu'elle reçut n'avait de l'original que le nom. Elle s'en débarrassa discrètement dans un pot de fleurs. Ses souvenirs méritaient mieux.

Autour d'elle, les gens buvaient et riaient en silence, ce qui donnait l'étrange impression de se mouvoir à l'intérieur d'un film muet de Friedrich Murnau. Jezebel ne s'amusait pas, comment l'aurait-elle pu ? Jan discutait en aparté avec la belle Eve Valmont qui minaudait en le couvant d'un regard énamouré. Elle avait beau lui lancer des regards furieux, il feignait de ne pas s'en apercevoir, préférant continuer à rire avec sa somptueuse interlocutrice.

Il fallait dire que l'héritière de la Gold Coast faisait sensation, dans une robe outrageusement décolletée dans le dos que retenait un simple bouton de diamant sur les reins. À côté d'elle, Jezebel se sentait fade et démodée, provinciale et bien trop sage dans une tenue qu'elle avait pourtant crue audacieuse, car elle était courte au genou, et montrait parfois, au hasard des longues franges à paillettes, l'ombre de sa jarretière.

— Rendez-le jaloux, lui souffla l'haleine avinée du sénateur, parce qu'il avait suivi son regard et l'avait interprété à bon escient.

Elle n'eut pas le cœur à rire.

— Bien entendu, vous vous portez en candidat ?

Il cligna d'un œil égrillard, tout en sirotant un verre qui le faisait de plus en plus tanguer.

— Je suis politicien, je sais faire campagne.

Elle feignit de ne pas comprendre.

— Puisque vous êtes un homme politique, comment se fait-il que vous veniez dans ces bars clandestins ? Ne craignez-vous pas une descente de police, et le scandale qui en découlerait ?

— Ma chère amie, répliqua-t-il en vidant son verre d'un coup. Je suis sénateur. La police, c'est moi.

C'était une parole d'ivrogne assez présomptueuse, mais peut-être n'était-elle pas si fausse que cela, car il se disait qu'à New York la plupart des policiers ou des politiciens étaient corrompus.

— Je suis totalement contre la prohibition, reprit-il, heureux de voir que la belle jeune femme l'écoutait avec attention, et je ne m'en cache pas. Si les grenouilles de bénitier ne veulent pas boire, eh bien, qu'elles ne boivent pas, mais qu'elles cessent d'embêter les honnêtes gens qui veulent s'amuser ! Je suis pour la libre entreprise ! Les États-Unis sont la plus grande nation libre du monde.

Jezebel n'était pas de bonne humeur, elle riposta sèchement :

— Belle idéologie, vraiment, qui ne concerne pas les Noirs alors que vous vous êtes battus pour qu'ils soient délivrés de l'esclavage… Pourquoi n'ont-ils pas les mêmes droits que les citoyens blancs ?

— L'Angleterre en parle facilement, alors qu'elle impose son empire à toutes les autres nations !

— Au moins, tous nos citoyens sont égaux !

— Vraiment ? se mit-il à ricaner. Vous êtes jeune, et idéaliste, et puis vous êtes une femme… Comme toutes les femmes, vous ne connaissez pas grand-chose aux grandes idées du monde et de la politique. Laissez-moi tout de même vous apprendre ceci : le souci de la liberté, c'est qu'elle fait peur dès qu'elle s'avère importante. Voyez-vous, c'est comme contempler pour la première fois l'océan. Il y a ce vertige, qui menace de vous engloutir. On succombe ou on fuit. La plupart des hommes ne vont pas sur la mer à cause de la peur qui les entrave. De toute façon, ma jeune dame, vous apprendrez un jour que pour bien vivre son malheur, il faut toujours contempler plus malheureux que soi.

— Monsieur le sénateur, je n'aime pas votre façon de traiter les femmes en idiotes, ni votre cynisme qui vous pousse à croire qu'on peut se réjouir du malheur d'autrui.

Il gloussa, et partit se chercher encore à boire.

— Prenez un verre, m'dame. Lorsque vous l'aurez vidé, vous verrez la sagesse au fond, et vous saurez que j'ai raison.

Plus tard, tandis que Jan la ramenait enfin à Huntington, elle s'efforça de se remémorer chaque mot de cette étrange conversation pour tenter d'oublier les minauderies d'Eve Valmont et surtout ne pas lancer de dispute.

Les miles défilaient dans les phares de la Ford. Au hasard de l'obscurité, des petits lapins gris se figeaient sur le bas-côté, les yeux rougis par la brusque lumière. Un renard traversa la route. Elle ne vit qu'une queue touffue figée dans l'air, un peu comme un sourire ironique du chat de Cheshire[1].

Jan conduisait vite. Son profil buté se découpait sur la vitre. Elle soupira. Lui non plus n'avait pas envie de parler. N'avaient-ils déjà plus rien à se dire ?

En arrivant à leur maison, il sortit tout de même lui ouvrir la portière.

— Es-tu toujours en train de bouder ? lui demanda-t-il avec une certaine provocation.

Elle hésita sur la conduite à tenir, mais cela ne dura qu'une fraction de seconde. N'écoutant que son instinct, elle se jeta dans ses bras avec un tel élan qu'elle manqua le faire tomber.

— Je ne boude pas, je t'aime. Tu ne vois donc pas la différence ?

Il referma les bras sur elle, plongea le nez dans ses cheveux.

— Moi aussi je t'aime, *mi querida*. Je ne veux pas que tu doutes de moi.

Elle faillit lui crier « Alors ne m'en donne pas la raison ! » mais il était tard, et, pour l'instant, elle n'avait plus envie de parler de cette Eve Valmont que son intuition de femme lui présentait depuis le premier jour comme une ennemie.

Peut-être n'en avait-elle tout simplement pas le courage ? Sa vie avec Jan était encore trop récente. Ils venaient à peine de se trouver, ils en étaient encore à se

---

1. Le chat dans *Alice au pays des merveilles*.

découvrir. Très sagement, elle décida qu'il valait mieux laisser le temps au temps.

Levant le nez, elle se mit à lui mordiller son menton râpeux.

— Très bien, chuchota-t-elle avec un air d'impératrice accordant l'aumône à l'un de ses sujets, puisqu'il est clair que nous nous aimons, *mi querido*, je veux bien que tu me portes jusqu'à notre lit. Ce sera ton gage pour m'avoir gâché la fin de la soirée.

Il hésita, comme sur le point de rajouter quelque chose, mais à la place il l'enleva dans ses bras pour l'emmener à l'intérieur de leur maison telle une prise de guerre.

*

Curieusement, il ne neigea pas durant tout le mois de décembre. De mémoire de New-Yorkais, cela faisait bien longtemps que cela n'était pas arrivé. Lorsque le facteur, Sam Gonies, faisait sa tournée, il n'avait que cette angoisse à la bouche : « *Where is the snow ? Where ? Where ?* » Sous-entendu, Noël sera-t-il blanc, ou pas ?

Dans la maison au bord de la pinède, la neige était attendue de la même façon impatiente, essentiellement parce que la petite Mary-Leela, qu'on surnommait de plus en plus Lián tant sa nourrice chinoise parvenait à imposer ses habitudes, avait vraiment le diable au corps. Du haut de ses quinze mois, elle ignorait encore ce qu'était Noël, mais elle remarquait les préparatifs et cela suffisait à l'exciter. Devant ses yeux émerveillés, il y avait ces guirlandes fabriquées avec des papiers brillants ou des rondelles d'orange séchées dans le four. Il y avait aussi les grands feux dans les cheminées qui sentaient bon la cannelle et, surtout, tous ces petits biscuits que, depuis la Saint-Nicolas, Mrs Appelrood, en bonne Hollandaise, fabriquait à tour de bras. L'attente de quelque chose d'encore plus magnifique s'éternisait, elle n'en pouvait plus.

De jour en jour, la nuit s'allongeait, et le ciel devenait bas et gris. Les nuages semblaient s'alourdir de neige, sauf que cette dernière ne tombait pas. Le 12 décembre, pour la fête de Notre-Dame de Guadalupe, qui était la patronne de l'Amérique, il fit si sombre que Jezebel dut s'armer de courage pour emmener le chiot telomian se défouler à l'extérieur. L'excitation générale le rendait un peu voleur, autant lui faire faire de l'exercice pour le fatiguer un peu.

Jan était parti pour son club de polo malgré le temps exécrable et Jezebel s'efforçait de taire les méchantes petites voix qui s'insinuaient en elle chaque fois qu'elle imaginait la belle Eve Valmont le rejoindre pour soi-disant discuter de poulains et de yearlings[1]. Avec beaucoup de bonne volonté, il lui avait expliqué qu'il cherchait à améliorer sa race de *criollos* argentins par un ajout de sang appaloosa. Le fait qu'Eve dirigeât un haras prometteur n'était que pur hasard. Du moins, ce fut ce qu'il prétendit lorsqu'il expliqua que les appaloosas étaient à l'origine de valeureux chevaux issus des tribus amérindiennes Nez-Percés.

À ses dires, l'armée américaine avait décimé la plupart des troupeaux après les guerres indiennes car elle considérait ces chevaux comme une véritable arme. Le Bureau des affaires indiennes avait, de son côté, encouragé les Amérindiens de plus en plus sédentarisés à croiser les derniers représentants avec des chevaux de trait.

---

1. Poulain dans sa deuxième année.

Eve Valmont, dont le père possédait dans l'Idaho un ranch où subsistaient encore plusieurs de ces chevaux, s'était mise en tête de sauver les caractéristiques de cette race qu'elle appréciait. Le travail était titanesque et, pour ce faire, elle avait directement traité avec des membres de la tribu des Nez-Percés pour qu'ils lui enseignent leur savoir-faire. Le haras commençait à jouir d'une belle réputation. Or l'éleveuse connaissait la passion que Jan portait à ses propres *criollos*. Elle avait alors lancé ce principe révolutionnaire : croiser des « créoles » argentins avec plusieurs de ses appaloosas.

Jan avait été séduit par l'idée. Depuis, aidé par la jeune femme, il s'efforçait de mettre au point un futur arbre généalogique qu'il concrétiserait dès le printemps, lorsque la saison des ouragans serait passée et permettrait aux chevaux de voyager plus en douceur via l'océan. En attendant, il profitait de la mauvaise saison pour faire des allers retours au haras, et choisir ses reproducteurs.

À l'issue de ce discours, Jezebel avait promis de lui faire confiance. Depuis, elle s'y efforçait autant que possible, même si ce n'était pas facile. L'amour passionné se nourrit de tumulte. L'amour passionné amène autant de joie que de peine. L'amour passionné est en fin de compte une prison, mais quelle prison !

Voilà pourquoi elle emmenait aujourd'hui le chien en promenade. Elle en avait plus besoin que lui.

Il faisait froid. Son haleine formait un petit nuage de vapeur blanche devant ses lèvres. Lorsqu'elle déboucha sur la plage, un spectacle hallucinant l'attendait : une baleine s'était échouée là, sur ce petit bout de sable blanc. Elle était énorme, la queue encore dans l'eau. Son ventre tourné vers le ciel était gonflé et strié comme un vieil accordéon.

Elle s'en approcha jusqu'à tomber en arrêt devant un œil grand comme une assiette, qui la regardait sans la voir, déjà opaque. Malgré le vent glacé, l'immense corps dégageait une odeur fétide de viande avariée. Quelques enfants l'avaient découvert en allant à l'école et, depuis, ils étaient revenus avec leurs instituteurs et tous leurs camarades. Excités par l'événement, ils criaient et sautaient en tous sens. Certains osaient à peine toucher le géant abattu tandis que d'autres, plus audacieux, grimpaient sur lui. Là-haut, en équilibre comme sur une falaise, ils étaient à peine plus grands que des fourmis.

Plus tard, des paysans se répandirent autour du cadavre avec des seaux et des couteaux. Les enfants repartirent à l'école, leurs parents restèrent à découper des pans de graisse qu'ils firent fondre dans d'énormes tonneaux de fer. Lorsque la chair apparut, le sang se répandit sur le sable au point de colorer la plage en écarlate. L'air prit une odeur de graillon. Jezebel remonta la colline vers la maison.

Près du portail, le chien se mit à aboyer. Elle reconnut Sam Gonies, le facteur.

— Hello ! cria-t-elle de loin.

Sam discutait avec deux hommes. Sur le moment, elle trouva leur silhouette familière sans qu'elle sache très bien pourquoi, car ils étaient emmitouflés dans des manteaux et des écharpes qui les rendaient méconnaissables. Lorsqu'ils la virent approcher avec son chien, ils s'éloignèrent aussitôt. Elle pensa demander à Sam qui ils étaient mais elle oublia de le faire lorsque ce dernier lui tendit une enveloppe d'un air tout joyeux.

— Voici votre courrier, m'dame. C'est m'sieur qui va être content. Cette lettre vient d'Argentine.

Pour le réchauffer, elle lui offrit un petit verre de rhum, tout en prêtant une oreille distraite à son bavardage. D'habitude, il parlait des voisins et du pasteur. Aujourd'hui, il évoqua surtout les deux hommes qu'il venait de rencontrer.

— Ma foi, j'm'étonne que les deux-là ne vous aient pas attendue, m'dame. Ils m'ont posé tant de questions que j'croyais qu'ils vous connaissaient.

— Il ne me semble pas. Que voulaient-ils savoir ?

— Rien de particulier, m'dame. J'crois bien qu'ils voulaient surtout savoir si la maison était à vendre.

— Vous leur avez dit que ce n'était pas le cas ?

— Pour sûr, c'est c'que j'leur ai finalement dit. Alors ils sont partis sans demander leur reste. J'pense qu'il s'agissait de vacanciers cherchant à s'installer dans la région.

*

Jan revint du club de polo avec un visage de bois. Après un baiser distrait, il s'enferma dans son bureau en demandant à ne pas être dérangé. Jezebel l'entendit téléphoner pendant de longues minutes. Lorsqu'il ressortit, son visage parut encore plus sombre.

Voyant que Jezebel l'observait, il lui sourit, mais ce sourire eut quelque chose de factice car il n'allait pas jusqu'au fond de ses yeux.

Elle en fut tout de suite alertée. Elle ne lui avait connu ce même visage qu'une seule autre fois, lorsqu'on l'avait accusé du meurtre de Charu et qu'il s'apprêtait à fuir dans les Sundarbans pour échapper à sa condamnation. Tout pareillement, ses traits s'étaient figés, impassibles au point d'en devenir durs.

Elle voulut lui demander ce qu'il avait, mais il s'arrangea pour éluder la question. Cette attitude l'angoissa plus encore. Que lui cachait-il ?

La soirée n'eut rien de calme. La petite Lián avait décidé de courir partout en hurlant comme une sauvage. Elle entrait dans l'âge du «non», dont elle faisait un usage immodéré. Elle n'en pouvait plus d'attendre Noël alors, excitée comme une puce, elle grimpait sur les fauteuils, sautait dans les coussins à pieds joints ou s'installait à califourchon sur le dossier pour jouer à dada. Au fil des semaines, elle était devenue si vive qu'elle parvenait à descendre de son perchoir avant d'être attrapée, et recommençait alors à courir en tous sens.

Ce soir, elle réussit à mettre une guirlande de Noël autour du cou du chien, ce qui fit sourire Mrs Appelrood, qui ne souriait jamais de rien. Jezebel parvint à l'empoigner et tenta de la calmer avec des baisers, mais la petite se débattit farouchement. Pour elle, l'heure n'était pas au câlin, mais au chahut. Hùshì dut s'en mêler.

Hùshì était la gardienne de la dignité et de la sérénité familiale. Jezebel aurait pu en être jalouse, c'était tout le contraire. Elle adorait voir la nounou entrer dans une pièce, avec son visage immobile comme une peinture, ses mains cachées dans ses manches, et ses pas menus de Chinoise bien élevée. Après avoir observé le tohu-bohu de son allure impavide, elle haussait légèrement un sourcil délicat puis toussotait avec la même discrétion. Aussitôt, l'espiègle fillette se calmait et redevenait un ange. On lui accordait alors un biscuit.

On réussit à manger le pain de viande accompagné de *coleslaw*[1] dans une presque sérénité. Assez habilement, Jan orienta la conversation sur le nouveau cheval qu'il était en train de tester et qu'il pensait prometteur. Il le trouvait calme mais réactif, très endurant, avec une

1. Salade inventée par les colons hollandais, à base de chou et de carottes râpées mélangés à de la mayonnaise.

bonne bouche sensible. Ces qualités indispensables au bon déroulement du jeu étaient parfois difficiles à réunir sur une même monture. Au cours d'un match, un cavalier avait besoin de plusieurs « poneys[1] ». Les affrontements étaient intenses, pour ne pas dire violents. Parfois, des chevaux étaient blessés. Pour les ménager, il était indispensable de les changer à chaque *chukka*[2].

Jezebel le laissa parler sans l'interrompre. Elle attendrait l'heure du coucher pour l'interroger seule à seul.

Dans leur chambre, le feu dans le poêle avait baissé et il ne faisait guère chaud. Jan alimenta les braises avec quelques briquettes de charbon tandis que Mrs Appelrood, appelée à la rescousse, bassinait les draps pour les rendre moins humides.

Malgré ces précautions, Jezebel se faufila dans un lit tout de même glacé. Elle se pelotonna contre Jan, il la nicha machinalement au creux de son épaule. Elle étudia son visage dans la lumière rose de la lampe de chevet. Il était tellement absorbé dans ses pensées que lorsqu'elle posa sa main sur son ventre pour caresser son aine, il le remarqua à peine. Il fallut qu'elle l'enjambe et que, accroupie au-dessus de lui, elle ôte sa chemise de nuit et apparaisse nue devant lui pour qu'enfin il la regarde.

— *Me querida*, chuchota-t-il en lui caressant les épaules, avant de glisser vers ses seins que le froid durcissait.

Elle se pencha. Ses cheveux croulèrent en rideau de soie jusqu'à son visage. Il ferma à demi les yeux, respirant son parfum de jasmin et de violette. Le désir le gagnait. Elle chuchota :

---

1. Au polo, un « poney » est synonyme le cheval utilisé pour le jeu.
2. Un match de polo est divisé en plusieurs périodes, qu'on appelle *chukka*.

— Un jour, tu m'as promis de ne plus jamais me mentir.

Il sourit brusquement.

— Toi, tu es devenue une petite rouée !

— J'ai un bon professeur.

Ils s'embrassèrent longuement, puis il soupira.

— Je ne voulais pas t'en parler, ma belle sensitive. Je ne veux pas t'inquiéter.

— Je suis déjà inquiète. Il me suffit de te regarder.

Il garda le silence encore un instant, tout en lui caressant les bras, les épaules, le dos. Il avait recouvré son visage sombre et ses yeux durs comme de l'acier. Enfin, il l'écarta pour se lever et rapporte un journal plié qu'il avait sorti de la poche de son manteau.

— Tony est venu au club pour m'apporter ce journal. Il se doutait que l'information m'avait échappé. L'année dernière, il m'avait accompagné à la petite cérémonie que le Met[1] avait organisée en mon honneur pour me remercier de la donation que je venais de leur faire, concernant les collections d'Andres Agustin se rattachant à la cité de Pachamashutra. La coïncidence lui a tout de suite paru curieuse. C'est arrivé hier, en fin d'après-midi. Je te laisse lire l'article. C'est de la presse un peu sensationnelle qui cherche à attirer les lecteurs, mais, malgré cela, ce qui est écrit en première page est rigoureusement exact.

Il déplia le journal et Jezebel comprit immédiatement de quoi il s'agissait. *« Meurtre sanglant au musée »* s'étalait en gros titre. Juste en dessous, en caractères un peu plus petits, on pouvait lire : *« Un cambriolage tourne mal, la malédiction de la cité oubliée a-t-elle encore frappé ? »*

---

1. Surnom donné au Metropolitan Museum of Art de New York.

Le musée en question était bien le Metropolitan Museum of Art qui possédait un département d'art extrême-oriental depuis 1915. Elle parcourut les colonnes qui détaillaient l'incident : à l'heure de la fermeture, une vitrine avait été vandalisée et une statue volée. L'un des gardiens avait sans doute surpris le ou les voleurs. Il avait été poignardé en plein cœur. Le reporter précisait qu'il laissait une veuve et trois enfants en bas âge.

Maintenant glacée, Jezebel replia le journal et le rendit à Jan.

— Les journalistes ne donnent aucune indication quant à la nature de la statue volée, remarqua-t-elle en voulant encore croire à une anecdote insignifiante, mais Jan détruisit ses dernières illusions.

— J'ai téléphoné au conservateur du musée avant le dîner. Edward Robinson est un ami de longue date. Il a confirmé mes craintes, la statue volée est la jumelle de la nôtre, celle-là même que j'avais trouvée dans les collections d'Andres dédiées à la cité perdue et dont j'ai fait don au musée. Il s'agit d'un démon Rakshasa tout à fait identique à celui qui est dans notre salon, que nous avons rapporté de Constantinople. Edward a été formel : tous les autres objets volés ont un rapport avec la cité oubliée. Ce n'est ni un hasard, ni une coïncidence. Les cambrioleurs savaient exactement ce qu'ils voulaient, et où le chercher. Je vais au musée demain pour rencontrer la police et le responsable du département oriental.

— Je pensais que tu ne t'occupais plus du tout de cette cité oubliée, hasarda-t-elle d'un ton tremblant.

Il la regarda gravement.

— C'est important, *me querida*. J'ai besoin d'en savoir plus pour mieux vous protéger, toi et Lián.

— Dans ce cas, je viendrai avec toi.

Il voulut dire non, mais il croisa son beau regard bleu et il lut sa détermination. Après tout, cette histoire la concernait au moins autant que lui. Il acquiesça.

— Très bien. Nous irons ensemble.

Ils s'enlacèrent, et restèrent longuement ainsi, chacun perdu dans ses pensées. Au bout d'un certain temps, Jezebel se redressa sur un coude, pour chercher son regard. Elle venait de se rappeler quelque chose.

— Tu sais, aujourd'hui, je suis allée jusqu'à la plage avec le chien. Il y avait une baleine échouée. Je n'en avais jamais vu, c'était vraiment très impressionnant. Bon, ce n'est pas ce que je voulais te dire. En fait, lorsque je suis revenue vers la maison, Mìmì a aboyé. Notre facteur, Sam Gonies, était près du portail. Il m'avait aperçue et m'attendait pour me donner ta lettre venue d'Argentine. Enfin, bon, ce n'est pas non plus ce que je voulais dire… Tu sais, le chien n'aboie qu'après les inconnus. Eh bien, juste avant que je n'arrive, Sam discutait avec deux hommes. J'étais loin, et je ne les ai pas bien vus. Sur le moment, leur présence ne m'a pas parue étonnante, mais maintenant, avec ce vol au musée…

— Oui, lui dit-il en prenant son visage entre les mains pour se mirer dans ses beaux yeux bleus. Qu'essaies-tu de me dire ?

— Ce que je veux te dire, c'est qu'un de ces hommes était finalement assez grand et maigre, et l'autre plutôt petit et gros. Je crois qu'il s'agissait de ces deux avoués de Genève, maître Glaris et maître Obwald, qui sont au service du baron von Rosenheim.

Tout en parlant, elle trouva le lit encore plus glacé, et elle serra plus fort Jan entre ses bras.

*

Le Metropolitan Museum of Art de New York ressemblait à un mausolée, et sans doute était-ce ce qu'il était, puisqu'il engrangeait en son sein une multitude d'artefacts pour la plupart recueillis dans des tombes.

Sa façade était grandiloquente, rythmée par une succession de colonnes et de fenêtres sur voûtes qui l'apparentaient à un vaisseau plutôt lourd. Au fil du temps, des architectes avaient juxtaposé à sa structure néogothique d'origine, en briques rouges, de multiples extensions qui surchargeaient l'ensemble. La dernière en date, destinée à un futur département des beaux-arts, était en cours de construction.

Jezebel aimait les musées. Elle avait toujours été sensible à leur atmosphère surannée, comme figée dans l'éternité, tout comme elle était impressionnée par leurs grandes salles plongées dans le silence, où le moindre craquement de parquet ressemblait à un coup de tonnerre.

À ses yeux, le Met était un géant qui méritait le détour. Elle gravit le perron avec excitation, oubliant presque les circonstances malheureuses qui l'amenaient. À l'intérieur, le hall d'accueil était éclairé par des vitraux semblables à ceux d'une église. Cette lumière tombant des cieux accentuait une impression de « temple du savoir ».

Tandis que Jan la menait au travers des divers départements historiques, elle respira une bonne odeur d'encaustique. Il s'y mêlait un relent de poussière familier, non pas celle qu'on pouvait trouver dans une maison négligée ou inhabitée, mais celle antique qui s'incrustait sur des objets antédiluviens extirpés de la gangue des siècles.

Finalement, son parrain avait bel et bien réussi, malgré leurs différences et leurs mutuelles incompréhensions, à lui inculquer l'amour de l'art et de l'archéologie.

Le conservateur, Edward Robinson, connaissait Jan Lukas depuis des années, depuis qu'en digne héritier d'Andres Agustin, le jeune archéologue était devenu un chasseur de trésors talentueux. Les deux hommes échangèrent une poignée de main circonstanciée, puis le vénérable historien s'inclina devant la jeune femme qui accompagnait son jeune ami. Il lui offrit un mince sourire.

— Je vais vous installer dans mon bureau, madame, proposa-t-il aimablement, à moins que vous ne préfériez vous promener dans l'un ou l'autre département ? La salle des peintres impressionnistes a toujours beaucoup de succès auprès de ces dames…

Il avait le teint pâle de ceux qui restent confinés à l'intérieur, le cheveu si blond qu'il en paraissait gris, à moins que ce ne fût déjà l'inverse, et un curieux petit nez en trompette qui tranchait au milieu de ses traits sévères.

— Inutile, répondit sobrement Jan Lukas. Ma femme nous accompagnera.

Le directeur du musée lui coula un regard étonné.

— Si je puis me permettre, la scène du crime n'est pas vraiment un spectacle pour une jeune femme.

— Tout de même, cela fait trois jours, ironisa Jan, avec sa morgue habituelle. J'espère que le corps a bien été évacué.

Le conservateur Robinson renifla.

— Je reconnais bien là votre humour noir, Jan, mais permettez-moi d'insister. La victime a certes été transférée aux pompes funèbres, mais la salle est encore condamnée par la police, et le sang n'a pas été nettoyé.

— Peut-être aurais-je dû vous préciser, lors des présentations que je viens de faire, que mon épouse est la comtesse Tyler, la filleule de feu sir Michael Deckard, qui fut, comme vous le savez assurément, l'un des plus grands spécialistes de l'art indien, et plus particulièrement de cet art gupta qui nous intéresse aujourd'hui.

Cette fois-ci, Edward Robinson parut impressionné.

— Ah, bien sûr, cela change tout, évidemment, s'inclina-t-il. Je n'avais pas compris. Quelle tragédie ! Chère madame, je vous présente mes condoléances, j'avais beaucoup d'admiration pour les travaux de votre parent, sir Deckard. Je l'ai rencontré à plusieurs reprises. Il nous avait fait l'honneur d'une visite, je crois que c'était en 1897 ou 1898. En tout cas, c'était avant le passage du siècle, de cela je suis sûr. Il était venu étudier une tablette en sanskrit, qui faisait allusion à une vieille prophétie qui devint, par la suite, le fil conducteur de ses travaux.

Il continua à soliloquer de la sorte tout en les guidant avec courtoisie vers le département d'art oriental.

— Le vol a été commis dans la salle dédiée aux civilisations de Maghada[1]. La cité de Pataliputra, située dans le Nord-Est de l'Inde, en Bengale occidental, est loin d'avoir livré tous ses secrets. Je sais que de nombreuses fouilles y sont régulièrement menées. Je crois aussi me rappeler que sir Deckard s'intéressait beaucoup aux civilisations de l'Empire maurya. Me trompé-je en affirmant qu'il s'agissait d'ailleurs de la raison de son installation à Calcutta ? Votre parrain, chère madame, était de ma trempe : un homme de sciences, un homme qui étudie les textes et les artefacts avant de construire une théorie. J'ai entendu parler de ses travaux sur la mythique cité perdue de Pachamashutra. Comme Andres Agustin s'y intéressait également, j'avoue m'être à mon tour un peu penché sur l'énigme du Sher-Cîta, mais mes connaissances du Maghada et des époques ultérieures ne sont pas assez pointues. J'ai vraiment apprécié votre donation, mon cher Jan. La salle a beaucoup de succès auprès des visiteurs. Les cités oubliées ont toujours un parfum de

1. Le plus grand des seize royaumes de l'Inde ancienne. Il fut le berceau de l'Empire maurya puis celui du puissant Empire gupta.

mystère qui, aux yeux du grand public, sort l'archéologue de la poussière et en fait un aventurier intrépide, un peu dans votre genre, mon ami.

Jan eut un rire bref.

— Je vous concède que je suis plus aventurier qu'archéologue. Dans mon tandem avec Agustin, il était la tête et moi j'étais les jambes.

— Il me semble qu'Andres Agustin se défendait plutôt pas mal, question jambes. Il n'hésitait pas à mouiller sa chemise dans les jungles les plus épaisses…

Une ombre passa sur le visage de Jan, qui répondit.

— Je ne crois pas qu'il était fait pour le terrain. De fait, il en est mort.

— Peut-être parce que, emporté par la fièvre de la découverte, il n'aura pas su s'arrêter à temps ? Maintenant que j'approche d'un âge certain, je sais qu'il y a un temps pour crapahuter dans la nature, et un autre pour la raison. Vous-même, n'avez-vous pas annoncé que vous aviez cessé de travailler sur ce projet de cité perdue depuis que vous êtes marié et père de famille ? Je m'étonne même que vous vous déplaciez pour ce vol. Une telle tragédie relancerait-elle votre intérêt pour cette chasse au trésor ?

— Pachamashutra n'a jamais été une énigme qui me motivait. Je laisse la résolution de son mystère à d'autres. Je viens aujourd'hui pour une raison purement personnelle. L'objet volé appartenait à l'une des collections d'Andres Agustin. Cela me désole au plus haut point.

— Ah, je comprends parfaitement.

Ils passèrent par un dédale secret de couloirs fermés au public. La pièce où avait eu lieu le cambriolage était encore interdite aux visites. Un policeman en uniforme montait la garde. Il exigea de voir les papiers d'identité des deux visiteurs.

— J'invite madame la comtesse à ne pas avancer plus avant, commenta-t-il d'un air entendu en lui rendant son passeport. L'intérieur de la salle est encore bien impressionnant.

Jan répondit avec humeur.

— Vous savez, mon brave, ma femme a chassé le tigre dans la jungle indienne. Elle a travaillé dans une mission catholique à Singapour auprès de nécessiteux dont certains étaient lépreux. Elle a traversé à pied les mangroves des Sundarbans et pêché des huîtres perlières au large du Bengale. Alors, ce n'est pas une petite flaque de sang qui l'impressionnera. N'est-ce pas, *darling* ?

— Cela va de soi, répondit-elle, tout de même ébahie par son propre palmarès.

Bras dessus, bras dessous, ils entrèrent dans une pièce baignée par une lumière électrique qui tombait d'un lustre d'inspiration orientale. Là, on remarquait en premier l'odeur. Ce n'était pas celle habituelle de l'encaustique et de la poussière compassée des millénaires entassés, mais un arrière-fond ferreux, qui donnait à l'air un remugle douceâtre, assez écœurant.

— Ne vous approchez pas du sang, les enquêteurs continuent leurs investigations, recommanda le policeman. Et puis, il y a des empreintes de chaussures, là, sur le pourtour. Ne marchez pas dessus…

Le conservateur les guida de l'autre côté d'un meuble à tiroirs surmonté d'une vitrine, en partie brisée et vidée. Les relents ferrugineux y étaient plus forts. Sur le plancher, une épaisse flaque de sang bruni n'avait effectivement pas encore été nettoyée. L'odeur désagréable en émanait.

— Désolé, commenta Robinson en sortant un mouchoir pour le presser sur son nez d'un air affecté, j'ai voulu faire nettoyer, mais le *detective*[1] qui s'occupe de l'enquête n'a pas encore donné son autorisation. De toute façon, je crains qu'il ne faille arracher le parquet. L'humidité a fait gondoler les lattes.

Jezebel plaqua à son tour un mouchoir sur le bas de son visage. Jan lui coula un regard interrogatif.

— Ça va, lui dit-elle en haussant un sourcil. Après tout, j'ai chassé le tigre dans la jungle indienne. Je ne vais pas avoir peur d'une petite flaque de sang.

Il lui coula un regard amusé. Elle avait toujours fait preuve d'un courage exemplaire aux moments les plus cruciaux. Pour elle, assurément, cette petite visite au musée ne pouvait pas être grand-chose en regard des évènements qu'ils avaient partagés dans le passé.

— On dit souvent, lança brusquement une voix dans leur dos, assez traînante et au fort accent irlandais, que le meurtrier revient toujours sur les lieux de son crime. À qui ai-je l'honneur, messieurs-dames ? Je suis le *detective* William O'Kelly.

— Oh, *detective*, s'exclama aussitôt le directeur du Met, monsieur Lukas est l'un de mes bons amis. Il est le généreux donateur des objets qui ont été volés ! Je venais justement lui montrer…

Un rouquin au visage parsemé de taches de son vint à leur rencontre. Il était vêtu d'un vieux complet usé aux coudes et d'un borsalino du même acabit qu'il portait d'un air canaille. Tout en parlant, il mâchait consciencieusement un chewing-gum.

— Monsieur Lukas, enchanté. Qu'est-ce qui vous amène par ici ?

---

1. Grade de la police new-yorkaise donné aux enquêteurs criminels.

— Disons que je tenais à me rendre compte par moi-même de ce qui avait été volé, *detective* O'Kelly. J'ai pu constater que plusieurs objets avaient disparu, contrairement à ce que la presse relatait…

Il désigna l'intérieur de la vitrine fracturée où le velours intérieur était délavé à plusieurs endroits. Il se souvenait d'un pectoral assez semblable au Sher-Cîta, qui servait aux prêtres lors des cérémonies religieuses, et d'une toute petite statuette destinée à un autel de maison représentant Kali, la déesse de la destruction, même si le clou de la vitrine avait été la fameuse statue de démon Rakshasa, si semblable à celle ramenée de Constantinople.

Le conservateur Robinson lui confirma cette liste, rajoutant deux pièces de monnaie dont il n'avait pas été le donateur, et une coiffe de haut dignitaire incrustée de turquoise.

— Tous ces objets étaient plus ou moins liés à la légende de Pachamashutra, ajouta-t-il. Le nom du donateur est gravé sur une étiquette de laiton, à l'extérieur de la vitrine. J'imagine que quelqu'un sachant exactement quoi chercher en aura eu la tâche facilitée.

Le *detective* O'Kelly écouta cette remarque avec intérêt.

— À vous entendre, monsieur le directeur Robinson, il semblerait que ce vol ne soit pas dû au seul hasard. Partagez-vous ce point de vue, monsieur Lukas ? Le cambriolage aurait-il pu être orchestré dans un but précis ?

Jan se redressa.

— Ma foi, c'est vous l'enquêteur, *detective* O'Kelly. Moi, je suis juste venu constater les dégâts, question de fierté personnelle, ajouta-t-il avec un vague sourire. Comme vous l'avez sans doute noté, seules mes plus récentes donations ont été ciblées, j'ignore s'il faut y voir le fruit du hasard, ou le résultat d'un acte plus réfléchi. Une seule certitude, comme l'a si bien remarqué le professeur Robinson, ces objets sont tous liés par la légende de la cité oubliée.

— Et en dehors de ce contexte, ces objets avaient-ils une quelconque valeur ?

— Tous les artefacts réunis dans un musée valent de l'argent, *detective* O'Kelly, cela tombe sous le sens. En revanche, certains en valent plus que d'autres. Ceux qui ont été dérobés sont assez anciens, car ils viennent d'une civilisation appelée gupta, qui a ses origines en Inde du Nord et qui s'est étendue jusqu'à la vallée de l'Indus au cours des millénaires. En tant que reliques archéologiques, ils sont inestimables, bien que leur valeur marchande ne soit pas toujours très élevée, car ils ne sont pas forcément fabriqués dans des matières précieuses. Par exemple, la statuette principale, qui représente un démon indien, est sculptée dans un grès tout ce qu'il y a de plus ordinaire.

— Votre sentiment n'est donc pas d'être en face d'un vol crapuleux lié au hasard. Vous pensez au contraire que le cambriolage n'a pu être commandé que par un collectionneur cherchant à s'approprier ces objets par n'importe quel moyen.

Jan hocha la tête. C'était effectivement ce qu'il pensait. Il le confirma à O'Kelly en lui faisant part de l'existence du baron Jürgen Heinrich von Rosenheim et de son obsession maladive concernant la cité perdue du Lotus rose.

— Et vous, madame, dit brusquement le *detective* en se tournant vers Jezebel qui suivait la conversation sans y participer, pensez-vous tout comme votre époux que le suspect ne peut être que ce baron suisse qui réside à Calcutta, soit à plus de dix mille miles du Metropolitan Museum of Art de New York ?

— Le baron von Rosenheim n'aura évidemment pas commis le vol lui-même. Je pense cependant qu'il est votre piste la plus sérieuse. Je le connais bien. Il est depuis longtemps obnubilé par ces vieilles civilisations indiennes. À Calcutta, il est soupçonné de plusieurs meurtres sans que rien n'ait jamais été prouvé.

Ils discutèrent encore longuement, et même plus tard, lorsque Jan et Jezebel quittèrent le Met après avoir signé une déposition. Pour eux, il n'y avait aucun doute. Le vol était signé. Le baron était à la tête d'une organisation internationale bien rôdée. Les États-Unis ne faisaient peut-être pas partie de sa région d'influence, qui s'étendait principalement de l'Inde à la Chine en passant par Madagascar, mais l'homme avait assez de poids, ou d'argent, pour diligenter des sous-fifres prêts à agir pour son compte.

Jezebel savait à quel point l'aristocrate suisse avait développé un intérêt maladif pour la cité perdue et l'or légendaire qu'elle était censée renfermer. Des années auparavant, tandis que Deckard tentait encore de convaincre la Royal Society de l'importance de ses recherches, il lui prêtait déjà une oreille attentive. Plus tard, lorsque l'archéologue était devenu frileux devant ses méthodes expéditives, il l'avait contraint à travailler sous la menace en utilisant sa filleule comme otage. Maintenant que la plupart de ses concurrents étaient morts, il n'allait certainement pas abandonner son vieux rêve.

— Peut-être possède-t-il des éléments nouveaux ? suggéra brusquement Jan. Ton parrain consignait toutes ses recherches sur un carnet de moleskine noir, qui ne le quittait jamais. Lorsqu'il est mort, von Rosenheim a très bien pu s'en emparer et parvenir à le déchiffrer.

Il s'était exprimé avec enthousiasme, comme si ce mystère le possédait encore, et Jezebel, brusquement méfiante, leva la tête pour le fixer.

— Penses-tu donc encore à cette cité perdue ? demanda-t-elle, le ton sec.

— Bien sûr que non ! Disons juste que je ne serais pas surpris si, dans quelques mois, quelques années, nous apprenions que le baron a découvert des ruines mystérieuses dans une lointaine vallée du sous-continent…

Elle se mit à tripoter nerveusement son beau médaillon indien.

— Et s'il cherchait encore le Sher-Cîta ?

Il la prit par l'épaule et la guida vers la Cinquième avenue en direction de Central Park.

— Écoute, cette histoire t'affecte beaucoup trop. Viens, allons nous changer les idées.

Il la fit entrer dans le parc, où ils se promenèrent un moment. Le crépuscule tombait, ils dépassèrent un manège de chevaux de bois tout brillant d'ampoules électriques. Dans l'air flottaient des odeurs de choucroute, de hot-dogs et de marrons chauds. Ils mangèrent une barbe à papa.

— Et si nous allions patiner ? lui dit soudain Jan, en l'entraînant vers une patinoire de plein air joliment éclairée.

Elle protesta pour la forme, parce qu'elle n'était pas d'humeur à s'amuser, et aussi parce qu'elle ne savait pas patiner.

— Je te donnerai la main, lui promit-il.

12

31 décembre 1921 – 1er janvier 1922
États-Unis

Jezebel s'ennuyait à mourir dans cette soirée de Saint-Sylvestre où elle ne se sentait pas à son aise. Une dame bon chic bon genre serrée dans une invraisemblable robe rose fuchsia l'avait choisie comme interlocutrice privilégiée, Dieu seul savait pourquoi. Elle ne la lâchait plus, ne cessant d'ouvrir la bouche pour proférer un tas d'inepties, dont la pire semblait à venir :

— Je me demande ce qu'elle lui trouve. Assurément, c'est du vice. Non, vraiment, je ne sais pas ce qu'elle lui trouve. Il est tellement noir, oui, c'est cela, il est bien trop noir. On dirait un de ces sauvages de la côte africaine…

Curieuse de voir de qui on parlait en ces termes, Jezebel suivit la direction que lui indiquait la mégère à l'aide de son face-à-main. Effectivement, une jeune femme à l'apparence timide venait d'entrer dans la salle de réception au bras de son amoureux, un bel homme à la carrure impressionnante. La demoiselle était charmante dans une robe d'organdi bleu pâle. Elle s'efforçait de faire front au feu croisé de tous les regards avec bravoure, tandis que son compagnon souriait à tout-va, mais la situation la mettait visiblement mal à l'aise. Assurément, on l'aurait été à moins : elle était blanche, et lui noir, et se présenter au bras l'un de l'autre dans une réception mondaine ne pouvait que scandaliser la haute bourgeoisie new-yorkaise.

Jezebel ne put s'empêcher de leur trouver un certain panache. Elle-même avait dû se frotter à ces mégères quelques instants auparavant, parce que toutes tenaient à rencontrer cette fameuse comtesse anglaise qui avait réussi à mettre le grappin sur un des célibataires les plus convoités de la côte Est. Elle n'avait trouvé grâce à leurs yeux que parce qu'elle était jeune, belle, riche et blanche. Son histoire d'orpheline revenue des Indes avait beaucoup ému. Finalement, on lui avait surtout posé des questions sur les maharajas, et sur leurs soi-disant caprices de primitifs argentés.

Le couple noir et blanc, là, esseulé au bord de la salle de bal, n'aurait pas la même chance. D'innombrables regards hostiles les dépeçaient par avance.

— Qui sont-ils ? voulut-elle tout de même savoir.

— C'est Jack Johnson, le champion du monde de boxe poids lourds, chuchota une vieille dame, dont les cheveux gris séparés en deux bandeaux d'un autre siècle donnaient à son visage une grande austérité. La présence de cet homme à notre soirée est un calcul politique. Mon fils Tony vise la présidence, il lui faut aussi quelques électeurs noirs. Vous n'avez pas entendu parler de ce Johnson ? Son nom a fait scandale, il était dans tous les journaux d'avant-guerre. Pour devenir champion du monde, il a dû battre des boxeurs blancs, or ces rencontres étaient interdites. Tout le monde pense que les combats furent truqués. Un homme noir battre un homme blanc, c'est quand même assez impensable, non ? Mon fils Tony adore cette histoire. Si vous le connaissez un tant soit peu, vous n'ignorez pas qu'il sait, lui aussi, se montrer très provocateur. Il tente de faire abroger la prohibition, or ce Johnson est justement le propriétaire d'un club à Harlem, le Club de Luxe[1]. On y joue une musique nègre, comment s'appelle-t-elle déjà… ah oui, je crois qu'on dit le blues… C'est de la musique de Noirs pour une clientèle de Blancs.

Une femme dont Jezebel n'avait pas retenu le nom, qui était coiffée à la garçonne avec un bandeau de plumes, se pencha vers le groupe pour chuchoter :

— Tout de même, ce boxeur, il paraît qu'il a l'intention de l'épouser… Je ne sais pas comment elle supporte l'idée de ces mains si noires sur… sur…

La mégère en fuchsia agita son face-à-main d'un air doucereux.

— S'il l'épouse, il fera de la prison. Nous avons la loi Mann[2], tout de même.

La conversation s'enlisa dans d'autres élucubrations d'ordre racial et Jezebel n'eut pas envie d'en entendre davantage. Elle n'osait imaginer l'accueil qu'elle aurait reçu si toutes ces dames avaient appris que sa fille était à moitié indienne, née justement d'un de ces maharajas barbares qui leur faisaient à toutes pousser des cris d'orfraie. Retenant un soupir, elle recula le plus discrètement possible vers une grande plante verte derrière laquelle elle s'efforça de se faire oublier.

Elle ne parvenait pas à se mettre à l'unisson de la fête, même s'il fallait reconnaître que son hôte, le sénateur Walker, savait recevoir. Pour célébrer dignement le passage de la nouvelle année, il n'avait lésiné ni sur le luxe, ni sur le glamour, allant jusqu'à faire accrocher au plafond des farandoles de rubans qui s'entrecroisaient

---

1. Le Club de Luxe deviendra le Cotton Club en 1925.
2. La loi Mann est une loi fédérale américaine sur le trafic d'esclaves blancs permettant parfois aux autorités de poursuivre des célébrités jugées dangereuses, qu'elles soient afro-américaines ou trop à gauche.

en créant l'illusion d'un faux ciel. Les lustres d'origine, déjà majestueux, avaient été ornés de pampilles supplémentaires qui réfléchissaient la lumière en éclats multicolores. Sur les tables des buffets, juponnées de nappes tombant jusqu'au sol, des serveurs stylés avaient monté des pyramides spectaculaires avec des coupes remplies d'un champagne versé en cascade.

Il y avait d'autres extravagances. Ainsi, sur la terrasse, les jardiniers avaient passé la semaine à aménager un petit bois de houx recouvert de neige artificielle. Plus loin, on avait construit une piste de luge où quelques noceurs chahutaient avec des cris perçants. Un cracheur de feu déambulait sur des échasses autour de la maison et une trapéziste sans filet faisait des contorsions dans le hall d'accueil, là où la hauteur sous plafond était la plus importante.

Le sénateur Walker aimait étaler sa réussite financière lors de fêtes somptueuses dont les journaux parleraient dès le lendemain. Tandis que les convives buvaient, chantaient et se trémoussaient sur de joyeux charlestons, quelques reporters triés sur le volet attendaient à l'office les douze coups de minuit, et l'autorisation de mettre en action leurs appareils photographiques.

Jezebel observait tout cela en pensant au contraste qu'une telle soirée formait avec la rue, et les quartiers les plus misérables de New York. Depuis qu'elle était installée ici, en Amérique, l'un des pays les plus riches du monde, elle était constamment étonnée de voir que la misère y était aussi présente qu'ailleurs dans le monde. Certaines impasses sordides n'avaient rien à envier à celles de l'Inde ou de la Malaisie. Comme là-bas, l'indigence prenait le visage d'enfants maigres jouant dans des flaques, de linge accroché n'importe où, de taudis en planches calfeutrés de chiffons sales. Travailler ne suffisait pas à sortir de la misère, car les salaires étaient eux-mêmes une misère.

Quelques jours auparavant, le pasteur Roberts de la paroisse de Huntington était venu lui rendre visite, histoire de lui parler de ses pauvres. Elle ignorait comment il avait su qu'elle avait travaillé dans une mission religieuse à Singapour. Profitant de cette discussion, il lui avait demandé des conseils à propos d'un projet de dispensaire qu'il comptait créer dans le Queens. Dans l'élan, il l'avait sollicitée pour en être la marraine.

Bien sûr, elle lui avait accordé son soutien financier, tout comme elle lui avait promis de réfléchir à une plus grande implication, même si, pour l'instant, elle ne se sentait pas le courage d'affronter par elle-même ces extrêmes dénuements. Les mauvais souvenirs étaient encore trop vivaces.

Cet entretien l'avait tellement travaillée qu'elle s'en était ouverte à Jan le soir même. Il lui avait précisé qu'elle n'était pas obligée de s'occuper en personne des bonnes œuvres, sauf si elle y tenait, car une partie de l'héritage d'Andres Agustin était dévolue à des projets caritatifs.

Il avait profité de leur conversation pour lui annoncer que Tony Walker les invitait pour le réveillon du Nouvel An. Cette idée ne l'avait guère réjouie. Le sénateur était certes d'une conversation agréable, mais son net penchant pour l'alcool et sa façon de constamment vouloir flirter avec elle la mettait mal à l'aise. De plus, elle redoutait la présence d'Eve Valmont. Depuis l'incident du théâtre, elle ne l'avait pas revue, bien qu'elle n'ignorât pas que Jan continuait à travailler avec elle. Pour être tout à fait honnête, elle n'était pas certaine d'arriver à supporter de les voir ensemble.

Elle avait donc argué qu'elle ne se séparerait pas de sa fille un soir de Nouvel An. « Hors de question ! » s'était-elle même écriée avec beaucoup de véhémence.

Jan était revenu à la charge quelques jours plus tard, lui assurant que tout était arrangé, que la fillette serait logée avec sa nounou dans une chambre à l'étage où ils pourraient monter l'embrasser autant de fois qu'ils le souhaiteraient.

Elle n'avait pas trouvé d'autre excuse pour refuser et maintenant elle se trouvait comme une cruche, à demi cachée par une plante verte, tandis que Jan était monopolisé par ses amis du club de polo avec lesquels il discutait *goal*, handicap, qualité des poneys et du terrain, *swing*[1] et droit de passage[2] controversé.

Dès le début de soirée, elle avait été présentée à tous ces cavaliers qui avaient été ravis de mettre enfin un visage sur un nom que leur coéquipier ne cessait de prononcer. L'espace de quelques instants, elle avait été leur reine, avant qu'ils ne reviennent à leur premier amour : le polo. Elle s'était alors enlisée dans une discussion d'initiés à laquelle elle n'avait rien compris. Les épouses l'avaient sauvée en l'emmenant au buffet pour se faire servir du dessert. Ces premiers moments avaient été agréables, gais et délicieusement frivoles, jusqu'à ce que cette mégère fasse cette stupide réflexion à propos de ce boxeur afro-américain.

Jezebel retint un soupir. L'Amérique avait peut-être lutté à feu et à sang pour supprimer l'esclavage, mais les Noirs continuaient à y subir une très forte ségrégation. Aucun matin ne passait sans qu'elle ne lise dans les

1. En frappe de balle, un swing est un coup droit très fréquent.
2. Au polo, le cavalier qui vient de frapper la balle et la suit a un droit de passage prioritaire sur tous les autres cavaliers.

journaux au moins un article relatant les activités criminelles du Ku Klux Klan. Plus le temps passait, plus elle s'inquiétait pour l'avenir de sa fille. Avec son teint de caramel, la petite Lián n'avait rien d'une blondinette.

— Holà, ma chère Jezebel, je crois que vous avez besoin qu'on vous fasse danser ! s'exclama soudain le sénateur Tony Walker en surgissant derrière elle pour se pencher par-dessus son épaule d'une façon assez familière. Venez, je vous enlève.

Elle hésita, mais il ne lui laissa pas le choix. Il l'entraînait déjà vers la piste de danse, sous le feu croisé de nombreux regards. Tout autour, des chaises avaient été alignées afin de permettre aux danseurs de se reposer, ou aux spectateurs d'admirer. Elle se sentit comme au milieu d'une cage.

— Je ne crois pas vous avoir encore dit que vous étiez très en beauté ce soir, Jezebel. Jan est assurément le plus heureux des hommes.

— Merci, répondit-elle du bout des lèvres.

— J'ai vu que vous discutiez avec ma mère et plusieurs de ses amies. J'ai tout de suite compris qu'il fallait que je vous sauve de leurs cancans. Ma très chère *mamma*[1] oublie trop facilement qu'il n'y a pas si longtemps, elle était sur un bateau d'immigrés qui venait de Sicile et que son unique richesse était les vêtements qu'elle avait sur le dos. Soyez indulgente, ma jeune amie, elle n'a pas un mauvais fond, son seul vrai défaut est d'être une mère italienne dans toute sa splendeur. Elle attend avec impatience de voir courir autour d'elle une dizaine de petits-enfants. Or je suis son fils unique, la pauvre est mal tombée. Je ne cesse de lui répéter que je

1. Maman, en italien.

n'ai pas encore trouvé chaussure à mon pied. Ou plutôt si, ajouta-t-il avec un sourire un peu trop appuyé, une belle jeune femme occupe depuis peu toutes mes pensées, je crains néanmoins qu'elle ne soit pas sensible à mon charme… Alors je me console en me disant que la liberté a du bon. Ne trouvez-vous pas ?

— Je l'ignore, monsieur le sénateur. Pourquoi me dites-vous cela ?

— Bah, je vous vois avec mon ami Jan et je trouve que vous formez un couple bien dans l'air du temps. Vous êtes jeunes, vous êtes beaux, et très libres l'un et l'autre, n'est-ce pas ?

La phrase la mit mal à l'aise, sans qu'elle en sache vraiment le pourquoi. Sous-entendait-il quelque chose de précis ? Quelque chose qu'elle ignorait ? Son esprit imaginatif partit brusquement dans de folles divagations.

— Essayez-vous de me dire une chose en particulier ? demanda-t-elle à brûle-pourpoint.

Il continua à la faire tournoyer en rythme, mais, cette fois-ci, il riait de tout son cœur.

— Plus je vous connais, ma mie, plus je vous trouve délicieuse. Vous avez une fraîcheur à laquelle on a juste envie de s'abreuver. Ne voulez-vous pas tomber dans mes bras, là, tout de suite ? Je n'en peux plus d'attendre.

Elle arrêta de danser brusquement. Recula d'un pas en lui jetant un regard glacé.

— Monsieur le sénateur, je trouve que pour un ami de mon époux, vous avez plutôt le profil d'un Judas. N'avez-vous donc aucun respect, aucune éthique ? Je vais aller me repoudrer le nez, profitez-en donc pour prendre le frais sur une terrasse, cela vous aidera à retrouver un comportement de gentleman.

— Je vous ai vexée, pardon, dit-il en affichant une mine contrite, tout en tentant de la retenir. Vous avez raison, je suis souvent d'une muflerie insupportable. Je suis désolé, je vous aime beaucoup. Restez, je vous en prie.

— Non.

Elle retira sa main et se précipita à l'étage pour gagner le cabinet de toilette qui avait été mis à la disposition des dames. Elle était fâchée, mais surtout affreusement gênée. Pourquoi les hommes n'avaient-ils de cesse de lui tourner autour ? Ne pouvait-elle donc avoir confiance en personne ?

L'intérieur du boudoir était bondé. De nombreuses femmes très élégantes y discutaient tout en réajustant leur maquillage ou leur coiffure. Elle se faufila du mieux qu'elle put, trouva un bout de miroir devant lequel elle lissa machinalement le tombé de sa robe du soir. L'étoffe était un lamé argent moiré de bleu qui rendait justice à ses yeux. Miss Penny, l'habile couturière de Huntington, avait fait des merveilles. Le corsage était ajusté juste ce qu'il fallait pour suivre la rondeur des seins sans les écraser et marquer la finesse de la taille. Ses hanches ondulaient dans un remarquable tombé de volants, donnant à la ligne générale une fluidité de liane. Le décolleté audacieux mettait en valeur le collier de perles que Jan lui avait offert pour son anniversaire, ainsi que la farandole de chaînettes parmi lesquelles tressautait le beau médaillon Sher-Cîta.

Lorsqu'elle releva le visage, elle faillit grimacer. Eve Valmont se tenait juste à côté d'elle. Or, par un malheureux concours de circonstances, presque toutes les autres femmes avaient quitté la pièce.

Elle faillit faire demi-tour, puis elle songea qu'elle n'avait aucune raison de fuir. Elle releva le menton d'un air batailleur tout en feignant de vérifier la bonne tenue du trait de khôl qui soulignait ses yeux.

– Tiens, ne serait-ce pas là ma chère cousine ? s'exclama la belle Américaine avec le ton d'une impératrice en train de toiser une ennemie mortelle.

Comme à l'accoutumée, elle était somptueuse dans une robe en twill de soie gorge-de-pigeon drapée en toge, sous laquelle il était facile de deviner qu'elle ne portait pas grand-chose. Sa poitrine arrogante tendait le tissu, au point de révéler l'aréole durcie. Chez n'importe qui d'autre, un tel vêtement aurait paru vulgaire, à tout le moins dévergondé. Mais, à elle, il donnait un air de statue antique.

Jezebel préféra s'abstenir de répondre. Elle sortit de son sac son poudrier Caron, passa délicatement la houppette sur son front. Elle n'en avait pas besoin, mais cela lui occupait les mains.

– Oh, vous pouvez continuer à vous donner de grands airs d'aristocrate anglaise, reprit la voix traînante d'Eve Valmont, mais je vous ai percée à jour. C'est moi qu'il aurait dû épouser. Je vous accorde donc la première manche, mais votre victoire ne durera pas.

Elle s'approcha suffisamment pour se pencher vers l'oreille de celle qu'elle considérait comme sa rivale.

– Votre air de sainte-nitouche l'a peut-être séduit, cela ne durera pas. Il finira par s'en rendre compte et, à ce moment, je serai là. Vous perdrez définitivement la guerre, tout comme vos compatriotes l'ont perdue en 1783[1].

Elle recula, mais Jezebel haussa les épaules d'un air faussement apitoyé.

– En attendant, miss Valmont, il faut vous faire une raison, c'est avec moi qu'il couche.

1. Fin de la guerre d'indépendance des États-Unis contre les Britanniques.

Elle allait sortir, mais Eve Valmont lui coupa le passage dans un cri de furie.

— Vous êtes d'une vulgarité affligeante ! Tous les jours, je me demande ce qu'il peut bien vous trouver.

— La jeunesse, peut-être ? souffla Jezebel en s'écartant de son passage.

*

Le reste de la soirée défila comme dans un rêve. Tandis que Jezebel arrivait au bas du grand escalier, le décompte pour la nouvelle année commença. On éteignit les lumières, à l'exception de quelques rares flambeaux tenus par des domestiques en livrée, dont les flammes dansantes éclairaient les convives d'une lueur mordorée.

Dans cette semi-obscurité assez mystérieuse, l'orchestre se lança dans un roulement de tambour assez semblable à ceux qu'on entendait dans les cirques, lorsque le numéro s'annonçait particulièrement périlleux. Les invités se turent. On s'entreregardait, rempli d'une attente fébrile. Quelques-uns levaient déjà leur verre, d'autres riaient nerveusement, sautillaient sur place ou cherchaient la femme, l'amant, l'ami qu'il fallait retenir en vue des prochaines embrassades.

La nouvelle année arrivait.

Jezebel continua à fendre la foule en regardant à droite, à gauche, un peu perdue. Elle n'apercevait Jan nulle part. Il y eut une bousculade, et un importun la saisit par la taille pour l'embrasser dans le cou. Furieuse, elle se retourna, prête à le gifler, mais Jan lui attrapa la main en décochant un sourire moqueur.

— Hey, c'est moi ! J'avais l'impression que tu me cherchais. Me suis-je trompé ?

Il avait déboutonné la veste de son smoking, entrouvert le col de sa chemise et défait son nœud papillon. Sa décontraction le rendait encore plus séduisant que d'habitude. Elle se jeta contre lui comme si elle ne l'avait pas vue depuis dix ans. Il referma les bras sur elle.

— Holà, ne te mets pas dans un état pareil, je n'étais pas très loin, je t'assure.

— Tu m'as manqué, répondit-elle en appuyant sa joue contre sa boutonnière pour mordiller le carré de soie qui y fleurissait. Ne pourrait-on pas rentrer ?

Il éclata de rire.

— À quelques secondes du bing bang ? Tu veux rire !

Il l'attira sous un lustre festonné de gui. Autour d'eux, la foule commençait à compter le rebours. Minuit explosa dans un énorme charivari.

— Bonne année, *babe*, lui dit-il en l'embrassant à pleine bouche.

Ils se regardèrent au milieu d'une pluie de confettis. Leur ami le sénateur avait voulu s'inspirer des *ticker-tape parades*[1]. Des petits bouts de papier argenté tombaient de la mezzanine en tourbillonnant dans les lumières qu'on venait de rallumer. Ils ressemblaient à une tempête de neige. L'orchestre entama un morceau de blues intitulé « *Just gone* », qui faisait un clin d'œil à l'année qui venait de s'achever. Le couple se mit à danser. Dehors, un feu d'artifice illumina le ciel.

Lorsqu'ils prirent congé, il était deux heures du matin et la fête battait encore son plein. Leur hôte fut désolé de les voir partir aussi tôt. Il leur avait réservé une chambre.

---

1. Parade rendant hommage à une célébrité, utilisant la sortie papier de machine à ruban jetée en grand nombre depuis un building et donnant l'impression d'une tempête de neige.

— Tout de même, argumenta-t-il tandis que Hùshì enveloppait la petite Mary-Leela dans une épaisse couverture, elle dort si bien cette enfant, n'est-ce pas cruel de la réveiller ?

Jezebel lui tendit sa main à baiser pour hâter les adieux.

— Nous ne pouvons pas rester. Nous avons laissé notre chien tout seul à la maison. Notre gouvernante est en congé, or ce petit voyou a toujours tendance à faire des dégâts.

— Vous rentrez à cause d'un chien ? Ne me dites pas que vous rentrez à cause d'un chien ! Ils rentrent à cause d'un chien !

Il levait les yeux au ciel tandis que Jan tournait déjà la manivelle pour démarrer la Ford.

— À bientôt, mon cher Tony. Et encore bonne année !

La petite famille partit dans une nuit sans étoiles, en laissant derrière elle une demeure illuminée comme un château. Au bout de quelques miles, une pluie gelée se mit à danser devant les lanternes. Dans l'habitacle, il faisait si froid que Jezebel prit sa fille dans les bras après s'être enroulée dans une couverture. Le sommeil la gagnait. Elle sursautait à chaque fois que l'automobile prenait un virage un peu trop brusque ou lorsqu'un nid-de-poule mettait à mal les suspensions. Sur la banquette arrière, Hùshì s'était endormie.

En arrivant à Huntington, Jan ralentit la Ford dès la pinède. Brusquement, il coupa le moteur alors qu'ils étaient encore loin du garage. Il éteignit même les phares et resta ainsi, dans le noir, à fixer bizarrement le perron. Lorsque Jezebel voulut ouvrir la portière, il la retint en posant une main sur son avant-bras.

— Attends, souffla-t-il.

Le ton fut sec. Elle lui fit face, maintenant bien réveillée. Il continuait à observer la nuit qui dégoulinait de pluie, le visage dénué d'expression. Elle sonda à son tour l'obscurité, mais ne vit rien hormis les branches effeuillées des hortensias que les jardiniers n'avaient pas encore taillées, et l'ombre grise de l'épicéa juste au-dessus des escaliers. Puis elle se rendit compte que la porte de leur maison était entrouverte. Elle crut même entendre le battant grincer dans l'effet du vent.

— Que se passe-t-il ? s'exclama-t-elle en voulant sortir derechef.

Il la retint une seconde fois, sauf que, cette fois-ci, il en profita pour atteindre la boîte à gants où il avait rangé son Smith & Wesson. Il en vérifia le chargeur. Déverrouilla le cran de sûreté.

— Jan ? souffla Jezebel, brusquement inquiète. Que veux-tu faire ?

— Chut ! lui dit-il.

Hùshì se réveilla en papillonnant des yeux. Il leur donna à toutes les deux le même ordre.

— Ne bougez pas. Ne sortez pas d'ici. Je reviens tout de suite.

Il se jeta dans la pluie, courut jusqu'au perron. Jezebel le suivit des yeux autant que possible mais, lorsqu'il s'approcha de la porte et qu'il disparut dans le noir, elle ne put en supporter davantage. Elle tendit sa fille à Hùshì.

— Non, *missy* ! blêmit la jeune Chinoise, le maître a dit de ne pas bouger !

Jezebel l'ignora. Elle s'élança dans la bourrasque et courut sur les gravillons en dépit de ses talons hauts. La pluie glacée dégoulinait dans son cou. Demain, son col de renard sentirait le chien mouillé. Elle rejoignit Jan au moment où il se faufilait dans le vestibule. Il la vit, l'attrapa durement et lui fit des gros yeux dans le noir.

— Reste derrière, souffla-t-il d'une voix quasi inaudible.

Elle ne l'entendit pas. Elle venait de découvrir la catastrophe. Les vases habituellement posés sur la console, dans l'entrée, avaient été jetés au sol. Ils étaient renversés, vidés, brisés. Elle avança d'un pas consterné, marcha sur les fleurs saccagées et sur les tessons qui nageaient dans des flaques d'eau.

— Ce chien ! s'exclama-t-elle avec colère. Il ne nous épargnera aucune bêtise ! Regarde l'état de la maison, je vais…

Jan la projeta dans l'ombre d'une armoire en la bâillonnant durement d'une main.

— Je t'ai dit de ne pas bouger ! chuchota-t-il.

Il s'éloigna sur la pointe des pieds. Elle comprit enfin qu'il se passait quelque chose de grave. Elle tendit le cou. Jan longeait le corridor jusqu'au salon. Lorsqu'il y parvint, il resta adossé contre le mur un moment, à respirer en silence, puis il tendit la main et tourna le commutateur.

Une lumière jaune inonda la pièce, immédiatement suivie d'un coup de feu. Jan plongea derrière le sofa. Il leva son revolver. Tira. La détonation résonna comme un coup de tonnerre. Il y eut un cri de douleur, un bruit de verre brisé. Jan se redressa, visa et tira une seconde fois avant de bondir par-dessus le canapé et de disparaître à l'autre bout du salon.

Jezebel se retrouva toute seule dans le vestibule, terrorisée. Elle attendit une seconde, deux secondes, trois… Jan ne revenait pas. On courait à l'extérieur de la maison. On criait. On tirait. Elle fut prise d'affolement. Osa à peine respirer. Elle venait enfin de comprendre que des cambrioleurs s'étaient introduits dans leur maison, et que Jan les poursuivait.

Soudain, elle tomba à genoux. Elle venait d'apercevoir le misérable petit tas de fourrure étendu dans un coin.

— Mìmì, appela-t-elle dans un murmure à peine audible. Mìmì ?

La petite bête ne broncha pas. Elle s'en approcha en rampant, se coupa un doigt sur un morceau de verre qui traînait au sol, s'en aperçut à peine. Elle ne voyait plus que son chien, qui ne bougeait pas. Au fond d'elle, elle avait déjà compris l'inacceptable, mais elle le refusait encore de toutes ses forces.

— Mìmì… chuchota-t-elle en priant pour que le chiot se lève, qu'il avance vers elle.

Il ne frémit même pas, alors elle comprit qu'il ne viendrait plus jamais vers elle en remuant sa longue queue maigre. Elle faillit crier. Se retint en serrant sa main sur sa bouche puis se mit à pleurer. Le petit corps était encore chaud, tout mou, poisseux de sang. Elle voulut le prendre dans ses bras, on la saisit durement par le coude et elle se mit à hurler de panique.

Jan la secoua.

— Calme-toi. C'est moi. Je crois que j'en ai blessé un. Ils ne reviendront pas.

— Regarde ce qu'ils ont fait à Mìmì ! s'écria-t-elle. Ils ont tué notre chien ! Ils l'ont tué !

La voyant au bord de la crise de nerfs, il ramassa un napperon et le jeta sur le pauvre petit corps. Du sang traversa aussitôt le tissu. Jezebel vacilla. Il la prit par la taille, la força à s'éloigner.

— Viens, laisse-le. Tu ne peux plus rien pour lui. On reviendra l'enterrer un peu plus tard.

Elle titubait de chagrin, il la serra contre lui. Ils passèrent devant le salon. Tout était cassé, déchiré, réduit en mille morceaux, les meubles, les tableaux, les livres de la bibliothèque, et même le phonographe. Ils marchèrent sur des lambeaux de tissu, des assiettes en miettes, du papier arraché… Dans la vitrine où Jan exposait ses plus belles découvertes, le moindre artefact était renversé, fracassé, sali. Ils comprirent tout de suite que la statue du démon Rakshasa rapportée de Constantinople manquait.

Le cambriolage était signé.

— Lorsque je tiendrai ce salopard entre les mains… commença Jan, la voix blanche.

Il se tut, parce que Jezebel s'accrochait à lui en tremblant de peur. Il la ramena vers la Ford. La pluie s'était transformée en neige fondue.

— On ne peut pas laisser Mìmì tout seul, balbutia la jeune femme, choquée.

— Nous nous occuperons de lui demain. Retournons chez Tony, il nous hébergera pour la nuit. Nous préviendrons la police de chez lui.

Elle hoqueta brusquement.

— Tu es blessé !

Du sang coulait au travers de sa manche.

— Ce n'est rien, la balle n'a fait que frôler mon épaule.

Il ne voulut rien montrer avant qu'il ne les ait mises toutes les trois à l'abri. Ils retournèrent chez Tony. Ce dernier ne put les accueillir en personne, il était ivre mort depuis longtemps, mais les domestiques s'en chargèrent. Ils connaissaient Jan de longue date. Un docteur fut mandé. La blessure de Jan fut déclarée bénigne. La balle n'avait fait qu'une petite estafilade sur le bras gauche.

Le lendemain, le *detective* O'Kelly se déplaça en personne. Après une enquête menée auprès du voisinage, il apparut rapidement que deux hommes avaient repéré les lieux quelques jours auparavant. Les villageois étaient formels, toutes les descriptions concordaient : l'un d'eux était un petit gros, l'autre un grand maigre. Et ils avaient des accents à couper au couteau.

— Glaris et Obwald, renseigna obligeamment Jan. Ils se sont présentés comme des avoués venus de Genève, en Suisse.

O'Kelly fit diffuser leur signalement. Quelques jours plus tard, il revint à la villa du sénateur où les Lukas étaient toujours logés. Il annonça que les deux complices avaient été aperçus dans le port de New York. Le grand maigre boitait bas, il semblait blessé à la jambe. Après une brève course-poursuite, ils avaient réussi à échapper aux contrôles douaniers et s'étaient embarqués sur un cargo à destination de Halifax, en Nouvelle-Écosse. Là, la police avait perdu leur trace.

Jan se réjouit tout de même de la nouvelle.

— Ils ont eu ce qu'ils voulaient et ils sont partis. Je crois que, dans les prochains temps, nous serons tranquilles. Ils savent que nous n'avons plus rien qui puisse les intéresser.

Jezebel n'osa pas lui rappeler qu'il existait encore au moins un artefact lié à la cité perdue.

Les joues vidées de sang, elle serra convulsivement le médaillon Sher-Cîta caché sous son corsage. C'était par lui que tout avait commencé. Il était juste de penser que c'était par lui que tout devrait un jour finir.

13

14 février 1922 / Valentine's Day
Huntington – États-Unis

Le cambriolage de la maison d'Huntington fut un choc pour tous ses habitants mais Hùshì sembla plus traumatisée que les autres. À partir ce jour, elle traîna partout avec une mine d'enterrement, et Jezebel la vit plusieurs fois plonger son visage dans ses mains pour y cacher ses larmes.

Au début, elle crut que son amie, comme elle-même d'ailleurs, pleurait la mort de leur petit chien. Mìmì avait pris une telle place dans leur cœur qu'il ne pouvait que leur manquer. Prise par l'habitude, Jezebel croyait parfois l'entendre courir derrière elle ou japper dans le jardin après une corneille. Elle sursautait à chaque fois, l'illusion durait quelques secondes, puis la réalité la rattrapait, et avec elle le chagrin.

Elle trouva donc normal que Hùshì fut attristée par cette disparition, d'autant plus que la petite Mary-Leela ne cessait de réclamer son compagnon de jeu. Trop jeune pour comprendre la mort, elle se rappelait surtout que son *Bàbà* avait voulu installer le chiot dans la niche sur le perron, alors elle y courait dix fois par jour pour vérifier si, par hasard… Sauf que son Mìmì adoré ne s'y trouvait jamais.

On lui expliqua qu'il ne reviendrait pas, qu'il était ailleurs, certainement dans ce ciel peuplé d'anges où il était heureux et passait ses journées à chasser des souris. Pragmatique, la petite décida de se poster à la fenêtre, sur le gros fauteuil qui lui permettait d'observer les oiseaux. Là, elle se mit à interpeller dans son divin babil d'enfant de dix-sept mois le ciel gris de neige qui faisait un couvercle au-dessus de la maison.

Fut-ce pour cette raison que Hùshì supporta moins que les autres cette disparition ? Tout le monde savait à quel point elle était attachée à l'enfant. Or, il était poignant de voir la fillette courir partout en appelant désespérément son chiot.

Jezebel ne se préoccupa pas tout de suite du chagrin de son amie. Elle aussi était affectée, d'autant plus qu'elle avait eu très peur à cause de la fusillade et de la blessure que Jan avait récoltée. Elle avait beau savoir qu'il ne s'agissait que d'une écorchure due au frottement d'une balle, qui avait guéri en quelques jours, elle ne cessait de cauchemarder en imaginant ce qui aurait pu se produire si le projectile avait été dévié ne serait-ce que de quelques pouces.

Il fallut aussi tout reconstruire. Les dégâts dus au cambriolage étaient importants. On entama de sérieux travaux de réfection. Le temps de tout refaire, la petite famille s'installa dans le manoir du sénateur Tony Walker.

Jezebel ne fut pas particulièrement ravie de cette solution. Elle connaissait le penchant du politicien pour l'alcool et sa façon pathétique de boire jusqu'à plus soif pour le seul plaisir d'être ivre. Elle craignait aussi que, durant ces crises, il ne se montre trop entreprenant. Elle n'aimait pas ses manières de la coller, en lui touchant familièrement le bras ou l'épaule, comme si elle était une belle statue dont il pouvait admirer à sa convenance les moindres courbes.

Par chance, le politicien ne fut guère à son domicile. Sa charge l'obligeait à participer à des sessions au Capitole, il préférait alors loger dans son appartement de fonction à Washington.

Mrs Appelrood refusa de déménager, même provisoirement. À Huntington, elle était chez elle et entendait y rester. Elle prévint tout le monde qu'avec une bonne pétoire entre les mains, elle ne laisserait aucun voyou troubler son sommeil. Personne n'en douta. Outre la figure d'un bouledogue, elle en avait aussi la hargne.

Jan refusa de la laisser seule. Il engagea un homme à tout faire, Tom Barbedill, qui assura la charge de gardien. Mrs Appelrood fut vexée de cette intrusion. Elle était maniaque et ne cessait de houspiller le brave homme pour ses godillots mal nettoyés ou pour ses grosses paluches insuffisamment savonnées. Heureusement, il ne s'en formalisa pas. À chaque remontrance, il se contentait d'arrondir le dos tout en courant obéir.

Les jours passèrent ainsi, et les mauvais souvenirs s'estompèrent. Le *detective* O'Kelly vint à plusieurs reprises les informer de l'avancée de son enquête. Il leur assura que les sieurs Glaris et Obwald – leur identité avait été confirmée par plusieurs témoins – avaient été vus au Canada, d'où ils avaient embarqué pour une destination inconnue. Probablement l'Orient, pour rapporter à leur employeur le produit de leur larcin.

Jezebel respira mieux. Jan avait raison. Le danger s'éloignait. Elle espérait que ce fût définitivement.

Le chiot Mìmì Lǐwù fut enterré à la lisière de la pinède, entre trois amélanchiers et un buisson de houx. Par la suite, Tom Barbedill sculpta une belle croix décorée de rosaces qu'il plaça lui-même sur la tombe, pour faire plaisir à Lián. Un colis arriva de Turquie. Il contenait des bulbes de tulipes rares et précieuses. Le négociant

Timuçin Kadir, à qui Jan avait envoyé un télégramme plutôt sec pour lui demander si, par hasard, il n'avait pas eu la langue trop pendue à propos de la vente de la statue du démon Rakshasa, présentait ainsi ses excuses pour ne pas avoir tenu cette transaction plus secrète.

Jezebel planta les oignons au pied de la croix.

Début février, la famille put réaménager dans la maison remise à neuf. L'intérieur avait encore une odeur de peinture mais les couleurs claires semblaient annoncer le printemps. Dans le jardin, les jours rallongeaient. La neige fondait par grosses plaques sales. L'herbe jaune commençait à apparaître, vite émaillée de perce-neige. Des violettes tapissaient le dessous des buissons. Les crocus suivirent, flanquant les escaliers de touffes jaunes. Lorsqu'un rayon de soleil pointait, la petite Mary-Leela sortait cueillir des fleurs qu'elle offrait ensuite à sa *Māmā*.

Le 14 février au matin, Mrs Appelrood entreprit de décorer la maison avec des guirlandes de cœurs rouges achetées chez le marchand de couleurs. Jezebel détailla cette nouvelle lubie d'un œil amusé. En retour, on l'accabla d'un reniflement presque méprisant :

— Ne vous moquez pas, madame, aujourd'hui, c'est la Saint-Valentin.

Son ton indiquait clairement que ceci expliquait cela.

— Bien… répondit Jezebel, qui ignorait que ce saint avait, aux États-Unis, une importance qui outrepassait ses simples fonctions religieuses.

Elle fut donc très surprise de trouver posée sur son assiette, au petit-déjeuner, une belle carte recouvertes de lettres dorées. On y voyait un cœur rouge dans lequel deux tourterelles se bécotaient.

« Mon amour, mon aimée, je n'ai pas trouvé de portrait d'oiseaux bengalis, mais on dit que les tourterelles

symbolisent elles aussi l'amour éternel. Je suis parti tôt ce matin, tu dormais encore. Alors je te laisse ce petit mot pour la Saint-Valentin, pour te dire que les jours passent et que je demeure le plus heureux des hommes. Prenons rendez-vous pour ce soir, mon aimée, mon adorée, pour que mes mains et mes lèvres puissent te dire mon amour de mille autres façons. Ton mari, qui se veut aussi ton amant. »

La voyant rougir au fur et à mesure de sa lecture, Mrs Appelrood lui versa une tasse de *breakfast tea* en gloussant. Parfois, le bouledogue était romantique, même s'il s'en défendait en jurant comme un charretier.

— *Grote god*[1], vous voilà toute retournée parce que M'sieur Lukas vous fait des compliments. Ha, ha, cette journée sera vraiment très gaie !

Pour la peine, elle reçut un baiser sur la joue qui manqua lui provoquer une crise d'apoplexie.

— *Door alle heiligen*[2] ! Et mon bacon ! Il va encore brûler, avec toutes vos bêtises.

Jezebel avala avec beaucoup d'appétit une bonne portion d'œufs brouillés tout en faisant déjeuner sa fille de pancakes au sirop d'érable. À côté d'elle, Hùshì ne mangeait pas. Elle se tenait encore plus silencieuse que d'habitude.

— Es-tu malade ? lui demanda Jezebel en s'en avisant. Tu ne manges rien.

La jeune Chinoise sursauta comme prise en faute. Très vite, elle détourna la tête pour cacher ses grands yeux emplis de chagrin et n'offrir qu'une nuque délicate surmontée de cheveux aussi brillants que de l'ébène.

Jezebel insista doucement :

---

1. Grand Dieu, en néerlandais.
2. Par tous les saints, en néerlandais.

— Hùshì, que t'arrive-t-il ? Je vois bien que ça ne va pas. Ne veux-tu pas me parler ?

— *Missy*, oh, *missy*, je mérite d'être punie. J'ai manqué à mon devoir.

Jezebel soupira. Elle s'efforçait régulièrement de faire comprendre à sa jeune amie qu'elle n'était plus une esclave. Malgré cela, la jeune Chinoise ne parvenait pas à l'accepter. Encore maintenant, elle craignait d'être vendue du jour au lendemain, simplement parce qu'elle avait déplu.

— Regarde-moi, Hùshì, lui dit Jezebel d'un ton ferme. Combien de fois devrai-je te répéter que tu n'es pas notre esclave ? Jan t'a rachetée parce qu'il n'avait pas le choix. Ton propriétaire refusait de te laisser partir sans recevoir de l'argent en contrepartie, mais cela ne veut rien dire, tu comprends ? Tu es libre. Libre. Tu n'appartiens à personne.

— Vous vous trompez, *missy*. C'est le *raajdoot* Mukhy Aadamee qui m'a rachetée, pour me donner à Lián, qui est une princesse de sang royal. Alors je lui appartiens.

— Et moi je te répète qu'on ne donne pas un être humain à un autre être humain. En plus, nous ne sommes pas aux Indes, mais aux États-Unis. Ici, il n'y a pas d'esclave.

— Je mérite quand même une punition, répéta Hùshì d'une voix têtue.

— Tu racontes vraiment n'importe quoi ce matin ! s'irrita Jezebel. Je me demande si tu n'as pas de la fièvre.

N'y tenant plus, la jeune Asiatique se cacha le visage dans les mains et toute l'histoire sortit d'une traite. Le jour du sapin de Noël, il y avait quelques mois, Hùshì avait aidé Mrs Appelrood à le décorer. Comme elle était plus agile que la gouvernante, elle était montée sur l'escabeau pour mettre l'étoile tout en haut. Pendant ce temps, la petite

Lián jouait sagement avec monsieur Lán, son éléphant bleu. Du moins, c'était ce que Hùshì avait cru, car en réalité la fillette était en train de faire une grosse bêtise. Sa nurse s'en voulait. Elle ne l'avait pas assez surveillée.

— Vraiment pardon, *missy*, c'est ma faute, c'est moi qui dois être battue, pas elle !

Et Hùshì se cogna derechef le front contre la table.

— Où vas-tu chercher cette idée que je dois vous battre, toi ou ma fille ? C'est vraiment n'importe quoi, je ne comprends même pas de quoi tu parles !

— Je parle de la statue que *mister* Lukas aime beaucoup, celle qui a les dents comme ça.

La jeune Chinoise imita assez bien la mâchoire proéminente du démon Rakshasa, avec sa langue qui pendait bien rouge vers le menton. Jezebel retint un rire, car la grimace était atroce mais rendait la statue parfaitement reconnaissable.

— Tu sais que nous n'avons plus cette statue, lui dit-elle. Elle nous a été volée. À l'heure qu'il est, elle doit être sur un navire qui fait route vers l'Orient.

— Je le sais, chuchota Hùshì, au bord des larmes. Sauf qu'il y a un problème…

— Quel problème ?

Avec une tirade entrecoupée de sanglots, la jeune Chinoise parvint enfin à expliquer que Lián, en jouant avec la statue, en avait cassé un morceau.

— Ah ? dit Jezebel, quelle importance, puisque nous n'avons plus cette statue.

Hùshì ne l'entendait pas ainsi. Pour convaincre son amie de la gravité de la chose, elle sortit de sa manche un objet plat, carré, dont la taille avoisinait les deux pouces. Elle le posa sur la table.

Cette fois-ci, Jezebel arrondit les lèvres de stupéfaction. L'objet semblait être en or. Il était magnifique.

Le dessus était richement décoré de motifs entrelacés. La tranche était incrustée de rubis. Le tout ressemblait à l'un de ces poudriers de poche exotiques, édités par un parfumeur de luxe.

— Que c'est beau ! Qu'est-ce que c'est ?

— Je ne sais pas. C'est sorti de l'intérieur de la statue-démon lorsque Lián l'a cassée.

— De l'intérieur ? En es-tu sûre ?

Jezebel s'étonna qu'un si bel objet, d'apparence aussi précieuse et délicate, puisse avoir un lien quelconque avec le démon Rakshasa, au physique si laid, avec sa grosse tête grimaçante, ses membres grêles et ses pieds tordus garnis de griffes. Elle se saisit de l'artefact avec beaucoup de délicatesse. Il tenait dans sa paume, doux et tiède, brillant de mille feux. Le détail des entrelacs était d'une finesse incomparable, laissant apparaître une corolle de lotus stylisée. Prise d'admiration, elle le tourna et le retourna entre ses doigts. Plus elle l'étudiait, plus elle trouvait qu'il ressemblait à une petite boîte.

— Es-tu arrivé à l'ouvrir ?

— Non ! s'exclama Hùshì en ouvrant des yeux apeurés. Tout ça, c'est commerce de démons, alors je l'ai pris et je l'ai caché.

— Sauf que, maintenant que la statue a été volée, tu penses que cet objet a peut-être une grande importance.

La Chinoise opina d'un air coupable. Jezebel la rassura d'un sourire, puis se replongea dans l'examen de l'objet. Elle détailla plus particulièrement l'empreinte en creux qui ressemblait à une fleur de lotus. Un tel motif, pour un objet d'origine indienne, n'avait rien d'étonnant. Les lotus ornaient la moindre sculpture, le moindre bas-relief, la moindre céramique originaire du sous-continent. Sauf que celui-là, avec ses pétales incurvés et gravés de fines stries et ses pistils semblables à de minuscules serpents, lui semblait assez familier. Brusquement inspirée, elle fit pivoter la boîte et le motif changea comme sous le coup d'une anamorphose. Le lotus perdit sa délicatesse de fleur sacrée pour devenir une tête de tigre rugissant. À moins qu'il ne s'agisse, comme elle en eut vite l'intuition, du portrait du fameux démon Rakshasa lui-même, comme c'était le cas pour le médaillon Sher-Cîta.

Elle tira la chaînette de sous son corsage et se mit à comparer les deux motifs. Placés côte à côte, ils étaient rigoureusement identiques : même taille, même dessin, sauf que l'un était en creux, celui de la boîte, et l'autre en relief, celui du médaillon. Mue par une intuition, elle les posa l'un sur l'autre. Ils s'encastrèrent parfaitement.

– Je n'arrive pas à y croire ! s'exclama-t-elle, au comble de l'excitation. Tu vois ce qu'il se passe, Hùshì ? C'est tout bonnement incroyable. Regarde, ils s'accordent totalement.

Elle appuya plus fort pour parfaire l'encastrement. Un déclic infime mit en branle un mécanisme, et un tiroir émergea de la tranche.

– Ah, s'exclama Hùshì, en penchant la tête avec émerveillement. Je savais que je devais vous en parler, *missy*. Les démons ont toujours des secrets. Regardez à l'intérieur !

Dans le minuscule compartiment, à peine haut d'un quart de pouce, on voyait effectivement quelque chose. Jezebel attrapa un couteau de cuisine et, l'utilisant avec délicatesse, extirpa ce qui ressemblait à un morceau de papier plié. Avec une précaution accrue, elle étala sur la table une feuille de petite dimension, trois pouces de chaque côté. Ce n'était pas du papier, mais une sorte de parchemin jauni, recouvert de signes et d'inscriptions illisibles. L'encre brune était délavée. Au centre, un dessin qui aurait pu être celui d'un enfant schématisait une carte. Un trait double marquait une route, ou peut-être une rivière. Sur la gauche, des triangles formaient une chaîne de montagnes. Sur la droite, un moutonnement figurait une forêt à l'intérieur de laquelle une croix était tracée.

— On dirait une carte au trésor, comme dans *L'Île au trésor* de Stevenson, chuchota Jezebel, avec un rire qui mourut dans sa gorge lorsqu'elle comprit que ce plan naïf ne sortait pas d'un roman, mais indiquait sans doute l'emplacement de la fameuse Pachamashutra, la cité perdue que son parrain avait cherchée jusqu'à l'heure de sa mort.

Cette révélation la glaça. Elle perdit toute gaieté, et même toute curiosité. Devant ses yeux consternés, le joli médaillon Sher-Cîta n'était plus un colifichet chargé de souvenirs plus ou moins émouvants, ni même un vieux pectoral précieux utilisé par un prêtre gupta lors d'une antique cérémonie religieuse. En réalité, il était devenu une clé ouvrant la porte d'une cité maléfique.

Elle pensa à Michael qui avait eu raison depuis le début. À Andres Agustin qui en avait perdu la vie, et même au baron von Rosenheim qui continuait d'intriguer pour découvrir ce trésor archéologique. Prise de peur, elle regarda autour d'elle pour voir si Mrs Appelrood avait écouté cette conversation.

Tout allait bien.

La gouvernante était dans la pièce d'à côté, occupée à nettoyer les vitres. Elle n'avait rien vu, rien entendu. Alors Jezebel replia vivement la carte, la remit dans son tiroir secret et ôta le médaillon pour libérer le mécanisme.

— Un secret doit rester un secret, dit-elle à Hùshì. Je veux que tu me promettes de n'en parler à personne, pas même à *mister* Lukas, surtout pas à lui, en fin de compte.

Jan avait beau lui avoir promis de ne plus s'intéresser à la cité de Pachamashutra, elle craignait qu'il ne change d'avis en découvrant l'existence d'un indice aussi tangible. L'apprenant, ne voudrait-il pas s'élancer à nouveau sur les traces de ses prédécesseurs ?

Jezebel serra les dents.

Déjà, elle imaginait que, comme pour son parrain, l'énigme lui rongerait le cœur. Il en oublierait le boire et le manger. Il mettrait sa famille en danger. Peut-être même en perdrait-il la vie…

Or, elle refusait que cette cité de malheur détruise le bonheur qu'elle était en train de construire pas à pas.

Elle ne la laisserait pas lui prendre l'homme qu'elle aimait.

— Il faut me jurer que tu n'en parleras jamais, répéta-t-elle farouchement. Jure, Hùshì, jure.

La jeune Chinoise jura avec gravité, heureuse de s'en sortir à si bon compte.

*

Le reste de la journée, Jezebel se montra étourdie et d'une humeur inégale. Elle cacha la mystérieuse boîte parmi ses poudriers Caron et Lubin[1], au milieu de sa trousse de maquillage où, il fallait bien le dire, il ne dépareillait guère tant il était précieusement ouvragé. Elle était très fière de sa cachette. Elle pensait, à juste titre, qu'aucun homme n'aurait jamais l'idée de chercher quoi que ce soit au milieu de ces colifichets si féminins.

Mrs Appelrood remarqua sa mine tourmentée. Elle crut qu'elle avait pris froid et lui prépara un chocolat chaud avec des guimauves fondues pour la réconforter. Jezebel lui en fut reconnaissante, même si elle ne parvint

---

1. Maison de parfums française créée en 1798.

pas à en avaler une seule goutte. Mentir à Jan, même par omission, la mettait dans un état proche de la catatonie. Il n'y avait pas si longtemps, elle lui avait demandé de toujours lui dire la vérité. Aujourd'hui, elle contrevenait elle-même au serment qu'elle avait exigé. Cela la rendait malade.

Néanmoins, elle se conforta dans sa décision. Elle n'avait pas d'autre solution. Pachamashutra était une rivale. Un succube qui emberlificotait les cœurs des archéologues pour les attirer vers ses promesses de trésors, alors qu'au bout de la route n'existait que sang et destruction. Pour un peu, elle était prête à croire en l'incarnation du démon Rakshasa dont les hordes de vampires, de fantômes et de morts-vivants, tous ces Asuras[1], Kalakeyas[2] et Bhutas[3] attiraient leurs victimes consentantes directement dans la bouche de la déesse Kali[4].

Elle avait vu les ravages que ces croyances avaient faits sur son parrain. Elle avait vu le pauvre homme investir sa vie, ses pensées, ses actes, au point d'en perdre tout sens commun. Le brillant archéologue était devenu une épave vieillie avant l'âge. Le mystère l'avait rongé de l'intérieur, le poussant à passer outre ses devoirs, son honneur. Au bout du compte, il avait tout perdu, même la vie.

Elle refusait que Jan suive le même parcours, la même déchéance. Elle préférait s'enfermer définitivement dans le mensonge.

---

1. Dans la mythologie hindoue, un Asura est une sorte d'anti-dieu.
2. Toujours dans l'hindouisme, un Kalakeya est un clan puissant, féroce, de démons, qui défendent une fabuleuse cité d'or.
3. Sorte de fantôme semblable au Rakshasa, qui dévore les voyageurs.
4. La divine Mère-Déesse, la plus terrible déesse du panthéon hindou, celle de la destruction.

*

En début d'après-midi, Jan revint à la maison les bras chargés de cadeaux de Saint-Valentin. Il offrit à Mrs Appelrood un bouquet de violettes et à Hùshì quelques pivoines serties d'un nœud rose. Une surprise patientait dans le jardin, sagement attachée au bout d'une longe juste en bas du perron. Cette surprise-là était occupée à grignoter un tas de foin qu'on avait déposé à son intention. Elle avait une robe palomino cuivrée et était destinée à la petite Mary-Leela, qui était encore en train de faire la sieste et qui la trouverait à son réveil.

— Un poney ! s'exclama Jezebel en dévalant les marches avec stupéfaction. Tu lui offres un poney ? Elle va l'adorer !

— J'y compte bien, assura Jan avec un clin d'œil moqueur. Il s'appelle Tulpar[1]. C'est un poney Shetland, une race réputée pour sa douceur avec les enfants.

— Son premier cheval ! s'écria Jezebel en sautillant sur place d'une joie qui pouvait presque faire croire que le cadeau lui était destiné. Tu la gâtes beaucoup trop ! Es-tu au moins sûr qu'elle n'est pas trop petite ?

Jan la rassura.

— Elle est bien sûr trop jeune pour monter tous les jours durant de longues heures, mais pour faire connaissance avec le monde du cheval, apprendre petit à petit à s'en occuper, à le caresser, lui donner une carotte, ce sera parfait. De toute façon, ne t'ai-je pas dit que j'en ferai une cavalière émérite ? En voici le début.

Elle se jeta à son cou pour le remercier d'être si attentionné avec sa fille. En même temps, elle se mit à pleurer,

1. Dans la mythologie turque, Tulpar est un cheval ailé.

parce qu'elle était heureuse mais pensait également aux cachotteries qu'elle lui faisait, à ce secret qu'elle ne voulait pas partager. Sous le coup de la culpabilité, elle faillit tout avouer, se retint au dernier moment.

Jan ignorait tout de la tempête qui s'agitait dans sa tête. Il se moqua d'elle avec tendresse.

— Si tu pleures à ce point maintenant, je crains que tu me fasses une inondation plus tard !

Elle se moucha bruyamment.

— Parce que tu as… encore… une autre surprise ?

— Il me reste celle que je te destine. Aurais-tu voulu que je t'oublie ? Va donc te changer. Cette robe ne peut convenir à ce que j'ai en tête.

Elle fronça les sourcils.

— La dernière fois que tu m'as demandé de me changer, nous sommes passés d'un bateau à un autre de façon assez rocambolesque. Je ne suis donc pas certaine de vouloir te suivre sur ce point-là…

— Je te promets qu'il ne s'agit de rien de semblable. Allez, va choisir des vêtements confortables qui te laisseront libres de tes mouvements. Et dépêche-toi, que nous puissions profiter de ta surprise avant la tombée de la nuit.

Elle courut se changer, revint vêtue à la garçonne d'un pantalon en velours côtelé et d'une chemise de flanelle un peu trop grande qu'elle avait puisés dans son armoire à lui. Par-dessus, elle avait passé un vieux chandail irlandais qui suffirait à la réchauffer.

— Ho ho, quand je pensais confortable, je n'imaginais pas à ce point. Vas-tu te mettre à fumer et à jurer comme le dernier des charretiers pour le seul plaisir de ne pas me laisser avoir le dernier mot ? J'espère au moins qu'il y a tout de même quelque chose de ma femme là-dessous…

— Attrape-moi si tu veux le vérifier, jeta-t-elle avec une grimace effrontée, et ils se coursèrent jusque dans le vestibule où il réussit à la coincer contre le mur pour l'embrasser longuement. En même temps, il faufila ses mains sous le pull et la chemise, à la rencontre de son ventre doux et tiède. Puis il remonta lentement vers ses seins palpitants, cachés sous un mince tissu qu'il ne reconnut pas.

— Qu'est-ce donc que cela ? Serait-ce nouveau ? Cela m'a l'air bien joli…

Il parvenait encore à la faire rougir, ce qui l'amusa. Elle le repoussa du mieux qu'elle put.

— Moi aussi, j'ai une surprise, mais elle sera pour ce soir.

— Je vote pour qu'on joue nos surprises dans le désordre, proposa-t-il en riant.

— Tu es vraiment impossible !

Il la retint en sortant un foulard de sa poche et le lui agita devant le nez.

— Tu n'imagines pas à quel point. Tourne-toi, je veux te bander les yeux.

Il l'emmena sur la route de gravier qui menait vers les champs en la tenant par les épaules pour éviter qu'elle ne trébuche. Elle ne cessait de se trémousser d'impatience.

— Vas-tu me dire où nous allons ?

— Ici, répondit-il en l'enlevant dans ses bras pour lui faire traverser un fossé.

Elle joua la frayeur pour le simple plaisir d'enfouir son visage dans son cou et respirer son parfum qu'elle adorait. Lorsqu'il ôta le foulard en criant « Abracadabra ! », elle resta bouche bée devant une clôture de bois qui cernait un pré d'herbes folles. Là, un cheval blanc galopait, crins au vent.

— Ho, s'exclama-t-elle, émerveillée.

Le magnifique animal dut l'entendre, car il vint vers elle au petit trot, les oreilles pointées vers l'avant. Même à cette distance, elle reconnut les extraordinaires yeux bleus, ainsi que la belle robe crème, qui était un coloris très rare. De sa vie, elle n'avait connu qu'un seul cheval de ce ton-là. Une émotion indescriptible l'envahit.

– Ce n'est pas Snow, n'est-ce pas ? s'exclama-t-elle, les mains collées à ses joues comme pour contenir son étonnement. Je l'ai laissée à Tyler Castle quand je suis partie en Inde. Elle ne peut pas être ici, non, vraiment pas…

Pourtant, il s'agissait bien de sa belle jument cremello[1], celle avec laquelle elle avait partagé toute son adolescence, sa préférée depuis toujours, son plus grand regret depuis qu'elle avait été contrainte de la laisser derrière elle en embarquant sur l'*Albatros* en partance pour Calcutta.

Jan l'avait fait venir d'Angleterre dans le grand secret. Maintenant, il riait de sa confusion, heureux de l'émoi qu'elle affichait.

Elle se jeta à son cou, en pleurant et riant à la fois, tandis qu'il racontait tout de l'aventure qu'il avait orchestrée, des lettres qu'il avait échangées avec le notaire de Gloucester, du voyage qu'il avait organisé avec Roger Simmons, le régisseur de Tyler Castle, et aussi Taddeus Pennyson, le palefrenier du domaine. Il expliqua le lad qu'il avait été obligé de louer le temps de la traversée, et les trésors d'ingéniosité qu'il avait déployés pour que rien ne soit éventé avant l'heure.

Snow la reconnaissait-elle après toutes ces années ? Jezebel voulut le croire lorsqu'elle tendit la main vers

---

1. Cheval au poil crème, à la peau rose, aux crins blancs et aux yeux bleus.

le chanfrein de velours qui approchait. La jument avait henni en la voyant, un hennissement de joie, et il était impossible d'en douter maintenant qu'elle enfouissait ses naseaux dans ses cheveux, en reniflant longuement son parfum.

Jezebel en eut une recrue de larmes. Cette journée était trop forte en émotions de toutes sortes. Avec un soupir tremblé, elle posa sa joue contre l'encolure soyeuse, respira la bonne odeur de cuir et de foin qui s'en dégageait. Snow lui souffla dans le cou. Elle se remit à sangloter.

— C'est moi, ma belle, nous sommes à nouveau ensemble, parviens-tu à le croire ?

Jan la regardait, incroyablement heureux. Il la laissa pleurer tout son content jusqu'à ce que le vent se lève en amenant un goût de pluie.

— Bon, déclara-t-il avec son ironie coutumière, que dirais-tu de cesser cette mousson digne des tropiques et de m'accompagner pour un petit galop jusqu'à la plage ? J'ai ramené un hongre du club de polo que j'aimerais bien faire travailler avant qu'il ne pleuve.

Ils prirent par la pinède en passant le petit pont de pierre, longèrent le torrent sur une centaine de yards puis obliquèrent dans un sous-bois d'amélanchiers. Les bourgeons qui, d'ici quelques jours, s'ouvriraient en un nuage de fleurs blanches, étaient devenus turgescents et ombraient les bosquets d'un brouillard rosé. Partout, des coussins de canneberges étalaient leurs vieilles feuilles colorées en bronze par l'hiver.

L'averse ne semblait pas se déclarer, même si l'air qui soufflait de la mer était humide et froid. Jezebel tourna ses joues enfiévrées vers le nord. Entre ses cuisses, la force de la jument se communiquait à son corps, à sa chair, à ses os. Elle en fut brusquement heureuse. Monter à cheval lui avait terriblement manqué. Son bassin, ses mains, retrouvèrent vite leurs habitudes.

Les deux cavaliers quittèrent le petit chemin qui serpentait le long du torrent après avoir effrayé un vieux héron gris. Jan passa en tête le temps de traverser la pinède. Il poussa le hongre au petit trot. La pluie vint tout de même, mais les jeunes gens ne s'en soucièrent pas. Jezebel rattrapa Jan pour chevaucher à côté de lui. Elle le dévisageait avec une fierté de propriétaire. Comme il était beau, son centaure aux cuisses d'airain, avec sa magnifique stature, ses épaules larges, et son visage d'homme heureux.

Elle lui sourit, cria dans le vent :

— Faisons la course jusqu'à la mer !

Elle n'attendit pas sa réponse et talonna sa jument qui s'élança aussitôt.

— Tricheuse ! hurla Jan, en l'imitant.

Elle éclata d'un grand rire moqueur. La pluie les fouettait, le vent les cinglait, le froid engourdissait leurs doigts, mais ils étaient au septième ciel, parce qu'ils s'aimaient et qu'ils avaient l'un et l'autre la passion des chevaux ainsi que l'amour du galop.

Ils sortirent de la pinède, descendirent une dune. Jezebel prit la tête. Elle survolait les obstacles et Jan ne se lassait pas de l'observer. Pour la première fois depuis qu'il la connaissait, il la voyait monter, et le moindre détail le ravissait, entre ses cheveux défaits qui cascadaient dans son dos comme une raie de lumière, son assiette parfaite, ses cuisses qui faisaient instinctivement corps avec la jument.

— Je suis amoureux ! cria-t-il dans le vent, dans les nuages.

Elle l'entendit et se mit à rire en talonnant de plus belle sa monture. La petite cremello allongea l'allure, prit sur la droite un sentier qui serpentait entre les aubépines.

— Non, cria Jan brusquement. Pas par là. Arrête-toi !

Elle ne l'entendit pas, ou, plutôt, ne voulut par l'entendre. Elle était si heureuse qu'il lui paraissait impossible d'interrompre ce moment merveilleux. Jan cria de plus belle, pris de panique. Il cravacha son hongre pour la rattraper. Elle crut à un jeu, se pencha comme un jockey sur l'encolure de la jument pour gagner encore un peu de vitesse. Ses cheveux se mélangeaient aux crins blancs, fouettaient ses joues. Elle riait, sans remarquer que, quelques mètres plus loin, le chemin se rétrécissait en longeant une falaise.

Jan cravacha à nouveau sa monture, qui réussit à se jeter contre le poitrail de la petite cremello. La jument prit peur. Se cabra. Jan parvint à attraper les rênes et à la stopper définitivement.

— Arrête ! cria Jezebel. Ce n'est pas du jeu, tu lui fais mal à la bouche !

Sans lâcher la jument qui n'était pas encore tout à fait calmée, il montra la falaise qui s'ouvrait au détour du virage. Une paroi verticale chutait jusque sur les brisants blancs d'écume.

— Ce chemin n'est pas idéal pour faire la course. Il y a parfois des accidents.

Jezebel mit pied à terre, les jambes flageolantes. Au-delà de quelques buissons, le vide s'ouvrait sur une tempête de vagues et de rochers. Jan la rejoignit, la serra presque violemment sur sa poitrine.

— Tu m'as fait peur, je crois que je n'ai jamais eu aussi peur depuis… depuis…

Il avait failli dire depuis les Indes, se tut cependant.

— Il pleut trop, on va rentrer par la route principale, dit-il en désignant à quelque vingt ou trente yards, au-delà d'un champ de fougères roussies par l'hiver, une route pavée qui montait sagement de Huntington.

— Ça va aller, répondit-elle. Je ne suis pas en sucre. D'ailleurs, regarde, la pluie cesse déjà. Allons tout de même à la plage. S'il te plaît, ajouta-t-elle en levant vers lui son inénarrable regard bleu.

Ils galopèrent dans les vagues, puis revinrent à la maison dans un crépuscule gris et pluvieux. Les arbres devenaient des ombres, leurs branches des silhouettes fantomatiques. Au milieu de la brume, la propriété apparut brusquement, illuminée comme un havre accueillant.

*

Après le dîner, Jezebel monta coucher sa fille. Elle avait trouvé de vieux albums de Béatrix Potter sur une étagère. Elle raconta une histoire de Pierre Lapin qui portait une veste bleue. Lorsque la petite fut endormie et qu'elle l'eut embrassée plus de mille fois, elle revint au salon.

Jan l'attendait en alimentant l'âtre de quelques bûches. Il l'accueillit en lui mettant dans les mains un verre tulipe rempli d'un cocktail rose qui lui rappela aussitôt le *Singapore Sling* du Raffles Hotel.

— Ce soir, au diable la prohibition. Ce n'est pas tous les jours la Saint-Valentin.

Elle prit le verre en superposant ses doigts aux siens.

— Comment savais-tu que j'avais envie de ce cocktail ?

— Le barman du Raffles m'a dit un jour : pour dérider une femme, propose-lui un cocktail aussi rose que ses lèvres.

— Je n'ai pas besoin d'être déridée, répliqua-t-elle, piquée au vif.

— Pourtant, je te sens nerveuse aujourd'hui.

Elle rougit en pensant à son mensonge. Avait-il deviné quelque chose ? Elle balbutia :

— C'est parce que je suis heureuse. Voilà, je suis trop heureuse !

Il lui mit la cerise au marasquin dans la bouche, l'embrassa pour profiter en même temps qu'elle du goût du fruit.

— Et si tu me montrais maintenant la surprise que tu m'as préparée ? Je suis très curieux de voir cette nouvelle pièce de lingerie qui semble envelopper tes seins de manière très effrontée… N'est-ce pas ce qu'on appelle un soutien-gorge ?

Elle s'offusqua :

— Je te trouve bien au courant du secret intime des dames !

Il la regarda avec ce mélange de tendresse et de moquerie qui savait si bien la faire fondre.

— Oh, moi, tu sais, j'ai toujours été une très bonne chambrière.

Pour le lui prouver, il la fit se retourner et commença à défaire les boutons qu'elle avait dans le dos. Au fur et à mesure que la robe de laine s'entrouvrait, il découvrait sa peau claire, soyeuse et nacrée. Bientôt il ne résista plus à l'envie d'y poser les lèvres.

La robe glissa enfin jusqu'au sol. Jezebel lui fit face pour lui montrer, avec une certaine rouerie, le tout petit bout de tissu qui, effectivement, « soutenait » ses seins nichés dans deux coques de soie rose brodées de dentelle de Calais.

— *Happy Valentine's Day*, chuchota-t-elle, les joues cramoisies.

— Ma foi, répondit-il en s'attardant sur le joli tableau, le résultat est assez savoureux.

— Savoureux ? Est-ce là le seul compliment qui te vient à l'esprit ? Me verrais-tu comme une pièce de gigot ?

Il se pencha pour lui prendre les lèvres. S'enfonça dans sa bouche qui s'entrouvrait. Ses mains caressèrent un mamelon durci qui tendait la soie de la lingerie, ses doigts se faufilèrent sous le tissu.

— Ne le déchire pas, soupira-t-elle. Cette petite chose m'a coûté une fortune.

Cela le fit rire, puis il l'enleva dans ses bras et la jeta sur le sofa avant de s'abattre sur elle, pour la cribler de baisers.

14

4-5 juillet 1924
Meadow Brook et Huntington – États-Unis

Le galop furieux jaillit de l'autre bout du terrain, se rapprocha comme un roulement de tonnerre dans des projections de terre et d'herbe hachée. Les chevaux venaient. Ils étaient tendus, tous leurs muscles apparents, leurs encolures luisant de sueur, les veines zébrant leurs corps comme sur un marbre magnifique. Dans leurs pauses furieuses, ils rappelaient les statues équestres de Michel-Ange, ou les tableaux tumultueux de Géricault et de Goya.

Tandis que les criollos se disputaient sous le soleil ardent, ils devenaient des titans et rappelaient bien ce qui, depuis la plus lointaine Antiquité, faisait du cheval le frère de l'homme. Leur lien était celui de la course, du combat et de la fureur.

Au comble du jeu, les destriers qu'on aurait pu croire sauvages, et qui pourtant étaient dressés de la plus habile des façons, se jetaient dans la mêlée avec une joie vive, farouche. Durs et brutaux, ils levaient bien haut la tête, les naseaux élargis par une respiration puissante. Leurs poitrails se frottaient en guerriers et les sabots accrochaient la pelouse, communiquant à la terre une fureur qui la faisait trembler.

Un cheval de joueur de polo a du cran, celui de la gagne. Il a aussi l'orgueil des causes qui peuvent être perdues. Il se jette dans l'affrontement au moins autant que son cavalier, et condense sur une pelouse d'à peine trois cents yards la steppe infinie, le vent et l'orage, que fracassent habituellement les combats d'étalons visant la suprématie.

Le polo n'aurait aucune substance sans le cheval.

Épaule contre épaule, le regard parfois devenu blanc à force de chercher la balle ou l'adversaire, les poneys se défiaient, se bousculaient, se frappaient, en jouant l'un contre l'autre une guerre que les hommes avaient initiée.

Ils le faisaient en silence, sans hennissements et sans cris. Seuls résonnaient le tumulte de leurs sabots, en une cavalcade qui venait puis s'éloignait, et revenait encore.

À la poursuite de l'enjeu, la mêlée se déplaça vers les tribunes. Les maillets tournoyaient. Les galops hachaient l'air. Soudain, un cavalier s'échappa, poursuivi par la meute.

« *Jan* », pensa Jezebel en se levant à moitié.

Depuis le début de la rencontre, elle ne le quittait pas du regard. Elle lui était définitivement acquise, prête à admirer sans fins ses acrobaties, ses volte-face et ses galops éperdus, sa parfaite silhouette de cavalier antique, ses cuisses d'airain. Elle savait le reconnaître même dans la bataille la plus enchevêtrée, et même au début d'une *chukka*, lorsque tous avaient changé de monture.

En fait, elle ne voyait que lui. « *Mon cavalier* », pensa-t-elle, éperdue.

Jan conservait à cheval la même élégance que dans la vie ordinaire, avec son jodhpur blanc, sa chemise noire marquée d'un numéro, ses hautes bottes cavalières qui protégeaient ses genoux, ses cheveux décoiffés par le vent de la course. Pourtant, son indolence devenait dès l'entrée sur le terrain une acuité de prédateur.

Concentré et incisif, il était le tigre, le léopard, l'aigle des hauteurs. Il respirait le jeu par toutes les fibres de son corps. Il anticipait l'action, et ses mouvements avaient alors la justesse qui évite le geste inutile, la rapidité du serpent qui frappe, la pugnacité du lion qui étrangle sa proie.

Il prit la tête d'une contre-attaque.

En équilibre sur ses étriers, le corps jeté en avant pour soulager le cheval d'une partie de son poids, il se pencha à plusieurs reprises pour faire avancer la balle jusqu'au *goal* de l'adversaire. Là, il frappa, et une longue clameur salua son geste, tandis que le juge validait le point d'un mouvement de drapeau.

Le maillet levé en vainqueur, Jan marqua sa joie en galopant comme d'habitude le long de la tribune pour taper dans les mains que les spectateurs enthousiastes lui tendaient par-dessus la rambarde. Comme en Inde, cinq années auparavant, lors de cette première fois où elle l'avait vu jouer, il fit piler net son cheval devant elle et lui sourit de ce demi-geste à la fois tendre et arrogant, qui la rendait tout amollie.

Sa monture dansa sur place, lui permettant de détailler avec complaisance son visage ombré d'une barbe naissante, son teint bruni au soleil, les lèvres au pli moqueur.

Il la salua du maillet, faisant d'elle l'exergue de la foule exaltée. Les appareils photographiques crépitèrent aussitôt. Elle rougit, gênée, mais tout de même ravie qu'au cœur même d'un jeu qui ramenait les hommes vers des instincts grégaires, il prenne le temps de lui accorder cet instant.

Elle sourit à son tour. Il lui jeta un baiser du bout des doigts avant de filer vers le centre du terrain, car le jeu recommençait. Les spectateurs l'acclamèrent tout le temps de cette course.

Jezebel se rassit en regardant autour d'elle. La tribune officielle était comble, ainsi que les gradins de part et d'autre. Il y avait plus de vingt mille personnes. Elle n'avait jamais vu autant de monde à un match de polo. Les États-Unis ne faisaient jamais rien comme le reste du monde.

Des milliers d'automobilistes étaient venus de New York pour assister à l'Open de Meadow Brook. Ils étaient si nombreux qu'ils avaient dû parquer leurs véhicules dans les champs avoisinants, à parfois plus d'un mile de distance. Des trains spéciaux avaient à leur tour déchargé leur lot d'êtres humains, ainsi que des monceaux de marchandises. Tôt le matin, des vendeurs de souvenirs s'étaient installés sur l'arrière des tribunes. C'était l'Open, et en même temps l'*Independance Day*. Les pickpockets s'en donnaient à cœur joie.

Dès treize heures, les premiers paniers de pique-nique s'étaient ouverts, et dans l'air s'élevait un parfum de saucisse et de beignet. Juste avant le match contre l'Argentine, qui serait certainement le clou de la journée, les équipes avaient fait leur entrée sur le terrain dans une atmosphère de kermesse. Les cavaliers avaient défilé sous les drapeaux au rythme d'une musique orchestre. On était en juillet et le soleil dardait ses rayons brûlants. La seule ombre disponible était sous un rideau d'arbres, près de l'emplacement réservé aux chevaux, et sous le dais de la tribune officielle. Personne ne quittait son chapeau.

À la fin de la première *chukka*, le score était serré, la foule exultait. Jezebel écoutait cette rumeur joyeuse, le regard vissé sur l'homme qu'elle aimait. Dans ces moments-là, lorsqu'elle se rendait compte de sa beauté, de l'émoi qu'il créait dans son corps, de l'amour infini qu'elle lui portait, son cœur se gonflait d'un tel bonheur qu'elle craignait de le voir soudainement partir en lambeaux. Elle avait beau s'en défendre, une peur insidieuse demeurait tapie, celle de perdre ce qu'elle avait, au point qu'elle se demandait parfois jusqu'à quand l'amour pouvait subsister entre deux êtres.

Depuis qu'elle était installée dans la maison d'Huntington, près de la pinède en bordure du torrent de Beaver Creek, le temps filait à toute vitesse. Elle était devenue suffisamment américaine pour aimer la *clam chowder*[1] et la *pumpkin soup*[2], marcher des heures sur les plages désertes de Long Island en pêchant des huîtres, et agiter comme aujourd'hui un petit drapeau de papier pour fêter l'*Independance Day*.

Sans doute ne parviendrait-elle jamais à être plus américaine que cela, avec ses manières anglaises bien ancrées, mais elle était heureuse de s'être coulée aussi facilement dans une vie qui la nichait au creux d'un amour dont elle ne se lassait pas.

Car elle l'aimait, son beau joueur de polo.

Elle l'aimait en cavalier émérite, comme en archéologue érudit lui faisant visiter les musées. Elle l'aimait lorsqu'il débattait d'un point d'actualité, lorsqu'il lui expliquait l'Amérique profonde et ses non-sens, le racisme latent au cœur du rêve américain, ce formidable élan vers l'avenir, cette volonté très arrogante de toujours se croire le meilleur.

Elle l'aimait lorsqu'il se penchait au-dessus de son épaule pour admirer ses peintures et qu'il s'extasiait de son talent comme si elle était une reine en son domaine, alors qu'elle n'avait jusqu'à présent réussi qu'une toute petite exposition.

---

1. Soupe de palourdes traditionnelle.
2. Soupe de potiron.

Elle l'aimait lorsqu'ils chevauchaient ensemble sur la plage, leurs montures galopant dans la mer jusqu'à l'épaule, les éclaboussant d'écume. Elle l'aimait lorsqu'il apprenait à sa fille à monter sur son Shetland et que, plus tard, pour se faire pardonner une leçon peut-être trop sévère, il la chatouillait jusqu'à ce qu'elle demande grâce.

Elle l'aimait lorsqu'il les emmenait à Coney Island faire du steeple-chase[1] mécanique et manger les hot-dogs de Nathan's Famous. Elle l'aimait le soir lorsque, dans le secret de leur chambre, il inventait pour elle des caresses nouvelles, aventureuses, et jouait de son corps comme d'un violon, jusqu'à la faire crier de plaisir.

Emportée par ses pensées, elle oublia un instant de suivre le jeu. Les Argentins marquèrent. Jan changea de cheval. Il montait maintenant un appaloosa noir pangaré[2] avec l'arrière-train blanc tacheté de brun.

Cette jument était vive, brouillonne, et sans doute encore trop jeune, ou insuffisamment dressée, mais son cavalier parvenait à l'avoir bien en main. Jouant de ce cheval comme d'un coup de poker, il réussit une seconde échappée que le reste de l'équipe protégea par un marquage ressemblant presque à un corps-à-corps.

Ce deuxième *goal* égalisa le score. Le public américain s'enflamma, et les chapeaux volèrent haut. Jan entama son galop victorieux vers la loge présidentielle. Au passage, il gratifia Jezebel d'un clin d'œil appuyé. Pourtant, il ne s'arrêta pas, continuant jusqu'aux sièges des officiels.

Là, il salua en grand seigneur la belle Eve Valmont, qui était la propriétaire de l'appaloosa qu'il montait et qui applaudissait à tout rompre au milieu de ces messieurs en frac.

---

1. Course d'obstacles pour chevaux.
2. Noir avec des poils fauves.

Jezebel se leva. L'hommage de Jan n'avait rien d'équivoque, mais elle en eut tout de même l'estomac noué de jalousie. La belle Américaine vivait son jour de gloire. Au début du match, elle avait fait la mise en jeu officielle, sublime dans une robe croisé kimono, bleu de Prusse à col gris perle. Son regard sombre avait pris dans l'ombre de la capeline une langueur caressante, par avance triomphale, alors même que ses gestes conservaient l'élégance parfaite d'une dame née dans la très haute bourgeoisie. Depuis, les hommes se bousculaient autour d'elle. Elle riait, mais n'en regardait qu'un.

Jezebel soupira. Au fil du temps, elle avait dû apprendre à vivre avec cette ombre constante : Eve Valmont sponsorisait l'équipe de polo de Meadow Brook en prêtant aux joueurs des chevaux issus de son élevage, dressés par ses soins. À ce titre, mais aussi parce qu'elle était l'héritière d'une des plus riches familles de la Gold Coast, la belle Américaine avait aujourd'hui une place d'honneur dans les tribunes, et toute l'attention de la presse, ce qui lui convenait à merveille.

Jan, en lui dédiant son deuxième *goal*, ne faisait que confirmer ce moment de gloire. L'appaloosa qu'il montait, que le commentateur radiophonique avait présenté sous le nom de Black May, attirait tous les regards. Comme elle en était la propriétaire, on ne parlait plus que de son haras. Quelle formidable publicité !

Jezebel connaissait l'histoire de ce haras par cœur. Un jour, Eve Valmont avait décidé de redonner ses lettres de noblesse à la race des appaloosas, des chevaux créés par les tribus des Nez-Percés quelques centaines d'années auparavant. Cette race avait failli disparaître après les guerres indiennes. Les Amérindiens les sélectionnaient pour leur couleur tachetée, mais aussi pour ce qu'on appelait l'*indian shuffle*, qui était une allure particulière proche de l'amble, extrêmement confortable sur les longues distances. Au cours des conflits, les appaloosas avaient été des chevaux de guérillas si formidables que l'armée américaine les avait considérés comme des armes de guerre et en avait faits des cibles d'entraînement vivantes, afin de les éradiquer. Eve Valmont était en passe de redonner vie à cette race, en fixant des standards précis.

Black May fit grande sensation. Dès la fin du match, les journalistes se précipitèrent vers le paddock pour la prendre en photo. Les *petiseros*[1] eurent fort à faire pour empêcher cette marée humaine de franchir les barrières qui délimitaient chaque *palenque*[2].

— Jan est en pleine forme. Ses deux *goals* ont été magnifiques.

Jezebel fit face au sénateur Tony Walker qui venait de déranger toute une rangée de spectateurs pour la rejoindre. Il avait trouvé le moyen de se débarrasser de son secrétaire, sans doute en l'envoyant faire une course quelconque, et il se présentait seul, la voix onctueuse, le regard insistant. Contrariée de le voir, elle lui donna sa main à baiser en se forçant à sourire.

— Jouer contre les Argentins est toujours son derby personnel, remarqua-t-elle.

— Cela va de soi.

Elle n'avait pas revu le sénateur depuis plusieurs semaines, mais il fallait reconnaître qu'il n'avait pas

1. Nom argentin pour le soigneur d'un cheval de polo.
2. Le palenque, aux extrémités du terrain, est l'endroit où les chevaux sont à l'attache et où la sellerie est entreposée au sol, sur des couvertures, devant une tente où les joueurs s'habillent et entreposent leurs maillets. La taille de ces derniers est fonction de celle des chevaux.

changé. Tiré à quatre épingles dans son complet veston trois pièces, avec une chaîne de montre gousset apparente et un faux col qui lui donnait une allure un peu empesée, il avait toujours cette tendance à abuser de la bouteille et à devenir collant. Aujourd'hui, à même pas quinze heures, son haleine était alourdie par ce whisky de mauvaise qualité dont il remplissait sa flasque et dont il avalait de grosses lampées en cachette. Qui croyait-il vraiment duper ? Ses ennemis politiques l'attaquaient de plus en plus. Certains quotidiens publiaient des tribunes agressives. Était-il donc le seul à ne pas voir qu'il était en train de mettre sa carrière politique en danger ? Jan lui avait parlé à maintes reprises, mais il fallait reconnaître qu'un ami qui donne des conseils qu'on n'a pas envie d'entendre devient souvent un presque ennemi.

Jezebel reporta son attention vers le terrain de polo, agacée de voir le sénateur demander à son voisin de se décaler afin de pouvoir s'installer à côté d'elle. Le match était fini. Les cavaliers des deux équipes s'alignaient côte à côte. Les propriétaires descendaient sur la pelouse pour les féliciter. Les femmes avaient des bouquets de fleurs dans les bras. Les hommes approchaient avec des cocardes et des drapeaux. Les reporters en profitèrent pour les suivre, tandis que les chevaux piaffaient de fatigue.

Comme Tony ne cessait de débiter des mots sirupeux dont elle n'avait que faire, Jezebel se leva brusquement.

— Je vais rejoindre Jan, s'excusa-t-elle. Le match est fini.

Tony lui emboîta le pas.

— Je viens avec vous. Moi aussi, je veux le féliciter.

Elle soupira. Elle ne détestait pas vraiment le sénateur. Lorsqu'il était sobre, il était un homme charmant à la culture impressionnante, rempli d'humanité et d'un sens aigu de la liberté. Elle avait déjà eu avec lui des conversations passionnantes. Son seul tort était de trop aimer s'amuser. Depuis que la prohibition avait été votée, il s'en insurgeait, usant parfois d'une provocation qui commençait à lui valoir des ennemis. Bravant tous les interdits, il n'hésitait pas à boire en public. Son problème était qu'une fois ivre, il oubliait tout sens commun, et ses mains se faisaient baladeuses. Jezebel, à qui il déclarait régulièrement sa flamme, était souvent forcée de le remettre à sa place. Une fois, elle l'avait même giflé.

Aujourd'hui, il la collait à nouveau d'un peu trop près, au mépris de toute bienséance.

— Vous ai-je déjà dit que vous étiez la femme de ma vie, ma belle Jezebel ? lui souffla-t-il en se penchant vers son oreille, riant tout seul de la rime qu'il avait involontairement trouvée.

Elle recula avec agacement.

— Oui. Au moins trois fois rien qu'aujourd'hui.

Elle se hâta vers la sortie de la tribune, s'excusant au passage auprès des personnes qu'elle était contrainte de déranger. Mrs Stanford l'alpagua. Cette grande bourgeoise habitait elle aussi Huntington et l'avait invitée à plusieurs reprises à prendre le thé dans sa maison sur les hauteurs de Green Hill. Comme la plupart des femmes de la haute société, Mrs Stanford ne venait à Long Island qu'en été, pour la belle saison. Son mari, le célèbre avocat Stanford, était féru de vol à voile, ce que son épouse détestait. Pour éviter de s'ennuyer tandis que ce dernier partait en mer, elle invitait le gratin environnant, choisissant de préférence des personnalités qui assureraient par leur présence le prestige de ses garden parties. Elle avait été fascinée d'apprendre que Jezebel avait vécu aux Indes et qu'elle avait travaillé dans une mission catholique. Depuis, chaque fois qu'elles se rencontraient, elle lui posait des questions à ce sujet.

Lorsque Jezebel parvint enfin à se débarrasser de cette bavarde, la pelouse était vide, et les employés la préparaient pour le match suivant. Tony discutait avec les officiels du tournoi. Heureuse de l'avoir semé, elle se hâta vers le paddock avant qu'il ne revienne dans sa direction. Les équipes avaient changé. Elle n'aperçut Jan nulle part. Sans doute était-il allé aux écuries où il devait donner ses instructions aux *petiseros* qui s'occupaient de ses chevaux.

Le bâtiment d'écurie était immense, tout en longueur et peint à la chaux. À l'intérieur, la plupart des stalles étaient vides. Durant la compétition, les chevaux étaient parqués à l'extérieur, au plus près du terrain, sous des peupliers qui leur assuraient de l'ombre. Seules les montures qui avaient joué, et ne rejoueraient plus, revenaient au box.

Jezebel fit très attention à ne pas marcher dans du crottin. Elle était chaussée de jolis escarpins à bride, en satin de soie assortie à sa robe, qu'elle avait trouvés chez Bloomingdale's, dans leur très chic magasin de Manhattan. Elle en était très fière, au moins autant que de la belle robe en dentelle blanche sur jupon rose, à petites manches et nœud noué sur la poitrine, qu'elle étrennait pour l'occasion.

Les spectateurs se concentraient dans les tribunes et autour du terrain. Ici, il n'y avait pas grand monde. Bientôt, elle ne croisa plus personne, pas même un lad. Seul un gros chat roux la suivait de ses yeux verts, en remuant la queue avec agacement.

Les écuries de Meadow Brook comportaient une rangée de boxes qui donnaient sur l'extérieur et une partie sous toit, munie d'une allée centrale creusée d'une rigole servant à évacuer les excréments. Elle passa d'abord devant le manège, au sol recouvert de sciure, puis devant des stalles réparties de droite à gauche.

Le lieu offrait une pénombre silencieuse, uniquement troublée par le vrombissement des mouches égarées et le cliquetis des licols de quelques chevaux parqués. Des moineaux passaient à vive allure, pressés de se percher sur les mangeoires où ils grappillaient quelques brins d'avoine. Dans un bruissement d'ailes, ils repartaient aussitôt vers leurs nids installés sur les plus hautes poutres, bien à l'abri du chat qui les observait.

Jan n'était visible nulle part. Jezebel soupira. Ils avaient dû se croiser dans la foule sans se voir. Maintenant, il était sans doute en train de prendre un rafraîchissement à la tribune officielle, en racontant son match pour la dixième fois. Elle sourit avec indulgence. Elle n'avait plus qu'à faire demi-tour pour le rejoindre au plus vite.

À cet instant, un bruit léger attira son attention. Un frottement à peine perceptible, qui venait d'un box sur sa gauche, dans la partie du bâtiment dépourvue de fenêtres. Elle pensa tout de suite à un animal, un oiseau ou un rat, peut-être même un autre chat.

Poussée par la curiosité, elle déplaça avec précaution le vantail et avança d'un pas à l'intérieur de la stalle. Le frottement se tut. Elle regarda devant elle. Elle ne voyait qu'une litière vide, accumulée en tas dans le fond.

Elle allait ressortir lorsqu'elle aperçut deux yeux. Ils étaient noirs et blancs, immobiles, un peu écarquillés au milieu de la paille. Un gamin noir tentait de se cacher. Il n'était pas bien grand, peut-être dix ou douze ans. Il avait l'air terrorisé.

Elle allait lui demander ce qu'il faisait là lorsqu'une cavalcade venant de l'autre bout du bâtiment la fit se redresser. Trois hommes venaient d'entrer. Sous son tas de paille, l'enfant s'aplatit plus encore. Il ressemblait à un faon caché par sa mère pour échapper au loup, qui ne compte que sur son silence et son absence de mouvement pour espérer survivre.

Jezebel comprit aussitôt. Ces hommes le cherchaient. Elle en ignorait la raison, mais, tout de suite, une chose fut sûre : elle n'aima ni leur attitude de conquérants, ni le fait qu'ils fussent armés de gourdins et d'un fouet.

— Chut, souffla-t-elle d'un ton imperceptible, pour faire tenir le négrillon tranquille, tandis qu'elle s'emparait d'une fourche et tentait de le cacher mieux encore sous la litière.

Les hommes l'aperçurent. Ils vinrent dans sa direction. Elle essaya de ne pas leur accorder d'importance, alors même qu'ils faisaient un raffut de tous les diables. Sur leur passage, ils fouillaient chaque stalle, même celles où se trouvait un cheval. Lorsqu'ils passaient à la suivante, ils claquaient les vantaux avec rage, tout en appelant l'enfant. Leurs mots étaient à la fois mielleux et insultants.

Le chat roux détesta ce vacarme. Il s'éloigna en miaulant avec agacement. Jezebel eut l'impression de se trouver seule. Elle coula vers les trois hommes un regard inquiet. Ils étaient sans doute ce qu'ils paraissaient être, des brutes épaisses au comportement de voyous. Les chevaux s'effrayaient, tapaient nerveusement du pied. Les moineaux eux-mêmes ne s'approchaient plus.

— Dites, mam'zelle, vous n'auriez pas vu un sale Nègre courir par ici ?

Le premier homme s'arrêta près d'elle, en portant la main à son chapeau d'un air obséquieux. Il avait la tête rubiconde d'un paysan un peu trop porté sur la bonne chère et un gros ventre qui pointait entre ses bretelles.

Jezebel s'efforça de continuer à manier la fourche comme si de rien n'était. Elle serrait si fort le manche que ses paumes s'échauffaient. D'ici quelques minutes, elle aurait des ampoules. Heureusement, l'enfant ne se voyait plus du tout. La pénombre achevait de le cacher. Pourvu qu'il ne se mette pas à gémir de peur.

— Sauf votre respect, mam'zelle, vous n'avez pas répondu à la question.

Elle piqua sa fourche dans le sol et s'appuya dessus pour bien regarder en face celui qui venait de l'apostropher. D'un gabarit moyen, il avait des épaules nerveuses et de longs cheveux filasses, avec un visage mal rasé tellement couvert de sueur qu'il en luisait.

— Ce n'est pas mademoiselle qu'il faut dire, mais madame.

L'air de rien, elle s'était placée à l'entrée du box afin d'interdire tout passage. Bien sûr, ils pouvaient oser la bousculer. Elle espérait juste que ses cheveux blonds et ses yeux bleus lui donnent l'air trop « blanche » pour être malmenée.

— Je n'ai vu aucun Nègre, leur dit-elle finalement, en usant volontairement du même vocabulaire injurieux. Ne voyez-vous pas que les lads sont retenus auprès des joueurs de polo pour s'occuper des chevaux durant la compétition ? Pourquoi croyez-vous que je manie la fourche moi-même ? Impossible de mettre la main sur un de ces fainéants !

— Je ne parle pas de ceux-là, mais d'un moricaud qui nous a volé trois poules, coupa le troisième homme, un grand bonhomme qui se tenait les jambes écartées, avec une main posée sur le fouet enroulé à sa ceinture. Je suis le fermier Bennet. Si j'attrape cette ordure, je la pends.

Il cracha par terre pour bien ponctuer ses dires, puis continua d'un ton cette fois soupçonneux, tout en considérant la belle robe blanche et rose de Jezebel, ses souliers assortis et sa capeline ornée de fleurs en tissu :

— Sauf votre respect, m'dame, vous êtes en train de faire quoi, là ?

Elle agita sa main droite en riant nerveusement.

— Ne m'en parlez pas, je suis d'une humeur de chien ! J'ai perdu une bague en caressant un cheval, tout à l'heure. Ça fait une heure que j'essaie de la retrouver. Elle m'a été offerte par ma belle-mère. Vous imaginez sa tête, si je lui dis que je l'ai perdue…

Ils rirent grassement, et peut-être seraient-ils partis si le plus nerveux des trois ne s'était planté devant elle en bombant le torse avec suffisance.

— J'peux p't'être vous aider à creuser, m'dame ?

— C'est gentil, mais j'ai peur de l'avoir définitivement perdue. Elle a dû glisser dans la rigole. À l'heure qu'il est, avec la chance que j'ai, elle doit déjà être dans la fosse à purin.

Il lui arracha la fourche des mains avec une telle violence qu'elle manqua tomber.

— Avez-vous déjà regardé dans ce gros tas de paille ? ricana-t-il en prenant son élan pour frapper d'un bon coup la litière accumulée devant lui.

Elle se pendit à son bras en criant. Il la repoussa d'un coup de coude qui lui meurtrit la pommette. À cet instant, le sénateur Tony Walker passa la tête par-dessus le vantail.

— Jezebel ? demanda-t-il. Avez-vous un souci ?

Jamais elle ne fut aussi heureuse de voir le politicien lui adresser la parole ! Se précipitant vers lui, elle se réfugia dans son dos tandis qu'il tendait vers les trois hommes une main faussement joviale.

— Messieurs, j'espère que vous m'avez reconnu. Je suis le sénateur Walker. Tony Walker, de l'État de New

York. Je suis très heureux de faire votre connaissance. Comment allez-vous ? J'ai une confidence à vous faire. Voyez-vous, j'ai rendez-vous avec cette jeune personne. Ce serait vraiment très aimable de votre part si vous acceptiez de nous laisser seuls le temps de… eh bien… voyez-vous ce que je veux dire ?

Il eut un clin d'œil égrillard qui fit s'esclaffer les trois hommes. Ces derniers le saluèrent avec des mines entendues, puis finirent par s'éloigner en gloussant. Lorsqu'ils furent sortis de l'écurie et qu'on ne les entendit plus ni rire ni se taper sur l'épaule, Jezebel sentit ses jambes se dérober sous elle. Elle s'adossa contre le mur, le visage livide.

— Merci, dit-elle à Tony. Pour une fois, j'apprécie que vous m'ayez suivie.

Ses mains tremblaient tellement qu'elle dut les appuyer contre le vantail. Le sénateur posa les siennes par-dessus. Elle se dégagea nerveusement. Elle avait encore suffisamment d'énergie pour siffler :

— Je vous en prie, Tony, ne me faites pas regretter ces malotrus !

— Je voulais juste vous réconforter, ma mie, grimaça-t-il. J'ai l'impression que vous me prêtez souvent des pensées qui ne sont pas les miennes… Que faisiez-vous donc ici ? Que vous voulaient ces trois hommes ?

Elle haussa les épaules, courut vers le fond du box et repoussa la paille qui cachait l'enfant. Ce dernier bondit comme un chat sauvage, la bousculant au passage. Elle tomba à la renverse tandis qu'il se faufilait entre les jambes du sénateur puis s'échappait comme poursuivi par une armée de démons.

— Ah ça, s'exclama Tony Walker en aidant Jezebel à se relever. Je comprends un peu mieux ce qui vient de se passer. N'êtes-vous pas inconsciente ? Il s'agissait peut-être d'un meurtrier ! Vous auriez pu vous faire tuer.

— Me faire tuer par qui ? répondit-elle en époussetant sa jupe pleine de paille, par un enfant de dix ans ?

— C'est un Noir ! Elle lui coula un regard furieux.

— Ah, Tony, non, pas vous ! Je vous croyais démocrate.

— Mais je le suis, assura-t-il d'un air penaud. Il n'empêche que…

— Franchement, Tony, pour l'instant, j'ai plutôt remarqué que le danger venait de ces trois vauriens ! Le gamin leur a peut-être volé des poules, je n'en sais rien, mais cela vaut-il qu'il soit battu à coups de bâton, fouetté ou pendu comme l'a promis un de ses poursuivants ?

— Vous exagérez, Jezebel. Vous êtes trop émotive. J'imagine que si ce petit est attrapé, il sera tout au plus un peu bousculé. Peut-être même recevra-t-il une bonne paire de gifles, mais assurément rien de plus méchant.

— Là, c'est vous qui êtes naïf, Tony ! Ne lisez-vous jamais les journaux ? Ou alors faites-vous partie de ces gens qui défendent cette organisation qui s'appelle le Ku Klux Klan ? Les voyez-vous, vous aussi, comme des anges vengeurs descendus du ciel ? Croyez-moi, je suis heureuse d'avoir caché cet enfant. Si c'était à refaire, je le referais sans hésiter !

Elle le planta sur place et remonta l'allée qui sortait des écuries tout en continuant à épousseter ses vêtements. Sa robe était irrémédiablement fichue, sans parler de ses beaux escarpins en satin. Elle avait même de la paille dans ses cheveux, malgré sa capeline.

Elle cligna des yeux en sortant sous le soleil. Dehors, il n'y avait nulle trace de l'enfant. Elle espérait qu'il réussirait à échapper aux trois hommes qui le coursaient. Elle était loin de partager l'optimisme de Tony s'il était rattrapé.

Le sénateur la suivait en nettoyant de la même façon sa veste et son pantalon. Avec le recul, la scène lui parut comique, et elle se mit à rire. Elle riait encore lorsqu'elle entendit soudain une voix qu'elle aurait reconnue entre toutes. « *Jan* », songea-t-elle.

Le cœur empli d'allégresse, elle se précipita de l'autre côté du bâtiment d'où semblait venir la voix. Elle l'aperçut immédiatement, plus beau que jamais, avec ses bottes de cavalier, son casque de joueur sous le bras, ses cheveux embroussaillés par le dernier match, son sourire à tomber par terre…

Son cœur se figea. Sans réfléchir, elle se renfonça derrière le mur pour qu'il ne la vît pas. Il n'était pas seul. Son beau sourire n'était pas pour elle, mais pour Eve Valmont, qui le tenait par les épaules en levant vers lui un visage transfiguré.

Jezebel vacilla. Elle savait déjà qu'elle n'oublierait jamais ce visage-là. Il rayonnait, tandis que Jan se penchait pour lui embrasser le front, et peut-être davantage…

Elle en eut l'estomac retourné. Crut qu'elle allait vomir, là, sur place. Elle recula encore et encore, jusqu'à buter contre Tony, qui la regardait sans comprendre. Il la retint pour éviter qu'elle ne tombe.

— Qu'avez-vous, Jezebel ? Vous sentez-vous bien ? On croirait que vous avez vu un fantôme…

Elle ne répondit pas. Son visage était d'une pâleur mortelle. Elle partit comme un automate vers les tribunes, vers la kermesse, vers la fête et le jeu. Tony la rattrapa, la prit par le coude pour la soutenir.

— Jezebel, je crois qu'il vaut mieux que je vous ramène chez vous. Vous m'avez l'air souffrante.

Elle le laissa faire. Elle n'avait plus aucune énergie pour rien.

*

Tony raccompagna Jezebel jusqu'à l'intérieur de la maison. Elle n'avait pas desserré les dents de tout le trajet. Lui avait conduit sobrement, en ne cessant de s'excuser car il était persuadé d'être à l'origine du mutisme de la jeune femme.

— Quoi que j'aie pu faire, Jezebel, je vous en prie, pardonnez-moi.

Elle ne répondit rien. Elle était dans un état second. À Huntington, elle chercha à le congédier le plus rapidement possible. Elle n'avait pas le cœur à jouer les hôtesses. Il fallut cependant lui laisser le temps de siroter la limonade que lui servit Mrs Appelrood, et celui de finir le cigare qu'il avait allumé sur la varangue. Durant tout ce temps, Jezebel s'occupa les mains en se servant une tasse de thé auquel elle ne toucha pas, et en émiettant un muffin qu'elle ne mangea pas.

Lorsqu'il repartit enfin au volant de son *roadster*[1], et que le bruit ronflant de son moteur disparut dans la pinède, Mrs Appelrood vint s'asseoir à côté d'elle.

— Avez-vous envie de me parler de quoi que ce soit, *missy* ?

Depuis peu, elle avait adopté le terme utilisé par Hùshì, qui convenait à tout le monde car il était moins guindé que « madame » et moins familier qu'un prénom. D'habitude, Jezebel en riait, mais là, en cette fin d'après-midi, elle ne le remarqua même pas.

— Non, bougonna-t-elle.

Mrs Appelrood lui tendit une lettre écrite sur un fin papier rose, qu'elle venait de sortir de la poche de son tablier.

---

1. Type de carrosserie automobile, à tendance sportive.

— J'ai oublié de vous la donner hier. Le facteur Sam Goonies était en retard. Après, je me suis occupée du déjeuner et ça m'est sorti de l'esprit. Elle vient de Calcutta, là où vous avez vécu. Elle vous changera peut-être les idées. Vous n'avez pas l'air bien gaie aujourd'hui.

Elle retourna à sa cuisine, tandis que Jezebel tournait et retournait ce courrier dont elle ne savait pas quoi faire. L'écriture pointue lui rappelait celle du maharaja de Mahavir, or, en cet instant précis, elle en avait plus qu'assez de tous ces hommes qui entendaient commander sa vie mais ne faisaient que la tromper, lui mentir, la manipuler.

— Où est ma fille ? demanda-t-elle finalement, en revenant passer le nez dans la cuisine.

— Hùshì l'a emmenée au défilé du 4 juillet. Elle a promis de lui acheter un bretzel et un *eggcream*[1]. J'imagine qu'elles ne vont pas tarder à rentrer.

Jezebel aurait pu attendre leur retour en trouvant mille occupations mais elle était trop nerveuse. Surtout, elle craignait de se mettre à sangloter devant tout le monde. Il fallait d'abord qu'elle se ressaisisse. Qu'elle réfléchisse à ce qui convenait de faire. Elle annonça à voix haute qu'elle partait faire un tour.

— Voulez-vous que je vienne avec vous ? s'inquiéta la gouvernante hollandaise, qui sentait bien que quelque chose n'allait pas, mais Jezebel prit la lettre qu'elle n'avait pas encore ouverte, la mit dans sa poche et répondit en se forçant à sourire.

— Il n'y a pas de raison, Mrs Appelrood. Je descends juste à la plage pour lire cette lettre. Et puis, j'ai envie de

---

1. Inventé à Brooklyn fin XIXe, il s'agit d'une boisson à base de lait, d'eau gazeuse et de sirop de chocolat.

nourrir les mouettes. Tenez, je vais emmener un peu de pain sec.

Elle prit un panier dans lequel elle plaça de vieux croûtons qu'on mettait de côté pour les chevaux, puis elle descendit vers la côte. Elle marcha longuement sans que rien ne l'apaise, ni les vagues aplanissant le sable, ni les oiseaux se disputant leur nourriture. Au bout d'un certain temps, elle fut fatiguée. Elle trouva absurde de continuer à marcher ainsi, sans but, sans rien voir du magnifique panorama qui débouchait sur l'Oyster Bay. La pinède ressemblait à une fenêtre ouverte sur une mer aussi bleue que le ciel. Un petit phare gris émergeait des flots comme une tour de légende.

Jezebel s'installa sur un rocher. De grosses fourmis rousses charriaient les miettes de pain qu'elle leur donnait pour les ramener dans leur nid. Là, tandis qu'elle luttait contre la stupeur qui l'envahissait, elle se souvint de la lettre rose et la décacheta comme s'il s'agissait d'un défi. Elle s'attendait aux amples circonvolutions du maharaja Mani Sarthak de Mahavir, et à une millième invitation à se rendre à Calcutta. À la place, elle fut surprise de lire le nom d'Amely Esket Asgulson en signature.

Son amie lui répondait enfin, après deux ans de délai !

Pour commencer, elle s'excusait de ne pas avoir écrit plus rapidement. Elle ne vivait plus à Calcutta, mais entre Madras et Pondichéry. Peter, son mari, avait fait construire un hôpital. Elle l'aidait autant que possible. Ils avaient fait ce choix pour s'éloigner de l'influence de son père, lord Esket, qui tentait par tous les moyens de convaincre son gendre de suivre une voie diplomatique. Or Peter ne pensait que médecine. Prendre leur distance avec sa famille leur avait fait du bien. Elle avait eu le bonheur de mettre au monde un fils, à présent âgé de huit mois. Elle en était complètement folle, car il semblait avoir la même constitution de Viking que son père, qui était d'origine suédoise. Ils l'avaient d'ailleurs appelé Ragnar.

Amely concluait son courrier par d'étranges encouragements.

« J'ai incidemment appris le procès un peu stupide intenté par le baron von Rosenheim qui réclame avec force indélicatesse un dédommagement à propos de vos fiançailles rompues. J'imagine qu'il est difficile d'attendre un peu de fair-play de la part de cet homme au passé trouble, qui semble avoir décidé de ne jamais te laisser en paix, quand bien même tu te trouves à l'autre bout du monde. Si cela peut te rassurer, l'opinion publique n'est pas en sa faveur. Mon père m'a annoncé qu'il aurait même reçu une réprimande officielle de la part du comte de Reading, l'actuel vice-roi des Indes. Je vois souvent Olga Obolenski et nous parlons presque à chaque fois de toi. Je ne sais pas pourquoi elle n'ose t'écrire. Enfin, je ne devrais pas utiliser le mot "oser". Olga est pareille à elle-même, et n'a jamais peur de rien. Même le comte de Reading a dû s'incliner devant sa ténacité. Elle réclamait une loi imposant la restriction des abattages d'arbres sur des terrains trop proches des habitations et des rivières ce qui, d'après elle, multiplie les dégâts des moussons. Eh bien, figure-toi qu'elle l'a obtenue ! En sous-main, on ricane en appelant cette loi la loi Obolenski, mais, franchement, n'a-t-elle pas raison d'imposer son point de vue ? »

Elle terminait par les embrassades de rigueur, beaucoup de mots affectueux et l'envie de la revoir au plus vite.

Jezebel dut relire cette lettre à plusieurs reprises avant de bien en comprendre le sens. Elle tombait des nues. Contrairement aux prévisions de maître Fawkes, le notaire qui s'occupait de Tyler Castle, le baron von Rosenheim s'était donc lancé dans un procès ridicule. Pourquoi n'en avait-elle rien su ? Pourquoi Jan ne lui en avait-il pas parlé ?

Jusqu'à présent, elle avait juste eu envie de pleurer sur la triste tournure que prenait sa vie, mais avec cette nouvelle information, elle renouait avec la colère. Elle se leva de son rocher, descendit à la plage au pas de charge. Il était tard et la plupart des baigneurs étaient déjà rentrés chez eux pour dîner en famille. Elle, elle n'en avait plus envie. Elle ôta ses chaussures et enfonça ses pieds nus dans le sable humide. Elle marcha de long en large à l'endroit même où, quelques années auparavant, une baleine s'était échouée. Il n'en restait aucune trace. L'immense carcasse avait été dépecée et emportée morceau par morceau en quelques jours, puis les marées d'équinoxe avaient balayé les dernières traces de sang, nettoyant jusqu'au souvenir ce qui avait été un si bel animal.

— Tout passe, dit-elle en regardant vers la mer, tandis qu'une vague lui léchait les orteils. Tout passe toujours. Je le savais, je le sentais, mais je ne voulais pas y croire.

Elle ne parlait pas de la baleine, mais de l'amour que Jan et elle s'étaient porté.

*

Le soleil approchait de l'horizon. Elle comprit qu'elle ne pouvait rester indéfiniment loin de tout. Elle remonta lentement vers la maison. Elle ne savait toujours pas quoi faire, ni comment réagir. Elle pensait surtout à sa fille. Elle n'avait qu'une seule envie, la revoir, la serrer dans ses bras, l'embrasser. N'était-ce pas cela le plus important ? Ne devait-elle pas tout faire pour sauvegarder les apparences. Donner à son enfant le foyer qu'elle-même n'avait jamais eu ?

Elle atteignait la pinède lorsqu'elle vit Jan venir à sa rencontre. Dans la semi-obscurité, à cette heure qu'on disait entre chien et loup, elle reconnut immédiatement sa haute silhouette sportive. Il n'avait pas pris la peine de se changer. Il portait encore sa tenue de match, avec cette chemise noire marquée d'un numéro un, et ces bottes de cavalier qui accentuaient sa démarche pressée, nerveuse.

Son premier mouvement fut de tourner les talons pour s'enfuir en courant. C'était idiot, mais elle ne voulait pas le voir. Elle n'en eut pas le temps, il l'avait aperçue. Elle se résigna à avancer à sa rencontre. Surtout rester calme. Ne pas précipiter les choses. Après tout, il ignorait qu'elle savait. Si elle ne disait rien, tout pouvait encore rester figé éternellement, dans une espèce de non-temps, où rien n'avait d'importance.

Il s'arrêta devant elle. Elle lui trouva un air un peu gauche. Dans le crépuscule, elle ne distinguait pas bien son visage, elle devinait juste ses yeux brillants et ses cheveux sombres qui tombaient indociles sur son front. Cela lui rappela qu'après avoir fait l'amour, elle aimait suivre l'angle de sa mâchoire d'une main caressante, puis enfoncer ses doigts dans ses mèches folles, les brasser comme une fourrure. Elle baissa le nez pour cacher les larmes qui perlaient à ses cils. Elle passa devant lui pour continuer à remonter la pente.

Il la rattrapa, marcha à côté d'elle quelques instants. D'habitude, il l'embrassait. Il la serrait contre lui. Là, il se contenta de dire d'un ton un peu rogue :

— Que faisais-tu ? Il est tard. J'étais inquiet.

— Vraiment ? répondit-elle avec causticité, en plongeant les yeux vers la mer devenue noire en contrebas afin d'éviter de rencontrer son regard.

Il la prit sèchement par le coude, faillit lui dire quelque chose, puis la lâcha comme si elle l'avait brûlée.

Ils regagnèrent la maison dans un silence lourd, empli de gêne et de choses qui auraient dû être dites. Ils dînèrent dans la même atmosphère taciturne. La petite Lián était la seule à babiller. Du haut de ses trois ans et demi, elle racontait sa journée, montrait les cadeaux que Hùshì lui avait achetés, agitait en riant le drapeau étoilé qu'on lui avait donné pour fêter l'*Independance Day* et exhibait fièrement la cocarde accrochée à son corsage. Elle n'avait pas faim, bien sûr. Elle avait mangé trop de sucreries, mais ce n'était pas grave. Cette enfant était ce que Jezebel avait de plus cher dans la vie.

Au moment d'aller se coucher, la fillette, qui devait sentir les choses, se montra encore plus câline que d'habitude. Elle se précipita dans les bras de Jan puis dans ceux de sa mère.

— Quand ze serai grande, ze veux gagner au polo comme toi, *Bàbà*, et dessiner comme toi, ma chère *Māmā*.

La gorge serrée, Jezebel ne put en supporter davantage. Elle se leva, attrapa la carafe à moitié vide et se précipita à la cuisine pour la remplir. Là, elle éclata en sanglots. Il lui fallut plusieurs minutes pour se ressaisir. Lorsqu'elle retrouva enfin un semblant de calme, elle se passa de l'eau sur le visage et retourna dans la salle à manger en oubliant la carafe qu'elle venait de remplir.

Personne ne lui en fit la remarque. Tout le monde acceptait ses yeux rougis et son silence. Étaient-ils tous déjà au courant ? Avait-elle été la seule à ne pas deviner ce qui était en train d'arriver ? Comme elle avait dû paraître stupide, à être heureuse pour rien jusqu'à maintenant.

Elle endormit sa fille en lui lisant une histoire. Lorsque la petite s'assoupit, elle la regarda longuement, admirant son beau visage au teint caramel joliment encadré d'un foisonnement de boucles brunes.

Elle appréhendait le moment où elle se retrouverait seule avec Jan. Comment agir, réagir ? Comment effacer de son esprit les images qui s'imposaient, qui la rendaient malheureuse au point de lui donner envie de crier. Elle essaya de retarder l'inéluctable en descendant dans le jardin respirer l'air frais de la nuit.

Ce n'était pas une bonne idée, Jan avait eu la même. Elle sursauta en le voyant assis dans un fauteuil en rotin, le visage sombre dans l'ombre du mur. Il sirotait un café dont le merveilleux arôme se répandait alentour. Quelque part dans le lointain, une chouette hululait. Des lucioles tournaient autour du toit. Elle resta un moment sur place, incapable de bouger, de parler. En réalité, son corps n'était qu'un grand hurlement. Elle avait envie de trépigner. De supplier. De tomber à genoux en rampant pour lui demander de l'aimer encore. De ne pas la quitter. Jamais.

Il dit brusquement.

— Je crois que nous devons parler.

Elle déglutit avec difficulté dans une gorge bardée d'épines. Fallait-il donc qu'ils s'expliquent dès ce soir ? Qu'ils se disent immédiatement tout ce qu'ils avaient sur le cœur, quitte à provoquer l'irrémédiable ? Elle baissa la tête assez lâchement. Ne valait-il pas mieux se taire ? Tant que rien ne serait dit, l'espoir serait toujours possible.

— Parlons plutôt demain, proposa-t-elle, je suis fatiguée.

Elle s'éloigna, mais il la rattrapa en deux enjambées de géant. Il posa sa main sur son épaule et la serra si fort qu'elle sentit des larmes monter.

— Lâche-moi, dit-elle d'une voix qui se brisait. Je n'ai rien à te dire, et je ne veux pas t'écouter.

Elle s'était promis de ne pas s'énerver, mais cette promesse-là était vraiment trop dure à tenir. Elle voulait juste se jeter sur lui, lui marteler la poitrine de ses poings, le gifler, le griffer, hurler comme une bête. Il pencha son visage vers elle. La lune montait à l'horizon, presque parfaitement ronde. Sa pâle lumière frisait ses joues mal rasées, ses lèvres roides et serrées. Ses yeux étaient deux diamants durs, tranchants. Il gronda :

— N'es-tu pas en train d'inverser les rôles ?

Elle ouvrit de grands yeux. Il continua d'un ton méchant.

— Inutile de me faire ces yeux d'innocente, ça ne prend plus ! Je regrette tes seize ans, lorsque tu ne pensais pas encore à mentir. Eve m'avait pourtant prévenu. Elle t'avait percée à jour, mais moi je ne voulais rien voir. Comment as-tu pu me tromper à ce point ? Comment as-tu pu faire *ça* ?

— Je ne comprends pas… ? coassa-t-elle, perdue. Que suis-je censée avoir fait ?

Il s'efforça de parler calmement, d'une voix étale, mais ce calme-là était presque plus détestable que s'il avait rugi.

— Je t'ai vue sortir des écuries. Vous étiez en train de rire, toi et Tony, tout en enlevant la paille que vous aviez sur vos vêtements. C'est un coureur de jupons, un éternel séducteur, mais tout de même, je ne pensais pas que toi… toi…

La fureur le fit taire. Il la dominait de toute sa taille, grand, terrible, blessé à mort, les mains démangées par l'idée de la secouer, de la frapper. Elle recula d'un pas, effrayée autant par sa colère que par ce qu'il disait. Était-il en train de l'accuser d'avoir une liaison avec Tony Walker ? Son ami Tony Walker, le sénateur vêtu de costumes italiens ? En temps normal, elle aurait éclaté de rire tant cette idée était ridicule, mais là, en cet instant, elle n'était plus qu'une rage véhémente, entrecoupée de sanglots.

— Qu'es-tu en train de dire ? Est-ce ta miss Valmont qui ose prétendre cela ? Et toi, comment peux-tu le répéter ? Cela fait des mois que je m'efforce de maintenir à distance ton ami, cet ivrogne ! J'ai même été obligée de le gifler une fois, parce qu'il ne cessait de me tripoter ! Et toi, tu viens, là, et tu essaies de me coller ta propre faute sur le dos, alors qu'à aucun moment tu n'as essayé de me protéger, de me défendre ! C'est lâche, de préférer m'accuser, alors que toi tu t'affiches avec cette femme. Tu la prends dans tes bras, tu l'embrasses en public. Je passe pour quoi, moi ?

Prise par une colère folle qui supplantait son chagrin, elle se dressait devant lui, s'énervant un peu plus à chaque mot. Il la dévisagea avec stupeur. Il ne l'avait jamais connue dans une telle rage.

— Je t'ai vue, répéta-t-il du ton d'un garçon têtu qui commence à penser qu'il a tort, mais qui préfère tout de même s'enfoncer dans son mensonge par orgueil.

— Qu'as-tu vu, tempêta-t-elle de plus belle, hormis de la paille sur ma robe ?

Les sanglots la submergèrent brutalement, et tout sortit comme un torrent sans qu'elle parvienne à ordonner quoi que ce soit : le négrillon caché sous la litière, les trois hommes le poursuivant, leurs bâtons et ce fouet accroché à la ceinture, la terreur du gamin, ses grands yeux affolés, et elle qui s'était interposée, parce que cela avait été au-dessus de ses forces de mère de penser que ce petiot puisse être battu par ces sales brutes.

— Que racontes-tu ? lui dit-il, en la prenant par les épaules et en la regardant droit dans les yeux afin d'essayer d'y démêler le vrai du faux.

— Je te dis que je l'ai caché sous la paille ! Regarde, j'ai les mains pleines d'ampoules à cause de cette fourche qui était si lourde. L'un de ces hommes m'a fait tomber.

Alors oui, je l'avoue, pour une fois, j'ai été heureuse que Tony m'ait suivie. Sans lui, je ne sais pas ce qui se serait passé. Ces hommes étaient des brutes. Lorsqu'ils sont partis et que j'ai voulu parler au gamin, le pauvre a filé sans demander son reste. Voilà pourquoi j'avais la robe pleine de paille, à cause d'un enfant de dix ans que des hommes voulaient pendre ! Je n'arrive pas à croire que tu aies préféré imaginer que… moi et Tony… c'est tellement absurde ! D'autant plus que toi, tu étais juste à côté, en train de… avec cette Eve qui me déteste, tandis que moi, je mourais de peur en essayant de sauver un enfant.

Sa voix se brisa sous le chagrin. Il continua à la sonder du regard, brûlant, fiévreux. Finalement, il articula lentement.

— Tu es complètement folle, tu aurais pu te faire agresser.

— Qu'est-ce que ça peut te faire ? Te soucies-tu de moi ? Non, tu préfères t'occuper ailleurs, à roucouler comme un bon gros pigeon bien ridicule…

— Il n'y a rien entre Eve et moi, coupa-t-il d'un ton sec. Je te l'ai déjà dit, elle est comme ma sœur. Nous travaillons ensemble.

— Bien sûr ! persifla-t-elle. Et demain, j'ouvrirai les journaux et je trouverai au moins dix photographies de ces petits riens très fraternels qui existent entre elle et toi. Je t'ai vu, Jan.

Il se pencha vers elle.

— Moi aussi, je t'ai vue, et pourtant, je te crois.

Elle leva vers lui un visage bouleversé.

— Est-ce ainsi que cela doit se passer entre nous ? Donnant-donnant, tu me crois, je te crois ? J'imagine que cela aurait pu être possible, si tu ne mentais pas constamment. Comment se fait-il que je ne sache rien de ce procès que le baron von Rosenheim nous intente ? J'ai reçu une lettre d'Amely Esket, dans laquelle elle me dit tout. Pourquoi l'homme que j'aime, et qui prétend m'aimer, ne m'a-t-il rien dit à ce propos ? Ne s'agit-il pas de ma propre fortune ? En plus de mon cœur, veux-tu aussi me prendre cela ?

Il se figea. Mit un certain temps à répondre.

— Je ne t'ai rien dit parce que je ne voulais pas réveiller tes cauchemars. Crois-tu que je ne t'ai jamais entendue crier dans le noir, au cœur de ton sommeil ? Crois-tu que je ne t'ai jamais vue te débattre, au comble de la terreur, comme si quelqu'un te tenait et te faisait du mal ? Je ne veux pas te faire revivre de tels souvenirs. Je veux que tu parviennes à oublier ce passé qui te blesse. Je croyais qu'on y arrivait peu à peu. Qu'on était heureux.

— Moi aussi, je pensais qu'on était heureux. J'imaginais même que l'amour pouvait durer toute une vie. Je croyais qu'il se suffisait à lui-même. Seulement, je n'ai plus seize ans. Je suis une femme. J'ai moi aussi des exigences. Je ne veux plus être cette chose qui attend sagement à la maison que tu veuilles bien rentrer, qui n'a guère plus d'existence qu'une babiole que tu mets dans ta poche et que tu ressors au gré de tes besoins ! Tu partages plus de choses avec Eve qu'avec moi. Pas étonnant qu'elle se trompe sur votre relation, tu la vois plus que moi !

— Jezebel…

— Je n'ai jamais été aussi heureuse que lorsque nous étions ensemble, tout le temps, à tout partager, coupa-t-elle d'un ton si passionné qu'elle en tremblait. Moi aussi, je veux te suivre à ton club, te regarder monter tes *criollos*. Je suis prête à être ton *petisero*, pour seller ton cheval, le panser, lui curer les sabots, pour simplement demeurer avec toi.

Il la regarda avec une mine abasourdie.

— Je croyais que le polo ne t'intéressait pas.

— M'as-tu seulement posé la question ? T'es-tu intéressé à ce que j'aimais ? As-tu seulement laissé une chance à notre amour ? Tu m'as épousée parce que tu me voulais, mais maintenant que je t'appartiens, où est le jeu ? Est-ce pour cela que tu regardes ailleurs ? Parce que tu m'as déjà gagnée ?

Elle n'en pouvait plus. Son cœur cognait contre ses côtes comme un fou. Elle ne parvenait plus à respirer. Elle se dit qu'il fallait qu'elle marche, qu'elle essaie de se calmer. Elle s'éloigna de quelques pas, commença à monter les marches.

— Jezebel !

Il la rattrapa d'une enjambée. Elle se retourna juste à temps pour tomber dans ses bras.

— Je t'aime, je ne veux pas d'autre femme.

Elle le crut, parce qu'elle avait besoin de le croire.

Ils s'étreignirent comme des fous. Leurs bouches se trouvèrent tout naturellement, ils s'embrassèrent comme si c'était la première fois. Ils glissèrent dans l'herbe sèche qui sentait bon le foin, en s'enroulant de leurs bras, de leurs jambes.

— Et pour cet emploi de *petisero* ? mendia-t-elle finalement, lorsqu'ils reposèrent presque calmement, avec leurs cœurs battant à l'unisson l'un contre l'autre.

— D'accord, répondit-il en la serrant à l'étouffer. Je suis prêt à t'engager.

15

Août 1924
États-Unis

Zozo, de son vrai nom Tulpar, était un poney de race Shetland, environ haut de quarante pouces au garrot, avec une robe palomino cuivrée, ce qui signifiait qu'il était roux avec des crins blonds. Depuis son arrivée dans la maison d'Huntington, au bord de la pinède, il avait pris un peu d'embonpoint, parce qu'il était très gourmand et que sa jeune maîtresse adorait qu'il le soit. Chaque jour, il recevait des gâteries sous la forme d'un quignon de pain, d'une pomme coupée en quatre et même d'une tranche de pastèque que la fillette lui ramenait en galopant tout le chemin.

Mary-Leela, qu'on surnommait la plupart du temps Lián, avait trois ans et demi et un caractère bouillonnant qui la faisait courir plutôt que marcher. Ses genoux étaient tout le temps écorchés. Jezebel avait commencé à lui inculquer des préceptes pour en faire une future lady, mais il était très difficile d'imposer à la petite quelque chose qu'elle n'avait pas décidé par elle-même. Presque chaque jour, la maison résonnait de grandes déclarations, dont la plus courante était : « Ze suis grande, ze veux faire toute seule ! »

Lián avait une passion pour son poney. Elle n'avait pas vingt mois qu'elle le tenait déjà à la longe, et c'était très drôle à voir, car elle avait presque la même taille que la tête de l'animal. Jan était fou d'elle. Pour immortaliser ces jeunes instants, il acheta un Brownie[1] de chez Kodak. Il fit aussi construire une carrière de terre rouge dans laquelle il commença à lui dispenser ses premiers cours d'équitation.

Évidemment, il eut tout de suite plus de succès que Jezebel avec ses bonnes manières.

Lián était douée. Malgré son jeune âge, elle n'avait peur de rien. Très vite, elle apprit à seller elle-même le poney, même s'il fallait encore l'aider à bien serrer la sangle. Tandis que les petites filles modèles de son âge jouaient sagement à habiller et déshabiller une poupée, elle, elle pansait, brossait, peignait et curait les sabots de son Zozo. Assise par terre, les fesses dans la poussière sans se soucier du devenir de ses vêtements, elle lui racontait ses joies et ses malheurs, et Zozo, qui était un brave poney, écoutait avec sagesse en lui soufflant amicalement dans les cheveux.

À trois ans, elle sut se mettre en selle toute seule. Pour cela, elle prenait le seau qui servait à mesurer l'avoine, le renversait sur le sol à côté du poney et s'en servait de marchepied. Une fois en croupe, avec ses pieds bien posés dans les étriers, elle dirigeait sa monture comme une grande, en n'attendant qu'une chose, avoir le droit de faire un petit galop.

Jan lui donnait des leçons dès que la météo le permettait, surtout en été, et de préférence le matin, le seul moment de la journée où la fillette parvenait à peu près à se concentrer. Au début, il s'ingéniait surtout à l'habituer

1. Appareil photographique simple et bon marché commercialisé par Kodak. Le modèle Brownie 2, vendu de 1901 à 1933, était une simple boîte de carton, de section carrée.

au pas du poney. Pour ce faire, il tenait Zozo à la longe et s'amusait à corser les difficultés du terrain pour que la jeune cavalière sente au mieux son assiette.

Par la suite, il la fit travailler dans la carrière.

Jezebel les rejoignait souvent. Elle s'installait sur un banc près de la barrière, en emportant un livre ou ses pastels, même si, généralement, elle oubliait de lire ou de dessiner, parce qu'elle n'aimait rien tant que regarder les deux amours de sa vie partager la même passion.

La fillette tournait dans la carrière au pas lent du poney. Elle faisait de la gymnastique en y mettant beaucoup de bonne volonté, les bras levés, les jambes tendues, couchée sur l'encolure ou sur la croupe. Debout au milieu de la carrière, en bottes et bras de chemise, Jan pivotait lentement sur lui-même sans la quitter du regard. De sa chambrière[1], il incitait le poney à changer d'allure.

— Tiens bien les rênes, ordonna-t-il aujourd'hui, tandis qu'elle galopait. Ne bouge pas autant les mains, tu vas lui faire mal à la bouche.

La petite s'efforçait d'obéir, il la félicita tout en repassant le poney au pas.

— Bravo ! Tu tiens très bien en selle. Bientôt, nous pourrons aller en promenade avec maman, tous les trois à cheval.

La fillette eut un regard brillant de joie. Avec son teint bronzé par le grand air, ses yeux avaient l'éclat de deux émeraudes. Elle hasarda avec espoir :

— Demain ?

— Non, pas demain, lui répondit Jan en retenant un éclat de rire. Il faut encore t'entraîner avant de pouvoir aller avec ton poney jusqu'à la plage. Bien, va le desseller

---

1. Sorte de long fouet destiné à faire travailler un cheval tenu à la longe.

maintenant, brosse-le soigneusement puis mets-le dans le pré avec Snow et Sokar après lui avoir donné à boire.

La petite se laissa glisser de son poney avec aisance, mais elle le laissa en plan pour courir soudain vers sa mère qui l'observait de son banc. Elle se jeta dans ses bras.

— Tu as vu, *Māmā* ? *Bàbà* a dit que ze galope très bien !

— Je suis très fière de toi, lui répondit Jezebel en repoussant tendrement les cheveux bruns qui s'étaient échappés du ruban et que la sueur collait sur son front.

Elle voulut l'embrasser, mais l'enfant cessait déjà son câlin pour fouiller dans un panier à la recherche d'un vieux quignon de pain destiné aux chevaux. Elle y mordit à pleines dents.

— Ne veux-tu pas plutôt un biscuit ? rit Jezebel. Mrs Appelrood en a fait au gingembre. Ne sont-ce pas tes préférés ?

La fillette continua à mordiller son pain dur en haussant les épaules. Jan les rejoignit, l'air sévère.

— Dis donc, petite chipie ? N'as-tu pas entendu ce que je t'ai dit ? On s'occupe toujours de son cheval en premier. Allez, file ! Ton poney a soif.

La fillette ronchonna mais obéit tout de même. Elle ramassa le seau, courut jusqu'à l'abreuvoir, revint en renversant de l'eau à chaque pas, car c'était lourd pour ses petits bras. À aucun moment elle ne se plaignit. Le couple la regarda faire, amusé, attendri. Jan passa un bras autour des épaules de sa femme.

— Quel fichu caractère ! taquina-t-il, j'ai parfois l'impression de devoir la dompter comme sa mère.

— Oh, riposta Jezebel, quelle drôle d'idée que de vouloir dompter une femme ou une enfant ! Finalement, je n'ai plus aucun doute, il y a des pirates dans tes ancêtres. Tu es aussi goujat qu'eux.

Il se pencha vers son oreille.

— Je m'entraîne pour prendre une place forte à l'heure de la sieste, lui chuchota-t-il, pour le seul plaisir de la voir rougir.

C'était un petit plaisir facile, elle avait toujours été émotive, et un rien colorait ses joues.

— C'est bien ce que je dis, tu es un goujat, répéta-t-elle.

Cependant, elle riait, car elle n'était pas une amante prude, bien au contraire. Il y pensa d'ailleurs avec un élan de désir au creux des reins, et il se pencha pour l'embrasser. Tandis qu'elle nouait ses bras autour de son cou, la fillette les regardait en brossant son poney. Elle se moqua d'eux en chantonnant :

— Oh la la, les z'amoureux ! Ils zont amoureux !

— Toi, lui dit Jan en lui faisant affectueusement les gros yeux, occupe-toi un peu mieux de ton poney ou je viens te chauffer les oreilles !

Elle piailla par jeu, alors ils se mirent tous à rire, jusqu'à ce qu'un bruit de moteur vienne détourner leur attention.

Le ronflement leur parvenait de l'entrée de la propriété. En temps normal, la maison était suffisamment à l'écart de la route pour ne pas être dérangée par les rares automobiles qui venaient de Huntington, ou même par les tracteurs modernes qui retournaient les champs. Là, le ronronnement se rapprochait.

Le couple avança jusqu'à la terrasse, au bout de laquelle ils eurent une vue panoramique sur l'allée gravillonnée. Un *yellow cab* cahotait allègrement entre le jeune alignement d'érables à sucre planté l'année auparavant. Il était poussif et assez grinçant. Son moteur semblait presque essoufflé d'avoir gravi la route qui serpentait depuis le petit pont de pierre au-dessus du torrent.

— Encore un plaisancier qui a dû se perdre, dit Jezebel.

Jan partit à grandes enjambées rapides pour aller le remettre sur le bon chemin. Elle le suivit d'un pas plus tranquille après avoir attendu que Lián revienne du pré où elle avait mis son poney.

— C'est qui ? demanda la fillette en lui attrapant la main.

— Quelqu'un qui a dû se tromper de chemin. *Bàbà* va leur indiquer la bonne direction.

Elle s'étonnait tout de même, car le *cab* ne faisait pas mine de rebrousser chemin. Au contraire, il avança jusqu'au perron. Mrs Appelrood pointa le bout de son nez en s'essuyant les mains sur son tablier. Elle ne prit même pas la peine de cacher sa curiosité. Les visites étaient rares, surtout celles qui venaient en taxi de New York. Quelques semaines auparavant, le sénateur Tony Walker s'était enfui au Canada pour échapper à la justice qui l'accusait de corruption. Depuis, hormis un joueur de polo qui venait parfois boire un café ou quelques amis qui répondaient à une invitation à souper, les visiteurs étaient surtout des clients intéressés par une éventuelle antiquité chinoise et qui espéraient l'acquérir avant la mise aux enchères. Une fois, il y eut également un reporter qui comptait écrire un article pour un magazine d'éleveurs spécialisé dans les chevaux. Le reste du temps, la famille Lukas ne recevait pas. Jan et Jezebel préféraient les promenades à cheval plutôt que les réceptions mondaines. De toute façon, lorsque l'envie de voir du monde les prenait, il leur suffisait d'aller à New York au théâtre ou à l'opéra, ou bien à l'une ou l'autre fête organisée par le club de polo de Westbury.

Surprise, donc, car ils n'attendaient personne, Jezebel lissa machinalement sa jupe froissée et essaya de mettre de l'ordre dans ses cheveux. Le chauffeur descendit du *cab* et ouvrit la portière arrière. Un homme en descendit. Il était vêtu d'une tenue de tennis décontractée, chemise blanche sur pantalon clair. Il tenait à la main son veston et un panama. Il portait des lunettes noires qui lui donnaient un air de dandy européen.

Jezebel mit une main en visière pour mieux observer la scène en dépit du soleil. Jan venait de tomber dans les bras du visiteur. Les deux hommes se donnèrent une profonde accolade, en amis de longue date. Elle avança encore, notant cette fois-ci que l'inconnu avait un teint sombre, des cheveux noirs longs aux épaules, soigneusement coiffés vers l'arrière. Un Argentin ? se demanda-t-elle, tout en remarquant un grand sourire lumineux qui lui parut aussitôt familier.

Le chauffeur aida une femme très élégante à sortir du *cab*. Jan et l'inconnu se tournèrent vers elle en riant. Jan la prit même dans ses bras, de la même façon heureuse qu'il l'avait fait précédemment pour l'homme. Jezebel devinait malgré la distance qu'il était ému. Finalement, il tint la visiteuse à bout de bras pour détailler longuement son visage, tandis qu'elle lui souriait d'une grande bouche écarlate. Jezebel continua à avancer mécaniquement.

— *Māmā*, c'est qui ?

Elle ne sut pas quoi répondre. Elle regardait en fronçant des sourcils la silhouette mince, si longiligne dans une robe d'été courte au genou, qui semblait s'être brusquement échappée de ses souvenirs. Elle n'osait y croire. Pourtant, y avait-il le moindre doute ?

Ne s'agissait-il pas du même corps fluide, du même teint diaphane, des mêmes cheveux courts à la garçonne, noirs et brillants, avec cette coupe à la Louise Brooks qui mettait en valeur les pommettes saillantes, celles même qui avaient toujours donné à ce visage un air de princesse tatare ?

La femme l'aperçut. Après un bref moment d'hésitation, dû à une émotion visible, elle s'avança en rejetant vers l'arrière, d'un beau geste élégant, l'écharpe de soie qu'elle portait autour du cou. Elle souriait de sa grande bouche rouge, aux dents parfaites. Après de longues secondes, durant lesquelles elles se prirent toutes les deux par les yeux, en se disant tant et tant de choses silencieuses, elle se pencha vers la petite Lián qui la dévisageait avec curiosité et lui lança d'une voix pétillante :

— Qui est donc cette jolie petite *goloubka*[1] qui va vite venir dire bonjour à sa *tetushka*[2] ?

L'enfant recula mais, cette fois-ci, Jezebel tomba dans les bras d'Olga Marushka Obolenski en éclatant d'un tel sanglot qu'elle ne remarqua pas immédiatement l'homme à taille de géant qui sortait à son tour du *cab*.

*

— *Namasté*, Mukhy.

— *Namasté*, *milady*. Je suis heureux de voir que vous allez bien.

— Vous souvenez-vous de notre petite Mary-Leela ?

Le géant baissa les yeux vers la fillette qui le toisait sans paraître impressionnée, ni par sa taille immense, proche des sept pieds tout de même, ni par son visage sombre, ridé, aux joues recouvertes d'une toison aussi bouclée qu'une fourrure.

Jezebel songea que cette barbe était devenue plus sel que poivre ces dernières années, mais que ce ton n'adoucissait en rien l'air naturellement sévère de l'Hindou, pas

---

1. Tourterelle, en russe.
2. Tata, en russe.

plus que ne le faisait son vêtement indien traditionnel pourtant d'une extravagante couleur rose.

Comme d'habitude, il était vêtu d'une *kurta* portée avec un élégant *churidar* du même ton. Le torse, dont on devinait sans peine l'impressionnante musculature, était orné de plusieurs rangs de perles. Sur le turban jaune brillait une parure de plumes de paon dont le centre était un énorme diamant.

— *Namasté*, *rājakumārī*[1] Leela, dit le colosse en s'inclinant avec respect devant l'enfant aux incroyables yeux verts. Je découvre que vous avez bien grandi, mademoiselle. Vous ne vous rappelez sans doute pas de moi. Je suis Mukhy Aadamee, le *doot* du maharaja de Mahavir. Je vous ai connue lorsque vous n'étiez qu'un bébé.

La fillette serra plus fort la main de sa mère, seule concession accordée à son émoi. Le *doot* les enveloppa toutes les deux de son étonnant regard de tigre, jaune et immobile. Depuis que Jezebel l'avait rencontré à Singapour, il semblait avoir vieilli même s'il conservait la tranquille assurance de celui qui a longuement exercé son corps et sait les limites à lui donner.

Elle s'adressa à sa fille avec un sourire, tout en fixant le *doot*.

— Mukhy Aadamee est un ami très cher, Lián.

L'Hindou comprit ses questions silencieuses, et toutes ses angoisses. Il la rassura d'un sourire, puis il s'inclina à nouveau, en ouvrant la main pour présenter son compatriote qui attendait à quelques pas de là, en observant la mère et l'enfant avec une attention soutenue.

— *Milady*, puis-je vous présenter le *raajakumaar*[2] Omja Singh de Mahavir, l'héritier du « Joyau du Bengale » ?

---

1. Princesse, en hindi.
2. Prince, en hindi.

Elle fut surprise, mais pas tant que cela. Depuis qu'elle avait vu sortir cet homme du *cab*, elle avait deviné qu'il était un proche de Charu. Apprendre qu'il était son frère aîné, le fils héritier du maharaja Mani Sarthak Shantimay Singh, ne l'étonna donc pas outre mesure ; il avait exactement le même sourire étincelant.

— *Namasté*, Votre Altesse, dit-elle.

Elle fit une profonde révérence, plus pour cacher son trouble que pour rendre hommage à un titre dont elle n'avait jamais su que faire. Elle essayait surtout de ne pas montrer le tremblement qui l'agitait. Que signifiait une telle visite surprise ? Pourquoi le fils héritier du maharaja de Mahavir avait-il tenu à venir en personne ? Allait-il encore être question de sa fille, et d'un éventuel voyage en Inde ? S'agissait-il de quelque chose de plus grave ?

Jan remarqua son angoisse. Il vint lui poser une main sur l'épaule. Elle leva vers lui ses grands yeux bleus.

— Tu savais, accusa-t-elle.

— Non, lui dit-il avec l'accent de la vérité. Je te promets que je suis aussi surpris que toi.

Le prince Omja Singh intervint dans la conversation en accentuant son merveilleux sourire blanc de perle.

— Si je puis me permettre, *milady*, mon ami Jan n'était effectivement au courant de rien. Je suis le seul et unique instigateur de cette visite impromptue. Il fallait que cela soit, voilà tout. *Yahi likha hai*[1], ajouta-t-il en inclinant le buste. Je suis porteur d'une bonne nouvelle.

Elle demeura de glace, alors il approcha d'un pas supplémentaire, en accentuant ce sourire qui le faisait tant ressembler à son frère Charu.

1. C'est écrit, en hindi, avec un sens religieux.

— Je vous le promets, *milady*, je ne viens pas pour vous faire la guerre.

Avec une attitude assez incroyable pour un Indien de son rang qui portait en lui tout le poids millénaire des castes du sous-continent, il lui prit la main et la frôla de ses lèvres en un geste de parfait gentleman anglais. Jezebel ne put se retenir d'afficher sa stupéfaction. Il se mit alors à rire.

— Ne me regardez pas ainsi, *milady*. Je respecte mon peuple et ses traditions, mais je suis aussi un Indien moderne. Tandis que mon frère Charu se rendait en Amérique surtout pour jouer au polo, je suis allé faire mes humanités à Oxford. J'ai passé en Angleterre beaucoup plus de temps que dans ma propre patrie. Je ne crois pas aux castes.

Ils s'observèrent. Ils s'étaient déjà rencontrés des années auparavant, lors de cette étonnante soirée au Palais d'Or où Jezebel avait été l'invitée d'honneur de son frère, mais ils ne s'étaient jamais parlé. Ils s'étaient même à peine vus, tant Charu, follement épris d'elle, l'avait monopolisée pour lui faire découvrir les secrets de la citadelle indienne.

Ce qu'elle savait du prince était donc succinct : Omja était l'aîné, et le fils héritier du maharaja de Mahavir. À la mort de ce dernier, il hériterait de tout, le trône, le titre, les terres et mêmes les tribus qui y vivaient. Il aurait droit de vie et de mort sur le moindre de ses sujets.

Elle le regarda plus attentivement.

Omja Singh avait une trentaine d'années et, d'une certaine façon, ressemblait à ce que serait probablement devenu Charu si ce dernier n'avait pas été tué à vingt ans. Les deux frères avaient la même taille, les mêmes épaules larges, le même corps sportif et musclé, à la démarche souple et silencieuse. Pour noter des différences, il fallait attacher de l'importance à des détails subtils. Ainsi, le visage était moins osseux, moins adolescent que celui de Charu. Sa forme s'inscrivait dans un ovale un peu plus mou, qui donnait une étrange douceur aux mâchoires. Le teint avait presque le même ton d'ambre, mais les yeux n'étaient pas noirs. Ils étaient d'un vert assez semblable à celui de la petite Mary-Leela. Lorsque Omja Singh souriait, ce qu'il faisait au moins aussi souvent que son frère cadet, cette couleur inhabituelle se mettait alors à pétiller comme si le vent traversait les feuilles argentées d'une lointaine mangrove.

Jezebel se souvint que Charu avait eu le regard rempli d'étoiles. Il avait été sa nuit brillante, constellée de lumières. Elle dit finalement :

— Soyez le bienvenu, Votre Altesse.

Cependant, le ton de sa voix restait sur la défensive. Olga Marushka passa son bras dans le sien et lui tapota gentiment la main.

— Allons, allons, ma chère, ne vous mettez pas dans tous vos états dès notre arrivée. Nous parlerons de choses sérieuses plus tard. Pour l'heure, savourons uniquement la joie de nos retrouvailles. Car je suis heureuse, ma chérie, tellement heureuse ! Omja et moi, nous avons pris un hôtel à New York. Nous avons décidé de nous installer en Amérique pour quelques mois afin d'aller à Broadway, de courir les expositions et les musées. Cela nous donnera de multiples occasions pour nous revoir. Depuis combien de temps ne nous sommes-nous pas vues ? Pas loin de cinq ans, n'est-ce pas ? *Bog moï*[1] ! Je ne dirais pas que vous avez vieilli, vous êtes encore bien trop jeune pour cela, mais j'avoue que je vous trouve grandie. Oui,

---

1. Dieux du ciel, en russe.

vous êtes plus grande. À moins que dans mes souvenirs, je ne vous rapetissais, vous étiez encore si enfant… Quelle belle jeune femme vous êtes devenue ! Je vous trouve l'air heureux.

Jezebel serra le bras de la duchesse en appuyant sa tête contre son épaule.

— S'il vous plaît, ne retournez pas à l'hôtel ce soir, ma chère Olga… Laissez-moi vous garder auprès de moi au moins les prochaines vingt-quatre heures. Je veux pouvoir discuter avec vous tout mon saoul, nous avons tant de retard dans nos bavardages ! Je vous en prie, dites-moi oui. Et vous aussi, Votre Altesse, ajouta-t-elle en se tournant vers le fils du maharaja avec un sourire qu'elle voulut éblouissant, restez. Ainsi que vous, Mukhy, cela va de soi. Mrs Appelrood, notre gouvernante, vous préparera des chambres. Elles ne seront pas aussi luxueuses que celles de votre hôtel de Manhattan, j'en ai bien conscience, mais au moins nous serons ensemble. S'il vous plaît, faites l'effort de demeurer ici au moins jusqu'à demain !

L'émotion la rendait follette. Olga se mit à rire comme une tourterelle, et le jardin, qui était pourtant inondé par un beau soleil d'été, parut devenir encore plus lumineux.

— Puisque vous nous invitez, ma chérie, j'accepte avec joie. N'est-ce pas Omja ? Nous serons bien ici, à la campagne, dans ce manoir qui ne semble pas dépourvu de charme. Et puis cela vous laissera le temps de régler vos petites affaires avec notre ami Jan. Omja est venu pour acheter des chevaux qu'il désire offrir à son père, confia-t-elle *mezzo voce* à Jezebel. Tandis qu'ils concluront leurs accords de commerce, nous, nous referons le monde en buvant une bonne tasse de thé noir. Au moins, avez-vous un samovar ?

— Bien sûr que non, rit Jezebel. Mais j'ai une théière japonaise !

— Ah, ça, si vous avez une théière japonaise ! Allons, venez donc nous faire les honneurs de votre « petite » maison.

Jezebel la prit dans ses bras, appuya sa joue au creux de son épaule. Elle chuchota, parce qu'elle ne parvenait pas encore à y croire :

— C'est bien vrai, Olga ? Vous ne repartez pas tout de suite ? Vous restez encore un tout petit peu ?

— *Da*[1], ma chérie, roucoula la duchesse russe. Il n'y a que vous pour croire que je puisse repartir sitôt venue ! Je retire ce que j'ai dit auparavant. Vous n'avez pas grandi. Vous êtes toujours la même angoissée que lorsque vous aviez seize ans…

Ses yeux dorés se posèrent dans ceux si bleus de Jezebel, et s'y vrillèrent comme pour y insuffler une nouvelle vérité.

— Autant que je vous le précise tout de suite, plutôt que de laisser votre imagination fertile divaguer à tort et à travers, il ne doit y avoir aucune ambiguïté entre nous, *moya dorogaya*[2], n'est-ce pas ? Je ne viens pas pour remuer le passé ou réclamer quelque dû que ce soit. Ce qui est derrière nous l'est définitivement. Vous le savez, je n'ai pas pour habitude d'aller à l'encontre d'une décision que j'ai prise un jour.

Jezebel comprit qu'elle parlait de Jan. En fait, elle n'avait pas osé y penser, mais elle attendait cette remarque depuis qu'Olga était sortie du *cab*. Dans une autre vie, il y avait fort longtemps, la duchesse Obolenski avait été la maîtresse du jeune Américain. Depuis, évidemment, tout

1. Oui, en russe.
2. Ma chérie, en russe.

avait changé. L'amour avait changé de camp. Mais tout de même, il était mieux que les choses soient claires.

— Je vous remercie de vouloir éviter tout quiproquo, Olga.

La Russe s'appuya plus fortement à son bras, en penchant délicatement la tête. Elle n'avait pas changé. Elle avait toujours ce visage extraordinaire, excessivement mobile, poudré de « Transparence » de chez Caron au point d'en avoir le teint diaphane, la bouche fardée d'un rouge mat, intense, et les yeux largement soulignés d'une ombre à paupières noire qui les rendait encore plus clairs, plus intenses, plus mystérieux. Sans doute était-elle fardée à l'excès, comme ces femmes qui craignent de vieillir, mais cela lui allait divinement bien.

— Ne me remerciez pas, ma petite chérie, susurra-t-elle à l'oreille de son amie. Je vous l'ai donné, du moins, je vous ai fait comprendre qu'il n'était plus à moi, l'a-t-il d'ailleurs jamais été ? Rassurez-vous donc, je m'accorde actuellement d'autres projets sentimentaux qui m'excitent comme une puce.

— Je ne suis pas sûre de tout bien comprendre.

Olga éclata d'un grand rire qui fit se retourner les hommes. Tout en leur accordant un clin d'œil coquin, elle se pencha vers Jezebel pour reprendre d'un ton faussement discret :

— Nous en parlerons plus longuement lorsque nous serons seules, mais je puis déjà vous vendre la mèche : je vais bientôt me marier.

— Quoi !

Jezebel n'aurait pas été plus stupéfaite si la foudre était tombée au milieu du chemin.

— Vous, Olga, vous allez vous marier ?

— Eh bien oui, je vous le concède, c'est assez fou. Moi-même, parfois, j'en suis la première étonnée.

Lorsque cela me prend, je suis obligée de m'asseoir, et de réfléchir un brin. C'est complètement insensé, n'est-ce pas ? Soit dit en passant, je crois que cette folie est justement ce qui me plaît…

Elle coula un regard vers les trois hommes qui, à distance, échangeaient leurs propres nouvelles sans sembler se soucier d'elles.

— Que pensez-vous du prince Omja Singh ?

Jezebel en eut la bouche arrondie de surprise.

— Vous voulez dire… vous et… Il est vrai que j'aurai dû m'en douter, puisque vous voyagez ensemble !

— Bah oui, je l'avoue, je me suis un peu lassée des jeunots. Ces pauvrets ne cessaient de bêler en me dévisageant d'un air énamouré. Cela flatte l'ego un certain temps, mais on finit par se rendre compte qu'on attend autre chose que de jouer à l'initiatrice ou à la maman de substitution…

— Ne me dites pas que vous vous mariez parce que vous vous sentez vieille ? Pas vous, Olga !

La Russe éclata à nouveau de rire.

— Voyons, ma chérie, qu'allez-vous penser ? Bien sûr que non ! J'épouse Omja parce qu'il est riche à millions.

— Mais vous aussi, Olga, vous êtes riche à millions !

— Ah oui, tiens ? C'est vrai, je l'avais oublié… Mais alors, pourquoi diable vais-je l'épouser ?

Jezebel riait à n'en plus pouvoir.

— Peut-être parce que vous l'aimez ? proposa-t-elle avec malice. C'est ça, dites-le moi, vous l'aimez ?

La Russe prit un brusque air nostalgique.

— *Moya dorogaya*, je n'ai aimé qu'un seul homme dans ma vie… Oh, ne me regardez pas ainsi, avec cet air de panique absolue, ce n'était pas Jan, même si, je peux bien vous l'avouer maintenant, il fut un charmant amant que j'ai un temps regretté d'avoir perdu. Mais bon, il vous aimait, il fallait être aussi sotte que vous pour ne pas s'en rendre compte… Je n'aime pas les combats perdus d'avance. Donc voilà, je vais prochainement me marier avec un prince indien, et c'est l'aventure la plus démente qu'il m'ait été donnée de faire dans ma vie pourtant riche en péripéties… En réalité, j'ignore si je l'aime ou non. Une seule chose est sûre, j'aime être avec lui. Et puis, j'aime la façon dont il me fait l'amour, ajouta-t-elle avec ce sans-gêne qui l'avait toujours caractérisée, mais qui n'était qu'une façon de briser le sérieux d'une conversation. C'est déjà un beau début, non ?

Jezebel lui sourit. Elle la reconnaissait bien là.

— Mon Dieu, Olga, je ne m'en étais pas aperçue, mais comme vous m'avez manquée !

*

On s'installa sur la terrasse à l'arrière de la maison, qui était ombragée par un micocoulier. Tom Barbedill ramena les malles à l'intérieur. Le *cab* repartit. Hùshì vint saluer les invités, avant de s'éclipser de son doux pas silencieux. Pendant ce temps, Mrs Appelrood tomba en totale panique. Elle regarda les deux hommes à la peau sombre qui investissaient son territoire et courut aussitôt s'enfermer dans la cuisine en interpellant tous les saints de son panthéon personnel.

— Un fils de maharaja ! l'entendit-on s'affoler. *Verdomde god*, un fils de maharaja dans ma maison ! Comment reçoit-on un maharaja ?

Elle se mit à remuer assiettes et casseroles avec plus de bruit que nécessaire, puis prépara une cruche de limonade avec un air de Socrate en train de fabriquer la décoction de ciguë qui allait le tuer.

Jezebel riait devant ce tapage, tout en tentant de la raisonner.

— Voyons, Mrs Appelrood, que vous arrive-t-il ? S'il vous manque quelque chose, vous n'aurez qu'à envoyer Tom le chercher. Je suis certaine que vous vous en sortirez très bien. Vous vous en sortez toujours parfaitement dès que nous avons un peu de monde. Même le sénateur Walker, qui était un habitué des plus grandes tables, ne tarissait pas d'éloges sur vos talents.

Les compliments calmèrent la gouvernante, qui ne bougonna plus que par principe. Elle entreprit de faire l'inventaire des provisions, énuméra une série de menus qui assureraient les repas de la semaine, et proposa de sortir la vaisselle d'apparat et la ménagère en argent. À ses yeux, c'était le minimum pour recevoir un nabab. Dans un même élan, elle commença à pétrir une pâte pour une tourte de poulet qu'elle destinait au déjeuner, tout en continuant à gémir à chaque coup de rouleau, parce que, tout de même, c'était quand même un monde que de devoir cuisiner avec des bouts de ficelle alors qu'on avait un maharaja dans le salon !

Le moment délicat fut lorsque Jezebel osa réclamer au moins un plat de légumes à chaque repas, car elle se souvenait que les Indiens, par conviction religieuse, ne mangeaient pas tous de la viande. Or elle ignorait tout des croyances du prince Omja Singh de Mahavir.

— Quoi ! vitupéra la gouvernante. Non seulement nous accueillons un maharaja, mais en plus il ne mange pas comme nous ?

Jezebel préféra battre en retraite avant de perdre patience. Dans le vestibule, tandis qu'elle s'apprêtait à rejoindre ses invités, elle fut interpellée par Hùshì. Cette dernière s'exprima dans ce français à peine chuchoté qu'elle employait toujours lorsqu'elle ne voulait être comprise par personne d'autres que son ancienne camarade de chambre de la mission de Singapour.

— S'il vous plaît, *missy*, dites-moi si ce prince indien qui accompagne le *doot* Mukhy Aadamee est de la famille de notre petite Lián ?

Jezebel hésita, puis acquiesça en évitant d'entrer dans trop de détails.

— Oui, effectivement. C'est son oncle.

— Ah, déclara Hùshì d'un ton lugubre, en baissant la tête comme une condamnée à mort. Alors, il est mon vrai maître… C'est avec son argent que le *doot* m'a achetée. Que se passera-t-il s'il désire que je le suive en Inde ? Et puis, surtout, ne risque-t-il pas d'emmener avec lui notre petite Lián chérie ? Que ferons-nous s'il l'emmène de l'autre côté de la mer ? Que ferons-nous, ici, sans elle ?

— Vas-tu cesser de dire des bêtises ! s'exclama Jezebel, que l'attitude irrationnelle de Mrs Appelrood avait déjà considérablement agacée. Il n'est question ni de l'un, ni de l'autre. Tu m'entends ? Cet homme n'est là que pour nous rendre une visite de courtoisie. La femme qui l'accompagne est Olga Obolenski. Je t'en ai déjà parlé. À Calcutta, elle était ma meilleure amie.

Hùshì opina, mais il était clair qu'elle n'était pas convaincue. Jezebel soupira.

— Je n'ai pas l'habitude de te donner des ordres, Hùshì, mais là, je crois que tu ferais mieux d'aller à la cuisine pour aider Mrs Appelrood. Cela te changera les idées. Il est hors de question que quelqu'un vienne nous prendre notre petite Mary-Leela !

Sur la terrasse, le prince Omja Singh s'était installé sur un divan en rotin, avec Olga à ses côtés. Il était en train d'apprivoiser sa nièce en lui faisant un tour de magie. Avec ses doigts agiles, il faisait apparaître et disparaître à volonté une pièce de monnaie, pour le plus grand plaisir de l'enfant émerveillée. Dans son dos, Mukhy Aadamee se tenait raide et martial, parfaitement à l'aise dans son rôle de garde du corps.

La scène était plaisante, et Jezebel ne sut pas pourquoi elle y prit ombrage. Elle interpella l'enfant d'un ton sec.

— Depuis quand finit-on une leçon de poney sans au moins se laver les mains ? D'ailleurs, dans quelle tenue es-tu ? Monte vite dans ta chambre pour te rafraîchir et ne reviens qu'une fois débarbouillée.

La petite hoqueta de surprise. Hùshì se précipita pour l'emmener, tandis que Jan coulait à sa femme un regard étonné. D'habitude, elle n'admonestait pas l'enfant de manière aussi rude. Il hésita à lui en faire la remarque, lorsque Olga attrapa la jeune femme par la main pour la forcer à s'asseoir à côté d'elle.

— Ma chérie, je vous sens un peu nerveuse, je crois qu'il vaut mieux clarifier la situation tout de suite. Nous arrivons sans prévenir, je comprends que vous vous posiez plein de questions.

Jezebel voulut se récrier poliment mais Olga la fit taire d'un geste.

— Il n'y a définitivement qu'une seule raison à notre présence ici, pour Omja comme pour moi : *je* désirais vous revoir. Cela fait longtemps que je le souhaitais, même si je ne savais pas trop comment m'y prendre. La dernière fois que nous nous sommes vues, vous étiez partie un peu précipitamment et d'une façon qui ne faisait pas forcément de nous les meilleures amies du monde… Alors, quand Omja a exprimé le désir d'offrir un cheval à son père pour fêter son jubilé, je l'avoue, j'ai tout organisé. On n'offre pas n'importe quel cheval pour fêter les cinquante ans de règne d'un maharaja, surtout lorsqu'on est le fils héritier. Il faut une monture exceptionnelle, superbe, originale. Or, j'avais conservé un vieil article du *New York Times*, qui faisait référence à un open de polo, ici, à Long Island. Je l'avais gardé car il était illustré par cette superbe photo de Jan en joueur de polo, qui posait avec ce magnifique cheval. J'en ai alors parlé à Omja qui a trouvé l'idée excellente. Cela fait tellement longtemps que je voulais vous revoir, ma chère amie. Vous n'imaginez pas à quel point nos après-midi charmants passés à boire du thé et à danser du ragtime me manquent. Depuis que vous êtes partie, la Villa Rose n'a plus la même gaieté. Bref, il fallait que je vienne, que je voie de mes yeux ce que vous deveniez, si votre vie vous plaisait... M'en voulez-vous vraiment pour ça ?

Jezebel écouta ce beau discours en regardant vers le gazon que l'été un peu trop sec avait jauni et qui courait jusqu'aux robiniers dont l'ombre claire s'étirait vers la pinède. Au-delà des cimes bleutées des pins, la mer était un ciel à l'envers.

— Olga, vous êtes gentille, mais je préférerais que vous me disiez ce qui vous amène *vraiment* à New York.

La duchesse russe se tortilla sur son siège. À son côté, le prince Omja Singh regarda vers Jan, qui donna son assentiment d'un petit geste de la main. Le prince prit alors la parole.

— Ce que vous a dit Olga est vrai, *milady*. Vous lui manquez, elle ne cesse de s'en plaindre. J'en ai les oreilles rebattues à force de l'écouter. À longueur de journée, je n'entends que Jezebel par-ci, Jezebel par-là. Alors, oui, j'ai saisi l'excuse de cet achat de cheval pour venir vous rencontrer. Même si ce n'est pas mon unique raison.

Il toussota d'un air gêné, continua d'une voix aussi douce que possible.

— Un jubilé est une chose importante dans le règne d'un souverain. Vous êtes anglaise, vous devez le savoir, vous qui avez des rois et des reines. Mon père est âgé, il fait une fixation sur votre fille. Il veut connaître l'enfant de mon frère Charu. Bien sûr, il a d'autres petits-enfants, ne serait-ce que mes deux fils, qui ont à ses yeux une importance particulière, car ils sont les héritiers du trône de Mahavir. Il a aussi une ribambelle de filles qu'il gâte outrageusement. Mais la mort de mon frère a été un coup de poignard dans son cœur. Il l'aimait sincèrement, d'un amour désintéressé, simple, sans arrière-pensées. Voyez-vous, je suis l'aîné. Je sais que l'amour qu'il me porte n'a jamais eu la même liberté de ton que celui qu'il offrait à mon frère. Moi, il a fallu m'éduquer à devenir un souverain. Me protéger à l'excès. Être cependant sévère afin de m'inculquer mon futur rôle de souverain. Pour mon frère, ce fut tout le contraire. Charu avait le droit d'être libre, et d'être aimé pour lui-même. J'imagine que, d'une certaine façon, mon père cherche encore à prolonger cet instant de légèreté au travers de cette enfant. Alors, j'ai pensé… j'aimerais… je souhaiterais vous convaincre de venir prochainement en Inde. Je vous le redis, mon père est âgé. J'ignore les années qui lui restent à vivre. Je sais juste qu'il n'a pas le temps d'attendre que votre fille grandisse et choisisse par elle-même. Il veut la voir maintenant. Il veut l'aimer tout de suite. Je lui ai promis d'être son ambassadeur auprès de vous.

Le prince se tut. Il attendait peut-être une réponse, mais Jezebel demeura la tête tournée vers la mer, comme si tout ce qu'il venait de dire n'avait aucune importance.

Il reprit avec insistance :

— J'imagine ce que vous pensez, *memsahib*. Nous ne nous connaissons pas suffisamment pour avoir confiance l'un en l'autre. Et puis, votre enfant n'est qu'une fille, et vous vous demandez ce qu'un maharaja des Indes peut bien lui accorder comme importance, lui qui a l'habitude d'utiliser ses propres filles pour contracter des alliances politiques. Je n'ai qu'une réponse à vous apporter : il lui accorde l'importance du cœur. Même le plus puissant des maharajas ne choisit pas ses sentiments. Charu était le fils de son épouse favorite. Si votre enfant était un garçon, je vous l'avoue, je ne serais pas venu. J'aurais eu peur que l'ordre d'accession au trône soit bouleversé. Cela s'est déjà vu que des souverains intriguent pour placer sur le trône le fils favori. Mais voilà, l'enfant de Charu est une fille, et rien ne s'oppose à une découverte réciproque, à cette joie d'aimer sans arrière-pensées. Je ne pensais pas vous parler dès mon arrivée. J'espérais que nous aurions d'abord le temps de nous découvrir. Il n'empêche, je ne puis accepter d'être votre hôte en vous cachant mes desseins. Votre question a précipité ma réponse. Je ne veux pas vous mentir, et ce quoi que vous puissiez penser de moi, et de l'Inde.

Jezebel continua à regarder l'océan, mais elle chuchota tout de même.

— J'ai aimé l'Inde. Je me suis languie du parfum du jasmin et des odeurs d'épices qui montent des cuisines. Du Gange qui défile, immuable, lent et boueux, des couleurs des saris, des vieux sages qui mendient des offrandes, des mangues au parfum incomparable, des arbres millénaires qui portent dans leurs branches toutes les prières du monde. Oui, ces choses-là me manquent parfois, parce qu'elles ont touché mon âme en y imprimant une marque indélébile. Cependant, il vous faut comprendre que ma vie est maintenant ici. Je n'ai plus rien à voir avec l'Inde. Je vis heureuse, ici, en Amérique.

Olga Marushka lui serra la main.

— Nous avons tous compris que votre vie est ici, ma chérie, il faudrait être aveugle pour ne pas s'en rendre compte. Mais cette enfant a tout de même pour moitié une famille indienne. Ce qu'Omja essaie de vous faire comprendre, c'est qu'il ne vous demande pas de revenir définitivement à Calcutta, même si cela me comblerait personnellement de joie, ajouta-t-elle mi-figue, mi-raisin. Il ne vous demande qu'un voyage de quelques jours, quelques semaines tout au plus, le temps de faire une surprise au maharaja à l'occasion de son jubilé. C'est tout.

Elle se tut. Le silence s'installa, uniquement rempli du chant des oiseaux. C'était l'été, avec son ciel d'azur et son soleil brillant. Sur la mer voguaient une multitude de voiles blanches. Jezebel se leva. Elle avait besoin de s'occuper les mains, aussi se versa-t-elle un verre d'eau pétillante.

Le prince Omja Singh la suivit du regard. Il comprenait que son frère ait été éperdument amoureux de cette jeune femme. Elle était très belle. Mais aussi très têtue. Il soupira.

— De toute façon, je n'attends pas une réponse immédiate. Nous sommes là pour plusieurs mois, Olga et moi. Nous aurons d'autres occasions pour en discuter. En attendant, je suis tout de même le messager d'une bonne nouvelle.

Il sortit de la poche intérieure de sa veste un courrier émis par le gouvernement britannique, orné des armoiries de l'Empire et cacheté avec un sceau officiel.

— Puisse cette lettre aider à vous faire comprendre que vous êtes à nouveau la bienvenue en Inde. Elle m'a été confiée par maître Pathmisson, le correspondant à Calcutta de votre notaire anglais, maître Fawkes. Il a instruit en votre nom le procès qui vous opposait au baron von Rosenheim et il vous envoie ses hommages. Il aurait souhaité faire le voyage en personne, mais il a contracté une maladie, une crise de goutte, je crois, qui l'immobilise en Inde. Je sais que vous connaissez d'ores et déjà l'issue du procès, car il a pris la peine de vous télégraphier dès votre victoire, mais ce courrier est le compte-rendu officiel de l'affaire. La plainte du baron a été jugée définitivement irrecevable. Cette affaire a eu un très grand retentissement partout dans le Bengale occidental. La communauté britannique était extrêmement choquée à l'idée qu'un ressortissant d'origine allemande puisse tenter de s'emparer peu ou prou d'un héritage anglais. La guerre est finie, certes, mais il reste tout de même des dissensions. À l'issue du procès, le vice-roi s'est vu contraint de calmer les esprits surchauffés en convoquant le baron, afin de lui recommander de faire dorénavant profil bas.

Jan se montra particulièrement heureux de ces informations.

— Faut-il y voir le début d'un désaveu ? questionna-t-il avec un grand sourire. Si le gouvernement britannique commence à faire des remontrances au baron, n'est-ce pas bon signe ?

Omja Singh opina.

— Il est vrai que l'Empire britannique a de moins en moins besoin de *chandoo*. Depuis les guerres de l'opium, la Chine est contrainte d'en produire, et les plantations indiennes, trop éloignées, ne font que péricliter. Nous ne sommes plus en 1880, lorsque cette culture assurait un bon quart des revenus du Raj britannique. Le vice-roi a donc eu beau jeu de faire comprendre au baron von Rosenheim que son commerce n'était plus aussi indispensable à l'Empire britannique. Si je vous précise cela, *memsahib*, ajouta-t-il en coulant à Jezebel un regard incisif, c'est pour vous faire comprendre qu'il n'y a plus aucun danger en Inde pour vous et votre famille. Cet homme est fini. Certains banquiers ont déjà cessé de lui accorder des crédits.

Jezebel ne partagea pas cet avis. Elle connaissait le baron. Elle savait qu'il possédait d'autres trafics que le *chandoo*, qui pouvaient se montrer tout aussi lucratifs.

— Ne faites pas l'erreur de le sous-estimer, Votre Altesse ! Ce misérable est de la même engeance que les cancrelats qui retombent toujours sur leurs pattes, quel que soit l'endroit duquel ils chutent. En quoi une disgrâce aurait-elle une quelconque incidence sur lui ?

Le prince Omja Singh n'avait pas l'habitude d'être recadré. Il était le fils aîné d'un puissant maharaja. Il n'avait en général qu'à exprimer un désir pour le voir aussitôt réalisé. Bien qu'ayant vécu en Angleterre durant ses jeunes années, il n'avait pas d'opinion très moderne sur de nombreux sujets. En particulier, il avait encore beaucoup de mal à entendre une femme émettre un avis lors d'une discussion politique. Depuis qu'il fréquentait la duchesse Olga Obolenski, il s'efforçait d'ouvrir son esprit, mais ce n'était pas toujours très simple.

Il mit quelques secondes à choisir les termes de sa réponse.

— En réalité, le principal souci de von Rosenheim est qu'il n'est pas britannique. La guerre a entamé son crédit. Il lorgne du côté de l'Afghanistan, et même au-delà, mais il sait très bien que s'il perd l'opium, il perd sa légitimité au sein du Raj. S'il avait pu vous épouser, vous, une comtesse anglaise, comme il avait commencé à le manigancer, ce souci aurait été caduc. Mais vous lui avez fait faux bond, ce qui explique en partie sa colère. Il est comme un animal acculé. Il peut encore mordre, mais il est déjà blessé à mort.

Jezebel allait lui répondre, lorsque Jan vint poser une main sur son épaule. Sa brève caresse l'apaisa. Elle était tendue comme une corde sur un arc. Avec un soupir, elle croisa ses doigts à ceux de son mari, le laissant répondre à sa place.

— Je partage le point de vue de ma femme. Le baron a toujours su slalomer comme un serpent entre les divers courants politiques. Ne sert-il plus d'espion aux Britanniques ? J'ai entendu dire qu'il était effectivement très actif du côté pakistanais et afghan. Je le soupçonne d'alimenter les tribus rebelles avec des armes détournées des stocks d'après-guerre. Il est très bien introduit dans les pays d'obédience musulmane car ces régions furent, au moins par le cœur, du côté de l'Empire ottoman, un allié de l'Allemagne. Vous savez que l'Afghanistan avait reçu une délégation germano-turque essayant de la convaincre d'abandonner la neutralité. Le baron, avec sa nationalité suisse à forte accointance allemande, joue aisément un double jeu.

— Sans doute avez-vous raison, approuva le prince de Mahavir. Néanmoins, les Britanniques ne sont pas dupes. S'ils laissent faire, c'est parce qu'ils ont encore besoin de lui. Son réseau de renseignements est mieux organisé que le *Secret Intelligence Service*[1]. À cela une raison fort simple : les espions de von Rosenheim se soucient fort peu de politique mondiale et ne se préoccupent guère de l'émergence du communisme. Seul importe le profit commercial. Pour le baron, il suffit donc de remplacer le trafic de l'opium par d'autres filières. Depuis peu, nous savons qu'il s'intéresse aux pierres précieuses de Birmanie, les fameux rubis « sang de pigeon » qui se revendent hors de prix à Genève. Nous savons également qu'il continue de rassembler des informations sur la Cité du Lotus rose, cette cité disparue sur laquelle travaillait l'archéologue Michael Deckard.

Jezebel crispa plus fort ses doigts sur ceux de Jan. Ce dernier admit qu'il n'y avait pas de coïncidence.

— Je me demande de plus en plus si le baron ne serait pas lié de quelque façon que ce soit à ce groupuscule politique allemand qui fait parler de lui en ce moment…

---

1. Organisation d'espionnage international britannique.

— Faites-vous allusion à ce récent « parti national-socialiste des travailleurs allemands » dont le drapeau vient de s'orner d'un svastika ? On en parle de plus en plus dans les journaux.

— Oui, c'est à lui que je pense. J'ai suffisamment étudié les civilisations humaines pour savoir que les théoriciens éprouvent toujours le besoin de justifier leurs grandes idées par des exemples sortis de l'Histoire. Il est possible que le chef de ce parti tente d'étayer sa doctrine par des découvertes archéologiques. Le fait qu'il ait choisi un svastika comme symbole de drapeau confirmerait assez cette idée. Ce signe très ancien ne se cantonne pas à la spiritualité indienne. Il franchit les frontières du jaïnisme, de l'hindouisme ou du bouddhisme pour se retrouver dans de nombreuses civilisations. En Europe, il est présent chez les Scythes, chez les Celtes et chez des peuples germaniques comme les Goths.

Omja Singh eut un sourire admiratif.

— Mon cher Jan, j'oublie constamment à quel point vous avez des connaissances approfondies des civilisations antiques. Sous votre lumière, tout devient si clair.

Jezebel pensa au contraire que Jan était trop impliqué. D'où connaissait-il tous ces détails ? Comment avait-il fait pour être au courant de toutes ces théories ?

Maintenant encore, il expliquait avec complaisance :

— Au moins, les hypothèses d'Andres Agustin et de sir Deckard se recoupent sur un point : la cité perdue formerait un maillon manquant entre la période védique aryenne et la civilisation gupta. J'imagine que pour un baron allemand féru de théories de supériorité de race telles qu'elles étaient en vigueur au cours du XIXe siècle, une telle découverte archéologique aurait l'apparence d'une preuve justifiant toutes les idées les plus nauséabondes de notre temps. Omja, il faudra dire à votre père de ne relâcher la surveillance de von Rosenheim sous aucun prétexte.

— Ne vous inquiétez pas, mon ami, vous connaissez mon père, il est patient et tisse sa toile comme une araignée. Il n'a de cesse de venger la mort de mon frère. Soyez bien certain que s'il n'y avait les lois du Raj, et l'œil du vice-roi lorgnant sur notre royaume, cela fait longtemps que, une nuit, au détour d'une ruelle sombre, ou même, dans sa Villa Gokhra, avec un simple cordon de soie…

— Le baron commettra bientôt une erreur, ce n'est plus qu'une question de temps. Demeurez patient, Omja. Ne faites pas de geste inconsidéré qui vous mettrait à dos les Britanniques en cette période incertaine où les courants nationalistes occupent déjà toute leur énergie.

— Nous sommes patients, mon ami. Sauf qu'à force de creuser, nous déterrons de plus en plus de rumeurs.

— Quelles sortes de rumeurs ?

— Des fables entourent toujours les hommes qui assoient leur puissance par le sang. Au début, nos espions n'y prêtaient pas attention. Sauf qu'au fil du temps, dans les bas quartiers, les mêmes histoires reviennent sans arrêt. Certaines langues commencent à se délier. On parle de disparitions d'enfants, essentiellement des fillettes prépubères…

Il se tut en se raclant la gorge, parce que la petite Mary-Leela revenait en donnant la main à sa nourrice Hùshì.

Aussitôt, la fillette devint le point de mire de tout le monde. Elle était toute mignonne dans une jolie robe blanche pleine de volants. Ses joues étaient encore roses d'avoir été frottées, et ses cheveux étaient presque sages, rassemblés en deux grosses nattes qui lui tombaient sur les épaules en lui donnant un air espiègle.

On lui offrit une limonade et des biscuits, et on changea de sujet de conversation. Jan se tourna vers le prince Omja Singh en arquant un sourcil.

— Donc, si j'ai bien compris, vous tenez à acheter un cheval appaloosa ? Cette race n'est pas fixée, et les standards sont encore trop libres. De plus, je suis un peu gêné, je ne travaille plus avec cet éleveur depuis un certain temps. En Argentine, où je fais mes propres croisements, j'ai orienté mon cheptel vers d'autres caractéristiques. Je travaille à partir du « créole » d'Amérique du Sud, qui est issu des lointains chevaux coloniaux espagnols. Ces *criollos*, comme on les appelle là-bas, sont les montures des gauchos, les hommes qui gardent les troupeaux de bœufs ou de moutons dans la pampa. Par nature, ils sont assez petits, avec un centre de gravité bas et une agilité peu commune. Ils excellent au polo.

Le prince indien eut un air déçu.

— C'est que, mon ami, depuis que j'ai vu cette fameuse photographie, je trouve ce cheval extraordinaire. En Inde, nous n'avons pas de bêtes tachetées de la sorte. Je suis certain qu'un tel cheval plairait beaucoup à mon père. Ne pourriez-vous pas au moins me donner une recommandation ? À moins qu'il ne s'agisse d'un élevage véreux ?

— Pas du tout, l'élevage est tout ce qu'il y a de plus sérieux.

— Dans ce cas, je ne vois pas ce qui s'oppose à ce que vous m'y ameniez ?

Jan hésita. Son regard croisa celui de sa femme, qui se mordillait un ongle d'un air faussement impassible. L'histoire avec Eve Valmont datait de moins de deux mois, ni l'un ni l'autre n'avaient envie de s'y frotter à nouveau.

Olga les observa tout en sortant son porte-cigarette de son sac. Elle alluma une Insignia, tira une première bouffée, puis dit d'un ton qui semblait tout résoudre.

— Et pourquoi n'irions-nous pas tous ensemble voir ces fameux chevaux ?

— Pourquoi pas ? répondit Jezebel, d'un petit air léger qui pouvait signifier tout et son contraire.

Jan lui prit la main et lui embrassa le bout des doigts.

*

La nuit était tombée, mais il faisait encore chaud. Après le dîner, les hommes s'étaient installés dans le patio pour fumer des *habanos*[1] que Tony Walker avait un jour offert à Jan et que ce dernier conservait rangés dans une boîte en bois de cèdre. Ils s'étaient assis dans le noir pour profiter de la fraîcheur nocturne. Les femmes s'étaient éloignées de la fumée jusqu'à une balancelle au milieu de la pelouse. Là, environnées de chèvrefeuille, elles respiraient ce parfum tiède en ne voyant de leurs compagnons que la braise incandescente qui rougeoyait lorsqu'ils tiraient sur leurs cigares.

La petite Mary-Leela était couchée depuis longtemps, Hùshì devait la veiller en brodant quelque ouvrage à la lueur d'une lampe de chevet, à moins qu'elle ne se soit, elle aussi, déjà endormie. Mrs Appelrood était encore installée dans la véranda où elle prenait elle aussi le frais en lisant de vieux exemplaires de *Vanity Fair* dont elle faisait collection. Tom Barbedill faisait certainement sa ronde du côté des chevaux.

— Voulez-vous m'aider à défaire ma malle ? proposa soudain Olga en prenant Jezebel par le bras pour la faire monter dans la chambre qu'on avait mise à sa disposition.

---

1. Cigare manufacturé à Cuba.

La pièce était grande, ouverte sur un balcon en demi-cercle qui donnait sur le jardin. Les rideaux serrés dans des embrases étaient suffisamment tirés pour permettre de voir en journée jusqu'à la mer. La nuit, on devinait surtout l'autre côté de la baie, où brillaient les lumières des petites villes qui émaillaient la côte jusqu'à Boston.

— Vous êtes bien installés, l'endroit est charmant, dit Olga en se débarrassant de ses salomés pour marcher pieds nus sur les épais tapis qui garnissaient le parquet.

Elle rassembla en tête de lit plusieurs coussins et s'y laissa tomber en soupirant avec volupté. Comme Jezebel se tenait au milieu de la pièce en ne sachant pas trop quoi faire, elle lui tendit la main et l'attira près d'elle.

— Ne faites pas votre mijaurée, ma chérie ! Ne vous souvenez-vous pas à quel point nous étions proches ? Venez donc là, que nous puissions nous chuchoter des secrets comme lorsque nous étions plus jeunes.

Jezebel se débarrassa de ses chaussures et se laissa à son tour tomber sur le lit. Olga se mit à l'aise en défaisant son corsage. Elle resta en simple chemise de toile fil et soie, couleur ivoire, avec des broderies en jours autour du décolleté, puis elle s'appuya sur un coude afin de mieux dévisager sa jeune amie. Comme avant, comme toujours, elle affichait une décontraction qui pouvait choquer, mais qui attirait également. Elle avait toujours vécu avec une certaine liberté de ton, et l'envie de faire ce qui lui plaisait. Jezebel fut heureuse de voir qu'elle n'avait pas changé.

Olga lui dit :

— Vous avez l'air heureux, ma chérie. L'êtes-vous ?

— C'est une drôle de question, Olga. Oui, évidemment, je suis heureuse.

La Russe lui sourit, alors elles tombèrent dans les bras l'une de l'autre, et Jezebel, submergée par l'émotion, se mit à pleurer. La duchesse lui caressa le dos comme si elle était une petite chatte quémandeuse de douceur. Tant d'années avaient passé, pourtant rien n'avait changé.

— Ma petite sotte, vous êtes heureuse mais vous pleurez ?

— C'est de bonheur, Olga, hoqueta Jezebel en enfouissant son nez dans son épaule. Vous savez que j'ai toujours été une grande émotive. Je suis heureuse, oui, tellement heureuse. Je l'étais déjà avant que vous veniez, mais, là, maintenant, c'est presque trop de bonheur. J'ai tellement pensé à vous. J'étais si inquiète. J'avais si peu de nouvelles. Dites-moi, avez-vous pu récupérer votre jolie Alfa Romeo que nous avions laissée près de ce bac, à l'entrée des Sundarbans ?

La Russe éclata d'un grand rire.

— Vous avez décidément des associations d'idées tordantes ! Oui, j'ai finalement récupéré mon Alfa Romeo, mais je ne vous raconte pas dans quel état. La pauvre est restée trop longtemps là-bas, en pleine jungle. Les chèvres l'utilisaient comme marchepied pour attraper les feuilles des palétuviers et laissaient en souvenir des tas de petites crottes sur les sièges. Les enfants s'en servaient comme d'un plongeoir pour sauter dans les trous d'eau. Elle était couverte de traces de pieds boueux. Je l'ai fait dépanner jusqu'à la Villa Rose, où nous avons découvert que des fourmis avaient construit un nid dans le moteur et qu'une sorte d'écureuil à rayures, ou de mangouste, je ne sais trop, avait mis bas sous le siège. Nous avons réussi à sauver l'un de ces petits en lui donnant un biberon comme à un enfant. Je l'ai appelé Lukas, un peu pour me venger. Ne riez pas, mon amie, cela me permettait de passer mes nerfs, car cette petite bête n'a jamais fait que des bêtises. Finalement, j'ai offert l'automobile à un père missionnaire qui ne possédait qu'un vélo et qui me promit de faire tous les jours une prière pour moi. Je trouve que c'est un bon contrat. Si ce brave homme a tenu promesse, ce dont je ne doute pas, je suis assurée d'aller au paradis. En tout cas, j'ai préféré acheter une autre Alfa Romeo, flambant neuve. Et je l'ai reprise rouge, car c'est une couleur qui me va bien au teint, ne trouvez-vous pas ?

Jezebel pleurait encore mais, à force d'écouter la fantasque duchesse raconter ses déboires comme personne, ses larmes étaient entrecoupées de rires. Bientôt, elles demeurèrent ainsi dans les bras l'une de l'autre, uniquement heureuses d'être réunies. Leurs visages se collaient joue contre joue, avec leurs cheveux qui se mélangeaient en mèches de soie floche, blondes et noires.

— Vous avez toujours le même parfum, ma chérie, chuchota Olga. Je reconnais cette douce fragrance si sensuelle, qui sent bon la violette et le jasmin.

— Vous le savez, c'est un mélange que je fais moi-même. Je n'ai pas changé mes habitudes.

— Surtout que Jan en raffole, n'est-ce pas ?

Jezebel rougit et ne répondit pas. Olga se mit à jouer distraitement avec une boucle blonde qu'elle enroulait et déroulait sur son doigt.

— Vous rappelez-vous lorsque, à la Villa Rose, nous jouions à nous rappeler l'absent, lorsqu'il partait courir Dieu sait où et que nous étions malheureuses, toutes les deux ?

— Êtes-vous malheureuse en ce moment, Olga ? Est-ce pour cela que vous avez traversé les océans ? Est-ce que vous regrettez… Est-ce que… Jan… le reprendre… ?

Elle ne sut comment exprimer le fond de sa pensée, mais la Russe la serra plus fort sur son cœur, en murmurant doucement :

— Quelle idée ! Non, bien sûr que non, je ne veux pas le reprendre. Je vous l'ai dit avant, et je vous le redis maintenant. Ça fait longtemps que j'ai compris qu'il ne m'appartient pas, qu'il est vôtre, du moins dans la mesure où un homme appartient à une femme. Et pour répondre à votre autre question, non, je ne suis pas malheureuse. Mais suis-je heureuse ? Je pourrais plagier Shakespeare, et dire, telle est la question... J'avoue néanmoins que je n'en sais rien. Je dois sans doute l'être, puisque je vais me marier.

— Eh bien moi, je trouve que ce mariage est une excellente nouvelle. Et je suis heureuse pour vous, je suis heureuse pour deux, voilà !

Jezebel lui offrait un sourire attendri. Elle n'avait jamais imaginé que son amie puisse se marier. Certes, elle l'avait été il y avait fort longtemps, avec un duc Obolenski qui avait été tué lors des prémices de la révolution russe mais, depuis, elle était veuve et s'était très vite accoutumée à cet état. Elle n'avait que quatorze ans lorsqu'elle avait été mariée de force à ce vieux barbon, quoique vendue était un terme nettement plus approprié à la transaction qui avait été conclue. L'homme était un pervers dont l'unique plaisir était de la mettre nue dans une chambre glaciale, pour s'exciter devant sa chair de poule. Sa mort avait été un soulagement. Elle avait pu enfin vivre. Elle était libre, et capable de gérer par elle-même son imposante fortune. Elle avait profité de tout ce que l'argent donne, avec excès, avec folie, mais était-ce condamnable ? Elle avait couru le monde. Elle avait eu des amants, des acteurs célèbres, des boxeurs tout en muscles, et même une fois une femme écrivain qui portait le costume et fumait le cigare. Elle avait toujours refusé de s'attacher à quiconque. La jeune Anglaise était sa seule faiblesse, car elle était comme la petite sœur qu'elle n'aurait jamais.

Jezebel la sentit brusquement fragile et la prit dans ses bras pour lui embrasser longuement la joue.

— Je vous assure, Olga, je trouve cette idée de mariage extraordinaire.

La Russe haussa les épaules.

— Enfin, n'exagérons rien… Ce mariage n'est pas encore officiel. Le maharaja, le vieux, le père, est bien entendu contre. Quel rétrograde ! Bah, plus il est contre cette idée, et plus Omja me veut. On ne lui a jamais opposé le moindre refus dans sa vie. Depuis qu'il est tout petit, une armée de serviteurs se succède pour s'occuper de lui. Il se dit anglais, parce qu'il a vécu à Oxford, mais même là-bas, il avait au moins dix serviteurs ! Je me demande comment il va faire ce soir, avec seulement Mukhy pour le déshabiller et le laver… Quelle misère pour lui ! Nous sommes venus ici en laissant tous les domestiques à l'hôtel. Je ne vous explique pas la lune de miel que nous aurons, à dix dans une chambre…

— Mais vous l'aimez, n'est-ce pas ? insista Jezebel.

— Est-ce que je l'aime ?… Disons que j'aime l'homme extraordinaire qu'il est, de cela je suis sûre. Il a quelque chose d'un dieu qu'on vénère, parce que c'est ainsi que lui-même se voit. Vous savez, ma chérie, il ouvre à peine un œil le matin que déjà quelqu'un vient lui mettre ses pantoufles. N'est-ce pas une vie stupéfiante ? On le lave, on le coiffe, on le rase, on l'habille. On lui met à manger dans la bouche, on lui essuie les lèvres. Je passe des heures à le regarder se faire bichonner. C'est un spectacle dont je ne me lasse pas. Un jour, peut-être, en écrirai-je un livre… Au début, savez-vous, j'ai eu peur que quelqu'un ne vienne subrepticement la lui tenir, pour l'aider à me faire l'amour… Dieu merci, ce ne fut pas le cas.

Jezebel riait à n'en plus pouvoir.

— Tout de même, moi je l'ai trouvé assez normal durant la journée. Et il est très beau.

— C'est vrai. Il est beau. Il est aussi un amant extraordinaire. Les Indiens des hautes castes sont éduqués dans la science de l'amour. Ils apprennent les caresses dans de vieux grimoires dès leur adolescence, l'amour est pour eux une religion. On leur donne des maîtres et des prostituées qui les éduquent au plaisir. On leur fournit des images qu'ils observent, datant de plus de mille ans. Je l'avoue, il me plaît beaucoup, ne serait-ce que pour le plaisir qu'il me donne. Lorsque nous sommes seuls à la Villa Rose, il est le plus raffiné des hommes. Il n'est rétrograde que lorsqu'il est dans sa famille. Vous savez, ma chérie, je suis vraiment venue vous chercher. Il faut que vous soyez présente à mon mariage. Je ne peux pas être seule à affronter cela, sans aucune alliée, sans aucune amie…

— Je n'ai pas envie de retourner en Inde.

— Je vous connais bien, je sais que ce n'est pas vrai. Vous en parlez avec plus d'amour que je ne saurai jamais exprimer. Vous aimez l'Inde. Ne mentez pas.

— Je l'aime, avoua Jezebel d'une voix basse, charnelle, mais je ne veux plus y aller. J'ai peur. L'Inde tout entière me fait peur. J'y ai été à la fois extrêmement heureuse, et affreusement malheureuse.

— Je sais tout cela, *moya dorogaya*. J'ai été tellement surprise d'apprendre que vous aviez un enfant… Un enfant de Charu.

— C'est celui de Jan, maintenant.

La Russe recula pour mieux détailler le visage qui se cachait, qui était fermé comme derrière un masque en apparence dur et impassible, mais fragile comme une porcelaine.

— Ce n'est pas de l'Inde que vous avez peur, ma chérie, mais du passé.

— J'ai peur que l'Inde me prenne ma fille, gémit Jezebel.

Olga lui caressa les cheveux.

— Et nous, nous venons pour vous dire de la montrer à un vieillard qui croit que cette enfant est certainement la réincarnation de son fils… Je l'avoue, c'est assez absurde.

Jezebel renifla.

— Ce n'est pas absurde. C'est juste que je ne veux pas que ma fille grandisse dans un gynécée. Vous l'avez vue aujourd'hui, elle n'est heureuse que lorsqu'elle peut courir partout comme un garçon. Elle monte à cheval, elle nage en poisson, elle grimpe aux arbres… Qu'elle soit heureuse au moins le temps de son enfance.

— Décidément, ma chérie, vous avez gardé ce goût immodéré pour la tragédie ! Pourquoi votre fille grandirait-elle dans un gynécée ? Pourquoi ne serait-elle pas heureuse ? Elle n'a plus son père, mais elle en a gagné un autre qui semble tout à fait lui convenir. Et puis, elle vous a vous, sa mère, qui, je le sais, sera une louve s'il faut la défendre. Cessez d'avoir peur pour rien. La vie est ainsi faite que lorsqu'on l'attend quelque part, elle émerge ailleurs. Vous ne pourrez jamais empêcher votre fille de faire ses propres expériences, de se casser les dents au besoin. Vous ne pouvez que l'aimer, et c'est déjà beaucoup. Mais bon, d'accord, cessons de parler de cela. Vous viendrez en Inde quand vous serez prête, voilà tout, ajouta-t-elle en se levant.

Jezebel la suivit du regard.

— Êtes-vous fâchée ? lui demanda-t-elle non sans une certaine provocation.

La Russe gloussa.

— Fâchée ? Allons donc, ne soyez pas stupide, ma chérie. Je cherche juste quelque chose que je dois vous donner. Où diable ai-je bien pu le mettre ?…

Elle s'agenouilla devant sa malle ouverte et commença à la vider consciencieusement. Il y avait là plusieurs robes d'été, des écharpes en mousseline vaporeuse, un manteau de demi-saison en brocard fleuri, des chaussures ouvertes, à petits ou grands talons, avec des nœuds et des rubans. Il y avait aussi un roman en russe, avec une belle couverture en cuir, et un flacon du parfum Mitsouko de Guerlain. Une raquette de tennis. Un vanity case rempli de flacons, de tubes et de pots, d'une crème hydratante « Secret de bonne femme », d'un rouge à lèvres Rose Lip Bengale, d'un khôl appelé « Lynx ».

Jezebel s'approcha pour l'aider à déballer ses affaires. En réalité, elle espérait surtout fouiner partout avec beaucoup de curiosité. Olga avait toujours le chic pour être à la pointe de la mode.

— N'avez-vous qu'une seule malle ? Je vous ai connue plus prolixe !

— Dieu du ciel, bien sûr que non ! Que ferais-je avec une seule malle ? Les autres sont encore à l'hôtel. Il faudra les faire chercher demain. *Da chto tout*[1], où ai-je mis cette lettre ? Ne voyez-vous rien qui ressemble à un bout de papier ?

— Ceci, peut-être ?

Jezebel lui tendit une enveloppe d'un beau vélin couleur crème. Olga eut une exclamation de triomphe.

— Oui, j'ai cru un instant que je l'avais oubliée ! J'en aurais été bien fâchée.

— Qu'est-ce donc de si important ? Une recette magique pour avoir la peau douce ?

Olga lui agita la lettre sous le nez.

---

1. Zut alors, en russe.

— Vous m'imaginez donc coquette à ce point ? Ne reconnaissez-vous pas cette écriture presque illisible ?

Jezebel saisit le courrier en l'interrogeant du regard. La Russe haussa une épaule.

— Ouvrez-le, vous comprendrez aussitôt.

Elle tourna la lettre entre deux doigts. L'écriture était fine, serrée et pointue. Elle ouvrit brusquement de grands yeux incrédules.

— Ne me dites pas qu'il s'agit d'une lettre de mon parrain ?

— *Da*, ma chérie, c'est bien une lettre de votre parrain Michael. Je l'ai reçue par la poste, quelques jours après sa mort à Chittagong. Il y avait, pour moi, un bristol avec quelques mots : *Ne donnez cette lettre à ma filleule que si vous apprenez ma mort.* Je n'avais plus de vos nouvelles. Je ne savais pas où vous l'envoyer, alors je l'ai gardée. Depuis, c'est vrai, j'aurais pu vous la faire parvenir ici, en Amérique, mais je crois que j'avais toujours en tête de faire le déplacement moi-même… Voulez-vous que je vous laisse seule un petit moment afin que vous puissiez la lire en paix ?

Jezebel n'eut pas envie de se retrouver seule face à une lettre posthume. Elle la retint au contraire. Elle retourna se lover sur le lit. Elle n'avait nulle impatience, nulle frénésie. Elle craignait à nouveau que le passé ne lui éclate à la figure. Lorsque Olga vint la rejoindre, et qu'elle l'attira contre elle pour la réconforter, elle chuchota, la voix rauque.

— Vous savez, Olga, j'étais à côté de lui lorsqu'il est mort. Je l'ai vu mourir devant moi. Je… je n'oublierai jamais… il respirait, et puis, l'air s'échappa de sa poitrine et ne revint plus. L'instant suivant, il ne bougeait plus.

— Je sais, *moya dorogaya*…

Olga aussi avait vu la mort lors de sa fuite de la Russie, pendant la révolution rouge. Elles s'enlacèrent pour faire front aux souvenirs décidément trop laids, et la Russe ferma à demi les yeux, en caressant doucement la nuque de Jezebel, tandis que cette dernière prenait une grande inspiration, et décachetait la lettre.

« Ma chère Ann-Rose Jezebel, ma petite, mon enfant,

« À l'heure de ta disparition, il est difficile de t'écrire. Il est d'autant plus difficile de le faire que je ne nourris à ton propos que des regrets. Tu es entrée dans ma vie par héritage, de la même façon qu'on reçoit une maison. Ce fut brusque et soudain, et plutôt dérangeant, même si maintenant je sais que, d'une certaine façon, tu étais bel et bien ma maison.

« On ne se rend compte de ce que l'on possède qu'une fois qu'on le perd. Je l'ai expérimenté il y a quelques semaines, lorsque j'ai appris ton départ. Ta fuite, devrais-je dire, car je ne doute pas que c'était bien ce que tu as eu l'intelligence de faire. Je n'ai pas su te protéger. Pire, j'ai fait entrer le loup dans la bergerie. Parviendras-tu un jour à me le pardonner ? Je n'ai qu'une seule excuse à mon idiotie, à ma couardise, la maladie qui me ronge, qui me dit tous les matins, lorsque je me penche vers mon miroir, que mon temps est compté. Et puis, avouons-le, car nous le savons tous les deux, en rapport humain, je ne serai jamais un grand savant…

« Ma belle petite fille, je t'ai aimée autant qu'il m'était possible de le faire. Je pensais que je n'aurais pas à remplacer ton père, je suis désolé de m'être trompé. Ton départ m'attriste d'autant plus que je devine être passé à côté de quelque chose de primordial. Et pourtant, comme je suis fier que tu aies osé faire ce que tu as fait. Tu as plus de courage que je n'en aurai jamais.

« Alors, oui, je te le redis encore, je suis fier, il faut que tu le saches, encore et encore.

« J'ignore ce qu'il est advenu de toi. Es-tu toujours en vie ? Je veux croire que dans le grand paradis blanc que je t'invente, tu as peut-être peur, mais tu es heureuse. Je sais que tu n'es pas seule. Je suis certain que ce jeune homme qui t'emmène avec lui sera ton guide, ton soutien, ta montagne. J'ignore si l'amour est une chose qui peut combler une vie, dans la mienne, il n'y a toujours eu que l'archéologie. Je découvre cependant qu'à l'aube de ma mort, tu me manques bien plus que tous les trésors de toutes les civilisations de la terre.

« Ton parrain, Michael. »

À la fin de la lettre, Jezebel pleurait à chaudes larmes ; Olga lui caressa les cheveux, les épaules, le dos. Elles restèrent ainsi dans la nuit, rompues par la fatigue. Elles ne parlaient plus. Elles se consolaient de tous les chagrins du monde en se serrant l'une contre l'autre. Elles s'endormirent sans s'en rendre compte.

Plus tard, lorsque le prince Omja Singh gagna la chambre, il les trouva ainsi, enchevêtrées, en un tableau qui lui parut si émouvant et si beau qu'il n'osa pas les réveiller.

Silencieusement, il s'installa en face d'elles, sur un gros fauteuil pas très confortable, pour s'y endormir sans cesser de les admirer.

16

Début septembre 1924
États-Unis

La ferme où Eve Valmont réhabilitait la race appaloosa était nichée entre deux collines vertes, au bord d'un ruisseau, à quelques miles du manoir familial. Ce dernier avait été construit au milieu du XIXe siècle par un grand-père qui avait fait fortune pendant la révolution industrielle. Cette partie de la côte nord de Long Island était surnommée la Gold Coast, justement à cause de ces magnats de l'industrie qui avaient édifié ici, malgré un climat rude, glacé en hiver, et excessivement chaud en été, d'innombrables demeures inspirées des châteaux d'Europe.

Ce n'était pas très loin de Huntington. Comme il faisait beau et qu'une chaleur agréable régnait, Olga lança l'idée d'un pique-nique. Mrs Appelrood prépara des sandwiches au pastrami[1], de la salade *coleslaw* et des cookies au beurre de cacahuète.

Ils s'entassèrent à cinq dans la Ford T: Jan conduisait, Olga et Jezebel se serraient l'une contre l'autre sur la banquette avant, le prince Omja était à l'arrière, accompagné de Mukhy Aadamee qui continuait à jouer,

1. Viande de bœuf séchée coupée en fines lamelles.

imperturbable, son rôle de valet de chambre doublé d'un garde du corps.

Jan avait choisi la route qui longeait la mer. On la voyait de loin en loin, souvent cachée par des bois ou des pinèdes, ou par des parcs qui formaient de merveilleux écrins à des demeures dotées de terrains de tennis attenants. Lorsque l'on découvrait la baie au détour d'un virage, elle explosait alors en une myriade de bleus.

Il fallait dire que le monde, ici, était plus vert qu'ailleurs, grâce aux immenses pelouses soigneusement entretenues que même la canicule ne parvenait pas à faire jaunir. Le paysage ressemblait aux souvenirs qu'avait gardés Jezebel de l'Angleterre, même si les maisons n'étaient pas en pierre grise, comme dans le Gloucestershire, mais en planches de bois peint. Partout, des clôtures blanc et rouge contenaient des moutons ou des chevaux. Ces bâtisses de paysans étaient disséminées au milieu des champs, formant de jolis hameaux.

Ils ne montèrent pas au manoir Valmont mais allèrent directement à la ferme où Eve leur avait donné rendez-vous. La jeune femme ne s'y rendait pas tous les jours. La plupart du temps, elle laissait son régisseur s'occuper des tâches journalières, qui allaient de la comptabilité à la mise-bas des poulinières. Elle, en parfaite propriétaire qui sait que l'argent peut tout, ne venait que pour discuter avec ses gens, admirer un nouveau poulain, superviser les saillies, et parfois donner son accord pour les ventes ou les achats. Lorsqu'elle arpentait son haras, elle aimait jouer à la fermière du grand Ouest américain, unique femme entourée d'hommes dévoués à sa cause. Elle se vêtait alors d'un blue-jean et de bottes indiennes comme un véritable cow-boy.

Jan racontait tout cela en suivant la route pavée qui contournait par l'arrière le manoir de la famille Valmont.

Bien cachée derrière son rideau d'arbres, on apercevait à peine une grosse bâtisse de briques rouges munie de colonnes, de tours et de balcons assaillis par de la vigne vierge.

La ferme était marquée par un portique en bois où avaient été gravés au fer rouge des mots de bienvenue : *Welcome to Appaloosa Horses Farm*[1]. Passé l'entrée, un tronc d'arbre sculpté en son entier donnait le ton. Il représentait un Amérindien coiffé de plumes et peint de couleurs vives.

— Un totem des Nez-Percés, expliqua Jan. À l'origine, les appaloosas étaient des chevaux sélectionnés par les tribus des Nez-Percés. Depuis le début, Eve travaille avec des sélectionneurs de cette ethnie. Tandis que nous nous embarrassons d'arbres généalogiques, de chiffres et de statistiques, eux arrivent avec leur mine impassible. Ils regardent les chevaux, soupèsent leurs qualités et leurs défauts, et proposent des croisements qui améliorent les premiers et gomment peu à peu les derniers. Malgré l'avis général de tous les éleveurs de la région, ils ont refusé un apport de sang *quarter horse*[2]. Eve est une femme capricieuse, mais là, son travail est un coup de génie. Son but n'est pas de créer un *quarter horse* tacheté, à la portée de n'importe quel éleveur, mais bel et bien de recréer la légendaire monture des vieilles tribus indiennes, l'appaloosa.

Il expliqua au prince Omja Singh, qui l'écoutait avec une attention soutenue, que ces chevaux n'avaient pas uniquement une esthétique hors du commun, avec leur

1. « Bienvenue à la ferme des chevaux appaloosas ».

2. Race chevaline originaire des États-Unis, originellement sélectionnée pour sa rapidité sur des courses de sprint d'un quart de mile, d'où son nom.

robe marquée de façon si originale, mais également des caractéristiques physiques qui en faisaient d'excellents chevaux gardiens de bétail. Il évoqua en particulier l'amble, qui était une allure supplémentaire entre le trot et le galop et qui permettait à ces montures de couvrir d'énormes distances avec une dépense d'énergie moindre.

Les écuries de l'Appaloosa Horses Farm étaient organisées autour d'une éolienne qui alimentait en eau potable un réservoir où les chevaux pouvaient venir s'abreuver. Plusieurs bâtiments étaient ceints par des corrals et des granges. Plus loin, une carrière ouvrait sur un paysage pastoral qui s'étendait jusqu'aux arbres au sommet d'une colline.

Jan gara la Ford à l'ombre d'un jeune séquoia. En dehors des chevaux et des sempiternels moineaux qui venaient fourrager dans les crottins, il n'y avait pas âme qui vive. Le vent avait une odeur de foin, de cuir et de lisier.

Jan actionna à plusieurs reprises la trompe de son automobile. Dans l'enclos le plus proche, deux chevaux vinrent faire les curieux en pointant leurs têtes au-dessus des barrières. Ils hennirent joyeusement. D'autres leur répondirent, plus ou moins lointains. Les visiteurs descendirent tous de l'automobile. Jezebel ajusta sa capeline, Olga ouvrit son ombrelle. Il faisait chaud et elles allèrent se mettre à l'ombre. Jan appela à plusieurs reprises. Omja Singh regardait autour de lui sans prendre la peine de cacher sa curiosité.

Soudain, un coup de feu retentit, brisant ce silence bucolique. Mukhy Aadamee se jeta vers le prince et le poussa à l'abri de l'automobile. Des tourterelles s'envolèrent avec fracas. Les chevaux tournèrent dans leur enclos en renâclant. Jan leva une main en rassurant tout de monde :

— Ne vous inquiétez pas, sans doute un tir sur un faisan ou un dindon. Eve Valmont aime volontiers taquiner de la gâchette. Elle a d'ailleurs un assez bon coup de fusil.

Il se tourna vers le prince Omja qui se redressait en réajustant son veston.

— Elle apprécierait une de vos chasses au tigre, mon ami. Elle se rend parfois au Canada pour tirer l'ours. Dans la famille, une légende prétend qu'elle n'avait pas treize ans lorsqu'elle a abattu son premier grizzli. Je n'étais pas là pour le voir, j'étais encore en Argentine à cette époque, mais, en fin de compte, c'est probablement vrai. Elle a remporté des médailles et des coupes à n'en plus finir lors de compétitions de tir. Ah, la voici justement…

Effectivement, une grande jeune femme venait dans leur direction. Elle portait une jupe culotte en peau frangée et une chemise sans manches agrémentée d'une cravate étroite. Jezebel mit quelque temps à reconnaître dans cette *cowgirl* la sculpturale Eve Valmont.

La *miss* avait son fusil appuyé d'une main contre l'épaule, tandis que de l'autre elle balançait le cadavre d'un renard, qu'elle tenait par la queue. Tandis qu'elle riait, apparemment satisfaite de son tir, deux hommes la suivaient en riant de la même façon.

Lorsqu'ils arrivèrent près des visiteurs, les employés ôtèrent leurs chapeaux et saluèrent à la cantonade. Eve leur tendit à la fois le renard dégoulinant de sang et le fusil.

— Amenez-le tout de suite à Billie Jo, pour qu'il puisse l'empailler, ordonna-t-elle en s'essuyant les doigts sur un bandana qu'elle avait sorti de sa poche. C'est bientôt l'anniversaire de mon père, ce sera un cadeau tout trouvé. En affaires, il est tellement rusé que ses pairs l'ont surnommé Fox, ajouta-t-elle à l'adresse de ses visiteurs.

Tout en continuant à se nettoyer les doigts, elle approcha de Jan avec un sourire qui montrait clairement le plaisir qu'elle avait à le revoir.

— Désolée pour le coup de feu, je ne voulais pas vous effrayer, lança-t-elle avec une moue provocante qui démentait ses paroles. Ce renard prenait le poulailler de mes gens pour son garde-manger. Il fallait bien que je lui explique la règle de la maison : ici, on ne touche pas à ce qui appartient aux autres.

Tout en prononçant cette phrase, elle coula vers Jezebel un regard peu amène, tellement froid et, même, rempli de haine, que cette dernière comprit nettement le sous-entendu. Elle retint un soupir. Elle aurait préféré ne pas venir, sauf que le prince Omja avait tenu à ce qu'Olga l'accompagne, et qu'Olga avait à son tour réclamé qu'elle soit de la partie. Avec son flair habituel, la duchesse russe avait sans doute subodoré quelque chose, car elle avait embrassé sa jeune amie sur la tempe en chuchotant pour elle seule :

— Il ne faut jamais fuir devant un chien qui veut mordre.

On fit les présentations, puis Eve Valmont, en parfaite femme de monde, emmena tout le monde faire le tour du propriétaire. Elle se dirigea en premier vers les écuries pour montrer les poulinières et les yearlings. Par la suite, elle fit admirer plusieurs étalons qu'on avait parqués dans des enclos séparés pour éviter qu'ils ne se battent. Elle raconta avec une étrange fierté qu'ils étaient capables de briser des barrières pour se retrouver et se défier. Or, il fallait l'éviter, car ils pouvaient se blesser cruellement.

Il faisait chaud. Des mouches les avaient repérés et ne les quittaient plus. Eve proposa des rafraîchissements. Chaque mot qu'elle prononçait ne semblait s'adresser qu'à Jan, qu'elle ne quittait pas du regard. Devant ses minauderies habituelles, Jezebel avait toutes les peines du monde à se contenir.

Au bout d'un certain temps, Eve s'intéressa tout de même au prince indien.

— Quel type de cheval recherchez-vous ? tenta-t-elle de se faire préciser tandis qu'ils se rafraîchissaient tous d'une eau pétillante agrémentée de quartiers de citron. Le destinez-vous à la monte, au jeu de polo, à l'exhibition, à la reproduction ?

Le prince expliqua qu'il cherchait un cadeau pour un connaisseur, qui collectionnait les chevaux. Le cadeau en question ne serait pas destiné à monter un élevage, même si un étalon aurait, à ses yeux, une plus grande valeur qu'un hongre.

— Je n'ai pas d'étalon à céder avant plusieurs mois. Ceux que je possède, je les garde pour mes propres saillies, en attendant les prochaines naissances. En revanche, j'ai plusieurs pouliches qui pourraient vous intéresser. Je travaille essentiellement les robes *spotted blanket*[1] et *leopard*[2], qui sont les plus spectaculaires et les plus caractéristiques de la race. J'imagine que ce qui vous intéresse en premier lieu est justement cet aspect esthétique assez particulier ?

Avec une passion qui la rendait encore plus belle, elle expliqua qu'un appaloosa avait nécessairement des sabots striés, le blanc de l'œil bien visible, la peau marbrée sur les naseaux, la bouche et les parties génitales. Elle ajouta que la plupart n'avaient pas de vision nocturne et qu'il ne fallait donc pas les faire travailler la nuit.

---

1. Une large zone blanche recouvre la croupe, sur laquelle apparaissent de petites taches sombres.
2. La robe est toute blanche, et parsemée de taches sombres.

— C'est passionnant, s'exclama Omja avec l'enthousiasme d'un enfant devant un bonbon. Il me faut à tout prix un de vos chevaux. Lesquels pourriez-vous me présenter rapidement ?

Eve se mit à rire devant cette impatience qui lui plaisait, en rejetant sa tête vers l'arrière comme elle en avait l'habitude.

— Je peux vous emmener à cheval dans mes pâturages, je vous montrerai alors ce que j'ai à disposition.

Elle avait fait cette proposition de manière assez rusée, car ni Jezebel ni Olga ne pourraient se mêler à l'excursion, vêtues comme elles l'étaient d'élégantes robes en soie et de capelines en dentelle. Le prince hésita à les abandonner. Jan le rassura : il resterait avec ces dames pour leur tenir compagnie, tandis que lui et Mukhy arpenteraient les prés à la recherche de la perle rare.

— Prenez tout votre temps pour choisir l'appaloosa de vos rêves, mon ami, lui dit-il avec un sourire. Nous vous attendrons ici en sirotant bien tranquillement cette citronnade rafraîchissante et nous penserons à vous en train de suer sous le soleil.

Il se moquait un peu, et Eve Valmont, furieuse d'avoir été déjouée, passa devant lui en le foudroyant du regard.

Omja revint de sa promenade en débordant d'enthousiasme. Comme Olga lui demandait des nouvelles, il se lança dans une description dithyrambique de sa future acquisition :

— C'est une princesse, ou plutôt, une reine ! Elle est d'une beauté somptueuse, avec une robe d'argent et une croupe pâle constellée de taches parfaites. Elle a un caractère aimable, doux et curieux. J'ai pu la caresser, elle était pourtant libre comme l'air, sans entrave d'aucune sorte.

Jan et Jezebel se mirent à rire tandis qu'Olga affichait une moue perplexe.

— Êtes-vous certain que vous parlez d'une jument, mon ami ? À vous écouter, j'aurais presque un doute.

— *Mera divy kabootar*[1], je vous garantis que vous en tomberez vous aussi amoureuse dès que vous la verrez. Elle est sublime !

Profitant de cette atmosphère joyeuse, Eve Valmont vint familièrement s'appuyer au bras de Jan. Comme d'habitude, elle ignorait Jezebel, qui le lui rendait bien.

Elle chuchota pour le seul jeune homme :

— Je suis heureuse que tu sois revenu à la ferme. Je savais que tu reviendrais. Toi et moi, nous sommes comme les doigts d'une même main, n'est-ce pas ? Tu sais, je suis toujours prête à te confier des chevaux pour le prochain Open. Tu peux d'ores et déjà faire ton choix. Pourquoi ne viendrais-tu pas demain pour les choisir ?

Jan se dégagea en lui accordant un sourire distant.

— Il est fort probable que je sois en Inde lors du prochain Open de Meadow Brook. Mon ami le maharaja Mani Sarthak, le père d'Omja que tu viens de rencontrer, fêtera bientôt son jubilé. Jezebel et moi avons l'intention de lui rendre hommage. Nous partirons d'ici quelques semaines, dès que nous aurons pris toutes nos dispositions pour ce voyage.

Il avait parlé d'une voix haute et claire, au su de tous, et Jezebel, en l'entendant, ne put s'empêcher de lui couler un regard étonné. Concernant ce voyage, rien n'avait encore été décidé, même s'ils en avaient parlé le matin même. Elle avait elle-même initié la conversation, à la suite d'une réflexion faite par Mrs Appelrood juste avant le petit-déjeuner, qui l'avait troublée :

1. Ma divine tourterelle, en hindi.

— Ah, *missy*, votre ami, tout fils de maharaja des Indes qu'il soit, a quand même des idées bizarres et la peau un peu trop noire…

Sur le moment, elle n'avait pas réagi. Il avait fallu que la matinée avance pour que cette petite phrase revienne la hanter. Sa fille jouait dehors, près du massif de rudbeckias. Agenouillée sur la terre sableuse, elle creusait des trous, faisait des montagnes, dessinait des routes qu'empruntaient tous les éléphants dont elle faisait collection.

Jezebel avait écarté le rideau pour mieux la regarder. La fillette l'avait aperçue et lui avait souri. En retour, elle lui avait envoyé un baiser d'amour. Sa fille avait un teint doré et de belles boucles brunes qui tombaient jusqu'au milieu du dos en une véritable crinière de lion. Même à cette distance, on voyait ses yeux clairs, lumineux, qui faisaient un contraste encore plus fort avec ses belles joues de princesse exotique. Une peur insidieuse l'avait frappée. Elle s'en était aussitôt ouverte à Jan. L'Amérique ne partageait pas ses idées de liberté avec tout le monde. Il s'était levé pour la rassurer d'un baiser, puis l'avait serrée contre lui, en regardant à son tour l'enfant en train de jouer.

— Ne mélange pas tout, *querida*. Mrs Appelrood est adorable, mais la présence de nos amis la perturbe quelque peu. Elle finira par s'habituer. Bientôt, tu verras, elle ne jurera plus que par eux. Là, crois-moi, elle est surtout vexée parce qu'elle ne peut pas cuisiner ce qu'elle veut. Cette histoire de plat de légumes la trouble plus que tu ne l'imagines. Dans sa tête, il n'est pas question d'une simple couleur de peau, mais de savoir si un ragoût doit oui ou non comporter un morceau de couenne.

Elle n'avait pas le cœur à rire.

— Je suis inquiète pour ma fille. Là, elle est encore petite, et tout le monde s'extasie devant son joli teint caramel et ses beaux cheveux bruns, mais quand elle sera plus grande ?

— Nous serons toujours là pour veiller sur elle.

— Vraiment ? En es-tu certain ? Qui a su protéger les enfants qui ont un jour été pendus ?

— Que racontes-tu, Jezebel ? Personne ne pend des enfants !

— As-tu donc oublié ce petit garçon que j'ai caché dans les écuries de Meadow Brook il n'y a pas longtemps ? C'était pendant l'Open, le 4 juillet dernier. Tu ne peux pas avoir oublié : tu t'es débarrassé du journal le lendemain pour que je ne voie pas l'article. Tu ignorais que Mrs Appelrood utilise les vieux journaux pour envelopper les salades. Eh bien… voilà… je… j'ai tout lu quand même. J'ai même dû le lire plusieurs fois, tant je refusais de comprendre ce qui était écrit. Pourtant, c'était très clair. On voyait l'atroce photographie de cet enfant encore accroché à sa corde. Il était si mince, si petit. Il avait le visage tellement déformé par les coups que je ne l'ai pas reconnu. Cet enfant n'avait que dix ans, Jan !

— Je suis désolé, Jezebel, je ne savais pas que tu avais tout de même lu cet article. Je ne voulais pas que tu saches. Tu avais agi de façon tellement courageuse.

— Te rends-tu compte que cela n'a servi à rien ? Va-t-on commettre le même genre d'erreur avec notre fille ? Parfois, j'en viens à me demander si elle ne serait pas mieux en Inde, avec toute une armada de serviteurs destinés à la protéger. Je suis sa mère, et je ne sais pas ce qu'il faut faire !

Il avait repoussé d'un geste doux, caressant, une mèche blonde qui s'obstinait à tomber dans ses yeux.

— Tu es sa mère, et tu t'en sors très bien. Il faudrait juste que tu essaies de te mettre un peu plus à sa place. Ta fille a le droit de savoir d'où elle vient, qui elle est, qui est sa famille. Combien de temps la priveras-tu encore de l'amour d'une partie des siens ? Déjà, elle n'a plus qu'un seul grand-père.

La remarque l'avait ébranlée, peut-être parce qu'elle recelait un fond de vérité. À bout d'argument, elle avait finalement balbutié :

— Pourtant, c'est trop tôt. Elle est encore si petite.

Elle s'était laissée tomber assise sur une chaise, hoquetant et sanglotant. Il s'était agenouillé devant elle, l'avait prise dans ses bras, l'avait bercée avec une infinie tendresse. Elle s'était accrochée à ses épaules telle une bouée qui la sauverait de la noyade, en enfouissant son visage dans sa chemise. Il avait chuchoté contre sa tempe, avec cette voix caressante qu'il savait si bien prendre lorsqu'il voulait lui faire entendre raison.

— Tu finiras par trouver la bonne solution. Tu sais, en réalité, il n'y a qu'une seule chose qui compte, l'amour qu'on lui porte, et notre amour à nous.

— Notre amour, avait-elle répété, en se berçant du mot. Oui, notre amour.

Ce même amour qui la faisait regarder Eve Valmont avec un peu de pitié, tandis que cette dernière levait vers Jan un visage pris de panique, tout en s'exclamant :

— Quoi ? Tu vas repartir en Inde ? Mais quand ?

— Jezebel et moi partons d'ici quelques semaines.

— Ne me dis pas que c'est un départ définitif ?

— Qui sait ? plaisanta-t-il avec une certaine cruauté. J'ai toujours aimé l'Inde, et plus particulièrement le Bengale occidental. Je sais que Jezebel aussi, alors nous nous déciderons une fois sur place.

— Mais tu ne peux pas partir ainsi ! supplia-t-elle, en s'accrochant à lui.

Il dénoua fermement ses bras, la repoussa. Elle chancela en se rendant compte que tout le monde les observait. Elle redressa la tête afin de renouer avec son éducation de parfaite femme du monde qui refuse de montrer sa faiblesse. Jan lui versa un verre de citronnade. Elle le prit comme une aumône. Elle souriait à nouveau en grande dame, mais ses yeux débordaient d'amertume.

— S'il n'y avait la prohibition, nous aurions pu ouvrir une bouteille de champagne. Tony avait raison au moins sur un point : il faut toujours boire du champagne lors des grandes occasions.

Elle réussit à paraître enjouée et ils ne parlèrent plus que chevaux et appaloosas tout en trinquant à la vente qui venait de se conclure.

Plus tard, lorsqu'il fut l'heure de repartir vers Huntington, elle s'arrangea cependant pour retenir Jezebel derrière l'angle d'un bâtiment.

Là, elle siffla entre ses dents serrées :

— Si vous n'étiez pas venue, je serais sa femme. Il est à moi. Vous ne me le prendrez pas.

Jezebel la dévisagea en silence. Elle ne savait comment réagir. Elle n'avait toujours eu que des amies, or, avec cette femme, c'était tout le contraire. Un écheveau de mal semblait définitivement les relier l'une à l'autre. Elle se dit que toute conversation était inutile, Eve Valmont n'entendrait que ce qu'elle voudrait. Elle voulut s'éloigner, mais la belle Américaine n'avait pas fini. S'agrippant à son bras au point de lui imprimer ses ongles sous la peau, elle siffla comme un serpent :

— Il ne partira pas en Inde. Je saurai l'en empêcher. Je vous le garantis.

Jezebel ôta cette main de son bras le plus calmement possible, puis, la regardant droit dans les yeux, lui dit d'un ton glacé.

— Adieu, Eve.

Plus tard, elle pensa qu'elle aurait dû sentir le danger à cet instant, mais, sur le moment, elle fut surtout heureuse de pouvoir enfin s'éloigner.

*

Un pygargue à tête blanche tournait au-dessus de la pinède à coups d'ailes paresseux. Dans le ciel d'une limpidité d'azur, on voyait parfaitement le blanc de sa tête et de sa queue, et même les serres jaunes qu'il laissait pendre sous lui avec une certaine nonchalance.

Il était très tôt, même pas six heures. Jezebel ne dormait plus depuis longtemps. Dès que le soleil avait commencé à filtrer à travers les rideaux, elle avait éprouvé le besoin de bouger et elle s'était doucement dégagée de l'imbroglio de bras et de jambes qui la retenait pour se lever. Depuis le début de l'été, elle avait pris l'habitude de faire une promenade à cheval avant le petit-déjeuner.

Jan dormait encore.

Elle le contempla un moment, le cœur gonflé d'amour, puis elle posa ses lèvres sur son épaule nue, la suivit jusqu'à l'angle de la mâchoire pour mordiller la peau qu'une barbe naissante rendait rêche. Des petits papillons se mirent à voleter dans son ventre, elle soupira brièvement. Dans son demi-sommeil, il perçut sa présence, l'enlaça, l'embrassa. Le matin, il avait toujours une ardeur qui la faisait rire. Elle se coula contre lui. Elle caressa son torse, ses hanches, ses cuisses, son sexe. Il se laissa faire, les yeux encore fermés, mais avec sur le visage ce demi-sourire plein de morgue qu'elle aimait tellement. Elle l'embrassa à pleine bouche. Le chevaucha. Ils firent l'amour avec lenteur, elle en maîtresse du jeu, lui en effleurant son corps à petits gestes endormis qui la faisaient trembler de désir. Ils jouirent dans le même souffle, puis il roula sur le côté, encore paresseux, tandis qu'elle se levait.

— Où vas-tu ? chuchota-t-il en étreignant l'oreiller comme s'il s'agissait d'elle.

— J'ai envie d'un petit galop sur la plage.

— Mon galop à moi ne t'a donc pas suffi…

Elle rit avec légèreté, revint l'embrasser, s'échappa avant qu'il ne referme les bras sur elle. Elle s'habilla d'un jodhpur qu'elle avait fait confectionner spécialement pour elle et d'un corsage en crêpe marocain orné d'un col Claudine fermé par un ruban. Les manches étaient courtes avec un revers. Elle essuya ses bottes cavalières un peu sales, natta ses cheveux en une tresse qui battait dans son dos. En sortant, elle remarqua qu'une belle lumière dorée montait de la mer. Subitement, elle se sentit heureuse, au bord de l'euphorie.

Elle descendit le perron en faisant attention à ne pas faire trop de bruit afin de ne réveiller personne. Les écuries étaient installées dans une annexe qui, à l'origine, avait été un hangar à bateau. Snow l'accueillit d'un hennissement et elle lui tendit la moitié d'une carotte qu'elle avait prise dans le garde-manger. Le poney de sa fille, qui était dans le box d'à côté, vint à son tour mendier. Elle lui donna le morceau qui restait. De l'autre côté de l'allée, Sokar, le hongre que Jan montait, continua à dormir en dressant à peine les oreilles. Le matin, il était aussi fainéant que son cavalier.

Jezebel ouvrit le vantail et entra pour caresser sa belle jument cremello. Snow vint mettre ses naseaux dans son cou. Elle souffla à plusieurs reprises, un souffle long et chaud qui la chatouillait. La jeune femme lui caressa tendrement le bout de nez, là où la peau était aussi douce que du velours.

Tom Barbedill entra et lui dit bonjour.

— J'espère que je ne vous ai pas réveillé, répondit-elle aimablement, car le gardien dormait dans une petite dépendance accolée à l'écurie, aménagée en logement indépendant.

— Pas de soucis, m'dame, je suis un lève-tôt.

— Bah, sourit-elle en passant le mors à sa jument. Aujourd'hui, moi aussi.

— C'est p't-être bien à cause de ce bruit de moteur…

Elle lui coula un regard étonné.

— Un bruit de moteur ? De quel bruit parlez-vous ? Je n'ai rien entendu…

— C'était tout près, m'dame, un peu avant cinq heures, il faisait encore nuit. Ça venait quasi de la rotonde d'vant le perron. Ça m'a réveillé, mais le temps que j'm'habille, y avait plus rien. Le bruit était reparti dans la pinède. Une automobile, pour ça c'est sûr, peut-être même un roadster…

— Quelqu'un qui se sera perdu, voilà tout.

— Sans doute, m'dame, mais c'est pas la première fois… J'pense que dans les prochains temps, j'vais me lever avant l'aube et surveiller tout ça d'un peu plus près.

— Ce n'est certainement pas grand-chose.

— Sans doute, m'dame, mais m'sieur me paie pour surveiller, alors j'surveille… Vous voulez que j'termine de seller votre jument ?

— J'ai presque fini, Tom, c'est gentil.

Ils sortirent ensemble. Il l'aida à monter en selle, par galanterie. Elle s'éloigna en lui faisant un petit signe de la main. Elle choisit le chemin qui serpentait entre les massifs de rudbeckias avant de descendre vers la pinède. Un écureuil fila sur le tapis d'aiguilles, puis grimpa à un tronc comme une flèche. Au loin résonnait le tac-tac-tac d'un pic. Elle inspira à fond pour s'imprégner des senteurs des pins, sourit à la vie tout en traversant la route qui venait du petit pont de pierre. Elle longea le torrent un moment, profitant du sentier assez plat pour lever la jambe et tranquillement resserrer la sangle de la selle. Elle sentait l'impatience de sa jument et la laissa prendre le trot. En cavalière émérite, elle accompagna son mouvement en s'appuyant régulièrement sur les étriers.

Une lumière dorée brillait entre les cimes du côté de l'est. Le ruisseau sinuait maintenant entre un lit de sable et des rochers. Des oiseaux chantaient. Elle reconnut le cri irrégulier, assez aigu, d'une alouette, et les trilles mélodieux d'un cardinal jaune. Par endroits, lorsque la pinède s'éclaircissait en clairière, le courant ralentissait et devenait ondulant d'algues vertes et filandreuses.

Au bout du sous-bois, le chemin se séparait en deux. À gauche, il bifurquait en semblant repartir vers l'arrière, mais c'était pour descendre finalement vers la plage. Elle palpa dans sa poche arrière la lettre que lui avait écrite son parrain. Elle l'avait emmenée pour la relire tranquillement. C'était la seule marque d'affection qu'elle n'ait jamais reçue de sa part, elle y tenait comme à la prunelle de ses yeux.

Arrivée sur la plage, elle s'arrêta près d'un arbre renversé, écorcé et blanchi par les innombrables tempêtes. Elle attacha Snow à une branche puis fit quelques pas en regardant vers le large. À sa droite, après une succession de rochers déchiquetés et une mini-falaise, la baie d'Huntington s'ouvrait sur un lointain port de plaisance. Il était encore trop tôt pour que les navigateurs de tout poil sortent leurs bateaux, mais, en journée, ces voiles émailleraient joliment le bleu de l'océan.

Sur la gauche, la plage courait vers une bande étroite de sable, enfermée d'un côté par les vagues, et de l'autre par des dunes parsemées de ganivelles et d'oyats. Jezebel avança jusqu'à l'extrémité des vagues en prenant garde à ne pas mouiller ses bottes. L'air du large était vif, elle respira à fond une odeur d'iode, d'algues, de sel. Des mouettes la survolèrent. Elles la surveillaient d'un petit œil jaune et rond, espérant sans doute un peu de pain sec. La plage n'était pas très fréquentée, même en été, car elle était contenue par deux parties rocheuses qui la rendaient presque privée. Des promeneurs y venaient tout de même, avec des enfants qui nourrissaient les oiseaux en criant de joie. Vers le large, au milieu de l'Oyster Bay, on pouvait voir le phare de pierres grises et, plus loin encore, le rivage de Target Rock.

Elle s'assit sur le sable, face à la mer, et sa jument vint poser son menton sur son épaule, en un poids si lourd qu'elle se mit à rire. Une tête de cheval, ce n'était pas rien ! Elle défroissa la lettre, lut et relut comme une relique les mots que lui avait laissés son parrain. Plus tard, lorsqu'elle eut son compte d'émotion, elle remonta en selle et lança la jument au galop dans les vagues. Les mouettes s'envolèrent. Elles escortèrent sa course en criaillant. Arrivée au bout de la plage, elle fit demi-tour et recommença, puis elle repassa au pas et monta tranquillement les dunes vers le chemin qui longeait la falaise.

Là-haut, elle reprit son souffle en se couchant sur l'encolure de Snow, les bras pendant de chaque côté pour l'écouter respirer.

À ses pieds, la vue était spectaculaire et formait un étrange contraste avec la plage si calme. L'océan remuait, agité par la roche sous-jacente, laissant à marée basse des flaques tièdes affleurant les pierres. Des enfants venaient souvent y pêcher des étoiles de mer et des petits crabes. Plus loin, on devinait la côte d'Eatons Neck, et plus loin encore, les villes de Stamford et Norwalk.

Elle laissa la jument monter l'étroite sente qui longeait l'à-pic au milieu des amélanchiers et des ajoncs.

La joue collée contre le garrot de sa monture, elle respirait en même temps qu'elle, le visage fouetté par la crinière agitée de vent.

À cet endroit rugissait une mer féroce se jetant contre les rochers. La houle prenait de la vigueur, s'enflait, se fracassait sur le bas de la falaise. La côte en paraissait immédiatement plus sauvage, alors que le dénivelé n'était au mieux que de quarante à cinquante yards sur la partie la plus haute.

À l'endroit le plus vertigineux, le chemin se rétrécissait. Il passait alors sur des affleurements de calcaire à silex qui, lorsqu'il pleuvait, devenaient glissants. Jezebel reprit sa jument en main pour la forcer à faire attention. Snow se faufilait entre des touffes de santoline qui laissaient dans l'air un parfum un peu amer, et des buissons d'euphorbes au jus blanc. Plus loin, les vents dominants avaient arasé la végétation, ne laissant au-dessus du vide qu'une pelouse brillante de sel. La pinède commençait un peu plus loin. Entre les troncs clairsemés, juste après un champ de fougères, se devinait la route qui venait de Huntington.

Jezebel aimait s'arrêter à cet endroit, malgré son vertige, parce que ce vide rempli de bleu la fascinait. Confiante dans le pas de sa jument, elle s'en approchait avec précaution, en respirant à pleins poumons l'air qui lui coupait la respiration.

Aujourd'hui, le vent était impitoyable. Il collait son corsage contre sa poitrine. Elle se haussa sur les étriers pour se tourner vers l'est. Là-bas, à des milliers de miles, l'Inde l'attendait. Elle fouilla l'horizon comme si elle avait pu distinguer dans ce bleu profond une lointaine côte ourlée de palmiers. Elle ne savait toujours pas si elle voulait y retourner ou non.

Après tout, pourquoi partir, puisqu'ils étaient heureux ici ?

Elle soupira. Elle devinait que Jan, habitué à courir le monde, ne se satisferait pas plus longtemps d'avoir les ailes rognées. Déjà, elle s'étonnait qu'il ait mis tant de temps à répondre à l'appel du lointain. Elle n'était pas dupe de ses arguments. Il avait besoin de bouger. De courir le monde pour découvrir et s'étonner. Tandis qu'elle évoquait les éventuels dangers, il lui répondait excursions vers les temples de Bhubaneswar, promenades en pirogue bleue sur le lac Chilika, pique-niques devant les bas-reliefs de Kornarac…

Elle continua à réfléchir, tournée vers la mer, essayant d'imaginer ce qu'elle trouverait à Calcutta maintenant que Charu n'y était plus. Il y aurait Olga, et Amely bien sûr. Et aussi des garden parties sans fin, des réceptions mondaines, des soirées insouciantes. La communauté britannique afficherait sa curiosité. Les ladies bon chic bon genre se disputeraient sa présence, lui poseraient des myriades de questions en gloussant derrière leurs éventails. Avec un peu de chance, elle ne croiserait jamais le baron von Rosenheim. Et puis, Jan avait promis de ne jamais la laisser seule. Si son cœur devenait trop gros de chagrin, elle pourrait toujours se réfugier dans ses bras. Il lui ferait l'amour, et, ensemble, leurs cœurs collés l'un contre l'autre, ils oublieraient tout.

Elle sourit. Elle avait à nouveau envie de le voir, de se jeter dans ses bras, de s'abreuver à ses baisers. Elle tourna la bride presque impatiemment, poussa Snow dans le chemin qui retournait à la maison.

Le coup de feu fracassa l'air.

La jument se cabra, prise de panique. Elle hennit, recula, glissa dans un roulement de cailloux avant de perdre l'équilibre. Son immense corps se tordit. Jezebel fut violemment désarçonnée. Elle heurta le sol si durement que, l'espace de quelques secondes, elle ne vit plus au-dessus de sa tête qu'un ciel rouge qui dégringolait en une coulure de sang. Instinctivement, elle s'accrocha aux rênes, mais Snow était trop lourde et l'entraînait avec elle.

Elle cria, s'arc-bouta, n'eut pas la force de retenir l'énorme corps en train de chuter.

Snow hennit de détresse. Jezebel crut entendre un bruit de moteur s'éloigner sur la route toute proche. Elle appela à l'aide, mais c'était trop tard.

Elle glissait dans le vide, entraînée par sa jument.

*

Des voisins vinrent prévenir Jan Lukas de l'accident d'automobile sur la route menant à Huntington. Un roadster Lincoln avait glissé dans le fossé et s'était encastré dans un pin. Il téléphona pour prévenir les autorités puis, accompagné de Tom Barbedill, qui en profita pour lui faire part des bruits de moteur qui le réveillaient tous les matins, il se rendit sur les lieux de l'accident. Il comprit très vite qu'il n'y avait plus rien à faire. Le médecin était en chemin, il ne pourrait que constater le décès.

La conductrice avait apparemment été tuée par sa propre écharpe qui s'était prise dans un essieu. Les roues, en tournant, avaient resserré l'étreinte fatale et la femme était vite tombée dans le coma. Elle avait perdu le contrôle de son véhicule, puis elle était morte, étranglée, tandis que la Lincoln tombait le nez dans un fossé.

Jan reconnut tout de suite le roadster, un modèle luxueux peu commun, d'une belle couleur chocolat faite sur mesure qui le rendait unique. Il se précipita et regarda avec effarement la belle jeune femme que l'on déplaçait de son siège pour permettre au médecin enfin arrivé de l'examiner. Il n'eut pas besoin d'attendre les conclusions de la faculté. Il savait qu'Eve Valmont était morte.

Il continua à la regarder longtemps. Une partie de lui-même refusait de croire à l'irrémédiable. Il fallut que des hommes viennent lui dire qu'ils avaient trouvé un fusil Springfield M1903 sur le siège avant, juste à côté de la conductrice, pour qu'il se rappelle le coup de feu entendu quelques heures auparavant.

Le fusil fut examiné avec soin. On s'accorda pour dire qu'il avait récemment servi : il sentait encore la poudre.

— Ce n'est pas possible, chuchota Jan, le visage soudain devenu d'une pâleur mortelle parce qu'une terrible association d'idées le saisissait, lui rappelant que Jezebel était partie faire du cheval à l'aube.

Il retourna chez lui en grande hâte, envoya Tom aux écuries pour vérifier si Snow était rentrée ou non. Puis il monta le perron quatre à quatre, ouvrit la porte à la volée, effraya Mrs Appelrood qui laissa tomber le plat garni de muffins tout chauds qu'elle tenait entre les mains.

Olga était en train de prendre son petit-déjeuner dans la loggia, drapée d'une façon toujours aussi extravagante dans un déshabillé de soie recouvert de perruches vertes et bleues. Elle remarqua à son expression que quelque chose de grave venait de se produire et se leva en renversant sa tasse de thé. Jan hurla :

— Où est-elle ?

— Je ne sais pas… je ne l'ai pas vue, bafouilla-t-elle. Ne fait-elle pas son habituelle promenade à cheval ?

Il la laissa sur place, courut à l'étage, posa la même question à Hùshì qui était en train de brosser les cheveux de la petite Lián. Il visita toutes les autres pièces, courut finalement aux écuries où Tom terminait de seller son hongre. Il monta en voltige et talonna le cheval dans le même élan.

— Olga, hurla-t-il à la jeune femme qui l'avait suivi, prévenez les secours, faites venir un médecin. Tom, prenez la Ford et allez patrouiller sur tous les chemins possibles dans la pinède.

Il disparut dans un train d'enfer à l'autre bout du parc. Il ignorait où aller, mais Jezebel lui avait parlé de la plage. Il s'y rendit donc en priorité.

La côte était encore déserte, il n'y avait personne, pas même un pêcheur ou un ramasseur de coquillages. Il la longea au trot, en inspectant chaque paquet de varechs. Son cœur semblait s'être arrêté, il n'avait même plus l'impression de respirer, ni même celle de vivre encore. Il n'aperçut la jument qu'en arrivant à l'extrémité ouest, vers les rochers déchiquetés qui marquaient le pied de la falaise.

L'immense corps était avachi dans la houle, la queue et la crinière ondulaient à chaque vague, mais c'était le seul mouvement. Jan hurla, descendit de sa monture comme un fou, se jeta dans la mer en luttant contre les vagues pour arriver jusqu'au cadavre. Là, il tomba à genoux, hébété. Le ressac le jeta contre le corps de la belle jument cremello. Il faillit perdre l'équilibre, c'est alors qu'il la vit.

Elle était sur le haut de la falaise, étendue sur un mince surplomb, un bras dans le vide, les vêtements plaqués par le vent. Elle ne bougeait pas. Il ne voyait pas son visage et ne parvint pas à savoir si elle était encore vivante. Il courut vers le hongre, se remit en selle et le poussa sans égard dans les escaliers de bois qui grimpaient à l'assaut de la roche.

La montée était ardue, uniquement prévue pour des piétons. Le cheval souffrit, mais il obéit avec cœur. En haut, Jan chercha à se repérer. Il vit la maigre pelouse qui descendait vers l'à-pic. La terre était retournée, des mottes avaient été arrachées par des sabots. Il sauta de son cheval, avança avec précaution vers le vide.

Elle était là, étendue, immobile, mince et frêle, fragile comme jamais. Ses épaules se soulevaient doucement, en un rythme régulier. Les doigts d'une main tressautaient.

Elle respirait. Elle était vivante.

*

Jezebel mit plusieurs semaines à se remettre de l'accident. Par une chance incroyable, elle n'avait rien de cassé, mais elle était contusionnée, avec de larges bleus un peu partout sur le corps. Elle boita bas pendant dix jours à cause d'une entorse à la cheville, et elle eut de la même façon du mal à se servir de son bras droit sur une durée similaire.

Elle fut surtout inconsolable de la perte de sa jument.

Snow avait été sa monture, son amie, sa confidente. Durant toute son adolescence, elle lui avait confié ses secrets et ses moindres états d'âme. Elle l'avait aimée d'un amour très fort, de cet amour vrai qui seul peut exister entre un être humain et un animal, parce que dénué de passion, et uniquement tourné vers le partage.

Les premiers jours, elle allait dans l'écurie et tombait en sanglots devant le box vide, nettoyé de toute litière, nu et inutile. Tulpar, le petit poney Shetland, lui souhaitait la bienvenue en hennissant joyeusement. Il réclamait une carotte en tapant du sabot, mais cela ne suffisait pas à la consoler.

Jan voulut lui offrir une autre jument mais elle s'y refusa. Elle était maintenant décidée à aller en Inde. Elle avait besoin de changer d'air. Ils arrêtèrent la date du départ au 18 septembre.

Pour le reste, il y eut une enquête qui prouva qu'Eve Valmont avait bel et bien tiré sur Jezebel : la balle avait atteint la jument à l'encolure. Même si Snow n'était pas tombée de la falaise, elle serait morte d'hémorragie. Néanmoins, il fut indéniable que la cible n'avait pas été la jument mais la cavalière. Si Jezebel n'avait pas fait brusquement volte-face, elle aurait été touchée en pleine poitrine.

L'entourage fut extrêmement choqué de la haine qu'un tel acte supposait. Tout le monde s'accusa de son propre aveuglement. Bien que Fox, le père d'Eve, tentât d'étouffer l'affaire, la presse finit par s'en emparer et l'événement défraya la chronique durant plusieurs jours.

Jezebel évita de lire les journaux. Elle s'efforçait d'oublier, même si ce n'était pas simple. Elle regrettait de ne pas avoir su parler à Jan avec plus de confiance pour lui expliquer la jalousie maladive de sa cousine et lui relater toutes ses paroles méchantes… Sa seule excuse était de ne jamais avoir imaginé qu'un tel geste puisse être possible. Eve Valmont avait été l'icône d'un monde parfait. Elle avait été belle et lisse comme une statue, peut-être froide et dénuée d'âme, mais tout de même symbolique de ce qui représentait la réussite en Amérique.

Jan, de son côté, s'en voulut terriblement de ne rien avoir vu venir. Il se sentait coupable d'avoir un peu trop joué des sentiments que lui portait Eve. Il avait trouvé Jezebel trop jalouse, et incapable de lui faire confiance, il avait voulu lui faire la leçon. Surtout, il avait été comme n'importe quel homme, stupidement flatté qu'une femme belle et riche exprime si ouvertement son désir.

Il tremblait d'avoir failli perdre celle qu'il aimait.

Il se dit que changer d'air serait effectivement approprié.

Troisième partie

La danse du cobra

Novembre 1924 – Calcutta, Inde
février 1925 – La Cité du Lotus rose, Inde

17

28 novembre 1924
Calcutta – Inde

Arrivé dans un bruissement d'ailes, comme amené par la lumière éclatante d'un matin sous les tropiques, un bulbul se posa sur le rebord de la fenêtre. Aussitôt, il picora à droite, à gauche, avec de petits coups intempestifs qui cognaient avec régularité contre le mur : tchak-tchak, tchak-tchak…

Jezebel retint son souffle. Elle était encore au fond de son lit, mais elle voyait parfaitement l'oiseau au travers des persiennes. Le spectacle était ravissant.

C'était un bulbul orphée, facilement reconnaissable à sa crête noire pointée vers l'avant de manière effrontée. Il sautillait en montrant alternativement son dos brun et son ventre crème, tout en cherchant des insectes réfugiés dans le crépi. Son masque rouge soulignait ses yeux vifs en lui donnant un air de voleur de grand chemin.

Les bulbuls n'étaient pas les oiseaux les plus emblématiques du sous-continent, mais en voir un présumait tout de même qu'elle était bien en Inde.

De toute façon, depuis quelques jours, comment en douter ?

Dès la première heure du jour, les paons qui évoluaient en liberté dans le parc de la Villa

Gullabee[1] lançaient leurs «léo» intempestifs, repris par les jacasseries des petits singes gris venus voler la pâtée des chiens. Un peu plus tard, exacerbé par le soleil qui montait dans le ciel, le merveilleux parfum du jasmin s'infiltrait par toutes les ouvertures et venait lui charmer les narines. Elle ouvrait alors les yeux pour buter sur l'éclatante bougainvillée. Les vrilles de la plante grimpante tapissaient la façade jusqu'à son balcon. Plus loin, le festival des couleurs continuait. Sur la pelouse verte, les buissons des *lipstick trees*[2] couverts de fleurs roses et de curieux fruits épineux s'échappaient jusqu'à l'Hooghly. Le fleuve, à cet endroit large comme un lac, étirait à ras de terre un courant jaunâtre où se baignaient avec dévotion des dizaines de saris multicolores.

Oui, elle était bien en Inde, et cela la fit soupirer de plaisir. Ce pays lui avait tant manqué...

Le bulbul s'effraya de son mouvement. Il s'échappa à tire-d'aile en poussant un sifflement réprobateur. Jezebel se redressa sur un coude pour le suivre dans son vol bondissant semblable à celui d'un pic. Elle était seule dans le lit, seule dans la chambre. Jan était levé depuis longtemps. Elle entendait sa voix monter du rez-de-chaussée où il devait être en train de boire son café. Elle n'avait pas voulu le suivre tout de suite. Elle préférait paresser encore un peu, jusqu'à ce que la lumière devienne ardente et que le ciel prenne une couleur plus franche.

Depuis quelques jours, elle accusait un peu de fatigue. Cela venait sans doute de son récent voyage, qui avait été merveilleux mais assez exténuant. De soir en soir, les fêtes s'étaient succédé jusque tard dans la

1. Villa Rose.
2. Le rocou.

nuit. Le pont du paquebot s'illuminait de réverbères électriques, faisant pâlir les étoiles du sud. Les ragtimes rivalisaient avec des foxtrots endiablés. Les cocktails s'enchaînaient, adieu la prohibition, ils étaient sur la French Line !

Lorsque l'aube approchait arrivait l'heure des caresses. Revenus dans leur chambre, Jan la déshabillait avec une hâte d'affamé d'amour, puis ils s'embrassaient à pleine bouche jusqu'à ce que leurs corps se rivent en un combat charmant, dessus dessous emmêlés. Le désir montait. Les mains de Jan, son époux, son merveilleux amant, glissaient sur son corps, éveillant ses sens un à un, en un inventaire qui la faisait frissonner. En retour, elle choyait son beau corps sculpté en l'effleurant des doigts, des lèvres, ignorant ce qui la troublait le plus, de ses cajoleries ou des siennes. Elle aimait surtout lorsqu'il était au-dessus d'elle, lorsqu'il l'enveloppait tout entière de son corps plus grand que le sien, sous lequel elle se sentait comme dans un nid sensuel, le cœur uniquement occupé à battre à la recherche du bonheur.

Cette frénésie pleine de vie lui avait presque permis d'oublier les derniers drames, le cruel coup de feu qui avait tué sa jument, la mort atroce d'Eve Valmont, ainsi que le trouble qu'elle ressentait à l'idée de revenir en Inde : Olga les avait invités à loger dans sa Villa Rose.

Évidemment, la duchesse russe n'avait pas pensé à mal. Au contraire, elle se réjouissait de les recevoir, et ne cessait d'évoquer les futures garden parties, pique-niques et autres excursions qu'elle ne manquerait pas d'organiser. Elle avait oublié que pour sa jeune amie, revenir à Calcutta, et plus spécialement dans sa propre demeure, signifiait surtout affronter de terribles souvenirs.

Charu avait disparu ici, le 1er janvier 1920 au matin, devant ce portail noir et or flanqué de deux girofliers.

Jezebel venait de passer la nuit avec lui. Ils ne voulaient pas se quitter, mais il fallait avancer, alors elle avait fini par dénouer ses bras en lui disant au revoir, et elle avait couru pieds nus sur la pelouse qui bordait l'allée en sentant son regard posé sur elle. Une fois arrivée en haut du perron, elle avait agité la main à son intention, puis elle était entrée. Elle ne l'avait jamais revu.

Elle avait attendu son retour toute la journée. Il lui avait promis de revenir. Elle avait tout de suite su que rien ne se passait comme prévu. Elle avait dans le ventre une angoisse qui s'appesantissait.

Le lendemain, après une nuit atroce, elle avait appris qu'on avait trouvé son corps mutilé flottant dans l'Hooghly, à quelques brasses du Kalighât, le sanctuaire de l'effroyable déesse hindoue, Kali. Tant de sacrifices y étaient perpétrés que le sang coulait certains jours des marches jusqu'au fleuve.

L'annonce de cette mort avait provoqué des émeutes. Charu était le fils cadet du maharaja de Mahavir, il n'était pas destiné au trône, mais son peuple l'aimait. Pour disperser une foule vindicative qui réclamait la tête de son assassin, les autorités britanniques, en butte à de constants élans nationalistes et dépassées par les événements, avaient donné l'ordre de tirer à vue.

Ce jour-là, il y avait eu d'autres morts, et parmi eux des femmes et des enfants.

Jezebel avait réussi à occulter ce terrible passé durant tout le voyage grâce à la fête, à la musique, aux danses, à l'amour qu'elle ressentait pour Jan, et à celui qu'il lui offrait en retour. Mais lorsqu'une automobile De Dion-Bouton gris argent aimablement envoyée par le maharaja était venue les chercher au débarcadère pour les conduire à la Villa Rose, tout était remonté comme un raz-de-marée.

En gravissant le perron familier, elle avait embrassé d'un même regard fiévreux la façade de grès, le jardin qui courait jusqu'au fleuve et les bateaux qui passaient lentement comme au-dessus de la pelouse, en couronnant le paysage de voiles blanches ou de fumée éphémère. Rien n'avait changé. Elle était revenue en 1920.

Jan, à côté d'elle, avait sans doute ressenti la même chose. Il s'était approché, avait posé une main sur son épaule, et elle avait puisé dans ce poids, dans cette chaleur qui passait au travers de son corsage, le réconfort qu'il lui offrait, dont elle avait besoin. Ils s'étaient regardés avec amour et tendresse. Ils étaient deux maintenant, et même trois, avait-elle souri, lorsque la petite Mary-Leela avait sautillé autour d'eux en hurlant comme une Apache, tout en pointant chaque nouveauté d'un doigt excité.

Jezebel mordilla rêveusement son oreiller, il était temps de se lever. Elle repoussa le drap de soie froissée, attrapa la robe de chambre japonisante de Jan qui traînait à sa portée, passa les pieds dans ses mules bordées de duvet de cygne. Elle n'avait plus envie de faire la paresseuse. De la demeure montaient les bruits étouffés de la vie de tous les jours. Les maisons avaient toujours le pouvoir de rendre les choses immuables.

Elle écouta la cuisinière houspiller ses aides pour qu'ils aillent lui chercher des œufs dans le poulailler et des légumes dans le potager. Dans le séjour, les femmes de chambre babillaient en balayant le carrelage. Leurs pieds nus allaient et venaient, et le tintement de leurs dizaines de bracelets les accompagnait. À l'extérieur, les jardiniers sarclaient les plates-bandes les plus proches. Ils avaient pour combat quotidien de lutter contre la végétation sauvage qui ne s'avouait jamais vaincue. Des dizaines d'années auparavant, ce quartier était encore enfoui sous la jungle. Une maigre piste la traversait, uniquement empruntée par les villageois qui se rendaient au sanctuaire de Kali. Des tigres et des panthères la traversaient même en plein jour. Maintenant, les tigres ne venaient plus, chassés jusqu'au dernier, et les panthères ne s'aventuraient que de loin en loin, attirées par les chiens ou les poules, et toujours la nuit, en fantômes silencieux.

En écho à cette pensée, elle entendit aboyer. Ce détail-là non plus n'avait pas changé. Lyubov était toujours, parmi tous les lévriers barzoïs dont Olga faisait l'élevage, le seul autorisé à déambuler dans la maison. Il n'était plus tout jeune. Il allait sur ses neuf ans. Néanmoins, il continuait, en bon aristocrate russe, à porter beau comme ces vieux gentlemen qui refusent leur âge et entendent parader au milieu de la jeunesse sans rien concéder au temps qui s'impose.

Lyubov était son grand ami. Il l'avait reconnue dès qu'il l'avait vue et lui avait fait une fête très digne, en venant délicatement lui lécher le bout des doigts. Un jour, il l'avait sauvée du baron von Rosenheim. Prise d'une reconnaissance tardive, elle se dit que cet acte héroïque valait bien un morceau de saucisse discrètement donné sous la table, plus tard, au petit-déjeuner.

Elle s'étira voluptueusement, tourna sur elle-même. La chambre, elle aussi, était conforme à ses souvenirs. Hormis le bouquet de strelitzias posé au milieu de la table, tout était blanc jusqu'aux moindres détails. C'était la marotte d'Olga, rappeler de cette façon subtile qu'elle était une éternelle exilée. Les bolcheviks l'avaient peut-être débarrassée d'un mari cruel et pervers, elle ne leur pardonnait pas de l'avoir chassée de chez elle, pas plus qu'elle ne les excusait d'avoir détruit ce pour quoi elle avait concédé tant de sacrifices. Ce blanc, là, partout, était à la fois la couleur de l'aristocratie russe et celle du deuil d'une vie.

Un coup fut discrètement frappé à la porte, et Uma entra, aussi silencieuse qu'une ombre.

Uma était la femme indienne qu'Olga avait mise à son service, une petite personne aux bras menus, joliment drapée dans un sari jaune dont le ton était si éclatant qu'il semblait éclairer la pièce d'un rayon de soleil.

Elle s'inclina avec respect, les mains croisées sur sa poitrine. Ses innombrables bracelets tintinnabulèrent.

— *Namasté, memsahib*. Avez-vous bien dormi ?

Jezebel voulut lui dire qu'elle avait perdu l'habitude de se faire servir, mais Uma la devança. Avec un beau mouvement de la tête qui envoya sa longue natte brillante glisser dans son dos, elle tira les rideaux, ouvrit la fenêtre. Avec la même façon délicate de se mouvoir, elle ramassa les chaussures qui traînaient, puis la robe que, la veille, Jan avait ôtée à sa femme avec une hâte qui avait déchiré la manche.

— Je vais la faire recoudre, proposa Uma avec un doux sourire, puis elle secoua le drap et les oreillers, les remit à leur place, et courut baisser les stores, parce que la fenêtre laissait maintenant passer un air chaud et sec, ainsi qu'une odeur de poussière.

Au bout d'un certain temps, lorsqu'elle remarqua que Jezebel ne cessait de la suivre des yeux, elle revint s'incliner devant elle et lui demanda avec un grand sourire immaculé :

— Quels vêtements voulez-vous que je vous prépare aujourd'hui, *memsahib* ?

Elle la lava et l'habilla d'une robe de jour à taille basse et petits carreaux blancs et noirs. Lorsque les plis furent joliment arrangés sur les hanches, elle noua le sage col Claudine à l'aide d'un ruban. Elle était douce et discrète. Lorsqu'elle parlait, sa voix ressemblait à une musique, peut-être à cause de son accent délicieux.

— *Ajj*[1], c'est une belle journée. Le soleil sera fort, mais pas trop.

Elle coiffa Jezebel en lui racontant les dernières nouvelles de la maison : le vieux manguier qu'on avait menacé de couper et qui se décidait à refleurir comme pour se moquer, monsieur Lukas la mangouste devenue une femelle depuis qu'on l'avait vue avec des petits, le réservoir qui abritait un énorme python birman que l'intendant allait capturer aujourd'hui, pour le plus grand bonheur des enfants, et tous ces mille petits riens qui disaient que la Villa Rose était vivante, et heureuse.

Après un dernier coup de brosse, elle rassembla les épais cheveux blonds en un chignon dans lequel elle piqua des petites fleurs de soie blanche, puis tendit un miroir à Jezebel. Ses bras minces à la peau brune cliquetaient sous le poids des traditionnels bracelets d'argent dont certains remontaient jusqu'à l'articulation de l'épaule. Sur son front, juste en dessous de la raie des cheveux, elle arborait ce signe rouge qui indiquait son statut de femme mariée, qu'on appelait *bindi*. Cette « goutte » faite d'une poudre de curcuma mélangée à du *kumkum*[2] venait du temps des védiques aryens, lorsque le mari déposait un peu de son sang sur la raie des cheveux de son épouse, pour signifier qu'elle lui appartenait.

En descendant le grand escalier de marbre blanc, Jezebel entendit le rire de sa fille à l'extérieur, et la voix de Hùshì lui répondre. La fillette s'était coulée dans le climat indien avec une joie qui faisait plaisir à voir. Tout l'émerveillait, tout la ravissait. Elle furetait dans les moindres recoins sans se lasser, ramassait dans le jardin d'énormes insectes qu'elle enfermait dans des boîtes de

---

1. Aujourd'hui, en hindi.
2. Chaux éteinte.

papier, se plaisait à nourrir les chiens de *tetushka* Olga, ainsi que les poules et la mangouste de la maison, dont le nom identique à celui de son père l'avait bien fait rire.

Cette petite bête était d'ailleurs sa préférée. Chaque jour, elle suppliait les jardiniers de débusquer l'un ou l'autre reptile pour le plaisir de la voir le combattre et gagner l'impressionnant combat d'un coup de dent décisif, qui brisait le crâne du serpent.

Les domestiques indiens lui passaient tous ses caprices. Avaient-ils déjà deviné qu'elle était une princesse de sang royal ? En tout cas, pour éviter que la race des serpents ne soit éradiquée, il fallut expliquer à l'enfant que ces derniers avaient leur utilité, en particulier celle de tuer les rats qui transportaient des maladies. En Inde, il était de notoriété publique qu'une maison abritant un cobra, quelque part dans le jardin, dans un buisson sacré ou autre, était une maison bénie par les dieux. Le rôle de la mangouste Lukas n'était donc pas de tous les croquer, mais de les empêcher de pénétrer là où les hommes habitaient. La fillette avait du bon sens et changea d'amusement.

Jezebel prit le temps de lui raconter une histoire, tout en passant la main dans son épaisse toison brune pour tenter de domestiquer ses boucles indisciplinées.

Olga était installée dans la véranda où elle terminait une tasse de thé noir.

— Ah, ma chériiiie, gloussa l'impétueuse duchesse russe. Je vous ai connue plus matinale ! Venez donc vous asseoir près de moi pour prendre votre petit-déjeuner. Jan et mon cher Omja sont déjà sortis. Vous n'allez pas me croire, une panthère rôde à nouveau près du chenil. Ce sont les chiens qui l'attirent. Je ne sais pas pourquoi, les léopards aiment s'en repaître. D'ordinaire, ces fauves sillonnent les bas quartiers où ils régulent la population des chiens errants, mais celui qui nous visite doit être un jeune. Certains soirs, il s'approche très près de la maison. Babou Sadhur, vous vous rappelez bien sûr mon intendant Babou Sadhur ? Bref, Babou Sadhur a essayé de le piéger à plusieurs reprises, mais ce gros chat est un malin. Il n'a encore fait aucune victime, pas même un paon, et peut-être ne fait-il que passer pour aller s'abreuver au fleuve, mais j'avoue que je serais tout de même plus rassurée s'il s'abstenait de nous visiter. Quand il commence à faire chaud, j'aime laisser les fenêtres de la villa ouverte la nuit. Avec un léopard rôdant alentour, c'est chose impossible. En tout cas, dès que nos deux hommes ont entendu parler de lui, ils ont été pris par la fièvre de la chasse. Ils sont allés étudier les traces que le fauve a laissées. Peut-être auront-ils une bonne nouvelle à nous annoncer lorsqu'ils reviendront ?

Olga parlait tout en parcourant les gros titres d'un journal déplié devant elle. Les actualités étaient une de ses marottes. Jezebel se pencha pour lui embrasser la joue, puis prit une chaise. Un jeune Indien d'une vingtaine d'années, aux cheveux courts et vêtu à l'européenne d'un pantalon et d'une chemise immaculés, vint lui servir une salade de fruits et un œuf à la coque avec un toast.

— C'est Kapi, mon nouveau boy. Il présente bien, n'est-ce pas ? Il m'amène des nouvelles de l'Inde, vous savez ma chérie, pas ces nouvelles édulcorées ou alarmistes qu'on lit dans nos quotidiens, mais des nouvelles qui viennent du cœur du pays. Avez-vous entendu parler des conflits entre Musulmans et Hindous ? Bien sûr que non, vous venez d'arriver… Mais bon, vous savez peut-être que, depuis quelque temps, d'affreuses émeutes défigurent Calcutta. On pille, on brûle, c'en est pitié. Et tenez-vous bien, ma chère, ces événements déplorables existent dans toute l'Inde. Nous étions encore en voyage lorsqu'il y a eu une émeute dans l'Uttar Pradesh. Je n'arrive plus à en tenir le compte, je crois qu'il s'agit de la quinzième ou de la seizième cette année…

Jezebel décalotta son œuf et y trempa une mouillette.

— Cela vous surprend-il, Olga ? N'était-ce pas à prévoir depuis la création de la Ligue musulmane ? Je ne me mêle guère de politique, mais je sais tout de même que le conflit entre Hindous et Musulmans est quasiment sociologique. J'imagine qu'il résulte des invasions turco-afghanes et turco-mongoles d'avant le XVIIIe siècle.

Son amie lui coula un regard incisif.

— Hum hum, je vois que vous avez tout de même hérité quelque chose de votre parrain. Je ne vous connaissais pas ce goût pour l'histoire indienne ni cette maturité d'analyse. Voulez-vous du thé ou du café ?

— Je n'ai pas changé, sourit Jezebel. J'ai toujours aimé l'histoire, et je suis restée très anglaise jusque dans mon thé. Je le prendrai avec juste un peu de lait, et si vous avez de la cannelle…

Olga gloussa face à son ironie.

— Finalement, je vois qu'il était inévitable que vous et Jan… Vous avez le même humour caustique. Il n'empêche, quelle surprise que vous soyez allés jusqu'au mariage !

Jezebel se moqua avec affection :

— Ne m'aviez-vous pas donné votre bénédiction ? Je vous cite de mémoire, vous m'aviez dit : « Je vous le donne, ma chérie ! »

— Bah, je ne me dédie pas. J'ai très tôt compris qu'il ne sert à rien de courir après un mirage. Jan était amoureux de vous depuis si longtemps… Vous savez, lorsqu'il me prenait dans ses bras, j'avais l'impression qu'il caressait un édredon. J'espère au moins que pour vous, cela ne se passe pas ainsi… ?

Jezebel rougit, mais lui offrit tout de même un regard lumineux.

— Je n'ai pas l'impression d'être un édredon, Olga.

— Vous n'en avez d'ailleurs pas les formes plates, gloussa Olga en détaillant effrontément son décolleté. Les hommes aiment avoir quelque chose en main. Il n'empêche, je n'imaginais pas que vous réussiriez à amener notre bel aventurier à se marier…

— Ce n'était pas mon idée, mais la sienne… Et puis, sincèrement, je ne trouve pas que ce soit la plus grande surprise que nous ayons à nous raconter ! Ne croyez-vous pas que votre futur mariage avec le prince Omja soit autrement plus étonnant ?

— Oh, gloussez tout votre saoul, je vous l'ai déjà dit, rien n'est encore sûr ! Le père résiste. Je l'avoue cependant, cela m'arrange presque. Le fils me veut, mais moi, le veux-je vraiment ? Sincèrement, ma chérie, me voyez-vous capable de faire une bonne épouse, à tout le moins de faire une future maharani[1] ? Je m'imagine assez bien porter une tiare de diamants et tout le falbala qui va avec, mais pour le reste… ? Et puis, je crains de ne jamais pouvoir lui donner d'héritier… ajouta-t-elle d'une petite voix triste. Or, vous savez comme c'est important pour tous ces Indiens qui n'ont qu'un seul mot à la bouche : un fils, un fils, un fils ! Heureusement qu'Omja en a déjà deux.

L'aîné du maharaja de Mahavir avait été brièvement marié avec une Indienne qui était morte d'une maladie fulgurante peu après la naissance de son second enfant. S'il épousait Olga, cette dernière deviendrait donc une maharani potentielle. Pas étonnant que son père, le

1. Forme féminine de maharaja, désigne son épouse ou une reine.

« Joyau du Bengale », rechigne à cette union. Il n'était pas traditionnel de placer une étrangère sur le trône.

— Et pourtant, j'en suis persuadée, continua Olga en tartinant un toast de marmelade d'orange, le maharaja m'adore.

— Il me semble qu'Omja aussi… Racontez-moi donc comment vous vous êtes rencontrés. Vous ne m'avez encore rien dit.

Olga se mit à rire.

— Mais grâce à vous, ma petite ! Figurez-vous qu'après votre fuite rocambolesque avec notre cher Jan Lukas, j'ai été quelque temps dans le collimateur de la police britannique qui se demandait si je pouvais être votre complice. Vous vous rappelez ? Jan avait été accusé du meurtre de son ami Charu… Un soir, des hommes se sont introduits dans ma Villa Rose. J'ai essayé de me défendre, vous me connaissez, je n'ai jamais été une brebis que l'on mène facilement à l'abattoir, mais ces bougres étaient nombreux. Je n'ai rien pu faire. Mes domestiques avaient disparu, les lâches. Plus tard, je les ai tous congédiés, je n'ai gardé que Babou, mon intendant, qui fut le seul à essayer de me défendre. Le pauvre, il a eu le nez cassé… Tout ça pour vous dire, ma petite Jezebel, que j'ai été enlevée comme une vraie gourgandine. J'en ris maintenant, mais cela n'avait rien de romantique et j'étais morte de peur. Mes ravisseurs m'ont emmenée dans le fabuleux Sun Mahal, le Palais d'Or du maharaja de Mahavir, où j'ai d'abord été jetée dans un tout petit cachot fort sombre. Quelques heures plus tard, on m'en sortait pour m'accorder une audience avec le gratin du palais. J'avais devant moi une dizaine d'hommes, dont le souverain, son fils aîné, Omja Singh, et le responsable de la sécurité, un géant extraordinaire appelé Mukhy Aadamee, que vous connaissez.

— Mais pourquoi vous ont-ils enlevée ? Que vous voulaient-ils ?

— Ils voulaient savoir si j'étais au courant de l'endroit où se cachait Jan Lukas.

— Ah... Et que leur avez-vous dit ?

— La vérité ! Je n'en savais absolument rien. Je n'en menais vraiment pas large. Je suis russe, qui plus est une Russe d'un autre temps, alors, vous pensez bien que ma disparition ne risquait pas de provoquer un incident diplomatique. Ces Indiens pouvaient me jeter aux crocodiles ou me faire écraser la tête par un éléphant sans que personne ne s'inquiète jamais de moi, et certainement pas les Britanniques pour qui je suis parfois un peu encombrante... Et puis, imaginez la scène, j'avais été kidnappée en nuisette, puisque je m'apprêtais à aller me coucher ! Franchement, c'était très embarrassant d'être à demi nue devant tous ces Indiens. Alors j'ai fait la seule chose dont je suis capable : je suis montée sur mes grands chevaux. Je leur ai dit qu'ils étaient des barbares sans aucune éducation, qu'ils n'avaient pas les *yaytsa*[1] pour me laisser me défendre, qu'ils n'oseraient jamais me donner un sabre ou une épée tant ils craignaient d'être battus par une femme... Vous ai-je déjà dit, *moya dorogaya*, que j'ai pris quelques leçons d'escrime lorsque j'étais plus jeune ?

Ce souvenir la fit glousser avec une certaine tendresse.

— Mon discours les a fait rire, ces *idioty* ! Omja, surtout, qui riait plus que les autres. Je ne sais pas pourquoi, j'ai tout de suite aimé son rire sonore et son sourire étincelant au milieu de sa belle figure sombre. Il me rappelait un ami, un ancien ami... Finalement, c'est lui qui m'a tendu une sorte de grand sabre indien, qu'il appelait

---

1. Les testicules, en russe.

tulwar. C'est une arme plutôt légère, bien plus manœuvrable qu'une arme occidentale. Il entendait se moquer, me tourner en dérision, mais il faut croire que je n'ai pas été si ridicule car, depuis, il m'aime comme si j'étais une déesse... Il m'aime ! répéta-t-elle d'un ton grandiloquent. Comme quoi, l'adage n'a pas tort : qui châtie bien aime bien.

— C'est l'inverse, Olga.

— Vraiment ? sourit la Russe avec un petit clin d'œil. Vous êtes sûre, ma chérie ?

Elles riaient encore lorsqu'une De Dion-Bouton couleur argent s'arrêta devant le perron et que le *raajdoot* Mukhy Aadamee en descendit, magnifique dans une *kurta* fuchsia brodée d'or.

— Tiens, quand on parle du loup... souffla Olga, tout en se levant pour accueillir l'envoyé du maharaja de Mahavir avec un grand sourire diplomatique. Mon cher ami ! Vous avez raté de peu le prince Omja. Il court derrière un léopard qui ne cesse de s'inviter dans mon jardin. J'ignore quand est-ce qu'il reviendra...

Le géant portait comme à son habitude un énorme turban du même ton que sa tunique, orné d'une invraisemblable émeraude sertie de diamants qui brillait à chacun de ses mouvements. Une fois de plus, Jezebel se fit la réflexion qu'il avait la prestance d'un maharaja.

— *Namasté*, dit-il en s'inclinant avec déférence devant les deux femmes. En réalité, je ne viens pas pour mon prince, mais pour ma petite princesse.

Jezebel se leva en fronçant les sourcils.

— Vous venez pour ma fille ? Qu'est-ce à dire ?

Il la regarda de son beau regard impassible, aussi beau que celui d'un tigre.

— Je vous amène une invitation du maharaja de Mahavir, *memsahib*.

Ainsi, le moment était venu. Elle ne pouvait plus reculer. Il fallait que sa fille rencontre son grand-père. L'angoisse revint sans aucune raison valable, mais si insidieuse qu'elle en eut un goût amer dans la bouche.

— Disons plutôt une convocation, railla-t-elle tristement.

— Une invitation, répéta doucement le *doot*. Je viendrai chercher la princesse Leela dans deux jours, en milieu d'après-midi, pour un *teatime* à l'anglaise au Sun Mahal.

— Ma fille Mary-Leela n'ira seule nulle part, répliqua-t-elle, en insistant sur l'emploi des deux prénoms, l'anglais et l'indien.

Le *doot* sourit, mais d'un sourire doux, complice, comme s'il attendait cette résistance, et qu'il en était fier.

— L'invitation compte également pour vous et pour votre époux, *milady*. C'est une précision que m'a autorisé à vous donner mon maître Mani Sarthak Shantimay Singh, maharaja de Mahavir, râi de Ranipool, râi de Priyaranjan, râi de Sudhyang et roi-cousin du Chogyal du Sikkim. J'ajoute encore que cette rencontre aura lieu en toute intimité.

Il s'inclina derechef, en lui adressant cette fois-ci un clin d'œil amical.

18

30 novembre 1924
Calcutta – Inde

Comment parler à une enfant de quatre ans ?

Jezebel faisait les cent pas dans le pavillon qui bordait le fleuve Hooghly sans trouver de solution. Elle était venue se réfugier ici, après le déjeuner, pour être seule, pour réfléchir, pour regarder l'eau s'écouler du nord au sud, immuable. L'endroit était si exigu qu'elle ne cessait de se cogner à l'un ou l'autre recoin, ce qui la faisait pester, car elle était de fort mauvaise humeur. D'ici une heure, deux heures tout au plus, elle irait au Sun Mahal du maharaja de Mahavir pour lui présenter officiellement sa petite Mary-Leela, et cela l'angoissait.

Elle revenait toujours au même point : comment expliquer à une enfant de quatre ans qu'elle allait faire la connaissance d'un grand-père dont elle n'avait jamais entendu parler ? Comment lui avouer qu'elle avait un père dont elle en savait moins encore ? Comment, surtout, lui apprendre que celui qu'elle idolâtrait n'était pas son vrai papa ?

Jezebel fit demi-tour, heurta sa jambe contre un banc, leva la tête en essayant de retenir ses larmes. Le plafond de bois était recouvert de taches, de vieilles toiles d'araignée. Ce pavillon n'avait pas été utilisé depuis longtemps, sans doute depuis qu'elle y avait appris la mort de Charu.

C'était plus une gloriette qu'une maisonnette. Elle était ouverte aux quatre vents par de belles arcades décorées de moucharabiehs orientaux et montrait quatre paysages en claire-voie, si différents les uns des autres qu'ils semblaient être des tableaux.

Le plus grand et le plus large donnait sur le fleuve et ses innombrables bateaux. Sur une perspective d'au moins cinq cents yards, ce qui était à cet endroit la largeur approximative de l'Hooghly, il n'y avait que de l'eau, une eau jaune, boueuse, qui changeait de ton en fonction de la course du soleil. D'énormes paquebots y passaient, mais aussi des cargos lourdement chargés et de beaux clippers d'un autre temps, leurs voiles carguées au milieu d'un réseau invraisemblable de cordages. Des ferries à vapeur allaient d'une rive à l'autre, en croisant des bacs à aube surchargés de passagers. Il y avait aussi des maisons flottantes aux toits de palme, de minuscules chalutiers à la peinture écaillée et une multitude de canots, *dinghies*[1], pirogues et autres chaloupes dont c'était miracle qu'ils ne fussent jamais happés par l'une ou l'autre hélice appartenant à ces géants devant lesquels ils s'écartaient au dernier moment.

En se retournant, on voyait un tout autre paysage, celui de la Villa Gullabee posée dans son écrin de verdure, toute rose au milieu d'un foisonnement végétal. Ce vert changeant était recouvert ici et là par une profusion de fleurs aux couleurs chatoyantes, rouges, blanches et jaunes, assorties aux saris qui traversaient le jardin d'un pas nonchalant.

Les deux fenêtres latérales montraient quant à elles une vue chaque fois différente de Calcutta. La première

---

1. Un *dinghy* est une petite embarcation ouverte, non pontée, à voile ou à rames.

était tournée vers le port et les usines dont les panaches de fumée montaient par zébrures dans un ciel pollué par les nouvelles industries. La seconde dévoilait un *ghât* descendant jusque dans l'eau, où les Hindous venaient faire leurs ablutions à l'aube, lorsque le soleil émergeait lentement en boule de feu séculaire et inondait leurs corps mouillés d'une lueur d'or et de sang.

Soupirant profondément, Jezebel se détourna pour recommencer ses cent pas. Elle faillit se heurter à Jan qu'elle n'avait pas entendu venir. Même en costume trois pièces, il conservait son allure silencieuse de chasseur de fauves.

La devinant en colère, il la prit par les épaules et scruta son visage où perlaient des larmes qu'elle essayait vainement de retenir.

— Calme-toi, lui dit-il.

— Je suis calme, répliqua-t-elle avec une parfaite mauvaise foi, je suis tout à fait calme.

Il sourit, la prit contre lui, l'enlaça pour lui communiquer sa propre force, ses certitudes. Fut-ce tout ce qu'elle attendait ? Elle enfouit le nez contre son torse et éclata misérablement en sanglots.

— Je ne sais pas quoi dire à notre petite Lián !

Il lui embrassa tendrement le sommet du crâne.

— Qu'as-tu besoin de lui dire ?

— Eh bien, ne dois-je pas lui expliquer qu'elle va rencontrer son grand-père, que tu n'es pas son vrai père, que je n'ai fait que lui mentir ? J'ai reculé, reculé, mais là, je ne peux plus, je suis dos au mur.

Il lui parla d'une voix pondérée.

— Et si, ma sensitive, au lieu de t'enfermer dans tes propres angoisses, tu la laissais libre de découvrir par elle-même ce grand-père qui lui tombe du ciel ? Elle n'a que quatre ans. Elle n'a pas besoin d'explications. Pour elle, tout est très simple : nous sommes invités à une fête, elle y rencontrera des personnes qui appartiennent à sa famille. Cela ne suffit-il pas ? Plus tard, si elle te pose des questions, tu auras toujours l'occasion de lui répondre.

Elle hocha la tête. Il avait le don de rendre les choses simples et pragmatiques. Il pencha la tête pour l'embrasser, cette fois-ci d'un baiser qui écrasa sa bouche, la laissa le souffle coupé, avec la furieuse envie de ne rien faire d'autre que d'aller dans leur chambre pour qu'il la déshabille, effleure sa peau, son corps, en instrument de musique, et l'amène au cri. Il la sentit s'abandonner. Lorsqu'il recula, il avait ce petit sourire plein de morgue qui n'appartenait qu'à lui et qui savait si bien la faire fondre.

— Restons, chuchota-t-elle, en sirène tentatrice. Après tout, rien ne nous oblige à répondre à cette invitation…

Il la dévisagea avec une infinie tendresse, l'embrassa encore, puis la prit par le bras pour la ramener vers la maison. La De Dion-Bouton couleur argent envoyée par le maharaja attendait déjà devant le perron. Elle appuya sa tête contre son épaule. Chaque jour qui passait lui disait à quel point elle l'aimait. Elle chuchota :

— Tu sais que je t'aime…

Il se moqua gentiment.

— Je le sais. Tu me le dis à chaque fois que tu me trouves beau. En fin de compte, je n'ai pas besoin de miroir, tes yeux me suffisent…

Pour la narguer, il se pavana ostensiblement dans son élégant complet en lin clair, d'une coupe aussi moderne qu'audacieuse, qui rendait justice à son corps mince, sportif. Elle protesta :

— Ce n'est pas vrai ! Je t'aime aussi lorsque… lorsque…

— Lorsque ?

— Lorsque tu n'es pas bien rasé ! Voilà.

Il se mit à rire, la serra plus fort en chuchotant contre son oreille, pour le seul plaisir de la voir rougir.

— Moi aussi je t'aime lorsque tu es toute nue.

Elle enfouit un éclat de rire dans son épaule et il fut content d'avoir au moins réussi cela, la distraire de son angoisse avant la rencontre avec le maharaja. En ce moment, elle changeait d'humeur pour un rien. Lorsqu'elle connaîtrait mieux Mani Sarthak, elle saurait qu'il n'était pas un monstre. L'entrevue n'avait rien de formel. Il s'agissait juste de faire se rencontrer un grand-père et sa petite-fille au cours d'un goûter… De toute façon, Jan n'était pas né de la dernière pluie. Sur les conseils de ses avocats, cela faisait des années qu'il avait reconnu l'enfant. Légalement, elle était sienne.

— Tu sais bien que c'est *notre* fille, répéta-t-il à Jezebel, qui en parut un peu rassérénée.

Hùshì les attendait au sommet des marches donnant la main à la fillette. Toutes les deux se tenaient sous une ombrelle blanche tenue par un boy. La jeune Chinoise leur sourit et envoya la petite Mary-Leela courir vers ses parents.

— *Māmā* ! *Bàbà* !

La demoiselle étrennait avec fierté une robe neuve spécialement commandée pour l'occasion, dont l'empiècement en dentelle et l'ourlet garni de broderie anglaise lui donnait l'apparence d'une poupée. Un bloomer dépassait légèrement des jupons, montrant des jambes bronzées qui ne cessaient de s'agiter. L'un des genoux était d'ailleurs orné d'une récente écorchure.

— Tu es encore tombée ! soupira Jezebel en la prenant dans ses bras. Qu'as-tu voulu faire cette fois-ci ?

Cette enfant était aussi remuante qu'un garçon. Du matin au soir, elle ne pensait qu'à attraper des bestioles, une mante religieuse par-ci, une luciole par-là… Heureusement, après qu'on lui eut longuement expliqué à quel point il était dangereux de capturer des serpents pour nourrir la mangouste Lukas, elle avait cessé de le faire.

Sa mère voulut lui nettoyer l'écorchure à l'aide de son mouchoir mais elle la repoussa.

— Hùshì a déjà nettoyé mon bobo ! Tu sais, je voulais juste voir le *sâdhu* qui revient du *ghât* tous les midis, alors j'ai grimpé sur le manguier, mais j'ai glissé. Je n'aime pas ces chaussures ! se plaignit-elle en levant bien haut les pieds pour montrer ses jolies petites ballerines vernies, encore neuves une heure auparavant, mais déjà bien éraflées…

Pour couper court à une remontrance qu'il sentit venir, Jan jeta la fillette sur son épaule et l'amena vers la voiture. La gamine piailla et gigota par pur plaisir.

— Et donc, ma petite aventurière, l'as-tu au moins vu, ce *sâdhu* ?

— Ouiiii ! s'exclama Lián avec un rire heureux. Je l'ai vu, il marchait avec ses cheveux gris et son visage tout ridé. Ses yeux étaient noir et blanc, et il était peint en bleu. Je l'ai trouvé très maigre. Et aussi très nu !

Elle gloussa, en cachant sa bouche derrière sa main. Jezebel se mordilla l'intérieur de la joue pour ne pas exploser de rire.

— Allons, mademoiselle, une petite fille bien élevée ne doit pas parler comme ça !

— Mais c'est vrai, *Māmā*, je te promets que c'est vrai. Il était tout nu. Vraiment nu partout.

Jezebel soupira et rendit les armes.

— Je le sais bien, ma chérie. Les *sâdhus* le sont toujours.

Mukhy Aadamee était venu les chercher en personne. Il attendait près de l'automobile, sous un dais à franges tenu par deux serviteurs. Il les salua en courbant élégamment le buste, puis il adressa un geste autoritaire au chauffeur, un Indien filiforme vêtu de blanc jusqu'au turban. Ce dernier se précipita pour ouvrir la portière en multipliant les courbettes. Jezebel s'installa sur la banquette arrière en installant sa fille sur les genoux. Elle avait repris son visage des mauvais jours. Jan la rejoignit en chuchotant.

— Ça va aller, lui redit-il.

— Ça va aller, répondit-elle en embrassant sa fille pour cacher son angoisse.

La petite ne tenait pas en place. On lui ouvrit la fenêtre pour qu'elle puisse s'y pencher. Lorsque la De Dion-Bouton démarra, elle agita la main en direction de Hùshì qui les regardait partir.

— À bientôt !

L'automobile gagna Chowringhee Road puis remonta vers le nord. La fillette se rassit en disant d'un ton content :

— C'est la première fois que je vais à une fête. C'est parce que je suis grande, maintenant ?

Jezebel lui déposa un bécot sur la joue.

— Oui, ma chérie, c'est parce que tu es grande maintenant.

*

Jezebel n'avait été qu'une seule autre fois au Sun Mahal, le fabuleux Palais d'Or des souverains de Mahavir. Elle en avait gardé un souvenir aussi émerveillé que tragique. Ce jour-là, lors d'une réception mirifique où elle était la seule femme occidentale invitée, elle avait eu la surprise d'apprendre que le jeune Indien qui lui servait de chauffeur était en réalité le prince Charu Bakhtavar de Nandock, le fils cadet du maharaja. Le jeune homme avait ri de la voir aussi surprise. Il n'avait trouvé que ce subterfuge pour lui déclarer son amour. Le reste de la soirée avait été très gai, jusqu'à ce que le baron von Rosenheim, qui était du nombre des invités, pousse l'outrecuidance à la présenter à tous comme sa fiancée. Elle ne lui avait jamais donné son accord, mais il n'en avait eu cure. Dès lors, le cauchemar n'avait fait que grandir.

Aujourd'hui, le palais du maharaja lui parut tout aussi immuable, comme l'étaient toujours les constructions millénaires. Pour y entrer, il fallait d'abord passer une très haute grille, puis suivre une route de gravillons roses au travers d'un jardin à la française. Deux allées jumelles, l'une pour entrer, l'autre pour sortir, étaient majestueusement bordées de palmiers royaux qui alternaient avec des arbres taillés en boule et des pelouses irréprochables festonnées de buis.

Dans cette perspective parfaite, le palais émergeait tel un dôme aussi blanc qu'un nuage, ou plutôt comme l'un de ces sommets enneigés de l'Himalaya se découpant sur fond d'azur. Le corps central était un cube gigantesque couronné par une rotonde. Des coupoles plus petites l'encadraient de part et d'autre. On percevait l'immensité des lieux dès le premier regard. Mukhy Aadamee prétendit qu'on pouvait entrer dans chacune des pièces d'apparat à dos d'éléphant. Se moquait-il ou non ? Jezebel fut incapable de le déterminer, tant cela lui parut plausible.

La De Dion-Bouton s'arrêta devant le perron d'honneur et sa cinquantaine de marches. Jezebel crut d'abord qu'on avait déroulé un tapis rouge, mais en s'approchant, elle vit qu'il s'agissait en réalité de pétales de fleurs. C'était si beau, si délicat, qu'elle hésita à marcher dessus.

La porte monumentale en bois d'ébène clouté d'ivoire était flanquée par huit gardes en uniforme. Avec leurs barbes noires, leurs regards sombres sous des turbans garnis d'aigrettes de paon, leurs sabres recourbés prêts à servir et leurs fusils anglais portés à l'épaule, ils avaient un air imposant.

La petite Mary-Leela fut très impressionnée. Elle donna d'abord la main à sa mère, mais lorsqu'il fallut passer entre les gardes, qui la toisaient avec des sourcils broussailleux, elle courut dans les jambes de Jan, qui la prit en riant pour l'installer sur ses épaules. Là, confortablement assise à l'abri de tout, elle ouvrit de grands yeux et ne perdit rien du spectacle qui se déroulait devant elle.

Mukhy Aadamee les emmena à travers une immensité qui résonnait du bruit de leurs pas. Rapidement, il dédaigna les grandes salles d'apparat pour guider ses hôtes dans un labyrinthe à taille plus humaine, plus secret cependant. Des pièces silencieuses succédaient à des alcôves discrètes. Dans un long couloir, des fenêtres cloisonnées alternaient avec des torches allumées. L'odeur de la résine se mêlait à celle de l'encens et des épices.

Ils arrivèrent à une cour intérieure organisée en jardin autour d'une fontaine. L'eau chantait, et ce son délicieux amenait déjà une sensation de fraîcheur. Au loin, on entendait quelques notes de musique, et aussi des rires d'enfants. Entre des massifs exubérants, des domestiques avaient disposé un énorme parasol sous lequel trônaient quelques fauteuils Louis XVI recouverts de velours blanc. Au sol avait été étendue une peau de tigre à la tête naturalisée, ainsi que de nombreux coussins.

— Installez-vous, proposa Mukhy Aadamee, et il tapa dans les mains pour faire venir les serviteurs.

Ceux-ci arrivèrent en file pour leur proposer de se laver les mains dans des cuvettes emplies d'eau parfumée, de boire des lassis à la rose rafraîchissants et de croquer des amandes enrobées de sucre.

Cependant, la petite Lián dédaigna toutes ces gourmandises pour se laisser tomber sur la peau de tigre, qu'elle se mit à détailler sous tous les angles. Puis, elle se coucha à plat ventre pour toucher les crocs qui étaient aussi longs que sa main. Les yeux de verre l'impressionnaient, mais moins que la fourrure qu'elle trouvait plus rêche que douce. Soudain, son attention fut attirée par de grosses potiches en céramique où avaient été plantés d'étranges bulbes tordus, desquels s'échappaient des fleurs merveilleuses, d'un rouge vineux et profond. De minuscules colibris venaient s'y désaltérer.

— Oh, s'exclama la fillette en s'adossant sans façon contre la tête du tigre pour mieux observer les oiseaux.

Ce fut dans cette position inattendue que le grandissime maharaja Mani Sarthak Santimay Singh de Mahavir, dit le « Joyau du Bengale », souverain absolu d'un État qui s'étendait de Calcutta au Sikkim, et qui possédait droit de vie et de mort sur ses sujets, vit pour la première fois sa petite-fille Mary-Leela, l'enfant de son fils Charu.

Le maharaja était un homme aguerri. Âgé de soixante et un ans, il régnait depuis presque cinquante ans et il avait vu au cours de sa vie maints événements. Loin de son trône, il passait facilement pour un homme ordinaire, car il était petit de taille, et assez rondouillard, un défaut qu'il essayait de compenser par des vêtements de nabab.

Sa tenue était taillée dans des étoffes si minutieusement brodées qu'elles ressemblaient à des œuvres d'art. Un collier à quadruple rang de perles s'enroulait autour de son cou. Des médailles étaient agrafées à son torse, dont la très honorifique Étoile d'Inde ornée de son ruban bleu ciel. Le turban était superbement paré d'une multitude de gemmes. Le plus remarquable était un aigle aux ailes étendues, le fameux *Saphed Baaz*[1] réalisé par le joaillier Cartier lui-même.

Lorsqu'il entra dans le salon d'été où attendaient ses invités, tous s'inclinèrent, et Jezebel plongea avec effarement dans une profonde révérence, en faisant les gros yeux à sa fille qui continuait à observer les colibris comme si de rien n'était. On chuchota, on essaya d'attirer l'attention de la petite, mais rien n'y fit, et le monarque finit par se poster au-dessus d'elle, la main appuyée sur sa hanche. Lui aussi commença par froncer les sourcils, mais une soudaine gaieté l'envahit et il éclata bruyamment de rire :

– *Ishwar mahaan hai*[2] ! s'exclama-t-il. Voyez tous comme elle lui ressemble ! C'est bien elle ! C'est elle !

Entendant tout ce tapage, la fillette daigna enfin lever les yeux. Elle vit alors cet homme âgé un peu ventripotent, penché au-dessus d'elle, couvert de bijoux comme une femme, qui étincelait de mille feux et qui souriait en lui tendant la main. Elle regarda cette vieille main offerte, pleine de rides et de cicatrices, mais qui, surtout, était couverte d'énormes joyaux. Elle la prit dans la sienne. La toucha et la caressa. Le vieux maharaja la laissa faire. Son visage resplendissait d'un bonheur qui était en même temps un très grand chagrin.

– C'est elle ! répéta-t-il finalement, en cherchant la mère de l'enfant du regard, je la reconnais. Oui, je la reconnais… Elle lui ressemble. Comme elle lui ressemble !

Cette fois-ci, la petite Lián perçut l'étrangeté de la situation et, comme tous les enfants du monde lorsqu'ils sont inquiets, courut se réfugier dans les bras de sa mère.

---

1. Se traduit par « Faucon Blanc ».
2. Les dieux sont grands.

Jezebel la serra contre elle. Le maharaja s'approcha. Il ouvrit la main pour désigner la fillette. Il tremblait un peu. Pourtant, il n'hésita pas. À ses yeux, il était plus que temps de légitimer l'existence de cette enfant, quand bien même elle était née d'une union hors mariage, et du ventre d'une étrangère. Il croyait à la réincarnation. Dans les yeux de la petite, il avait retrouvé les étoiles brillantes qui éclairaient le regard de son fils.

— Voici la princesse royale Mary-Leela. Je la reconnais comme ma légitime petite-fille.

Jezebel hocha la tête. Peut-être aurait-elle dû sourire ? Elle ne put s'y résoudre. Après tout, elle n'avait jamais eu aucun doute. Et puis, elle n'était pas venue mendier quoi que ce soit, qu'il s'agisse d'un titre ou d'un héritage. Elle n'était là que pour permettre à sa fille de connaître l'autre sang qui coulait dans ses veines. Sans cela, sans cette certitude qui lui disait que cela au moins devait être fait, elle ne serait jamais venue au Palais d'Or du maharaja de Mahavir.

Le monarque comprit ce qu'elle ressentait. Il avait appris, au cours de son règne, à lire dans les âmes humaines. Il s'approcha d'elle plus encore, pour pouvoir lui murmurer en aparté.

— Ne regrettez pas votre décision. Elle est juste et honorable. Vous me procurez un bonheur à nul autre comparable, *milady*, et j'ose espérer que lorsque cette enfant me connaîtra mieux, tout cela sera aussi pour elle un immense bonheur.

Jezebel acquiesça, il avait raison. Ce qui arrivait à son enfant était exceptionnel. Peut-être devait-elle cesser de voir la vie en noir. Le maharaja reprit.

— Mon *doot*, Mukhy Aadamee, s'est porté volontaire pour être votre garde du corps.

Elle soupira.

— Je ne pense pas que ce soit nécessaire.

— Tôt ou tard, vous serez amenée à rencontrer à nouveau le baron von Rosenheim. Il est le meurtrier de mon fils. J'ai un témoin, des preuves. Votre gouvernement a refusé de m'entendre, alors je suis devenu un bon petit maharaja bien obéissant, mais j'attends mon heure. Savoir mon *doot* avec vous me rassurera.

— J'ignorais que von Rosenheim avait toujours des accointances avec le Raj, balbutia Jezebel, que la nouvelle mettait mal à l'aise. J'avais cru comprendre que le trafic d'opium était sur le déclin, et que le baron avait perdu de sa superbe.

— L'opium est effectivement sur le déclin, c'est exact, du moins en ce qui concerne les exportations vers la Chine. Peut-être avez-vous suivi les actualités ? Il n'y a plus d'empire chinois, mais à la place une jeune République qui essaie de réunifier tous les territoires actuellement sous la domination de seigneurs de guerre.

— Sun Yat-sen, dit-elle, visiblement au courant.

Le maharaja eut un rire bref.

— Je suis toujours surpris de voir les Anglaises tellement au fait de ce qui se passe dans le monde… Les femmes indiennes ne sont pas ainsi. Elles préfèrent rester entre elles, à s'occuper de leurs saris et de leurs bijoux, de leurs enfants et de leur époux.

— Peut-être tout simplement parce qu'elles ont été élevées pour le faire depuis des millénaires ? répliqua Jezebel avec une brusque insolence. Les hommes anglais essaient eux aussi de cantonner les femmes anglaises à leurs fourneaux, mais les temps changent.

— Les temps changent, vraiment ?

— Les Anglaises ont par exemple le droit de vote et celui d'accéder aux universités. Qu'en est-il des Indiennes ?

Le maharaja lâcha un gros soupir.

— Ne croyez-vous pas qu'il est déjà assez difficile de gouverner la moitié d'une population, *milady* ?

— Ah mais, je ne doute pas que les femmes soient réduites au silence par souci de facilité ! riposta Jezebel. C'est tellement plus commode ! Mais je vous préviens, si vous essayez de faire de ma fille une créature de gynécée, tout maharaja que vous êtes, vous me trouverez sur votre chemin !

Le monarque la dévisagea avec une soudaine dureté, car jamais personne ne lui avait parlé ainsi, mais la jeune femme ne baissa pas les yeux. À la fin, ce fut lui qui céda. Il murmura :

— Je comprends que mon fils ait été séduit. Vous êtes belle comme une source dans le désert, mais vous avez l'impétuosité d'une jument sauvage. Il a toujours aimé dompter les chevaux rétifs.

Elle faillit le gifler. Ne se retint qu'à grand-peine. Se pencha pour siffler entre ses dents serrées :

— Croyez-vous que vous avancez les bons arguments pour continuer à voir ma fille ?

Il s'inclina à son tour. Cette fois, son regard pétillait d'amusement.

— Toute cette dispute à cause de la Chine ! Décidément, ce pays a toujours été pour l'Inde un voisin trop impétueux… Et si nous allions signer une alliance devant quelques friandises bien sirupeuses ?

Elle accepta de faire la paix, et le goûter fut somptueux. Des serviteurs innombrables se succédèrent pour présenter des plateaux d'argent recouverts de *shôndesh*[1],

1. Bonbon bengali populaire, fabriqué à partir de fromage cottage.

de *rossogolla*[1], de *bhapa pitha*[2] cuits à la vapeur et autres sucreries à la mélasse. Dans un angle, confortablement installés sur des coussins, quelques musiciens jouaient des airs joyeux. Jezebel reconnut un sitar, un *rabab*[3] et un *shehnai*[4]. Les mélodies semblaient flotter dans l'air, douces et dansantes, hypnotiques. Plusieurs femmes avaient été autorisées à se joindre à la fête et elles se mirent à danser. Leurs mouvements gracieux, leurs gestes ronds, leurs petits pas précieux faisaient de leur danse un enchantement multicolore.

Dans cette ambiance de fête, la petite Lián excellait par sa spontanéité. En deux, trois sourires, elle sut suffisamment apprivoiser le vieux maharaja au point de s'asseoir sur ses genoux et de lui raconter mille et une histoires fantasques sorties tout droit de son imagination. En même temps, elle jouait à la dînette en distribuant des miettes de biscuit. Elle était heureuse, cela s'entendait à son rire. Jezebel la couvait du regard comme une louve.

À cet instant, un majordome annonça le prince Omja. L'apercevant, Mary-Leela courut se jeter dans les bras du nouveau venu avec le naturel charmant d'une enfant contente de reconnaître un ami. Jezebel en fut émue. Pour la première fois de sa vie, elle découvrait que sa fille avait la possibilité d'avoir une famille agrandie. Elle n'avait pas le droit de laisser passer cette chance.

Omja vint lui présenter ses deux fils, deux garçonnets qui se ressemblaient comme deux gouttes d'eau, avec

---

1. Bonbon originaire d'Odisha, répandu au Bengale occidental depuis 1868.
2. Gâteau de riz.
3. Luth indien datant du Moyen Âge.
4. Sorte de hautbois.

des visages graves, un peu hautains, mais de beaux yeux rieurs. Ils la saluèrent en faisant preuve d'une parfaite éducation, puis ils détalèrent en emmenant leur cousine, chuchotant qu'il fallait préparer une surprise.

Jezebel détesta voir son enfant disparaître et elle se redressa nerveusement. Jan vint l'envelopper d'un sourire.

— Ça va aller, lui répéta-t-il au moins pour la centième fois.

Elle hocha la tête, mais eut tout de même du mal à répondre aux questions que continuait à lui poser le maharaja. Elle ne cessait de guetter le retour des enfants.

Enfin, les petits revinrent. Ils sautillaient de joie et prenaient des expressions espiègles tout en chuchotant entre eux avec des airs de conspirateurs. Leurs trois têtes brunes se penchaient l'une vers l'autre, et leurs belles boucles se mélangeaient les unes aux autres en un charmant foisonnement soyeux. Lorsqu'ils furent d'accord, l'aîné approcha de son grand-père :

— *Daada*[1], il faut venir avec nous. Nous avons une surprise à te montrer.

Le vieil homme ne dut pas obéir assez vite, car la petite Mary-Leela le tira aussitôt par la manche, en lui donnant le nom qu'elle avait entendu les garçons lui donner.

— Allez, *Daada*, viens.

Le prince Omja expliqua à ses amis qu'il avait chargé les enfants d'offrir la magnifique jument appaloosa achetée en Amérique. Les petits étaient fiers de cette surprise, car l'animal était splendide, avec une robe presque aussi lustrée que de l'argent. Les palefreniers l'avaient somptueusement harnaché de pompons et de grelots, pour en

1. Grand-père, en hindi.

faire une monture de roi. En attendant le maharaja, elle piaffait au milieu d'une cour attenante, provoquant l'admiration de tous.

Mani Sarthak fut ravi de son cadeau et il s'extasia pendant des heures. Puis, pour bien montrer sa joie, il posa tour à tour sa vieille main sur la tête de chaque enfant, en disant à chaque fois :

— C'est un très beau cadeau, *mere bachhon*[1]. Merci, merci ! Maintenant, Lokesh, dis-moi, qu'aimerais-tu avoir en échange ? Un cadeau appelle toujours un cadeau, n'est-ce pas ?

Le garçonnet ouvrit de grands yeux bruns. Il avait dans les huit ans, et son sourire le faisait beaucoup ressembler à son père.

— *Daada*, j'ai toujours voulu un tigre. S'il te plaît, offre-moi un tigre.

— Mais nous en avons déjà un dans notre zoo, s'étonna le maharaja. Ne l'entends-tu pas rugir ?

— Je sais bien, *Daada*, mais ce tigre-là, c'est le tien, pas le mien. Le mien, je voudrais qu'il n'écoute que moi.

Le maharaja hocha gravement la tête.

— Ah ça, évidemment, nous avons tous le même rêve… Très bien, Lokesh, j'en parlerai à mes chasseurs de tigre. Peut-être arriveront-ils à faire quelque chose pour toi. Et toi, Ratan, qu'aimerais-tu avoir ?

Le cadet, qui avait sept ans mais était plus intrépide que son frère, n'hésita pas l'ombre d'une minute.

— Je veux une automobile, une automobile que je peux conduire moi-même !

Cette fois-ci, le grand-père se mit à rire, et il ébouriffa la tête du jeune garçon.

---

1. Mes enfants, en hindi.

— D'accord, je vais voir ce qui est possible… Et toi, *meree gajale*[1], que voudrais-tu avoir comme cadeau ?

La fillette vint passer sa main dans la sienne, en levant gravement ses yeux verts.

— Le tigre me fait beaucoup envie, mais je crois que l'éléphant est plus fort, *Daada*. Je veux un éléphant. *Haathee*[2] répéta-t-elle en hindi sans que l'on sache où elle avait appris ce mot, et pour être sûre d'être comprise, elle trempa le doigt dans un *lassi* et traça sur une assiette un grand animal muni d'une trompe. *Haathee*, conclut-elle en montrant son dessin, et tout le monde se mit à rire, car son raisonnement se tenait.

Mani Sarthak hocha la tête.

— Quelle chance, Mary-Leela, j'ai justement un éléphant qui n'a plus de propriétaire depuis quelque temps. Il s'appelle *Hātirāj*, ce qui signifie roi des éléphants en bengali. Je te le donne. Il est à toi.

La fillette parut sceptique et voulut voir son cadeau immédiatement. Il fallut lui expliquer que ce ne serait pas possible avant plusieurs jours, parce qu'il fallait le faire venir d'un lointain palais dans le nord où il servait à chasser le tigre. La petite accepta de se montrer patiente, mais sa mère fut agacée par l'histoire. Dès qu'elle le put, elle approcha suffisamment du maharaja pour lui glisser d'un ton irrité.

— Ce n'est pas beau de mentir aux enfants.

— Pourquoi mentirais-je ? s'exclama Mani Sarthak. J'ai promis un éléphant, elle en aura un.

— J'espère que vous plaisantez ? Que voulez-vous que nous fassions d'un éléphant ?

---

1. Ma gazelle, en hindi.
2. Éléphant, en hindi.

Le monarque eut un sourire espiègle. Soudain, il parut dix ans de moins, et Jezebel découvrit, au-delà du réseau de rides qui parcheminait son visage, le souvenir du petit garçon qu'il avait été.

— Je ne cherche pas à vous embarrasser, *milady*. Cet éléphant peut très bien rester au palais. Ma petite princesse n'aura qu'à venir le voir quand elle le souhaitera.

— Vous savez, vous n'avez pas besoin de déployer un piège de cette sorte pour la faire revenir près de vous. Tant qu'elle en sera heureuse, je ne l'empêcherai pas de vous voir.

— Ce n'est pas un piège, *milady*. Et je vous remercie de votre assentiment. Vous savez, je suis un vieil homme. Qui sait combien de temps je pourrai profiter de sa pétulance qui me rappelle tant celle de mon fils à son âge ?

— Décidément, vous êtes un bon comédien.

— Me refusez-vous le droit de l'aimer ?

Jezebel soupira.

— Non, bien sûr que non. Je suis contente qu'elle ait une famille.

— Dans ce cas, oserais-je vous demander si vous seriez opposée à ce qu'elle apprenne la culture de son second pays, ses coutumes, ses langues ? Tenez, par exemple, elle pourrait suivre les mêmes cours que ses deux cousins ? Ce serait une excellente occasion pour qu'ils fassent mieux connaissance.

Jezebel ne s'attendait pas à une telle proposition, et sur le moment, elle fut prise de court. Elle répondit du bout des lèvres, pas certaine d'aimer l'idée qu'elle venait d'entendre :

— Je vais y réfléchir.

Pourtant, elle savait déjà qu'elle accepterait cette proposition, parce qu'elle ne pouvait refuser à sa fille de découvrir ses origines, et de peut-être les aimer au moins autant qu'elle, tout comme elle avait aimé Charu.

Mani Sarthak le devina. Il reprit aimablement :

— Je vais organiser cela dès demain. Nous pourrions dire quinze heures ?

— Je vous trouve un peu trop sûr de vous. Je n'ai pas encore accepté.

— Je suis certain que vous souhaitez, vous aussi, que Charu continue à vivre à travers elle.

— Je ne crois pas en la réincarnation. Ma seule réalité est que ma fille soit heureuse.

Le vieil homme s'inclina, en affichant un beau sourire.

— Pour cela au moins, nous serons toujours d'accord.

*

Plus tard, le maharaja proposa aux enfants d'aller nourrir les animaux de son zoo. Les cousins hurlèrent de joie. Omja et Jezebel les suivirent en riant. Mani Sarthak retint Jan.

— Restez, mon ami, je vous prie. Je désire vous entretenir de quelques sujets qui me tiennent à cœur.

Les deux hommes firent quelques pas dans le jardin. Un bassin longiligne était bordé d'une pelouse. Des gangas, ces pigeons indiens qui pullulent sur les champs fraîchement ensemencés, étaient en train de s'y abreuver. À l'arrivée des deux hommes, ils s'envolèrent dans un grand bruit d'ailes. Le maharaja marchait lentement, les mains croisées dans le dos, les épaules un peu voûtées. Jan le suivait, attendant poliment qu'il prenne la parole.

— Dites-moi, mon ami, quel est votre sentiment sur ce qui se passe actuellement dans les Indes néerlandaises ?

Jan avait l'habitude de ces circonvolutions orientales, qui préféraient évoquer des généralités avant d'aborder des sujets plus intimes. Il s'arma de patience, et répondit avec une nonchalance affectée :

— Votre Altesse, faites-vous allusion au 28 novembre dernier lorsque, pour faire face à l'augmentation des grèves et de la violence, le gouvernement des Indes orientales néerlandaises a fait suspendre le droit de réunion dans presque toute l'Indonésie ?

— S'agit-il d'une mesure d'ordre politique plutôt que social ? Depuis que les Russes ont lancé cette mode du communisme, ce dernier se répand, et nombre de gouvernements s'en effraient. Les États-Unis ne sont d'ailleurs pas les derniers à s'en préoccuper…

— Ma foi, opina Jan. J'ai effectivement cru comprendre que la mesure indonésienne s'appliquait surtout à l'encontre du *Sarekat Islam*, qui est le parti communiste du pays. Voilà de quoi faire d'une pierre deux coups.

— Notre époque annonce de grands changements, ne trouvez-vous pas ? Partout, de nouveaux mouvements émergent… Les intellectuels grondent, attisent des émeutes… Vous n'êtes à Calcutta que depuis peu, mais ne sentez-vous pas ces choses, vous qui connaissez bien notre ville ?

— L'atmosphère de la ville est explosive, je vous l'accorde. J'en suis d'autant plus surpris que j'imaginais retrouver des conflits contre l'Empire colonial britannique. Or, d'après ce que j'ai cru voir, la plupart des récentes émeutes seraient religieuses, Hindous contre Musulmans.

Le maharaja soupira.

— Vous avez raison, il s'agit bien de cela… L'éternel conflit larvé depuis des siècles, depuis que les Empires afghan ou mongol ont imposé leur suprématie en Inde. L'arrivée des Britanniques avait mis ces problèmes en sourdine. Ils reviennent au premier plan avec la défaite de l'Empire ottoman face aux Alliés.

— La chute de l'Empire ottoman cause beaucoup de dommages collatéraux… On assiste à une redistribution des cartes aussi bien en Europe qu'en Asie… Que devient donc ce Mohandas Gandhi ? N'apporte-t-il plus sa contribution à la paix entre les peuples ? Avant que je ne parte pour New York, on entendait beaucoup parler de lui. Là, il me semble être devenu plus discret.

— C'est un homme dont il est difficile de suivre le cheminement de pensée. Il a été emprisonné par les Britanniques, qui l'ont libéré car il avait des soucis de santé. Depuis, il vit dans un *ashram*[1] d'où il lutte contre la ségrégation des intouchables, l'ignorance, l'alcoolisme, la pauvreté…

Ils continuèrent à avancer d'un pas lent, jusqu'à ce que Jan se tourne brusquement vers le maharaja.

— Je vous accorde que la conversation est intéressante, Votre Altesse, mais m'avez-vous vraiment demandé de rester avec vous pour parler de politique ? J'entends le rire des enfants, et je regrette de ne pas être avec eux. Nourrir un tigre a l'air très amusant.

Mani Sarthak eut un rire.

— Ah, mon très cher ami Jan ! Vous avez raison. Nourrir un tigre est très amusant, surtout lorsqu'il s'agit de notre Sundar. Ce tigre est un grand malin. Il sait qu'il a intérêt à garantir le spectacle pour que son soigneur continue à bien à le nourrir… Les cris de frayeur de mes petits-enfants le ravissent. Il oublie ses barreaux et redevient, l'espace de quelques instants, le terrible roi de la

---

1. En Inde, institution où des élèves séjournent pour suivre les enseignements d'un maître.

jungle. Si vous faites attention, vous l'entendrez faire ses griffes contre les parois de sa cage.

— Je vois que le patronyme Singh, qu'on retrouve dans votre nom et qui signifie tigre ou lion, vous rend bien complice avec ces fauves…

Mani Sarthak continua à glousser.

— Touché ! Je suis effectivement un vieux lion qui se pavane pour qu'on continue à lui rendre hommage, mais le temps délite les choses, et tout s'effrite… J'ai une bonne raison pour vous parler seul à seul, mon bon ami, mais je dois d'abord vous remercier de prendre soin de ma petite-fille.

— Vous n'avez aucune raison de me remercier. Je dois bien ça à votre fils Charu, qui était mon ami. Et puis, la petite est attachante, et j'adore ma femme.

Le maharaja entraîna son interlocuteur sur un chemin recouvert d'une mosaïque, qui sinuait au milieu d'une végétation grandiose, dans une partie du jardin encore plus à l'écart. Vus d'ici, les murs du palais, tout encombrés de tours, de galeries ouvertes et de *chaatri*[1], se découpaient au-dessus de leurs têtes en dentelle de pierre.

Mani Sarthak poursuivit.

— Tout de même, je tiens à vous remercier, car je mesure la responsabilité d'élever comme son propre enfant une princesse de sang royal.

Le regard de Jan devint gris d'acier. Il prévint :

— Ne cherchez pas à nous la reprendre, Votre Altesse. Sa mère n'acceptera jamais, et je la soutiendrai.

— Oh, je sais cela, et je ne m'aventurerai pas à vous défier sur ce terrain, croyez-le bien. D'autant plus que je me suis renseigné, vous avez finement mis la loi de votre

1. Pavillon surmonté d'une coupole.

côté. Officiellement, elle est votre fille, n'est-ce pas ? En réalité, je voulais juste vous mettre en garde.

— Me mettre en garde ? répéta Jan d'un ton qui hésitait entre l'étonnement et l'agacement. En garde contre quoi ?

Comme il s'était arrêté afin de dévisager le monarque d'un œil ombrageux, celui-ci revint sur ses pas :

— J'ai appris que vous aviez hérité de la fortune de votre ami Andres Agustin. Continuez-vous ses travaux ?

Jan attendit une suite qui ne vint pas. Expliqua du bout des lèvres :

— Bien que cela ne vous regarde en rien, je puis vous dire que j'ai effectivement repris l'élevage de chevaux qu'avait Andres en Argentine. C'est une très grande propriété agricole, dédiée aux bœufs et aux chevaux. Les *criollos* qui en sortent sont prometteurs. Je m'occupe également de notre société d'antiquités extrême-orientales, dont le siège est à New York. Cette entreprise de vente et d'achat fonctionne de façon autonome, avec un directeur de confiance et plusieurs prospecteurs.

— Pardonnez-moi, je n'ai pas été assez explicite. Je vous parle de la Cité du Lotus rose, qu'on appelle aussi la cité oubliée de Pachamashutra.

— Ah, dit Jan, encore plus surpris. C'était bien la marotte d'Andres, d'où le tenez-vous ?

— Je me contente de regarder, d'écouter, or j'entends beaucoup de rumeurs... Je sais, par exemple, que le baron von Rosenheim continue de s'intéresser à cette cité. Et vous ?

— Non.

— Voilà une réponse rapide, claire et nette.

— Sur laquelle vous émettez un doute...

Le maharaja leva une main qui se voulait apaisante.

— Non, bien sûr que non, *mere dost*[1]. Loin de moi cette idée. En réalité, je me réjouis d'apprendre que cette cité ne vous intéresse pas. Ce mythe archéologique soulève beaucoup trop de passion. Des hommes sont morts, certains vous étaient chers. D'autres mourront encore… J'aimerais vraiment que celui qui s'occupe de ma petite-fille ne vienne pas s'y casser les dents.

Jan avait toujours détesté qu'on lui dicte ses actes. Il répliqua sèchement.

— Êtes-vous en train de me donner un ordre ? Ou de me menacer ? Je ne saisis pas bien le sens de vos propos. Nous nous connaissons depuis longtemps, Mani Sarthak. Je suis souvent venu ici, dans votre Sun Mahal, en compagnie de votre fils Charu, qui était mon meilleur ami. J'ai défendu les couleurs du Mahavir en jouant au polo sous votre bannière. Je crois même que je vous ai considéré maintes fois comme le père qui me manquait.

— Aussi est-ce en tant que père adoptif que je m'adresse à vous, Jan Lukas. Certains mystères exigent de ne pas être réveillés. On dit que cette cité ancienne est un vestige de civilisation, mais à quel moment une ville devient-elle une ruine dans l'esprit des gens ? Pachamashutra relève de rites védiques anciens. Des sacrifices humains ont été faits en son nom, guidés par Kali la noire. Tout un peuple occulte la protège, un peuple de fantômes et de démons qui rôdent dans la nuit. Laissez dormir les serviteurs fidèles. Ils ont toujours été invaincus.

— De quoi êtes-vous en train de parler, Votre Altesse ? s'étonna Jan, dont l'intérêt se réveillait. Pachamashutra est-elle encore vivante ? Qui sont ses serviteurs

1. Mon ami, en hindi.

agissant dans l'ombre ? Y a-t-il toujours des prêtres pour perpétrer les rites anciens ?

— Que ceci reste entre nous, mon ami, chuchota le maharaja en lui coulant un long regard. Je vous parle des thugs. Il faut les laisser dormir dans leur citadelle inviolée. N'allez pas les défier sur leurs propres terres. Je vous le dis et je vous le répète, pour votre bien et celui de votre famille, n'allez pas réveiller les puissances occultes endormies.

Jan eut l'impression de se tenir au bord d'un gouffre au fond duquel gisait une vérité impossible.

— Je croyais les thugs éradiqués. L'armée britannique n'en a-t-elle pas fait un combat prioritaire le siècle dernier ? Et cet officier, ce William Sleeman, n'a-t-il pas été à l'origine de plus de mille déportations et d'au moins trois cents pendaisons ?

— C'est effectivement ainsi que le *Criminal Department*[1] présente les choses… concéda le maharaja.

Il continuait à marcher lentement, calmement, les mains dans le dos, le visage impassible. À côté de lui, Jan prit le temps de réfléchir. Ce qu'il venait d'entendre lui paraissait avoir des répercussions monstrueuses. Il se rendit brusquement compte que l'entretien était fini. Ils venaient d'arriver au zoo, devant des cages où tournaient en rond de vieux lions, de vieux tigres et de vieilles panthères fatiguées.

Il retint tout de même le monarque avant que celui-ci ne rejoigne les enfants.

— Que savez-vous que vous ne voulez pas me dire ?

---

1. Une force de police avait été spécialement créée vers 1830, le *Thuggee and Dacoity Department*. Ce service fut remplacé en 1904 par le *Central Criminal Intelligence Department*, qui existe toujours.

— Je vous assure que vous ne voudriez pas tout savoir. Suivez juste mon conseil, ne vous occupez pas de cette vieille cité endormie. Elle est perdue. Qu'elle le reste à jamais.

— Je n'avais pas l'intention de m'y consacrer, mais avouez tout de même que votre discours a la fâcheuse tendance de titiller la curiosité !

— Oubliez ce que je vous ai dit. Oubliez tout.

Jan hocha la tête, en affichant brusquement un grand sourire désarmant.

— Vous savez, Mani Sarthak, je m'occupe surtout de chevaux. Je me passionne de croisements inédits et, depuis quelque temps, j'ai un rêve… J'aimerais beaucoup ramener en Argentine quelques chevaux de race *marwari*[1]. Or, on m'a assuré que cette race n'était plus en vente depuis que les Britanniques s'efforçaient de l'éradiquer…

— Les Britanniques ne jurent que par les pur-sang ou par les poneys de polo. Ils raillent nos chevaux dont ils se moquent des oreilles. Ils y voient un signe de dégénérescence indigène.

— Eh bien, ce n'est pas mon avis, mais il est vrai que je suis américain, et pas britannique… Vraiment, Votre Altesse, j'aimerais beaucoup acheter une bonne douzaine de *marwaris*, dont au moins deux étalons.

Le maharaja ne répondit pas tout de suite. Il prit d'abord le temps de regarder ses petits-enfants qui s'amusaient follement à piquer de la viande au bout de longs bâtons pour la donner aux fauves emprisonnés. Lorsque la petite Mary-Leela se vit l'objet de son attention, elle agita la main avec un grand sourire. Mani Sarthak lui

1. Race de chevaux indiens, connus pour leurs oreilles incurvées vers l'intérieur en forme de demi-lune.

répondit joyeusement, puis il revint vers Jan en lui coulant un regard de vieux singe rusé.

— D'accord, vous aurez vos chevaux *marwaris*. Et vous oubliez la cité perdue.

— Je vous remercie, Votre Altesse, répondit Jan, en inclinant la tête. Je ne sais déjà plus de quelle cité vous parlez.

19

La danse du cobra

4 décembre 1924
Villa Esket – Calcutta – Inde

— Lady Esket.

— Ma chère Ann-Rose, je suis si heureuse de vous revoir.

— Je vous en prie, lady Esket, il n'y a que mon parrain qui m'appelait ainsi. Appelez-moi Jezebel.

— Dans ce cas, appelez-moi Eugenia. Plus de chichi entre nous ! Après tout, depuis le temps que nous nous connaissons !

— Très bien, Eugenia, accepta Jezebel.

Lady Eugenia Esket était la mère d'Amely, mais elle était surtout une femme vindicative et bavarde qui n'aimait rien tant que s'écouter parler. Depuis la dernière fois que Jezebel l'avait vue, elle avait encore grossi. Avec ses tout juste cinquante ans, elle venait d'entrer de plain-pied dans cet âge difficile qui est pour la femme soit un état de grâce, soit un vrai naufrage.

Pour Eugenia, clairement, il s'agissait du second cas. En souvenir d'un temps nostalgique où elle avait été une jeune beauté réussissant à faire tourner la tête de lord Esket, elle était demeurée fidèle à des schémas de séduction dépassés. Malgré son embonpoint, elle ne jurait que par des corsets antédiluviens qui faisaient remonter son opulente poitrine jusque sous sa gorge et descendre son ventre presque sur ses cuisses. Ainsi apprêtée, et en fin de compte empaquetée dans de la soie de couleur vive ornée de falbalas à l'excès, elle ressemblait plus que jamais à un dragon.

C'était de toute manière un rôle qui lui convenait à merveille, avec celui de langue de vipère.

Aujourd'hui encore, elle accueillit Jezebel avec un geste faussement maternel en la serrant avec force sur sa généreuse poitrine.

— Comme je suis heureuse de vous savoir vivante ! pérora-t-elle. Pourquoi n'avez-vous donc jamais donné de vos nouvelles ? Amely et moi étions tellement angoissées, vous ne pouvez imaginer à quel point !

Dans son inénarrable robe violette, elle détourna le visage d'un geste affecté pour tamponner avec son mouchoir quelques larmes de crocodile. Puis, estimant sans doute qu'un tel chagrin ne méritait pas de perdurer, elle invita les visiteuses à entrer au salon.

Jezebel était venue accompagnée de son amie Olga, mais aussi de la petite Mary-Leela qu'elle souhaitait présenter à Amely. L'enfant était chaperonnée par sa nourrice Hùshì et par Mukhy Aadamee qui, depuis la visite faite au maharaja de Mahavir, était devenu son garde du corps attitré.

Au début, Jezebel avait refusé. Elle avait du moins tenté de le faire jusqu'à ce qu'au cours d'une promenade dans le Burrabazar de Calcutta où elle était venue acheter des étoffes de soie, elle ne tombe nez à nez avec le baron Jürgen Heinrich von Rosenheim.

L'aristocrate suisse d'origine allemande déambulait d'un pas nonchalant, accompagné de son homme de main, un Moghol à la carrure impressionnante qui lui servait autant de chauffeur que d'homme à tout faire.

Redoutant cette rencontre, la jeune femme avait aussitôt tourné les talons, mais le baron l'avait vue et lui avait coupé la route. Planté devant elle en la toisant de ses yeux sévères, il avait ôté son chapeau et l'avait saluée avec ostentation.

Elle avait été bien obligée de s'arrêter.

Jürgen Heinrich von Rosenheim avait quarante-huit ans, mais il avait conservé un corps mince et musclé, à la démarche souple. Il avait toujours été un adepte forcené des sports de combat, plus particulièrement de la boxe anglaise, qu'il pratiquait trois fois par semaine et qui lui donnait une force qu'on n'attendait pas d'un corps aussi maigre. Avec le temps, son visage semblait être devenu plus osseux. En tout cas, sa peau s'était étirée sur les pommettes, révélant un relief saillant, et un front de plus en plus haut, car de plus en plus dégarni. Pour le reste, les traits étaient réguliers, assez germaniques dans l'esprit, et auraient été qualifiés de séduisants si le regard n'avait été si froid, si immobile. Un vrai regard de serpent. Dans le monde des affaires interlopes où il évoluait, on l'appelait le Cobra.

Comme par le passé, il était d'une élégance parfaite : chemise à col amidonné, plastron et cravate de soie, blazer en toile de laine tropicale aux boutons dorés et armoriés, et pochette assortie. Sans oublier l'habituelle cravache en cuir d'autruche qu'il avait un jour rapportée du Mali et qu'il tapotait nerveusement contre ses bottes cavalières cirées au miroir.

— Lady Tyler ! s'était-il exclamé en feignant l'étonnement, tout en arborant un sourire infect qui lui avait donné un air de matou convoitant une souris. Quelle belle surprise !

Jezebel avait sèchement corrigé :

— Ce sera Mrs Lukas, dorénavant.

Elle n'avait pas voulu s'attarder davantage, mais il l'avait retenue en posant cavalièrement le bout de sa cravache sur son bras.

— Quelle belle enfant, avait-il remarqué en se penchant vers la petite Mary-Leela que sa mère tenait par la main. J'imagine qu'elle est tout le portrait de son père…

De la pointe de sa cravache, il avait alors lentement caressé la joue de l'enfant.

Jezebel avait bondi, toutes griffes dehors, mais Mukhy Aadamee avait été plus prompt. S'interposant, le colosse avait repoussé l'indélicat jusqu'à le faire buter contre des ballots de marchandises. Sous ses paupières mi-closes, le baron avait alors laissé sourdre un regard meurtrier. Son serviteur, l'imposant Moghol, avait voulu intervenir. Von Rosenheim l'avait cependant retenu d'un geste de la main, feignant de rire.

— Houlà, voici donc un très cher petit trésor…

Un instant, Jezebel l'avait imaginé en train de dégainer le Luger qu'il portait en permanence à la ceinture pour se faire justice lui-même. Elle avait été prise de panique, prête à hurler de terreur, lorsque, contre toute attente, l'aristocrate suisse s'était contenté d'épousseter son blazer. Puis il avait soulevé son chapeau et lui avait lancé avec beaucoup d'ironie :

— J'ai été ravi de vous revoir, ma chère ! À une prochaine fois avec grand plaisir.

Il s'était éloigné d'un pas lent, suivi par son ombre moghole, jusqu'à ce qu'ils disparaissent l'un et l'autre dans la foule. Jezebel était demeurée figée restée sur place, tremblante de la tête aux pieds. La rencontre l'avait tellement choquée qu'elle entendait à peine Mary-Leela l'interroger avec insistance :

— Qui c'est, *Māmā* ? Dis, qui c'est ?

Mukhy l'avait prise par les épaules pour la ramener à leur automobile. Il l'avait assise sur la banquette arrière, lui avait tapoté les mains d'un air soucieux, jusqu'à ce qu'elle reprenne pied avec la réalité. Alors seulement elle avait trouvé le courage de répondre.

— Ce n'est personne, ma chérie. C'était une erreur.

Plus tard, lorsqu'elle avait relaté l'incident à Jan, ce dernier avait eu un coup de sang. Il s'était rendu au département de police où il avait voulu porter plainte. On lui avait rétorqué qu'il n'y avait aucune matière à donner suite : le baron n'avait fait montre d'aucune hostilité. Au contraire, il avait plutôt affiché une extrême courtoisie.

Dès lors, Jezebel avait accepté que Mukhy Aadamee calque ses pas aux siens et devienne l'ombre de l'ombre de sa fille.

Pourtant, à l'instant où Eugenia Esket les recevait, ce n'était pas le garde du corps qui attirait tous les regards, mais plutôt la jeune Hùshì. À Calcutta, un domestique indien était chose commune, tandis qu'une nurse chinoise… À plus forte raison lorsque cette dernière avait choisi de ne se vêtir que de *changshan*[1] qui mettaient particulièrement en valeur son teint et ses gestes. Ainsi apprêtée, elle fascinait, car elle avait la beauté délicate d'un petit oiseau et les couleurs raffinées d'une fleur rare.

Lady Esket en fit bien évidemment la remarque.

— Votre nurse est extraordinaire ! Où avez-vous réussi à la dénicher ? On dirait une princesse de Chine. N'avez-vous pas peur qu'avec ses manières délicates, somme toute assez séduisantes, elle ne…

---

1. Vêtement traditionnel chinois d'origine mandchoue appelé *qipao* et modernisé au début du XXe siècle à Shanghai.

— Hùshì n'est pas une domestique, coupa sèchement Jezebel, mais une amie rencontrée à Singapour. Elle s'est occupée de ma fille très tôt et elles sont très attachées l'une à l'autre.

— Dieu du ciel, une nourrice extrême-orientale! Comme c'est original…

Lady Esket n'avait pas changé. Elle n'entendait que ce qu'elle voulait, comprenait tout autant, et n'aimait rien tant que parader. Jezebel se souvint pourquoi elle ne l'avait jamais appréciée. Néanmoins, il fallait bien la supporter, car elle était la mère d'Amely, sa douce et tendre Amely, qui avait été sa confidente et son alibi, et parfois même sa boîte aux lettres lorsqu'elle échangeait des mots doux avec le prince Charu, à l'insu de son parrain Michael.

Amely ne vivait plus chez ses parents depuis qu'elle avait épousé Peter Asgulson. Ce dernier, après leur mariage, avait un temps hésité à embrasser une carrière diplomatique avant de finalement revenir à ses premières amours, la médecine. Amely l'avait suivi à Pondichéry où ils avaient tous les deux pris la direction d'un vaste dispensaire destiné aux indigènes. Lorsqu'ils revenaient à Calcutta, ils étaient tout naturellement accueillis dans la vaste demeure familiale.

La Villa Esket était l'une de ces résidences anglaises construites pour en «jeter». Lord et lady Esket y assuraient un train de vie de diplomate et recevaient aussi souvent que possible. La résidence était donc spacieuse, et munie de plusieurs salles de réception dont une dévolue aux soirées dansantes.

L'extérieur faisait montre d'un style architectural grandiloquent, conformément à la règle imposée à tous les bâtiments officiels du Raj britannique. Comme d'innombrables autres bâtiments, la façade n'était qu'une profusion de colonnes doriques et de feuilles d'acanthe néoclassiques tandis que l'intérieur, austère, s'articulait autour d'un énorme escalier de marbre blanc à double balustrade.

La seule vraie beauté de la villa était d'être nichée dans un somptueux parc à l'anglaise, qui déployait autant de perspectives bucoliques que de paysages variés. Après la classique pelouse qui accueillait les visiteurs, d'opulents massifs s'organisaient autour d'allées bordées de dattiers. Ces avenues s'enfonçaient ensuite dans un méli-mélo plus informel, qui faisait la part belle à une forêt de fougères arborescentes assez impressionnante.

Un peu à l'écart, le potager était l'œuvre d'Amely. La jeune femme avait la main verte. De tout temps, il avait toujours suffi qu'elle sème une graine pour qu'aussitôt émerge une plantule prête à se développer avec grâce. Bien sûr, depuis son déménagement, elle ne s'en occupait plus guère, mais les jardiniers avaient conservé ses schémas originaux et l'esprit qu'elle avait voulu créer.

Les deux jeunes femmes furent émues de se revoir. Leur amitié appartenait à celles, miraculeuses, qui résistent aux années. Malgré le temps passé, il suffisait d'un regard, et d'un sourire, pour que leur complicité revienne immédiatement.

Elles avaient le même âge et des caractères très différents. Néanmoins, elles s'étaient entendues dès qu'elles s'étaient rencontrées. Maintenant encore, lorsqu'on les voyait ensemble, il était facile de croire que la première, avec sa beauté solaire et sa sensualité à fleur de peau, éclipsait la seconde, dont la nature était plus banale, mais la réalité n'était pas aussi simple.

Elles se prirent par les mains et se regardèrent longuement. Elles étaient encore trop jeunes pour se dire qu'elles avaient vieilli, mais il était indéniable qu'elles avaient mûri, et cela les fit rire.

Au fil des ans, Jezebel s'épanouissait en une sensualité qui rendait justice à sa nature sensible et exaltée. Amely, au contraire, se confortait dans une douceur terre à terre qui, loin d'être chez elle un défaut, lui donnait plutôt une substance assez semblable à celle que l'on voyait sur les visages des madones peintes par Léonard de Vinci.

La maturité la rendait belle, avec calme et sérénité, en une métamorphose qui s'était nourrie de l'amour qu'elle portait à Peter Asgulson. La maternité lui seyait tout autant. Tandis qu'elle tenait dans ses bras un adorable poupon blond, elle offrait un tableau tout simplement charmant.

Le fils ressemblait au père en miniature. Tout comme son géniteur, il avait sur la tête une toison drue et blonde, et des taches de son jusque sur le bout du nez. Il avait aussi des yeux dont le bleu pâle semblait sortir tout droit d'un lointain fjord. Bien qu'il n'ait appris à marcher que très récemment, il dut tomber amoureux de la petite Mary-Leela, car il décida de la suivre dans tout ce qu'elle entreprenait.

— On croirait Peter et toi, s'écria Amely sans penser à mal, tu te souviens quand il te suivait comme un bon gros chien fidèle ?

Jezebel s'en souvenait parfaitement et préféra changer le sujet de conversation en se faisant resservir du thé.

Le goûter avait été installé à l'extérieur, sous une gloriette recouverte de plantes grimpantes. L'ombre y était agréable. Elles se mirent toutes à papoter en tous sens tant elles avaient de choses à se raconter, mais il fallait bien reconnaître que la reine du jour était Jezebel, qui revenait d'Amérique avec mari et enfant, à la surprise générale.

— Je savais bien qu'il y avait quelque chose entre toi et ce bel Américain ! avoua brusquement Amely. Je crois pouvoir affirmer qu'en ce temps-là, toutes les jeunes filles étaient folles de lui, tant il était beau et dansait bien, mais certains regards ne trompent pas, et nous savions toutes qu'il n'était pas pour nous.

Jezebel rougit.

— À t'entendre, on pourrait croire que tout le monde savait, sauf moi…

— Oh, continua Amely avec étourderie, c'est juste que tu avais deux amours dans le cœur, et que tu ne savais pas comment faire pour en extirper l'un ou l'autre ! Mais dis-moi, pourquoi ne nous l'as-tu pas ramené, ton bel époux ? J'aurais eu grand plaisir à le revoir…

Jezebel expliqua que Jan était parti la veille dans la lointaine région de Mârvar, au Rajasthan, pour y acheter des chevaux à oreilles en demi-lunes qu'il comptait croiser avec ses *criollos* argentins. Il était prévu qu'il ne revienne pas avant plusieurs jours. Le prince Omja l'accompagnait.

— J'espère que nous le verrons à son retour.

— Bien évidemment ! Nous restons en Inde jusqu'au jubilé du maharaja. Cela nous fera beaucoup d'occasions de nous revoir… En attendant, que diriez-vous d'une petite promenade dans le parc ? J'ai toujours adoré ton jardin, ma belle Amely.

Elle voulait leur faire des confidences loin des oreilles indiscrètes de lady Esket. Elle avait aussi un pèlerinage à faire.

Elles s'échappèrent en laissant les enfants à Eugenia, puis elles contournèrent les communs avant d'avancer sur une belle allée bordée d'aréquiers. Jezebel les guidait, et elles marchèrent un moment en regardant la maison s'éloigner entre les bosquets. Bientôt, les pelouses cédèrent la place à des sous-bois, et un silence de forêt les accueillit, rempli du chant des oiseaux et du bourdonnement des insectes. L'air était doux. Les fleurs colorées exhalaient des senteurs tropicales. Elles se prirent toutes les trois par les bras et continuèrent à bavarder dans l'ombre ténébreuse qui tombait du ciel comme au travers de vitraux.

Subitement, Jezebel les retint de la main et les regarda avec le plus grand sérieux.

— Avez-vous déjà menti à l'homme que vous aimez ?

Olga commença à glousser, mais Amely la fit taire d'un « chut ! » impérieux.

— Qu'appelles-tu mensonge ? demanda-t-elle à son amie, en scrutant attentivement son visage.

Jezebel se tortilla sur place. Elle regrettait déjà d'en avoir trop dit et tenta de faire marche arrière, sauf qu'Amely ne l'entendait plus ainsi.

— Allons, explique-toi ! Aurais-tu un autre homme dans ta vie ?

Jezebel ouvrit de grands yeux offensés.

— Non, bien sûr que non ! J'aime Jan de tout mon cœur ! En réalité, je ne lui ai pas vraiment menti. C'est plutôt que je n'ai pas tout dit…

Elle tripotait nerveusement l'accumulation de colliers qu'elle portait autour du cou parmi lesquels se trouvait le fabuleux médaillon Sher-Cîta. Devant l'attention qu'elle avait soulevée, elle fut prise de regret. Maintenant, ces deux curieuses allaient la harceler jusqu'à ce qu'elle leur dise tout. Résignée, elle les entraîna vers un petit banc de pierre où elle les fit s'asseoir.

Là, elle se mit à leur raconter une histoire folle et décousue où il était question d'une cité perdue, de l'obsession maladive de son parrain, du scepticisme de l'*Honorable Royal Society*, du chantage orchestré par le baron von Rosenheim, de l'atroce meurtre perpétré contre Andres Agustin. Elle évoqua le hasard extraordinaire qui l'avait fait entrer en possession du médaillon Sher-Cîta puis elle décrivit la statue du démon Rakshasa récupérée à Istanbul, et sa sœur jumelle qui avait été volée au musée de New York. Enfin, elle parla de la carte tracée sur un vieux parchemin, que sa fille avait trouvée par hasard à force de tripoter en tous sens un mécanisme secret.

— Vous comprenez, dit-elle en baissant les yeux, j'ai l'impression de trahir à la fois mon parrain et l'homme que j'aime. Je les connais tous les deux, je sais qu'à un moment de leur vie, ils auraient donné tout ce qu'ils possédaient pour arriver à trouver cette mystérieuse cité. C'est un projet grandiose, qui s'inscrit dans la même lignée que la découverte du Machu Picchu… Sauf que je ne veux pas. Je refuse, vous m'entendez ? Il est hors de question que je réveille ce cauchemar qui a déjà tué tant de gens. Jan m'a assuré qu'il ne pensait plus à cette cité. Il prétend être passé à autre chose… Mais si je lui en parle, ne changera-t-il pas d'avis ? Ne sera-t-il pas à nouveau pris par le démon de l'aventure ? De nombreux hommes sont morts à cause de cet endroit inconnu. Je ne veux pas qu'il arrive la même chose à celui que j'aime. Je ne peux pas vivre sans lui. Rien que de l'imaginer…

Elle eut un hoquet d'effroi, reprit après un moment de silence, les mains tellement serrées en une prière muette qu'elles tremblaient :

— Voilà pourquoi j'ai préféré ne pas lui parler de cette carte. Est-ce vraiment lui mentir ?

Amely se mit à rire et sortit d'une de ses poches un carnet de moleskine noir, pas très grand, mais assez épais, et fermé d'une bande élastique.

— Eh bien, je crois que tu vas pouvoir t'enfoncer un peu plus dans ton mensonge, car voici ce que j'ai pour toi. Cela fait longtemps que j'attends de te le remettre en main propre. Ton parrain me l'a fait parvenir après sa mort. Apparemment, il avait donné des ordres pour que ce carnet te revienne. Or, comme il ignorait où tu étais et ce que tu devenais, tu te souviens, tu venais de t'enfuir avec Jan Lukas, toute la ville n'a parlé que de ça pendant au moins trois mois, eh bien, il s'est tourné vers moi. Tiens, j'ai aussi la lettre qui accompagnait le carnet. Tu peux la lire, bien entendu. Tu verras qu'il me recommandait de n'en parler à personne, et de te le remettre en main propre dès que j'en aurais l'occasion. On va dire que c'est chose faite, n'est-ce pas ?

— Mais quelle cachotière ! s'exclama Olga, abasourdie de n'avoir rien su de cette histoire. Tu as donc ce carnet en ta possession depuis aussi longtemps, Amely ?

La jeune femme opina, tout en tendant le carnet à Jezebel. Cette dernière le prit, émue. Elle reconnaissait parfaitement le carnet de moleskine noir qui ne quittait jamais son parrain, et dans lequel il notait tout ce qui lui paraissait important à propos de ses recherches. Combien de fois l'avait-elle vu couvrir une page intérieure de son écriture anguleuse, serrée, que n'espaçaient que des croquis étranges, des signes tarabiscotés, et des dessins reproduisant des statues ou des pièces de monnaie ?

— Je le reconnais, mon Dieu, comme je le reconnais, s'exclama-t-elle, bouleversée. Il l'avait toujours sur lui. Il écrivait pendant des heures, soit en recopiant quelque manuscrit, soit en notant des réflexions qui lui venaient à l'esprit. En fait, il ne faisait que ça, toute la journée. Il dormait avec ce carnet. Il l'emmenait partout, et même à table, ce qui me poussait à le gronder comme un enfant, parce qu'il se rendait à peine compte de ce qu'il mangeait. Mon dieu, Amely, c'est toi qui l'avais et je ne le savais pas !

— Je suis désolée, je ne pouvais te l'écrire. Il craignait apparemment que mes lettres soient interceptées. J'ai scrupuleusement respecté sa volonté. J'imagine que c'est son testament. En tout cas, te voilà maintenant encore plus confortée dans ton pseudo mensonge ! Voilà qui va bien t'embarrasser…

À cet instant, une branche craqua et toutes trois se retournèrent. Un Indien était occupé à sarcler la terre juste derrière elles. Il avait de grosses moustaches broussailleuses qui empêchaient de bien voir le bas de son visage et un regard baissé, assez oblique. Sans doute s'agissait-il d'un des jardiniers qui s'occupaient quotidiennement de l'immense parc.

Cependant, Jezebel eut l'impression qu'il tentait de les espionner.

— Que fait-il là ? s'exclama-t-elle.

Amely la calma en demandant à l'homme de s'éloigner. Ce dernier obéit aussitôt en s'excusant plus de mille fois, à la manière de certains Orientaux trop serviles.

— Je suis certaine qu'il cherchait à nous écouter ! insista Jezebel.

— Mais non ! Pourquoi agirait-il ainsi ? Ce n'est qu'un jardinier…

Jezebel cacha le carnet dans son décolleté, tandis qu'Olga reprenait la conversation en exposant une théorie fumeuse dont elle avait la spécialité.

— En tout cas, moi, je tiens à vous rassurer, ma chérie. Je peux vous garantir que, techniquement parlant, vous ne mentez pas. Puisque ce sujet n'intéresse pas votre époux, il est tout à fait normal que vous évitiez d'en parler. Cessez donc de vous en faire pour si peu !

Olga avait toujours su mieux que quiconque s'accommoder de la vérité en la tordant à sa convenance. Amely approuva d'un large sourire.

— Olga a raison ! Pourquoi parler de choses qui ne vous intéressent pas ? Et puis, tu as bien le droit d'avoir des jardins secrets ! Moi, par exemple, j'écris un journal intime, et j'aimerais bien voir mon Peter y mettre son nez ! Je t'assure qu'il serait fort bien reçu !

Elles reprirent toutes les trois leur promenade d'un pas tranquille. L'allée bordée de palmiers d'arek traversait maintenant un champ de fougères arborescentes, puis se rétrécissait en un chemin à peine gravillonné. Là, dans cette partie du jardin presque laissée à l'abandon, les buissons se densifiaient, et des lianes couraient au sol comme dans une jungle tropicale. Un merle à bec orange fourrageait bruyamment parmi les feuilles mortes. Lorsqu'il vit les intruses, il s'échappa en sautillant, abandonnant dans l'air un long pépiement de protestation.

— Je viens rarement par ici, chuchota Amely, c'est le coin le plus sauvage du parc, je suis étonnée que tu le connaisses aussi bien…

Jezebel rougit mais ne répondit rien. Elle venait d'obliquer sur une sente encore plus discrète, qui passait au travers d'un massif de brugmansias odorant. Des marches de bois inégales, assez usagées, descendaient vers un étang dont on découvrait progressivement la surface brillante, éclaboussée de soleil. Des nénuphars y flottaient, mais ils fleurissaient à peine car l'endroit était trop ombragé pour qu'ils s'y épanouissent.

La jeune femme attendait cette image depuis un certain temps. Lorsqu'elle la reconnut, elle en eut un coup au cœur. Rien n'avait changé. Il y avait toujours la maisonnette chinoise abandonnée sur l'autre rive, dont le toit en pagode peint en rouge se reflétait en mille échardes ondulantes à la surface des eaux. Au milieu d'un véritable fatras végétal, on apercevait des lanternes de pierre qui n'avaient plus été allumées depuis longtemps.

Elle se souvint, elle était venue ici il y avait fort longtemps. Elle avait dix-huit ans. Minuit venait de sonner et dans un ciel empli d'étoiles éclatait un feu d'artifice qui célébrait la nouvelle année.

Charu l'attendait dans le noir.

Il l'avait saisie par les épaules et plaquée contre le tronc de ce jaquier. De sa bouche, lentement, avec une sensualité qui la faisait encore frémir aujourd'hui, il avait ouvert un à un les boutons qui fermaient sa robe dans son dos.

Prise par ce souvenir, elle dut s'appuyer contre l'arbre immuable, dont elle caressa l'écorce de velours comme s'il s'agissait d'une personne.

Amely s'approcha d'elle en silence.

— Tu pleures ?

— Non, non, répondit-elle en secouant la tête, avant d'éclater en sanglots, parce qu'à force de regarder la terre recouverte de feuilles mortes, elle avait brusquement ressenti l'endroit comme un mausolée.

Amely la prit dans ses bras. Elle n'était pas née de la dernière pluie et se rappelait fort bien la lettre qu'elle lui avait donnée, cette fameuse nuit de Saint-Sylvestre.

— Dis-moi, n'es-tu pas heureuse avec ton bel Américain ? Vous entendez-vous bien ?

— Oh mais oui, bien sûr, que vas-tu encore imaginer ? Vous savez toutes les deux que je pleure toujours pour un rien ! C'est dans ma nature d'être si sottement sensible. Là, les souvenirs m'assaillent de toute part et… et… je pleure, parce que j'ai l'émotion facile, voilà tout, et ici… ici… Que voulez-vous m'entendre vous dire ? Que je les ai aimés tous les deux ? Eh bien oui, voilà, je vous le dis, et je ne vais quand même pas m'arracher l'amour du cœur ! Bien sûr que j'aime Jan… avec lui, c'est… c'est…

Elle chercha vainement un qualificatif pour définir ce qu'elle ressentait lorsqu'elle était dans ses bras, mais Amely la devança en lui jetant un regard soupçonneux :

— Au moins, arrive-t-il à te combler ?

Jezebel sursauta, mais Olga tordit sa bouche en cul-de-poule.

– Amely ! Comment parlez-vous ? Je ne vous ai jamais connue ainsi ! Ne comprenez-vous pas que chez certaines personnes, l'amour est simple, tandis que chez d'autres, il est shakespearien ?

L'interpellée haussa les épaules.

– Je maintiens que ce n'est pas parce qu'un homme est séduisant qu'il sait…

– Ça suffit ! coupa Jezebel, parce qu'elle riait maintenant aux larmes. Vous me traitez de sotte, mais qu'êtes-vous donc toutes les deux ? J'ai envie de pleurer, et vous, vous vous moquez de moi au point de me faire rire !

Olga lui attrapa le menton pour se mirer au fond de ses beaux yeux bleus.

– Amely aurait-elle deviné juste ? Avez-vous des soucis avec votre Américain ? D'ailleurs, maintenant que j'y pense, pourquoi ne l'avez-vous pas accompagné au Rajasthan ?

– Mais… parce que j'étais fatiguée… balbutia Jezebel. Je suis très fatiguée en ce moment… Le voyage m'a épuisée… Et puis, je voulais voir Amely, cela fait si longtemps… De toute façon, il ne m'a pas demandé de l'accompagner.

– Et donc, en jalouse parfaite, vous vous imaginez des choses ?

– Je n'imagine rien, c'est juste que je m'interroge… J'ai quand même le droit de m'interroger ! Je déteste quand il part au loin. Vous pouvez me traiter d'idiote aussi longtemps que vous le voulez, mais il me manque terriblement. Et puis j'ai peur. J'angoisse toujours quand il n'est pas là. S'il lui arrivait quelque chose, un malheur, n'importe quoi… je crois que j'en mourrais dans l'instant, là, tout de suite, les bras en croix…

Elle n'avait pas encore fini ses lamentations qu'Amely se mit brusquement à glousser.

— Ma pauvre petite chérie, je viens de comprendre ce qu'il vous arrive ! Ces sautes d'humeur, ces angoisses, cette fatigue… Ma parole, mais vous êtes enceinte !

Jezebel la regarda sans comprendre. Qu'était-elle en train de dire ? Était-il possible qu'elle soit enceinte ? Certes, elle était fatiguée, molle et paresseuse, et elle passait du rire aux larmes sans raison ; en outre, depuis quelques jours, elle ne supportait plus l'odeur du bacon grillé, mais…

— Je serais enceinte ? répéta-t-elle, pas encore convaincue. J'ai un peu de retard, c'est sûr, mais, vraiment, je n'avais pas pensé…

Elle réfléchissait à toute allure, remarquant subitement sa taille plus épaisse et sa poitrine plus ronde.

— Saperlipopette ! s'exclama-t-elle, confondue.

Il lui fallut quelques autres secondes pour bien digérer la nouvelle, avant qu'elle ne s'exclame, riant et pleurant tout à la fois :

— Mais du coup, c'est plutôt normal que je pleure pour un rien ! Ce n'est pas uniquement parce que j'ai le cœur trop rempli d'amour ?

Olga la prit dans ses bras.

— Ma chérie, comme si avoir trop d'amour en soi pouvait être un péché ! Il n'y a que vous pour avoir toujours des idées aussi saugrenues.

*

À la nuit noire, une ombre sortit des communs et longea les murs de la Villa Esket. À son *dhotî* serré autour des jambes, on devinait un Indien bihari.

Il faisait partie du personnel et était employé comme jardinier. Il avait de grosses moustaches broussailleuses qui cachaient à demi le bas de son visage, et des yeux chafouins.

Profitant des bosquets, il se faufila jusqu'à l'entrée du parc, attendit caché derrière les troncs jumeaux d'un palmier Windamere[1] que le gardien entame sa ronde. Lorsque ce dernier se fut éloigné, il sortit dans la rue et remonta jusqu'au carrefour. Là, il tourna dans une ruelle transversale où attendait une magnifique automobile Hispano-Suiza. Grande et luxueuse, elle était stationnée en bordure d'un fossé. Sa carrosserie bleu ciel et ses enjoliveurs étaient tellement astiqués qu'ils brillaient dans la nuit.

Lorsque le Bihari s'en approcha, le chauffeur en sortit.

Cet homme-là avait une très forte corpulence. C'était un Moghol aux yeux bridés, presque aussi large que haut. Son visage n'avait pas d'âge à force d'adiposité. Sur le sommet de son crâne partait une natte qui finissait par battre dans son dos.

Il approcha d'une démarche particulièrement silencieuse qui contrastait avec sa corpulence. Ses bras aussi larges que des massues, terminés par des mains semblables à des battoirs, se balançaient en lui donnant l'air d'un singe à la puissante stature.

Le jardinier bihari le salua servilement. En même temps, il jeta un coup d'œil anxieux vers la banquette arrière. Une vague silhouette vêtue de blanc y tétait un cigare. Dans l'obscurité de l'habitacle, ce petit bout rougeoyant attirait tous les regards.

Le Moghol lui posa plusieurs questions. Son accent était râpeux, presque querelleur. Le Bihari lui répondit de son mieux. Il craignait de mal faire. Heureusement,

1. Variété de palmier *Trachycarpus*.

ses réponses durent être satisfaisantes, car l'homme au cigare, lorsqu'il les entendit, les approuva d'un petit geste de la main. Aussitôt, le chauffeur moghol sortit une bourse remplie de roupies et la jeta vers le Bihari.

Ce dernier l'attrapa au vol, tandis qu'on lui donnait l'ordre de continuer à espionner de la sorte. Enfin, il repartit vers la Villa Esket. Il ne pouvait s'empêcher d'afficher un sourire heureux, car la bourse était lourde, et la tâche assez simple.

20

17 décembre 1924
Calcutta – Inde

Hùshì était incroyablement heureuse. Elle n'aurait pu rêver de vie plus belle. À toute heure du jour et de la nuit, elle n'avait qu'une chose à faire : s'occuper du bonheur de sa petite Lián chérie. Le matin, elle se levait en chantonnant dans le seul but de la choyer. Tout était calme et ordonné. D'abord, elle veillait à ce que la fillette fasse un brin de toilette. Ensuite, elle l'aidait à choisir ses vêtements, à s'habiller, puis la faisait déjeuner. Elle était là comme une ombre bienfaisante, qui sait ce qui est juste et bon. À table, elle choisissait à l'aide de ses baguettes les meilleurs morceaux pour les lui mettre dans son assiette, et l'inciter à manger, encore manger, car il fallait que l'enfant grandisse harmonieusement. Au cours de la journée, elle lui apprenait le français et le chinois, c'était une des conditions imposées par *missy* Jezebel, mais cela n'était en rien pesant. Au contraire, pouvoir lui parler dans sa langue natale était un pur contentement, tout comme la faire tracer au pinceau sur un papier de riz de beaux caractères délicats. Elle trouvait la petite très douée, très précoce, et elle était fière de le raconter à sa mère, qui, comme elle, se réjouissait des progrès de l'enfant.

Oui, Hùshì était heureuse. Sa vie était magnifique. Elle débordait d'amour et de reconnaissance envers *missy* Jezebel qui lui offrait cette existence, qui lui faisait confiance, et qui était pareillement heureuse de voir leur petite Lián chérie grandir aussi bien, avec tant de joie et de curiosité. Tous les jours, elle remerciait les dieux de lui avoir permis de trouver une place dans une famille aussi harmonieuse. Elle serait éternellement reconnaissante à *mister* Jan qui l'avait sauvée d'une vie misérable auprès d'un *towkay* à qui elle avait appartenu comme une chose. Pour lui, pour eux, elle se savait capable de donner sa vie.

Elle serait heureuse tant que son bébé le serait. Or, en ce moment, Lián était très heureuse. Tous les jours, le *raajdoot* Mukhy Aadamee venait les chercher dans la belle limousine décapotable De Dion-Bouton gris argent du maharaja de Mahavir. Elles étaient accueillies au Sun Mahal en véritables princesses. Dès l'entrée, elles recevaient mille courbettes de la part des serviteurs accourus. Puis elles étaient escortées par des gardes qui leur faisaient traverser une aile privative du palais. Tandis que la fillette s'installait dans une salle d'études ouverte sur une terrasse débordant de jasmin, elle s'asseyait sur des coussins dans la pièce attenante. Aussitôt, elle était servie par de discrets domestiques qui lui amenaient des boissons et tout un assortiment de friandises. Après cela, elle se retrouvait seule et n'avait rien d'autre à faire qu'écouter avec ravissement la jeune voix qui lui parvenait de l'autre côté d'un rideau de perles.

Elle s'approchait autant que possible. Les perles dansaient dans les courants d'air en produisant un doux bruit. Elle respirait alors le parfum du jasmin qui montait du jardin invisible. Elle entendait le cri des paons et le jacassement d'un perroquet. Parfois, il y avait le rugissement d'un tigre tout proche. Elle avait compris qu'il provenait d'une cage où le fauve était enfermé. En regardant autour d'elle, elle voyait des murs chargés de bas-reliefs étranges, avec des femmes aux seins ronds, ployées dans des poses lascives, et des guerriers tout aussi nus, qui brandissaient des javelots. Il y avait des mosaïques incrustées de gemmes précieuses, des arcades ajourées donnant sur d'autres pièces et, toute proche, une niche abritant un dieu à tête d'éléphant, grassouillet et débonnaire, devant lequel brûlaient des cônes d'encens.

Hùshì connaissait ce dieu, qui avait le teint rouge et un bon air d'enfant malicieux. C'était le dieu Ganesh, connu dans toute l'Asie jusqu'au Japon, le dieu de la sagesse et de l'intelligence, des écoles et des travailleurs du savoir. Elle savait qu'elle se trouvait dans une école. Avant d'être amenée dans cette alcôve, elle avait vu de nombreux hommes occupés à écrire sur de tout petits bureaux. Détail amusant, ils attachaient parfois leur longue natte au mur par un crochet afin de ne pas être gênés pendant leur étude.

Partout dans le palais du maharaja, l'atmosphère était douce et paisible. Hùshì n'était pas dépaysée, elle avait vécu dans les grandes maisons des riches Chinois de Singapour, également calmes et feutrées. Elle connaissait depuis longtemps le luxe raffiné des *towkays* d'Indochine, paré de couleurs sombres et précieuses, rempli de meubles laqués de rouge, de bancs ornés de paravents ajourés et de grandes armoires finement incrustées de nacre qui montraient des grues porte-bonheur en train de danser. Elle avait eu sous ses ordres des myriades de serviteurs qui la jalousaient parce qu'elle était une concubine trop jeune. Elle avait toujours craint pour sa vie. Les empoisonnements étaient monnaie courante dans les maisons chinoises où la quête du pouvoir se faisait silencieusement, derrière des paroles faussement aimables.

Ici, rien de comparable. Le palais du maharaja de Mahavir était une merveille grandiose et joyeuse, emplie de lumière et du chant des oiseaux. Il était ouvert sur l'extérieur par des balcons majestueux, des galeries ombragées qui rafraîchissaient l'air brûlant, et autant de cloisons ajourées. Les détails s'accumulaient, pêle-mêle, proches de la surcharge. Pourtant, de cet amoncellement naissait une étrange harmonie, quelque chose d'un peu tumultueux, indéniablement sensuel, et aussi très gai.

Hùshì sourit. Dans la pièce d'à côté, sa petite Lián chérie venait d'éclater d'un rire volubile. Son maître, un vieil Hindou muni de lunettes rondes, au crâne entièrement rasé, s'efforçait de la corriger dans sa prononciation. Les deux cousins participaient aussi à la leçon, mais ils étaient remuants et parfois indisciplinés. Hùshì constata rapidement, avec beaucoup de fierté, que sa protégée était la meilleure élève. Rien qu'en l'écoutant, on pouvait croire qu'elle avait toujours vécu ici.

— Mon bébé, chuchota-t-elle avec ravissement, mon bébé d'amour, ma petite *Liánhuā*[1] chérie…

Le temps passait vite. Cela faisait déjà deux ou trois semaines qu'elles venaient au Sun Mahal. Dans la Villa Rose, le Saint-Nicolas était passé, amenant des bonbons. Il y avait eu d'autres belles journées. Hùshì se souvenait surtout de l'anniversaire de Lokesh, le fils aîné du prince Omja, né un 15 décembre, et de l'extravagant match de polo organisé en son honneur à dos d'éléphants. Elle s'en souvenait en riant, tant elle avait trouvé drôle de regarder ces énormes pachydermes « courir » après une toute petite balle blanche, puis tenter d'accélérer la cadence sous les vivats de la foule enthousiaste installée dans les tribunes. Chaque éléphant portait deux cavaliers : son cornac, qui le guidait dans le jeu, et le joueur qui tenait le

1. Rappel, signifie bouton de lotus en chinois, un surnom affectueux donné par Hùshì à Mary-Leela.

maillet et s'efforçait de marquer des points. Les éléphants rouges avaient gagné contre les bleus. Lokesh avait été heureux : c'était l'équipe qu'il s'était choisi.

Quelques jours plus tard, la duchesse Olga Marushka Obolenski avait organisé une course de lévriers. Son élevage de barzoïs prenait de l'ampleur. Pour être certaine de vendre tous les chiots à naître, la duchesse avait lancé des festivités spectaculaires. Au cours d'une garden party très sélecte, elle avait invité les notables anglais les plus en vue, quelques richissimes négociants bengalis et les maharajas des alentours.

La fête avait été grandiose. Le vice-roi en personne avait daigné faire une courte apparition, et le journal *The Times of India*, dont le siège était pourtant à Bombay, avait pris la peine d'envoyer un correspondant couvrir l'événement. Pour la première fois en Inde, des lévriers avaient couru sur une piste ovale après un lièvre mécanique qu'Olga Obolenski venait d'acquérir auprès d'un inventeur américain, Patrick Owen Smith. Après la course, tous les chiots avaient été vendus avant même d'être nés.

Le temps s'était donc écoulé ainsi, rempli de festivités et de joie. Un jour, la leçon fut annulée. À la place, dès leur arrivée, Lián et sa nourrice furent conduites dans une autre partie du palais, loin, très loin de l'entrée principale, dans une sorte d'écurie géante. Les bâtiments étaient immenses, les plafonds très hauts et les portes garnies de grilles épaisses. D'énormes râteliers de foin étaient fixés à hauteur d'homme, et une odeur montait dans la chaleur de l'après-midi, forte et sauvage.

D'innombrables domestiques nettoyaient les stalles et balayaient les chemins. Certains passaient avec des pelles pour ramasser de monstrueux crottins. Attirés par une nourriture invisible, des gangas s'abattaient sur les toits, tandis que des oiseaux de toutes les couleurs, effrontés, venaient grappiller des miettes jusqu'entre les chaussures.

La petite Lián avait très vite compris, mais Hùshì avait dû attendre de voir l'éléphant.

Soudain, un silence quasi religieux s'était abattu, et un cornac uniquement vêtu d'un *dhotî* avait amené un gigantesque animal en le guidant avec lenteur. Le pachyderme était colossal, même pour un éléphant. Plus de trois yards de haut, la largeur d'une armoire, le gris d'une falaise dont il semblait d'ailleurs avoir la même texture gréseuse. Il agitait tranquillement ses oreilles pour s'éventer, et le bout de sa trompe furetait partout.

Pour Hùshì, la confrontation fut très impressionnante. Elle ne s'était jamais trouvée aussi proche de l'un d'eux.

Pour Lián, ce fut tout le contraire. Dès qu'elle vit l'animal, elle poussa un cri de joie et se serait mise à courir si Mukhy Aadamee, le *doot* surgi de nulle part, ne l'avait retenue en la saisissant par l'épaule.

— Ne cours jamais devant un éléphant, princesse, lui dit-il d'une grosse voix. Il faut toujours se montrer sage et mesuré. Les éléphants sont sujets à la panique, or Hātirāj, tout roi éléphant qu'il est, ne te connaît pas encore.

Le maharaja avait écourté les doléances d'un de ses ministres pour venir lui-même remettre le cadeau qu'il avait promis à sa petite-fille. Comme à chaque fois qu'elle le voyait, la fillette s'était naturellement nichée dans ses bras. Elle avait appuyé sa joue contre les quatre rangs de perles qui roulaient sous sa peau et murmuré avec bonheur :

— Oh, merci, *Daada*, merci !

Brusquement, elle s'était rappelée ses récentes leçons et, cherchant à faire plaisir au vieil homme, avait soigneusement articulé :

— *Dhanyavaad*[1], *Daada*.

Puis ils prirent le temps de faire connaissance avec l'éléphant. Mani Sarthak avait expliqué avec des mots simples que Hātirāj avait été l'éléphant de son fils Charu, qui était malheureusement mort. Il était très heureux de l'offrir à sa petite-fille préférée.

— Mais *Daada*, avait répliqué la fillette avec malice, tu sais bien que je suis ta seule petite-fille.

Le maharaja avait eu une moue malicieuse. C'était vrai. Par un sort extraordinaire, tous ses autres petits-enfants, une douzaine tout de même, étaient des garçons. C'était une bonne chose, car en Inde, rien n'était plus important qu'une maison remplie de garçons. À sa mort, le trône reviendrait à son fils Omja, et après lui à son petit-fils Lokesh. Surtout, il n'y aurait jamais de problème de succession, et encore moins de mainmise des Britanniques sur ses terres, comme il avait vu que cela arrivait parfois lorsqu'il n'y avait pas d'héritiers directs.

— Il n'empêche, *meree gajale*[2], avait-il répondu en souriant largement, tu es tout de même ma petite-fille préférée.

L'éléphant fut amené pour qu'elle puisse le toucher, le caresser. Elle lui offrit une arachide posée bien à plat sur sa main. Elle était émerveillée par la trompe qui saisissait délicatement la friandise et l'engloutissait dans une énorme bouche d'un rose incroyable. Vue de près, la peau était à la fois plissée et rugueuse, mais néanmoins douce, grise et rosâtre, en apparence épaisse, et cependant fine au point d'être irritée par les insectes ou le soleil. Partout, elle était parsemée de gros poils noirs qui

1. Merci, en hindi.
2. Ma gazelle.

sortaient de son cuir comme des épines, car ils étaient très durs au toucher.

Dès ce jour, Lián vit régulièrement son éléphant et n'en eut jamais peur. Au contraire, elle se collait avec témérité contre les énormes pattes grises, semblables à des colonnes. Elle caressait du doigt les rides et les plis, chassait les mouches qui venaient se poser près de l'œil, cet œil extraordinaire bordé par de longs cils magnifiques, qui paraissait l'observer avec un rire intérieur, à moins que ce ne fut plus simplement un rêve d'éléphant, très doux, très sage.

Le *mahout*[1] donnait des ordres en s'aidant de la voix, de la main et des pieds. Il tenait un outil en apparence barbare, qu'il nommait *ankus*. Cet objet, formé d'un manche en bois décoré et d'une pointe munie d'un crochet en acier, servait à punir l'éléphant lorsque ce dernier ne voulait pas obéir.

La fillette s'en indigna, refusant qu'on fasse du mal à son éléphant, mais le *mahout* expliqua avec force sourires que l'*ankus* ne servait qu'à impressionner l'animal afin qu'il se rappelle qui était le maître : un bon cornac n'utilisait jamais la violence, car l'éléphant était rancunier et risquait tôt ou tard de vouloir se venger. Parmi les cornacs, de nombreuses histoires se transmettaient de génération en génération, pour bien garder à l'esprit que, parfois, un dresseur d'éléphant mourait piétiné.

La petite princesse écoutait tous ces récits avec de grands yeux attentifs, et le *mahout*, pour lui faire plaisir, tapota plusieurs fois son index sur la trompe. Sous cet ordre, cette dernière vint s'enrouler autour du corps de l'enfant et le souleva quelques instants. Hùshì prit peur,

1. Autre terme pour cornac.

mais Lián fut tellement ravie de l'expérience que, quelques instants plus tard, elle se retrouvait assise sur le dos de l'éléphant et emmenée pour sa première promenade.

Ce fut un beau spectacle que de voir cet énorme éléphant suivre les remparts millénaires en avançant sur un chemin de ronde prévu pour ses semblables et permettre ainsi de regarder en contrebas tout le delta du Gange.

Dans les jours qui suivirent, la fillette n'eut que le nom de son éléphant à la bouche : Hātirāj par-ci, Hātirāj par-là… Et comme Hùshì, lorsqu'elle revenait à la Villa Rose, racontait mieux que personne ces rencontres extraordinaires, Jezebel lui confia finalement l'appareil photographique de Jan Lukas, avec ordre de faire le plus de clichés possibles.

Jezebel avait hésité à les accompagner. Elle mourait d'envie de voir cet éléphant mais elle refusait de s'immiscer entre sa fille et son grand-père. Ils semblaient bien s'entendre, c'en était un miracle, aussi tenait-elle à ce qu'ils profitent de ces moments privilégiés, seul à seule. Elle trouvait juste qu'après avoir attendu aussi longtemps, le maharaja ait enfin l'occasion de bien connaître l'enfant de son fils.

Pendant les leçons, Jezebel se forçait donc à attendre à la Villa Rose, en essayant de s'occuper au mieux. Elle aidait Olga dans son intendance avec les chiens. Elle se lançait dans des essais de pâtisserie. Elle peignait dans le jardin ou restait simplement à ne rien faire, assise dans le pavillon devant le fleuve, en regardant les bateaux passer. Elle avait un livre ouvert sur les genoux en guise d'excuse pour faire croire qu'elle lisait alors qu'elle se contentait d'être là, amollie par la vie.

Comme toujours, l'absence de Jan lui pesait. Il avait prévu de revenir le 19 décembre. Or, c'était long, trop long pour son corps impatient, trop long pour la nouvelle qu'elle voulait lui annoncer. Elle passa délicatement sa main sur son ventre. Les jours s'écoulaient, interminables, même si elle s'efforçait de les remplir de mille et une choses. Les nuits étaient pires. D'heure en heure, elle se tournait et retournait sans parvenir à trouver le sommeil. À la longue, elle se levait et s'asseyait sur son balcon, dans une chaise à balancelle, pour regarder les lumières électriques qui donnaient au ciel de Calcutta une lueur orangée. Elle écoutait le parc bruisser de mille sons. Parfois, elle s'endormait avant l'aube, et Uma la trouvait ainsi, recroquevillée sous un châle qui ne suffisait pas à la réchauffer.

Olga s'en aperçut et essaya de lui changer les idées en la traînant dans les magasins. De nouvelles boutiques s'étaient ouvertes sur l'avenue commerçante de Chowringhee Road, dont certaines proposaient des collections importées de Paris. La Russe n'avait pas changé : elle aimait toujours autant la mode et les colifichets. Depuis que le prince Omja était entré dans sa vie, elle craignait encore plus de vieillir et elle dépensait un argent fou dans des pots de crème destinée à effacer les rides.

Elle angoissait à tort, car elle avait toujours cette beauté originale, un peu exotique, magnifique, qui se complaisait dans la maturité. Son teint délicieusement clair était réveillé par une bouche rouge baiser, et un œil au moins aussi charbonneux que ceux des actrices du cinématographe dont elle surveillait les moindres lubies. Jezebel la prenait dans ses bras pour la rassurer. Elle lui disait, il vous aime, ils nous aiment, et elles s'abîmaient toutes deux dans la nostalgie des absents, en se disant des mots sucrés pour se consoler.

Olga continuait à arpenter les parfumeries, mais elle pensait aussi layette : il fallait bien préparer l'arrivée du bébé. Jezebel tentait de la retenir, car il était encore trop tôt, mais la Russe montrait dans ces préparatifs un enthousiasme extravagant. À l'approche de Noël, elle eut l'idée de décorer le salon avec une profusion de minuscules chaussons pour que Jan, dès son retour, comprenne la situation d'un seul regard. Elles en avaient ri toute la journée.

Au début, Jezebel avait pensé prévenir le futur papa par télégraphe, puis elle avait abandonné cette idée qu'elle jugeait trop impersonnelle. À la Saint-Nicolas, Jan avait téléphoné d'un obscur bureau de poste perdu dans une petite ville du Rajasthan pour lui donner quelques nouvelles. Il ne cessait de lui répéter que ses petites femmes lui manquaient. Il avait aussi raconté qu'il logeait dans une garnison militaire, au confort spartiate, qu'il dormait sur un lit de camp dont les pieds étaient mis dans des bassines remplies de pétrole afin que les scorpions n'y grimpent pas. Elle entendait à sa voix qu'il était heureux et cela lui pinçait un peu le cœur, car elle ne participait pas à ce bonheur-là. Il lui annonça qu'il avait trouvé de magnifiques chevaux. Il espérait encore mettre la main sur un étalon exceptionnel, et, pourquoi pas, sur une belle jument…

Elle l'avait écouté, hésitant à l'interrompre. En fin de compte, elle n'avait rien dit. Elle préférait lui annoncer la nouvelle de vive voix. Le voir en face d'elle. Guetter ses sentiments sur son visage, dans ses yeux. Elle n'osait pas s'avouer qu'elle craignait un peu sa réaction. Serait-il heureux de ce futur enfant ? Ils n'en avaient jamais parlé. Ils s'étaient toujours contentés de faire l'amour, avec passion et insouciance. Elle trouvait l'idée d'Olga de mettre des chaussons de bébé partout vraiment merveilleuse. Elle en riait par avance, essayant d'imaginer la tête que Jan ferait lorsqu'il comprendrait.

C'était tout ce qu'Olga voulait.

Depuis qu'elle savait sa jeune amie enceinte, la Russe la couvait avec l'inquiétude d'une mère poule.

*

Lián était assise dans la confortable De Dion-Bouton qui la ramenait à la Villa Rose et ne cessait de parler de son éléphant. Pour elle, lorsqu'il s'agissait du merveilleux Hātirāj, tout était prétexte à s'extasier : ce que l'animal mangeait, la quantité qu'il avalait, le bain qu'il prenait dans la rivière, la poussière dont il aimait s'asperger pour se protéger des moustiques, les troncs d'arbres qu'il était capable de déplacer avec sa seule trompe, sa patte, énorme, avec laquelle il écrasait des noix, et toutes ces autres choses, ces mille autres choses stupéfiantes…

Hùshì riait de la découvrir si enthousiaste et si savante. Elle était très fière d'elle.

Mukhy Aadamee était assis à l'avant comme à l'accoutumée, à côté du chauffeur indien. Parfois, il se mêlait à la conversation. Lián écoutait très sagement ce qu'il lui disait. Elle aimait beaucoup ce géant vêtu de rose bonbon ou de rose dragée, qui avait toujours des surprises dans ses poches. Parfois, elle le trouvait très impressionnant, avec sa barbe de plus en plus grise, ses sourcils broussailleux, son regard un peu jaune assez semblable à celui du tigre de *Daada*. Elle avait bien compris qu'il était là pour veiller sur elle, pour la protéger elle ne savait pas bien de quoi, elle en était très fière, parce qu'avec lui, elle se sentait la reine du monde.

Tandis qu'ils discutaient joyeusement, lui observait par habitude les détails de la route. Depuis quelques jours, il avait l'impression qu'on les suivait, mais il ne parvenait pas à déterminer avec précision de quoi il s'agissait. Le trajet qu'ils empruntaient était toujours le même :

de jour en jour, ils croisaient les mêmes vaches blanches et maigres, couchées en travers du chemin à la sortie d'un virage, les mêmes enfants qui couraient à côté de l'automobile le temps de traverser leur village, les mêmes files de paysans lourdement chargés qui menaient des bœufs attelés à ces carrioles croulant sous les ballots. Partout, la même poussière s'élevait sous les pneumatiques, masquant parfois les femmes en sari qui revenaient de la fontaine avec leurs jarres en équilibre sur la tête, et ces autres qui travaillaient dans les rizières, courbées depuis le matin sous un soleil ardent… Les champs se succédaient, verts ou jaunes, roses ou blancs. Il y avait la moutarde en fleurs, et l'indigotier. Les plantations de sisal, les figues de Barbarie, les manguiers sur le bord de la route. Les pavots sur les lointaines collines. Sur certaines parcelles, c'était le temps des moissons. Sur les autres commençait celui des semis.

Pour aller de la Villa Rose au Sun Mahal, il fallait d'abord traverser la presque totalité de Calcutta, longer l'Hooghly sur plusieurs miles, passer par des rues grouillantes, avec des mendiants couchés à même le sol au milieu des détritus, et longer tous ces commerçants de rue dont certains n'avaient qu'une bouilloire en mauvais équilibre sur trois pierres pour proposer du thé.

La ville offrait partout un contraste saisissant. D'un côté, il y avait le tramway, les automobiles des Européens astiquées par les chauffeurs, et les usines, de plus en plus nombreuses, qui obscurcissaient le ciel d'un épais nuage gris. De l'autre, il y avait des ânes ployant sous les balles de coton en plein milieu de la route, des hordes de singes qui dévalisaient les étals des marchés comme des gangs de voyous et, surtout, la foule cosmopolite, allant du sage à l'affamé, du nabab à l'universitaire, du coolie à l'employé administratif. Puis les faubourgs s'espaçaient, et les champs s'imposaient. La chaleur n'était pas encore caniculaire, mais déjà le paysage devenait ocre, avec au milieu un grand fleuve gris.

Le désagréable sentiment d'être suivi perdurait. À plusieurs reprises, Mukhy se retourna pour observer la route derrière eux mais il ne remarqua rien de tangible. Il ne comprit le piège qu'en arrivant devant la grille de la Villa Rose, lorsqu'il fut trop tard.

Devant la De Dion-Bouton, une camionnette Fiat d'avant-guerre jaillit d'un chemin de traverse et lui coupa la route. Le chauffeur jura, donna un brusque coup de volant pour éviter la collision. La limousine fit une embardée, patina à droite, à gauche, avant de percuter un mur de soubassement et de se retrouver avec une roue dans le fossé.

Dès lors, tout alla très vite. Une charrette à bras fut tirée derrière elle pour l'empêcher de faire marche arrière. Des hommes se précipitèrent, armés de pistolets-mitrailleurs. Mukhy empoigna la petite Lián pour la ramener à l'avant. Il lui baissa la tête tandis que le chauffeur ouvrait la portière avec colère et ordonnait aux arrivants de dégager la charrette. Une salve lui déchira la poitrine. Lián piailla d'effroi. Mukhy la bâillonna. Sur la banquette arrière, Hùshì se mit à hurler. Une balle en plein front la fit taire soudainement.

Mukhy entrouvrit la portière et se laissa glisser au sol, entre l'automobile et la grille qui délimitait la propriété. Lián s'accrochait à son cou comme un petit singe affolé. Il la serra d'un bras, tout en rampant à demi dans les herbes. On lui cria de ne pas bouger, de ramener la gamine. Il la serra plus fort contre lui, évalua la distance qui séparait le fossé d'un buisson, sut qu'il n'y arriverait pas mais tenta tout de même le coup parce qu'il n'avait pas le choix. Il bondit. Une salve de fusil-mitrailleur lui faucha les chevilles. Il rugit de douleur, s'écroula dans l'herbe qui rougit immédiatement. Lián roula en même temps que lui, la respiration coupée. Elle tomba dans le fossé rempli d'eau, suffoqua. Mukhy l'attrapa par les vêtements, la jeta vers l'avant.

— Cours, hurla-t-il tandis qu'elle hoquetait.

Elle recula en titubant, elle avait perdu une chaussure et glissait dans l'herbe et la boue. Un homme vint dans leur direction. Il était maigre, le visage féroce de ceux qui n'ont rien à perdre. Mukhy lui fit face en hurlant de douleur. Il avait la jambe brisée et ne pouvait plus se lever. Il dégaina son poignard, le lança dans le même élan. L'homme maigre le reçut en travers de la gorge. Il tomba à genoux en poussant d'atroces borborygmes, les mains accrochées à son cou d'où pulsait du sang par saccade. Son complice l'enjamba sans faire montre d'un quelconque état d'âme. Il leva son pistolet-mitrailleur, tira. Mukhy fut touché une dizaine de fois. Il s'affaissa dans le fossé, le visage dans l'eau, sa belle tunique rose déchiquetée par des impacts de balle.

Affolée, Lián fit volte-face et s'élança hors du fossé. Elle galopa vers les hautes herbes en croyant qu'elle pourrait s'y cacher. Un troisième homme qu'elle n'avait pas vu la cueillit comme une fleur.

Cet homme était un énorme Asiatique presque aussi large que haut, qui la saisit par le col avec une main en forme de battoir. Il la brandit tel un trophée. Reconnaissant le Moghol qu'elle avait rencontré quelques jours auparavant, alors qu'elle accompagnait sa mère au bazar, elle se débattit de plus belle. Elle cria, rua, frappa de ses poings. Elle griffa jusqu'au sang, mordit de toutes ses forces. Le Moghol éclata d'un rire mauvais.

Il la traîna jusqu'à une automobile garée en travers de la route. La jeta sur la banquette arrière. Des domestiques accouraient de la Villa Rose. Ils avaient entendu le tapage et venaient aux nouvelles. Ils furent mitraillés sans pitié. Le plus proche tomba, les autres s'égaillèrent en tous sens. L'automobile démarra dans un crissement de pneumatiques.

Elle était déjà loin lorsque Jezebel déboula sur la route. Malgré cela, la jeune femme courut à perdre haleine dans le sillage pulvérulent. Elle ne cessait de hurler :

— Ma fille ! Lián ! Lián !

L'automobile disparut au bout du virage ; Jezebel tomba à genoux dans la poussière, en criant encore et encore le nom de sa fille kidnappée.

*

Elle ne voyait plus rien. Elle n'entendait plus rien. Elle s'était affaissée sur la route, hurlait et pleurait mais ne s'en apercevait même pas. Ou plutôt, elle ne remarquait que ce cri qui sortait de son ventre, broyait son cœur, montait de sa gorge pour finir sur ses lèvres sans jamais s'interrompre.

Olga vint la ramasser. Elles s'accrochèrent l'une à l'autre en titubant. Marchèrent jusqu'au lieu du massacre, tétanisées par l'effroi. Le chauffeur était tombé en arrière. Sa poitrine n'était qu'un trou de sang. Jezebel avança encore. Elle avait été infirmière. Des réflexes revinrent. Elle se pencha vers le corps, posa ses doigts sur la jugulaire, ne sentit aucun pouls. Continua à avancer mécaniquement. Olga tenta de la retenir, des domestiques firent de même. Elle se dégagea durement. Il fallait qu'elle voie la scène de ses propres yeux.

Mukhy Aadamee était à demi affalé dans le fossé, la tête et le haut du buste enfoncés dans une eau écarlate.

Sous lui, une de ses jambes était tordue dans un angle invraisemblable. Elle chercha également son pouls tout en sachant qu'il était trop tard. Le *raajdoot* était mort. Son beau vêtement rose contrastait pitoyablement avec l'herbe écrasée et la terre molle qui absorbait tout.

Elle remonta le fossé jusqu'à l'automobile. Elle marchait difficilement, ses pieds étaient entravés par des herbes et des ronces, à moins que ce ne fût par la peur de ce qu'elle allait découvrir. Elle savait. On sait très vite lorsque le malheur s'impose. L'espoir n'est là que pour mettre un pied devant l'autre, et avancer, avancer, jusqu'à s'écrouler de chagrin.

L'avant de la carrosserie était encastré dans une souche d'arbre. Toutes les portières étaient ouvertes. Sur la banquette arrière gisait Hùshì. Elle arborait au milieu du front un curieux bindi rouge qui ne venait d'aucune coutume de l'Inde. On aurait pu croire qu'elle dormait, s'il n'y avait eu ses yeux grands ouverts.

Jezebel gémit comme un animal blessé. Olga voulut lui saisir la main pour la réconforter, pour l'éloigner, mais elle la repoussa. Elle rampa jusqu'à prendre la jeune Chinoise dans ses bras. Le corps était frêle mais il avait une lourdeur de plomb. Elle tomba assise en le serrant contre elle comme s'il s'agissait de son enfant. Elle se mit à pleurer dans un silence qui parut à tous encore plus difficile à supporter que n'importe quel cri.

Les domestiques se regroupèrent, les épaules basses. Elle ne les voyait pas. Elle ne les entendait pas. Elle embrassait la joue pâle qui, malgré la mort, conservait son beau teint de porcelaine. Sous ses lèvres, la peau était douce, chaude, irréelle. Il lui fallut plusieurs minutes pour comprendre que ce visage était mort, irrémédiablement figé dans sa moue de poupée immobile.

Elle cria :

— Pardon… pardon !

Tout était de sa faute. Elle était revenue en Inde sur les terres de son ennemi. Elle avait été idiote de croire que le passé était oublié, que les vieilles convoitises n'existaient plus. Elle avait pensé que tout était réglé, que chacun pouvait avancer sans plus jamais se soucier de l'autre.

Sauf que tout venait à nouveau de s'embraser, que son beau petit monde parfait basculait une fois de plus dans l'horreur. Des êtres chers venaient encore de disparaître. Elle se détourna pour vomir. Olga la força à sortir de l'automobile. La serra contre elle. Elle s'accrocha à ses épaules en hoquetant.

— J'aurais dû être avec elle… J'aurais dû être dans cette automobile à sa place…

Olga la serra plus fort.

— Ce n'est pas de votre faute, voyons…

Mais la révolte était là, qui chassait tout chagrin, toute peur. Jezebel s'écria de plus belle :

— Hùshì est morte à cause de moi ! Et maintenant ma fille… ma fille…

La rage brûlait dans ses veines, amenant un voile rouge devant ses yeux. Elle repoussa Olga. S'éloigna telle un automate, rapide et raide. Rien n'était encore clair et pourtant elle tenait le fil d'une idée. Elle s'y accrocha comme à une bouée.

Elle remonta l'allée gravillonnée jusqu'à la villa. Maintenant, elle courait presque. Olga fit prévenir la maréchaussée puis la poursuivit.

— Jezebel, où allez-vous ? cria-t-elle, inquiète devant son attitude déterminée. Que voulez-vous faire ?

Elle la vit monter à l'étage pour s'enfermer dans sa chambre, en fut presque rassurée. Pleurer lui ferait du bien.

Sauf que Jezebel ne se jeta pas sur son lit en sanglotant. Au contraire, elle arpenta les tapis avec une énergie d'aliénée. Elle sanglotait encore, le nez collé dans un mouchoir trempé, mais elle laissait de plus en plus s'exprimer une colère froide, résolue.

Au bout de quelques instants, elle se décida. Elle s'arrêta devant l'armoire, ouvrit le battant et sortit son sac de voyage, celui tout usé et tout couturé qu'elle emmenait dans chacun de ses déplacements. Elle le renversa sur le plancher. S'agenouilla pour fouiller parmi les trésors qui s'y trouvaient.

Rapidement, elle dénicha ce qu'elle cherchait : une pochette de satin, fermée par un cordon. À l'intérieur, elle avait rangé le carnet de moleskine noir qui lui venait de son parrain et la boîte indienne joliment sculptée que Hùshì lui avait donnée peu de temps après le vol de la statue du démon Rakshasa.

En tremblotant, elle sortit les deux objets de leur enveloppe de soie, les posa sur ses genoux. Elle les regarda longuement, sans y toucher, se contentant d'observer avec une rage impuissante l'épais calepin fermé par un ruban élastique et la boîte ouvragée, dorée à la feuille d'or, qui reproduisait le même motif que le médaillon Sher-Cîta.

Quand cette maudite cité cesserait-elle de la poursuivre, avec son armée de démons et ses idoles vouées au malheur ? Devait-elle croire que l'effroyable Pachamashutra n'avait d'autre but que de lui prendre tous les gens qu'elle aimait ?

Elle serra les dents. Secoua la tête pour se ressaisir. Elle n'avait plus seize ans. Olga lui avait appris à ne pas être une brebis qu'on conduisait de son plein gré à l'abattoir. Elle résisterait. Elle se battrait. Et pour commencer, elle allait récupérer sa fille chez le baron von Rosenheim. Elle avait vu Mogül, son âme damnée, pousser sa fille dans l'automobile qui avait pris la fuite. L'ignoble baron était obligatoirement à l'origine du massacre.

Prise d'une folle résolution, elle ouvrit la petite boîte indienne, sortit le parchemin qui s'y trouvait, l'enfouit dans son décolleté, à l'intérieur d'un bonnet de son soutien-gorge. Dans le même élan, elle mit le carnet noir dans une des poches de sa robe, se leva et sortit de la chambre.

Elle dégringola l'escalier quatre à quatre. La Villa Rose était silencieuse, obscure, comme appesantie dans son chagrin. Tous les domestiques étaient à l'extérieur, près de la grille d'entrée, à s'occuper des morts en attendant l'arrivée de la police. Elle se hâta vers le vestibule qui ouvrait sur les communs. Olga avait l'habitude de ranger ses armes dans une vitrine. Elle trouva la clé sur le dessus de l'armoire, s'empara d'un fusil Remington en se souvenant de l'anecdote qui l'accompagnait. Olga l'avait acheté pour aider le fabricant américain qui était au bord de la faillite après qu'une importante commande russe avait été annulée par les Bolcheviks. La duchesse russe avait trouvé amusant de faire la guerre aux Rouges de cette façon assez pacifique.

« *Moi aussi, je pars en guerre* », pensa Jezebel, en épaulant le fusil pour brièvement tester s'il lui convenait.

Le Remington était un fusil de chasse au gros gibier, de calibre 12, que seul l'intendant Babou Sadhur utilisait parfois. Elle le sentit bien en main, lourd, et suffisamment impressionnant pour ce qu'elle voulait faire. D'un geste fébrile, elle renversa les boîtes de carton qui contenaient les munitions, fit basculer le chargeur comme Jan le lui avait appris en Amérique lorsqu'ils s'amusaient à tirer sur des citrouilles du côté de la pinède. Elle inséra une première cartouche, la fit monter dans la chambre, puis garnit le barillet des quatre autres. Elle referma le fusil d'un claquement sec. Quelques secondes plus tard, elle trouva les clés de la torpédo Alfa Romeo dont la duchesse était si fière et courut s'installer au volant.

Lorsque Olga entendit rugir le moteur de son automobile, elle réalisa qu'elle n'aurait pas dû relâcher sa vigilance. Elle dévala le perron aussi vite que possible. La torpédo lui fila devant le nez, lui permettant juste de tambouriner avec agacement contre la carrosserie.

Jezebel ne s'arrêta pas. Ne la regarda même pas. Olga cria, continua à courir en agitant follement les bras, puis s'arrêta, finalement vaincue par un point de côté. Avec des larmes plein les yeux, elle vit la petite Alfa Romeo bondir littéralement dans la rue et disparaître dans le crépuscule.

La nuit tombait. La Russe frissonna, trouvant soudain que le fond de l'air était froid. Elle continua cependant à marcher jusqu'à l'entrée de la propriété pour rejoindre ses gens. Son arrivée dérangea un gros oiseau qui s'envola lourdement. Elle leva la tête. Des vautours tournoyaient déjà au-dessus des corps. De temps à autre, ils tentaient de s'approcher en se posant sur le sommet de la grille, mais les boys les chassaient en leur jetant des pierres.

— Recouvrez ces malheureux avec de vieux draps ! ordonna Olga.

Des domestiques s'affairèrent. D'autres rassemblèrent du bois pour faire des feux. Sur la route à quelque distance, des badauds se rassemblaient en observant la scène. Les voisins les plus proches vinrent aux nouvelles. Ils avaient entendu les coups de feu, s'inquiétaient de ce qu'il venait de se passer. Olga dut tout expliquer. Elle tremblait de froid, d'épouvante. Elle pensait à Jezebel, partie Dieu seul savait où. Une âme compatissante lui posa une veste sur les épaules, quelqu'un d'autre la rapprocha d'un feu. Enfin, les policiers arrivèrent. L'officier vint lui poser des questions, elle l'exhorta de se rendre sans tarder à la Villa Gokhra. Elle ne doutait pas que Jezebel s'y fut rendue. Elle pressentait un drame.

— La Villa Gokhra ? releva le fonctionnaire d'un ton sceptique. Ne s'agit-il pas de la demeure du baron von Rosenheim ?

Olga opina, la gorge nouée.

— Quel drame voulez-vous qu'il y ait, duchesse Obolenski ? Le baron reçoit ce soir au moins cent cinquante invités triés sur le volet... Difficile de trouver un meilleur alibi, non ?

Elle expliqua, insista, supplia tant et tant que l'officier, agacé, la fit reconduire chez elle par un planton.

— Restez en dehors de cette histoire, duchesse Obolenski, je m'occupe de tout, assura-t-il d'un ton bonhomme, mais elle comprit qu'il ne parlait que pour la faire tenir tranquille.

Personne ne voulait se frotter au baron von Rosenheim.

Elle retourna à la maison. Babou avait fait allumer les réverbères. Une nuit noire était tombée sans qu'elle s'en aperçoive. Elle monta le perron, entra dans le salon. Là, dans un silence irréel que troublait seulement le bruit de ses talons, elle éclata brusquement en sanglots. Elle venait de se rendre compte qu'elle avait un télégramme à envoyer.

*

Jezebel ne pleurait plus depuis longtemps. Elle était devenue une rage pure et froide. Depuis qu'elle avait quitté la maison d'Olga, elle n'avait qu'une seule idée en tête : récupérer sa fille.

Elle roula à tombeau ouvert jusqu'à la Villa Gokhra. Olga en était presque la voisine et le trajet fut assez rapide. Après quelques circonvolutions dans un quartier de belles demeures dévolues aux Européens, la torpédo entra dans une vaste propriété et remonta comme une flèche la longue allée qui traversait un parc à la française. Des flambeaux marquaient la route mais Jezebel aurait pu conduire les yeux fermés, tant l'endroit lui était familier. Elle avait séjourné ici près de deux ans, lorsque son parrain, sir Deckard, l'avait sortie de son pensionnat anglais pour la faire venir en Inde. Il avait été fier de lui annoncer que, dorénavant, ils seraient tous les deux logés ici, dans la demeure d'un aristocrate suisse d'origine allemande, le baron von Rosenheim, richissime trafiquant d'opium, et bizarrement féru d'antiquités indiennes.

Elle y avait passé deux années de cauchemar, durant lesquelles elle n'avait pas su quoi inventer pour échapper à la convoitise de son hôte. Le baron voulait l'épouser. Il l'avait marchandée comme un ballot de *chandoo* auprès de son parrain, assurant à ce dernier le financement de ses recherches archéologiques. Elle avait à peine seize ans, il était son aîné de plus de vingt ans. Il était violent et cruel, et tout était allé de mal en pis lorsqu'elle avait incidemment appris qu'il était capable d'aller jusqu'au meurtre pour obtenir ce qu'il voulait. S'intéressant brusquement aux travaux de Deckard qui parlaient d'une cité perdue un peu trop remplie de trésors pour le laisser indifférent, il n'avait pas hésité à éliminer leur unique concurrent, Andres Agustin, le père adoptif de Jan Lukas.

Elle serra plus fort ses mains sur le volant. Elle était presque en apnée, à force de ressasser ces atroces souvenirs. Il fallait se calmer. Garder la tête froide si elle voulait récupérer sa fille. Elle se força à respirer profondément. L'heure n'était plus aux réminiscences. Elle freina devant la lourde façade pompeuse, juste à côté des marches d'honneur qui menaient à un fronton soutenu par six énormes colonnes. Tant de torches avaient été allumées que la nuit en devenait orange.

La torpédo s'immobilisa. Un domestique indien vêtu de rouge se précipita pour ouvrir la portière. Il la reconnut et lui offrit un visage rond de stupéfaction.

— *Namasté*, lady Tyler ! s'exclama-t-il en ployant aussitôt le buste en une multitude de courbettes.

Elle ne se souvenait plus de son nom. Uniquement du coup de cravache que le baron lui avait un jour donné et dont il portait d'ailleurs toujours la cicatrice sur la joue droite. Il parut heureux de la revoir, s'inclina derechef.

— Où est le baron ? demanda-t-elle sèchement.

Il répondit dans son mauvais anglais que le *sahib* était dans la salle de réception, au rez-de-chaussée. Elle empoigna son Remington comme s'il s'agissait d'un sac à main. Il parut surpris. Leurs regards se croisèrent brièvement et elle passa devant lui sans qu'il cherche à la retenir.

Elle monta les marches d'un pas rapide, l'arme appuyée contre sa cuisse pour la cacher à demi dans les plis de la jupe. Un majordome en frac l'arrêta en lui demandant son nom et son carton d'invitation. Elle l'évita d'un effacement d'épaule et entra tête baissée dans le gigantesque vestibule. Le majordome courut derrière elle mais elle s'était déjà mêlée aux invités. Il prévint les gardes qui se dispersèrent pour la retrouver. Elle les sema en se faufilant dans le salon d'apparat. Une lumière crue tombait des lustres, presque éblouissante. Elle se mêla à un groupe de convives, quelques hommes en smoking accompagnés de femmes élégantes couvertes de diamants puis pénétra dans la salle de réception. Elle marchait en baissant la tête afin de ne pas attirer trop vite l'attention sur son allure dépenaillée, ni sur le sang qui maculait sa robe. Elle regretta confusément de ne pas avoir pris le temps de se changer. Maintenant, il était trop tard. Heureusement, elle connaissait les lieux par cœur. Elle se coula entre de grandes tables couvertes de nappes blanches. Les domestiques avaient sorti les services de porcelaine fine, les couverts de vermeil, les belles serviettes de lin brodé. Tout brillait, tout était somptueux, tout était parfait, comme toujours dans la Villa Gokhra.

Elle tomba brusquement en arrêt devant l'immense arbre de Noël dressé au milieu de la pièce. Elle avait oublié que, tous les ans, le baron faisait venir de sa propriété de Darjeeling un cèdre de l'Himalaya, sans tenir compte des frais qu'une telle entreprise générait. Elle en eut une recrue de colère. Comment osait-il célébrer cette fête universelle de la joie, alors que lui-même commanditait des assassinats sordides ? Et tous ces gens-là, accourus à son invitation, comment faisaient-ils pour encore se regarder dans un miroir, alors qu'ils fermaient les yeux devant ce qu'impliquait forcément le commerce de l'opium ?

Elle passa au milieu d'eux, les bousculant parfois de son pas vif. Un homme la retint en lui demandant si elle était souffrante. Elle se dégagea d'un mouvement d'épaules sans prendre la peine de lui répondre. Elle venait d'apercevoir le baron. L'espace de quelques secondes, tout devint blanc et elle crut s'évanouir.

Jürgen Heinrich von Rosenheim était nonchalamment accoudé à un piano à queue où jouait une élégante femme, vêtue d'une robe à traîne. Un violoniste en smoking accompagnait la pianiste dans son interprétation de «*Traüme für Klavier und Violine*», de Richard Wagner, un des airs favoris du baron.

Jezebel traversa la salle avec l'impression que le temps s'était figé. Elle était dans un rêve, comme le soufflait les notes de musique, ou plutôt dans un cauchemar dont elle espérait se réveiller bientôt.

Le baron l'aperçut. Il se redressa légèrement en la toisant avec une visible satisfaction. Il l'attendait, elle en eut l'intime conviction. Il était trop tard pour reculer. De toute façon, elle voulait récupérer sa fille. Elle s'immobilisa devant lui, lui montra avec discrétion le fusil qu'elle cachait dans sa jupe.

— Allons dans votre bureau, ordonna-t-elle dans un murmure sec. Nous devons parler.

Il s'inclina avec une rigueur toute germanique.

— Avec plaisir, *Fräulein*.

Il la prit familièrement par le coude. Elle sursauta mais le laissa faire. On chuchotait sur leur passage, on s'étonnait de son comportement, de ses vêtements tachés. Mogül se glissa derrière eux, prêt à intervenir, mais le baron von Rosenheim apaisa tout le monde en levant une main en apparence joviale. Il souriait à la cantonade.

— Je vous en prie, mes amis, continuez à écouter ce magnifique concert. Ne vous interrompez pas pour moi, je ne serai pas long. Juste le temps d'avoir une petite conversation privée avec cette jeune personne.

Il exhibait un parfait visage de politicien. Jezebel eut l'envie insensée de lui décharger le fusil en pleine face. Elle n'en pouvait plus de cet homme qui revenait sans cesse dans sa vie, agissait aux yeux de tous comme un parfait gentleman, mais n'était en réalité qu'un cancrelat abject méritant uniquement d'être écrasé d'un coup de talon.

Mogül leur emboîta le pas. Elle siffla entre ses dents serrées :

— Dites à votre chauffeur de garder ses distances où je vous tire une balle dans le pied. Et qu'il lève ses mains. Je veux voir ses mains.

Von Rosenheim opina et le Moghol recula, les mains écartées. Jezebel faillit ricaner tant elle avait les nerfs à fleur de peau. Personne n'osait jamais contrevenir aux ordres du maître. C'était toujours ainsi que cela se passait. Il ordonnait, et tout le monde obéissait.

Brusquement, elle entrevit la folie de son geste. Une peur panique la saisit. Elle reniflait par à-coup son parfum de vétiver mêlé de clou de girofle qui l'avait toujours écœurée. Elle se rappelait ses mains dures enserrant ses poignets, son poing lui tuméfiant la lèvre, son corps se vautrant sur le sien en cherchant à lui écarter les cuisses. Une perlée de sueur mouilla ses tempes. Elle n'était pas de taille à lutter contre cet homme. Elle faillit abandonner, puis elle pensa à sa fille et elle parvint à se ressaisir. Mary-Leela n'avait que quatre ans ! La fillette ne méritait pas ce qui lui arrivait.

— Entrez dans votre bureau, dit-elle au baron.

Elle paniqua de plus belle. Elle ne reconnaissait pas sa propre voix. C'était la voix d'une étrangère, au bord de la crise de nerfs.

Ils passèrent une porte. Mogül voulut les suivre. Elle lui montra alors le fusil d'un air si mauvais qu'il se figea sur place. Elle ne fut pas dupe. Il devait obéir à quelque geste secret de son maître. Si ce dernier avait accepté de s'isoler avec elle, il ne le faisait que parce qu'il le souhaitait. Lui aussi voulait lui parler.

Elle claqua la porte derrière elle d'un coup de pied, tourna le commutateur. Von Rosenheim s'était immobilisé au milieu de la pièce, les mains légèrement levées. Un tapis d'Orient rose et bleu courait jusque sous le bureau Régence, au plateau impeccablement rangé. Sous-main en cuir de Padoue, coffret à cigares, stylos à encre alignés comme des dominos. Elle eut un sursaut. Rien n'avait changé, pas même les tableaux accrochés sur la toile olivâtre du mur. Les meubles baroques s'accumulaient avec la même profusion tapageuse, décorés de bibelots hors de prix et d'œuvres d'art contemporain. Une grande bibliothèque occupait tout un angle. Des vitrines regorgeaient d'artefacts de toutes sortes, venus des civilisations de la vallée de l'Indus, grecques ou mésopotamiennes. Une nouveauté tout de même, qu'elle remarqua vite : une étagère sur laquelle était accumulée toute une collection de svastikas découpés dans des bas-reliefs. Elles étaient classées de la plus grande à la plus petite.

Brusquement, elle tomba en arrêt devant deux statues grimaçantes. Elles étaient jumelles et représentaient chacune une sorte de monstre grimaçant, bouche ouverte, avec une langue qui pendait sur une profusion de dents. Elle reconnut immédiatement les deux statues du démon Rakshasa volées à New York. Elle pâlit, fut prise de nausées et dut secouer la tête pour recouvrer tous ses esprits.

— Ainsi, souffla-t-elle, écœurée, vous ne vous cachez même pas de vos crimes.

Le baron haussa les épaules avec une évidente ironie.

— À quoi cela servirait-il, *liebes Fräulein* ? Tenez, ce soir, si d'aventure il y avait une enquête, qui pensez-vous qu'on croira ? Une femme hystérique qui s'introduit dans une soirée caritative, armée d'un fusil et couverte de sang, et qui a visiblement perdu l'usage de ses nerfs, ou bien le gentleman qui organise cette soirée dont les fonds collectés iront aux bonnes œuvres de St-Andrew's Church ?

Elle leva son fusil. Le visa.

— Vous pouvez bien les emporter dans votre tombe, vos deux statues, moi, je veux juste ma fille, c'est tout.

Il ne répondit pas. Il se contenta de la regarder longuement. Elle essaya de ne pas montrer sa peur. Ce n'était pas facile. Chaque fois qu'elle se retrouvait devant son visage désagréablement osseux, son corps maigre à la force terrible, son âme noire d'assassin, elle ressentait une terreur indicible. Elle se força à demander :

— Où est-elle ? Où l'avez-vous cachée ? Dans quelle pièce ?

— Ne soyez pas sotte, elle n'est pas ici.

Il avança vers son bureau, voulut ouvrir un tiroir. Elle le suivit d'un bond, lui donna un coup de crosse dans le bras.

— Ne bougez pas. Laissez vos mains en évidence. Je suis peut-être folle, mais lucide.

— Je veux vous montrer quelque chose.

Elle lui ordonna de reculer, ouvrit le tiroir à sa place. Elle pensait trouver une arme, elle ne vit qu'un petit sac de velours terminé par un nœud.

— Prenez-le, et regardez ce qu'il y a à l'intérieur, dit-il avec fatuité.

Elle craignit un piège. Palpa le velours de l'extérieur, ne sentit ni arme ni serpent. Recula en lui faisant un signe de son fusil.

— D'accord, vous pouvez l'ouvrir.

Il renversa le contenu sur le bureau. Une coulure de pierres rouges forma une flaque scintillante sur le cuir du sous-main. Elle ne comprit pas tout de suite. Les cailloux chatoyaient de mille feux cramoisis. Tandis qu'il les remuait entre ses doigts, ils semblaient presque vivants.

— Ce sont des rubis, dit-il, en la regardant droit dans les yeux. De magnifiques rubis qu'on appelle sang de pigeon. Ils ont été taillés avec un soin extrême et un art merveilleux. Ce sont des rubis tout simplement exceptionnels.

Elle n'avait rien d'une experte mais le crut sur parole. Les rubis étaient d'un rouge franc teinté d'une pointe de bleu, superbes même aux yeux d'une néophyte. Pourtant, ils ne l'intéressaient pas.

— Croyez-vous m'acheter avec votre verroterie ?

— Ces rubis sont parmi les plus précieux au monde. Les seuls qui leur arrivent à la cheville sont les précieux rubis de Mogok qui proviennent d'une vallée birmane où aucun étranger n'a le droit de pénétrer. Connaissez-vous l'origine de ceux-ci ?

Elle s'impatienta.

— Je n'en ai rien à faire. Je veux ma fille.

Il continua comme si elle ne l'avait pas interrompu. Or, plus il parlait, plus son visage affichait une expression nouvelle. Elle recula d'un pas. Cette convoitise abjecte, elle la connaissait. Elle l'avait déjà vue lors d'une nuit glaçante. Il l'avait cognée, jetée sur un lit. Il s'était vautré sur elle en introduisant sa langue dans sa bouche, en déchirant son corsage pour écraser ses seins dans ses mains tordues comme des serres. Il l'avait mordue jusqu'au sang.

Ses jambes s'amollirent et elle dut s'appuyer à l'angle du bureau. Il continua à jouer avec les rubis tout en la scrutant de la même façon qu'un serpent observe l'oiseau qui s'approche.

— Vous semblez ignorer que ces rubis ont été découverts par votre tuteur tandis qu'il participait aux fouilles de Pataliputra dans les années 1890. Par un curieux hasard, il a déterré un coffret qui n'était originaire d'aucune des civilisations répertoriées sur le site. En réalité, ce coffret appartenait à un missionnaire jésuite qui parlait d'un endroit appelé les mines du lotus. Depuis, votre tuteur a consacré sa vie à rechercher cet endroit.

— Vous délirez ! s'exclama-t-elle, à bout de patience. Michael n'a jamais travaillé sur aucun autre chantier que Pachamashutra. Cette cité légendaire l'obsédait nuit et jour.

On frappa à la porte. Elle se retourna, comprit trop tard qu'il ne s'agissait que d'une diversion. Le baron lui attrapa le poignet d'une main. De l'autre, il lui arracha le fusil et le jeta au loin. Elle tenta de résister mais il était le plus fort. Ses doigts étaient un étau. Pour achever de la faire tenir tranquille, il lui attrapa les cheveux, les tira en arrière, lui arrachant des cris de douleur. Presque aussitôt, elle perçut quelque chose de froid s'enfoncer sous l'angle de sa mâchoire. Le Luger, qui ne le quittait jamais. Comment avait-elle pu oublier cette arme qu'il portait en permanence à la ceinture ? Prise de panique, elle perdit pied. Il colla sa joue osseuse contre la sienne. Elle sentit ses lèvres immondes frôler les siennes.

— Vous ne saisissez pas, *mein Schätzle*[1]. Pachamashutra *est* la Cité du Lotus. Deckard avait réussi à comprendre que celui qui trouvait la cité trouverait les mines. J'ai besoin de son carnet noir. Je sais que vous l'avez en votre possession. Donnez-le-moi, vous aurez votre fille.

Chacune de ses respirations lâchait une haleine de chacal sur son visage, lui amenant un haut-le-cœur.

— Vous avez progressé, *Liebling*, j'en suis impressionné, mais vous n'avez pas encore le niveau pour vous mesurer à moi. Je vais appeler Mogül, vous allez lui expliquer où vous avez caché le carnet et nous attendrons gentiment ici qu'il revienne. S'il ne le trouve pas, je couperai un doigt de votre fille et je continuerai ainsi jusqu'à ce que le carnet soit posé ici, sur mon bureau.

— Ne faites pas ça… s'écria-t-elle avec désespoir. Elle n'a que quatre ans ! J'ai le carnet. Je vous le donne.

Il ne sembla pas l'avoir entendue. Il inspirait l'odeur de ses cheveux. Lécha sa joue d'une langue obscène. Elle tremblait d'écœurement.

— Je vous dis que je suis d'accord ! Je vais vous donner le carnet.

Soudain, il lui tordit les poignets pour la faire tomber à genoux. Elle blêmit, tenta de reculer. Il la força à se rapprocher de son entrejambe afin de lui enfouir le visage entre les cuisses. Elle se débattit mais il la tenait durement. Elle hurla, désespérée :

1. Ma chérie, en allemand.

— Je suis enceinte ! Ne faites pas ça !

Il continua à appuyer sa tête, la faisant suffoquer. Puis il la relâcha brusquement. Elle faillit tomber à la renverse, se rattrapa de justesse à l'angle du bureau.

— Décidément, *Fräulein*, vous avez vieilli, jeta-t-il d'un petit ton méprisant. Vous ne m'intéressez plus. Donnez-moi ce carnet, que nous puissions en finir.

Elle frotta ses poignets meurtris. Il la visait de son Luger. Elle ne savait plus où elle en était. Vaincue, elle glissa la main dans la poche de sa jupe, sortit le carnet qu'elle y avait caché. Elle le posa sur le bureau. L'avança d'un doigt qui tremblait en direction du baron.

— Rendez-moi ma fille maintenant, parvint-elle à articuler.

Il ne l'écoutait pas. Il avait les yeux rivés sur le carnet, qu'il ramassa puis ouvrit. Il le feuilleta page après page, en prenant son temps. Il revint en arrière, parcourut des passages pris au hasard. Recommença son feuilletage avec une lenteur qui la mit sur des charbons ardents.

— Ma fille ! hurla-t-elle. Où est ma fille !

Il la gifla à lui décrocher la mâchoire.

— Vous savez, maintenant, je n'ai plus besoin ni d'elle ni de vous.

Elle devint blanche de peur, mais réussit tout de même à extraire de son corsage le médaillon Sher-Cîta. Elle ignora où elle puisa la force de se tenir devant lui, raide et digne, en laissant filer la chaînette entre ses doigts.

Il la fixa, médusé.

— Ainsi, ce n'était pas Lukas qui l'avait, mais vous. Pas étonnant que mes hommes aient fouillé l'hôtel de Singapour en vain ainsi que votre maison américaine. Depuis tout ce temps, vous le portiez sur vous…

— Vous l'avez toujours voulu, sans même savoir à quoi il pouvait servir. Vous avez tué pour lui.

Elle marcha jusqu'aux deux statues Rakshasa exposées sur une étagère. Prit la première pour y chercher une empreinte correspondant au médaillon, ne la trouva pas, fit de même avec la seconde. Von Rosenheim s'approcha, intéressé par son manège. Sans se préoccuper de lui, elle continua son étude, jusqu'à découvrir sur l'arrière du démon un creux dans lequel le médaillon Sher-Cîta s'incrustait parfaitement. Elle l'y plaça, appuya jusqu'à entendre un « clic ». Comme Hùshì l'avait raconté, un mécanisme se déclencha. Une sorte de tiroir s'ouvrit. Elle tendit la statue à von Rosenheim. Elle avait conscience de jouer son va-tout, mais elle souriait presque.

— Le médaillon Sher-Cîta sert à ouvrir une cachette secrète.

Il enfonça les doigts dans l'ouverture, palpa l'intérieur.

— Cette cachette est vide.

— Bien sûr, dit-elle, nous avons découvert ce mécanisme il y a longtemps.

— Qu'y avait-il à l'intérieur ?

Elle se força à le regarder droit dans les yeux.

— Une boîte. Une toute petite boîte.

— Donnez-la-moi !

— En échange de ma fille.

— Je vais demander à Mogül de vous fouiller.

Elle leva une tête crâne.

— Je vous en prie, faites donc. Cédez à vos bas instincts. Vous ne trouverez rien. Me croyez-vous toujours aussi sotte, au point de ne pas mettre à l'abri ma seule monnaie d'échange ?

Elle bluffait. Si von Rosenheim décidait de la faire fouiller, il finirait sans doute par trouver la carte qu'elle avait cachée dans son soutien-gorge.

La trouva-t-il convaincante ? La crut-il ? Elle ne sut quoi penser. Il s'était pendu au cordon pour sonner un domestique. Maintenant, il attendait sa venue en la dévisageant d'un sourire affreux.

— Quel dommage, je n'ai malheureusement plus de temps à vous accorder, *milady*. Le concert va bientôt finir, j'entends les dernières notes de *L'Idylle de Siegfried*. Nous reprendrons cette passionnante conversation un peu plus tard. Pour l'heure, je me dois à mes invités. Je vais demander à Mogül de vous conduire auprès de votre fille.

Elle douta d'avoir bien entendu. Allait-elle revoir sa petite Mary-Leela ? Le Moghol entra. Sur un signe du baron, il la prit par le bras, la serra au point de lui faire mal et l'entraîna par la porte-fenêtre. Elle protesta, essaya de se débattre, mais la poigne du garde du corps était un véritable étau.

Le baron von Rosenheim les regarda disparaître de l'autre côté de la cour, vers les garages, puis il sonna une nouvelle fois. Cette fois-ci, un domestique apparut, à qui il demanda de remettre de l'ordre dans le bureau. Il retourna vers la salle de réception, non sans prendre au passage un cigare. Il le respira en le faisant délicatement craquer.

Ses invités l'attendaient avec impatience. Dès qu'ils le virent, ils se précipitèrent vers lui en lui posant mille questions. Il sourit très aimablement à tous.

— Ce n'était qu'un simple malentendu. Mon serviteur va reconduire cette jeune femme chez elle. Quelle pauvre créature… Mais je vous en prie, mesdames, messieurs, continuons le mieux possible cette soirée.

James Algrey, un capitaine de la cavalerie anglaise qui lui servait parfois d'interlocuteur lors de missions officieuses proposées par le gouvernement britannique, demeura à ses côtés, le regard brillant de curiosité.

— Ne s'agissait-il pas de la jeune lady Tyler qui fut votre ancienne fiancée ? Elle avait la robe tachée, on aurait dit du sang…

Jürgen von Rosenheim le prit par le bras pour l'entraîner vers le buffet.

— Effectivement, capitaine Algrey, il s'agissait bien de lady Tyler. Je crains qu'elle ne souffre des nerfs. Vous savez à quel point le climat des Indes est parfois éprouvant pour certaines femmes trop fragiles. J'étais très épris d'elle, et j'avoue n'avoir guère apprécié qu'elle rompe nos fiançailles aussi cavalièrement, mais en la revoyant ce soir, je n'ai pu m'empêcher de penser que le destin fait parfois bien les choses… La pauvre semble avoir totalement perdu l'esprit depuis la mort de son tuteur. Je l'ai fait raccompagner par mon serviteur moghol chez la duchesse Obolenski, chez qui elle loge. La pauvre créature… Si jeune et déjà si dérangée… Je souhaite bien du courage à son époux.

Il prit deux coupes de champagne, en tendit une à l'officier.

— Allons, capitaine, je m'en voudrais de vous gâcher cette soirée par des remarques aussi tristes ! Amusons-nous tout de même. *Prosit*[1] !

*

Mogül traîna Jezebel jusqu'à la voiture d'Olga. Au passage, il embarqua un des gardes qui se mit au volant tandis que le Moghol forçait sa prisonnière à s'asseoir avec lui sur le siège avant. Serrée entre les deux hommes, dont l'un était osseux et l'autre mou et gras, elle avait le nez empli de l'odeur désagréable de leur sueur. Elle se débattit de son mieux, mais il n'y avait rien à faire, la torpédo démarra.

1. Santé, en allemand.

Ils roulèrent jusqu'en bordure du fleuve, de l'autre côté de la propriété, vers les entrepôts où des coolies dormaient à même le sol en attendant l'aube afin de s'assurer d'être embauchés les premiers. Avec la naissance du jour recommencerait le ballet des barges, les marchandises seraient transbordées jusqu'aux cargos à vapeur qui les entasseraient dans leurs soutes à destination de la Chine ou de Madagascar. Pour l'instant, cependant, la nuit interrompait toute activité, et seuls de maigres feux la trouaient ici ou là, en misérables petits tas de braises près desquels se réchauffaient des corps recroquevillés dans leurs *dhotîs*.

Mogül fit engager la torpédo sur un ponton qui avançait au-dessus du fleuve pour permettre aux barges de décharger leurs cargaisons au plus près de la rive. L'automobile s'immobilisa à son extrémité, face au courant sombre dont on devinait le mouvement puissant même dans l'obscurité. Jezebel fut contrainte de descendre. D'une torsion du bras, elle parvint à s'échapper, mais Mogül la rattrapa lestement et la gifla si fort qu'elle tomba à genoux, des étoiles rouges devant les yeux. Des *lascars*[1] vinrent aux nouvelles. Le Moghol leur jeta une poignée de roupies tout en beuglant un ordre. Ils se mirent aussitôt à pousser l'Alfa Romeo dans l'Hooghly.

Lorsque Jezebel comprit ce qu'il faisait, elle se mit à crier, mais son gardien lui mit une main crasseuse sur la bouche, l'empêchant presque de respirer. Désespérée, elle regarda la belle automobile s'éloigner dans le courant en tournoyant sur elle-même avant de glisser avec une grâce terrifiante vers le milieu du fleuve où, peu à peu, elle fut engloutie. Elle pensa à Olga, mais plus encore

1. Matelots indiens.

à elle-même, car elle devinait obscurément qu'un tel acte devait la faire passer pour morte, et ainsi couper court à toute recherche.

Les *lascars* revinrent. Mogül leur jeta d'autres roupies puis, tandis que ces misérables rampaient à la recherche des pièces, il prit Jezebel par le coude et la traîna durement vers un hangar bâti à l'écart. Autant qu'elle put en juger, il était formé de planches que les moussons avaient disjointes, et n'avait jamais été réparé. Des herbes folles le ceinturaient. Des ronces mordaient les côtés.

Un *lascar* vint ouvrir la porte cochère, battit un briquet pour allumer une lanterne. Une odeur rance, douceâtre, mêlée à celles de moisissures, sauta au visage de la jeune femme en même temps que le halo de la lampe révélait une accumulation de ballots en toile de jute. Elle reconnut une cargaison de *chandoo*, cet opium raffiné sorti des bouilleries[1] pour être embarqué vers l'Extrême-Orient, sans doute la Birmanie ou la Chine ainsi que les sacs de toile de jute estampillés d'un sigle rouge, qui indiquait le monopole d'État. Elle renifla avec mépris. Von Rosenheim était un trafiquant abject, qui tâtait de négoces pour la plupart non avouables, mais avec l'opium, il jouissait toujours de la bénédiction de l'Empire britannique, qui n'avait trouvé que ce moyen pour équilibrer sa balance commerciale avec la Chine. Tant qu'un tel approvisionnement durerait, illégal ou non, le baron serait à l'abri. Les nécessités commerciales faisaient toujours lois dès lors qu'on comptait en millions.

Mogül s'empara de la lanterne et, sans lâcher sa prisonnière, la traîna derrière lui en se faufilant parmi un dédale de ballots. Des rats dérangés s'enfuirent en

1. Manufactures d'opium raffiné.

couinant, puis revinrent ronger le jute pour atteindre la résine qui les attirait, et les rendait eux aussi opiomanes.

À l'extrémité du hangar, l'odeur du *chandoo* se mélangeait à celle de la vase. Ce côté-ci donnait sur le fleuve. Mogül ouvrit une sorte de cagibi, fermé à clé, dans lequel il jeta Jezebel avant de refermer la porte derrière elle. Le noir envahit tout. Prise d'affolement, elle mit quelques secondes à se ressaisir, avant de se ruer contre la porte pour la frapper de ses poings.

— Ouvre ! cria-t-elle comme une folle. Mogül, ouvre cette porte immédiatement !

Dans son dos, elle entendit un vague gémissement. Tétanisée par la peur, elle se retourna pour faire face à l'obscurité. Elle n'était pas seule mais elle ne voyait rien. Reculant jusqu'à s'adosser à la porte, elle demanda d'une voix tremblante.

— Qui est là ?

Le gémissement devint une voix d'enfant, faible, inquiète.

— *Māmā* ?

Elle se jeta vers l'avant.

— Lián ? Ma petite Lián chérie ! Je suis là !

Elle avança en trébuchant dans le noir jusqu'à ce que des bras minuscules lui enserrent les jambes, manquant la faire tomber. Elle glissa à genoux. Trouva sa fille, embrassa son visage mouillé de pleurs, caressa ses cheveux foisonnants, enlaça son petit corps chaud.

Vivante. Sa fille était vivante !

Elle se mit à sangloter en la serrant sur son cœur.

21

19-20 décembre 1924
Villa Gullabee – Calcutta – Inde

— Le *sahib* est là ! Le *sahib* est là !

Le murmure se relaya de domestique en domestique, comme une vague triste, et Jan, en descendant de la calèche qu'il avait louée à Howrah Station[1], en eut la gorge nouée. Babou Sadhur vint l'accueillir en personne pour le délester de son bagage. D'habitude, l'intendant tenait au prestige de son rang et se contentait de se tenir raide et digne près des boys à qui il donnait des ordres. Aujourd'hui, rien de semblable. Il cherchait au contraire à témoigner de son estime et, pour cela, il avait chassé les autres domestiques qui accouraient pour se charger lui-même de la malle de cuir ferré.

Les deux hommes se firent face. Ils prirent le temps d'échanger un long regard. Puis Babou informa le visiteur que la *memsahib* l'attendait sur la loggia. Jan hocha la tête. Il se détourna, gravit le perron avec hâte. Il s'étonna de ne pas voir Jezebel courir pour lui tomber dans les bras, comme elle avait l'habitude de le faire lorsqu'il revenait d'un long déplacement. Il l'imagina couchée dans le salon ou leur chambre, trop bouleversée

1. Gare ferroviaire de Calcutta.

pour se lever, et il s'apprêtait à la chercher lorsque Olga vint à sa rencontre dans un tournoiement de mousseline grise. La jeune femme se jeta littéralement dans ses bras. Il n'eut d'autre choix de que l'étreindre avec force. Au bout d'un certain temps, il lui embrassa le front puis la repoussa gentiment.

— Je vais voir Jezebel.

La Russe le retint en lui attrapant la main. Il s'immobilisa, devinant aussitôt que quelque chose n'allait pas. Olga avait naturellement le teint pâle, mais là, elle paraissait encore plus blanche que d'habitude. L'observant plus attentivement, il s'aperçut qu'elle était dénuée de tout maquillage, ce qui était une première depuis qu'il la connaissait. Ce fait, bien plus que les larmes qui débordaient doucement de ses beaux yeux d'or, ou que le maigre sourire figé en grimace, lui donna le sentiment d'une catastrophe imminente.

— Olga ? demanda-t-il simplement.

Elle retarda encore un peu le moment de tout lui dire.

— Omja n'est pas avec toi ? s'exclama-t-elle en étreignant plus fort sa main, tout en regardant vers le bas du perron comme si le prince indien avait encore pu jaillir de la calèche alors que cette dernière s'éloignait déjà.

Jan la prit par la taille pour l'attirer contre lui. Ils avaient été amants, mais ce geste n'avait aucune équivoque. Depuis longtemps n'existait plus entre eux qu'une douce amitié.

— Il est allé directement au Sun Mahal.

— Ah, dit la jeune femme, en essayant de cacher sa déception.

Elle avait espéré le retour de son beau prince. Elle avait besoin de son soutien, de sa chaleur, de son épaule compatissante, mais il avait préféré se rendre d'abord auprès de son père. Tandis qu'une tempête commençait à s'agiter sous son front, Jan l'entraîna vers l'intérieur de la maison.

— Apparemment, tu ignore que Mukhy Aadamee était son oncle par alliance. Le *doot* était le frère de la seconde épouse du maharaja, l'oncle par le sang de Charu. Omja a donc des obligations familiales qu'il ne peut différer. Il nous rejoindra dans la soirée.

Elle hocha la tête sans marquer plus de surprise. Depuis quelques jours, rien ne se passait comme elle le souhaitait. Jan la serra plus fort contre lui.

— Ne fais pas cette tête, je t'assure qu'il est vraiment désolé. Tiens, ajouta-t-il en sortant un bristol de sa poche poitrine, il t'a griffonné quelques mots.

Elle déplia le papier et commença à lire les mots d'amour alignés en boucle à l'encre bleue. Il n'y avait rien d'autre à apprendre que des «je t'aime» persévérants, mais ses larmes s'intensifièrent. Jan la laissa en prendre connaissance et se mit à arpenter tout le rez-de-chaussée. Tandis qu'il passait alternativement dans le salon, dans la salle à manger, dans le bureau qui donnait sur le jardin où il savait que Jezebel aimait dessiner, un pli soucieux lui barrait le milieu du front.

Sa femme n'était nulle part. Elle devait se reposer dans leur chambre. Il voulut la rejoindre comme il en avait d'abord eu l'intention et se dirigea vers l'escalier qui menait à l'étage. Olga le retint une fois de plus.

— Babou a fait monter tes bagages et Uma doit être en train de les défaire. Laisse-les travailler, allons plutôt dans la loggia. J'ai demandé à Sita de préparer de la citronnade et quelques biscuits au gingembre. Le voyage a dû être fatiguant. Ils le sont toujours, lorsqu'on se déplace en train. Viens te restaurer, tu as besoin de repos.

Il hésita. Leva les yeux vers la mezzanine comme s'il avait pu voir au travers des murs puis revint à pas comptés vers la Russe qui lui tendait les mains. Ses traits avaient pris une dureté qui les faisait paraître taillés dans du bois.

— Où est Jezebel ? Où est ma femme ?

Le visage presque oriental d'Olga Marushka se décomposa.

— Je… je n'ai pas voulu te le dire par télégramme.

Il lui broya les épaules sans même s'en rendre compte. Elle le laissa faire, en pantin consentant. La douleur lui amena des larmes, mais elle la supporta bravement, en se disant qu'elle lui devait bien ça pour expier la faute d'avoir laissé Jezebel partir seule dans la nuit.

— Je suis désolée, balbutia-t-elle encore et encore. Je suis tellement désolée.

— De quoi parles-tu ?

Il la lâcha, monta à l'étage quatre à quatre. Ouvrit toutes les portes de toutes les chambres. Ne trouva personne. Olga l'avait suivi au ralenti, comme dans un mauvais rêve. Elle se tordait les mains en affichant une panique totale.

Il revint vers elle.

— Où est-elle ? Où est Lián ?

— Je ne sais pas, souffla-t-elle.

— Quoi ?

— Je ne sais pas où elles sont ! répéta-t-elle plus fort, et son cri retenu trop longtemps sembla lui déchirer la bouche. Personne ne le sait.

Jan la prit par le bras pour la ramener au rez-de-chaussée. Dans la loggia, il négligea la carafe de citronnade pour se servir un double whisky. Il le but d'un trait, s'en versa un second qu'il fit tournoyer un instant dans son verre, avant de l'avaler de la même façon. Le voyage depuis le Rajasthan avait été long et pénible. Les trains en Inde étaient toujours bondés, même en première classe. De véritables grappes humaines s'accrochaient à l'extérieur des wagons. À l'intérieur, les températures grimpaient au point de devenir infernales. Enfin, il se tourna vers Olga, lui demanda de prendre un siège. Elle obéit sans discuter. Il s'assit en face d'elle, l'observa un instant avec dureté. Ses mâchoires s'étaient serrées à en avoir mal. Un muscle tressautait sur sa joue, comme à chaque fois qu'il était à bout de nerfs.

— Raconte, dit-il simplement.

Tout sortit en un flot ininterrompu. Elle parla du guet-apens, des deux assassinats ignobles, du kidnapping de la petite Mary-Leela. De Jezebel devenue folle de chagrin, qui s'était d'abord enfermée dans sa chambre puis en était ressortie pour prendre un fusil et les clefs de la torpédo.

Olga jura qu'elle avait couru derrière l'automobile pour essayer de raisonner la jeune femme, mais cette dernière n'avait rien voulu entendre. Au contraire, elle avait appuyé sur l'accélérateur. Depuis, elle avait disparu. Cela faisait deux nuits et deux jours. Ce matin, un officier de police était venu l'informer qu'on avait retrouvé la torpédo au fond de l'Hooghly. La maréchaussée pensait à un accident. Il était probable que Jezebel se soit noyée.

Jan écouta en silence le récit, immobile comme une statue. Chaque phrase semblait le clouer plus profondément dans son siège.

— Je veux voir le corps, dit-il finalement, en se levant.

— Ils ne l'ont pas retrouvé.

Il la fixa avec un regard de dément.

— Alors elle n'est pas morte. Comment peux-tu croire qu'elle est morte ?

— Jan, je t'en prie…

— Elle n'est pas morte, j'en suis certain.

Son visage était devenu si dur qu'elle prit peur. Elle ne l'avait jamais vu ainsi, même lorsqu'il avait appris la mort de son père adoptif, Andres Agustin. Son cœur se pinça. Arriverait-elle un jour à inspirer le même sentiment à un homme ? Trouverait-elle quelqu'un qui l'aimerait suffisamment pour être dévasté de la même façon si elle venait à disparaître ? Était-ce cela qu'elle cherchait dans les nombreux amants qu'elle collectionnait ?

Elle se morigéna aussitôt. Elle était injuste, elle avait déjà vécu un tel moment, aussi fort, aussi pur, il y avait très longtemps, en Russie, avant qu'elle ne soit contrainte à l'exil. C'était du passé maintenant.

Mais pour Jan, tout était encore possible. Il avait raison. Il fallait conjurer le sort avant qu'il ne soit trop tard. Elle recommença à parler pour expliquer qu'elle n'était pas restée les bras croisés. Elle avait harcelé le haut-commissaire par téléphone jusqu'à ce qu'il décide d'envoyer des hommes visiter la Villa Gokhra. Les policiers avaient débarqué en pleine réception mondaine : le baron von Rosenheim organisait un concert caritatif. Il n'y avait pas meilleur alibi. D'ailleurs, il n'avait rien nié. Au contraire, il avait répondu aux questions avec une rare complaisance. Oui, lady Tyler était bien venue chez lui. Oui, elle avait fait un scandale, avec son fusil et ses vêtements couverts de sang. Il l'avait reçue, le temps de la raisonner. Lorsqu'elle lui avait paru plus calme, il avait chargé son chauffeur de la ramener à la Villa Rose, où tout le monde savait qu'elle logeait. Elle était repartie au volant de sa torpédo rouge, suivie par Mogül dans l'Hispano-Suiza. Le chauffeur moghol avait confirmé ce récit. Ainsi que de nombreux invités. Jezebel avait disparu peu de temps après.

— Il l'a enlevée, réfuta Jan, le teint gris. Je suis certain qu'elle est toujours à la Villa Gokhra.

Olga comprit. Se pendit aussitôt à son bras, affolée.

— N'y va pas ! Ce serait un suicide.

Il se dégagea fermement.

— Je ne vais pas rester là à ne rien faire. Elles ont besoin de moi. L'une d'elles est peut-être blessée.

Elle voulut le rassurer en bafouillant assez étourdiment :

— Le baron a toujours eu un faible pour elle, je ne crois pas qu'il leur fera du mal.

Jan Lukas lui jeta un regard qui la fit reculer.

— Tu sais qu'il n'a jamais hésité à la frapper. Je l'ai vue un jour avec la lèvre fendue. À l'époque, elle prétendait qu'il s'agissait d'une porte, mais je savais bien que non. Cette ordure n'a enlevé la petite que pour tendre un piège à sa mère. Et moi, je les ai laissées toutes les deux seules. Je n'étais pas là pour les protéger. S'il leur est arrivé quoi que ce soit, je ne me le pardonnerai jamais.

Il l'abandonna pour monter à l'étage prendre son revolver. Pendant ce temps, Olga se prépara un gin fizz, l'un de ces long drinks qu'elle aimait siroter lorsqu'elle avait besoin de réconfort, puis elle revint s'installer dans son fauteuil en rotin, regardant sans le voir le parc qui descendait jusqu'à l'Hooghly.

Le soleil commençait à se coucher. Une lumière rouge sang nimbait la pelouse jusqu'aux berges du fleuve. Un vol de chauves-souris passa au-dessus de sa tête et se posa dans les manguiers près de la grille. Dans la cuisine, Sita terminait un plat d'agneau cuit dans du yaourt. Une odeur de curry flottait dans l'air.

Quelques instants plus tard, Jan revint en tenant à bout de bras le gros sac de voyage que Jezebel avait l'habitude d'emmener partout avec elle.

— Elle l'a renversé sur le tapis avant de partir, expliqua-t-il. N'est-ce pas curieux ?

Il devinait ce qu'il manquait mais il voulut en avoir le cœur net. Avec un geste brusque, il vida le sac sur la table basse et commença un inventaire digne d'un abécédaire devant la jeune femme qui l'observait, médusée : un pot de crème hydratante Pond's, une boîte d'aquarelles, un tube de rouge à lèvres usagé, des pinceaux dans leur étui, une écharpe de cachemire, de menus bijoux de peu de valeur, un vieux carnet de croquis, une petite boîte indienne joliment ouvragée qu'il força pour révéler un intérieur vide…

— Où est la carte ? interrogea-t-il sèchement.

Olga ne cacha pas sa surprise :

— La carte ? Tu savais donc pour la carte ? Elle a fini par t'en parler ?

Jan Lukas eut un sourire amer.

— Non. Elle ne m'en a pas parlé. Je n'ai pas eu cette chance. J'ai découvert son existence par hasard, en renversant malencontreusement ce sac. Cette petite boîte que tu vois a tout de suite attiré mon attention. C'est un objet de manufacture gupta, plutôt ancien. À l'intérieur, il y avait une carte, tracée assez grossièrement sur un très vieux parchemin. Cette carte, qui a maintenant disparu, était l'œuvre d'un père jésuite appelé Ignacio, le premier Européen à parler de l'existence de la cité perdue de Pachamashutra. J'ignore comment Jezebel a réussi à se procurer cette carte et je m'en contrefiche. J'ai juste retenu qu'elle ne me faisait pas confiance. Elle a cru qu'elle pourrait régler cette histoire toute seule. Je suis persuadé qu'elle a voulu échanger la carte contre sa fille. Quelque chose a mal tourné, le baron doit encore la retenir prisonnière.

— Je t'en prie, ne va pas à la Villa Gokhra ! réitéra Olga. Attends au moins qu'Omja revienne. Il ne devrait plus tarder. La demeure de von Rosenheim est gardée comme une place forte. Je le sais, j'y ai vécu. Tu n'as aucune chance d'y pénétrer sans y avoir été invité.

Les hommes du baron t'arrêteront, ils te battront comme plâtre, puis ils te feront à ton tour disparaître…

— Je dois courir le risque. J'imagine que tu n'as pas d'autre automobile que la torpédo qui a fini dans le fleuve ?

La Russe comprit sa défaite. Elle répondit avec un soupir.

— Non, je n'ai pas d'autre automobile. En revanche, au lieu d'aller à pied, va plutôt demander à Babou de te prêter un canot. Par le fleuve, la distance qui sépare ma villa de celle du baron est vraiment très courte. Et puis, en passant par là, tu auras peut-être une chance de ne pas te faire remarquer. J'aimerais vraiment qu'on ne vienne pas m'annoncer demain matin qu'on a retrouvé ton corps au milieu de l'Hooghly.

Il la prit dans ses bras et la serra avec force.

— Merci pour tout ce que tu fais pour nous, lui dit-il, je serai prudent, je te promets de revenir. Avec ma femme et ma fille.

— *Da uslyshit tebia Bog*[1], murmura Olga en levant les yeux au ciel.

*

Babou Sadhur tint à accompagner le *sahib*. Des canots à rames étaient amarrés en bordure du fleuve, sur le ponton qui jouxtait le pavillon où Jezebel aimait venir lire. La nuit était presque tombée et ils prirent avec eux des lanternes. Avec l'obscurité, l'eau paraissait plus claire que la berge. Bien qu'elle fût sale et boueuse, elle reflétait la clarté de la lune qui venait de se lever, ainsi que les myriades de lumières qui dessinaient la ville.

1. Que Dieu t'entende, en russe.

Les deux hommes ramèrent dans le noir, à contre-courant. Ils furent heureux d'être deux, car le canot était lourd. Malgré la nuit, ou peut-être à cause d'elle, les bords du fleuve continuaient à grouiller de vie. Sur les marches des *ghâts*, les fidèles venaient déposer au fil de l'eau des offrandes placées dans des feuilles de bananier. Des lumignons aux mèches imbibées de *ghi*[1] ou de camphre étaient offerts aux dieux. Les chants s'élevaient lors de l'*aarti*[2]. Les lumières partaient ensuite dans le courant comme autant de poussières d'étoiles.

Plus loin, les hangars à marchandises se terminaient en pontons posés sur pilotis. Dans cette obscurité vaseuse, des bêtes fourrageaient dans les herbes à la recherche de nourriture. À Calcutta, tout le monde savait que ces animaux-là attendaient que les cadavres insuffisamment incinérés, jetés à l'eau par les prêtres après la crémation, viennent s'échouer sur les berges.

Les eaux du Gange incarnaient la déesse Ganga. Aux yeux des Hindous, elles lavaient le karma des vies antérieures, nettoyaient les péchés accumulés et purifiaient l'âme. Disperser ses cendres dans le Gange augmentait ses chances d'une meilleure vie future, et hâtait peut-être aussi la *moksha*[3].

Dans les temples, d'étranges cuisiniers munis de longues cuillères étaient engagés pour tourner et retourner les morts et les faire se consumer entièrement à moindre frais. Durant la nuit, ces spectacles se voyaient de loin, et il n'était pas rare qu'un bras ou un pied mordu par les

1. Beurre clarifié.
2. Rituel hindou.
3. Libération finale de l'âme du cycle des renaissances, dans l'hindouisme et le jaïnisme, équivalent hindou du *nirvâna* bouddhiste.

flammes se dresse comme une torche pitoyable, tandis que des braises tourbillonnantes s'élevaient vers les étoiles. L'odeur grasse de la chair cuite se répandait dans l'air. De loin en loin craquaient avec des bruits sourds les crânes trop remplis d'une cervelle bouillonnante.

Cependant, le bois nécessaire aux crémations coûtait cher. D'innombrables familles n'avaient pas les moyens d'en acheter suffisamment pour consumer les corps en entier. L'Hooghly charriait constamment des cadavres à demi consumés, que l'eau rendait blancs et gonflés, et qui tressautaient dans le courant au fur et à mesure que les poissons les picoraient. À la longue, ces membres désarticulés s'échouaient dans des roseaux où ils finissaient dans le ventre des rats, des vautours et des chiens, dans un nuage de mouches.

Loin de l'agitation des *ghâts*, la Villa Gokhra était noire et silencieuse. Seuls les communs laissaient filtrer une faible lumière. Jan eut très vite l'intuition que le maître était absent. Il voulut cependant en avoir le cœur net, aussi laissa-t-il le canot sous la surveillance de Babou, quelque part dans les herbes inondées derrière des taillis qui le camouflaient presque entièrement. À partir de là, il s'accroupit dans la vase molle et les joncs séchés et rampa vers la rive aussi silencieusement que possible. L'action lui évitait de penser. C'était tout ce dont il avait besoin. Il s'aplatit dans l'herbe pour observer les alentours.

La Villa Gokhra était gardée par des hommes en armes qui arpentaient le parc de jour comme de nuit pour dissuader les rôdeurs. Ils avançaient deux par deux, fusil sur l'épaule, dans un silence entrecoupé de chuchotis et de rires grossiers. Certains crachaient à intervalles réguliers une salive imbibée de *sada paan*, ces chiques de noix d'arec achetées à peine une roupie pièce. D'autres fumaient. Dans le noir, Jan apercevait le bout des cigarettes incandescentes bien avant de distinguer leurs silhouettes brunes.

Il attendit un instant, les mains écartant précautionneusement les herbes pour observer la partie laissée sauvage qui longeait le mur d'enceinte. Une braise de cigarette s'éloigna ; il en profita pour se glisser jusqu'à un alignement de moringes[1] aux gros troncs ventrus, derrière lequel il remonta vers la villa.

Un craquement de bois sec le figea brusquement. Il crut avoir été repéré, cessa de respirer. Un des gardes venait dans sa direction. Il se coula plus étroitement contre l'arbre qui le masquait, comme pour se fondre dans l'écorce. Arrivé à moins de cinq pieds, l'homme déposa son fusil contre une souche, écarta les plis de son *dhotī* et se mit à uriner en soupirant d'aise. Le jet bruyant rebondit sur les feuilles mortes. L'odeur chaude de l'ammoniaque investit les alentours. Lorsqu'il eut fini, et qu'il secoua son engin, un canon de revolver se colla à sa tempe. Sous la surprise, il eut un hoquet, mais Jan le bâillonna d'une main, tout en lui appuyant encore plus méchamment son arme contre le crâne.

— *Chillaoge mat, maare jaaoge*[2], lui ordonna-t-il en hindi, tout en éloignant le fusil d'un bon coup de pied.

L'homme tenta de se libérer, mais Jan s'y attendait. Il le frappa violemment de la crosse, lui cassant le nez. Le garde tomba à genoux. Un coup dans les épaules le fit s'étaler à plat sur le sol, le souffle coupé. Jan lui appuya le canon dans la joue.

L'homme le supplia de ne pas faire de ses deux femmes des veuves, et de ses six enfants des orphelins. Il n'avait ni courage ni envergure. Il ne fallut à Jan que

1. *Moringa oleifera*, arbre ornemental au tronc lisse.
2. Ne crie pas, ou tu es mort !

quelques questions pour apprendre tout ce qu'il voulait savoir.

Effectivement, le baron n'était plus dans la villa. Il était parti la veille pour un voyage qui devait durer au moins plusieurs semaines. Il avait monté un convoi de trois camions bâchés qui avaient pris la route vers le nord, vers les jungles réputées inexplorées du Meghalaya, le pays des Nuages où vivaient des tribus adivasis[1] encore sauvages. Ces véhicules étaient chargés du matériel nécessaire à établir un campement confortable dans la jungle, y compris quelques vieux fauteuils et un phonographe. Des armes complétaient le chargement, en particulier une Maschinengewehr 08, l'une de ces mitrailleuses qui équipaient les troupes allemandes lors de la dernière guerre. Mogül était de la partie, ainsi que quatre hommes particulièrement aguerris. Par contre, le garde ignorait si une femme et un enfant les accompagnaient. Il savait uniquement qu'une jeune Indienne avait été engagée quelques jours auparavant, soi-disant pour faire du ménage dans les hangars à *chandoo*.

Jan comprit qu'il ne servait à rien de visiter la villa. L'oiseau s'était envolé depuis longtemps. Il se débarrassa de son prisonnier en l'assommant d'un coup sur la nuque, puis se hâta de rejoindre le canot où l'attendait Babou.

Là, les deux hommes parlementèrent dans le noir. Jan voulait se rendre aux hangars à *chandoo*, Babou Sadhur assurait que c'était inutile. Finalement, Jan obtint gain de cause. Mieux valait ne négliger aucune piste.

Les hangars qui appartenaient à von Rosenheim leur parurent vite déserts. Les coolies ne dormaient plus dans le noir en attendant l'aube pour assurer un chargement.

---

1. Tribus indigènes.

La dernière cargaison d'opium était partie la veille pour la Chine. Il n'y aurait plus de travail ici pendant un certain temps. Tous les bâtiments étaient vides, les portes pas même fermées à clef.

Jan et l'intendant les fouillèrent tous par acquit de conscience. Partout, les sacs et les caisses avaient disparu, ne laissant qu'un sol de terre battue jonché de poussière, où furetaient des rats. L'odeur douceâtre de la résine d'opium stagnait vaguement dans l'air.

Dans un arrière-fond, ils découvrirent un cagibi verrouillé dont ils s'empressèrent de casser la serrure. À l'intérieur, ils ne trouvèrent rien, hormis une vieille couverture étendue dans un coin. Ils allaient repartir lorsque Babou, dont l'œil exercé avait l'habitude de relever les empreintes des animaux qu'il chassait, se baissa pour ramasser une barrette d'enfant. Ils s'entreregardèrent au travers de la pénombre. Il n'y avait aucun doute, la petite Lián avait séjourné ici.

Ils revinrent à la Villa Rose, à la fois remplis d'espoir et d'une rage impuissante. La petite était sans doute en vie, mais ils ne parvenaient pas à décolérer : quelle sorte d'individu pouvait être à ce point abject pour oser enfermer une toute petite enfant dans un hangar où vivaient des rats ?

Olga les attendait en fumant dans le noir, très énervée. Elle n'avait pas réussi à se coucher. En fin de soirée, le prince Omja lui avait envoyé un messager pour la prévenir qu'il ne viendrait pas avant le lendemain matin. Elle était furieuse.

— Il prétend travailler à retrouver nos deux disparues, mais, tout de même, n'aurait-il pas pu le faire d'ici ? Il sait pourtant que je suis folle d'inquiétude. Pourquoi ne vient-il pas ? J'ai besoin de lui, moi ! Et pendant ce temps, vous étiez Dieu sait où ! Vous rendez-vous compte que cela fait plus de trois heures que vous êtes partis ? Vraiment, je n'en peux plus. Au moins, avez-vous du nouveau ?

Jan lui raconta ce qu'il avait appris et lui montra la barrette qu'ils avaient trouvée dans le hangar à *chandoo*.

— Ah, confirma Olga d'une voix rauque, en la reconnaissant. C'est bien celle de notre petite Lián.

Il était tard, mais personne ne songeait à aller se coucher. Olga avait arrêté le ventilateur dont le bruissement l'agaçait. Près des plafonniers, des insectes de toutes tailles tourbillonnaient. Lukas la mangouste furetait dans un bosquet, en bordure de terrasse. On entendait ses griffes racler les feuilles mortes.

Jan se servit un whisky qu'il noya d'eau de Seltz. Il but machinalement, perdu dans ses pensées. Olga se rendit à la cuisine pour rapporter de quoi faire des sandwiches. Les domestiques étaient dans leurs quartiers depuis longtemps.

— Je suis désolée, je n'ai que du concombre à te proposer à cette heure-ci, dit-elle en commençant à accumuler des rondelles de légumes sur des tranches de pain tartinées de mayonnaise. Essaie tout de même de manger un peu. Franchement, tu ne seras d'aucune utilité si jamais tu t'écroules de fatigue. Déjà qu'Omja nous fait magistralement faux bond… Nous voilà à peine fiancés que déjà il m'agace !

Jan n'avait pas faim, mais il se força à avaler un sandwich.

— Ne l'accable pas de tous les maux, Olga, je suis persuadé qu'il est en train d'organiser la surveillance du baron.

— C'est effectivement ce que le *doot* Mukhy Aadamee prétendait peu de temps avant de se faire assassiner, répliqua la jeune femme, les sourcils arqués de colère, mais qu'en savons-nous réellement ? Moi, je voudrais juste qu'il soit là, avec moi. Ne comprend-il pas que j'ai besoin de lui ?

Elle s'était à nouveau pelotonnée dans son fauteuil de rotin après avoir abandonné ses chaussures. Elle avait froid mais ne s'en rendait même pas compte. Elle tétait son porte-cigarette d'un air fatigué, tout en se massant les tempes. Elle aurait dû aller se coucher mais elle ne parvenait pas à s'y résoudre. Jan s'était resservi un whisky. Il avait décidé de se saouler.

— Demain, disait-il en marchant en rond sur un tapis de corde, demain, Omja viendra nous dire où ce rat est parti se terrer. Je demanderai alors aux autorités britanniques de me donner des hommes et du matériel pour partir vers le Meghalaya. Demain, je te le promets, Olga, je me lance sur les traces du baron, et je retrouve mes deux petites femmes. Oui, je vais les retrouver, mes deux amours.

Olga l'écoutait en soufflant nerveusement de grosses bouffées de fumée. Elle ne lui avait pas tout dit concernant Jezebel. Elle hésitait encore à lui en parler. Elle ne voulait pas le faire souffrir inutilement.

— Jan… commença-t-elle tout de même. Je dois encore te dire quelque chose.

Elle se leva, écrasa sa cigarette dans le cendrier. Il attendit, ses yeux d'acier posés sur elle. Elle vint lui prendre la main, la porta à sa joue pour une brève caresse. Elle chuchota :

— Tu ne sais pas tout.

Ils se regardèrent ainsi, longuement, puis elle l'entraîna jusqu'au salon que l'heure tardive figeait dans une épaisse obscurité. Elle tourna le commutateur pour allumer le grand lustre d'apparat, inondant la pièce d'une lumière éblouissante. Dans le fond, près d'un bow-window aux volets fermés, elle avait fait dresser quelques jours auparavant un arbre de Noël. Elle tendit la main pour le lui montrer. Il fit quelques pas, médusé.

Ce « sapin » était en réalité un buisson aux feuilles persistantes qu'un des jardiniers avait taillé en forme de cône afin de le faire ressembler à un épicéa. Cette année, elle ne l'avait pas fait décorer de boules de Noël, mais de minuscules chaussons tricotés en bleu ou en rose. D'autres chaussons avaient été disséminés un peu partout dans la pièce, la plupart noués en guirlandes, intercalés avec de beaux rubans de satin et des étoiles d'argent.

Jan Lukas se méprit. Il la félicita.

— Je suis heureux pour toi, Olga. Omja sera ravi, c'est sûr.

— Ce n'est pas moi qui suis enceinte, Jan, chuchota-t-elle en s'appuyant contre un meuble, parce qu'un vertige lui donnait l'impression de tomber.

Il mit quelques secondes à comprendre. Posa soudain sur la jeune femme le regard d'un homme au bord du vide.

— Ne me dis pas ça, Olga, je t'en prie. S'il te plaît, non, pas ça.

Elle eut le cœur transpercé par la douleur qu'elle lisait sur son visage.

— Je suis désolée, Jan, répondit-elle très doucement, en le prenant dans ses bras. Je suis tellement désolée. Jezebel venait à peine de s'en rendre compte. Elle voulait te faire la surprise. Toutes les deux, on avait trouvé cette idée des chaussons, cela nous avait fait tellement rire, et puis…

Elle se tut, parce qu'elle venait d'éclater en sanglots, et ils restèrent ainsi, enlacés, en n'ayant rien d'autre à se dire que ce grand chagrin qui les nouait l'un à l'autre.

22

21 décembre 1924
Sun Mahal – Calcutta – Inde

Le maharaja Mani Sarthak Singh marchait d'un pas en apparence débonnaire vers son zoo privé. Il avait choisi cet endroit informel pour recevoir son visiteur, car il ne voulait pas donner à cette entrevue un caractère trop officiel. L'homme qu'il s'apprêtait à accueillir était un membre de sa famille. Il était juste de lui témoigner de l'amitié, tout en le faisant dans des proportions raisonnables afin de ne pas risquer d'attirer l'attention d'éventuels espions.

Mani Sarthak était lucide. En tant que souverain de l'important État de Mahavir, il était surveillé de près par le Raj britannique. À ce titre, il se doutait que, parmi sa nombreuse domesticité, certaines personnes jouaient un double jeu. La politique était faite d'intrigues et d'espionnage. C'était ainsi depuis la nuit des temps.

Lorsque la Compagnie des Indes était passée sous le contrôle de la Couronne britannique, en 1858, ses prédécesseurs avaient signé une alliance qui leur permettait de conserver la suzeraineté de leur province. Le Mahavir était devenu un État princier du Raj, et ses maharajas les suzerains du vice-roi des Indes.

Il était très rare qu'un royaume aussi vaste continue à être gouverné par ses propres princes. Pour maintenir ce fragile équilibre, Mani Sarthak s'efforçait de ne jamais faire de remous. Il avait ainsi laissé les Britanniques s'occuper des délicates questions de politique extérieure et de défense. Il espérait en échange que la Couronne impériale reconnaîtrait sans problème le titre de prince de l'Empire à son fils héritier.

En attendant l'heure du rendez-vous, il se promena parmi les cages. Il s'était vêtu assez simplement d'une soie jaune pâle, sur laquelle de multiples décorations amenaient de la couleur. Il faisait chaud et un serviteur le suivait pas à pas pour l'éventer. Un autre s'efforçait de chasser les mouches qui, près de la ménagerie, se montraient plus agaçantes qu'ailleurs. Un troisième portait en permanence un plateau avec des boissons et des fruits, afin d'être prêt à lui proposer un rafraîchissement à n'importe quel instant. Le quatrième était un garde du corps attitré, qui se tenait le torse nu et musculeux, avec une épée passée à la ceinture.

Depuis longtemps, Mani Sarthak Singh ne remarquait plus la présence de sa domesticité. Dès sa naissance, on lui avait donné l'habitude d'être servi en toute chose, même sur des détails incroyables. Le matin, de multiples mains se succédaient pour le laver, le raser, le coiffer, l'habiller, lui mettre son turban, le parer de ses bijoux, ses colliers de perles et ses bracelets. D'autres mains le nourrissaient et lui proposaient à boire.

Faisait-il mine de s'ennuyer ? Des musiciens venaient le distraire, ainsi que des bayadères, certaines réservées aux temples sacrées, d'autres plus caressantes. Avait-il besoin de se dépenser physiquement ? On faisait seller un de ses chevaux, et il partait en balade ou à la chasse. Désirait-il lire ? Des érudits se précipitaient pour lui proposer des ouvrages de sa bibliothèque, dont certains étaient très rares et très anciens. Avait-il un besoin plus intime ? On envoyait aussitôt quérir l'une de ses épouses, ou même une prostituée de haut rang qui, bien qu'il ait de l'âge et de l'expérience en ce domaine, arrivait tout de même encore à l'étonner.

Porté par ses pensées, il passa rêveusement devant les cages principales de la ménagerie, celles où l'on pouvait admirer les grands fauves, des tigres et des panthères, qui étaient toujours très impressionnants aux yeux des néophytes. Lui préférait se rendre dans l'arrière-fond, vers des enclos plus discrets.

Ses pas le conduisirent tout naturellement au milieu d'un foisonnement végétal composé de hautes herbes jaunes et de buissons maigres. Là, dans un enclos qui reproduisait assez bien un habitat semi-désertique, déambulait son animal préféré, l'hyène rayée.

Celle-ci s'appelait *Parimaan*[1]. Elle ne payait pas de mine, avec sa fourrure rude et hirsute, ses membres disproportionnés et sa grosse tête velue. Au mieux, elle pesait une centaine de pounds, pour une taille approchant celle d'un gros chien. Elle se déplaçait avec une allure curieuse, courbant l'échine comme si elle était servile ou sournoise. Son cri était remarquable. Il s'agissait d'un long ricanement. Lorsqu'on l'entendait au cœur de la nuit, on ne pouvait s'empêcher de frissonner, et de croire à l'existence d'un démon.

Pour Mani Sarthak Singh, cette hyène était l'animal le plus fascinant de sa collection. Il la préférait à tous ses fauves, et même à l'ours aux dandinements comiques, sans doute parce qu'elle était capable de survivre à tout. Elle subsistait même dans le désert, car elle n'avait besoin de boire qu'épisodiquement. Elle se nourrissait de la

---

1. Grandeur, en hindi.

même façon, en opportuniste, avalant tout ce qui lui tombait sous la dent : graines, fruits, feuilles, insectes, oiseaux, poissons, charognes. Elle savait aussi mener de grandes chasses et réussissait à abattre, seule ou en groupe, des proies imposantes qui nourrissaient son clan durant plusieurs jours. Ses mâchoires étaient si puissantes qu'elle pouvait manger des tortues. Une hyène parvenait même à ronger du métal. Par exemple, celle qu'il observait en cet instant avait un jour réussi à faire un trou dans son grillage. Son évasion avait provoqué la panique au sein du palais. Les soigneurs et les gardes avaient fouillé les moindres recoins en vain. L'hyène était demeurée introuvable jusqu'à la nuit tombée, jusqu'à ce qu'elle décide de revenir d'elle-même dans son enclos.

Le maharaja s'approcha en l'appelant d'une voix affectueuse. Il lui jeta une boulette de viande. Il avait toujours aimé s'occuper de ses animaux – sinon à quoi bon posséder un zoo ? – mais depuis le récent drame, avec sa petite-fille enlevée et Mukhy Aadamee assassiné, il venait surtout ici pour se rappeler les bons moments, sa première rencontre avec l'enfant, sa joliesse et sa spontanéité.

Comme en pèlerinage, il nourrissait l'hyène, parlait un peu au vieux tigre fatigué qui l'écoutait en entrant et sortant ses griffes, puis se rendait aux écuries des éléphants. C'était l'heure du bain, la lumière de fin d'après-midi coulait sur les pachydermes, les nimbant d'une couleur dorée. Surveillés par leurs cornacs, ils se déplaçaient en file jusqu'au fleuve, Hātirāj en tête.

Mani Sarthak admirait le spectacle en soupirant, tout en essayant d'oublier la vilaine douleur qui lui enserrait le bas du dos. Depuis quelques jours, son âge se manifestait un peu trop, à moins que ce ne fût le poids des soucis, ou celui des chagrins.

Il lança à nouveau une boulette. L'hyène se jeta sur la chair en glapissant. Elle engloutit la viande à toute allure, avec des bruits assez désagréables, puis recommença à galoper le long des barreaux, les yeux rivés sur la main qui puisait dans le seau.

Enfin, un serviteur vint respectueusement s'incliner devant le souverain pour l'avertir de l'arrivée de son invité. Mani Sarthak renvoya tous les domestiques, même le soigneur et son seau, et il guetta les pas discrets en train de s'approcher.

Il reconnut son neveu Jangalee Karaaja au parfum de l'huile d'*oudh* dont ce dernier enduisait ses muscles. Ce parfum était rare et précieux, car tiré d'un arbre de la famille des *Aquilarias* parasité par un champignon. Il en résultait une résine[1] dont la distillation donnait une fragrance envoûtante, mystérieuse et sombre, assez proche du cuir ou de l'animal, traditionnellement utilisée pour détendre le corps après d'intenses séances d'entraînement physique.

Jangalee Karaaja avait le même physique de colosse que son père Mukhy Aadamee, dont il avait hérité les sept pieds de haut. Sa carrure semblait même encore plus impressionnante, peut-être parce qu'il était dans la pleine force de l'âge : il n'avait pas trente ans. Son torse, qu'on devinait largement dans l'échancrure de la *kurta* déboutonnée, était un relief ahurissant de muscles épais et durs. Les pectoraux avaient un téton ciselé comme un bijou, les abdominaux étaient sculptés à la perfection jusqu'à l'aine, et sans doute plus bas encore. Les bras noueux avaient des gestes mesurés, le mouvement de ses cuisses était souple, félin.

1. Cette résine, le calambac, est aussi connue sous le nom de bois d'agar, *agarwood*, ou bois d'aloès.

— Je suis venu solliciter le droit à la vengeance, dit-il en guise de salut.

Mani Sarthak s'amusa de cette outrecuidance, mais préféra ne rien en laisser paraître. Bien qu'il y ait entre eux une affection qui dépassait les simples liens de famille, il demeurait le maharaja. Il foudroya donc son neveu d'un œil peu amène, et répliqua sèchement :

— Est-il toujours judicieux d'évoquer des griefs personnels de façon publique ?

Le géant serra les dents sous la remontrance. Il venait réclamer, pas se soumettre, mais il finit tout de même par s'incliner en joignant les mains avec respect.

— *Namasté, Raja* Mani Sarthak Singh.

Son visage aux traits réguliers avait un regard de fauve aux aguets, jaune comme celui d'un tigre. Il affichait sans équivoque une expression insoumise, pleine de provocation. Son oncle hocha la tête. En de telles circonstances, il était difficile d'attendre autre chose de son visiteur.

— Je suis heureux de ta visite, mon neveu, même si j'aurais préféré te revoir dans d'autres circonstances.

Il lui demanda de le suivre vers les méandres d'un jardin laissé un peu à l'abandon, derrière les cages des hyènes. Ici, les herbes étaient rousses, peu entretenues, et permettaient d'être relativement invisible des allées principales. Avec le soir approchant, l'air devenait lourd, et le soleil lui-même semblait s'être assombri, mais peut-être n'était-ce que le chagrin qui se rappelait à eux.

Bien vite, Jangalee Karaaja voulut reprendre la parole, le maharaja leva aussitôt une main autoritaire. Il lui dit :

— J'ai fait conserver le corps de ton père dans du miel, comme le fut sans doute Alexandre le Grand[1] et

1. Effectivement, il paraît qu'Alexandre le Grand aurait été recouvert de miel, dont le pouvoir antiseptique permettait la

certains de nos ancêtres. Je tiens à ce que tu puisses toi-même procéder aux funérailles.

Le jeune colosse s'inclina profondément, mais ses yeux brillaient de colère.

— Grand *Râja*, je t'en suis infiniment reconnaissant, mais je réitère tout de même ma demande de droit à la vengeance.

Mani Sarthak hocha la tête.

— Jangalee, je comprends ta demande. Moi aussi, je brûle de vengeance. Ton père était mon beau-frère, le frère de mon Isha adorée. Il était aussi un ami très cher dont les conseils m'étaient précieux. Sa perte creuse mon cœur de chagrin.

Le jeune colosse lui coupa la parole.

— Combien de morts ce chacal d'Européen fera-t-il encore ? Quand déciderons-nous de réagir, de nous réveiller, de nous défendre tout simplement ? Combien de disparitions devrons-nous encore supporter ? Cet *haraamee*[1] s'approche dangereusement de la Cité du Lotus. Demain, il sera à sa porte. Le regarderons-nous piller nos trésors, violer nos femmes, tuer nos hommes ? Que ferons-nous, pour protéger notre culture et nos biens ? Devons-nous oublier tous nos ancêtres qui, au cours des millénaires, se sont battus pour préserver notre mode de vie ? Il est temps d'agir, mon oncle. Kali appelle à la vengeance, j'entends sa voix depuis bien longtemps.

Le maharaja leva les yeux pour rencontrer ceux de son neveu. Dans la lumière douce de la fin d'après-midi, Jangalee était un véritable dieu d'airain, sculpté avec la beauté intemporelle d'une statue. Il reprit d'une voix douce.

---

conservation du corps. Cette méthode était courante durant l'Antiquité.

1. Salopard, en hindi.

— Moi aussi je déplore nos morts, mon neveu. Charu était mon fils, et Mukhy mon beau-frère. Ces morts doivent cesser. Il faut néanmoins que je demeure prudent. Depuis longtemps, je suis surveillé par les Britanniques. Ils ne guettent qu'un seul faux pas pour me destituer de mon trône. Le Mahavir est trop grand, trop riche, pour qu'ils n'aient pas envie d'en faire une province dirigée par l'un de leurs gouverneurs, comme ils l'ont fait avec tous les autres États indiens ayant un tant soit peu d'importance. Je ne puis les laisser nous dépouiller. Que deviendrait notre famille ?

— J'entends ce discours depuis ma naissance ! Est-ce le discours d'un homme qui maîtrise son destin ?

— C'est le discours d'un homme qui œuvre pour garder les prérogatives de son rang. Ces prérogatives sont également les tiennes, Jangalee Karaaja !

— Je veux venger la mort de mon père ! Je ne resterai pas les bras croisés. Ma bouche a un goût de sang et de sel. Ma main est pleine de colère. Si ce n'est pas pour faire justice, pourquoi m'avoir fait venir au Sun Mahal en urgence ?

— Parce que j'ai deux requêtes à te formuler.

Jangalee le toisa, les narines frémissantes. Un espoir insensé se refléta sur son visage. L'heure de l'action avait-elle enfin sonné ?

— Je t'écoute, mon oncle.

Mani Sarthak Singh expliqua ce qu'il savait : que le baron von Rosenheim venait de quitter Calcutta avec trois camions chargés d'armes et de matériel ; qu'il faisait en ce moment même route vers le Nord du Bengale, vers la région du Meghalaya ; qu'il semblait donc savoir où se trouvait la cité qu'il convoitait depuis si longtemps. Le secret de Pachamashutra était en passe d'être trahi.

Jangalee serra les poings de colère.

— Il est plus que temps d'agir ! Bientôt, si nous ne faisons rien, il sera trop tard !

Mani Sarthak haussa un sourcil. À côté du géant, il avait conscience d'être trop petit, trop rond, trop vieux, mais il était tout de même le maharaja de Mahavir, le « Joyau du Bengale », et il ne permettrait à personne de l'oublier, pas même à son neveu.

— Ne commettons pas l'erreur de nous précipiter. Lorsqu'un Occidental est assassiné en Inde, une enquête est diligentée. Si von Rosenheim meurt, les Britanniques mettront leur nez dans nos affaires et auront vite fait de découvrir ce que nous cachons. Nous ne pouvons pas nous contenter de l'assassiner. Je n'ai pas attendu tout ce temps pour soudain agir inconsidérément.

— Il doit mourir ! s'exclama Jangalee, de plus en plus furieux. Il a tué ton fils, mon cousin. Il a tué mon père, l'oncle de ton fils. Que devons-nous retenir d'autre ? N'avons-nous pas droit à la justice ?

— La justice sera faite, voilà pourquoi je t'ai demandé de venir. Je viens de comprendre que nous nous sommes fourvoyés depuis le début. Nous craignions que la Cité du Lotus soit découverte. En réalité, ce sera notre chance.

— Mon oncle !!! s'exclama le colosse en le regardant comme s'il était devenu fou.

Mani Sarthak Singh tempéra sa colère d'un regard rusé.

— Écoute-moi avant de juger… Pachamashutra est à l'écart du monde, dans un endroit inexploré où aucun Européen n'est venu depuis longtemps. La jungle des Nuages est si dense, si inhospitalière, que les rares égarés qui s'y enfoncent finissent tous par disparaître. Comme dans les Sundarbans, il y a là-bas plus de tigres mangeurs d'hommes qu'ailleurs. Il y a les maladies, les insectes, les cobras. Enfin, il y a les démons, et Kali elle-même, qui veillent inlassablement.

— Il y a mes hommes, aussi.

— Je t'entends, Jangalee, mais je ne souhaite faire intervenir tes thugs qu'en dernier recours. Si les Britanniques apprennent que des thugs ont survécu à leur éradication et qu'ils se sont regroupés dans une place forte, je t'assure qu'aucune jungle, aussi sauvage soit-elle, ne les retiendra longtemps. Ils arriveront avec leurs fusils et leurs mitrailleuses, et tes hommes uniquement armés de *bagh nakh* et de lacets étrangleurs seront cette fois-ci décimés pour de bon.

— Alors ?

Mani Sarthak Singh eut un fin sourire.

— Alors, mon cher neveu, nous allons laisser le baron von Rosenheim entrer dans notre jungle et s'enfoncer suffisamment vers la Cité du Lotus pour qu'aucun de ses cris ne puisse jamais parvenir aux oreilles des Britanniques. Laissons agir la nature. Contentons-nous simplement de lui faciliter la tâche en faisant disparaître un à un tous les membres de son expédition. Après des jours d'errance, lorsque notre ennemi sera suffisamment enfoncé dans les profondeurs inexpugnables du Meghalaya, loin de toute possibilité de repli vers la civilisation occidentale, alors, oui, je t'autoriserai à lâcher tes hordes d'étrangleurs sur les quelques survivants. Il faudra juste faire attention à ce qu'il ne reste aucun charnier, aucune trace de bataille, aucune preuve de notre culpabilité. Tu ordonneras à tes thugs de se débarrasser des corps en les donnant en pâture aux vautours. Qu'il ne demeure à jamais aucune trace. Rien. La cité demeurera un secret éternel à cette seule condition.

Jangalee réfléchit. Il n'était pas certain d'approuver cette idée. Il attendait un corps-à-corps vengeur, avec de la chair qui s'écrase sous son poing, du sang qui jaillit de blessures ouvertes, des os qui craquent et se brisent. Il ne voulait pas voir mourir son ennemi à cause d'une araignée venimeuse ou d'une simple piqûre de moustique.

— Je veux le tuer de mes propres mains, rugit-il.

— J'ai besoin de toi pour ma seconde requête. Si tu la mènes à bien, alors, oui, je pourrai t'accorder ce plaisir.

Les yeux jaunes de Jangalee brillèrent.

— J'écoute.

— Le baron a avec lui deux otages : une Anglaise et son enfant. Cette enfant est la fille de Charu, ta cousine, la princesse Leela. Ramène-la-moi saine et sauve. Ton père est mort en s'efforçant de la défendre. Si tu réussis cette mission, son sacrifice n'aura pas été vain.

Cette fois-ci, le regard jaune devint celui d'un fauve se réjouissant de la chasse à venir. Le colosse s'inclina devant le maharaja.

— Je vais la reprendre, mon oncle. Je saurai la protéger et te la ramener. Je te le jure.

— Bien, souffla Mani Sarthak Singh.

Jangalee hocha la tête, interrogeant encore :

— Que dois-je faire avec la mère, cette Anglaise ?

Le maharaja ne répondit pas de suite. Il pensa d'abord à son fils Charu, qui avait tant aimé cette jeune femme. Il se souvint de son enthousiasme, de son bonheur, de sa gaieté, des sacrifices qu'il était prêt à consentir pour le simple plaisir de se tenir auprès d'elle. Était-il mort à cause d'elle, ou parce que l'amour qu'il portait dans son cœur valait tous les sacrifices ? Lui-même, n'aurait-il pas donné sa vie pour sauver celle de son Isha adorée ?

Il finit par murmurer :

— Je n'ai rien contre cette femme, qui a su donner du bonheur à mon fils Charu. Si tu peux la sauver en même temps que l'enfant, fais-le. Mais si, à un moment ou à un autre, tu dois la sacrifier pour parvenir à tes fins, fais-le également. Je te demande uniquement de me ramener ma petite princesse Leela saine et sauve. Et bien sûr de protéger des profanateurs notre belle Cité du Lotus rose, Pachamashutra la secrète, le sanctuaire de Kali, notre déesse-mère.

Ils allaient se dire adieu lorsque des cris les interrompirent. Un homme de haute taille venait vers eux d'un pas si rapide que le domestique qui tentait de le retenir était contraint de trotter à son côté.

— *Sahib*, vous ne pouvez pas voir Son Altesse royale maintenant. *Sahib*, s'il vous plaît, il faut attendre que le maharaja vous convoque ! *Sahib* !

Le *sahib* en question continuait à avancer, assez semblable à un lion importuné par un moucheron. La scène aurait pu être drôle si Mani Sarthak Singh n'avait reconnu Jan Lukas, l'ami américain de son fils Charu. Un pli soucieux barra le milieu de son front. Il n'était pas surpris. Il se doutait que, tôt ou tard, ce dernier viendrait lui demander de l'aide.

Il fit signe à Jangalee Karaaja de s'éclipser. Le colosse le salua profondément, puis tourna les talons. Les deux hommes se croisèrent, se toisant au passage. Jan Lukas était grand et d'allure sportive, mais à côté du colosse hindou, il ressemblait à un avorton. Le géant hocha brièvement la tête, puis s'éloigna. L'Américain le suivit un instant du regard. Les yeux de l'homme l'avaient interpellé. Ils étaient jaunes, assez semblables à ceux d'un tigre, or il n'en avait jamais vu de semblables, hormis ceux de Mukhy Aadamee.

Il ne put s'empêcher de faire le rapprochement.

— Nous connaissons-nous ? demanda-t-il à l'Hindou, mais ce dernier s'éloigna sans lui répondre, et il oublia cet incident, car le maharaja Mani Sarthak Singh venait de se planter devant lui, visiblement furieux.

*

Le « Joyau du Bengale » était dans une colère froide :

– Eh bien ? interrogea-t-il sèchement. Qu'est-ce qui vous prend, Jan Lukas ? Jusqu'à présent, j'appréciais votre pondération, votre respect pour nos coutumes, pour nos lois, notre protocole. Vous étiez le bienvenu dans notre demeure. Cela vous donne-t-il le droit de vous introduire aussi cavalièrement chez moi et d'interrompre mes conversations ? Vous n'êtes peut-être pas britannique, mais vous avez la même arrogance qu'un colonisateur !

Jan Lukas sursauta. Lorsqu'il s'inclina devant le souverain, il afficha une certaine contrition dans le geste, mais nullement dans le regard.

– Pardon, Votre Altesse, dit-il finalement, mais avons-nous du temps à perdre avec de telles considérations absurdes ? J'ai forcé votre porte car j'estime la situation urgente. Avez-vous oublié que votre petite-fille a été enlevée et que ma femme a disparu. Nous savons tous les deux que notre ennemi commun, le baron von Rosenheim, en est l'instigateur. Nous devons agir.

Le maharaja soupira, puis s'efforça de gagner du temps. D'un geste autoritaire, il appela ses domestiques pour exiger qu'ils apportent deux fauteuils confortables et qu'ils les installent à l'ombre d'un parasol à franges. Il réclama aussi ses gardes personnels, quatre hommes musculeux armés jusqu'aux dents d'un sabre, d'un pistolet passé à la ceinture et d'une lance, qu'il plaça en carré près de son siège. Enfin, il ordonna que tous ses autres serviteurs reprennent leur travail, en particulier celui qui l'éventait et celui qui chassait les mouches. Un dernier claquement de mains amena des rafraîchissements, et tout un assortiment de sucreries.

Durant tout ce temps, Jan s'était tenu raide et assez impatient. Là, il explosa :

– Je ne suis pas venu déguster un *lassi* à la rose, Votre Altesse ! N'avez-vous pas compris de quoi je veux vous parler ?

Maintenant assis dans un fauteuil abondamment garni de coussins moelleux, le maharaja leva une main apaisante, puis incita son hôte à prendre un bonbon. Lui-même en engloutit un en fermant à demi les yeux de plaisir. Jan refusa la douceur qu'il lui présentait en lui coulant un regard exaspéré.

– Le sort de votre petite-fille vous est-il donc indifférent ?

Pour toute réponse, le maharaja lui offrit un grand sourire aimable.

– Avez-vous réussi à trouver ces chevaux *marwaris* dont vous faisiez grand cas il y a quelques semaines ? Mon ami le nabab[1] du Rajasthan vous a-t-il bien reçu ? Combien d'étalons avez-vous achetés ? Sont-ils à votre convenance ?

Jan crut devenir fou. Il dévisagea Mani Sarthak Singh avec la furieuse envie de le prendre par le col pour le soulever de terre et le secouer en tout sens. Avisant les quatre gardes qui le regardaient d'un air peu amène, il se força à se calmer. Ce n'était pas le moment de perdre son sang-froid. Trop de choses étaient en jeu. En particulier retrouver Jezebel et la petite Lián le plus rapidement possible. Il avait passé la matinée chez le représentant du vice-roi qui lui avait fait l'amabilité de le recevoir en personne, mais c'était tout ce qu'il avait obtenu. Le maharaja était sa dernière chance. Il reprit donc la parole, en se forçant

1. Équivalent d'un maharaja dans l'Inde musulmane.

à s'exprimer lentement, un peu comme s'il s'adressait à un enfant capricieux. Il savait que son hôte en serait vexé. Avec un peu de chance, cela suffirait à le pousser hors de ses retranchements.

— Votre Altesse, à l'heure où je vous parle, le baron von Rosenheim a quitté son domicile de Calcutta pour faire route vers le Nord du Bengale, plus particulièrement vers la jungle du Meghalaya qu'il s'apprête à explorer. Ma femme et ma fille sont ses otages. J'ai tenté de demander de l'aide auprès du gouvernement britannique, mais ce dernier affecte de ne pas comprendre l'urgence de la situation. D'après ce que je sais, le baron bénéficie d'un sauf-conduit officiel, car il fournit régulièrement à l'armée britannique des renseignements sensibles. Je peux me lancer sur sa trace, mais si je veux avoir la moindre chance de réussir, j'ai besoin d'un laissez-passer, d'hommes et de matériel. Vous devez m'aider.

Comme il s'y attendait, le maharaja sortit de sa réserve, mais ce fut pour poser une question surprenante :

— Connaissez-vous la jungle du Meghalaya ?

Jan hésita.

— Eh bien, non. Je n'y ai jamais été.

— C'est une contrée sauvage, inexplorée même pour des Indiens. On l'appelle le « pays des Nuages », car il y pleut plus qu'ailleurs. Les montagnes qui l'entourent canalisent les vents qui remontent du golfe du Bengale et les forcent à se déverser dans la vallée comme dans un entonnoir. La jungle est épaisse, dense, sombre. Emplie de maladies et de vermines. Des tribus y vivent en semi-nomades de la chasse, de la pêche, et de quelques cultures vivrières. Les hommes sont des guerriers impitoyables. Ils chassent et tuent tous ceux qui tentent de pénétrer sur leur territoire. Ils refusent tout lien avec la civilisation. Ils prient des dieux sombres, et adorent les démons.

Jan répliqua d'un ton acerbe.

— Votre Altesse, vous le savez, le baron von Rosenheim n'est pas un enfant de chœur. Il va entrer dans votre pays des Nuages avec des hommes armés, et je sais de source sûre qu'il a avec lui au moins une mitrailleuse allemande, une Maschinengewehr 08. Rien ne pourra l'arrêter. S'il est persuadé que la cité perdue qu'il cherche depuis des années est quelque part là-bas, au milieu de cette jungle, il la trouvera. Il faut que j'y aille.

— Pourquoi ?

— Comment pourquoi ? s'exaspéra Jan, qui comprenait de moins en moins la logique de cette conversation. Que voulez-vous savoir ?

— Pourquoi voulez-vous aller dans la jungle du Meghalaya ?

La situation était surréaliste. Jan eut un geste excédé. Il s'était trompé. Il avait cru que Mani Sarthak l'écouterait d'une oreille attentive, qu'il soutiendrait ses motivations parce qu'il était attaché à l'enfant. Or, c'était tout le contraire. Il s'exclama avec colère :

— Je me moque de cette fichue jungle. Moi, tout ce que je veux, c'est ma femme et ma fille. Mais vous, je le sens, vous n'avez pas l'intention de m'aider. Vous n'avez rien à faire des gens qui sont morts, même s'ils appartenaient à votre famille !

— Jan Lukas, vous outrepassez l'affection que je vous porte ! Laissez-moi régler cette affaire à ma manière.

— Je veux ma femme, je veux ma fille. Je les veux vivantes.

— Je suis en train de m'en occuper.

Ils se mesurèrent du regard, puis le maharaja reprit d'un ton qu'il s'efforçait de rendre lénifiant :

— Je vous en prie, mon ami, retournez chez la duchesse Obolenski, et patientez. Je m'occupe de tout. Je vous le promets.

— Je veux participer aux recherches.

— Ne vous mêlez pas de cette affaire. Je vous le redis en ami, allez rejoindre votre duchesse russe, et attendez chez elle que je vous ramène celles qui vous sont chères. Laissez l'Inde aux Indiens, Jan Lukas. La loi *adivasi* empêche les étrangers de pénétrer sur leurs territoires. Il n'y a aucune exception à cette règle.

Il se leva, signifiant que l'entretien était terminé, sauf que Jan ne pouvait l'accepter. D'un pas brusque, il voulut s'approcher du monarque, essayer encore de lui faire entendre raison, mais les gardes veillaient. Les lances se fermèrent, lui coupant la route. Il sursauta, renifla avec mépris.

— Je vous croyais mon ami, Mani Sarthak Singh.

— Je le suis, car je vous protège. Si vos yeux voient le pays des Nuages, vous n'aurez pas le droit de vivre. C'est la loi *adivasi*.

Jan eut le cœur brusquement étreint par une main de glace.

— Êtes-vous en train de me dire que si ma femme et votre petite-fille pénètrent par hasard dans cette jungle, elles seront tuées ?

Le maharaja garda un silence terrible. Jan crut se liquéfier sur place. Lentement, avec des gestes ralentis qu'il ne maîtrisait plus vraiment, il tourna les talons. Il n'avait plus rien à dire. Il voulait juste sortir d'ici. Tout de même, alors qu'il passait devant la cage où sommeillait un vieux tigre, il se retourna à demi et pointa un doigt menaçant.

— Je vous invite à bien prier tous vos dieux pour qu'il n'arrive rien à ma femme et à ma fille. Et cela n'est pas un conseil d'ami, mais une vraie menace.

— Je vais vous faire ramener à la porte du palais, lui répondit tranquillement le maharaja, en le saluant bien bas.

Deux gardes encadrèrent Jan pour le conduire à la porte du Palais d'Or.

Il ne devait jamais y parvenir. Du moins, pas à cet instant.

*

— Entrez ici, Jan, je vous prie.

Le prince Omja avait surgi dans le couloir au moment où Jan Lukas passait, escorté vers la sortie par deux gardes royaux. Sur son ordre, ces derniers s'éloignèrent, laissant l'Américain seul face au prince héritier.

Omja Singh était tout simplement royal dans un *sherwani* couleur crème à motifs cachemire, porté sur un *pajama* brun, et souligné d'une écharpe dorée. Un énorme rubis serti de diamants et couronné d'une aigrette ornait son turban assorti. Son visage un peu rond paraissait marqué par la fatigue, mais l'Indien souriait tout de même, aimable et accueillant.

Il s'effaça devant Jan pour l'inciter à entrer dans une pièce ouverte en balcon, d'assez petite dimension, qui ressemblait par sa forme hexagonale à une rotonde.

Jan hésita. Il était seul avec le prince, le pas des gardes décroissait dans le lointain. Il regarda autour de lui, notant les moucharabiehs qui perçaient le mur pour permettre à des regards indiscrets de plonger vers une vaste cour où clapotait un réservoir. Une eau glauque baignait des *ghâts* privés, déserts, sans doute réservés à la famille royale.

— Vous méfiez-vous de moi ? demanda brusquement le prince, avec un grand sourire étincelant. Vous m'avez reçu chez vous. Je vous reçois chez moi, n'est-ce pas ainsi que fonctionne l'amitié ?

Jan haussa les épaules.

— Disons qu'en ce moment, je ne suis plus à une mauvaise surprise près.

— Je peux vous promettre que je n'en suis pas une, répliqua le prince en riant.

L'Américain entra dans une pièce où il n'y avait ni meubles ni serviteurs. Les murs étaient magnifiques, tellement recouverts de bas-reliefs délicatement ouvragés qu'ils ressemblaient à une dentelle de pierre. Par endroits, des perles avaient été incrustées dans le ciment, en rehauts colorés blancs, gris, noirs, roses. L'effet obtenu était admirable. Plus loin, de petites colonnes soutenaient une terrasse ombragée d'un toit qui avançait nettement au-dessus du réservoir. Dans un angle, un brasero laissait se consumer des bouses de vache séchées, dont la fumée âcre était censée éloigner les insectes.

Jan sortit sur le balcon pour s'appuyer d'un coude sur la balustrade. Il prit le temps d'observer les détails de cette magnifique architecture millénaire, typique des palais d'influence moghole, qui n'était que finesse et délicatesse.

— Votre père m'a demandé de partir, dit-il d'un ton acide, en posant ses yeux pleins d'ironie dans ceux du prince. Ne devrais-je pas lui obéir ?

Omja se mit à rire.

— Je tiens au préalable à vous présenter quelqu'un.

Presque immédiatement, un homme entra dans la pièce, amené par un domestique qui, déjà, s'éloignait avec force courbettes. Cet homme avait la cinquantaine plutôt sèche, un bon cheveu rouge d'Écossais et des taches de rousseur sur le nez et les pommettes. Lorsqu'il s'approcha de Jan pour lui serrer la main, son pas fit montre d'une sorte de lenteur, comme s'il désirait économiser ses gestes. Cette attitude atonique tranchait avec son regard bleu, plutôt aiguisé, qui se posait sur toute chose avec beaucoup de précision.

— Que faites-vous là, Jim ? s'exclama Jan, qui connaissait cet homme depuis de nombreuses années. Êtes-vous à nouveau invité à pister un mangeur d'hommes ?

Jim McCorball, le célèbre chasseur de fauves, mordilla d'un air ironique le floc de sa pipe en écume de mer sculptée, qui offrait sur le devant, comme sur la proue d'un navire, une femme aux seins nus. Une douce odeur de tabac se répandait dans l'air, fine et sucrée, typique d'un « Virginia ».

— On peut le dire comme ça, répondit-il avec une malice assez sardonique. Le prince Omja vient effectivement de me convier à une traque un peu spéciale. Allons en discuter devant ce thé que j'ai commandé et qu'on est en train de nous servir.

Ils s'installèrent à même le sol, devant un plateau d'argent garni d'une théière et de trois tasses. Là, ils sirotèrent lentement un thé fumant qui venait d'Assam, en prenant garde à ne pas se brûler. Jan, le dos appuyé à la balustrade, s'efforçait de ne pas montrer son impatience, mais il ne cessait de s'agiter, à tel point que ses deux vis-à-vis le toisèrent d'un air moqueur. Il les foudroya du regard.

— Au cas où vous l'ignoreriez, je n'ai pas vraiment le cœur à plaisanter. Quand allez-vous me dire ce que vous êtes en train de tramer tous les deux ?

Il avait toujours considéré ces deux hommes comme des amis. Omja était le frère aîné de Charu. Quant à Jim McCorball, il l'avait lui aussi rencontré grâce au jeune prince indien. Charu avait grandi dans une tribu *adivasi*. Devenu un excellent pisteur, il avait souvent accompagné le chasseur lorsque ce dernier traquait un mangeur d'hommes.

— Très bien, lui dit Omja en sortant de l'intérieur de son *sherwani* une carte qu'il déplia soigneusement. Comme notre ami Jim l'a annoncé, nous allons chasser un mangeur d'hommes. Nous partons demain à l'aube, voici notre parcours.

D'un doigt précis, il montra Calcutta, puis il remonta le cours du Gange en énumérant quelques villes : Chandernagor, Baharampur… Son doigt obliqua ensuite vers l'est, vers le fleuve Brahmapoutre, en pointant respectivement Ishwardi, Sirajganj et Cherrapunji.

— Nous allons ici, dans cette partie montagneuse. Un voyage d'un peu plus de trois cents miles, à mon avis deux ou trois jours en automobile au grand maximum. Au départ, la piste sera facile, tant que nous suivrons le Gange. Plus tard, ça se corsera un peu, mais j'ai une bonne petite Isotta Fraschini Tipo 8, capable d'un rythme de croisière intéressant. Elle tient parfaitement la route, même quand cette dernière prend un tracé à peine existant.

Jan regarda la carte sans vraiment comprendre ce qu'on attendait de lui. Jim lui étreignit l'épaule d'une main, en un geste amical qui se voulait complice.

— Vous nous accompagnez, Jan, bien sûr.

— Bien sûr ? s'étonna-t-il, de plus en plus perdu. Ne croyez-vous pas que j'ai en ce moment bien autre chose à penser qu'à une de vos chasses au tigre ?

Omja se pencha vers lui, et chuchota très bas, pour n'être entendu que de lui seul :

— Cherrapunji, c'est le pays des Nuages, autrement dit, la jungle du Meghalaya. N'est-ce pas là où vous avez besoin d'aller ? Notre tigre, ou devrais-je plutôt dire notre cobra, y sera sans doute à partir de demain. Si tout va bien, nous n'aurons que deux jours de retard. Dans la jungle, c'est un retard qui peut aisément se combler.

Jan dévisagea les deux hommes l'un après l'autre. Il ne parvenait pas à y croire. Quelques minutes auparavant, il se débattait encore seul dans un cauchemar sans fin. Maintenant, il semblait qu'un projet existait bel et bien. Apparemment, le prince Omja avait pris le temps de contacter Jim McCorball, de le mettre au courant de l'affaire, d'éventuellement le convaincre. Ensemble, ils avaient initié le projet, réglé tous les détails.

— Nous partons demain matin à l'aube, ajouta le prince.

— Je croyais que votre père s'occupait du problème à sa façon.

Omja acquiesça.

— On m'a appris en Angleterre à ne pas mettre tous mes œufs dans le même panier. Mon cousin Jangalee est effectivement de la course. Il est chargé de neutraliser le cobra. Nous, nous allons délivrer les otages. Nous voyagerons vite et léger, nous ne serons que trois. Du moins, si vous acceptez d'en être. Je ne vous cache pas que l'entreprise sera difficile. Nous ne pourrons compter que sur nous-mêmes. Mais le jeu en vaut la chandelle, n'est-ce pas ?

Jan hocha la tête. Il était un peu sonné par la nouvelle, mais déjà l'espérance revenait.

— J'en suis, bien évidemment. Et merci, ajouta-t-il en tombant d'abord dans les bras de Jim McCorball, puis dans ceux du prince, pour une accolade pleine de reconnaissance.

— Vous nous remercierez lorsque nous aurons réussi, répondit simplement le prince héritier. Nous sommes tous conscients que la tâche ne sera pas simple.

Ils se penchèrent de concert sur la carte afin de mettre au point un plan de campagne quasiment militaire, dont l'élaboration les tint éveillés jusqu'au milieu de la nuit. À l'aube, ils s'installèrent dans l'Isotta Fraschini, et ils prirent la route qui longeait l'Hooghly vers le nord, vers Chandernagor puis, plus loin, vers le Bengale et le fleuve Brahmapoutre.

23

23 décembre 1924 – 10 janvier 1925
Pays des Nuages – Meghalaya – Inde

Devant Jezebel et la petite Mary-Leela, la jungle apparut, telle un rempart vert.

Brusquement, la végétation s'éleva en un mur, comme si chaque feuille était une brique. De près, ce fut encore pire. Jezebel n'avait jamais vu une telle densité végétale, même lorsqu'elle avait traversé les mangroves des Sundarbans.

La pluie en était sans doute la raison.

Ici, entre les monts Garo, Khasi et Jaintia, qui formaient une sorte de cuvette parsemée de ravines et de profondes vallées, il pleuvait constamment, certes un peu moins en décembre et janvier, mais tout de même suffisamment pour alimenter ces élancements verts inexpugnables.

Où que portât le regard, la forêt n'était qu'un enchevêtrement glauque, animé d'une sorte de palpitation bruissant de vie. Dans un capharnaüm de sons qui rendait l'air plus dense, on découvrait d'abord les fougères déployées en tapis. On butait ensuite sur les larges éventails des palmiers-cuillères, avant de monter au-dessus des plus hautes cimes, celles des borasses[1] et des

1. Palmier de Palmyre, vénéré en Inde pour ses 801 possibilités d'utilisation.

nipas[1]. Entre le sol et le ciel, la vie se tordait en toupets déployés sur des troncs raides, en branches incurvées tapissées de lichens, en lianes dégoulinant des faîtes comme des cordes pendant à la coque d'un navire. Des tresses étrangleuses enrobaient des écorces à l'apparence animale, écailleuses comme des peaux de lézards géants. Des racines aériennes se confondaient avec des plantes parasites. Un monde vivait dans une flaque d'eau. Une feuille morte abritait des dizaines d'insectes. Le silence n'existait plus, colonisé par une multitude de cris d'oiseaux.

Jezebel et sa fille venaient de passer trois jours dans un camion bâché, secouées en tous sens sur des chemins qui ressemblaient plus à des ravines qu'à des routes. Elles étaient heureuses de pouvoir marcher un peu. Lián donnait sagement la main à sa mère. Elles avaient été autorisées à faire des allers-retours sur une vague bande de terre spongieuse, où elles avançaient à pas prudents par crainte de glisser. Les camions s'étaient garés sur un tronçon de savane à l'herbe filandreuse. Von Rosenheim avait déployé une carte sur l'un des capots, qu'il étudiait avec ses hommes. Jezebel était venue y jeter un coup d'œil, mais la carte lui avait paru presque vide. Il n'y avait rien, hormis des montagnes et des rivières, avec, au centre, un espace blanc, dénué de tracés, dénué de repères. Elle s'était éloignée, en jouant avec sa fille à reconnaître le cri des oiseaux, voici le coucou, voici un coq sauvage, mais au fond d'elle-même, elle était paniquée.

Ils allaient pénétrer au milieu de nulle part.

Le baron était fou.

Elle s'était mise à respirer plus vite, jusqu'à ce qu'elle regarde sa fille en train d'écouter les sons qui sortaient

1. Palmier dont le jus extrait des inflorescences est utilisé pour fabriquer du whisky nipa, ou de l'eau-de-vie.

de la forêt. La petite penchait la tête d'un côté puis d'un autre, étonnée de reconnaître des animaux. Elle paraissait moins apeurée, prise par son jeu. Jezebel lui sourit : sa petite main était tiède dans la sienne. Rien d'autre n'avait d'importance. Elles étaient toutes les deux en vie. Elles étaient ensemble. Pour le reste, elles aviseraient en cours de route. Après tout, elle avait réussi à traverser les terribles Sundarbans jusqu'au Bengale, elle pouvait réitérer l'exploit en traversant aujourd'hui cette jungle. L'important était de ne plus être enfermées dans le hangar à *chandoo* au milieu de la vermine.

La nuit y avait été cauchemardesque.

Dans le petit cagibi de planches mal jointes, aucune lumière ne perçait, et tout avait été bien trop sombre. Très vite, des griffes furtives étaient venues gratter dans le noir, et des choses inconnues les avaient frôlées. Elles s'étaient enveloppées dans la seule couverture qu'elles possédaient, repliant les jambes sous elles par crainte d'être touchées.

Autour d'elles, des animaux détalaient, d'autres couinaient. Peu avant le matin, à cette heure la plus obscure qui précède l'aube, un raffut les avait soudain fait sursauter, les sortant toutes deux de leur somnolence : deux rats se disputaient une même trouvaille. Les bêtes s'étaient battues pendant de longues minutes, puis le silence avait repris ses droits. Un silence craquant de mille bruits. À cet instant, dehors, de l'autre côté des planches, une bête plus grosse qu'un rat était venue les flairer. Sans doute un chien sauvage, bien que Jezebel n'en ait pas été sûre. Durant un bon moment, l'animal avait gratté contre le bois et elle avait eu peur qu'il ne réussisse à entrer. Bien qu'elle fût tétanisée par la crainte, cela lui avait donné une idée. Lorsqu'il s'était enfin éloigné, elle s'était mise à gratter à sa place, en espérant parvenir à arracher l'une ou l'autre planche.

Malheureusement, le bois était moins pourri qu'il n'en avait l'air. Elle n'avait réussi qu'à se blesser les mains.

Depuis qu'elle avait retrouvé sa fille, cette dernière ne la lâchait plus. La petite avait dormi la majeure partie de la nuit, agrippée à sa taille ou à ses épaules, en véritable petit singe accroché des quatre poings à sa mère. Jezebel l'avait veillée sans cesser de la serrer, la bercer, l'embrasser. Elle avait aussi passé beaucoup de temps à la palper de long en large, pour vérifier qu'elle n'était pas blessée. Heureusement, la fillette n'avait rien.

Mogül était apparu le lendemain matin lorsque le soleil avait commencé à s'infiltrer au travers des interstices. Il poussait devant lui une frêle jeune fille peut-être âgée de treize ou quatorze ans, qui portait une pile de saris. L'adolescente était à peine pubère, ses jeunes seins pointaient comme des boutons sous le tissu de son *choli*[1] un peu trop large. Elle était de petite taille, et si maigre qu'on voyait ses côtes lorsque son *dupatta*[2] glissait de sa tête. Sa peau était brune, ses grands yeux noirs mangeaient son visage trop émacié. Ses lèvres étaient colorées de l'intérieur par le jus de bétel. Sur sa nuque, ses longs cheveux étaient grossièrement tressés et tordus en un chignon qu'elle cachait sous son voile. Aucun collier, aucun bracelet, hormis un bijou de narine, un anneau qui était peut-être en or, mais plus vraisemblablement en bronze, et qui finissait en breloque avec quelques perles de verre.

Cette très jeune fille expliqua dans un anglais rudimentaire qu'elle s'appelait Taaza[3] et, qu'à partir de cet instant, elle était à son service. Elle dit aussi qu'elle allait les aider à mettre leurs saris.

1. Brassière.
2. Sorte de long voile ou d'étole portée sur la tête.
3. Douce, en hindi.

Jezebel n'avait pas l'intention d'obéir. Au contraire, elle avait envisagé d'implorer l'adolescente de les aider à s'évader. Sauf que les grands yeux noirs s'étaient mis à papillonner de crainte, tandis que la jeune fille offrait ses saris en la suppliant tant qu'elle était tombée à genoux.

— *Memsahib*, il faut mettre le sari, sinon *sahib* très en colère.

Son regard affolé tournait en tous sens comme celui d'une biche traquée par un tigre. Jezebel avait cessé de discuter. Elle venait de comprendre que Taaza n'était pas mieux lotie qu'elle.

Soulagée de la voir devenir raisonnable, l'adolescente s'était empressée de rapporter des bassines remplies d'eau tiède et avait commencé à les laver l'une et l'autre à l'aide d'une éponge. Jezebel avait ôté sa robe tachée du sang de Hùshì. Ce dernier formait des croûtes d'un brun sale qui paraissait encore plus irréel. Elle s'était mise à pleurer sans parvenir à se contrôler. Pour ne pas effrayer sa fille, elle avait seulement réussi à se cacher derrière ses mains.

Lorsque les saris avaient été convenablement drapés, Taaza avait sorti du pain naan encore tiède d'un panier, ainsi qu'un curry de légumes froid, enveloppé dans des feuilles de bananier. Tout le monde avait mangé, la petite Lián avec l'appétit de son jeune âge, Jezebel en se forçant à avaler ce qu'elle pouvait, parce qu'elle savait qu'elle aurait besoin de forces pour l'avenir.

Le soir même, elle avait compris le vrai rôle de Taaza. Après une course à tombeau ouvert sur une route dont la poussière s'infiltrait au travers de la bâche, les camions s'étaient arrêtés pour passer la nuit dans un fort militaire au-dessus de la vallée du Gange. Cet édifice ressemblait presque à une ruine, avec ses murs décrépits et ses créneaux parfois abîmés. Seulement trois soldats y logeaient, des indigènes en uniforme kaki, qui observèrent l'arrivée du baron et de ses hommes avec la mollesse de vaches regardant passer un train.

Jezebel et la petite Lián furent enfermées dans une pièce garnie d'une paillasse et d'un seau servant de latrines. Taaza organisa la nuit du mieux qu'elle put, courant partout pour apporter de quoi manger, ainsi que des couvertures. Lorsque la nuit fut tombée, et que de l'extérieur ne vinrent plus que les rires gras des soldats, elles s'étaient couchées toutes les trois ensemble, en se serrant les unes contre les autres, moins pour se réchauffer dans la tiédeur de la nuit que pour se rassurer. Brusquement, la porte s'était ouverte et Mogül s'était avancé. Sans un mot, il avait regardé l'adolescente. Taaza avait fait non de la tête, mais elle s'était tout de même levée. Elle avait réajusté son sari, lissé ses cheveux, puis, la tête basse, elle avait suivi le Moghol.

Jezebel n'avait compris ce qui s'était passé que le lendemain matin, lorsque l'adolescente était venue lui apporter le petit-déjeuner. La jeune fille s'efforçait de marcher sans jamais la regarder en face, alors Jezebel avait fini par l'arrêter en posant une main sur son épaule. Elle avait doucement tourné son visage vers la lumière qui tombait d'une lucarne. Une ecchymose gonflait sa pommette, juste sous l'œil gauche. Le coup avait été donné avec le poing, une chevalière avait imprimé sa marque sur la peau. La chevalière des von Rosenheim.

Elle s'était aussitôt indignée :

— C'est le baron qui t'a fait ça ? Il te frappe ?

Taaza avait resserré son voile et son sari en baissant les yeux. Jezebel avait alors deviné que les coups n'avaient pas été le pire. Révoltée, elle n'avait pas décoléré, à tel point qu'au moment de monter dans le camion pour continuer ce voyage dément, son sang n'avait fait qu'un tour en voyant arriver le baron.

Comme à son habitude, il était tiré à quatre épingles dans un élégant jodhpur, une veste à martingale impeccable et une chemise en fine baptiste de coton. Il avait même noué autour du cou un foulard de soie qui achevait de lui donner un air de dandy en vacances.

Jezebel avait échappé à la surveillance de Mogül pour aller gifler le Suisse de toutes ses forces.

— Mais quelle sorte d'homme êtes-vous donc ? avait-elle hurlé dans le même élan. Plus je vous connais, plus je suis écœurée par vos infamies. Taaza n'est encore qu'une enfant, et vous… vous…

Il lui avait attrapé le poignet et l'avait violemment jetée contre le camion. Le choc lui avait à demi coupé la respiration. Elle avait à peine eu le temps de remarquer que la jeune Indienne retenait Lián qui voulait se précipiter pour la défendre. Le baron s'était penché vers elle, lui soufflant au visage son haleine empestée de clou de girofle.

— Préférez-vous que ce soit vous, ma chère comtesse, ou même votre fille ? J'avoue que vous êtes devenue un peu vieille, et que votre gamine est encore trop verte pour correspondre à mes goûts, mais si vous y tenez, je puis faire un effort…

Elle lui avait craché au visage, oubliant sa peur, oubliant toute prudence. Il l'avait frappée en retour et Mogül l'avait saisie pour la jeter dans le camion. Lián s'était précipitée contre elle, l'enserrant de ses petits bras tremblants. Elle s'était efforcée de la rassurer, tandis que Taaza lui tendait un morceau d'étoffe afin qu'elle puisse éponger sa lèvre qui saignait. Quand les camions avaient démarré, l'adolescente avait chuchoté, en baissant les yeux d'un air aussi coupable qu'effrayé :

— Il ne faut pas intervenir, *memsahib*. Je lui appartiens, il m'a achetée à mes parents. J'ai mérité d'être battue, je ne voulais pas obéir. L'homme bat la femme, c'est ainsi.

« Non, ce n'est pas ainsi ! » avait eu envie de hurler Jezebel, mais elle s'était tue, parce qu'il était difficile d'aller au-delà de croyances millénaires. Et puis, de toute façon, qu'auraient-elles pu y faire, elle ou Taaza ? Elles n'étaient pas de taille pour lutter.

— Quand partons-nous ? pleurait Lián.

— Papa va venir nous chercher, avait-elle répondu en espérant que sa voix ne tremblait pas.

Maintenant, le voyage en camion était fini. Elle ignorait où ils se trouvaient, hormis devant cette jungle, que tous appelaient Mawsynram et qui était visiblement au milieu de nulle part : aucun village à la ronde, aucun champ, aucune culture vivrière. Aucun brûlis ou bois coupé. Rien.

Von Rosenheim avait fini de lire sa carte. Il arborait un air satisfait. Il donna des ordres pour que le matériel soit déchargé et qu'un camp soit monté pour la nuit. Mogül et les quatre hommes armés de machettes, de fusils et de revolvers, se mirent à l'ouvrage. Ils élevèrent en premier la tente du maître, ainsi que l'abri qui servirait de cuisine. Rapidement, des tapis furent déroulés, un lit en métal installé, recouvert d'une moustiquaire, et, comble du raffinement, deux fauteuils garnis de coussins moelleux, où le baron von Rosenheim s'installa aussitôt, un cigare à la bouche.

Durant toute l'opération, Jezebel demeura accroupie sous un *saraca*[1] en fleur, avec sa fille sur les genoux, et Taaza appuyée contre son épaule. Il n'y avait pas de vent, rien qu'une torpeur humide qui suintait des feuilles légèrement pendantes de l'arbre et gouttait le long des petites fleurs

1. Arbre très décoratif vénéré en Inde.

orange regroupées en cymes. Aucune des deux femmes ne parlait. Elles se contentaient d'observer les hommes en train de s'affairer. Jezebel caressait l'espoir de s'échapper. Après tout, personne ne leur prêtait attention, du moins, elle en avait été persuadée jusqu'à ce qu'elle se lève et que, l'air de rien, elle avance vers un taillis en emmenant tranquillement sa fille par la main. Taaza n'avait pas bougé, feignant d'être endormie. Jezebel avait senti son cœur battre d'espoir, jusqu'à ce que Mogül sorte de nulle part pour se dresser devant elle en disant d'un ton féroce :

— Pas aller par là.

— J'ai besoin d'aller aux toilettes, avait-elle menti.

Il l'avait accompagnée jusqu'aux buissons, avait battu les fourrés de ses hautes bottes et d'un bâton. Jezebel, les yeux écarquillés, avait cru voir une forme sinueuse s'échapper, et Mogül, se retournant vers elle avec une mine hilare, avait articulé « serpent ». Elle avait serré sa fille contre elle. Soudain, elle n'avait plus envie de partir à l'aventure dans le sous-bois. Il n'y avait rien aux alentours, que des collines boisées, des taillis pleins d'épines, et des feuilles, des feuilles à l'infini.

Elle était sagement revenue s'asseoir à côté de Taaza et avait continué à observer les hommes qui montaient le camp. Deux étaient des Indiens, maigres, courbés, osseux. Les deux autres étaient des petits Blancs sans le sou, sans doute arrivés dans le Bengale occidental des années auparavant pour faire fortune. Ils avaient très vite déchanté. Dans les colonies comme ailleurs, seul l'argent appelait l'argent. Lorsqu'on était pauvre, et que l'on n'avait sur l'épaule qu'un mauvais baluchon contenant à peine un couteau, un briquet et un bonnet, la vie se chargeait vite de vous expliquer ce qu'il fallait faire pour survivre. Ceux-là avaient compris les règles les plus primaires, sans doute parce qu'ils avaient moins de scrupules que d'autres. Ils étaient devenus des contremaîtres ravis de jouer du fouet sur des dos encore plus pauvres qu'eux. Durs à cuire, rapides à jouer du couteau, ils s'étaient mués en hommes de main efficaces, suffisamment en tout cas pour avoir le droit d'accompagner le maître dans ses errances les plus folles.

Le camp fut terminé d'être monté avec l'arrivée du crépuscule. Jezebel et la petite Lián eurent droit à leur propre tente. Taaza s'y réfugia en attendant d'être appelée dans celle du baron. Les hommes établirent des tours de garde.

La nuit fut un concert de cris, de hurlements, de coassements, de vrombissements divers. Des *jungle nightjars*[1] passaient et repassaient au-dessus des feux de camp en poussant des sifflements heurtés. Jezebel dormit à peine. Elle enlaçait sa fille, veillant dans le noir, seule dans une tente dont le tissu semblait bien mince pour la protéger du tigre ou du léopard, et de toutes ces autres bêtes qui rôdaient dans l'obscurité. Comme chaque soir, Mogül était venu chercher Taaza. Jezebel, en la voyant partir ainsi, si petite, si frêle, si jeune, avait eu un élan de révolte. Elle s'était précipitée vers le Moghol, assurant qu'elle voulait parler au baron, mais ce dernier l'avait repoussée.

— Non, pas toi. Elle, Taaza.

L'adolescente l'avait regardée, en lui lançant un vague sourire, comme pour l'encourager à supporter ce qu'elle, elle allait subir. Jezebel était tombée assise sur son lit avec impuissance, en serrant convulsivement sa fille contre elle, ses bras l'entourant comme pour la protéger à jamais de toutes les diableries qu'elle aurait un jour à supporter, parce qu'elle était née femme, et que cette misère-là s'ajoutait toujours aux autres misères.

1. Engoulevents d'Inde.

À bout de nerfs, elle s'était mise à pleurer. Lián, avec ses mains fraîches et ses baisers, l'avait consolée. Elle en avait eu un sursaut. Il n'était pas dans l'ordre des choses que les enfants consolent leurs parents.

Trois jours s'écoulèrent à la lisière de cette jungle, lents, indolents, complètement irréels. Le soir, le baron les conviait, elle et sa fille, à dîner. Une table était dressée avec une nappe sur laquelle couraient déjà des auréoles de moisi. Les couverts d'argent noircissaient de jour en jour. Taaza servait du vin dans des verres de cristal. Des chandeliers répandaient dans l'air une odeur de cire chaude. Jezebel grignotait sans appétit de la viande que le baron avait chassé dans la journée : du daim, du singe, et même un ragoût d'écureuil géant, qu'elle avait regretté de trouver dans son assiette alors qu'il avait été si beau avec sa fourrure colorée, là-haut, dans la cime des arbres.

Souvent, elle était prise de nausées, et elle devait se lever de table en urgence pour aller rendre ce qu'elle venait d'avaler dans l'un ou l'autre buisson. Cela suffisait pour lui rappeler qu'elle était enceinte. Elle s'en voulait alors de ne pas penser plus au petit à venir, de ne pas lui accorder toute l'attention et la tendresse qu'il méritait.

Plus tard, dans le secret de sa tente, lorsque Lián dormait, elle s'autorisait à penser à Jan. Elle mourait de son absence. Elle refusait de croire à l'irrémédiable de leur séparation. C'était venu trop tôt, trop soudainement. Il fallait que leur histoire d'amour perdure. Ils avaient tant de choses à vivre ensemble, n'était-ce que la naissance de leur enfant.

Elle se tenait debout dans le noir, les bras serrés sur sa poitrine, à n'enlacer que du vent. Le corps de Jan lui manquait. Son torse, ses cuisses, son ventre, son sexe. Parfois, à force d'y penser, elle croyait sentir son parfum de cèdre et de lavande, et elle se retournait comme s'il était là, à la surveiller de son regard goguenard, empli de tendresse.

Mais il n'y avait rien que l'obscurité et le silence peuplé du cri des oiseaux nocturnes.

Alors elle tombait à genoux en gémissant, le ventre torturé, les sens malmenés. Elle n'existait pas sans lui, l'homme de sa vie. Parfois elle s'endormait ainsi, à même le sol garni de tapis. Elle oubliait les bêtes qui rampaient, qui volaient, qui crapahutaient. Elle était seule avec son chagrin.

Le matin du quatrième jour, elle se réveilla endolorie. Elle avait encore dormi par terre. Elle s'étira, sortit de la tente pour faire quelques exercices de gymnastique, et leva aussitôt des yeux éberlués : des éléphants étaient arrivés durant la nuit.

À présent, ils étaient entravés à peu de distance, surveillés par leurs *mahouts*. Devant eux se rassemblait autour du feu une marée d'Indiens vêtus de *dhotîs* malpropres. Tous étaient accroupis à même la boue, à boire du thé bouillant en attendant qu'on leur donne des ordres.

– *Māmā* ! s'exclama la petite Lián, en glissant sa main dans la sienne, le ton émerveillé.

Elle adorait les éléphants, et son monsieur Lán lui manquait.

Les pachydermes étaient au nombre de quatre. Ils s'étaient approchés sans bruit et, maintenant encore, ils se tenaient en silence, uniquement occupés à balancer leur trompe vers le fourrage qu'on avait déposé à leurs pieds. On entendait à peine leurs molaires en train de mastiquer. Ils semblaient avoir émergé de la nuit comme des lapins sortis d'un chapeau lors d'un spectacle de magie. Comment cela avait-il été possible ? Sous leur poids, la terre aurait dû trembler, et les branches craquer.

Les coolies qui les accompagnaient étaient au moins trente. Certains parlaient entre eux, à voix basse, mais la plupart se contentaient de rester accroupis, muets et patients. Avec leur peau sombre, leurs membres maigres, leurs visages creusés par des rides qui ressemblaient à des masques sous leurs turbans, ils ressemblaient presque à des spectres échappés de la forêt.

Jezebel but son thé agrémenté d'épices et de lait condensé en les détaillant les uns après les autres. Bien vite, elle remarqua un homme à l'écart, un peu différent, beaucoup plus grand que la moyenne. Elle évalua qu'il devait bien faire six ou sept pieds de haut. Sa carrure était celle d'un lutteur. Sa peau brillait d'huile. Le moindre de ses muscles était sculpté avec autant de force que de finesse.

Fascinée par cette musculature hors norme, elle l'observa plus attentivement. Il dénotait vraiment parmi les autres indigènes, dont l'apparence était en comparaison souffreteuse. Son expression était dure, presque terrifiante, bien que son visage fût beau, avec des traits réguliers, des pommettes marquées, un menton fort, des lèvres pleines et charnues. Une fine barbe noire lui donnait une apparence à la fois sauvage et virile. Lorsque von Rosenheim vint évaluer la troupe, il s'adressa à lui en priorité, sans doute parce qu'il était une sorte de chef, peut-être un nobliau vivotant dans ces contrées inhospitalières, heureux de trouver à employer ses gens durant quelques jours en échange de quelques roupies.

— Sais-tu qui est cet homme ? demanda-t-elle lorsque Taaza la rejoignit, toutes ses tâches accomplies. Connais-tu son nom ?

— Non, *memsahib*, je ne le connais pas. Le *sahib* a commandé des porteurs et des éléphants, ils sont tous arrivés dans la nuit. Lui, il était avec les autres. Je sais juste qu'il s'appelle Jangalee, et qu'il est le chef des coolies. C'est tout.

— Jangalee, répéta Jezebel, en se demandant si cet homme savait qu'il s'apprêtait à convoyer des prisonnières.

Elle espérait qu'il l'ignorait. Peut-être en l'apprenant accepterait-il de l'aider ? Elle décida de lui parler dès qu'elle en aurait l'occasion.

Von Rosenheim donna des ordres pour que le camp soit levé au milieu de la matinée. Le colosse Jangalee parlait couramment anglais. Il tenta de faire ajourner le départ au lendemain, arguant que des hommes mieux préparés chemineraient plus vite, mais le baron s'était montré inflexible. Il voulait partir. Il voulait avancer. Une hâte fiévreuse l'habitait, qu'il était impossible de raisonner. Jangalee s'était incliné. En retournant auprès de ses hommes, il était passé devant Jezebel, et leurs yeux s'étaient croisés. Jezebel s'était efforcée de le fixer. Elle voulait le jauger. En retour, il avait soutenu son regard, finissant même par sourire. Elle avait frissonné. Ce sourire avait été lent, empli d'arrogance. Le sourire d'un loup, qui allait parfaitement avec ses yeux jaunes. Elle n'avait plus été si sûre que ça de pouvoir s'en faire un allié.

Peu de temps avant le départ, Taaza vint avec une nouvelle pile de vêtements. Il était désormais inutile de se faire passer pour des Indiennes. Au contraire, le baron souhaitait qu'elles ne retardent pas la troupe. Jezebel et sa fille eurent droit à des vêtements d'homme : pantalon de toile, chemise de coton, brodequins à lacets. La seule touche de féminité venait d'un foulard qu'il fallut nouer sur leurs cheveux.

— À cause des insectes qui tombent des branches, expliqua l'adolescente.

Les vêtements étaient trop grands, surtout pour la petite Lián, à qui Jezebel dut couper les manches pour éviter de trop les retrousser. Elle-même dut resserrer la taille de son pantalon avec un morceau de corde. Taaza, l'aidant de son mieux, lui chuchota :

— Au moins, le pantalon grandira en même temps que le ventre.

Jezebel sursauta. Ainsi, l'adolescente savait qu'elle était enceinte. Elle avait dû le deviner à force de la voir courir dans les taillis pour rendre ses repas.

Elle s'exclama :

— Je n'ai pas l'intention de rester ici aussi longtemps !

Taaza lui sourit, en caressant avec gentillesse le ventre qui n'était pas encore arrondi.

— Dans tous les cas, il faudra manger un peu plus. Le bébé aura bientôt faim.

Jezebel ne répondit rien. Pour l'instant, le bébé était trop petit pour être sa priorité. Mieux valait réfléchir à un moyen de s'échapper. Elle avait toujours la carte trouvée dans la statue du démon Rakshasa pliée dans le bonnet de son soutien-gorge. Von Rosenheim ne la lui avait pas réclamée. Avait-il oublié son existence ? S'en moquait-il ? Peut-être croyait-il que les indications notées par Deckard dans son carnet noir suffiraient à localiser la cité perdue ? Jezebel soupira. Pour elle, cette course démente n'avait tout simplement aucun sens.

Un soir, elle avait osé demander au baron pourquoi il les emmenait avec lui, elle et sa fille. Il avait eu un sourire froid.

— N'avez-vous pas compris que vous êtes mes otages, ma chère ?

Elle avait réfléchi à cette réponse. Prétendre avoir besoin d'otages signifiait peut-être qu'ils étaient poursuivis. Les soldats britanniques avaient-ils lancé des troupes à leur recherche ? Ou le maharaja de Mahavir ? Et Jan ? Était-il revenu du Rajasthan ? Que pensait-il ? Que faisait-il ? Essayait-il lui aussi de les retrouver ? L'Inde était vaste, mais il avait partagé les travaux d'Andres Agustin. Peut-être savait-il mieux que quiconque où les chercher ?

À l'heure du départ, tandis que les coolies achevaient d'arrimer les bagages les plus lourds sur les deux éléphants de trait, elle fut chassée de la tente qu'on démontait et dut patienter, assise par terre, avec sa fille dans les bras. Un éléphant s'approcha. Elle trouva très impressionnant de le voir venir près d'elle de cette façon. Les énormes pieds en forme de poteau n'étaient qu'à quelques pouces des siens. Elle pouvait distinguer le cuir plissé hérissé de poils durs, et les énormes ongles presque roses, lisses comme de la nacre bien qu'ébréchés en dessous.

Le pachyderme était si près qu'il put renifler de la trompe ses cheveux, ses vêtements, sa peau. Encouragé par son *mahout*, qui plissait des yeux malveillants, il fouilla sans vergogne la poche-poitrine de la chemise, puis essaya de se glisser dans le décolleté.

Jezebel le repoussa à plusieurs reprises, mais la trompe revenait à chaque fois, obstinée, tandis que le cornac lui coulait un regard salace.

— Va-t-en, lui ordonna-t-elle en vain.

Ce manège finit par attirer l'attention du géant Jangalee. S'approchant, il toisa le cornac de ses yeux jaunes, tellement semblables à ceux d'un tigre que ce dernier se hâta d'éloigner l'éléphant. Jangalee fit alors un signe à l'autre *mahout*, qui vint avec sa bête.

— Vous prendrez celui-ci, *memsahib*, dit-il à Jezebel, que la scène avait affreusement gênée. Voici Hari, le cornac. Il s'occupera bien de vous.

Elle le remercia d'un regard. Il la toisa en retour, en semblant l'étudier tout entière. Elle eut l'impression qu'il scrutait son âme au plus profond, avant de s'éloigner de son pas coulé, aussi souple que celui d'une panthère. Elle l'entendit dire au baron qu'avoir des femmes dans une expédition empêchait de bien tenir les hommes. Von Rosenheim avait haussé les épaules. Elle,

elle avait rougi de honte. Aux yeux de ces hommes, elle n'était qu'une marchandise qui avait finalement moins de valeur qu'un de ces fauteuils qu'on chargeait justement à dos d'éléphant.

Le *mahout* Hari lui parut jeune, alors que son éléphant semblait vieux, avec des joues creuses et de longues défenses endommagées aux extrémités. Elle s'en étonna. Elle avait cru comprendre qu'une alliance homme-éléphant durait toute une vie. Hari avait-il hérité de l'éléphant d'un parent décédé ? En tout cas, il se montra tout de suite cordial, avec un visage avenant, tout rond, et de bonnes oreilles décollées qui lui donnaient un air malin. Il offrit à la jeune femme un sourire rassurant, tout en tapotant l'épaule de son pachyderme pour l'inciter à s'agenouiller.

Jezebel grimpa assez habilement sur le dos de sa monture, puis tendit la main pour aider sa fille à la rejoindre. Il n'y avait ni palanquin ni selle, uniquement une vieille couverture et un système de sangles et de cordes qui permettaient de se tenir. Lorsqu'elle et sa fille furent installées, elle appela Taaza pour qu'elle les rejoigne, mais l'adolescente recula en roulant des yeux effrayés.

— Non, non, les éléphants ne sont que pour les maîtres. Moi, je marche avec les coolies.

Elle s'éloigna presque en courant.

Le cornac grimpa à son tour en s'aidant habilement du genou et de la trompe de son éléphant. Il insista pour que Lián se mette devant lui, à la jonction de l'énorme crâne et du dos, juste derrière les oreilles qui s'agitaient mollement. À cette place, la fillette eut l'air si radieux que Jezebel n'eut pas le cœur de s'y opposer.

Le convoi se forma peu à peu. Von Rosenheim et Mogül s'installèrent sur le pachyderme de tête. Ils étaient tous deux armés d'un fusil, et le cornac avait lui-même un *howdah pistol*[1] passé à la ceinture au cas où un tigre aurait la mauvaise idée de les attaquer. Plusieurs pisteurs partirent en avant pour reconnaître le chemin. À l'arrière venaient d'abord les deux éléphants de bât, puis la longue cohorte des coolies s'étirant comme un étrange serpent.

Bien vite, il n'y eut rien d'autre à faire que de se laisser porter. Jezebel regardait le paysage défiler lentement, heure après heure, feuille après feuille. Tout était vert, humide, suintant. Parfois, elle jetait un œil vers l'arrière, prise d'un espoir insensé, comme si elle avait soudainement pu voir Jan accourir et venir la délivrer. Le spectacle était à chaque fois le même.

Il n'y avait aucun sauveur, Jan moins qu'un autre, uniquement cette file d'Indiens à demi nus, chargés comme des baudets, qui portaient des meubles et des caisses bourrées de choses inutiles, le dos courbé sous leur tâche irréelle. Tout ce monde avançait dans un silence incroyable, même les éléphants. Il n'y avait ni parole échangée, ni rire, rien que les bruissements de la jungle alentour, les chants cacophoniques des oiseaux, le craquement d'une branche, et, parfois, un borborygme qui s'échappait d'un immense ventre gris.

*

Au bout de trois jours dans la jungle, la routine fut bien établie : avancer avec les éléphants dès l'aube ; faire une pause ; avancer encore. Demander à se dégourdir les jambes mais sans jamais parvenir à suivre la cohorte très longtemps, car la forêt n'était pas à taille humaine, hérissée de ronces, de feuilles urticantes, avec un sol semblable

---

1. Pistolet imprécis mais de fort calibre, qu'on garde à dos d'éléphant en ultime recours.

à une ventouse, qui aspirait les chaussures et fatiguait les jambes. Continuer tout de même, pour ne pas remonter sur l'éléphant tout de suite. Entendre le brusque galop d'un animal qui brise des branches, sentir son cœur bondir de peur dans sa poitrine, croire à un tigre, reculer paniquée, voir une forme brune culbuter au milieu d'un amoncellement de feuilles tandis que résonnait un coup de feu. La détonation était reprise par un écho végétal, là, toute proche, parce que les distances n'existaient pas dans la jungle. En fait, il n'y avait à portée du regard qu'un horizon fait d'arbres, de troncs, de palmes, de lianes.

— Sanglier, lui précisa Hari lorsqu'elle déclara forfait et revint se mettre à l'abri sur l'éléphant. Les tigres ne font pas de bruit, ajouta-t-il avec une certitude encore plus effrayante. Quand on les entend, il est déjà trop tard.

Pour le grand bonheur de Lián qui, décidément, n'avait peur de rien, il racontait plein d'histoires : celle du pêcheur au milieu du fleuve qui se croyait à l'abri dans sa toute petite barque, lorsqu'un tigre avait soudain jailli de l'eau, s'était accroché à sa jambe et avait tenté de le faire basculer par-dessus bord ; celle de la femme partie chercher du miel avec ses fils, et qui, seule au pied de l'arbre où ses fils étaient en train de grimper, voyait un tigre débouler des buissons pour se jeter sur elle ; celle d'un enfant enlevé par une panthère alors qu'il était avec ses frères autour d'un feu de camp, et qui disparaissait, emporté dans la nuit par des crocs et des griffes…

— Et puis ? demandait Lián, les yeux agrandis, comment finissent ces histoires ? Le tigre mange-t-il le pêcheur ?

Hari riait et tirait sur les nattes de la fillette pour la taquiner. Jezebel se surprenait à sourire. Ces deux-là s'étaient bien trouvés, ils s'entendaient comme deux amis de longue date.

— Non, bien sûr que non ! Le pêcheur a un couteau, et il le plonge et le replonge dans le cœur du tigre, qui finit par tomber dans l'eau. L'eau devient rouge, très rouge… Et puis, la vieille femme a un fils qui est très malin et qui jette la ruche juste devant le nez du tigre, qui s'enfuit aussitôt, poursuivi par les abeilles…

— Et le petit garçon ? voulut encore savoir Lián, du haut de ses quatre ans.

— Le petit garçon a été sauvé par ses frères. Ils ont pris des bâtons et ils ont couru derrière la panthère en faisant tellement de bruit qu'elle a fini par lâcher le petit. Par chance, elle l'avait mal attrapé et ne le tenait que par le bras. C'était une jeune panthère, qui ne savait pas encore bien chasser.

Jezebel se couchait vers l'arrière, bercée par le pas de l'éléphant et la voix rieuse de Hari. Elle regardait au-dessus de sa tête les feuilles qui cachaient le ciel et la lumière verte qui tombait comme d'un vitrail. La jungle était une cathédrale. Elle avait l'impression que les prières s'y condensaient.

À chaque halte, elle s'efforçait de laisser un indice pour l'éventuel sauveur qui remonterait leur piste : une branche cassée, un morceau de mouchoir qu'elle déchirait peu à peu, une empreinte de pas un peu à l'écart. Lorsqu'elle avait vu sa fille jouer avec des cailloux, elle avait eu l'idée de construire des cairns à l'intérieur desquels elle plaçait une pierre sur laquelle elle enroulait quelques-uns de ses cheveux. Ils étaient blonds. Ils réfléchissaient facilement la lumière. Elle se disait qu'un œil attentif parviendrait peut-être à les trouver et à comprendre le message.

Les nuits étaient terribles, dans la cacophonie de la jungle qui la faisait se tourner et se retourner sur son lit métallique, mais les soirées l'étaient plus encore.

Conviée avec sa fille, même si « obligée » était un terme plus exact, au simulacre de dîner orchestré par le baron, elle s'asseyait à la table dressée comme pour une fête, avec une nappe et des couverts de plus en plus gâtés par l'humidité, et une grande moustiquaire pendue par-dessus comme un linceul.

Une fois, elle avait tenté de s'y soustraire. Mogül était aussitôt venu les chercher, elle et Lián, et les avait traînées sans ménagement, en leur meurtrissant les poignets, indifférent à leurs cris de douleur.

Depuis, elle n'osait plus déroger à la corvée. Elle se résignait même à s'apprêter, car l'aristocrate suisse lui avait fait parvenir une robe de soirée en mousseline de soie rose pâle qu'il avait sortie de ses malles, tel un prestidigitateur heureux de son tour.

Ils dînaient dans un silence affreux, en simulacre de famille, puis elle regagnait sa tente et s'occupait à coucher sa fille. Pendant ce temps, le phonographe se mettait à jouer. Une valse succédait à une autre valse. Von Rosenheim fumait un cigare, attendant que la table soit débarrassée, la ménagère rangée dans une malle jusqu'au lendemain, la vaisselle nettoyée. Puis la musique se taisait enfin. Le camp redevenait silencieux, uniquement troublé par le ruminement des éléphants en train d'engloutir leur fourrage. Chaque cornac dormait près de son animal, tandis que les coolies se regroupaient en grappe humaine autour des feux. Des gardes armés veillaient. Taaza disparaissait dans la tente du baron, et Jezebel s'asseyait dans le noir, les mâchoires serrées, incapable de trouver le sommeil.

Le 24 décembre n'amena aucun changement d'habitude. Von Rosenheim organisa son dîner faussement convivial, puis Jezebel retourna dans sa tente, l'estomac barbouillé. Elle n'avait pas osé parler de Noël à sa fille. Impossible de fêter un réveillon ici, dans ce contexte, dans ces conditions…

La petite Lián s'était très vite endormie. Elle, elle ne réussissait pas à se coucher. Elle avait regardé sa fille un instant, émue de ses cheveux embroussaillés, drus comme une fourrure, plus sombres que la nuit, et ses grands cils démesurés qui frangeaient sa joue veloutée. Elle avait écouté sa respiration paisible, en essayant de se rassurer, mais elle ne tenait pas en place. Finalement, elle sortit faire les cent pas autour du feu le plus proche. D'énormes papillons cobras[1] tournoyaient au-dessus des flammes, au point de se brûler. Ils tombaient alors tels des spectres gris. Certains s'échappaient par miracle en rampant. D'autres sombraient dans des grésillements de chair grillée.

Les coolies dormaient. Les éléphants aussi, tout en se dandinant d'un pied sur l'autre. Parfois, on entendait le cliquetis des chaînes qui maintenaient leurs pieds.

La tente du baron était illuminée. Elle pensa à la petite Taaza, achetée comme une marchandise et obligée de subir l'impensable. Attirée comme les papillons par les flammes, elle s'approcha peu à peu. Elle savait qu'elle n'aurait pas dû, que quoi qu'elle parvienne à surprendre, elle aurait ensuite envie de vomir et de pleurer, pourtant elle ne parvenait pas à s'en empêcher.

Certaines horreurs doivent être vues, pour prendre la mesure d'une réalité immonde. Debout sous l'auvent de toile, Jezebel se risqua à jeter un coup d'œil.

La petite Taaza avait déroulé son sari. Elle était nue de la tête au pied, et elle dansait sans musique, son abondante chevelure défaite en rideau de soie, comme une minuscule prêtresse implorant la compassion d'un dieu blanc, froid et cruel.

---

1. *Attacus atlas*, papillon considéré comme le plus grand du monde.

Ses mouvements avaient une grâce tribale, avec des gestes économes, des postures retenues, et la fraîcheur d'une enfance trop vite jetée en pâture à une vie d'adulte carnivore. En fin de compte, elle n'avait rien de sensuel, elle était juste petite et fragile, toute maigre dans sa nudité. Elle était une proie, que fixait un serpent.

Le baron était installé dans un de ses fauteuils, les bras appuyés sur l'accoudoir, la mine tellement mangée par des ombres qu'elle en paraissait encore plus effrayante qu'à l'ordinaire. Il ne bougeait pas plus qu'une statue, mais il respirait fortement, et ce souffle accéléré, qui montait et descendait comme une forge, était encore plus terrible que n'importe quel geste.

Il resta ainsi longtemps, à dévorer des yeux l'adolescente qui se tortillait, en ogre malsain vautré dans sa luxure. Soudain, il claqua des doigts, et Jezebel sursauta en même temps que l'adolescente.

Taaza cessa de danser. Elle avança vers son tortionnaire à petits pas menus, qui semblaient la faire aller à reculons. Son corps maigre était tendu vers l'arrière, avec ses cheveux qui se balançaient dans son dos. Elle n'était qu'affolement et panique. Elle était cri silencieux.

Le baron ouvrit sa ceinture, déboutonna son pantalon, la força à s'agenouiller pour le prendre dans sa bouche. Tandis qu'elle s'étouffait, il se renversa dans le dossier, les yeux mi-clos, une main appuyée sur sa tête pour la contraindre jusqu'au bout.

Jezebel eut un haut-le-cœur. Chercha autour d'elle une arme, un bâton. N'aperçut que la lampe tempête qui se balançait doucement, accrochée à un câble transversal. Elle songea à la jeter par terre, pour provoquer un incendie, une diversion. On lui saisit durement le bras. Elle voulut crier, mais une main la bâillonna aussitôt, écrasant sa bouche. Une odeur d'herbe, de cuir, enfla dans ses narines. Elle se débattit, ne réussissant qu'à se faire jeter en travers d'une épaule rude comme si elle avait moins d'importance qu'un fétu de paille.

Son agresseur l'emporta dans la nuit, loin des lumières du camp. Elle rua, donna des coups de genoux, frappa de ses poings un dos qui était un roc. Lorsqu'on la posa enfin par terre, sur un tapis de feuilles mortes qui craquaient dans le noir, elle fut prise d'une telle peur qu'elle bondit comme une biche cherchant à échapper à son prédateur. Il la rattrapa par la main. Elle se défendit en silence, arc-boutée de toutes ses forces. Ne parvint qu'à se meurtrir le poignet. Elle luttait contre une véritable montagne plus sombre que l'obscurité, où seuls deux yeux jaunes reflétaient une vague lueur. Jangalee le colosse, le chef des coolies.

— Lâchez-moi ! cracha-t-elle.

— Calmez-vous.

— Lâchez-moi ! répéta-t-elle, d'un ton vibrant d'hystérie.

— Calmez-vous d'abord.

Il la maintint ainsi longtemps. Elle s'agita, se tourna en tous sens, tira sur sa main, tordit son bras comme un animal tord sa patte prise au piège. Finalement, elle s'immobilisa, la poitrine agitée par une respiration sifflante. Il la regardait. Elle essaya de deviner l'expression de son visage. Avec son teint sombre et sa barbe noire, elle le distinguait à peine. Il était un morceau de jungle sauvage, une dureté d'écorce, une obscurité munie de bras implacables. Elle mit quelques secondes supplémentaires à comprendre qu'il n'était pas vraiment un ennemi. Du moins, pas dans l'immédiat.

— Je suis calme, dit-elle d'une voix encore trop aiguë. Que me voulez-vous ?

— Une promesse.

— Je ne comprends pas.

— Ne vous approchez plus de la tente du *sahib*.

La fureur revint.

— Vous faites concurrence à Mogül ? Je croyais que c'était lui qui était chargé de protéger les sales petites activités de ce pervers ?

Il la rapprocha de lui, jusqu'à ce qu'elle se cogne contre son torse enduit d'une étrange odeur, était-ce le parfum de son huile ? Elle eut à nouveau peur. Qui savait qu'elle était ici avec lui, seule dans la nuit ? Qu'arriverait-il s'il décidait d'en profiter ? Elle n'avait aucune confiance en ces hommes qui préféraient courir la jungle plutôt que d'être avec leur famille. Que leur avait promis von Rosenheim ? Le pillage de la cité ? De l'or ? Des rubis ? Elle redressa le menton d'une façon belliqueuse, de la même façon que ces oiseaux qui essaient de gonfler leur plumage pour paraître plus gros que ce qu'ils sont.

— Vous êtes son complice. C'est comme si c'était vous, là, à l'intérieur de la tente.

Elle cracha par terre, avec tout le mépris possible. Les yeux jaunes se rétrécirent.

— Vous ne comprenez rien à l'Inde, *memsahib*, la famille de Taaza est ravie de ce qui lui arrive. Le père n'a pas eu besoin de payer une dot pour placer sa fille. Au contraire, il a reçu en échange de cette tractation beaucoup d'argent. Grâce à Taaza, ses frères pourront nourrir leurs enfants, agrandir leur maison, acheter un bœuf ou des moutons. D'ailleurs, elle aussi a de la chance. Elle mange à sa faim. Elle a un beau sari, et elle peut même continuer à prier les dieux qu'elle a l'habitude de prier. Le *sahib* n'est pas un maître trop regardant.

Elle l'écouta, incrédule, jusqu'à ce que quelque chose dans sa façon d'articuler la dernière phrase attire son attention. Elle eut une révélation subite.

— Vous détestez le *sahib*, dit-elle.

Ce n'était pas une question. Il ne répondit pas. Il recommença juste à marcher en la traînant implacablement derrière lui. Elle ne lutta plus. Elle était persuadée d'avoir touché un point sensible.

— Vous le détestez, n'est-ce pas ? reprit-elle avec véhémence. Aidez-nous à nous évader, ma fille et moi. Nous sommes prisonnières. (Elle montra son alliance.) Regardez, j'ai un mari. J'ai été enlevée. À l'heure actuelle, il doit me chercher. Je vous en prie, aidez-moi !

— Taisez-vous, vous parlez trop, lui dit-il, en serrant si fort son poignet qu'elle en eut les larmes aux yeux. Vous allez attirer l'attention.

Elle insista tout de même. Elle devinait qu'elle n'aurait pas une seconde chance.

— Il faut nous aider ! Si vous avez peur d'agir, donnez-moi au moins un couteau, je saurai me débrouiller sans votre aide.

Il la fit taire d'une gifle. Elle accusa le coup, la joue cuisante, le gifla en retour. Il leva la main, prêt à la frapper une seconde fois. Elle courba le dos, se protégea derrière son coude levé. Finalement, il la poussa pour la faire avancer.

— Je vous ramène à votre tente, dit-il d'une voix tendue. N'en sortez plus la nuit. La jungle est dangereuse, mais les hommes du camp le sont aussi. Demain, vous demanderez à Taaza de vous mettre un *bindi*. On vous importunera moins.

Il la jeta dans sa tente, si violemment qu'elle manqua tomber, s'éloigna aussitôt. Elle le suivit du regard, en se massant l'avant-bras qu'il avait endolori. Les doigts trop rudes avaient imprimé une marque rouge qui, demain, serait bleue. Lorsqu'il disparut derrière un feu de camp, elle n'avait pas bougé, incertaine, mais elle souriait tout de même, incapable de s'en empêcher, parce qu'un drôle d'espoir naissait dans son cœur.

Le baron von Rosenheim avait un ennemi dans la place. Elle n'était plus tout à fait seule.

*

Les jours défilaient lentement, rythmés par le pas des éléphants, bercés par la routine. L'homme est ainsi fait, que toujours il s'habitue à tout. Le soir, une fois que le camp était monté, Jezebel s'activait. Elle faisait bouillir de l'eau pour une toilette sommaire. En attendant que l'eau soit chaude, elle se faisait aider de Taaza pour ôter les insectes qui s'accrochaient dans leurs chevelures. Elle savonnait la petite Lián sur tout le corps, tout en cherchant scrupuleusement la moindre écorchure, la moindre plaie. Le plus petit bobo risquait de s'infecter, entraîner une maladie ou provoquer la gangrène. Elle en avait très peur. Elle n'était tranquille jusqu'au lendemain qu'une fois persuadée que la peau de la fillette était intacte. Après avoir fait de même avec elle et Taaza, elle essayait de faire une sorte de lessive. Leurs vêtements devenaient de plus en plus sales. Ils étaient tellement couverts de taches qu'ils dégageaient une odeur nauséabonde qui oscillait entre celle de la sueur, de l'urine, d'un corps malpropre, le tout saupoudré d'un relent de moisissure. Elle en venait presque à regretter de ne plus porter de sari. Au moins, Taaza lavait le sien en même temps qu'elle faisait ses ablutions du matin. Depuis des jours, l'expédition suivait un ruisseau dans lequel, au lever du soleil, la jeune Indienne se plongeait tout entière, corps, tête et cheveux, en murmurant ses prières pour la déesse Ganga. Malgré son envie, Jezebel ne pouvait faire de même. Elle se contentait de récurer autant que possible son pantalon et sa chemise le soir, avant de les remettre pour la nuit, car il était impensable de dormir à moitié nue.

La nuit, tout pouvait arriver. N'importe quel animal pouvait approcher du camp, pénétrer dans la tente. Les éléphants dissuadaient généralement les gros prédateurs par leur seule présence, mais il restait tout de même un important ballet d'insectes divers, plus ou moins grands, des lézards nocturnes, des rongeurs de toutes tailles, parfois pistés par des serpents.

Dormir était un cauchemar. Ce n'était pas le seul. L'air était humide, alors même qu'il ne pleuvait pas trop en cette saison. Tout fondait, pourrissait, se délitait. Les chaussettes étaient raides de crasse. Jezebel s'efforçait de les laver le soir. Elles n'avaient cependant pas le temps de sécher, même mises près d'un feu, et il fallait les remettre le lendemain encore humides. À force de porter des chaussures fermées et moites, la peau semblait blanchir. Les orteils se fripaient. Des morceaux de peau s'effilochaient. Par endroits, les moustiques étaient si nombreux que Jezebel dut déchirer une moustiquaire pour fabriquer des voilettes qu'elle put enrouler autour de sa tête et de celle Lián. Elle pensait à la malaria et à toutes ces autres fièvres. Si elles survivaient toutes les deux au délire du baron suisse, dans quel état seraient-elles ?

Tout de même, elle avait recouvré le moral. Depuis son altercation avec le colosse Jangalee, ce dernier semblait être devenu l'ombre de son ombre. La surveillait-il ? La protégeait-il ? Elle ne parvenait pas à le savoir. Elle n'était sûre que d'une chose : dès qu'elle levait les yeux, elle le voyait ; dès qu'elle se déplaçait, elle le croisait. Bientôt, elle fut tellement habituée à sa présence qu'elle ne parvint plus à le considérer en ennemi. Il était simplement là, comme un tronc d'arbre immuable.

Au fil des jours, son comportement changea. Depuis qu'ils s'étaient parlé, il essayait de multiplier les contacts. Rien de spécial, un regard. Une grimace. Un geste à peine esquissé. Lors d'une halte où les moustiques se montrèrent plus virulents que jamais, il vint la chercher avec sa fille pour leur montrer des fourmis. Une véritable colonie montait comme un serpent le long de l'écorce d'un séné[1], avant de se perdre dans les frondaisons étalées en large couronne, à la recherche de grandes gousses marron foncé dont certaines pendaient, entrouvertes sur une pulpe noire et sucrée.

— Très efficaces contre les moustiques, dit-il en posant ses mains au milieu des insectes pour les laisser grimper sur ses bras, ses épaules et son visage. L'odeur des fourmis chasse les moustiques.

La petite Lián l'imita sans crainte, en mettant à son tour ses menottes sur la route des ouvrières qui l'escaladèrent allègrement. L'enfant se mit à rire, car cela la chatouillait. Au bout de quelques minutes, Jangalee l'aida à se débarrasser des insectes qui couraient encore dans ses cheveux. Malgré sa répugnance, Jezebel plongea à son tour ses bras dans la colonie. Elle ne pouvait faire moins que sa fille.

Plus tard, elle s'en félicita, car le remède paraissait efficace. Les moustiques ne les approchaient plus.

Il y eut d'autres cadeaux. Parfois, il ne s'agissait que d'une fleur ou d'un morceau d'écorce arc-en-ciel, ou même une minuscule grenouille qu'il laissa avancer sur son doigt devant les yeux ronds de la fillette. Une autre fois, tandis que cette dernière se plaignait à sa mère de ne pas avoir de jouet, il lui confectionna un éléphant avec

1. *Cassia fistula*, ou cassier, ou séné, arbre pouvant atteindre 20 mètres de haut.

des herbes torsadées et nouées. Ce pantin, qui avait un gros ventre, fut immédiatement adopté sous le sobriquet de *Mister Big*. La petite Lián ne le quitta plus.

Toutes ces attentions aidaient à faire passer le temps. La forêt était interminable, étouffante. La chaleur ressemblait parfois à un couvercle empli de vapeur et d'eau. Le périple devenait de plus en plus pesant. Les coolies se chamaillaient. Certains étaient venus se plaindre que la forêt les observait. Les hommes de von Rosenheim commencèrent à jouer du fusil. Ils aimaient surtout tirer sur les bandes de singes qui s'enfuyaient de branche en branche comme une marée grise. Le massacre était inutile et ignoble.

La première fois, Jezebel avait tenté de s'interposer, mais tous les hommes lui avaient ri au nez. Elle n'avait eu d'autre choix que de serrer sa fille contre elle en lui fermant les yeux, afin qu'elle ne voie pas les petites silhouettes désarticulées tomber des cimes comme des pierres. L'air prenait une odeur de soufre. Des piaillements de panique remplaçaient l'appel des oiseaux. Chaque coup de feu faisait sursauter la mère et la fille.

L'expédition n'avait pas de fin.

Vers où allaient-ils ? Avaient-ils seulement un but ? Von Rosenheim utilisait une boussole et semblait donner des indications précises aux éclaireurs, mais comment parvenait-il à se repérer ? Sur quoi se fondait sa certitude ? Interprétait-il à bon escient les notes que sir Michael Deckard avait laissées dans son carnet ? Ce dernier avait-il réellement fait une découverte majeure, ou ne s'agissait-il que de divagations sorties d'un cerveau malade ? Le vieil archéologue avait la malaria. Dans quelle mesure ses travaux étaient-ils fiables ?

Jezebel fatiguait. Elle descendait de plus en plus rarement de son éléphant. Elle se contentait d'accomplir des gestes quotidiens : elle lavait sa fille, la soignait, la nourrissait, la protégeait. Le reste n'avait plus aucune importance. Elle savait qu'elle se nourrissait mal. Son estomac était constamment barbouillé. Elle avait maigri. Elle ne cessait de resserrer le cordon qui lui servait de ceinture. Taaza s'inquiétait. La petite Indienne essayait de lui faire manger des fruits ou des œufs que des coolies lui ramenaient et qu'elle faisait cuire dans la braise. Jezebel se forçait à avaler quelque chose pour lui faire plaisir. En journée, elle était prise d'une telle torpeur qu'un bruit la réveillait en sursaut. À califourchon sur son éléphant, elle se demandait durant quelques secondes ce qui se passait, où elle était, puis elle reconnaissait l'éternel mur végétal, et elle fermait à nouveau les yeux, pour retourner dans sa rêverie. Les nuits n'étaient qu'insomnies.

De jour en jour, le paysage se déroulait, vert de la terre jusqu'au ciel. Le regard glissait infiniment des feuilles aux branches, des lianes aux troncs enchevêtrés. Parfois, une trouée née d'un arbre abattu amenait une étrange perspective vers de petites montagnes bleues. Une autre fois, un pisteur revint avec excitation : il avait trouvé des ruines. Elle crut qu'ils avaient atteint leur destination, en fut soulagée, puis dut déchanter. Ce n'était pas Pachamashutra l'oubliée, mais un vieux temple où plus personne ne venait prier depuis longtemps. Les racines des figuiers avaient fait éclater les pierres. Les escaliers étaient colonisés par des lianes rampantes, les branches des banians s'écoulaient sur les murs brisés comme des torrents d'écorce.

Les singes étaient de plus en plus nombreux, ainsi que les oiseaux. Parfois, ils regardaient la troupe passer sans bouger, comme s'ils n'avaient jamais vu figure humaine. Les fourmis formaient d'immenses colonies. Des araignées de toutes sortes dansaient sur leurs toiles, au rythme des branches secouées.

Un soir, les hommes du baron s'amusèrent avec une sorte de mygale particulièrement agressive, qui courait d'une chaussure à l'autre pour les attaquer, et qui mordait si sauvagement les lacets que ses chélicères y restaient accrochées. Lorsqu'ils en furent lassés, ils la jetèrent dans un feu d'un simple coup de pied. Elle y tressauta quelques secondes avant de se recroqueviller sous l'effet des flammes. Lorsqu'il fut l'heure de se coucher, Jezebel passa beaucoup de temps à fouiller méticuleusement les draps et les couvertures, par crainte de découvrir un monstre similaire tapi dans le lit.

La jungle paraissait calme et immobile mais elle demeurait un danger de tous les jours. Jezebel l'avait oublié, lorsque le drame se produisit peu après une halte à midi.

La colonne venait de s'ébranler, les éléphants de tête reprenaient leur lent cheminement au milieu des futaies qui leur arrivaient à l'épaule. Taaza trottinait à côté de Hari, le jeune *mahout*. Ces deux-là semblaient beaucoup s'intéresser l'un à l'autre. De temps à autre, ils se jetaient de tels regards que Jezebel se promit d'en parler à la jeune fille avant que le baron ne prenne un coup de sang.

Il faisait chaud. Les pachydermes traversaient une clairière parsemée de gros rochers. Taaza allongea le pas pour se maintenir au niveau de l'éléphant. Elle allait, légère et souple, en sautillant d'un éboulis à l'autre. Hari faisait semblant de ne pas la regarder, mais il l'entendait rire, et lui aussi riait.

Soudain, la jeune Indienne poussa un cri. Elle tomba assise par terre en se tenant la cheville, tandis qu'un éclair ondulant disparaissait dans les feuillages.

— *Saanp*[1] ! hurla-t-elle, la voix envahie de peur. *Saanp* !

1. Serpent, en hindi.

Rapidement, les coolies les plus proches l'entourèrent. Ils battirent les alentours avec des bâtons, mais le serpent avait disparu, impossible de savoir s'il était venimeux ou non. Jezebel se laissa glisser de son éléphant en ordonnant à sa fille de ne pas la suivre. Elle se précipita vers Taaza, la fit s'étendre pour examiner sa jambe blessée. Elle vit tout de suite les deux points légèrement sanglants, caractéristiques des crochets d'un serpent. Sur la peau demeurait une goutte jaunâtre, qu'elle se hâta d'essuyer.

Taaza ne criait plus. Elle était en état de choc. Ses membres grelottaient. Son teint avait viré au gris. Seuls ses yeux bougeaient encore, écarquillés sous le coup de l'affolement. Jezebel réclama une écharpe pour lui faire un garrot. Elle s'activait avec des gestes calmes, précis, hérités de son passé d'infirmière. Pourtant, à l'intérieur, elle n'était que tremblement. Son cœur cognait dans sa poitrine, lourd, trop rapide, douloureux.

Comme la colonne s'était immobilisée, le baron von Rosenheim vint aux nouvelles. Il se pencha à son tour sur la jeune Indienne. Son visage n'exprimait aucune compassion, juste une immense colère.

— *Verdammt nochmal !*[1] Que se passe-t-il ici ? Toi, lève-toi. On a perdu assez de temps. On repart tout de suite.

Il ponctua ses paroles d'un coup de pied dans la cuisse de la blessée, qui la fit se tordre de douleur. Presque aussitôt, elle essaya de se lever, éperdue.

Jezebel bondit vers le baron, indignée.

— Elle vient de se faire mordre par un serpent ! Ne voyez-vous pas qu'elle ne peut pas marcher ?

Von Rosenheim ricana.

1. Bon sang ! en allemand.

— Vraiment ? Qu'à cela ne tienne, si elle ne peut plus marcher, qu'elle reste ici.

Taaza eut un regard affolé. Elle tenta une nouvelle fois de se lever. Elle savait que si elle restait seule dans la jungle, elle ne survivrait pas longtemps.

Jezebel s'accrocha au bras du baron. Elle était hors d'elle.

— N'avez-vous pas entendu ? jeta-t-elle d'une voix vibrante de colère. Je vous ai dit qu'elle venait de se faire mordre par un serpent. Vous ne pouvez pas l'abandonner ici ! C'est criminel, irresponsable, cruel ! Ne pourriez-vous pas, au moins une fois dans votre vie, faire preuve d'un peu de compassion ?

Il la repoussa en lui accordant un sourire atroce.

— Vous voulez de la compassion, *milady* ? Eh bien soit, je cède à vos instances.

Abasourdie, elle le vit dégainer le Luger qu'il portait en permanence à sa ceinture, l'armer d'un geste sec et tirer une balle dans la tête de Taaza. La petite Indienne eut un sursaut surpris, avant de retomber lourdement en arrière, morte.

Les coolies reculèrent, affolés. Le coup de feu avait fait fuir des perruches. L'espace de quelques secondes, le ciel ne fut plus que piaillements discordants et bruissements de plumes.

Von Rosenheim éleva la voix.

— Bien. La récréation est terminée. Tous à vos places, qu'on puisse continuer d'avancer.

Jezebel ne comprit pas tout de suite ce qui venait de se passer. Tout avait été si rapide qu'elle n'avait même pas eu le temps de crier. Maintenant, elle était figée sur place, en train de regarder le petit corps immobile, misérable. L'impact n'avait formé qu'un trou minuscule sur le front, mais l'arrière du crâne avait été complètement arraché. Du sang, des débris d'os, de la cervelle jonchaient l'herbe froissée et les feuilles les plus proches.

La jeune femme eut un brusque rugissement de colère. Elle se précipita vers le baron avec l'intention de le frapper, mais Jangalee l'arrêta au passage. Il l'emprisonna dans l'étau de ses bras, si fort qu'elle ne réussit plus à respirer. Elle se débattit autant que possible. Elle hurla et pleura. Il l'adossa durement contre l'éléphant. Le choc la fit s'effondrer sur place, à bout de nerfs. Elle serait tombée s'il ne l'avait retenue.

— Il faut au moins l'enterrer, gémit-elle, en dodelinant de la tête.

Von Rosenheim gloussa comme s'il s'agissait de la meilleure plaisanterie au monde.

— Je vous en prie, ma chère, faites donc ! Moi, je continue avec votre fille. Après tout, je n'ai pas besoin de vous. Vous n'êtes pas mon otage le plus précieux.

Elle eut un autre sursaut de rage, mais Jangalee l'immobilisa de plus belle. Elle n'eut d'autre choix que de continuer à respirer, pour essayer de recouvrer son calme. En même temps, elle fixa longuement le cadavre de la jeune Indienne étendu parmi les herbes aplaties, piétinées. Des mouches s'agglutinaient déjà sur sa blessure au milieu du front.

— Je veux juste lui fermer les yeux, dit-elle finalement.

Le colosse la jaugea un instant. Il reconnut sur son visage le poids du regret, du remords, celui de se retrouver face à une réalité indésirable, impossible à changer. Il lui permit de s'agenouiller devant le corps, le temps qu'elle ferme les paupières et qu'elle saisisse un pan du sari pour en recouvrir le visage immobile. Une tache de sang imbiba aussitôt la soie orange. Elle s'effondra en pleurs, Jangalee la releva durement.

— C'est fini. Vous ne pouvez plus rien pour elle à présent. Remontez sur l'éléphant.

Il la poussa jusqu'à ce qu'elle se retrouve à califourchon sur le dos gris. Sa fille se précipita contre elle, en hoquetant des larmes sèches. Son jeune visage exprimait quelque chose de difficile à cerner, quelque chose de hanté. Elle y puisa un certain courage, serra l'enfant contre elle et l'embrassa pour la consoler de son mieux. L'éléphant s'éloignait déjà, et avec lui le petit sari orange étendu dans la clairière. Bientôt, ce dernier disparut dans un trop-plein de vert. Le son revint brutalement. Les insectes. Les oiseaux. Et aussi ce cri, qui remontait la colonne comme une vague.

Un coolie semblait être devenu fou. Il courait d'un camarade à un autre, en secouant ses bras, sa tête. Il bégayait tellement que personne ne le comprenait. Son visage était un masque de peur. Ses yeux tournaient dans ses orbites sans parvenir à se fixer.

Enfin, quelqu'un comprit ce qu'il répétait :

— *Vah mar chuka hai*[1] !

La clameur prit de l'ampleur, la colonne des porteurs se délita, prise de panique. Jezebel finit par comprendre qu'un coolie avait été retrouvé mort en bout de cortège, étranglé par un cordon de soie.

— Thug, chuchotèrent aussitôt les autres porteurs, et ils gémirent tous d'effroi.

---

1. Il est mort, en hindi.

24

11 janvier 1925 – 23 janvier 1925
Pays des Nuages – Meghalaya – Inde

Jim McCorball ouvrait la marche en vieux broussard terriblement efficace. Habitué à traquer les fauves, l'Écossais n'avait pas son pareil pour suivre la piste tracée par les éléphants. Le prince Omja lui collait au train, vêtu d'une *kurta* de coton clair et d'un turban jaune orné d'une broche sertie de diamants qui en faisait le dandy de la bande. Jan les suivait en se laissant porter par leur course. Il essayait de ne penser à rien d'autre qu'à cette forêt inhospitalière, avec ses broussailles de bambous géants, ses bosquets de banians et de badamiers, dont la moindre liane pouvait renfermer un piège truffé d'épines ou de fourmis. Il fallait demeurer concentré. Avancer le plus vite possible. Essayer de ne pas laisser Jezebel envahir ses pensées, comme un fantôme que sa funeste imagination plaçait dans des situations plus effrayantes les unes que les autres et qui lui donnaient envie de crier.

De jour en jour, il avait l'impression de devenir fou.

Depuis qu'ils étaient tous les trois entrés dans la jungle du Meghalaya, ils avançaient à un rythme hallucinant. Jim, le chasseur, était habitué à se jouer des obstacles les plus retors. Les yeux rivés au sol, il évitait d'un pas agile les racines affleurant, les pierres branlantes, les enchevêtrements de ronces ou de feuilles urticantes.

En même temps, il repérait ici une flaque d'urine, là un vieux crottin, plus loin une brindille arrachée et à demi mâchée. Tous ces indices marquaient le passage des pachydermes. L'Écossais allait de l'un à l'autre avec le flair d'un limier, tout en maintenant l'allure d'un pisteur de fond. Jan soufflait et ahanait derrière lui. Malgré son excellente condition physique, il avait du mal à le suivre.

Le prince Omja Singh s'était chargé de la première partie du voyage. Il pistait les camions du baron von Rosenheim à quelques jours d'intervalle, en pilotant son Isotta Fraschini comme s'il concourait dans un rallye. Pris par l'urgence, il ne s'arrêtait que le temps d'interroger quelques *riots*[1] et de s'accorder dans l'un ou l'autre village une poignée d'heures de sommeil.

La piste était facile à suivre, le baron ne se cachait pas. Il avançait à bonne allure, soit en ne se pensant pas poursuivi, soit en n'y attachant aucune importance. À force d'interroger les paysans, Omja apprit que le baron arrivait dans chaque hameau en se comportant comme un conquérant. Il exigeait des vivres et de l'eau potable, et poussait généralement l'impudence à se faire recevoir dans le fort militaire anglais où il passait la nuit.

D'autres renseignements furent confirmés : le baron se déplaçait avec trois camions bâchés remplis d'armes et de matériel, dont une mitrailleuse allemande ; il avait avec lui cinq hommes dont deux *firangi*[2], deux Indiens et un Moghol de forte corpulence. Ce dernier impressionnait beaucoup les villageois, car il exhibait à tout propos un sauf-conduit tamponné par le gouvernement anglais, qui imposait respect et diligence. Les camions restaient bâchés en toute circonstance. S'ils transportaient d'autres

1. Paysans.
2. Européens.

passagers, personne ne les avait jamais vus, mais il était possible que des femmes cachées à l'arrière des véhicules n'en sortent qu'à la nuit tombée, dans le plus grand secret. Une fois, quelqu'un parla d'une jeune femme qu'il prétendit avoir vue descendre, mais il s'agissait d'une Indienne en sari, pas d'une *memsahib*.

Bientôt Jan s'était mis à craindre que le baron n'ait abandonné ses prisonnières dans quelque lieu secret où elles auraient été en train de dépérir faute de soins, d'eau, de nourriture. Il s'affolait rien que d'y penser. Jim McCorball avait alors posé une main rude sur son épaule pour le rassurer.

— Soyez-en sûr, Jan, elles sont avec lui. Elles lui servent d'otages pour s'assurer que le maharaja n'attentera aucune action contre lui. Mani Sarthak Singh est d'autant plus coincé que le Raj britannique fait pression pour qu'il ne s'intéresse pas de trop près au baron. Notre expédition n'est pas vaine, je vous le certifie.

Jan Lukas acquiesçait, mais il continuait à penser qu'il n'avait pas tous les éléments en main. Cela le troublait.

— Omja, je ne comprends pas le rôle que joue votre père, remarqua-t-il un jour, parce qu'il n'avait rien d'autre à faire dans cette automobile qui les emmenait vers le nord, que réfléchir, et encore réfléchir. Est-il en train d'organiser la vengeance de Charu ? N'existe-t-il pas un autre sens à toute cette tragédie ? Chaque fois que j'y pense, je reviens au même point de départ : la belle cité de Pachamashutra, perdue depuis des centaines d'années, oubliée de tous dans une jungle lointaine et inaccessible… Sincèrement, j'ai tout de suite cru à une fable, et je riais de voir Andres s'y intéresser à ce point. Sauf que, plus le temps passe, et plus les indices tombent : cette cité n'est pas une légende. D'ailleurs, elle n'est pas non plus une énigme archéologique. De quelle civilisation serait-elle issue ?

Gupta ? Maurya ? Mahajanapadas ? Védique ? Impossible de trouver une date commune aux différents indices qui s'y rattachent. Du coup, je me demande si son existence ne cache pas un autre secret qui, lui, concernerait de très près les maharajas de Mahavir ?

Il coula vers le prince indien un regard interrogatif, assez dur, mais Omja Singh ne lui offrit en échange qu'un profil concentré sur la route, parfaitement impassible. L'Américain continua :

— Je vais vous dire ce que je crois, Omja. Je crois que les maharajas de Mahavir protègent depuis très longtemps un secret enfoui dans cette forêt du Meghalaya. Un secret qui existe depuis des dizaines, voire des centaines d'années. Un secret parfaitement bien protégé par toute une ribambelle de légendes, de statues de démons, d'histoires effrayantes qui maintiennent la population crédule à l'écart de la jungle. Un jour, deux archéologues, Andres Agustin et sir Michael Deckard, découvrent un mystérieux parchemin écrit par un jésuite espagnol. Ce moine, qui s'appelle Ignacio, a visiblement perdu la raison, mais nos deux archéologues croient ce qu'ils lisent : il existerait en Inde une cité perdue qui renfermerai un fabuleux trésor d'or et de rubis. Dès lors, tout bascule. Nos deux amis s'opposent sur la façon de conduire les recherches et prennent des chemins divergents. Le baron von Rosenheim a vent de l'affaire. Il se passionne tellement qu'il contraint Deckard à travailler pour lui. Il en profite pour éliminer son seul concurrent, Andres Agustin. Le maharaja de Mahavir s'efforce de les retarder dans leur entreprise, mais le baron fait assassiner le prince Charu. C'est à la fois une vengeance personnelle et un avertissement pour votre famille, Omja Singh. Votre père pourrait définitivement éliminer la menace, or, il a les mains liées par le Raj britannique, qui annexerait bien le Mahavir à la première occasion. Impossible de se débarrasser du baron. Ce dernier, à cause de son important trafic d'opium vers la Chine, est le protégé des Anglais. Puis Deckard meurt, et l'affaire semble rester au point mort. Sauf que le baron n'a jamais abandonné l'idée de trouver le fabuleux trésor de Pachamashutra, la Cité du Lotus rose. J'imagine qu'à force d'accumuler des indices, il a fini par se faire une idée assez précise de sa localisation… Et pour être certain que Mani Sarthak Singh le laisse agir impunément, il enlève sa petite-fille chérie, la princesse Leela qui est la fille de Charu. Et il enlève aussi la mère de l'enfant, ma femme.

Le prince Omja écouta cette histoire en n'affichant aucune surprise. Il continuait de rouler à tombeau ouvert. Lorsque Jan Lukas eut fini, il se contenta de dire, avec un ton qui n'aurait pas dépareillé lors d'une conversation mondaine.

— Mon père se doutait que vous commenciez à comprendre. Il m'a mis en garde.

Jan ricana.

— Bien sûr. Et vous, vous lui proposez d'organiser cette petite excursion, soi-disant pour libérer ma femme et ma fille, mais en réalité pour faire disparaître des témoins trop perspicaces dans la profonde jungle du Meghalaya !

Cette fois-ci, Omja Singh eut un violent sursaut, ce qui fit faire à l'Isotta Fraschini une belle embardée. Manquant percuter un arbre, il appuya sur le frein comme un fou, et l'automobile finit par s'immobiliser sur le bas-côté, miraculeusement indemne après plusieurs tête-à-queue.

— Vous ne pensez pas ce que vous dites, Jan ! Je vous ai toujours considéré comme un ami.

— Je le croyais jusqu'à maintenant, répliqua l'Américain avec acrimonie.

— N'avez-vous pas compris que mon père ne peut agir officiellement ? insista Omja en se penchant vers lui. Moi seul puis prétendre à une certaine liberté de mouvements, pourvu que ceux-ci illustrent la légendaire extravagance des maharajas. Voilà pourquoi je vous convie à cette chasse au tigre dans notre lointaine province du Meghalaya. Trois amis partant faire un bon coup de fusil ne devraient pas attirer outre mesure l'attention des autorités britanniques.

Jim McCorball, que les embardées de l'automobile avaient tiré de sa somnolence sur la banquette arrière, confirma les dires du prince, non sans un certain humour.

— Croyez-moi, Jan, mes compétences de pisteur nous seront sans doute utiles, mais pour l'heure elles servent surtout d'alibi à cette petite randonnée.

La remarque ne dérida pas son ami, qui poursuivit son idée.

— Et que se passera-t-il si nous découvrons « par hasard » cette fameuse cité perdue ?

— Il vaudrait mieux nous contenter de délivrer les otages.

— Donc, répliqua Jan avec un triomphe amer au fond des yeux, vous l'avouez à l'instant, cette cité n'est pas un mythe. Elle existe bel et bien.

Le prince indien acquiesça du bout des lèvres.

— Oui, Jan, c'est exact, elle existe vraiment. Ma famille en est le légitime propriétaire depuis de nombreuses générations. Le maharaja en cours d'exercice est le seul à en connaître l'emplacement exact, qu'il transmet uniquement à son fils héritier. Ce secret n'est pas tout à fait le nôtre, il appartient en réalité aux *adivasis* qui la peuplent, et qui nous paient tribut. Ils y vivent. Ils y prospèrent. Ils y travaillent. Ils protègent la cité qui les nourrit.

— J'imagine qu'il s'agit de la fameuse tribu *adivasi* d'où était originaire la mère de Charu, précisa Jan qui, décidément, était au courant de tout.

Omja approuva.

— C'est une des raisons qui explique notre présence ici. Cette tribu a ordre de tuer quiconque découvre la Cité du Lotus rose. Nous devons faire vite, et retrouver Jezebel et Lián avant qu'il ne soit trop tard.

Jan inspira profondément, en lui coulant un regard torve.

— Je ne sais pas ce qui me retient de vous casser la figure, Votre Altesse.

— Peut-être le fait que je sois votre ami ? répondit le prince en inclinant la tête vers lui, les mains ouvertes en signe de paix.

Jan le toisa longuement, puis finit par se tourner vers la route, en sifflant entre ses dents serrées :

— Eh bien, mon « ami », j'espère pour vous que je retrouverai ma femme et ma fille saines et sauves.

— Nous les retrouverons, promit gravement le prince indien.

Ils repartirent à vive allure, mais ils perdirent la trace des camions en arrivant devant la grande forêt pluviale qui s'étendait entre les monts Khasi, Jaintia et Garo. Dans cette partie du Meghalaya, il n'y avait plus que des pistes tracées par les éléphants ou par les indigènes qui la parcouraient en nomades. L'Isotta peinait sur les chemins boueux, tandis qu'il était impossible de savoir s'il fallait longer la lisière vers la droite ou vers la gauche. Omja n'était même pas certain d'être arrivé au même endroit que le baron von Rosenheim : la veille, un orage avait effacé toutes les traces en couchant les herbes et en nivelant la terre.

À bout de ressource, il décida de faire demi-tour pour retourner à Sijungee, un village qu'ils avaient traversé quelques heures auparavant. Mieux valait perdre un peu de temps à poser quelques questions, plutôt que de partir au petit bonheur la chance.

Le hameau était constitué d'une dizaine de maisons construites sur pilotis, d'une vache, de trois chèvres au piquet et de deux chiens qui aboyèrent dès qu'ils les virent. Les habitants s'occupaient de cultures vivrières, pêchaient des *goonchs*[1] dans une rivière proche et abattaient du bois précieux qu'ils allaient chercher dans la jungle avec leurs éléphants, avant de le vendre à des négociants qui se chargeaient de le convoyer vers Calcutta.

Lorsque l'Isotta Fraschini s'arrêta au milieu de la place, Jan comprit que la broche que le prince Omja arborait sur son turban jaune n'était pas une simple coquetterie. Elle reproduisait un lion décoré de diamants, qui symbolisait la force des Singh de Mahavir. Elle prouvait à tous que l'homme qui la portait était le fils héritier du maharaja.

Ils furent reçus avec vénération et, dès les premières minutes, d'innombrables présents s'accumulèrent près de l'automobile. La nouvelle de l'arrivée du prince se répandit. Très vite, des villageois venus d'autres bourgades se déplacèrent pour voir en personne leur futur souverain. Tous voulaient toucher la terre qu'il foulait, allant jusqu'à apposer les mains dans la poussière comme si la moindre trace laissée par ses bottes était une relique.

– *Namasté*, *Namasté*, disaient les *riots* en revenant des champs, et des femmes se mirent à chanter et danser sur la place du village, sous le banian dont les racines aériennes pendaient comme des lianes.

---

1. Variété de silure géant, pouvant atteindre les deux mètres et les cent kilos.

Ce murmure de bienvenue courut, amplifié par des dizaines de voix. Jan n'en pouvait plus d'impatience, mais ils ne purent poser leurs questions tout de suite. Il fallut d'abord saluer le *potel*[1], puis boire, manger, aller visiter les enfants et les malades, les vieux aussi, qui attendaient, tous cagneux, les mains appuyées sur des bâtons aussi noueux que leurs bras maigres, tandis que leurs bouches s'étiraient sur un sourire édenté. On pria aimablement le prince de faire un discours. Le temps était compté, et Jan bouillonnait de plus en plus, mais Omja se plia à l'exercice de bonne grâce. Comment espérer recevoir si l'on ne donnait jamais rien en retour ?

Enfin, ils apprirent que, depuis quelques jours, seuls les vieux et les jeunes enfants demeuraient encore au village pour s'efforcer de faire le travail de ceux qui étaient partis. Un *sahib* était venu avec des camions. Il voulait aller dans la jungle, loin, très loin. Tout le monde avait refusé de l'accompagner. La jungle était interdite. Il y avait des dieux et des démons, et de vilaines histoires circulaient qu'il valait mieux ne pas réveiller. Mais le *sahib* avait donné de l'argent, beaucoup d'argent. Alors, les plus courageux étaient partis se faire engager comme coolies. Ceux qui avaient des éléphants les avaient emmenés.

— Mon fils Hari, dit une vieille femme, mon fils Hari est parti avec l'éléphant de son père. Je prie pour qu'il revienne. La forêt est mauvaise. Il y a les tigres et les *maneaters*[2]. La forêt est pleine de bruits. Ceux qui y entrent n'en ressortent jamais.

Elle enfouit ses pleurs dans un pan de son sari, et des mères qui portaient des bébés sur la hanche vinrent la chercher afin de la ramener dans sa maison en pisé.

---

1. Chef indigène.
2. Mangeurs d'hommes, nom généralement attribué aux démons.

Le prince demanda où étaient les camions, et le *potel* désigna un adolescent pour les conduire à la lisière de la jungle, près des véhicules abandonnés. Ils étaient vides, évidemment. Jan et Omja les fouillèrent méticuleusement tandis que Jim étudiait les restes d'un campement. L'herbe aplatie lui permit de compter quatre tentes, dont une très grande, qui avait dû être celle du baron. Un peu plus tard, il tomba en arrêt devant une série d'empreintes plus petites que les autres.

— Il y en a trois différentes, je dirais deux femmes et un enfant. Les plus anciennes viennent toutes de sandales indiennes, mais les plus récentes comportent des traces faites par des brodequins. Pour moi, aucun doute, l'une d'elle est une femme occidentale et l'autre un enfant.

Il leva le nez, regarda Jan en souriant à demi.

— Elles étaient là, Jan. Elles sont en vie. Je suis formel.

Jan Lukas hocha la tête sans oser donner corps à l'espoir qui l'envahissait. Jim continua ses investigations. Il repéra la piste laissée par les éléphants, dont les empreintes rondes étaient clairement visibles à certains endroits.

— Quatre éléphants, effectivement, dont deux de bâts, lourdement chargés. Regardez comme leurs pas s'enfoncent dans la terre molle. Ils ouvrent la voie. Les coolies les suivent en file. Au moins une trentaine.

Cette piste s'enfonçait dans la forêt en direction du nord-ouest. Elle était constellée de crottins où fourrageaient des petits singes et quelques oiseaux.

— Ils ont quatre jours d'avance, reprit Jim après avoir étudié la fraîcheur de ces fèces. Un éléphant peut couvrir trois à quatre miles par heure, il nous faudra courir pour les rattraper.

Ils trièrent leurs affaires personnelles, allégeant leurs sacs autant que possible. Omja hésita à engager un guide ou un porteur, mais, après discussion, ils décidèrent qu'une personne supplémentaire les ralentirait. Lorsqu'ils prirent la piste, ils partirent au trot, comme des marathoniens. La nuit tomba très vite. Sous les tropiques, elle arrivait toujours ainsi, *a fortiori* dans une forêt dense qui masquait toute lumière. Ils avancèrent le plus longtemps possible. Le lendemain, ils furent satisfaits d'entendre Jim McCorball leur annoncer qu'ils avaient déjà gagné un jour sur ceux qu'ils traquaient. Cette nouvelle encourageante mit un peu de baume sur leurs crampes et leurs ampoules.

Durant la poursuite, Jan Lukas avançait comme un automate, hanté par des questions qui demeuraient sans réponses. Il pensait sans arrêt à Jezebel et à Lián, au calvaire qu'elles vivaient, prisonnières d'une bande de truands. Étaient-elles bien traitées ? Avaient-elles suffisamment à manger ? Avaient-elles le droit de se reposer ? Jim McCorball avait assuré qu'elles voyageaient à dos d'éléphant, mais cela suffisait-il à soulager Jezebel, que sa grossesse devait fatiguer ? Jan angoissait, craignant qu'elle ne tombe malade. Jim avait tenté de lui cacher des traces de vomi qu'il avait repérées en bordure de piste, mais son ami avait tout de même fini par les remarquer. S'agissait-il de Jezebel ou de quelqu'un d'autre ? Son angoisse avait tourné en panique. Pour se calmer, il se forçait à courir en ne pensant à rien, uniquement concentré sur sa respiration, sur ses muscles. Il ne comptait plus les jours depuis longtemps. La nuit était pire que le jour.

Tandis que ses deux camarades sombraient dans un sommeil bienvenu, lui restait dans le noir à penser à Jezebel, voir Jezebel, respirer Jezebel. Il avait son parfum de violette et de jasmin dans les narines. Le goût de ses baisers dans la bouche. Il l'imaginait virevoltant dans une robe neuve, les cheveux s'échappant comme une moire dorée d'une capeline posée de travers. Tous ses souvenirs se mélangeaient : Jezebel en train de lire sur une berge, les pieds dans l'eau ; Jezebel en train de chanter un cantique de Noël, avec sa belle voix profonde ; Jezebel à sa toilette, le buste à demi nu…

L'obscurité amenait des images plus intimes. Il la ployait sous ses baisers. Il caressait sa peau exacerbée par le désir. Il prenait dans sa main un de ses seins durs, tendus. Il explorait son sexe qui mouillait sous ses doigts.

Le matin le galvanisait. Il fallait recommencer à courir, ce n'était pas le moment de s'abandonner à la volupté. Leur temps ensemble devait perdurer. Ils avaient encore trop de choses à dire, à vivre, à gémir bouche contre bouche.

Jim McCorball trouva le premier cairn assez rapidement. Il appela ses camarades et, durant quelques secondes, tous trois restèrent devant le fragile édifice, écrasés par une indicible émotion. L'échafaudage de pierres ne semblait rien représenter. Pourtant, à leurs yeux, il avait au moins la valeur d'une de ces sculptures des temps modernes, abstraites, héritées d'un art indigène qu'en Europe on appelait cubisme. Comme dans les œuvres de Braque ou de Picasso, le fragile édifice promettait du sens et du symbole : à l'intérieur se cachaient quelques cheveux blonds soigneusement enroulés autour d'un galet.

— Jan, quel bon petit soldat vous avez là ! Regardez ce que votre femme a construit pour attirer notre attention. Elle est maline, elle sait que quelqu'un vient pour la délivrer. Elle nous construit une piste. Ces cheveux-là ne sont que pour vous, mon vieux. Ils vous disent qu'elle vous attend et qu'elle vous aime.

Jan serra les poings, envahi d'espérance. Jim avait raison, Jezebel était un bon petit soldat. Elle avait survécu aux Sundarbans. Elle pouvait survivre à cette jungle-là.

*

Ils trouvèrent d'abord des restes de singes. Pas grand-chose, évidemment, puisque la forêt ne garde pas ses morts très longtemps. Un peu de fourrure desséchée, un os, une main avec de la chair rongée par des larves et des fourmis, une tête brunie de sang, que des oiseaux picoraient encore… Il s'agissait de singes langur reconnaissables à leur fourrure beige et à leurs faces noires, qu'on avait abattu au fusil. Un vrai massacre.

— Ils ont tiré sur tout ce qui bougeait, pour le plaisir de faire un carton, commenta Jim, le sourcil broussailleux, en sortant sa pipe de sa poche poitrine, pour la mâchouiller nerveusement. Ces types sont des idiots. Avec le bruit qu'ils doivent faire, ils feraient tout aussi bien de se tirer une balle directement dans le crâne. Si vos *adivasis*, comme vous les appelez, prince Omja, gardent effectivement la cite perdue, il n'y a aucun doute, là, ils sont au courant de l'intrusion. À mon avis, ils ne vont pas tarder à leur tomber sur le paletot. Hâtons-nous, avant qu'il n'y ait un massacre d'une autre nature, cette fois-ci.

Ils reprirent leur course de plus belle, le ventre tordu par l'urgence, mais ils n'allèrent pas très loin. Au milieu de la piste laissée par les éléphants, ils butèrent sur leur premier cadavre humain.

L'homme, un coolie avec un *dhotî* crasseux autour des reins, était adossé au tronc blanchâtre d'un figuier des pagodes. On aurait pu croire qu'il dormait, s'il n'y avait eu son visage tordu par l'agonie, ses lèvres bleuies, sa langue pendante, gonflée, noire de sang. Autour de son cou demeurait encore une sorte de mouchoir de soie. L'abdomen était ouvert, les intestins déversés sur les cuisses, peut-être à cause de la putréfaction mais plus certainement à cause de la voracité d'un chacal ou d'un dhole[1]. L'animal avait aussi rongé les chairs des bras et des jambes.

— Étrange, commenta Jim après avoir examiné le corps. Il ne reste pas grand-chose pour l'examiner, mais je suis certain qu'il n'a été tué ni par une balle ni par une arme blanche. Aucun sang n'a été répandu alentour. Les bêtes ont commencé à le dévorer lorsqu'il était mort et que le sang ne coulait plus. Ce mouchoir m'intrigue… Il a servi à l'étrangler. S'agit-il d'une éventuelle querelle entre coolies ? La jungle est parfois bien pratique pour faire disparaître un voisin ou un rival…

Il se perdit dans ses pensées, avant de reprendre d'un ton lointain, qui semblait directement émerger de ses souvenirs.

— Ça me rappelle un cas assez similaire, vu il y a très longtemps… À l'époque, c'était un assassinat perpétré par un de ces hommes qu'on appelait thug, le travail d'un *bhuttoti*[2] professionnel qui étranglait ses victimes pour mieux les dépouiller. Son excuse était de rendre hommage à la déesse Kali. Vraiment, ce mort-là est très semblable, avec ce mouchoir qu'on appelle un *roumal* encore noué autour de son cou.

Jan le fixa avec attention.

— Arrêtez-moi si je me trompe, Jim, mais êtes-vous en train de parler d'un éventuel étrangleur thug ?

— C'est effectivement ce qui me vient à l'esprit.

Les deux hommes se tournèrent avec un même mouvement vers leur ami indien, qui se tenait à quelques pas de là, en semblant soigneusement éviter de s'approcher. Le prince avait les épaules raides, et le teint presque pâle. Une grande émotion semblait l'agiter, qu'il s'efforçait

1. Sorte de chien sauvage en Asie.
2. Étrangleur, chez les thugs.

néanmoins de cacher. Se voyant observé, il soutint d'un ton qui n'y croyait pas vraiment :

— Les thugs n'existent plus depuis longtemps.

Jim McCorball tiqua, Jan Lukas fronça les sourcils.

— Les thugs se réclament de Kali, n'est-ce pas ?

Omja humidifia ses lèvres sèches.

— Oui, acquiesça-t-il.

Jan s'abîma dans ses pensées.

— Lorsque j'ai rencontré votre père, il m'a dit qu'il ne fallait pas réveiller les démons et les serviteurs de Kali.

Le prince parut encore plus mal à l'aise. Jan lui fit face en pointant un doigt agacé vers sa poitrine.

— Êtes-vous sûr que vous n'avez rien à nous dire, Votre Altesse ?

Omja essuya de la main la sueur qui perlait à ses tempes. Il articula à contrecœur.

— Vous avez raison, la Cité du Lotus rose sert aujourd'hui encore de sanctuaire à Kali la Noire. Elle est protégée par la tribu khasi, dont je vous ai déjà parlé, et aussi par… par…

Il s'arrêta, gêné par ce qu'il s'apprêtait à prononcer, et Jan continua à sa place.

— Par des thugs.

— Oui. Par des thugs.

Le silence s'instaura, tandis que les trois hommes se dévisageaient les uns les autres. Jim exigea en premier quelques éclaircissements. La stupeur éraillait sa voix.

— Nous sommes bien d'accord, Votre Altesse. Par thug, vous évoquez cette confrérie de voleurs de grand chemin, ces assassins, ces étrangleurs, qui tuent les voyageurs pour les dépouiller de leurs biens, et que, normalement, les Anglais ont éradiqué à coup de pendaisons et de déportations après leur avoir donné la chasse au siècle dernier ?

— Oui. La Cité du Lotus rose est leur dernier sanctuaire.

Cette déclaration provoqua un nouveau silence, jusqu'à ce que Jan Lukas reprenne la parole d'un ton sifflant :

— Êtes-vous en train de nous dire que votre famille protège ces étrangleurs depuis des décennies ?

— Mon père ne protège que son royaume.

— Vous plaisantez, j'espère ? Les thugs sont des assassins !

Le prince leva une main pour tenter de plaider sa cause.

— Vous jugez, Jan, mais que connaissez-vous à l'Inde ? Êtes-vous né indien ? Avez-vous eu à protéger votre héritage et vos biens d'un envahisseur qui arrive en imposant ses lois et prétend vous spolier de tout sans aucune raison valable ? Avez-vous la responsabilité d'une famille étendue, qui va de l'épouse aux lointains cousins, qui incluent des générations de serviteurs, de *riots* qui cultivent les champs, de fonctionnaires et de *dhers*[1], et de tout un monde qui ne vit que grâce à vos dépenses, à votre train de vie, à votre richesse ? Un maharaja entretient une ville entière. Malgré cela, ma famille ne vénère pas Kali, et notre doctrine n'est pas celle des thugs.

— Mais vous les utilisez pour protéger vos biens !

L'Américain et l'Indien se dressaient l'un en face de l'autre, prêts à en venir aux mains, chacun tellement certain de son bon droit que Jim préféra s'interposer.

— Ça suffit. Ce n'est pas le moment de confronter vos ego. Il faut partir. Nous avons une femme et une enfant à sauver. Venez.

Ils reprirent la piste, mais, une fois de plus, ils n'allèrent pas très loin.

---

1. Membres d'une caste inférieure.

À quelques yards à peine, des vautours tournoyaient au-dessus d'un éboulis, dans une clairière formée par un tronc d'arbre abattu. Jan aperçut en premier le sari orange. Il crut que son cœur s'arrêtait. Aucun doute n'était permis, ce nouveau cadavre était celui d'une femme. Il s'en approcha en trébuchant, tout en appelant les autres avec des cris et de grands moulinets du bras. Il avait l'impression de vivre un cauchemar.

Le sari était profondément déchiré, laissant voir par endroit une peau maculée de sang. L'arrière de la tête était un trou béant empli de cervelle, d'esquilles d'os et de caillots sombres. Des mouches ne cessaient de s'y poser. Le bas du dos, les fesses, les cuisses avaient été dévorés, certainement par une panthère, ce qui expliquait pourquoi les vautours n'avaient pas eu le temps de s'y intéresser. On voyait nettement les traces des dents sur les os.

Jim McCorball arma son fusil et fit face aux fourrés les plus proches. Le fauve y était peut-être encore, tapi sous un buisson. Il fallait redoubler de prudence. Les fauves dérangés dans leur repas se montraient souvent agressifs, à plus forte raison un qui avait osé manger de la chair humaine.

Il fallait en avoir le cœur net. Omja retourna le corps. Jan crut mourir sur place le temps de découvrir des traits inconnus, ceux d'une jeune Indienne de treize ou quatorze ans, toute fluette, qui avait été tuée d'une balle en plein front. Il laissa échapper un soupir de soulagement. C'était horrible pour cette gamine, mais il savait qu'il n'aurait pas supporté se retrouver face aux yeux vides de Jezebel.

Omja prit le tour de garde face à la forêt, tandis que Jim McCorball se penchait pour étudier la blessure mortelle. Un projectile était fiché en terre. Le chasseur le ramassa pour l'examiner en pleine lumière.

— 9 mm Parabellum, typique d'un Luger.

— Le baron von Rosenheim possède un Luger, précisa Jan d'une voix blanche.

Ils n'avaient pas de quoi creuser une tombe, aussi décidèrent-ils d'accumuler des pierres et des branches sur ce qui restait du corps en formant un tumulus qui empêcherait les animaux de disperser les os. Ils travaillèrent aussi vite que possible, en essayant de ne pas tenir compte de l'odeur qui montait du cadavre.

Ils posaient la dernière pierre lorsqu'un coup de feu les fit sursauter. Ils se redressèrent, les sens en alerte. La déflagration leur paraissait assez éloignée, peut-être était-elle distante d'un ou deux miles ? Ils s'entreregardèrent, hésitant sur la conduite à tenir. Une seconde détonation fit s'envoler des oiseaux. Une fusillade suivit, pétaradante comme un feu d'artifice. Des singes que personne n'avait jusqu'à présent remarqués se mirent à hurler en chœur, tout en dégoulinant comme de l'eau grise le long des branches et des troncs les plus proches. Ils disparurent dans une pluie de feuilles.

La fusillade continuait.

Brusquement, les trois hommes se décidèrent. Ils bondirent en direction des coups de feu.

*

D'abord, il y eut le silence.

Brusque, inattendu, ponctué par un dernier coup de feu, isolé, dénué d'écho.

Ils se retrouvèrent, à moitié sonnés, dans la moiteur de la jungle qui empêchait l'air de circuler, et les sons de se propager.

Plus rien n'existait, hormis ce silence…

Un silence terrible qui recouvrait la forêt à des miles à la ronde, un silence d'attente, lourd d'angoisse, lourd d'interrogations. Tous les animaux s'étaient tus, les oiseaux et les singes, ainsi que toutes ces autres bêtes moins communes, dont il avait été parfois possible d'entendre les barrissements, les grognements ou les cris plaintifs.

Jim McCorball s'élança à pas de géant. Les deux autres le suivirent, à bout de souffle, mais aucun ne songeait à se plaindre. Avec une force galvanisée par l'angoisse, ils sautaient, glissaient, se rattrapaient, franchissaient des creux et des bosses, contournaient des arbres morts étendus dans la glaise comme des ogres abattus. Des branches les griffaient. Des lianes les agrippaient. Une humidité poisseuse se collait sur leur peau, glissait dans leur chemise, inondait leur dos déjà ruisselants de sueur. Des fourmis chutaient des frondaisons, grimpaient sur leurs bras, sur leurs cheveux. Ils ne s'en apercevaient pas. Ils n'étaient possédés que par une seule urgence, avancer.

Le son revint d'abord avec les insectes. Vrombissement des mouches. Bourdonnement des abeilles. Stridulation des grillons. Puis un premier oiseau lança un appel étonné, un calao qui aboyait comme un chien. Les gazouillis des capucins et des linottes suivirent, eux-mêmes rythmés par le long sifflement des cochoas[1] encore interloqués, que surmontait le « cheevak » répétitif d'une chouette chevêche un peu déboussolée.

Aussitôt, comme s'embrasant à ce signal, la forêt redevint sonore, et la canopée verte et bruyante fourmilla de mille chants qui enterrèrent définitivement la fusillade. Les trois hommes continuèrent à courir. Il leur fallut plus de deux heures pour déboucher sur le carnage. Une odeur de soufre les enveloppa. Elle stagnait au-dessus du sol, en prémices à l'enfer.

---

1. Variété de passereau dans les forêts denses et humides.

Ils s'arrêtèrent, une balle enclenchée dans le chargeur de leur fusil qu'ils tenaient devant eux comme des boucliers. Ils étaient si nerveux qu'ils faillirent tirer par réflexe sur les grandes ombres brunes qui sautillaient devant eux, leurs ailes immenses s'agitant dans des remugles de sang.

Ils se trouvaient en bordure de falaise, sur un espace rocheux à la vue dégagée, ouvert sur un paysage de collines et de montagnes bleues. Devant, au loin, la forêt formait jusqu'à l'horizon un moutonnement qui ressemblait à du velours, duquel s'échappait parfois le plumet d'un palmier ou la cime étalée d'un badamier.

Ils baissèrent les yeux et découvrirent à leurs pieds une place presque plane et nette, faite d'herbes rases et de gros rochers étalés. Ils mirent de longs instants à comprendre qu'il s'agissait de sang, et non de belles fleurs rouges et roses. Alentour, il y avait des vautours. Des dizaines de vautours. La scène était invraisemblable.

Jan avança d'un pas incrédule. Combien de morts y avait-il là ? Impossible à dire. Il avait déjà entendu parler de charniers similaires, la plupart du temps tibétains, bien qu'il n'en ait jamais vu. Dans les montagnes de l'Himalaya, il était impossible d'enterrer les dépouilles à cause du sol constitué de roche, ou de les incinérer parce que le bois manquait. Alors les indigènes les offraient aux vautours.

Un cérémonial identique venait de se produire ici : les corps avaient été dévêtus, puis débités en morceaux par quelque boucher ignoble. Les charognards étaient à l'œuvre, occupés à nettoyer les os de leur chair. D'autres arrivaient encore, d'un vol bas et lourd, en battant leurs ailes brunes à l'envergure effroyable. Le morceau choisi était dépecé en quelques minutes. Bientôt, il ne resterait que des lambeaux de peau ou de viscères, que des plus petits vautours ratissaient, et des ossements épars, que des gypaètes venaient enlever dans leurs serres. Ceux-là prenaient de la hauteur, pour jeter leur os sur des rochers où, en se fracassant, ils révélaient une moelle rose dont les oiseaux se repaissaient en piaillant.

Jan se mit à vomir, mais déjà Omja et Jim tentaient de dénombrer les victimes et, peut-être, en reconnaître l'une ou l'autre. Jan finit par les suivre en titubant. Il était dans *Le Jugement dernier* de Jérôme Bosch. Il vivait un cauchemar éveillé. Il priait pour que rien ne soit vrai, pour que Jezebel et Lián ne soient pas du nombre des morts, pour qu'il ne découvre pas la petite main d'une fillette de quatre ans, ou un crâne couronné de cheveux blonds aux yeux à demi clos. Un cri montait de ses entrailles, il se mit à gémir comme un enfant affolé. Ses deux amis vinrent le prendre chacun par le bras, le traînèrent à l'écart.

— Elles ne sont pas là, lui dit Jim en le secouant, elles ne sont pas là !

— Où sont-elles alors ? balbutia-t-il, en ne reconnaissant pas sa propre voix, tant elle était rauque, irréelle.

— Il n'y a qu'une dizaine de morts, répondit Jim McCorball. Les autres ont dû fuir. À moins qu'ils n'aient été des thugs, infiltrés de l'intérieur. C'est une méthode d'attaque classique, qui a fait ses preuves au cours de l'Histoire.

Le chasseur de fauves était parvenu à conserver son sang-froid. Il avait l'habitude d'examiner les dépouilles dévorées par des prédateurs. Depuis des années, il traquait les mangeurs d'hommes, tigres ou panthères qui harcelaient l'un ou l'autre village. Il avait chassé la tigresse de Chimpunwat et le léopard de Thanar. À chaque fois, il retrouvait les victimes à demi dévorées, étudiait leurs corps, leurs blessures, pistait le prédateur. Pour lui, il n'y avait aucun doute, parmi les cadavres qu'il venait d'examiner, il n'y avait pas de femme, pas d'enfant, et seulement deux Blancs.

— Von Rosenheim est l'un d'eux ?

Jim secoua négativement la tête.

— Non. Je n'ai pas non plus trouvé de corps dont la morphologie serait proche de celle de Mogül.

— Il y a donc des survivants, conclut Jan, en regardant autour de lui avec attention.

Ils se séparèrent et commencèrent à ratisser la jungle en faisant des cercles concentriques autour de l'aire des vautours. Armés de bâtons, ils fouillaient les fourrés, les herbes hautes, les amas de ronces. Ils repoussaient les branches basses, scrutaient même les plus hautes ramures à la recherche d'un éventuel rescapé accroché dans les cimes. Au bout d'une heure d'investigations, ils découvrirent un corps caché par une vieille souche de bois pourri, où des larves de longicornes avaient creusé des galeries. Il était vêtu d'un simple *dhotî* et portait aux chevilles des bracelets qu'un *sâdhu* avait dû bénir.

— Un coolie qui aura réussi à se traîner ici pour agoniser.

L'homme avait l'abdomen ouvert par un coup de couteau. Il était mort, ses mains retenant ses intestins. Jan l'examina d'un air sombre.

— Encore une victime… Mais où sont ceux qui les ont attaqués ? La fusillade que nous avons entendue a tout de même duré un certain temps. Impossible qu'aucun attaquant n'ait été tué, à tout le moins blessé…

— Les thugs emmènent toujours leurs morts, déclara le prince Omja.

Ils continuèrent à chercher, jusqu'à ce que Jim McCorball réussisse à trouver une piste qui s'enfonçait vers un terrain raviné, tapissé d'arbustes. La trace était à peine visible sous les feuillages denses, et n'aurait certainement pas attiré l'attention du chasseur s'il n'avait découvert quelques gouttes de sang éclaboussant de loin en loin les jolies feuilles nervurées.

Ils suivirent ce sang sur plusieurs centaines de yards. La piste était erratique. Elle changeait souvent de direction. Jim chuchota :

— Un homme avec des bottes. Assez gravement blessé. Le sang n'arrête pas de couler, il avance sans savoir où il va, en choisissant instinctivement le terrain le plus facile.

Ils trouvèrent le baron von Rosenheim encore debout, mais adossé de tout son poids contre un tronc recouvert par les racines aériennes d'un jeune banian. Il avait les yeux clos et ils le crurent d'abord mort.

Pourtant, il ne l'était pas, même s'il ne valait guère mieux. Il respirait en sifflant. Un de ses poumons avait reçu un coup de *bagh nakh*. Les griffes étaient entrées dans la chair, s'étaient frayé un chemin au travers des côtes, avaient transpercé les poumons. De ses entailles coulait un flot continu d'un sang très rouge, au milieu duquel crevait de temps en temps une bulle d'air.

La blessure était grave. Le baron respirait en râles saccadés, manquant d'air. Sa bouche était ouverte, ses lèvres presque bleues. Lorsqu'il entendit les trois hommes approcher, il ouvrit les yeux et leva la main qui tenait son Luger. Il tira, mais le chargeur était vide, et seul le clic du barillet en train de tourner à vide se fit entendre. Il laissa alors retomber son bras, avec un rire affreux entrecoupé de toux. Du sang éclaboussa plus encore sa chemise déchirée.

En trois enjambées, Jan fondit sur lui. D'un coup de pied, il projeta le Luger dans la végétation, puis il saisit le baron par son col de chemise. Von Rosenheim perdit son appui et commença à glisser vers le sol. Jan le secoua si violemment que l'aristocrate suisse fut à nouveau pris d'une quinte de toux.

Jan lui hurla à la figure :

— Où sont-elles ? Qu'en as-tu fait ?

Les yeux bleus délavés se tournèrent vers lui, tandis que le baron esquissait un sourire diabolique.

— Tu… ne les… reverras jamais…

— Où sont-elles ? répéta Jan en le secouant davantage.

Le baron gémit de douleur, tout en laissant entendre un petit rire grinçant.

— Elles m'ont floué… Les femmes sont… toujours… des engeances de Satan…

Jan le gifla avec force.

— Où sont-elles ? hurla-t-il de plus belle.

— Ne… comprends-tu pas, Lukas ?… Je n'ai… plus d'otages… Plus aucune protection… Je n'ai pas… trouvé la Cité… du Lotus rose… Alors, je te le dis…, elles sont… mortes… Mortes !

Jan le poussa dans les buissons, prit son Smith & Wesson et arma le chien d'un geste fou.

— Tu mens ! Nous n'avons pas trouvé leurs corps !

Le baron recula en soufflant et ahanant, mais il eut encore suffisamment d'énergie pour redresser la tête et continuer à se moquer.

— Elles sont… mortes… toutes les deux… mortes… Ha ha ha… Tu ne… trouveras plus… que leurs os… leurs jolis petits os blancs…

Saisi d'une folie meurtrière, Jan leva son revolver, mais Omja vint par-derrière et le contraint à baisser le bras.

— Ne porte pas son sang sur tes mains, mon ami, un autre s'en chargera mieux que toi.

Le prince indien désigna le sol juste à côté du baron qui continuait à ramper comme s'il croyait encore pouvoir échapper à son destin. Là, à peine visible, un reptile beige ponctué de brun sinuait.

— C'est un *naja*, un cobra indien.

Le serpent faisait plus de six pieds de long. Dérangé par la présence de von Rosenheim, il se dressa, sur la défensive, et siffla bruyamment en étalant son capuchon pour impressionner celui qu'il avait pris pour cible. Tandis qu'il balançait la tête d'avant en arrière, on voyait parfaitement la paire d'yeux dessinée sur sa nuque, qui faisait paraître son corps plus gros.

Le baron le vit, et se mit à hurler. Le serpent, effrayé, l'attaqua.

Le coup fut aussi rapide qu'un éclair. La tête frappa, les crocs à venin se déployèrent, Jürgen Heinrich von Rosenheim beugla de plus belle, et le serpent s'éloigna en se faufilant au milieu des buissons à vive allure. Une fraction de seconde plus tard, il avait disparu.

Maintenant, von Rosenheim se tordait sur place, en proie à la plus abjecte des terreurs. Jan recula d'un pas, puis d'un autre. Il leva son pistolet, visa la tête du baron, mais Omja, une nouvelle fois, lui fit baisser le bras.

— Les dieux ont parlé, la sentence leur appartient.

Ils s'éloignèrent plus encore. Le baron tenta de les retenir en levant une main tordue comme un crochet, mais ses muscles se paralysaient au fur et à mesure que les neurotoxines du venin remontaient dans ses veines. Bientôt, il ne put plus bouger, ni même respirer. Ses yeux restèrent encore longuement remplis de haine, tandis que le corps s'agitait d'un dernier soubresaut, puis ses pupilles s'éteignirent à leur tour.

— Viens, dit Omja, en entraînant Jan vers leur ami qui les appelait de loin. Je crois qu'il y a du nouveau.

McCorball les attendait en souriant de toutes ses dents.

— J'ai retrouvé leur piste ! annonça-t-il sans autre préambule, le ton victorieux.

Illustrant sa phrase d'un geste, il se pencha et écarta plusieurs branches basses pour mettre à nu une bande de terre. Jan s'accroupit presque religieusement. Au milieu du fouillis végétal, il venait de reconnaître des empreintes de brodequins de deux tailles différentes, qui ne pouvaient appartenir qu'à une femme et à un enfant.

— Ce sont elles, chuchota-t-il, en n'osant pas encore y croire. Elles ont survécu. Elles sont vivantes.

Jim doucha son enthousiasme en lui montrant une trace parallèle, plus grande, plus lourde, qui était sans conteste possible celle d'un homme de forte corpulence.

— Mogül, chevrota Jan Lukas, en pensant que le cauchemar n'avait pas de fin.

— Non, réfuta Jim en secouant la tête. Je penche plutôt pour un Hindou. Ces empreintes sont celles de sandales indiennes…

Le prince Omja dévisagea les deux hommes tour à tour. Il avait compris que ces pas de colosse ne pouvaient appartenir qu'à une seule personne.

— Ces pas sont ceux de Jangalee Karaaja, murmura-t-il finalement, sans que ses amis parviennent à déterminer s'il s'agissait d'une bonne ou d'une mauvaise nouvelle. Jangalee est mon cousin par alliance. Et aussi le chef des thugs qui gardent la Cité du Lotus rose.

25

23 janvier 1925 – 1er février 1925
Cité du Lotus rose – Meghalaya – Inde

« *Cheewee tchik, cheewee tchik…* »

Le cri de l'oiseau semblait poursuivre l'expédition. Jezebel l'avait entendu pour la première fois peu après l'aube, lorsque les éléphants s'étaient ébranlés. Par la suite, elle l'avait reconnu à quatre reprises, et cela l'avait alertée, elle ne savait pas trop pourquoi, peut-être parce que ce sifflement lui paraissait coller d'un peu trop près au train des pachydermes.

Elle était pourtant la seule à s'en inquiéter. Les *mahouts* continuaient à donner paisiblement des coups de talons dans le cou de leur bête pour les faire avancer, tandis que le baron von Rosenheim et son âme damnée Mogül affichaient leur indifférence coutumière pour tout ce qui ne concernait pas le but qu'ils s'étaient donné. Depuis la veille, l'aristocrate suisse étalait sur sa face étroite un sourire satisfait. Il estimait sans doute approcher du but de son voyage.

Jezebel se morigéna. N'avait-elle pas suffisamment de raisons de s'inquiéter pour encore rajouter les piaillements d'un passereau se déplaçant de crottin en crottin ? Croyait-elle vraiment que, comme dans les romans d'aventure au Far-West, les cris des oiseaux servaient de ralliement aux Apaches juste avant l'attaque du convoi de colons ?

Elle avait essayé de chasser son mauvais pressentiment, mais rien n'y avait fait. Plus la journée avançait, plus elle avait l'estomac noué. Même, ce fut pire dès que la lisière de la forêt transparut au travers des fûts des arbres. La fin de la jungle se dessinait. Déjà, une lumière presque éblouissante suintait en grosses raies blanches au travers des rideaux de lianes. Vers midi, un trait de ciel bleu s'était même mis à courir en pointillé au-dessus des frondaisons, amenant une couleur inédite dans un paysage qui, jusqu'à présent, n'avait été que vert, vert, et encore vert.

À partir de là, elle s'était mise à sursauter au moindre cri.

Pourtant, rien n'avait vraiment changé. La jungle était toujours figée dans une atmosphère délétère, alanguie de chaleur, vrombissante de mouches qui sautaient d'une flaque de soleil à l'autre. De grandes hachures verdâtres tombaient des frondaisons de la même façon, à peine densifiées par la proximité d'un espace à coloniser. Tout n'était à jamais que feuilles plus ou moins grandes, plus ou moins découpées, plus ou moins dures, plus ou moins tentantes pour l'une ou l'autre trompe d'éléphant qui prélevait un tribut en passant, arrachant alors toute la branche avec un grand bruit de déchirure suivie de mastication.

Un nouveau « *Cheewee tchik*, *cheewee tchik*… » éclata, tout proche. Cette fois-ci, elle tapota l'épaule de Hari, son cornac, pour qu'il arrête l'éléphant et lui permette de descendre. Elle avait besoin de se dégourdir les jambes pour calmer ses nerfs.

Le jeune Indien hocha la tête. Il avait l'habitude de voir la *memsahib* monter et descendre à sa convenance. Tandis qu'il donnait l'ordre au pachyderme de s'agenouiller, Jezebel attrapa sa fille pour l'obliger à l'accompagner. La petite était en train de jouer avec des fleurs qu'elle tressait en couronne et grogna de devoir interrompre son passe-temps. Il fallut que sa mère l'appâte en lui chuchotant à l'oreille :

— J'ai vu un gros écureuil orange et violet, en as-tu déjà vu un ?

Elles se laissèrent glisser le long de l'épaule de l'éléphant. La fillette tordait le cou pour essayer de repérer le fameux écureuil. Jezebel tendit le bras.

— Viens, je crois qu'il est par là.

Depuis le temps que durait cette expédition infernale, elles avaient eu le temps d'apprendre les bons gestes. Jezebel ramassa un bâton pour secouer devant elle les herbes et les fougères, tout comme elle l'avait vu faire pour faire fuir les serpents, araignées ou insectes. Du coin de l'œil, elle vérifia que Hari continuait à avancer avec son éléphant. À peine avait-il ralenti le rythme, permettant à la trompe d'attraper au passage les fruits d'un bananier sauvage[1]. Elle se retourna, s'enfonça plus avant sous la canopée. À côté d'elle, la petite Lián protesta.

— Ze suis fatiguée. Ze veux pas marcher. Il est où le n'écureuil ? Ze le vois pas.

La fillette zézayait encore plus dès qu'elle était grognon. Jezebel la serra contre sa hanche, en lui montrant une cime d'arbre au hasard, tout en continuant à l'entraîner au travers d'un bel enchevêtrement de lianes. Elles s'éloignèrent du convoi sur plusieurs yards. Elles entendaient encore les coolies cheminer sur les feuilles mortes, mais la végétation était devenue si dense qu'elles ne les distinguaient presque plus. Seul un turban sautillait parfois encore entre les branches, avant de disparaître à nouveau.

1. *Musa balbiana*, dont les fruits sont remplis de graines.

Jezebel se mit à avancer en parallèle dans la même direction, en s'efforçant de maintenir la caravane à la frontière de son champ de vision. À ses pieds, des orchidées sabots de Vénus avaient colonisé un lambeau de terre. Elle y marcha précautionneusement, répugnant à écraser les belles fleurs. Ces dernières n'avaient pas les couleurs éclatantes des épiphytes, mais elles réfléchissaient tout de même un mouchetis de lumière tombé des frondaisons avec une superbe délicatesse.

L'endroit était cerné par des palmiers rotang[1], une variété grimpante dont les feuilles garnies d'épines s'accrochaient les unes aux autres pour gagner en hauteur, et ainsi former des buissons impossibles à pénétrer. Il fallut le contourner. Jezebel continuait à frapper avec prudence devant elle, à l'aide de son bâton.

— *Māmā*? chuchota Lián, en comprenant brusquement que cette incursion dans la jungle n'avait pas pour but d'apercevoir un écureuil. Qu'est-ce qu'on fait ? Qu'est-ce qui se passe ?

— Viens, la rassura de son mieux Jezebel, on continue la promenade. On va encore marcher un peu, ça fait du bien, non ?…

Le premier coup de feu les figea. Elles se regardèrent, surprises, pas encore effrayées même si, autour d'elles, les oiseaux s'envolaient dans un brusque concert de plumes et de cris. La seconde détonation explosa en coup de tonnerre, si proche qu'elles baissèrent instinctivement les épaules. Jezebel crut d'abord que la chasse aux singes recommençait, puis des cris retentirent, qui n'étaient pas ceux d'animaux. La fusillade s'intensifia. Elle devint

1. Aussi appelé jonc d'Inde, et dont une variété parmi plus de six cents espèces sert à fabriquer le rotin, utilisé entre autres pour les meubles exotiques.

un bruit de guerre, accompagné de terribles hurlements d'agonie.

Jezebel agrippa Lián par la main et se mit à courir. Elle plongea dans la jungle comme dans une rivière où il aurait fallu nager à contre-courant. Dans sa panique, elle avait jeté son bâton et ne frappait plus le sol devant elle pour chasser les serpents. Elle n'y pensait plus, pas plus qu'elle ne prêtait attention aux lianes qui les retenaient, aux branches qui entravaient leurs pieds, ou au sol mou, spongieux, dans lequel elles s'enfonçaient.

L'instinct la fit se diriger vers une clairière inondée de lumière, mais elle se rendit vite compte que ce n'était pas une bonne idée. La bataille y faisait rage encore plus qu'ailleurs. Les détonations claquaient les unes après les autres. Une fumée qui sentait le soufre s'élevait entre les arbres. Complètement paniquées, la mère et la fille virent des corps s'affaisser, certains touchés presque à bout portant par des revolvers ou des fusils, mais la plupart étranglés par des silhouettes bondissantes aux visages grimaçants, qui semblaient sortir de nulle part tels des fantômes, et s'accrochaient à leur dos en parasite. Les coolies ne cheminaient plus mollement comme ils en avaient jusqu'à présent eu l'habitude ; ils sortaient de leur apathie, abandonnaient caisses et malles de voyage pour se muer en des sauvages monstrueux. Ils se perchaient sur le dos de leurs victimes, ils les étranglaient à tour de bras, les muscles bandés, les yeux roulant dans les orbites plus blancs que noirs, la bouche crachant des cris qui montaient dans les cieux comme des prières odieuses.

— Kali ! Kali !

Jezebel força sa fille à se courber plus encore dans les fougères, pour ne pas attirer l'attention. Qu'était-il en train de se passer ? Pourquoi les coolies s'en prenaient-ils à l'expédition ? Où était le baron Jürgen von Rosenheim ?

La bataille se déplaça. Elle semblait se rapprocher au fur et à mesure que des victimes essayaient de fuir dans les bois. Elle comprit qu'il ne fallait pas rester là, poussa Lián à partir au galop. La fillette peinait dans les herbes, avec ses petites jambes, mais elle la tirait sans pitié, la forçant à galoper de toutes ses forces. Bientôt, elles furent hors d'haleine, mais elles étaient si terrifiées qu'elles ne pouvaient plus s'arrêter.

Elles continuèrent à courir sans regarder où elles allaient, droit devant elles. Une lointaine lisière dorée les accompagnait sur la gauche, qu'elles longèrent sans vraiment en avoir conscience. Elles trottaient en haletant, et soudain le sol s'ouvrit sous leurs pieds. Elles manquèrent tomber dans un précipice. Par réflexe, Jezebel parvint à se jeter en arrière, en serrant avec force la main de sa fille. La petite se retrouva à demi dans le vide, mais sa mère réussit à la ramener vers elle. Elles s'écroulèrent par terre, s'étreignirent convulsivement, épuisées par la terreur.

À leurs pieds, la jungle s'était ouverte sur une falaise, comme une écorchure dans un paysage de collines doucement boisées. Un ciel d'azur dominait de lointaines montagnes bleues. Le soleil dardait ses rayons brûlants. Elles mirent plusieurs minutes à se rendre compte que la fusillade avait cessé. Des râles d'agonie s'éternisaient dans l'air, repris en écho par les barrissements des éléphants affolés. Il n'y avait plus personne pour tirer, mais le massacre perdurait.

Elles se regardèrent. Elles trouvaient qu'elles étaient encore trop près. Elles se levèrent pour fuir plus avant. La petite était terrifiée. Jezebel la prit dans ses bras et s'élança de plus belle en la serrant contre sa poitrine. Elle longea la falaise au milieu d'un champ de rochers. Elle n'avait pas le choix, c'était le seul chemin possible. Le reste était un marécage de boue noirâtre, nauséabonde, qui leur envoyait des relents à chaque pas.

La fillette enfouit son nez dans son cou. Elle la serrait si fort que Jezebel peinait à respirer. À demi asphyxiée, elle trébuchait sans arrêt et ne voyait plus où elle mettait les pieds. Finalement, elle préféra porter sa fille sur son dos afin de cheminer avec plus de prudence. Sa poitrine se dilatait comme un soufflet, chaque expiration sifflait.

Le sol spongieux de la forêt laissa la place à un éboulis de gros rochers gris, qui dégageait la vue. Cette pente inégale descendait vers une vallée encaissée où de lointains éclats brillants révélaient la présence d'une rivière. Ses méandres caracolaient parfois en torrent, blanc ou gris.

Jezebel n'en pouvait plus. Ses jambes flageolaient, sans force. Elle se laissa tomber sur une pierre plate, en se cachant derrière un arbuste foisonnant qui grimpait à plus de cinq mètres de haut, recouvert de remarquables fleurs blanches qui dégageaient un parfum agréable. Là, dans cette quiétude bourdonnante d'insectes, avec la petite Lián nichée au creux de ses bras, elle put reprendre peu à peu la maîtrise de son souffle.

Le temps passa, mais elle ne parvint pas à s'apaiser. Elle sursautait au moindre bruit, effrayée par un simple pépiement d'oiseau. Le vent dans les cimes électrifiait l'atmosphère, mais ce n'était qu'elle, qui demeurait sur le qui-vive. Un calao frappa un tronc de son énorme bec, puis s'envola lourdement dans une pluie de baies jaunes. Jezebel le suivit des yeux. Elle ne savait pas quoi faire. Devait-elle retourner sur ses pas, pour essayer de voir s'il y avait des survivants ? Devait-elle, dans ce cas, se remettre à la merci de von Rosenheim, s'il était toujours en vie ?

Sa respiration s'emballa, ses mains tremblèrent sans qu'elle parvienne à les maîtriser. Il suffisait de regarder autour d'elle pour comprendre que la réalité était atroce : elles étaient toutes les deux perdues dans la jungle. Peut-être étaient-elles les seules survivantes du massacre ? Peut-être étaient-elles au contraire déjà traquées pour recevoir le même sort que les autres ? À moins que les assassins ne préfèrent les laisser dans la jungle, où ils savaient qu'elles ne survivraient pas longtemps, comme un tribut à leur déesse de la destruction.

— J'ai soif, dit Lián en levant vers elle un petit visage éploré, recouvert de boue et de suc de plantes, d'écorchures et de piqûres d'insectes.

Elle lui tendit la gourde métallique qu'elle portait en permanence en bandoulière. Elle l'avait remplie ce matin avec de l'eau qu'elle faisait elle-même bouillir. Il en restait à peine la moitié. Elles ne boiraient pas longtemps.

— Seulement une gorgée, recommanda-t-elle, nous devons encore beaucoup marcher, et c'est la seule eau que nous ayons pour l'instant.

Elle avait pris un ton enjoué pour rassurer la petite, mais, en réalité, elle le savait, il n'y avait aucune issue, aucun espoir. Comment imaginer survivre ? Elle n'avait sur elle aucun matériel, ni eau, ni vivres, ni couteau, ni briquet.

Elle plongea un regard désolé vers le magnifique paysage, en serrant plus fort sa fille contre elle. Son cœur s'était enfin calmé, sa panique refluait. À la place, une lucidité impitoyable l'envahissait : elles ne survivraient pas à la nuit.

Des larmes de rage vinrent lui brouiller la vue qu'elle chassa du dos de la main. Elle ne voulait pas effrayer sa fille. Elle s'abîma dans la contemplation du panorama en remâchant sa rage, sa révolte, son envie de vivre. Était-il juste de mourir dans un aussi beau paysage ?

La rivière brillait de mille échardes lumineuses. Elle réfléchissait l'éclat du soleil en se tordant en contrebas, lointaine et inaccessible, parfaite avec ses belles rives de sable ondulées comme des plages, et ses moraines de galets sur lesquels l'eau se fracassait après avoir entamé un large méandre en forme de demi-lune. Plus loin, le courant s'assagissait pour se fondre dans un moutonnement végétal qui finissait par l'engloutir.

Jezebel regardait ce tracé avec l'impression de contempler quelque chose de familier. Au bout de quelques minutes, une évidence lui sauta aux yeux : par un hasard extraordinaire, ce paysage lui rappelait la carte qu'elle portait en permanence dans son soutien-gorge depuis le début du voyage.

D'un geste maintenant fébrile, elle plongea à la recherche du parchemin, le déplia et le retourna en tous sens jusqu'à trouver la même configuration : méandre en demi-lune, falaise abrupte, forêt dense.

Elle cessa de respirer. Bien sûr, la carte était sommaire. Elle aurait pu être tracée par un enfant, tant les traits étaient simples, malhabiles. Cependant, aucun doute n'était permis : cette grosse hachure symbolisait la falaise, et ce tracé ondulant formait la rivière, parfaitement caractérisée par son méandre en croissant de lune. Un dessin exprimé de la façon la plus simple : une rivière, une falaise, la jungle.

Elle comprit qu'elle avait devant les yeux le panorama que le jésuite Ignacio avait pris le temps de dépeindre, plus de cent cinquante ans auparavant. Tout y était, sauf cette croix placée à l'extrémité droite de la falaise, au-delà du méandre du torrent, dans un foisonnement de forêt qui, dans la réalité qu'elle contemplait en cet instant, empêchait de voir de quoi il s'agissait.

Elle pensa évidemment à la cité perdue de Pachamashutra. Était-elle là-bas, cachée dans la végétation, cette précieuse ruine que son parrain avait passé sa vie à chercher ?

Elle se leva brusquement, gagnée par la fièvre de la découverte. Des yeux, elle chercha un promontoire qui lui offrirait une meilleure perspective, grimpa sur une moraine qui s'élançait presque à la verticale. De là-haut, son regard pourrait fouiller l'horizon.

Elle grimpa longtemps, pour d'abord ne pas voir grand-chose. D'ici comme d'ailleurs, l'emplacement de la croix ne marquait qu'une verdure foisonnante, obscure et dense, inaccessible, un véritable mur empêchant quiconque de pénétrer. Elle soupira, retomba assise. Regarda encore, jusqu'à ce que ses yeux accrochent une sorte de rocher effilé qui pointait au-dessus du moutonnement vert. Magnétisée par sa découverte, elle grimpa plus haut sur l'éboulis et faillit crier de saisissement.

Le rocher était un morceau de toit, sans doute le haut d'un *stupa*[1]. Sa forme était oblongue, phallique, comme auraient pu le dire ces messieurs les savants. Elle était aussi richement sculptée par toute une série de figures dont, même à cette distance, on pouvait noter l'extrême délicatesse.

Jezebel revint vers la carte. La croix marquait l'emplacement de cette construction, elle en était certaine. Elle pensa à son parrain qui aurait été si heureux de savoir que ses recherches n'avaient pas été vaines.

— Tu regardes la maison, là-bas ? demanda Lián, qui avait grimpé à sa suite, et qui tendait maintenant la main vers ce toit de pierre qu'on distinguait à peine.

Jezebel acquiesça, en essayant de sourire.

---

1. Édifice commémoratif, normalement caractéristique de l'architecture bouddhiste ou jaïniste.

— Oui, ma chérie, je regarde cette maison. On va aller dans cette direction. Nous trouverons là-bas peut-être un village.

Elle se disait que les ruines leur offriraient au pire un abri pour la nuit.

Reprenant la main de la petite, elle recommença à marcher, en longeant la falaise qui descendait peu à peu vers la rivière.

*

Au bout de plusieurs heures harassantes, la jungle daigna à nouveau s'ouvrir comme un rideau qui s'écarte, et Jezebel avança avec sa fille dans ce jour qui les inondait brutalement. Elles venaient de sortir d'un sous-bois en époussetant leurs vêtements pour les débarrasser des brindilles et des feuilles, et des insectes qui y galopaient. Elles ne s'attendaient pas à un tel paysage, elles durent s'arrêter, le temps de l'admirer.

Après une jungle primaire, dense, humide, à l'odeur de moisi, elles découvraient un véritable paradis avec, en premier plan, un étang recouvert de lotus en fleur. Elles clignèrent des yeux, presque éblouies. L'eau réfléchissait tellement le soleil qu'elle semblait être d'argent. Les fleurs étaient éparses, disséminées sur des nappes vertes, avec un effet assez semblable à celui qu'on retrouvait dans les célèbres tableaux de Monet représentant des nymphéas.

Les *Nelumbo*[1] ne poussaient que dans un lit de vase en eau peu profonde. Cette particularité scandait l'étang, le découpant en taches plus ou moins roses. De loin en

1. Nom scientifique du lotus.

loin, les superbes corolles aux pétales charnus se dressaient au-dessus de la surface, accrochées au bout de tiges solides qui les hissaient hors de la fange, en un spectacle délicat.

Jezebel les observa avec une indicible émotion, prête à croire que sa vie tout entière était placée sous le signe du lotus. Elle voulut y voir leur chance.

— Regarde, ma chérie, ce sont les fleurs qui t'ont donné ton surnom, *Liánhuā*, bouton de lotus, ma petite Lián chérie.

— C'est beau, chuchota la fillette.

Elles avancèrent vers l'étang, comme attirées par un aimant. En cet instant proche du crépuscule, la surface se recouvrait d'une brume pâle, qui nimbait d'enchantement les fleurs magnifiques. De près, on distinguait mieux la délicatesse nervurée des pétales, qui utilisaient tous les camaïeux du rose pour dévoiler un gros pistil couronné de jaune, d'un vert alvéolé. De vieux spécimens avaient séché depuis la dernière saison. Ils conservaient leurs graines emprisonnées qui tintinnabulaient comme dans une maraca lorsque le vent les agitait. Au-delà de cette marée verte et rose, des ruines grises émergeaient des banians, en une étrange fusion de minéral et de végétal.

Jezebel contourna le lac par la gauche, en suivant une pelouse rase qui serpentait mollement entre la falaise et les lotus. L'air était parfumé d'une fraîcheur verte, un peu florale, tout en douceur. Ce parfum lui apaisa l'âme.

Maintenant, elle avait les yeux fixés sur les ruines. Elle ignorait ce qu'elle risquait d'y trouver, mais ce but ravivait son courage. Elle refusait de s'avouer vaincue, même si elle avait conscience d'être perdue là, seule avec sa fille de quatre ans, dans une nature hostile éloignée de toute civilisation, sans eau, sans vivres, sans abri, tandis que le soleil commençait déjà à basculer vers l'horizon, en prémices d'une nuit qui ne les verrait sans doute pas survivre.

Arrivé presque à destination, le chemin se compliqua : un torrent s'échappait en trop-plein de l'étang et tombait de la falaise en cascade. Il fallut le traverser. Cela s'avéra périlleux, car les pierres étaient rondes et glissantes, le courant puissant.

Puis, après un passage marécageux hérissé de vieux bambous, elles tombèrent nez à nez avec une route pavée, une véritable voie royale faite de grosses dalles moussues que le temps et l'humidité avaient verdies. Elle filait en ligne droite vers les ruines, bordée par des gardiens de pierre, parfaitement alignés et armés jusqu'aux dents. Ces statues affichaient des expressions martiales presque grimaçantes. Du temps de la cité, elles devaient fortement impressionner les visiteurs.

Elles suivirent cette chaussée jusqu'aux premiers édifices. Les lieux étaient déserts et silencieux, figés dans une éternité qui en imposait. Certains bâtiments étaient en ruines, comme effondrés sur eux-mêmes, mais la plupart tenaient encore fièrement debout, même si les portes et les fenêtres étaient surtout devenues des trous béants, noirs comme des fours. La forêt avait poussé par-dessus. D'énormes figuiers chevauchaient les pierres. Leur bois avait pris une forme souple, épousant les murs, nivelant les moellons, se faufilant par tous les interstices, allant jusqu'à encadrer une porte d'une draperie de racines. Au-dessus de ce galimatias veineux, résolument organique, des troncs grimpaient à l'assaut du ciel, couronnés par un toupet de feuilles dont les formes ciselaient l'azur.

Jezebel et Lián cheminèrent au milieu de ces vieilles bâtisses, impressionnées par le quasi-silence et le poids des ans. De temps à autre, un visage de pierre s'extirpait des racines, en statue décapitée par la croissance de la forêt, et finissait sa vie, porté en triomphe par cette nature foisonnante. Partout, des lichens, des mousses, des fougères tapissaient les moindres reliefs. Un éléphant couché sur un dôme était devenu vert, noyé dans une excroissance végétale directement issue des origines de la terre.

Après plusieurs tours et détours, une place centrale se dessina, sombre comme l'intérieur d'une cathédrale et baignée d'éclats de lumière aussi scintillants que des émeraudes. Les arbres qui la ceignaient ressemblaient à des murs. Au milieu, sur un piédestal magnifique, un *naja* sculpté, énorme, d'au moins dix pieds de haut, déployait cinq têtes ondulantes de colère. Son expression était sidérante, avec des petits yeux méchants qui semblaient pouvoir figer tous ceux qui les regardaient. Lián s'accrocha plus fort à la main de sa mère. Elle n'avait jamais eu peur des serpents, mais celui-ci, monstrueux et royal, évoquait une divinité maléfique particulièrement effrayante.

Elles se faufilèrent entre d'autres statues monumentales, d'abord un énorme lion, puis un singe, sur lequel un vrai langur était assis, occupé à éplucher un fruit. Lorsque l'animal aperçut les visiteuses, il pencha le cou pour les observer avec curiosité. Il n'avait pas l'air effrayé et continuait à s'occuper de son fruit, dont il mordillait la pulpe en plissant à demi les paupières.

— J'ai faim, chuchota la petite Lián, par association d'idées.

— Nous trouverons des mangues, assura Jezebel sur le même ton, comme si parler trop fort risquait d'attirer sur elles l'anathème des lieux.

Effrayèrent-elles tout de même le singe ? Soudain, il sauta de son perchoir et galopa jusqu'à la forêt. D'autres langurs s'égaillèrent de la même façon. Jezebel regarda autour d'elle, soudainement prise par l'angoisse de la proie. Sans réfléchir, elle poussa sa fille par la première porte qu'elle vit.

À l'intérieur, une odeur lourde les cueillit, celle de la poussière mouillée, des moisissures anciennes et des pierres usées par un nombre incalculable d'années. Les murs extérieurs étaient éboulés depuis longtemps. Ils avaient été remplacés par des racines enchevêtrées, aux plis charnels, qui soutenaient à leur place ce qui restait de la construction.

Elles se cachèrent derrière une statue noire à la langue tirée qu'un arbre avait abattue. De l'extérieur leur venaient des bruits d'insectes et le pépiement de quelques oiseaux. Elles attendirent, minées par la peur. Un bruissement d'ailes affolées leur parvint. Elles se tapirent encore plus, le souffle court à force d'être retenu. Par les racines s'infiltraient des rais de lumière blanche et verte, pleine d'une chaleur moite.

— *Māmā*, chuchota la petite fille en serrant plus fort la main de sa mère, tandis qu'elles écoutaient des pas s'approcher.

Une pierre roula de l'extérieur, suivie d'une ombre lente se déplaçant devant le rideau de lumière. Un homme ? Un animal ? Elles oublièrent de respirer. La silhouette s'immobilisa, se pencha. Elle se faufila par l'entrée, occultant toute la clarté qui venait du dehors. C'était un homme immense, musculeux. On aurait pu croire un géant. Jezebel étouffa un cri en croyant reconnaître Mogül.

— Où est l'enfant ?

La voix était celle de Jangalee Karaaja. Jezebel ressentit un soulagement indicible. Cependant, elle n'osa pas sortir de sa cachette. Le colosse n'était peut-être pas le Moghol qu'elle détestait, mais il était lui aussi à la solde du baron. Surtout, il était le chef des coolies. Était-il l'instigateur du guet-apens ? Avait-il ordonné tous ces meurtres ?

— Où est l'enfant ? rugit-il.

Elle avança d'un pas hésitant, après avoir intimé à sa fille de rester cachée. Elle n'avait pas réfléchi mais elle faisait comme ces oiseaux qui espéraient attirer l'attention sur eux pour sauver leur nichée.

— Je suis seule, mentit-elle. Elle n'est pas avec moi.

La petite se tassa contre le sol, juste derrière la statue couchée. Dans cette obscurité épaisse, personne ne pouvait la voir, sauf que le colosse éclata de rire, un bon gros rire d'ogre qui rappelait beaucoup celui de Mukhy Aadamee, dont il avait la même stature musculeuse.

— Je sais qu'elle est ici, *memsahib*, avec vous. Cela fait des heures que je piste vos deux traces. Amenez-la-moi tout de suite.

— Non.

Le colosse ploya des épaules. Il avait cru arriver en sauveur, il n'en était rien, elle se méfiait de lui. Il la dévisagea. Une lumière tombait sur elle comme au travers d'un verre coloré. Elle paraissait presque noire, dans cet éclairage particulier, qui révélait sa peau marbrée de boue, sa bouche rouge comme un trait de sang, et ses yeux couleur saphir, assez semblables à ceux qu'un sculpteur talentueux aurait incrustés sur une statue. Comment avait-elle réussi à échapper au massacre ? Était-elle bénie des dieux ? La main protectrice de Kali était-elle sur elle, comme il en avait la brusque intuition ? Elle avait osé braver la jungle pour marcher jusqu'ici, avec une ténacité qui forçait le respect. Elle avait trouvé la cité interdite, certainement guidée par des voix célestes. Elle méritait sa considération.

— Vous ne pouvez pas rester ici, lui dit-il, le ton radouci. Je vais vous emmener à l'abri.

— Non, répéta-t-elle. Je ne vous suivrai pas aveuglément. J'ai vu… j'ai vu… vous avez tué tous ces gens. Combien en avez-vous assassinés ? Pourquoi l'avez-vous fait ?

Son ton haché trahissait son angoisse. Il avança d'un pas de géant, lui saisit le poignet. Elle se débattit, le griffa, le frappa, mais il lui immobilisa facilement les deux mains pour la jeter en travers de son épaule comme si elle n'était qu'un sac. Lorsque ce fut fait, il tendit la main à l'enfant terrée dans le noir, et l'appela.

— Viens, princesse Leela.

L'enfant hésita. Elle craignait d'être séparée de sa mère. Finalement, elle obéit au titan, sortit en rampant. À l'extérieur, Jezebel fut remise sur ses pieds. Jangalee tenait sa fille par l'épaule, il savait avec raison que sa mère ne se sauverait pas. De fait, la jeune femme resta sur place, à se frotter nerveusement ses poignets endoloris, le temps de remarquer que le colosse n'était pas seul. Une bonne dizaine d'hommes les entourait. À la lueur des torches qu'ils brandissaient dans le crépuscule, elle reconnut parfois l'un ou l'autre visage. Ces hommes avaient tous été des coolies attachés à l'expédition. Maintenant, ils étaient maculés de sang séché, leurs mines figuraient des grimaces et leurs yeux fiévreux se posaient sur elle, emplis d'une excitation malsaine. Elle s'efforça de relever le menton. Toutes les femmes savent qu'il ne faut jamais montrer sa peur. Elle siffla avec beaucoup de mépris :

— On m'a toujours dit que l'habit ne fait pas le moine, mais dans votre cas, Jangalee, il fait indéniablement le voleur !

Il la saisit par le cou, irrité par son dédain, et la força à avancer. Elle prit sa fille dans ses bras et elles passèrent ainsi au milieu du rang des assassins qui s'écartaient à peine sur leur passage. À plusieurs reprises, elle dut les bousculer, s'imposer. Elle se forçait à se tenir droite et fière, et évitait de les regarder. Ils lui semblaient être des bêtes, avec des peaux dures, et des âmes encore plus rigides. Elle reniflait avec dégoût leur odeur de sueur aigre, de vêtements crasseux. À un moment, elle croisa tout de même un regard, celui de Hari, qui avait été son cornac durant toute l'expédition. Ainsi, il était leur complice. Elle lui cracha au visage. Il ne recula pas, mais il baissa les yeux.

— Ça suffit ! dit Jangalee, en lui donnant une bourrade dans les reins pour la forcer à avancer.

Elle chemina dans le soir qui s'installait. Les ruines effleurées par le soleil couchant se teintaient d'or. Bientôt, l'étang des lotus roses s'embrasa de la même manière, imité par les arbres et les idoles grises recouvertes de lichens.

Ils marchèrent pendant une heure ou deux, Jezebel avait du mal à décompter le temps, elle n'en pouvait plus. Elle avait soif. Elle avait donné toute l'eau de sa gourde à sa fille. Maintenant, elle avait la bouche tellement sèche qu'en passant sa langue sur ses lèvres, elle avait l'impression de lécher du papier buvard. À un moment, elle ne parvint plus à avancer qu'en trébuchant, à tel point que Jangalee lui prit l'enfant des bras et, malgré ses protestations, la posa sur ses propres épaules. La petite s'accrocha à son turban, bercée par son pas au point de presque s'endormir.

Au bout de la cité en ruines, la jungle se dressait à nouveau, plus noire que la nuit qui tombait. Jezebel la toisa comme une ennemie, saisie par le découragement. Jangalee la guida d'une main dans le dos. Elle se dégagea sèchement.

— Que voulez-vous à la fin ? questionna-t-elle âprement.

— Je vous amène à un abri pour la nuit.

— Pourquoi ne pas nous tuer tout de suite ? lança-t-elle, pleine de provocation. Je croyais que les assassins éliminaient toujours tous les témoins… ricana-t-elle d'une voix qui se fêlait.

Il ouvrit la main pour montrer le paysage sombre, désert, éloigné de tout.

— À quoi bon, puisque nous sommes ici.

Elle haussa les épaules, animée de sentiments contradictoires. Qui était-il ? Ami ou ennemi ? Elle savait qu'elle avait besoin de sa protection, mais elle se serait écorché la bouche plutôt que de le lui avouer.

— De toute façon, que savez-vous de nous ? reprit-il d'une voix chuchotée qui donnait une curieuse substance à la nuit. Nous sommes des thugs. Vous tremblez mais vous devriez être rassurée, *memsahib*, car nos croyances nous interdisent de tuer les femmes et les enfants. Kali, notre déesse, ne se satisfait pas du sacrifice des blessés, des infirmes, et surtout des femmes. Nous ne sommes à vos yeux qu'une confrérie de brigands, vous ne nous croyez pas capables d'honneur, et il est vrai que certains d'entre nous contreviennent à ces lois. Néanmoins, la déesse les punit toujours. Elle fait bien les choses, la plupart du temps, ils sont arrêtés par les Anglais et ils finissent pendus, mais il arrive aussi que nous fassions justice nous-mêmes.

Elle était si fatiguée qu'elle comprenait à peine ce qu'il disait. Déjà, dans les dernières lueurs du crépuscule, son visage ceint d'une barbe fine prenait le modelé d'une statue de pierre. À ses yeux, il aurait pu être l'un des colosses qu'on voyait appuyés contre les murs, ou même un de ces dieux qui émergeaient des racines des figuiers, invincibles et intemporels, elle n'y aurait pas vu une grande différence.

À nouveau, la jungle s'ouvrit, révélant cette fois-ci un village posé au milieu de nulle part. Les maisons, à peine plus que des huttes sommaires, étaient faites de palmes colmatées avec de la boue séchée. Elles étaient appuyées sur des pilotis, comme des nids illuminés de l'intérieur, en bordure du lac, face à un paysage de lotus en train de se refermer.

Le colosse y conduisit ses deux prisonnières tandis que les thugs s'arrêtaient à quelques distances du village lacustre, pour s'accroupir là, sur la terre du chemin, et attendre dieu seul savait quoi.

— C'est un village khasi, expliqua Jangalee. Il est dirigé par des femmes, qui sont les seules à pouvoir y vivre. Les hommes y sont interdits. La matriarche accueille toutes celles qui sont en fuite, les pauvres, les déshéritées, les blessées, les femmes enceintes. La communauté leur permet de panser leurs blessures en paix. Nous habitons à quelque distance, dans les ruines de Pachamashutra, près du sanctuaire de Kali. Parfois, ces femmes nous invitent pour la nuit, mais nous repartons toujours à l'aube. Les enfants qui naissent de ces unions grandissent dans le village jusqu'à leurs dix ans. À cet âge, les garçons rejoignent nos rangs, celui des thugs, tandis que les filles restent dans leur famille khasi. Vous vivrez ici dorénavant.

Elle ne fut pas sûre d'avoir bien compris.

— Quoi ? s'exclama-t-elle.

Il lui mit la petite Lián dans les bras, et il recula, le buste ployé avec infiniment de respect, tandis qu'un petit bout de femme arrivait en trottinant, le pas entravé par une longue jupe verte.

La nouvelle venue était âgée de quarante à cinquante ans, il était difficile d'être plus précis à cause de l'obscurité. Lorsque son visage accrochait brièvement une lueur, née d'une torche lointaine, il arborait le lustre d'un ivoire longuement poli, où seules quelques rides donnaient de l'expression à la bouche et aux paupières.

— *Aao, aao*[1], dit-elle, en voyant Jezebel avec son enfant dans les bras. *Mere ghar aao*[2].

— Je reviendrai demain, assura Jangalee. En attendant, reposez-vous. Vous serez bien accueillie.

Il disparut dans la nuit qui déjà recouvrait tout, en couverture tirée sur le monde. L'étang était devenu un trou noir, de la même façon que la falaise. L'air sombre exacerbait les parfums, celui du feu de bois, celui des lotus se fermant pour la nuit. Au loin, de brusques éclairs dansaient à la surface de l'eau ; un orage s'approchait.

La femme khasi emmena celles qu'on lui avait confiées dans une hutte qui ressemblait à une étuve, avec un feu circoncis dans une vieille marmite. L'air était parfumé d'épices. Elle s'appelait Lona et elle était la matriarche. Pour une Hindoue, elle avait de curieux yeux bridés, comme si l'un de ses ancêtres avait été un Chinois ou un descendant de Gengis Khan. Sa peau était d'ailleurs d'une pâleur étonnante, presque aussi blanche qu'une défense d'éléphant. Ses cheveux noirs parsemés de gris étaient ramassés sur la nuque et piqués de bijoux en argent. Ses yeux n'exprimaient rien, ni douceur ni méchanceté, rien qu'un silence assez assourdissant.

Elle ne portait pas de sari mais une jupe croisée, longue et verte, surmontée d'une chemise traditionnelle, rouge vif, resserrée aux manches par des bracelets d'argent. Une étole jaune et frangée enroulée sur les hanches complétait l'ensemble. Des chaînes d'argent soulignaient sa taille. Sur son buste aux seins maigres, des

1. Venez, venez, en hindi.
2. Venez dans ma maison.

dizaines de colliers tressautaient, faits de graines peintes, de billes d'argent ciselé et de pierres polies, rouges, vertes et jaunes.

Elle proposa une nourriture simple, du poisson sans doute pêché dans le lac, des fruits et des légumes cuits avec du gingembre et de la cardamone. Pour la première fois depuis longtemps, Jezebel mangea avec appétit, sans courir à l'extérieur pour rendre tout ce qu'elle avalait.

Au cours de la soirée, la plupart des thugs furent autorisés à visiter les huttes des femmes. Ils s'y faufilèrent avec des mains chargées de présents, des malles, des caisses, des sacs qu'ils avaient volés à l'expédition et qu'ils distribuèrent généreusement. Jezebel essaya de savoir qui avait été tué, qui avait survécu, mais Lona ne répondait rien, elle ne parlait pas anglais. À chaque fois que son invitée lui adressait la parole, elle se contentait de hocher la tête avec un grand sourire patient, qui ne voulait rien dire. Jezebel resta dans l'incertitude, ne sachant si elle devait se réjouir de la tournure des événements, ou non.

Elle s'endormit avec sa fille serrée contre elle, le visage tourné vers les flammes qui dansaient dans le foyer. La femme khasi veillait elle ne savait quoi, peut-être la surveillait-elle pour l'empêcher de s'enfuir. De temps à autre, elle jetait dans le feu des branches de citronnelle dont l'odeur fraîche chassait les moustiques.

Jezebel rêva de Jan, qui l'appelait dans la nuit. Elle le voyait marcher dans le lointain. Elle reconnaissait sans équivoque sa haute silhouette, ses épaules carrées, ses cuisses de centaure, et sa chair frémissait d'une envie impossible à rassasier. Elle lui montrait le chemin pour la rejoindre en construisant un sentier de galets sur lequel la pluie ruisselait. Elle l'appelait, et ses cris montaient dans le ciel en devenant des oiseaux. Lorsqu'elle se réveilla aux premières lueurs de l'aube, un brouillard gris s'échappait du lac, éclaircissant les boutons des lotus qui commençaient à s'ouvrir lentement. Elle passa la tête par la porte, un peu perdue, descendit l'échelle de bois vers l'étang. Le sentier n'était pas fait de galets, et l'homme qu'elle aimait n'était pas en train d'y marcher. Elle cligna des yeux dans la lumière du jour. Son rêve venait de se détricoter au profit d'une réalité emplie d'inconnu.

Elle revint dans la hutte en serrant les dents afin de ne pas se mettre à pleurer devant sa fille qui se réveillait.

*

Avec le jour, les thugs ressortaient furtivement des maisons et repartaient dans la forêt, la tête enfouie sous un morceau d'étoffe destiné à les protéger de la pluie. Jezebel les suivit du regard en se posant sans cesse les mêmes questions. Qu'étaient devenus le baron von Rosenheim et ses sbires ? Étaient-ils morts ? Prisonniers ? En fuite ? Devait-elle toujours les craindre ?

La vieille Lona continuait à vaquer à ses occupations en l'écoutant poliment. Elle ne comprenait rien à ses questions, mais elle avait pris le parti de sourire à chaque phrase, en hochant la tête avec gentillesse. Lorsque le riz fut cuit, elle lui en donna un bol, arrosé d'une sauce savoureuse que Jezebel partagea avec sa fille.

Lián avait encore de gros cernes sous les yeux, mais ses prunelles brillaient. Elle regardait autour d'elle avec une curiosité impossible à rassasier. Elle s'amusa d'un lézard qui s'était réfugié entre deux rondins et qui sautait sur toutes les mouches qui passaient à sa portée. Elle taquina aussi une libellule égarée, dont le corps était joliment rayé de jaune et de rouge.

Jezebel lui fit faire une toilette sommaire avec de l'eau tiédie près du feu et des feuilles de saponaire qui moussaient comme du savon. Lorsqu'elles furent prêtes, vêtues d'une jupe indigène et d'une chemise propre, elles reçurent toutes les deux un panier plat assez semblable à une nasse à poisson, un seau en fer-blanc et une pioche artisanale en bois durci au feu. Lona descendit l'échelle, équipée de la même façon. Il fallut bien la suivre.

La Khasi se dirigea de l'autre côté de la falaise. Pour cela, elle contourna d'abord l'étang, puis suivit un étroit chemin accroché à flanc de coteau qui descendait vers la vallée. Au départ, il parut tellement escarpé qu'il semblait plonger dans le vide. Les femmes khasis avaient accroché des cordes tout du long pour pouvoir s'y retenir mais, malgré cela, la descente fut pour Jezebel une véritable épreuve. Son amour propre en prit un coup : sa fille de quatre ans l'encourageait comme si les rôles étaient soudainement inversés. *Moi la maman, toi le bébé.*

Heureusement, la pente s'adoucit assez vite en rizières étagées. Plus bas, la rivière que Lona appelait Dawki naissait du trop-plein de l'étang. Ses eaux s'en échappaient en cascades sonores, sur trois étages de rochers. En période de mousson, cela devait être impressionnant. La jungle du Meghalaya était réputée être l'une des plus humides au monde.

Le trio rejoignit d'autres femmes qui suivaient déjà la rivière. Elles se saluèrent avec joie. Elles se connaissaient toutes depuis longtemps, même si elles ne venaient pas du même village. De petits groupes se formèrent par affinités, retentissants de rires et de discussions. Le sentier bucolique se promenait d'une rive à l'autre grâce à des ponts vivants[1].

---

1. Les indigènes du Meghalaya ont appris à tresser avec des racines vivantes des ponts qu'ils ne verront jamais finis. Ces ponts nécessitent des décennies avant de pouvoir être traversés.

Jezebel s'étonna de ces ponts. Ils étaient faits avec des figuiers « élastiques[1] » que les femmes khasis entrecroisaient au fur et à mesure de leur croissance. Il en résultait ces passages étranges et poétiques, constitués de ramures tissées, recouvertes de feuilles, de mousses et de lianes, plus solides que n'importe quel pont de bois mort.

Après un dernier sous-bois ombreux, un terrain déboisé déboula dans une brutalité limoneuse écrasée de soleil. Sur une circonférence de plusieurs ares, les arbres avaient été abattus, tronçonnés, déchiquetés. La terre n'était plus qu'un espace boueux, hésitant entre le rouge et l'ocre, perforée tous les trois pieds d'un trou rempli d'une eau épaisse et jaune. Jezebel jaugea qu'il en existait au moins une cinquantaine, mais certainement y en avait-il plus.

Les femmes khasis s'y installèrent en continuant à rire et à chanter. Elles retroussèrent leurs jupes jusqu'à mi-cuisses, puis s'immergèrent chacune dans un trou où elles grattèrent les rebords à l'aide de leurs outils. Au bout d'un certain temps, le labeur prit le pas sur les conversations et le silence gagna les rangs. Bientôt, il ne resta sous le soleil rude que le bruit du bois creusant la glaise, aussi régulier que le « tac-tac-tac » d'un pic cherchant dans un tronc une larve bien grasse.

Jezebel comprit rapidement qu'elle se trouvait devant une mine à ciel ouvert. Les nasses d'osier servaient de tamis. Les gravats étaient placés dans des seaux qui étaient versés dans des marmites naturelles.

Certains seraient âgés de plus de 250 ans. Dans une région où les rivières emportent tout sur leur passage, en période de mousson, ils sont les seuls à être suffisamment solides pour résister aux flots dévastateurs.

1. *Ficus elastica.*

L'eau du torrent, détournée par un ingénieux système de bambous évidés, les nettoyait jusqu'à ce qu'il ne reste plus dans le fond que des cailloux colorés. Des fillettes venaient alors les récolter. Elles ramassaient le tout, puis triaient soigneusement les pierres. Leurs mains habiles séparaient le rouge, le rose, le carmin, le magenta. De temps en temps, elles levaient l'une de ces pierres colorées vers l'éclat du ciel pour admirer la belle lumière de sang qui la traversait.

— *Maanik*[1], expliqua Lona, qui faisait toujours office de guide.

Jezebel ne comprit pas ce qu'elle disait, mais elle se rappela que von Rosenheim lui avait parlé de rubis. Sur le moment, elle n'avait pas prêté attention à son délire, force était néanmoins de reconnaître qu'il ne s'était pas trompé.

La cité de Pachamashutra était moins un trésor archéologique daté d'une lointaine époque proto-indienne qu'une extraordinaire mine de rubis. Où que Jezebel se tournât, la terre était déboisée, creusée, retournée, lessivée au point de ne plus offrir que cette couleur brune qui paraissait stérile, et qui enfantait cependant un trésor.

Toute la journée, elle regarda ces femmes s'échiner, taraudée par un doute : son parrain, l'honorable sir Michael Deckard, membre de la *Royal Society*, avait-il su pour les rubis, comme le prétendait von Rosenheim ? Avait-il lui aussi couru après cette formidable richesse, ou n'avait-il rêvé de la Cité du Lotus rose que pour explorer ces vieilles ruines, témoins secrets d'une ancienne civilisation aujourd'hui disparue ?

1. Rubis, en hindi.

Elle l'ignorerait toujours…

Au milieu de l'après-midi, une pluie fine mais persistante chassa tout le monde de son trou. Les femmes reprirent le chemin du torrent où elles se lavèrent en riant. Une fois revenues au village, tandis qu'un arc-en-ciel s'installait après une éclaircie, les plus jeunes trièrent une dernière fois les pierres, les classant maintenant par taille et par pureté. Au fur et à mesure que les tas se formaient, des petites mains habiles les rangeaient dans des sacs d'herbes tissées. Ces derniers partiraient pour Calcutta où ils seraient vendus sur la place internationale, à Genève, à Anvers…

Le soir, les hommes revinrent avec des têtes de galants. Ils s'étaient faits beaux, revêtant cette fois-ci des tenues traditionnelles qui ne trahissaient rien de leur métier d'étrangleur. Lián dormait déjà. Jezebel la veillait, assise sur le pas de la porte, sur la première marche de l'échelle. De temps en temps, elle chassait d'une main douce un cauchemar qui plissait le front de l'enfant, tout en regardant les hommes se faufiler un à un dans les huttes où ils étaient invités. Des chauves-souris passaient au-dessus des lotus, effleurant les corolles de leurs longues ailes silencieuses. Au loin, très loin, résonnait la plainte d'un tigre amoureux. Le soir s'enfonçait dans une odeur de feu de bois.

— Êtes-vous bien installée ?

Elle sursauta. Jangalee Karaaja venait de sortir de la nuit, aussi silencieux qu'un fauve en chasse. Elle haussa un sourcil perplexe. Lui aussi s'était fait beau. Il avait troqué son vieux *dhotī* contre une tunique propre, sans manche, sur laquelle il avait passé un *jymphong*[1] orné

1. Traditionnel manteau sans manches, sans col.

d'une profusion de colliers d'argent. Avec son turban joliment noué, décoré d'un bouquet de plumes sur l'arrière, il avait la prestance et le panache d'un maharaja.

— Je n'ai pas l'intention de prendre mes aises, répliqua-t-elle d'un ton sec, parce qu'elle avait failli oublier qu'il était son geôlier. Dès que ma fille et moi nous serons reposées, nous repartirons.

Il eut un rire de gorge, un rire d'ogre, évidemment.

— Pour aller où ?

— Je veux revoir mon mari, mes proches, mes amis.

Il s'approcha encore, à tel point qu'elle put plonger dans son regard jaune, son regard de tigre ou de lion, si étonnamment semblable à celui de Mukhy Aadamee.

— Si vous n'étiez un parfait truand, vous me rappelleriez quelqu'un, murmura-t-elle.

Il s'accroupit à côté d'elle, sur la même marche de bois. Elle respira soudain son parfum étrange, assez animal, qui venait de l'huile dont il oignait son corps.

— Vraiment ? dit-il, en cherchant ses yeux.

Il s'efforçait de donner un tour intime à la conversation, mais elle n'avait pas l'intention de le laisser faire. Elle continua sur son idée :

— L'homme que vous me rappelez s'appelait Mukhy Aadamee. Oh, il avait beaucoup plus de prestance que vous. Il était le *doot* du maharaja de Mahavir. Peut-être le connaissiez-vous ? ajouta-t-elle, pour le provoquer jusqu'au bout.

— Je suis son fils, répliqua-t-il, une lueur de colère traversant ses yeux jaunes.

Elle ne fut pas surprise par sa réponse. Elle s'y attendait. Était-ce pour cela qu'il avait attaqué l'expédition ? Avait-il voulu se venger ? Avait-il réussi ?

— Qu'est-il arrivé au baron von Rosenheim ?

— J'ai vengé mon père.

Elle dut inspirer une fois, deux fois, avant de parvenir à demander :

— Est-il vraiment mort ?

— Oui.

Elle se tourna vers le lointain, vers l'étang devenu noir comme un gouffre. Elle ne parvenait pas à y croire. L'image de cet homme détestable était tellement incrustée dans ses cauchemars qu'à l'instant de la libération, elle ne sentait rien, ni joie ni exaltation, rien.

— Vous l'avez vu mort ? Vraiment mort ? insista-t-elle.

— C'est moi qui l'ai tué à l'aide de mon *bagh nakh*.

Elle serra les bras autour de son buste, comme pour se protéger d'un incessant cauchemar. Si le baron Jürgen Heinrich von Rosenheim était mort, pourquoi continuait-elle à être hantée par son visage maigre, par son corps osseux qui l'écrasait de sa force nerveuse, par sa bouche qui la mordait ? Tout n'aurait-il pas dû s'effacer ? Évaporés, le dégoût, la peur, la mort des êtres aimés ? La vengeance ne fonctionnait-elle pas ainsi ?

Elle se redressa, en manque d'air. Elle avait toujours cru que la mort de l'aristocrate suisse la délivrerait de tout. Ce n'était pas vrai. Elle venait de comprendre qu'elle devrait éternellement vivre avec ce passé incrusté dans sa chair.

Elle eut froid, et elle pensa à Jan. Elle aurait voulu qu'il soit là. Qu'il la prenne dans ses bras. Que ses mains la caressent, que sa bouche l'embrase. Maintenant plus que jamais, elle n'en pouvait plus de vivre sans lui.

— Quand nous ramènerez-vous à Calcutta, ma fille et moi ?

Elle n'attendait pas un miracle, mais là, la réponse fut cinglante.

— Jamais.

Pantoise, elle se tourna vers le visage noyé d'obscurité, où seuls les yeux luisaient. Ces yeux jaunes ne contenaient qu'une seule chose, une rage pérenne, qui la glaça.

— Je ne comprends pas. Nous détestez-vous à ce point ? Ne savez-vous pas que ma fille est la petite-fille du maharaja de Mahavir, et que…

Il coupa sèchement :

— Ici, vous n'êtes pas à la cour du maharaja, mais à Pachamashutra. La Cité du Lotus rose est sacrée, elle est le sanctuaire de notre déesse Kali. Ce secret est gardé par les derniers thugs des Indes depuis des centaines d'années.

— Cessez de raconter n'importe quoi, s'emporta-t-elle. Tout ce que vous protégez, ce sont les rubis !

Il eut un sourire cruel.

— Vous conviendrez, *memsahib*, que les rubis imposent effectivement un secret supplémentaire que je me dois de protéger. Vous avez vu la Cité du Lotus rose, ainsi que les mines, vous ne pouvez plus repartir. C'est la loi.

— Vous êtes fou ! balbutia-t-elle, tandis que la sentence pénétrait en elle, lui glaçant le cœur au fur et à mesure qu'elle comprenait ce qu'il disait. Vous ne pouvez pas me maintenir prisonnière ici !

— Vous vivrez ici, en respectant les lois des Khasis. Vous travaillerez pour gagner votre nourriture. Et vous ferez comme les femmes khasis, qui choisissent elles-mêmes leurs amants.

Elle lui bondit dessus, toutes griffes dehors.

— Et je devrais les choisir parmi votre bande de soudards ? C'est absolument hors de question ! cracha-t-elle en le giflant de toutes ses forces.

Il encaissa le coup, mais déjà il lui attrapait les poignets, et il la traîna en captive jusqu'au bas de l'échelle.

Là, il partit vers la jungle toute proche, qui ruminait, criaillait, ronflait, soufflait au cœur de la nuit. Elle paniqua, se débattit du mieux qu'elle put, mais les mains du colosse étaient des étaux qui lui meurtrissaient la chair.

— Je vous hais, vous n'avez aucun honneur !

— Je suis un thug ! ricana-t-il. Vous l'avez dit vous-même, j'ai moins de prestance que mon père !

Elle rougit, mais il était trop tard pour regretter ses paroles inconsidérées. Il l'emmenait au travers d'herbes sèches qui craquaient sous leurs pas. Il lui faisait traverser un bosquet de cannes à sucre. Après une dernière parcelle de sorgho, il la jeta brusquement contre l'écorce d'un manguier. Le sol était recouvert de feuilles sèches. L'air était empli du parfum des fruits. Elle se retourna lentement. Il la dominait de sa haute taille, de son allure de colosse. Elle eut le sentiment de rapetisser sous ses yeux jaunes félins, et assassins.

Pourtant, elle redressa la tête. Elle respirait encore par à-coups, mais elle était déjà prête à tout pour sauver son enfant. Elle venait de découvrir une monnaie d'échange.

— Ma fille est trop petite pour se souvenir à vie de cet endroit, souffla-t-elle, en cherchant son regard. Ramenez-la à son grand-père. Au moins elle.

Il garda un silence pesant qui n'avait rien d'encourageant. Elle baissa les yeux, s'efforçant de continuer malgré sa voix qui tremblait.

— Faites-la partir. Je resterai ici en échange. Je travaillerai dans la mine. Je serai votre esclave. Vous pourrez faire ce que vous voulez de moi, acheva-t-elle d'une voix rauque, qui stridulait sous le coup de la peur.

— Vraiment ? dit-il en se rapprochant, jusqu'à l'emprisonner entre son corps de géant et le tronc du manguier.

Elle se raidit. Elle était prisonnière de deux textures aussi dures l'une que l'autre. Il était trop proche. Elle sentait son souffle effleurer son visage, tandis qu'il posait une main à côté de sa tête, et que, du pouce, il écartait doucement ses cheveux collés à sa joue. Le geste était doux, mais supposait une intimité qu'en fin de compte, elle ne parvenait pas à lui accorder. Elle tressaillit, s'échinant à fermer les yeux. Elle n'avait trouvé que ce moyen pour contenir ses larmes.

— Je veux que vous rameniez ma fille à son grand-père. Saine et sauve. Après… eh bien, après…

Elle n'acheva pas, elle n'avait plus de voix. Elle s'efforça de penser à Jan pour se donner du courage, mais elle croyait tellement le voir là, devant elle, qu'elle n'était plus sûre de rien. Lorsque Jangalee s'approcha encore, elle chuinta de panique. Cependant, elle ne se déroba pas. Elle n'était pas naïve. Elle savait que pour sauver sa fille, il y aurait un prix à payer. Elle était prête, autant que faire se peut.

D'un geste brusque, il enfonça une main dans son chignon et le défit lentement, en regardant les mèches blondes couler entre ses doigts. Elle eut presque envie de lui dire : ne faites pas cela, ne soyez pas doux. Elle se mordit la lèvre, attendant la suite. Elle voyait le visage de Jan danser devant ses paupières. Son sourire empli de morgue. Ses yeux gris, si doucement ironiques, puis devenant brusquement durs, tranchants comme des diamants, dans lesquels elle ne trouvait déjà plus aucun amour…

Elle sut qu'elle ne pourrait jamais plus supporter d'autres mains que celles de Jan sur sa peau, sur ses seins, sur son ventre, dans son sexe. Elle repoussa Jangalee de toutes ses forces, s'élança au travers des cannes à sucre. Elle courut à perdre haleine jusqu'à la hutte dont elle grimpa l'échelle quatre à quatre. Elle avait parfaitement conscience qu'elle était acculée, mais que pouvait-elle faire d'autre ? Elle n'avait pour l'instant nul autre endroit où aller.

Elle s'accroupit devant sa fille qui dormait. Regarda son beau visage rond, à la peau dorée, où les cils immenses faisaient une ombre merveilleuse. Elle tendit une main tremblante, la posa sur son épaule pour la sentir vivre, respirer. La fillette soupira mais ne se réveilla pas.

Jangalee entra dans la case. Elle sursauta lorsque le plancher de bois grinça sous son poids. Il s'accroupit juste derrière elle, dans son dos, et elle attendit, comme une biche aux abois, qu'il se comporte en propriétaire.

À la place, il chuchota.

— J'aurais voulu être votre mari. Je ne vous aurais pas laissée partir.

— Mon mari ne m'a pas laissée partir. On m'a volée à lui.

Il ne répondit rien. Le silence s'éternisa. Lorsqu'elle eut enfin le courage de se retourner, elle fut surprise de constater qu'il s'était évanoui dans la nuit comme le fauve qu'il était. Elle n'avait même pas entendu ses pas s'éloigner.

— De toute façon, jura-t-elle farouchement, je m'évaderai. Oui, je m'évaderai !

26

6 février 1925
Cité du Lotus rose – Meghalaya – Inde

Une aube grise se leva. Une aube de plus, chargée d'une pluie qui martelait inlassablement le toit de palme. L'eau s'infiltrait au travers des épaisseurs accumulées, goutte à goutte, en torture répétitive qui, à chaque fois, faisait sursauter Jezebel.

Elle n'avait pas dormi. Elle avait passé la nuit à frissonner de froid. Peut-être était-elle malade ? Peut-être avait-elle de la fièvre ? Plus sûrement, elle avait peur du lendemain, peur de toutes ces aubes grises qui, à partir de maintenant, allaient se lever dans sa vie pour en faire un cauchemar. Von Rosenheim n'était plus, mais le poison continuait, gris comme cette prison à ciel ouvert.

Lona, la femme khasi, était levée depuis longtemps. Les habitudes subsistaient malgré la pluie. Elle avait fait un brin de toilette au-dessus d'une cuve remplie par l'averse. Elle avait tressé ses cheveux, ajusté sa jupe verte, saisi son grattoir, son tamis de roseau et était partie pour la mine.

Jezebel la regarda s'éloigner, maigre silhouette hachurée par l'averse, bientôt rejointe par d'autres femmes. Toutes convergeaient vers les trous de boue dans lesquels elles s'immergeaient quotidiennement pour ramasser des rubis. Pourquoi le faisaient-elles ? Ces rubis ne les enrichissaient même pas. Dès qu'elles avaient de quoi faire un sachet, elles le confiaient aux hommes qui allaient les vendre à Calcutta. Une partie payait l'impôt au maharaja, le reste servait à acheter du riz, des poulets, des cochons, des vaches, de nouveaux outils, des armes aussi. Les rubis n'existaient vraiment qu'une fois convenablement taillés. Le cercle était sans fin. Après tout, ramasser des rubis était finalement la même chose que faire pousser du riz. Ce n'était qu'un moyen de vivre.

Comme tous les matins, la file des femmes se glissait entre la bambouseraie et l'étang des lotus, jusqu'à disparaître par le trou de la falaise. Jezebel soupira. Maintenant, elle était seule avec sa fille qui dormait encore. Elle avait refusé de plonger dans les trous nauséabonds. Elle préférait cultiver des légumes, cueillir des fruits, cuisiner des tambouilles parfois abominables, dont le goût inattendu faisait rire Lona lorsqu'elle rentrait. Elle se faisait l'effet de cette belle des contes de fées, cachée du chasseur dans une cabane au fond de bois, qui attendait jour après jour la venue de son prince charmant, tandis que ses hôtes besognaient à la mine. Un air de Blanche-Neige au pays des rubis.

Cependant, elle ne se contentait pas de ces besognes. Elle avait commencé à mettre de côté des bribes de nourriture. Une louche de riz par-ci, des lamelles de mangue séchées par-là. Lona le remarquait, mais ne disait rien. Elle avait compris depuis longtemps que l'*angrez ladki*[1] ne resterait pas.

Jezebel fit à son tour une toilette de chat, puis rassembla ses cheveux pour les enfouir sous un de ces curieux chapeaux moitié tissu, moitié argent, qui protégeait à

1. L'Anglaise, en hindi.

peine de la pluie, mais qui lui donnait, avec ses vêtements indigènes, un air de femme khasi. La pluie s'espaçait, elle ramassa ses outils, une houe, une sarclette, un couteau pour trancher les fanes, un panier pour ranger la récolte.

Elle aurait dû aller dans la forêt pour ramasser des mangues, mais elle avait peur du tigre. La nuit, elle l'entendait souvent feuler. Il appelait une femelle en sillonnant son territoire, qui englobait la Cité du Lotus et le village khasi. L'avant-veille, elle était tombée en arrêt devant ses empreintes, larges comme une assiette, fermement imprimées au bord de l'étang où il était venu s'abreuver. Lián avait été excitée comme une puce. La fillette n'avait jamais peur de rien. Elle, elle avait demandé un fusil à Lona, mais Lona lui avait juste laissé un couteau. Des fusils, il n'y en avait pas dans le village.

Elle scruta les fourrés comme si des griffes et des crocs pouvaient soudain en sortir. Les mangues pouvaient attendre. Elle n'était pas d'humeur à aller dans la jungle. D'ailleurs, elle se sentait paresseuse. Avec ses presque quatre mois de grossesse, son ventre n'était pas encore très rond, à peine le devinait-on sous les plis de sa jupe nouée, mais il lui donnait tout de même une langueur qui lui faisait tout reporter au lendemain. Plus tard, elle irait cueillir les fruits d'un jaquier en bordure de chemin, ou vider les nasses déposées la veille au milieu du torrent. Plus tard, peut-être aurait-elle même le courage de sarcler la parcelle de sorgho. Pour l'heure, elle n'avait envie que de marcher au bord de l'étang, en admirant les lotus.

Même lorsqu'il pleuvait, même lorsqu'un brouillard gris montait de la surface comme ce matin, en noyant tous les contours, ceux des fleurs et ceux des arbres, elle ne se lassait pas de contempler les lotus. Elle marchait ainsi, sur la petite grève maigre qui faisait la frontière entre la terre et l'eau, le pas indolent, et elle s'abandonnait aux souvenirs. Elle pensait surtout à Singapour, par association d'idées, parce qu'il y avait aussi des champs de lotus. Et Jan au bout du chemin.

Jan…

À nouveau, elle eut froid, mais cette fois-ci, elle sut pourquoi. Elle attendait des bras qui ne venaient pas.

Elle s'assit sur la rive en soupirant. Pour éviter de pleurer, elle compta les grenouilles. Certaines étaient vertes et ordinaires, mais il y avait aussi ces énormes grenouilles-taureaux dont le mâle devenait jaune citron en période de reproduction.

Lorsqu'elle vit sortir les trois hommes du brouillard, elle ne comprit pas tout de suite. Ils ne venaient pas de la cité en ruines, mais de la jungle de l'autre côté de l'étang. Ils marchaient d'un pas rapide. En fait, ils couraient presque. Ils étaient armés de pistolets et de fusils, déterminés et silencieux. Elle aurait dû avoir peur, mais quelque chose dans leurs silhouettes au contraire la rassura.

Elle se leva.

L'homme en tête avait une bonne longueur d'avance. Le chapeau dégoulinant de pluie, la chemise plaquée contre le corps, la foulée régulière, il l'avait aperçue, il venait vers elle. Elle ne parvint pas à croire ce qu'elle voyait, elle obliqua du regard vers celui qui le suivait, dont le turban jaune tranchait par rapport au visage émacié, puis vers le troisième, qui était un peu plus âgé et avait des cheveux et une barbe rousse, comme un pirate des anciens temps. Des noms lui vinrent, familiers : le prince Omja, Jim McCorball… Elle continua cependant à douter de la réalité. Reporta son attention sur le premier de la file, qui accélérait l'allure.

Il avait maigri, le corps presque sec. Il était barbu, hirsute, sale, méconnaissable, mais d'autres détails lui sautaient au visage. D'abord les cuisses de centaure, éternelles, dont les muscles tendaient le tissu du jodhpur encrassé, déchiré. Les hanches étroites, le ventre plat, la carrure des épaules. Cette silhouette qu'elle avait si souvent pétrie de caresses. Les gestes aisés, coulés, rassurants. L'angle de la mâchoire qui, même à cette distance, lui amenait des papillons dans le ventre. Le demi-sourire plein de morgue, qui la fit brusquement avancer d'un pas, puis d'un autre. Enfin, au fur et à mesure que la distance s'amenuisait, les yeux gris d'acier, durs et incisifs, tendres cependant, qui se rivaient sur elle, l'enveloppaient, la tiraient lentement, inexorablement vers lui.

Elle avança encore de quelques pas, avant de se mettre enfin à courir.

Elle doutait encore. Elle aurait voulu s'arrêter, être sûre, se pincer, se dire qu'elle ne rêvait pas, que Jan était bien là, devant elle, qu'il l'avait retrouvée, qu'il venait la délivrer. Que tout était vrai.

Oui, elle aurait voulu s'arrêter, pour respirer, tout simplement, et calmer les battements effrénés de son cœur, qui allaient la faire mourir.

Sauf qu'elle courait plus vite encore, en relevant sa jupe à pleines mains. Tant pis pour le vertige, tant pis si elle tombait, s'évanouissait, disparaissait. Après tout, lorsqu'on aime, on a le droit de fondre de bonheur.

Elle courut plus vite encore. Il tendit les bras, elle s'y précipita en sanglotant, avec un tel élan qu'ils perdirent l'équilibre en riant et pleurant et tombèrent dans l'étang crépitant de pluie. Ils roulèrent dans une écume verte et rose, dans une panique de grenouilles. Se relevèrent en titubant, pour s'embrasser au milieu de leurs rires, au milieu de leurs larmes, au milieu des lotus foisonnants.

Leurs baisers prirent un goût de sel et le parfum des fleurs.

Jan la regarda, lui tenant le visage entre ses mains. Il ne parlait pas, il ne faisait que rire et l'embrasser. Elle n'était plus qu'un cœur, un bon gros cœur battant la chamade, tellement rempli de joie qu'il débordait en lui coupant le souffle.

— Mon amour, balbutia-t-il, mon amour, mon amour, mon amour…

Ils s'embrassèrent comme des fous. Cette fois-ci, leur baiser eut un goût de pluie. Un cri les fit sursauter.

— *Māmā* ! *Bàbà* !

Lián venait de les voir. Elle dévala l'échelle aussi vite que le lui permettaient ses petites jambes. Elle se jeta dans leurs bras.

Ils se penchèrent pour l'enlacer. Ils la firent tournoyer, danser. Ils ne cessaient de rire et de s'embrasser.

Ils formaient à nouveau une famille.

Remerciements

J'aime beaucoup cette coutume qui clôt un roman et qui permet d'exprimer sa gratitude aux différentes personnes qui vous accompagnent dans votre écriture.

Dans mon cas particulier, je pense bien sûr à tous ces auteurs dont j'ai parcouru les lignes, à tous ces réalisateurs dont j'ai visionné les films, et à ces musées qui sont les dépositaires de l'histoire, de la culture, de l'art, dont les visions plurielles ont nourri mon propre imaginaire.

Mon roman s'épanouit dans un cadre historique et géographique précis. Néanmoins, les noms propres, les personnages, les lieux et les événements ont tous été utilisés de manière fictive, pour les besoins de l'intrigue. C'est le merveilleux privilège de la romancière, pouvoir tresser ces fils secrets entre la réalité et la fiction…

Au cours de ce travail passionnant, j'ai sollicité de nombreuses personnes qui m'ont toutes épaulée avec une incroyable gentillesse. Je leur redis ici toute ma reconnaissance pour leur patience, leur disponibilité et la rapidité de leurs réponses. Vous êtes formidables.

Je remercie donc :

Sabine Cristini, ma chère amie devenue ma béta-lectrice, un mot bien curieux qui traduit mal le véritable sacerdoce qui accompagne toute première lecture attentive, avec son lot de réflexions, de questionnements et de propositions de correction… Quelle chance pour moi qu'en plus de toutes ses qualités, Sabine soit aussi une aide précieuse en allemand et en chinois !

Pascal Renauldon, du Polo Club de Chantilly, pour son soutien indéfectible particulièrement encourageant et pour son aide inestimable à propos du jeu de polo, de son vocabulaire spécifique, et du monde équestre en général. Nos échanges par mails sont passionnants.

Sacha, du blog Milonga, pour sa relecture attentive des scènes de tango et ses explications concernant l'éventuel vocabulaire, ainsi que « l'esprit » du tango, toutes ces informations qui me donnent juste envie d'aller y voir d'un peu plus près.

Michel Clicque, dont la patience exemplaire résiste courageusement à mes mille et une questions de néophyte à propos des armes à feu.

Bernard Cristalli, pour sa disponibilité et ses excellentes propositions concernant le choix des automobiles d'époque.

Rémy Batteault, mon ami de longue date, du temps où nous nous passionnions ensemble pour la mythologie du cinéma américain et dont l'érudition concernant les comédies musicales à Broadway m'a vite orientée vers une piste enthousiasmante.

Rohit Agarwal pour son aimable vérification du vocabulaire hindi.

Nikita Agarwal, son épouse, pour ses suggestions à propos des jeux et jouets traditionnels en Inde.

Taïssia Lelekov-Boissard, qui a gentiment accepté de corriger mes quelques mots de russe.

Jean-Pierre Grienay, du jardin botanique du parc de la Tête d'or de Lyon, qui propose des visites guidées captivantes dans les grandes serres tropicales et alimente ainsi en palmes géantes et en fleurs merveilleuses mes évocations de la jungle indienne.

Jean-Marc Rigolier, de la médiathèque d'Oullins, pour son agréable soutien à chacune de mes visites.

Alizée Villemin, de l'élevage d'Irish Cob Aslinn Stud, pour ses conseils judicieux à propos de l'équitation avec les tout-petits.

Jean Delmas, qui a bien voulu m'éclairer dans le méandre des trois millions de dieux hindous.

Cécile Michel pour son ultime lecture du manuscrit.

Et de manière générale, tous ceux qui ont montré un jour ou l'autre de l'intérêt pour mon histoire…

À tous, vraiment merci.

Il me reste enfin à faire une mention spéciale à ceux qui parviennent, durant l'écriture d'un tel roman qui impacte autant ma vie, à me soutenir jour après jour par leur simple présence et par tout leur amour.

À vous, S., M. et J., mes trois chevaliers du quotidien, je vous dédie définitivement toutes mes pensées. I love you.

Kate

Table

Cet ouvrage a été composé
par Atlant'Communication au Bernard (Vendée)

Impression réalisée par
CPI France
en janvier 2023
pour le compte des Éditions Archipoche

#lisez! engagé
Pour plus d'information :
www.lisez.com
Imprimé sur du papier issu de forêts gérées durablement.

Imprimé en France
N° d'édition : 642
N° d'impression : 2069839
Dépôt légal : octobre 2020